KB099678

홍수의 해

MARGARET ATWOOD
THE YEAR OF
THE FLOOD

홍수의 해

마거릿 애트우드 장편소설

이소영 옮김

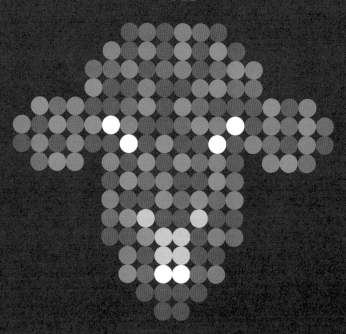

민음사

이 책을 사랑하는 그레임과 제스에게 드립니다.

차례

정원

정원을 돌보는 자 누구인가?
아, 이토록 녹음이 우거진 정원을.

한때는 이 지상에서
가장 아름다운 정원이었네.

신의 소중한 창조물들
헤엄치고 날아다니고 장난치던 그곳.

그러나 탐욕스러운 약탈자들 들어와
그들을 모두 멸종시켰네.

건강에 좋은 과실을 우리에게 공급하던
그토록 울창하던 그 모든 나무들

파도처럼 밀어닥친 모래 더미에 묻혔네.
잎사귀, 나뭇가지, 뿌리 모두.

반짝반짝 빛나던 그 모든 물
진흙과 수렁으로 변했네.

그토록 눈부신 깃털로 덮인 그 모든 새들
더 이상 흥겨운 노래를 부르지 않네.

아 정원, 아 나의 정원,
언제까지나 슬퍼하리.

정원사들 다시 일어나
그대 생명을 회복하는 날까지.

— 『신의 정원사들이 즐겨 부르는 찬양집』에서

홍수의 해

1

토비

25년, 홍수의 해

이른 아침 토비는 해 뜨는 광경을 지켜보기 위해 옥상으로 올라 간다. 그녀는 균형을 잃지 않기 위해 대걸레 자루를 이용한다. 엘리베이터는 얼마 전부터 작동하지 않고 뒤쪽 계단은 습기가 차서 미끄럽다. 혹시 미끄러져 떨어진다 해도 토비를 끌어올려 줄 사람은 한 명도 없을 것이다.

첫 번째 열기가 들이닥치자 황폐한 도시로부터 그녀를 막아주고 있는 나무들 사이로 안개가 피어오른다. 공기 중에 희미하게 탄내가 감돈다. 캐러멜과 타르와 고약한 바비큐 냄새 같기도 하고 한참 동안 비가 내린 후 쓰레기 더미를 태울 때 나는 재 냄새 같기도 하면서 어딘지 기름기 있는 냄새다. 저 멀리 버려진 탑들은 마치 탈색되어 아무런 색깔도 생명도 없는 태곳적 산호초 같다.

하지만 생명체는 여전히 존재한다. 새들이 지저귄다. 분명 참새들일 것이다. 그 자그마한 목소리가 유리 위를 손톱으로 긁는 것처럼 날카롭고 청아하다. 새소리를 삼키던 자동차 소리는 더이상 들리지 않는다. 저 고요함을 새들은 알아챌까? 자동차가 다니지 않는다는 것을? 만일 안다면 그들은 더 행복할까? 토비는 전혀 알 길이 없다. 다른 정원사들, 그러니까 눈빛이 한층 더 날카로웠다든지 약물을 과다 복용한 것 같은 다른 몇몇 정원사들과 달리, 토비는 새들과 대화를 나눌 수 있다는 환상에 빠져본 적이 한 번도 없었다.

태양이 동쪽 하늘을 밝히면서 멀리 바다가 있다는 걸 말해주는 청회색 아지랑이가 붉게 물든다. 수력발전소의 장대 위에 앉아 있던 독수리들이 검은 우산과도 같이 날개를 활짝 펴고 파닥대며 물기를 말린다. 한 마리, 또 한 마리가 날아올라 상승기류를 타고 나선형을 그리며 하늘 높이 올라간다. 독수리가 갑자기 땅으로 곤두박질치듯 내려온다는 건 죽은 동물을 봤다는 뜻이다.

독수리는 우리의 친구라고 정원사들이 가르쳐 줬다. 독수리는 지구를 깨끗하게 청소한다. 육체의 해체를 위해 꼭 필요한 하느님의 검은 천사들. 죽음이란 게 전혀 없다면 이 세상이 얼마나 끔찍할지 상상해 보라!

아직도 나는 이 말을 믿는가? 토비는 생각해 본다.

가까이에서 보면 모든 게 너무나 다르다.

옥상에 있는 화분 몇 개에서 관상용 식물들이 제멋대로 자라고 있고 가짜 나무로 만든 의자도 두세 개 있다. 예전에는 칵테일 마시기에 좋은 차양도 있었는데 지금은 바람에 날아가고 없다. 토비는 의자에 앉아 마당을 내려다본다. 쌍안경을 들어 올리고 왼쪽에서 오른쪽으로 자세히 살핀다. 진입로 양쪽으로 루미로즈 장미꽃이 심겨있고 못 쓰게 된 브러시들처럼 지저분한 가장자리는 강렬한 햇볕을 받아 보라색 윤기를 잃어 가고 있다. 분홍색 어도비* 스타일의 외관에다 자외선 차단 필름 처리를 한 서쪽 출입구를 보니 대문 바깥으로는 뒤죽박죽 뒤얽힌 자동차들이 큰 혼잡을 이루고 있다.

방가지똥과 우엉이 무성한 화단 위로 커다란 청록색 칡나방들이 푸드덕거린다. 바닥이 가리비 껍질 모양인 분수에 빗물이 잔뜩 고여 있다. 주차장에는 분홍색 골프 카트 한 대와 윙크하는 눈 모양 로고가 그려진 새론당신 스파의 분홍색 미니밴 두 대가 서 있다. 차도를 따라 더 멀리 가니 네 번째 미니밴이 나무에 처박혀 있고 얼마 전까지만 해도 창밖으로 늘어져 있던 팔하나가 지금은 어디로 갔는지 보이지 않는다.

널따란 잔디밭은 키 큰 잡초들로 그득하다. 아스클레피아스,

---

* 굽지 않고 햇볕에 말려서 만든 벽돌.

개망초, 괭이밥 밑으로 들쭉날쭉 나지막한 둔덕들이 있고 여기저기서 천 조각, 뼈 조각이 번득인다. 그건 사람들이 잔디밭을 가로질러 뛰어가거나 비틀비틀 걸어가다가 쓰러진 자리다. 토비는 옥상 화분 뒤에 쭈그리고 앉아 그 광경을 지켜봤지만 오랫동안 보진 않았다. 몇몇 사람들은 마치 토비가 거기 있는 걸 알기라도 하는 것처럼 도와 달라고 소리쳤다. 하지만 그녀가 어떻게 도와줄 수 있었겠는가?

수영장은 얼룩덜룩 바닷말로 덮여 있다. 벌써 개구리가 나타났다. 얕은 물가에서는 왜가리, 백로, 공작백로 들이 개구리를 잡아먹는다. 토비는 한동안 실수로 물에 빠진 작은 동물들을 꺼내 주려고 애썼다. 형광 녹색 토끼들, 시궁쥐들, 줄무늬 꼬리에 얼굴에는 너구리 모양의 산적 탈을 쓴 너구링크들. 하지만 이제는 못 본 척한다. 어쩌면 그들은 어떻게 해서든지 물고기를 생성할지도 모른다. 수영장이 좀 더 늪지로 변하면 말이다.

토비는 이론상 가능한 이런 미래의 물고기를 먹을 것이라고 생각하고 있는가? 분명 아니다.

분명히 아직은 아니다.

토비는 나무, 덩굴풀, 이끼, 관목 덤불 들이 마당을 에워싸고 있는 거무스름한 담으로 쌍안경을 돌리고 꼼꼼히 살핀다. 혹시라도 위험이 들이닥친다면 저곳을 통할 것이다. 하지만 어떤 위험이지? 그녀는 상상이 안 된다.

밤에는 평상시처럼 이런저런 소리가 들린다. 멀리서 개 짖는 소리, 생쥐들이 찍찍대는 소리, 수도관 소리 같은 귀뚜라미 소리, 이따금씩 개골거리는 개구리 소리. 슉, 슉, 슉, 토비의 귀에서 피가 세차게 흐르는 소리. 마른 잎사귀를 두툼한 빗자루로 쓸어 내는 소리.

"어서 자야지." 토비는 큰 소리로 말한다. 하지만 이 건물에 혼자 남게 된 이후 제대로 자 본 적이 없다. 이따금씩 목소리가 들린다. 고통스럽게 그녀를 불러 대는 사람들의 목소리가. 아니, 여자들의 목소리다. 여기서 일하던 여자들, 휴식을 취하고 젊음을 되찾기 위해 이곳에 오던 여자들의 초조한 목소리가. 풀장에서 철벅거리고 잔디밭에서 한가롭게 산책하던 여자들. 위로하고 위로받던 그 모든 핑크빛 목소리들.

아니, 작은 소리로 속삭이거나 노래를 부르던 정원사들의 목소리인가? 아니면 저 위 에덴절벽 정원에서 함께 깔깔대고 웃던 어린아이들의 목소리인가? 아담1, 누알라, 그리고 버트. 꿀벌들에게 둘러싸여 있던 늙은 필라. 그리고 젭. 만약에 그들 중 한 명이 아직도 살아남았다면, 그건 분명 젭일 것이다. 언제라도 그가 길을 따라 걸어오거나 나무 사이에서 불쑥 나타날 것만 같다.

하지만 지금쯤 그는 죽었을 것이다. 그렇게 생각하는 편이 낫다. 헛된 희망을 품지 말아야 한다.

그래도 누군가는 살아남았을 것이다. 이 세상에 토비만이 유일한 생존자일 수는 없다. 분명 다른 사람들이 살아 있을 것이다. 하지만 친구일까 적일까? 누군가를 만난다면 어떻게 그걸 알 수 있을까?

토비는 각오가 되어 있다. 문들도 잠가 뒀고 창문도 빗장을 질러 놨다. 하지만 그런 방책들조차 안전을 보장하지는 못한다. 속이 텅 빈 공간은 침입을 불러들인다.

심지어 잠을 잘 때에도 토비는 동물들처럼 귀를 쫑긋 세운다. 예상치 못한 소리, 낯선 소리, 바위의 갈라진 틈처럼 정적을 가르는 소리를 듣기 위해.

작은 생명체들이 노래하기를 멈춘다면 그건 두렵기 때문이라고 아담1은 말했다. 우리는 그들이 내는 두려움의 소리에 귀기울여야 한다.

2

렌

25년, 홍수의 해

말을 조심하라. 글로 남기는 것을 주의하라. 절대로 흔적을 남기지 마라.

이 말은 어릴 적 내가 정원사들과 함께 살 때 그들이 가르쳐 준 것이다. 그들은 우리에게 기억에 의존하라고 말했다. 왜냐하면 글로 써 놓은 것은 그 어느 것도 믿을 수가 없기 때문이다. 혼령은 입에서 입으로 옮겨 다니지 물체에서 물체로 이동하지는 않는다. 책은 불에 탈 수 있고 종이는 부스러져 가루가 될 수 있으며 컴퓨터는 망가질 수 있다. 오직 혼령만이 영원히 살아남는데 혼령은 물체가 아니다.

글쓰기는 위험하다고 아담과 이브 들은 말했다. 적들은 당신의 글을 통해 당신을 추적해 내 박해할 수 있고 그 글을 이용해

당신을 비난할 수도 있기 때문이다.

하지만 물 없는 홍수가 휩쓸고 간 지금은 혹시라도 내가 글을 써 놓는다 해도 그건 매우 안전하다. 나를 비난하기 위해 그 글을 이용할 사람들은 이미 죽었을 가능성이 매우 높기 때문이다. 그러므로 이제는 무엇이든지 내가 원하는 걸 글로 쓸 수 있다.

지금 내가 눈썹 그리는 연필로 거울 옆 벽에다 쓴 건 내 이름 렌이다. 여러 번 썼다. 렌렌렌, 노래처럼 말이다. 혼자 지내는 기간이 너무 오래 지속되면 자신이 누구인지 잊을 수 있다고 아만다가 나한테 말해 준 적이 있다.

창문 밖을 내다볼 수가 없다. 유리벽돌로 되어 있기 때문이다. 문밖으로 나갈 수도 없다. 밖에서 문을 잠갔기 때문이다. 그래도 아직 공기는 통한다. 태양광 보일러가 고장 나지 않는 한 물도 나온다. 아직 양식도 남았다.

난 운이 좋다. 정말이지 억세게 운이 좋다. 너의 행운을 세어 보렴. 예전에 아만다가 해 준 말이다. 그래서 나는 세어 본다. 첫째, 홍수가 들이닥쳤을 때 운 좋게도 나는 여기 비늘클럽에서 일을 하고 있었다. 둘째, 나를 안전하게 지켜 준 걸 생각하면 내가 이렇게 격리 구역에 갇히게 된 건 한층 더 놀라운 행운이었다. 바이오필름으로 만든 내 보디글러브가 찢어졌다. 어떤 고객이 흥분한 나머지 녹색 스팽글을 뚫고 내 살을 물었던 것이다. 그래서 나는 검사 결과를 기다리던 중이었다. 분비물이나 얇은 막들이 포함된 축축한 부분이 아닌 팔꿈치 근처가 찢어져서 물기는 없었다. 그다지 심각한 걱정거리는 아니었는데도 여기 비늘클럽에서는 모든 걸 철저하게 점검했다. 그들은 위생적이라는 명성을 유지해야 했다. 우리들은 마을에서 가장 청결한 더티걸이라는 소문이 자자했다.

비늘꼬리 클럽은 우리들을 정성껏 보살펴 줬다. 재능이 있는 경우에 말이다. 좋은 음식을 공급해 주고, 필요할 때면 의사도 보내 줬다. 조합의 최고층 사람들이 드나들었기 때문에 팁도 엄청났다. 모든 클럽이 그렇듯 저급한 영역에 속하는 곳이라고 하지만 영업은 아주 잘됐다. 그건 이미지 문제라고 모디스는 말했다. 저급하다는 건 장사하기에는 좋은 이미지였다. 다른 곳보다 특별나게 두드러지는 점이 없다면, 예를 들어 선정적이거나 야한 것, 저속한 기미 같은 게 없다면 우리 브랜드가 화장용 크림이나 바르고 흰색 면 팬티를 입고 있는, 남자들이 집에서도 구할 수 있는 평범한 제품과 무슨 구별이 되겠는가?

모디스는 뭐든지 명료하게 말했다. 그는 어렸을 때부터 계속이 일을 해 왔다. 정부에서 공중 보건과 여자들의 안전을 위한다는 명목으로 뚱쟁이와 거리 매춘을 금지하고 시체보안회사의 통제 아래 모든 것을 섹스마트로 통합하자 모디스는 그간의 경험을 바탕으로 한 단계 앞서 나갔다. "그건 말이지, 누굴 아는가 하는 문제야." 그는 그런 말을 했다. "그리고 그들이 어떤 사람인지 아는 것도 중요하지." 그런 다음 모디스는 히죽거리며 우리 엉덩이를 가볍게 두드렸다. 하지만 그건 그냥 다정함의 표시일 뿐이다. 그는 절대로 우리를 건드리는 법이 없었다. 그는 지킬 건 지키는 사람이었다.

모디스는 빡빡 밀어 버린 머리에 날카로운 검은색 눈이 개미 대가리처럼 반짝반짝 빛나는 강인한 남자였다. 만사가 순조로운 한 그는 까다롭게 굴지 않았다. 하지만 고객이 거칠게 나오면 우리를 위해 앞장설 사람이었다. "어느 누구라도 멋진 내 아가씨들을 다치게 하면 그냥 둘 수 없지."라고 그는 말했다. 그건 그의 명예와 관련된 문제였다.

그는 또 낭비를 싫어했다. 우리는 귀중한 자산이고 알짜배기들이라고 말했다. 섹스마트가 등장한 후 그 체제에 속하지 못한 사람은 누구나 불법일 뿐만 아니라 수익도 아주 적었다. 골목길을 헤매고 돌아다니는 소수의 병들고 늙은 가련한 여자들은 실질적으로 구걸하다시피 했다. 손톱만큼이라도 이성이 남아 있는 남자들이라면 절대로 그런 여자들 가까이에 다가가지 않을 것이다. 우리 비늘 아가씨들은 그들을 "유해 폐기물"이라고 불렀는데 그들을 그렇게 깔보지 말고 측은히 여겼어야 했다. 하지만 동정심에도 노력이 필요한데 그때 우리는 어렸다.

물 없는 홍수가 시작되던 바로 그날 밤, 나는 검사 결과를 기다리고 있었다. 혹시라도 전염성 있는 뭔가가 발견될 경우에 대비해 그들은 나를 몇 주 동안 격리 구역에 가뒀다. 안전하게 밀봉한 구멍을 통해 음식을 넣어 줬을 뿐만 아니라 스낵을 넣어 둔 미니 냉장고도 있었고 물은 들어올 때나 나갈 때 필터를 통과시켰다. 필요한 건 뭐든지 다 있었다. 하지만 그 안에 있으면 지루했다. 운동기구가 있어서 나는 운동을 아주 많이 했다. 곡예 무용수는 끊임없이 연습할 필요가 있기 때문이다.

텔레비전이나 옛날 영화를 보고 음악을 연주하며 전화로 대화를 나눌 수도 있었다. 또는 인터컴 비디오 화면으로 비늘클럽의 다른 방들을 구경할 수도 있었다. 널빤지에서 손님을 상대할 때 신음 소리를 내면서도 우리는 격리 구역에 갇혀 있을 누군가를 위해 카메라 쪽으로 윙크한다. 우리는 천장에 붙어 있는 뱀 가죽이나 깃털 장식 사이 어딘가에 카메라가 숨겨져 있다는 걸 알았다. 비늘클럽에서는 직원 모두가 하나의 대가족이므로 심지어 격리 구역에 들어가 있을 때에도 자신이 이 가족의 일원임을 잊지 말라고 모디스는 말했다.

모디스는 내가 불안한 마음을 떨쳐 버리도록 안심시켜 줬다. 엄청난 곤경에 빠지게 되면 그와 상의할 수 있다는 걸 나는 알았다. 내 인생에서 그런 사람은 단 몇 명밖에 없었다. 주로 아만다가 그런 역할을 했고 젭은 이따금씩, 그리고 토비가 있었다. 내가 의논 상대로 토비를 꼽으리라고는 생각하지 않았을 것이다. 그녀는 매우 거칠고 강인했으니까. 하지만 혹시라도 물에 빠졌을 때 부드럽고 물컹한 건 매달리기에 적합하지 않을 것이다. 좀 더 단단한 게 필요할 것이다.

창조의 날

5년

천지창조와 동물 이름 짓기에 대하여

연사: 아담1

친애하는 친구들, 피조물 동지들, 그리고 포유류 동지들이여,
오 년 전 정원 창조의 날에 이 에덴절벽 옥상정원은 사방이
썩어 들어가는 도시 빈민굴과 사악한 소굴 들로 둘러싸인 푹푹
찌는 황무지였지만 이제는 장미처럼 멋진 곳이 되었습니다.

그토록 황량한 옥상에 푸른 나무들을 풍성하게 키움으로써
우리는 도처에 황폐함과 삭막함이 만연한 상황에서 우리를 해
방시키고자 하는 신의 창조 사역에 일조할 뿐 아니라 스스로에
게는 오염되지 않은 음식을 공급하고 있습니다. 몇몇 사람들은
우리의 노력이 무익하다고 말할는지 모르지만 만약 모든 사람

들이 우리의 본을 따른다면 이 아름다운 행성에 어떤 변화가 일어날까요! 우리 앞에는 아직도 힘든 일이 많이 있습니다만 나의 친구들이여, 두려워하지 마세요. 우리는 굴하지 않고 앞으로 나아갈 것입니다.

모두들 잊지 않고 태양을 가릴 수 있는 챙 넓은 모자를 갖고 오셔서 대단히 기쁩니다.

이제 정원 창조의 날을 맞이해 우리 모두 마음을 모아 연례 예배를 드립시다.

신이 인간에게 창조에 대해 선포한 말씀을 보면 옛날 사람들이 알아들을 수 있는 언어를 썼음을 알 수 있습니다. 은하계나 유전인자에 대해서는 전혀 말하지 않습니다. 그런 말을 들었다면 사람들이 얼마나 혼란스러웠을까요! 그렇지만 이 세상이 육일 만에 창조되었다는 이야기를 과학적 사실로 받아들여 주목할 만한 자료들을 무의미한 것으로 만들어야 할까요? 신은 문자 그대로의 편협한 해석이나 유물론적인 해석 혹은 인간의 측정법으로 측량할 수 있는 분이 아닙니다. 그의 하루는 무궁한 시간이고, 우리가 생각하는 천 년이 그에게는 하루 저녁에 불과하기 때문입니다. 여느 다른 종교들과는 달리 우리는 어린아이들에게 지질학적 기원에 대해 거짓말하는 것이 더 높은 차원의 목적에 부합한다고 생각해 본 적이 한 번도 없었습니다.

신이 인간에게 제일 먼저 하신 말씀을 기억해 보세요. 땅이 혼돈 상태에 있고 공허합니다. 그러자 하느님이 이르시되 빛이 있으라 하십니다. 이게 바로 과학이 섹스 파티인 양 말하는 "빅뱅"의 순간이지요. 하지만 양쪽 설명이 본질적으로는 일치합니다. 흑암이 바뀌어 곧바로 빛이 되었기 때문입니다. 하지만 창조 행위는 분명히 진행 중입니다. 매 순간 새로운 별이 형성되고 있지 않습니까? 친구들이여, 신의 나날은 연속적인 게 아니라 동시적으로 진행됩니다. 첫째 날과 셋째 날, 넷째 날과 여섯째 날이 말입니다. "당신이 당신의 생기를 불어넣으시니 사람이 창조되었다. 그리고 당신은 지면을 새롭게 하셨다."라고 말하지 않던가요.

신의 창조 활동이 이루어진 지 다섯째 되는 날 물에서 생물이 출현했고 여섯째 날부터는 메마른 땅에 짐승들이 살아가고 채소와 나무 들이 자랐다고 합니다. 이 모든 것들은 하느님으로부터 번성하라는 축복의 말을 들었습니다. 마침내 아담, 말하자면 인간이 창조되었지요. 과학에 의하면, 생물종은 사실상 이와 똑같은 순서로 지구상에 나타났고 인간은 그중에서도 가장 나중에 등장했습니다. 또는 어느 정도 거의 똑같거나 매우 유사한 순서였습니다.

다음으로 어떤 일이 발생합니까? 신은 "아담이 무엇이라고 부르나 보시려고" 생물들을 그에게로 이끌고 가십니다. 하지만 어째서 신은 아담이 어떤 이름을 선택할지 미리 알지 못했을까요? 그 질문에 대해 내놓을 수 있는 유일한 답변은 신이 아담에게 자유의지를 줬다는 겁니다. 그러므로 아담에겐 하느님이 예측할 수 없는 일들을 할 가능성이 있게 된 것입니다. 여러분이 다음에 고기나 물질적 부의 유혹을 받게 되면 그 점을 꼭 생각하십시오! 신조차도 여러분이 다음 순간 하려고 하는 일을 언제나 알지는 못할 것입니다!

신이 동물들에게 직접 명령하여 그들을 한군데로 집합시켰을지도 모릅니다. 그렇다면 신은 어떤 언어를 사용했을까요? 나의 친구들이여, 그건 히브리어가 아니었습니다. 라틴어나 그리스어, 영어, 프랑스어, 스페인어, 아랍어, 중국어도 아니었습니다. 그런 게 아니었습니다. 신은 동물의 언어로 그들을 불렀습니다. 순록에게는 순록의 말로, 거미에게는 거미의 말로, 코끼리에게는 코끼리의 말로, 벼룩에게는 벼룩의 말로, 지네에게는 지네의 말로, 개미에게는 개미의 말로 불렀습니다. 분명 그렇게 하셨을 겁니다.

그리고 아담 자신에게도, 동물 이름이 그가 말한 첫 번째 단어였습니다. 인간의 언어가 처음으로 탄생한 순간이지요. 이 엄청난 순간에 아담은 자신의 인간적인 마음을 표현합니다. 이름을 부른다는 것은, 환영하는 거라고 생각합니다. 타자를 자신에게로 끌어들이는 행위 말입니다. 마치 아, 자네, 거기 있었군! 환영하네! 하고 말하는 것처럼 신이 난 아담이 동물들의 이름을 다정하게 외치는 모습을 상상해 봅시다. 그러니까 동물을 향한 아담의 첫 번째 행위는 친절하고 친근했습니다. 타락하기 이전의 인간은 아직 육식동물이 아니었지요. 동물들도 이런 사실을 알았으므로 도망치지 않았습니다. 그리하여 결코 반복될 수 없는 바로 그날에 틀림없이 인간이 지구상에 사는 모든 생명체를 포옹했던 평화로운 모임이 열렸을 것입니다.

친애하는 포유류 동지들과 인간 동지들이여, 우리는 얼마나 많은 것을 상실했습니까! 얼마나 많은 것을 고의로 파괴했습니까! 우리들의 마음속에서 얼마나 많은 것들이 회복되어야 할까요!

나의 친구들이여, 이름 부르는 시간은 아직 끝나지 않았습니다. 하느님이 보시기에 우리는 아직도 여섯째 날을 살고 있는지도 모릅니다. 바로 그 보호의 날개 아래에서 안심하고 있는 여러분 자신의 모습을 잠잠히 상상해 보십시오. 여러분을 그토록 신뢰하며 바라보는 그 부드러운 눈을 향해 손을 뻗으십시오. 아직 학살과 탐닉과 교만과 경멸로 깨지지 않은 신뢰의 눈길로 여러분을 바라보는 그들에게 말입니다.

그들의 이름을 소리 내어 불러 보세요.

우리 다 같이 노래합시다.

아담이 처음으로

아담이 처음으로 바로 그 순금의 땅에서
온전히 생기를 받았을 때
그는 새와 짐승과 평화롭게 살면서
신의 얼굴을 마주하고 지냈다네.

각 생물의 이름을 친근하게 부르기 위해
인간의 마음이 처음으로 말이 되었고
신이 모든 피조물을 다정하게 부르면
그들은 두려움 없이 다가왔네.

그들은 장난치며 뛰놀고, 노래 부르고, 날아다녔고
동작 하나하나가 칭찬이었네.
신의 위대하신 창조력이
그 옛날 온 세상에 가득했네.

거대하던 창조의 씨앗이
이 시대에는 얼마나 쪼그라들고 얼마나 줄어들었던가.
살해, 욕망, 탐욕으로
친목을 깨트린 인간.

아, 여기서 고통 당하는 사랑스러운 생물들,
어떻게 하면 사랑을 회복할 수 있을까?
우리는 진실한 마음으로 당신의 이름을 부를 것이고
다시 한 번 당신을 친구라 부르겠노라.

— 『신의 정원사들이 즐겨 부르는 찬양집』에서

3

토비, 포도카프의 날

25년

동틀 녘이다. 동이 튼다. 토비는 이 말을 입안에서 굴려 본다. 동튼다, 동이 텄다, 날이 밝았다. 동틀 녘이면 무엇이 깨지기에 날이 밝아 올까? 밤일까? 수평선에서 태양이 달걀처럼 둘로 갈라져 빛이 쏟아져 나오는 것일까?

토비는 쌍안경을 들어 올린다. 나무들은 언제나처럼 악의가 없어 보인다. 하지만 누군가가 그녀를 지켜보고 있다는 느낌이 든다. 마치 가장 둔한 돌멩이나 그루터기까지도 그녀를 감지할 수 있지만 그녀의 행복을 빌어 주지는 않을 것 같다.

고립 생활의 결과이리라. 토비는 신의 정원사들이 행하던 철야와 피정*을 통해 그런 훈련들을 받았다. 표류하는 오렌지색

삼각자, 쾌활하게 말하는 귀뚜라미, 꿈틀꿈틀 몸부림치는 식물의 꽃술 기둥**, 잎사귀에 들어 있는 눈. 그렇지만 그런 환영과 진짜 물체를 어떻게 구분한단 말인가?

이제 태양이 완전히 솟아올랐다. 더 작고 더 뜨겁다. 토비는 옥상에서 내려와 머리부터 발끝까지 오는 분홍색 옷으로 온몸을 가린 후 벌레를 막기 위해 수퍼디를 뿌리고 챙이 넓은 분홍색 모자를 쓴다. 그런 다음 그녀는 정원을 돌보기 위해 앞문을 열쇠로 열고 밖으로 나간다. 여기가 바로 스파 카페에서 부인들이 먹을 무공해 샐러드 재료, 즉 샐러드에 얹는 고명, 색다르게 접합한 채소와 허브를 키우던 곳이다. 새들이 앉지 못하도록 머리 위로 그물이 쳐져 있고 혹시라도 공원에서 뛰놀던 녹색 토끼, 스라소니 새끼, 너구리컹크들이 길을 잘못 찾아들 것을 염려해 철조망 울타리를 쳐 놓았다. 홍수가 있기 전에는 이런 일이 많지 않았는데 그들이 얼마나 신속하게 번식하는지 깜짝 놀랄 뿐이다.

토비는 이 정원에 의지하고 있다. 창고 양식은 점점 줄어들고 있다. 토비는 여러 해에 걸쳐서 이와 같은 위급 상황이 발생했을 때를 대비해 충분하리라고 생각되는 만큼의 양식을 따로 보관해 놓았는데 실제보다 적게 추정했던 것이다. 이제 콩튀김과

---

* 묵상이나 기도를 하며 자신을 살피는 일.
** 꽃의 암꽃술과 수꽃술이 붙어 있는 기관.

콩정어리가 떨어지려고 한다. 다행히도 정원에 심은 것들이 잘 자라고 있다. 병아리콩은 꼬투리를 맺기 시작했고 콩나나는 꽃이 만발했으며 합성딸기 덤불은 다양한 모양과 크기의 자그마한 갈색 이삭들로 뒤덮여 있다. 토비는 시금치를 뜯으면서 그 위에 앉아 있는 반짝거리는 녹색 딱정벌레들을 떼어 내 발로 밟는다. 그런 다음에 후회스러운 마음이 들어 그들을 위해 엄지손가락을 꾹 눌러 무덤을 만들고 영혼의 해방을 빌어 주며 용서를 구한다. 지켜보는 사람이 한 명도 없는데도 그렇게 깊이 뿌리박힌 습관을 깬다는 게 무척이나 어렵다.

토비는 여러 민달팽이와 달팽이 들의 자리를 옮겨 주고 쇠비름을 남겨 둔 채 잡초를 뽑는다. 쇠비름은 나중에 끓는 물에 데쳐 먹을 수 있다. 섬세한 당근 잎에 새파란 칡나방 애벌레 두 마리가 앉아 있다. 그것들은 침습성인 칡에 대한 생물학적 제어 수단으로 개발됐는데도 정원의 채소를 선호하는 것 같다. 유전자 접합이 시작된 초기에는 장난스러운 조치들이 아주 흔하게 행해졌다. 그때 이 애벌레를 고안해 낸 사람이 맨 앞쪽 끝에 커다란 눈과 행복한 미소가 담긴 아기 얼굴을 만들어 놓았으므로 그들을 죽인다는 것은 특히나 어려운 일이다. 토비는 귀여운 가면 밑에서 커다란 턱으로 게걸스럽게 씹어 먹는 애벌레를 당근에서 떼어 내 그물 가장자리를 들어 올리고 울타리 밖으로 내던진다. 의심할 여지없이 그들은 돌아올 것이다.

건물로 되돌아가는 길에 토비는 인도 옆에서 개 꼬리를 발견한다. 종자가 아이리시 세터인 것 같다. 기다란 털에 열매껍질과 잘디잔 가지들이 엉클어져 있다. 독수리가 거기에다 떨어뜨렸을 가능성이 아주 높다. 그들은 항상 뭔가를 떨어뜨린다. 토비는 홍수가 발생하고 처음 오 주 동안 그들이 떨어뜨린 다른 것들에 대해 생각하지 않으려고 애썼다. 손가락이 최악이었다.

토비 자신의 손은 점점 더 두터워지고 식물 뿌리처럼 뻣뻣해졌으며 갈색이 되어 갔다. 지금까지 그녀는 너무 많은 시간을 흙을 일구며 보냈다.

4

토비, 성 바시르 알루스의 날

25년

토비는 이른 아침 태양이 너무 뜨거워지기 전에 목욕을 한다. 오후에 쏟아질 폭우를 받아 놓기 위해 옥상에다 양동이와 오목한 사발들을 잔뜩 가져다 놓았다. 스파에 물을 공급하는 샘이 있지만 태양광 보일러가 엉망이 된 지금은 펌프도 아무 쓸모가 없다. 옥상에서 빨래한 다음 그걸 말리기 위해 의자에 널어놓는다. 변기에 쓰는 물은 한 번 쓴 물을 다시 사용한다.

토비는 비누로 몸을 문지른다. 비누는 아직도 많은데, 모두 다 분홍색이다. 그런 다음 스펀지로 비누를 닦아 낸다. 내 몸이 쪼그라들고 있구나 하고 토비는 생각한다. 주름살도 늘고, 키도 줄어들고, 얼마 지나지 않아 손거스러미*처럼 되겠어. 지금까지도 항상 마른 축에 속했다. 아 토비아타, 내 몸매도 너 같으면 얼마나 좋을까! 만나는 부인마다 그렇게 말하곤 했다.

토비는 몸을 말린 다음 재빨리 분홍색 작업복을 걸친다. 이 옷에는 멜로디라는 이름이 붙어 있다. 호칭을 불러 줄 사람이 한 명도 남아 있지 않으므로 옷에 붙어 있는 호칭이야 아무래도 상관없다. 그래서 토비는 다른 사람들의 작업복을 입기 시작했다. 아니타, 퀸타나, 렌, 카멜, 심포니. 이 아가씨들은 매우 쾌활했고 희망에 차 있었다. 하지만 렌은 아니었다. 렌은 항상 우울해했다. 그리고 일찌감치 이곳을 떠났다.

그 후 재난이 들이닥쳤을 때에는 모두가 떠났다. 사랑이 구조해 주리라는 믿음을 간직하고 있던 그들은 가족과 함께 있기 위해 집으로 가 버렸다. "어서들 가. 난 이곳에 틀어박혀 있을 거야." 토비는 그들에게 그렇게 말했다. 그러고 나서 그녀는 건물 안으로 들어가 문을 걸어 잠갔다.

토비는 기다랗고 검은 머리카락을 북북 문질러 감은 다음 젖은 채로 두르르 말아 쪽을 찐다. 정말이지 머리카락을 잘라야만 한다. 숱도 많고 날씨도 너무 덥다. 게다가 양털 냄새까지 난다.

머리를 말리고 있는 그녀의 귀에 이상야릇한 소리가 들린다. 그녀는 아주 조심스럽게 옥상 난간으로 간다. 커다란 돼지 세

---

* 손톱 주변에 일어난 살갗.

홍수의 해

마리가 수영장 근처에서 킁킁거리며 냄새를 맡고 있다. 암퇘지 두 마리와 수퇘지 한 마리다. 분홍빛 감도는 잿빛 몸통이 아침 햇살을 받아 번들거리는 게 꼭 레슬링 선수들 같다. 정상이라고 보기에는 너무 크고 통통해 보이는 몸통이다. 예전에 초원에서 이토록 커다란 돼지들을 본 적이 있었지만 이렇게 가까이에서 본 적은 한 번도 없었다. 이런저런 실험 농장에서 도망쳐 나온 게 분명하다.

돼지들은 수영장 한쪽 끝 수심이 얕은 곳에 무리 지어 서서 마치 무슨 생각에 빠져 있는 것마냥 코를 씰룩거리며 물을 들여다보고 있다. 어쩌면 그들은 찌끼투성이인 물 표면에 떠 있는 죽은 너구컹크의 냄새를 맡고 있는지도 모른다. 저놈을 구해 내려고 시도할까? 돼지들은 서로를 향해 부드럽게 불만을 토로하더니 뒤로 물러난다. 그들에게조차 너구컹크 냄새가 너무 역겨운 게 분명하다. 그들은 마지막으로 코를 홀쩍이느라 잠시 꾸물거리더니 건물 모서리를 돌아 빠른 걸음으로 걸어간다.

토비는 그들을 좇아 난간을 따라간다. 정원 울타리를 발견한 그들이 안을 들여다본다. 그러더니 한 놈이 흙을 파기 시작한다. 울타리 밑으로 구덩이를 만들 모양이다.

"거기서 꺼지지 못해!" 토비가 그들을 향해 소리친다. 그들은 토비를 올려다보더니 본척만척 무시한다.

토비는 미끄러지지 않도록 조심하면서 가능한 한 신속하게 계단을 내려간다. 천치 바보! 총은 항상 지니고 있어야 하는데.

그녀는 침대 옆에 있던 총을 움켜쥐고 옥상으로 다시 서둘러 올라간다. 토비의 사정거리 안에 돼지 한 마리가 있다. 수퇘지가 옆으로 서 있어서 쉽게 맞힐 것 같다. 하지만 그 순간 토비는 망설인다. 저놈들도 신이 창조한 동물이다. 정당한 이유 없이는 절대로 죽이지 말라고 아담1은 말했다.

"너 조심해!" 토비는 소리친다. 놀랍게도 그들은 그녀의 말을 알아듣는 것 같다. 예전에도 무기를 봤던 게 분명하다. 분무 총, 전기 충격기. 그들은 놀란 듯 날카롭게 꺽꺽거리더니 뒤돌아서서 뛰어간다.

그들이 초원을 가로질러 사분의 일 정도 달려갔을 때 토비는 갑자기 그들이 돌아올 것이라는 생각이 든다. 밤에 와서 땅을 파헤칠 것이고 얼마 지나지 않아 그녀가 가꾼 정원을 아무것도 남겨 놓지 않고 몽땅 먹어 치울 것이다. 그렇게 되면 그녀의 장기적인 식량 공급은 물거품이 되고 만다. 이놈들에게 총을 쏴야만 한다. 정당방위 차원에서 말이다. 그녀는 방아쇠를 힘껏 잡아당겨 한 발을 쏘지만 맞히지 못한다. 다시 한 번 시도하자 수퇘지가 쓰러진다. 암퇘지 두 마리는 계속해서 달린다. 숲가에 도달한 그놈들은 그때서야 비로소 몸을 돌리고 토비를 바라본다. 그러곤 이내 무성한 나뭇잎과 뒤섞여 보이지 않는다.

토비의 두 손이 부들부들 떨린다. 넌 방금 목숨 하나를 끊었어. 토비는 마음속으로 말한다. 화가 나서 경솔하게 행동한 거니까 죄책감을 느껴야 할 거야. 그럼에도 그녀는 여전히 부엌칼

한 개를 들고 나가 허벅다리 살을 잘라 올 생각을 한다. 정원사들과 합류했을 때 채식주의자가 되겠다고 서약한 그녀였지만 지금 당장은 베이컨 샌드위치에 대한 기대감이 상당한 유혹이다. 하지만 그녀는 그런 유혹을 물리친다. 동물성 단백질은 마지막 수단이어야 했다.

토비는 유감으로 여기지 않으면서도 정원사들이 하는 전형적인 사죄의 말을 웅얼거린다. 아니, 유감으로 여길 정도는 아니지만 말이다.

토비는 표적 맞히기 연습을 어느 정도 해 두는 게 좋을 것 같다고 생각한다. 수퇘지를 쏘았지만 처음에 빗맞히는 바람에 암퇘지들이 모두 다 도망가 버렸다. 정말이지 서툴렀다.

요즘 들어 토비는 총에 대해 안이해졌다. 앞으로는 어디를 가든지 반드시 총을 들고 다니겠다고 단단히 마음먹는다. 심지어 목욕하러 옥상에 올라갈 때나 화장실에 갈 때도 말이다. 또한 정원에 갈 때도, 아니 특히 정원에 갈 때는 꼭 가져가야겠다. 돼지들은 영리하다. 그들은 토비를 마음에 담아 둘 것이고, 절대로 그녀를 용서하지 않을 것이다. 밖에 나갈 때 문을 잠가야 하나? 서둘러 스파 건물로 뛰어 들어올 일이 생기면 어쩌지? 하지만 만약에 문을 잠그지 않는다면, 토비가 정원에서 일을 하는 동안 누군가가 아니면 뭔가가 살짝 기어들어 집 안에서 그녀를 기다리고 있을 수도 있다.

토비는 모든 각도에서 생각할 필요가 있을 것이다. 아라랏에 담이 없다면 그것은 결코 아라랏일 수 없다. 정원사 아이들이 외치던 구호다. 방어할 수 없는 담이라면 지어지기가 무섭게 무너진 것과 다름 없다. 정원사들은 교훈적인 시를 사랑했다.

5

토비는 홍수 사건이 맨 처음 발생하고 며칠 지났을 때 총을 찾기 위해 길을 나섰다. 아가씨들이 분홍색 작업복을 남겨 놓고 새론당신 스파에서 도망친 다음 날 밤이었다.

통상적인 유행병이 아니었다. 사망자가 수십만 명에 이른 상황에서 바이오툴*이나 표백제로 봉쇄하면 사라질 그런 병이 아니었다. 정원사들이 그토록 자주 경고했던 물 없는 홍수였다. 모든 징후가 나타났다. 병은 마치 날개라도 단 것처럼 공기를 통해 이동했고 불처럼 수많은 도시를 몽땅 태웠으며 병균에 시달린 폭도들, 공포, 살육 행위가 사방으로 퍼져 나갔다. 전 지역에 정전 사태가 발생했고 뉴스는 어쩌다 한 번씩만 전해졌다. 운영자들이 죽는 바람에 시스템도 작동되지 못했다. 총체적인 붕괴

---

* 첨단 기술을 응용한 원격 진료 시스템.

처럼 보였기 때문에 토비는 총이 필요했다. 총기 소지는 불법이었으므로 한 주 전까지만 해도 총을 갖고 있는 것이 발각될 경우 치명적인 결과를 초래했을 테지만 더 이상 그런 법은 중요하지 않았다.

이번 여행은 위험할 것이다. 토비는 예전에 살던 평민촌으로 걸어가야 한다. 교통수단은 전혀 기능을 발휘하지 못할 것이다. 그런 다음 그녀는 아주 짧은 기간이나마 부모님의 소유물이던 아담한 스플리트 레벨 주택*을 찾아내야 할 것이고 남들 눈에 띄지 않기를 희망하며 총을 이전에 묻었던 장소에서 파내야 할 것이다.

그토록 멀리까지 걸어가는 건 전혀 문제될 게 없을 것이다. 아직도 몸 상태는 정상을 유지하고 있었다. 위험 요소는 다른 사람들일 것이다. 아직까지 전화를 통해 입수할 수 있는 간헐적인 뉴스에 의하면 사방에서 폭동이 일어나고 있었다.

토비는 땅거미가 질 때 문을 자물쇠로 잠그고 스파를 떠났다. 널따란 잔디밭을 가로지른 다음 고객들이 그늘진 곳을 찾으며 한가롭게 산책하던 숲속 길을 따라 북쪽 입구로 향했다. 그곳은 사람들 눈에 덜 띌 것이다. 길을 표시하는 발광체 몇 개가 아직도 남아 있었다. 녹색 토끼가 관목 속으로 깡충 뛰어들고 스라소니 새끼가 그녀 앞을 가로질러 가다가 몸을 돌려 부

---

* 계단이 있어 여러 층으로 이뤄진 집.

드럽게 빛나는 눈으로 쳐다보긴 했지만 사람은 한 명도 만나지 않았다.

출입문이 살짝 열려 있었다. 토비는 문제가 발생할지도 모르겠다는 예상을 조금은 하면서 조심스럽게 문을 빠져나갔다. 그러고 나서 헤리티지 공원을 가로질러 걸어갔다. 혼자 또는 무리를 이룬 사람들이 서둘러 지나가고 있었다. 그들은 무질서하고 보기 흉한 상태로 변두리까지 뻗어나간 평민촌을 벗어나 한적한 시골에서 피난처를 구할 수 있기를 바라며 도시를 빠져나가기 위해 발버둥 치고 있었다. 기침 소리, 어린아이의 구슬픈 울음소리가 들렸다. 토비는 땅바닥에 쓰러져 있는 사람 위로 넘어질 뻔했다.

공원의 바깥쪽 가장자리에 도착했을 무렵 날은 벌써 칠흑처럼 어두웠다. 토비는 어둠을 끌어안고 가장자리를 따라 나무에서 나무로 이동했다. 대로는 자가용, 트럭, 태양광 자전거, 버스들로 붐볐고 운전자들은 경적을 울려 대며 소리치고 있었다. 차량 몇 대가 뒤집힌 채 불타고 있었다. 상점에서는 약탈 행위가 한창이었다. 시체보안회사 직원들은 한 명도 보이지 않았다. 아마도 그들은 다치지 않고 무사히 빠져나가기 위해 외부인의 출입을 통제하는 조합의 본거지를 향해 제일 먼저 도망간 게 분명했다. 물론 토비는 그들이 그 치명적인 바이러스에 감염됐기를 바랐다.

어디선가 총소리가 났다. 뒷마당이 벌써 파헤쳐졌나 보군 하고 토비는 생각했다. 이 세상엔 그녀의 총만 있었던 게 아니다.

거리 위쪽에 방어벽이 쳐지고 자동차 여러 대가 길을 가로막고 있었다. 길을 막고 지키는 사람들도 보이는데, 저게 무슨 무기지? 토비가 보기에 그들은 금속관을 들고 있는 것 같았다. 격노한 무리가 그들을 향해 악을 써 대며 벽돌과 돌멩이를 던지고 있었다. 그들은 통과하기를 원했다. 도시를 벗어나고 싶었던 것이다. 방어벽을 치고 있는 사람들은 도대체 뭘 원하는 걸까? 말할 필요도 없이 약탈이었다. 강간과 돈, 그리고 다른 쓸모없는 것들을 원할 것이다.

물 없는 홍수가 발생하면 사람들은 익사하지 않기 위해 안간힘을 쓸 것이라고 아담1은 말하곤 했다. 그들은 지푸라기라도 붙잡을 것이다. 나의 친구들이여, 여러분이 그런 지푸라기가 되지 않도록 단단히 주의하십시오. 만약 다른 사람들 손에 붙잡힌다거나 그들 손에 닿는다면 여러분 역시 죽을 겁니다.

토비는 방어벽에서 돌아섰다. 그 주변을 돌아가야 할 것이다. 어둠 속에서 뒤돌아선 그녀는 나뭇잎 뒤로 몸을 웅크리고 공원 가장자리를 따라 나아갔다. 이제 그녀는 정원사들이 물건을 내다 팔던 공터와 한때 아이들이 뛰놀던 흙집에 도달했다. 토비는 그 뒤에 숨어서 주위가 어수선해지기를 기다리고 있었다. 얼마 지나지 않아 요란한 소리와 함께 폭발이 일어났다. 사람들 머리가 모두 소리 난 쪽으로 돌아간 틈을 타서 토비는 살금살금 길을 건너갔다. 뛰지 않는 게 최상이라고 젭이 가르쳐 줬다. 도망 치면 먹잇감이 되기 십상이다.

골목길은 사람들로 넘쳐 났다. 토비는 그들과 부딪치지 않으려고 잽싸게 몸을 비켰다. 그녀는 수술용 장갑을 꼈고, 일 년 전 새론당신 경비실에서 걷어 낸 거미줄과 염소 털을 꼬아 만든 실크 방탄조끼를 입었으며, 코에는 검은색 원뿔형 공기 여과기를 썼다. 정원 헛간에 있던 부삽과 쇠지레도 들고 왔다. 결정적인 상황에서 활용된다면 둘 다 치명적인 무기가 될 수 있다. 호주머니에는 새론당신 토털 샤인 헤어스프레이도 한 병 들어 있었는데, 눈을 겨냥하면 효과적인 무기가 될 것이다. 젭이 담당했던 도시지역 유혈 사태 대응책 수업을 통해 토비는 많은 것을 배웠다. 젭에 따르면 흘리지 않도록 제일 먼저 지켜야 할 피는 우리 자신의 피였다.

토비는 고급품 상점가인 양치류 지대를 지나 자그마하고 엉성한 주택들로 이루어진 빅박스 지역을 통과해 동북쪽으로 계속 나아갔다. 불빛도 희미하고 사람들의 발길도 뜸한 좁다란 골목길만 골랐다. 그녀 곁을 지나쳐 가는 사람들이 여러 명 있었지만 그들은 자신들의 사연에 몰두해 있었다. 십 대 두 명이 강도짓이라도 할 것처럼 발걸음을 멈췄지만 토비가 헛기침을 해 대며 "도와주세요!"라고 소리치자 황급히 사라졌다.

자정 무렵, 빅박스의 거리들이 모두 똑같아 보이는 탓에 몇 차례 길을 잘못 들어 이리저리 헤맨 끝에 마침내 토비는 부모님이 예전에 살던 집에 도착했다. 전등불은 모두 다 꺼져 있었고 차고 문은 열려 있었으며 전면의 판유리 창문은 박살 나 있었으므로 그곳에 누가 살 것이라는 생각은 할 수 없었다. 이 집의 현 거주자는 죽었거나 다른 곳으로 떠났을 것이다. 똑같이 생긴 옆 집도 다를 바 없었다. 그 옆집에 총이 묻혀 있었다.

토비는 잠시 동안 그 자리에 서서 마음을 진정시키며 머릿속에서 피가 돌아가는 소리에 귀 기울였다. 슉, 슉, 슉. 라이플총은 아직 거기에 있거나 사라졌을 것이다. 만약 그곳에 있다면 토비는 총을 갖게 될 것이고, 사라졌다면 갖지 못할 것이다. 공포감에 사로잡힐 일은 아니다.

토비는 도둑처럼 살그머니 이웃집 정원의 대문을 열었다. 캄캄했고 움직임도 전혀 없다. 백합, 꽃담배 같은 한밤의 꽃향기와 함께 몇 구역 떨어진 곳에서 연기가 피어오르며 뭔가 타는 듯한 냄새가 확 풍겨 온다. 토비는 너울거리는 불꽃을 볼 수 있었다. 흙나방이 그녀의 얼굴 가까이에서 날갯짓을 한다.

토비는 안뜰에 깔린 돌 밑에 쇠지레를 끼우고 들어 올린 다음 모서리를 움켜쥐고 돌을 힘껏 들어 올렸다. 그런 행동을 또다시 하고 또다시 반복했다. 돌 세 개를 들어 올린 다음에는 삽질을 했다.

한 차례의 심장박동 소리, 또 한 번의 심장박동 소리.

아직 거기에 있었다.

울지 마. 그녀는 마음속으로 말했다. 그냥 플라스틱을 칼로 자른 다음 총과 탄약을 움켜쥐고 여기서 나가는 거야.

토비가 최악의 폭동 지역을 피해 가며 새론당신 스파로 되돌아오기까지는 사흘이 걸렸다. 바깥 계단에 흙 발자국이 있었지만 건물 안으로는 한 사람도 들어오지 못했다.

6

라이플총은 낙후한 무기다. 루거 44/99 디어필드, 토비 아버지 것이었다. 토비의 아버지는 그녀가 열두 살 때 총 쏘는 법을 가르쳐 줬는데, 지금 생각하면 그 시절은 환각 상태가 유도해 낸 총천연색 휴가와도 같다. 몸 중앙을 겨냥하라고 아버지는 말했다. 머리를 맞히겠다고 시간 낭비하지 마라. 물론 그 대상은 동물이라고 아버지는 말했다.

스프롤 현상*이 아직 토비 가족이 사는 곳까지 침입해 들어오기 전 그들은 도시와 시골 중간 정도 되는 지역에서 살았다. 그들이 살던 흰색 목조 가옥 주변으로 만 평 이상의 땅에 나무들이 심겨 있어서 다람쥐와 최초의 녹색 토끼들이 나타났다. 너구컹크는 아직 접합되기 전이라 한 마리도 없었다. 사슴이 많았

---

* 대도시의 교외가 무질서하게 발전하는 것.

홍수의 해

는데 토비 엄마가 키우는 채소밭으로 들어왔다. 토비는 사슴 한 쌍을 쏘아 죽였고 그것을 요리하는 것도 도왔다. 아직도 사슴 냄새와 번쩍거리며 주르륵 미끄러지던 창자들이 기억난다. 그들은 사슴 스튜를 만들어 먹었고, 토비 엄마는 사슴 뼈로 수프를 끓였다. 하지만 토비와 아버지는 대체로 깡통이나 쓰레기 더미에 나타난 시궁쥐를 대상으로 총 쏘는 연습을 했다. 그때도 쓰레기 더미가 있었다. 토비가 연습을 많이 하자 아버지는 매우 기뻐하면서 "녀석, 아주 잘했어."라고 외치곤 했다.

아버지는 아들을 원했나? 아마 그랬을지도 모른다. 아버지는 누구나 총을 쏠 줄 알아야 한다고 말씀하시곤 했다. 아버지 세대는 문제가 생겼을 때 우선적으로 해야 할 일이 누군가를 쏘는 것이라고 믿었다. 그러면 만사가 해결되는 것이다.

그러던 중 시체보안회사가 자신들은 새로 발명된 분무 총을 보유하면서 정작 사람들에게는 공안을 명목으로 총기 사용을 금지시켰다. 공식적으로는 무기를 소지하지 못하게 된 것이다. 토비의 아버지는 라이플총과 남아 있던 탄약을 버려진 목책 더미 밑에 파묻은 다음 필요할 경우를 대비해 토비에게 묻은 장소를 알려 줬다. 금속 탐지기를 이용했다면 시체보안회사는 총을 발견할 수 있었을 것이다. 소문에 의하면 그들은 소탕 작전을 펼칠 계획이라고 했다. 하지만 전 지역을 조사할 수는 없었고 토비의 아버지는 그들에게 악의가 없어 보였다. 그는 에어컨을 판매하는 별 볼 일 없는 사람이었다.

그러던 어느 날 그의 땅을 사고 싶어 하는 개발업자가 나타났다. 괜찮은 가격을 제시했지만 토비의 아버지는 팔기를 거부했다. 그는 자신의 집에 대해 아무런 불만이 없다고 말했다. 근처 상가에서 건강현인 제품 체인점을 운영하던 토비의 엄마도 마찬가지였다. 두 번째 제안도 물리치자 세 번째 제안이 들어왔다. "당신 집 주변에다 집을 지을 거요."라고 개발업자가 말했다. 토비의 아버지는 마음대로 하라고 말했다. 이제는 생활신조의 문제였다.

토비가 보기에 아버지는 이 세상이 아직도 오십 년 전과 똑같은 방식으로 돌아간다고 생각했던 것 같았다. 아버지가 그토록 고집을 피운 게 잘못이었다. 당시 시체보안회사는 이미 그들의 세력을 강화하고 있었다. 그들은 조합의 사설 보안 회사로 출발했지만 지역 경찰력이 자금 부족으로 붕괴된 후에는 경찰 역할을 도맡았다. 비용을 조합에서 지불했기 때문에 처음에는 사람들 모두 만족스러워했다. 하지만 당시 시체보안회사는 사방팔방으로 촉수를 뻗치고 있었다. 아버지는 항복했어야 했다.

우선 아버지는 에어컨 회사에서 쫓겨났다. 보온 단열 창문을 판매하는 또 다른 직장에 취직했지만 그곳은 봉급이 적었다. 그러던 중 토비의 엄마가 이상한 질병을 앓기 시작했다. 자신의 건강에 항상 유의했기 때문에 어째서 그런 질병에 걸렸는지 엄마는 이해할 수 없었다. 몸을 단련했고 채소를 많이 먹었으며 건강현인에서 출시된 고효능 핵심 비타민제를 하루에 한 번 반드시 복용했다. 엄마와 같은 체인점 경영자들은 영양제를 비밀 거래했다. 건강현인 조합의 고위층만을 위한 제품과 똑같이 그들만을 위한 특별 주문 상품이 있었다.

토비의 엄마는 영양제를 더 많이 복용했지만 그럼에도 점점 쇠약해졌고 심리 상태도 혼란스러워졌으며 몸무게 역시 급격하게 줄었다. 마치 엄마의 몸이 엄마에게 적의를 품고 있는 것만 같았다. 건강현인 조합 병원에서 수많은 검사를 했지만 정확한 진단을 내릴 수 있는 의사는 한 명도 없었다. 자신들의 제품을 충실하게 복용한 환자였기 때문에 조합 병원은 계속 관심을 보였다. 그들은 환자들이 병원 의사들의 특별 보호 조치를 받을 수 있도록 주선해 줬다. 물론 그에 대한 대금은 청구했다. 건강현인 체인점 가족에 대한 할인 혜택이 있었지만 그럼에도 상당히 많은 돈이 들어갔다. 게다가 정확한 병명이 없었기 때문에 부모님이 가입한 소규모 건강보험 상품으로는 병원비를 지불할 수 없었다. 어떤 형태로든지 자기 돈이 전혀 없는 경우가 아니라면 국민 건강 보험금을 타낼 수 있는 사람은 한 명도 없었다.

공영 쓰레기 처리장처럼 지저분한 병원에 가고 싶어 하는 사람은 없을 거라고 토비는 생각했다. 그들이 해 주는 거라고는 혀를 쿡쿡 찔러 이전에 없던 병원균과 바이러스 몇 개를 입안에 넣어 준 다음 집으로 돌려보내는 게 전부였다.

토비 아버지는 두 번째 융자금을 얻어서 그 돈을 의사들과 약과 고용 간호사와 병원에 쏟아부었다. 하지만 토비 엄마의 병은 계속 악화되기만 했다.

그리하여 토비의 아버지는 흰색 목조 가옥을 처음에 제시받았던 가격보다 훨씬 더 낮은 가격에 팔아야만 했다. 매매가 종결된 다음 날 불도저가 집을 때려 부수고 그곳을 평평하게 만들었다. 그리고 나서 아버지는 또 다른 집, 그러니까 새로 조성된 택지에 지은 자그마한 스플리트 레벨 주택을 샀다. 그곳은 빅박스라는 별명이 있었는데 측면에 있는 대형 상점들이 소함대를 이루고 있었기 때문이다. 토비의 아버지는 목책 더미 밑에서 파낸 라이플총을 새집으로 몰래 가져와 다시 파묻었는데, 이번에는 작고 황량한 뒷마당에 깔려 있는 돌 밑이었다.

그럴 즈음 토비 아버지는 보온 단열 창문을 판매하던 직장에서도 쫓겨났다. 아내의 질병으로 인해 결근을 너무 많이 했기 때문이었다. 그는 태양광 자동차도 팔아야 했다. 그런 다음 가구도 하나둘씩 팔아 치웠다. 그렇다고 그것들을 팔아 많은 돈을 받았던 것도 아니다. 사람들은 상대방의 절박한 상황을 알아채는 법이라고 아버지는 토비에게 말했다. 사람들은 그런 상황을 이용한다.

돈이 없어 가족들이 고통을 당하는 상황에서도 토비는 대학에 진학했기 때문에 이런 대화는 전화로 이뤄졌다. 토비가 마사 그레이엄 아카데미로부터 받은 장학금은 얼마 되지 않았으므로 그녀는 학생 식당에서 시중을 들며 모자라는 학비를 보충해

나가고 있었다. 토비는 집에 와서 엄마를 보살피고 싶었다. 당시 병원에서 쫓겨나 집에 와 있었던 엄마는 계단을 올라갈 수가 없었기 때문에 1층에 있는 소파에 드러누워 지냈다. 하지만 아버지는 절대로 안 된다며 집에 돌아와도 토비가 할 수 있는 일은 하나도 없으니 학교에 계속 남아 있으라고 말했다.

결국 볼품없던 빅박스 집마저도 부동산에 내놓아야 했다. 토비가 엄마의 장례식을 치르기 위해 집에 왔을 때에는 잔디밭에 부동산에서 꽂아 놓은 팻말이 있었다. 그즈음 아버지는 처량한 몰골이 되어 있었다. 굴욕감, 고통, 실패가 아무것도 남지 않을 때까지 아버지를 완전히 갉아먹었던 것이다.

*

어머니의 장례식은 짧고 음산했다. 장례식이 끝난 다음 토비는 가구를 모조리 팔아 없애 휑해진 부엌에 아버지와 함께 앉았다. 토비가 두 개, 아버지가 네 개, 모두 맥주 여섯 깡통을 마셨다. 그러고 나서 토비가 잠자리에 들어간 후 아버지는 텅 빈 차고로 가서 루거 라이플총을 입에다 쑤셔 넣고 방아쇠를 당겼다.

토비는 총소리를 듣자마자 무슨 일이 일어났는지 알아차렸다. 그녀는 총이 부엌문 뒤에 세워져 있는 것을 봤다. 아버지가 총을 파냈을 때에는 틀림없이 어떤 까닭이 있었을 텐데 토비는 그 까닭이 무엇일지 상상해 볼 생각조차 하지 않았다.

토비는 차고에서 벌어진 상황을 대면할 수가 없었다. 그녀는 잠자리에 누운 채 시간을 앞질러 나갔다. 어떻게 하지? 관계 당국에 연락해 구급차나 의사가 오면 금세 총상이라는 게 드러날 테고 그들은 총을 내놓으라고 요구할 것이다. 그렇게 되면 토비는 명백한 범법자, 즉 금지된 무기를 소지했던 사람의 딸이 되어 곤경에 처할 것이다. 어쩌면 그 정도는 약과고 그들이 토비를 살인자로 고소할지도 모른다.

몇 시간은 지난 것 같았다. 토비는 어쩔 수 없이 자리에서 일어났다. 차고로 내려가서는 너무 가까이에서 보지 않으려고 애썼다. 토비는 아버지의 사체를 담요로 싼 다음 플라스틱으로 만든 아주 튼튼한 쓰레기봉투에 집어넣고 강력 접착테이프로 봉한 다음 정원에 있는 돌 밑에 파묻었다. 아버지의 사체를 그렇게 처리한다는 게 너무나도 끔찍스러웠지만 토비는 아버지도 이해할 거라고 생각했다. 아버지는 현실적인 사람이었지만 마음속 저 밑에는 감상적인 면도 있었다. 헛간에는 전동공구가 있었고, 생일날에는 장미꽃을 선물했다. 만약에 아버지가 오로지 현실적이기만 한 사람이었다면 이혼 서류를 들고 병원으로 갔을 것이다. 그것은 아내에게 재정 상황을 급격히 약화할 만큼 과도한 비용이 요구되는 상황이 급습했을 때 수많은 남자들이 선택하는 방법이었다. 아내가 거리로 내몰리는 것을 방치하면서 지불 능력을 유지하는 것이다. 반면 토비 아버지는 갖고 있던 돈을 몽땅 써 버렸다.

토비는 사람들이 표준적으로 믿는 종교를 그다지 좋아하지 않았다. 그녀의 가족 중 누구도 그런 종교를 좋아하지 않았다. 그들이 지역 교회에 갔던 적은 있었지만 그것은 어디까지나 이웃들이 그렇게 했기 때문이고 교회에 다니지 않는 게 사업에 좋지 않을 것 같았기 때문이다. 하지만 토비는 술이 몇 잔 들어간 아버지가 은밀하게 목사들 중에는 사기꾼이 너무나 많고 신자들 중에도 얼간이가 너무 많다고 말하는 것을 들은 적이 있었다. 그럼에도 토비는 정원의 돌 위에 대고 짤막한 기도를 속삭였다. 흙에서 흙으로. 그런 다음 그녀는 갈라진 틈에다 모래를 쓸어 넣었다.

토비는 또다시 라이플총을 비닐로 싼 다음 텅 빈 것 같은 옆집 정원의 돌 밑에 파묻었다. 창문이 컴컴했고 자동차는 한 대도 없었다. 어쩌면 그들 역시 쫓겨났는지도 몰랐다. 그런 기회를 이용해 토비는 불법으로 옆집에 들어갔다. 아버지 옆에다 소총을 묻는다면, 혹시라도 사체가 포착돼 마당이 파헤쳐지는 날에는 소총도 함께 발견될 것이기 때문이다. 게다가 토비는 총이 예전에 있던 자리에 계속 있기를 원했다. "혹시라도 그게 필요할지 어떻게 아니." 아버지는 종종 말했다. 그리고 그 말은 옳았다. 결코 알 수 없었던 일이다.

토비가 어둠 속에서 땅을 파는 모습을 목격한 이웃이 한두 명 있을 수도 있지만 그들이 말을 퍼뜨릴 것이라는 생각은 들지 않았다. 그들 역시 자신의 무기로 가득한 뒷마당 가까이에 괜한

번갯불을 끌어들이고 싶지 않을 게 뻔하기 때문이다.

토비는 고무관으로 물을 뿌려 차고 바닥에 있는 핏자국을 없 앤 다음 샤워를 했다. 그러고는 다시 잠자리에 들었다. 어둠 속 에 누워 울고 싶었다. 하지만 그녀가 느낄 수 있는 거라곤 춥다 는 것뿐이었다. 날씨는 전혀 춥지 않았는데 말이다.

아버지가 엄청난 분량의 쓰레기를 그녀의 머리 위에 쏟아 놓 은 채 죽었기 때문에 토비는 자기가 이 집의 소유주라는 사실을 밝히지 않으면 집을 매각할 수가 없었다. 예를 들어 시체는 어디 에 있으며 그 시체가 어떻게 됐는지 말해야 하지 않겠는가? 아 침이 되었을 때 토비는 빈약하게 식사를 한 다음 그릇들을 싱크 대에 던져 놓고 집에서 걸어 나왔다. 여행 가방조차 챙겨 들지 않았다. 가방에다 뭘 싼단 말인가?

시체보안회사는 애써 그녀를 추적할 생각도 하지 않을 것이 다. 그래 봤자 그들로서는 얻을 게 하나도 없었고 어찌 됐든 조 합 은행 중 한 곳은 그 집을 갖게 될 것이다. 만약 토비의 행방 에 대해 누군가, 예를 들어 그가 다니던 대학 같은 곳에서 관심 을 보이며 토비가 어디에 있는지, 아픈 건 아닌지, 사고를 당한 건 아닌지 묻는다면 시체보안회사는 어떻게 할까. 토비처럼 젊 은 여자, 그러니까 절망적일 만큼 재정적으로 곤궁하고 분명한 친척 하나 없으며 종잣돈이나 신탁자금 혹은 비축금조차 전혀 없는 경우 흔히들 그러리라고 예상하듯 그녀가 매춘부로 일할 아가씨들을 찾아 나선 뚜쟁이와 함께 있는 것을 마지막으로 목격한 사람이 있다는 소문을 퍼뜨릴 것이다. 그러면 사람들은 고개를 설레설레 흔들 것이다. 유감스럽지만 어쩐단 말인가? 적어도 토비에게는 시장에서 판매할 수 있는 가치 있는 것, 즉 그녀의 젊은 몸뚱이가 있지 않은가. 그렇게 되면 그녀가 굶어 죽을 리는 없을 것이므로 어느 한 사람도 죄책감을 느낄 필요가 없다. 행위가 어떤 대가를 치러야 하는 경우 시체보안회사는 항상 행위 대신 소문을 이용했다. 그들은 철저하게 실리를 좇았다.

토비의 아버지에 대해서는, 아내의 장례 비용을 지불할 능력이 없었으므로 이름을 바꾸고 한층 더 허름한 평민촌으로 사라졌을 것이라고 사람들은 추측할 것이다. 그런 일은 언제나 일어나고 있었다.

7

집에서 떠나온 다음 토비는 무척이나 힘든 시간을 보내야 했다. 증거를 모두 숨겼고 어떻게든 현장에서도 빠져나왔지만 시체보안회사가 아버지의 빚을 받아 내기 위해 그녀 뒤를 추적할 가능성이 있다는 사실은 여전했다. 토비에게는 그들이 압류할 수 있는 돈이 하나도 없었지만 매춘을 시키기 위해 여자 채무자들을 끌고 간다는 이야기가 떠돌고 있었다. 만약에 혼자 힘으로 생계를 책임져야 한다면, 토비는 적어도 수익을 남기고 싶었다.

토비는 신분증을 태워 버렸고 새 신분증을 살 수 있는 현금도 없었다. 디엔에이를 주입하거나 피부색을 바꾸지 않고는 싸구려 신분증조차 만들 수 없었다. 그래서 그녀는 주로 조합이 관리하고 운용하는 적법한 일거리는 구할 수가 없었다. 하지만 이토록 깊은 나락 속에 빠져 이름도 사라지고 제대로 된 경력하나 댈 수 없을 정도가 되었으니, 시체보안회사가 괴롭히는 일

홍수의 해

은 더 이상 없을 것이다.

토비는 자그마한 방 하나를 빌렸다. 식당에서 일하며 저축해 둔 돈으로 그 정도는 할 수 있었다. 토비만의 방, 이것은 믿을 수 없는 룸메이트에 의해 얼마 남지 않은 소지품마저 도난당할 위험에서 그녀를 구해 줄 것이다. 최악의 평민촌에 위치한 그 방은 화재 시 빠져나갈 여지가 없는 위험한 상가 건물 꼭대기 층에 있었다. 수많은 쓰레기의 최종 집하장이었던 탓에 지역 주민들은 이곳을 오물늪이라고 불렀지만, 실제 명칭은 버드나무 에이커스였다. 토비는 밀입국한 태국 이주민 여섯 명과 욕실을 함께 사용했는데 그들은 상당히 조용했다. 소문에 의하면 시체보안회사는 불법 이민자들을 추방하는 데 비용이 너무 많이 들기 때문에 무리 중 병든 소를 발견한 농부들이 쓰는 해결 방법, 즉 총을 쏘고 매장한 다음 입을 다물어 버리는 방법을 활용하기로 결정했다고 했다.

한 층 밑에는 슬링크라는 멸종 위기에 처한 동물로 만든 호사스러운 고급 의류를 판매하는 매장이 있었다. 그들은 극단적인 동물 권리 보호론자들을 속이기 위해 당당하게 핼러윈 의상을 팔면서 밀실에다가는 동물 가죽을 저장했다. 환기장치를 통해 고약한 냄새가 올라오는 바람에 토비는 환기구에 베개를 쑤셔 박고 냄새를 막아 보려고 애썼지만 그녀의 좁은 방에는 이미 화학물질과 고약한 기름 냄새가 진동했다. 이따금씩 으르렁거리는 소리와 매애 하는 울음소리도 들렸다. 그들은 매장 안에서 동물들을 죽였다. 왜냐하면 고객들이 오소리 모피 대신 오릭스로 변장된 염소나 염색한 늑대를 원하지 않았기 때문이다. 그들은 자신의 자랑거리가 진품이기를 원했다.

껍질을 벗긴 짐승의 시체는 레어리티라는 고급 식당의 체인점으로 팔려 나갔다. 일반 대중을 상대로 하는 식당에서는 질병 없는 고기임을 보증하는 스테이크, 양, 사슴, 들소만을 재료로 취급하므로 설익힐(rare) 수 있다고 했다. 그것이 바로 "레어리티"가 뜻하는 것이었다. 하지만 경호원이 출입구를 지키는 사설 연회장에서는 멸종 위기에 처한 생물을 먹을 수 있었다. 이익금은 엄청났다. 호랑이 뼈로 만든 와인 한 병 값만으로도 목덜미를 다이아몬드로 감쌀 수 있을 정도였다.

원칙적으로 멸종 위기에 처한 생물을 거래하는 것은 불법이라서 그에 대한 벌금은 소위 장난이 아니었다. 하지만 무척이나 수지맞는 장사였다. 이웃들은 그것을 잘 알았지만 그들도 그들 나름의 고민이 있었다. 위험을 무릅쓰지 않는 이상 도대체 그 누구한테 말할 수 있단 말인가? 그들은 함께 어울릴 수밖에 없었다. 한 명의 시체보안회사 요원은 다른 요원들과 서로 협력 관계를 이루고 있었다.

토비는 모피 제품 광고 요원으로 일하게 되었다. 싸구려 날품팔이 일이어서 신분증은 필요 없었다. 만화에 나오는 동물 머리가 달린 인조 모피 옷을 입고 목에는 광고판을 건 채 고가품을 판매하는 쇼핑센터나 숙녀복 전문 소매점들이 늘어서 있는 거리에서 일했다. 하지만 모피 옷을 입으면 너무 덥고 습했으며 시야도 제한적이었다. 첫째 주에는 물신숭배자들로부터 세 차례나 공격을 당했다. 그들은 토비를 쓰러뜨리고 커다란 머리를 돌려 시야가 보이지 않게 만들고 괴성을 지르면서 그들의 골반을 그녀의 털에다 문질러 댔다. 괴성 중에서 그녀가 알아들을 수 있었던 가장 분명한 것은 고양이가 야옹 하고 우는 소리였다. 실제로 그녀의 몸은 하나도 건드리지 않았으므로 강간이라고 볼 수는 없었지만, 소름 끼치는 일이었다. 곰, 호랑이, 사자, 그리고 바로 아래층에서 도살당하는 소리를 들을 수 있는 다른 멸종 위기의 동물로 분장하는 것은 혐오스러운 일이었다. 토비는 그 일을 중단했다.

그런 다음 토비는 머리카락을 팔아서 현금을 어느 정도 확보했다. 그때까지만 해도 모헤어 양 사육자들로 인해 머리카락 시장이 완전히 사라지지 않았지만, 몇 년 후에는 그런 일이 발생하고야 말았다. 따라서 아무것도 묻지 않고 아무한테서나 머리카락을 사들이는 중간상인들이 존재하던 시절이었다. 당시 토비의 머리카락은 무척이나 길었다. 사람들은 금발을 선호했고 그녀의 머리 색깔은 중간 갈색이라 최고는 아니었지만 그런대로 상당한 금액을 받았다.

머리카락을 팔아서 생긴 돈이 다 떨어진 다음에는 암시장에 가서 난자를 팔았다. 요구되는 뇌물을 지불할 수 없었다거나 너무도 자격이 부적합해 부모 허가증을 발급해 줄 관리가 한 명도 없는 부부에게 난자를 기증하면 젊은 여자들은 최고액을 받을 수 있었다. 하지만 토비는 난자 채취 계책을 단 두 번밖에 쓸 수 없었다. 두 번째 채취할 때 사용한 바늘이 병균에 오염돼 있었기 때문이다. 당시는 시술 과정에서 잘못이 발생할 경우 난자 중개인들이 치료비를 지불하던 때였다. 하지만 그녀의 몸이 회복되기까지는 한 달이나 걸렸다. 세 번째로 시도했을 때 토비는 합병증이 발생했다는 소리를 들었다. 앞으로는 절대 난자를 기증할 수 없게 된 것이다. 덧붙여 말하자면 토비는 자신의 아이를 낳을 수 없게 되었다.

그때까지 토비는 자신이 아이를 원하는지도 알지 못했다. 마사그레이엄에 다닐 때 결혼과 가족을 언급했던 남자 친구가 있었는데, 그의 이름은 스탠이었다. 하지만 토비는 그런 생각을 하기에 자신은 너무나 어리고 가난하다고 말했다. 토비는 학생들이 로션과 포션이라고 부르던 전인 치유법을 공부하고 있었고, 스탠은 문제학과 네 배식 부기의 창조적인 자산 관리 계획을 연구하고 있었으며 두각을 나타내고 있었다. 스탠의 부모는 부유하지 않았다. 그렇지 않았다면 마사그레이엄 같은 삼류 학교에 들어오지 않았을 것이다. 하지만 그는 야망이 컸고 성공에 대한 의지도 상당히 강했다. 다른 날보다 좀 더 평온한 저녁이면 토비는 준비한 꽃들과 허브에서 추출한 실습용 액을 스탠에게 문질러 줬다. 그런 다음 식물성 의약품의 향내가 은은히 풍기는 가운데 한바탕 상쾌한 섹스를 하고 나서 샤워를 끝낸 뒤 소금이나 기름을 치지 않은 팝콘을 조금 먹었다.

그러나 일단 부모님의 재정 상황이 하강기류를 타기 시작하자 토비는 스탠과의 관계를 감당할 수 없다는 걸 알았다. 자신의 대학 생활이 얼마 남지 않았다는 것도 알 수 있었다. 그래서 토비는 스탠과의 연락을 완전히 끊었다. 책망하는 듯한 그의 문자메시지에 답변조차 하지 않았다. 그들의 관계에는 아무런 희망도 보이지 않았기 때문이다. 스탠은 두 전문가의 결합을 원했지만 그녀는 더 이상 그런 경주에 끼어 있고 싶지 않았다. 눈물은 나중에 흘리는 것보다 먼저 흘리는 게 낫다고 그녀는 마음속으로 말했다.

하지만 토비도 결국 아이를 원했던 것 같다. 뜻하지 않게 불임이 되었다는 말을 들었을 때 토비는 자신에게서 모든 빛이 새어 나가는 것 같은 느낌을 받았기 때문이다.

그런 소식을 접한 후 토비는 그동안 난자를 기증하고 받아 두었던 돈을 마약을 부채질하는 현실도피 여행에다 모두 날렸다. 하지만 한 번도 본 적 없는 남자들과 함께 잠에서 깨어날 때 느끼던 스릴감은 급격히 사라졌다. 더욱이 남자들에게 자신의 호주머니에 들어 있던 여분의 잔돈을 훔쳐 가는 버릇이 있다는 걸 알고 난 뒤에는 특히 더 그랬다. 네다섯 차례 그런 일을 경험한 후 토비는 결단을 내려야 한다는 걸 깨달았다. 살고 싶은가? 아니면 죽고 싶은가? 죽고 싶다면 더 빠른 방법들이 있었다. 그러나 살고 싶다면 그때까지와는 다른 생활을 해야만 했다.

하룻밤의 관계를 맺은 어떤 남자, 그러니까 오물늪에서 살아가는 친절한 마음씨의 소유자를 통해서 토비는 평민촌 폭력배가 운영하는 곳에 일자리를 얻었다. 그들은 신분증을 보자고도 하지 않았고 추천서를 요구하지도 않았다. 다만 현금에 손을 대면 간단하게 손가락을 잘라 버릴 것이었다.

토비의 새 직장은 시크릿버거라는 체인점이었다. 시크릿버거의 비밀은 햄버거 안에 실제로 어떤 종류의 동물 단백질이 들어 있는지 아는 사람이 한 명도 없다는 점이었다. 계산대에서 일하는 아가씨들은 "시크릿버거! 사람들은 누구나 비밀을 사랑한다!"라는 구호가 적힌 티셔츠와 야구 모자를 착용했다. 여기서는 최저임금을 지급하는 대신 하루에 시크릿버거 두 개를 공짜로 줬다. 토비는 일단 정원사들과 함께 지내게 되면서 채식만 하겠다고 맹세한 후로는 이 햄버거들을 먹었던 기억을 없애려고 애썼다. 하지만 아담1이 늘 말했듯이 배고픔은 양심을 재조직하는 강력한 요소다. 고기 분쇄기는 효능을 백 퍼센트 발휘하지 못했으므로 햄버거에서는 고양이 털이나 쥐의 꼬리 조각이 발견될지도 몰랐다. 한번은 사람의 손톱도 나오지 않았던가?

그런 일은 가능했다. 지역의 평민촌 폭력배는 시체보안회사 사람들에게 못 본 척해 달라고 뇌물을 줬다. 그 대가로 시체보안회사는 폭력배의 저급한 납치나 암살 행위, 스컹크위드* 재배, 강도질과 거리에서의 마약 판매, 그리고 그들의 대표적인 성매매 업소 운영을 허용했다. 더욱이 이식용 장기를 확보한 후 장기를 빼낸 사체를 시크릿버거 분쇄기에 넣고 돌리는 사체 처리 작업도 그들이 운용한다는 최악의 소문까지 나돌았다. 시크릿버거 전성시대에 공터에서 사체가 발견되는 경우는 아주 드물었다.

혹시라도 시크릿버거의 실체를 파헤친다는 텔레비전 프로그램이 방영되는 경우에는 시체보안회사가 사건을 조사하는 척했다. 그런 다음에는 미해결 사건으로 간주하고 폐기했다. 거리를 안전하게 지켜 나가는 평화 수호자, 치안의 집행자라는 과거의 인식에 대해 입에 발린 소리나 하는 시민들 사이에서는 여전히 그들의 이미지가 유지되고 있었다. 그때 당시에도 농담거리에 불과한 얘기였지만 그래도 대부분의 사람들은 시체보안회사가 총체적인 무정부 상태보다 낫다고 생각했다. 심지어 토비도 그렇게 생각했다.

일 년 전에 시크릿버거에서 도를 넘어서는 일이 발생했다. 시체보안회사의 고위 관리 한 명이 오물늪에 있는 빈민굴에 들어간 적이 있었는데 그의 신발을 시크릿버거의 고기 분쇄기 기사가 신고 있는 게 발각된 것이다. 그 후 시크릿버거는 폐쇄되었다. 덕분에 한동안 집 없는 고양이들이 밤에도 마음 놓고 거리

---

* 독한 마리화나의 일종.

를 돌아다녔다. 하지만

몇 달이 지난 후 그릴 부스는 또다시 지글거리기 시작했다. 공급사 쪽 비용이 그토록 저렴한 사업을 어느 누가 거부할 수 있단 말인가?

8

토비는 시크릿버거에서 일하게 됐을 때 무척 기뻤다. 집세도
낼 수 있고 굶을 일도 없었기 때문이다. 하지만 이내 그녀는 문
제가 있다는 걸 알았다.

바로 매니저였다. 이름은 블랑코였는데, 시크릿버거에서 일
하는 아가씨들은 그가 없을 때에 그를 블로트(익사체)라고 불렀
다. 토비와 교대로 일하는 레베카 에클러가 첫날 그녀를 보자
마자 블랑코에 대한 이야기를 해 줬다. "저 남자 레이더망에 걸
려들지 않게 멀찌감치 떨어져 있어. 어쩌면 넌 괜찮을지도 모르
겠다. 지금은 저기 있는 도라를 건드리는 중이니까. 보통 한 번
에 한 여자만 상대하는 데다 너는 뼈만 앙상한 편이기도 하고.
블로트는 엉덩이에 살이 두툼한 여자를 좋아하거든. 그래도 저
사람이 사무실로 부르면 조심해야 해. 질투가 장난이 아니거든.
여자애를 혼꾸멍내니까."

"저 사람이 아주머니도 불렀어요?" 토비가 물었다. "사무실로요."

"고마우신 주님, 퉤퉤!" 레베카가 말했다. "저 남자한테 나는 너무 새카맣고 못생긴 데다 글쎄, 늙은 고양이가 아닌 새끼 고양이만 좋아한다는구나. 이봐, 아가씨, 너도 주름살을 몇 개 만드는 게 좋겠는걸. 치아라도 몇 개 뽑든지."

"아주머닌 못생기지 않았어요." 토비가 말했다. 갈색 피부에 빨간 머리 그리고 코가 이집트 사람 같은 레베카는 사실 상당히 아름다웠다.

"그런 식으로 못생겼다는 뜻이 아니야." 레베카가 말했다. "상대하기가 꺼림칙하다는 거지. 우리 집안은 사람들이 교제하고 싶어 하지 않는 두 부류에 속하거든. 저 남자는 내가 자기한테 새까매진 붉은 물고기라는 오명을 씌울 거라는 사실을 알아. 그들은 비열한 패거리거든. 어쩌면 늑대 이사야파라는 칭호를 줄지도 모르지. 그로서는 견디기 힘든 슬픔일 거야!"

토비는 그렇게 뒤에서 자신을 지원해 줄 사람이 단 한 명도 없었다. 블랑코가 나타나면 토비는 머리를 숙였다. 그녀는 이미 그에 대한 이야기를 들었다. 레베카에 의하면, 블랑코는 초호화 판 비늘클럽에서 경호원으로 일한 적이 있다. 경호원에게는 사회적 지위가 있었다. 점잖으면서도 강인해 보이는 그들은 검은색 양복에 짙은 선글라스를 쓰고 주변을 어슬렁거렸다. 그들 주변으로 여자들이 벌 떼처럼 몰려들었다. 하지만 레베카에 따르면 블랑코는 엄청난 실수를 저질렀다. 그가 비늘클럽에서 일하는 아가씨를 폭행했는데 그녀는 밀입국한 불법체류자라는 이유로 언제나 공격 대상이 되는 임시 고용인이 아니라 봉 춤의 대가로 최고의 자리에 오른 스타였던 것이다. 그런 놈을 계속 데리고 있을 수는 없었다. 냉정을 유지하지 못해 사업을 망친 놈이었다. 그들은 블랑코를 해고했다. 다행히도 그는 시체보안 회사에 친구들이 있었다. 그렇지 않았더라면 그는 신체 일부가 훼손된 채 석유 찌꺼기를 담는 대형 쓰레기통에서 최후를 맞이할 뻔했다. 상황이 그러하니 블랑코는 꼼짝없이 그들이 시키는 대로 오물늪에서 시크릿버거 체인점을 경영하게 된 것이다. 그로서는 엄청난 몰락이었고 가슴 깊이 원한이 사무치는 일이었다. 어째서 그런 매춘부 때문에 이런 손해를 입어야 하지? 그래서 블랑코는 이 일을 아주 증오했다. 하지만 그는 아가씨들이 자신에게 주어지는 보너스라고 여기며 과거에 자신처럼 경호원으로 일했던 두 친구를 보디가드로 데리고 다녔고 그들은 나머지 여자들을 취했다. 남는 여자가 있다면 말이다.

블랑코의 몸은 아직도 경호원 같았다. 직사각형인 데다 크고 억세었다. 살은 조금 붙었지만. 레베카에 의하면 맥주를 너무 많이 마셨기 때문이다. 벗어지기 시작한 머리통 뒤쪽으로 경호원의 특징인 포니테일 스타일을 고수했고 팔에는 풀 세트로 새긴 문신을 뽐내고 다녔다. 양팔을 휘감고 있는 뱀, 손목을 감싸는 해골 팔찌, 심지어 손등에는 살가죽이 벗겨진 것처럼 보이게 하는 정맥과 동맥 문신이 있었다. 목에 그린 쇠사슬 문신에는 빨간 하트 모양 자물쇠가 달려 있었는데, 브이넥 셔츠 안으로 보이는 가슴 털 속에 둥지를 틀고 있었다. 소문에 의하면, 쇠사슬은 그의 등을 타고 내려가 거꾸로 서서 그의 엉덩이에 머리를 처박고 있는 벌거벗은 여자를 칭칭 감고 있다고 했다.

토비는 도라에게서 눈을 떼지 않았다. 그녀는 토비의 근무가 끝나면 일을 교대하려고 그릴로 다가왔다. 일을 처음 시작할 때 도라는 토실토실한 낙천주의자였는데 한 주 한 주 지날수록 몸이 움츠러들었고 기운도 잃었다. 하얀 두 팔은 시뻘겋게 멍들었다가 서서히 없어졌다. "도라는 도망치고 싶어 해." 레베카가 속삭였다. "하지만 겁을 잔뜩 집어먹었어. 어쩌면 너도 여기서 나가야 할지 몰라. 요즘 블랑코가 계속 널 주시하고 있잖아."

"난 괜찮을 거예요." 토비가 말했다. 토비는 기분이 편하지 못했다. 겁을 먹은 것 같았다. 하지만 달리 어디로 갈 수 있단 말인가? 그녀는 받은 급료로 먹고살았다. 돈이 하나도 없었다.

다음 날 아침, 레베카가 토비에게 가까이 오라고 신호를 보냈다. "도라가 죽었어." 그녀가 말했다. "도망치려고 했대. 나도 방금 들었는데, 목이 부러지고 몸이 갈기갈기 찢긴 채 공터에서 발견됐대. 정신병 환자나 할 짓이라는군."

"하지만 그가 그랬을까요?" 토비가 물었다.

"물론 그놈 짓이지." 레베카가 흥 하고 콧방귀를 뀌었다. "자랑하고 다닌다는걸."

바로 그날 정오에 블랑코는 토비에게 사무실로 오라고 명령했다. 그는 그 메시지를 전하기 위해 친구 두 명을 보냈다. 혹시라도 토비가 도망칠 생각을 할 수도 있었으므로 두 사람은 토비를 가운데에 세우고 양쪽에서 걸었다. 거리를 따라 걸어가는데 머리가 빙그르 돌았다. 토비는 자신이 마치 처형당하기 위해 걸어가는 것만 같았다. 어째서 그녀는 기회가 있었을 때 그만두지 않았을까?

석유 찌꺼기가 든 대형 쓰레기통 뒤로 숨어 있는 기름때로 찌든 문을 통하자 사무실이 있었다. 자그마한 사무실에는 책상, 서류철 캐비닛, 그리고 낡아 빠진 가죽 소파가 있었다. 블랑코는 히죽거리며 앉아 있던 회전의자에서 몸을 일으켰다.

"말라깽이, 내가 널 승진시켜 주겠어." 블랑코가 말했다. "어서 감사하다고 말해."

토비는 아주 낮은 목소리로 속삭일 수 있을 뿐이었다. 목이 졸리는 것 같았다.

"이 하트가 보여?" 블랑코가 말했다. 그는 자신의 문신을 가리켰다. "이건 내가 널 사랑한다는 뜻이야. 그러니까 이제부터 너도 날 사랑하는 거야. 알았어?"

토비는 간신히 고개를 끄덕였다.

"영리한 아가씨로군." 블랑코가 말했다. "이리로 와서 내 셔츠를 벗겨 봐."

블랑코의 등에 있는 문신은 레베카가 설명해 준 그대로였다.

벌거벗은 여자가 쇠사슬에 묶여 있었고 머리는 보이지 않았다. 그녀의 기다란 머리카락만 불꽃처럼 휘날리고 있었다.

블랑코는 살가죽이 벗겨진 것 같은 두 손으로 토비의 목덜미를 감쌌다. "내 위에 올라앉아 봐. 잔가지처럼 딱 부러뜨려 줄게."

9

부모님이 그토록 비참한 죽음을 맞은 이후, 토비 자신이 공식적인 시야에서 완전히 사라진 이후, 그녀는 과거에 대한 생각을 하지 않으려고 노력했다. 과거를 얼음 속에 집어넣고 냉동했다. 하지만 이제 토비는 과거로 되돌아가 다시 그곳에 머물 수 있기를 필사적으로 열망했다. 설사 불행했던 때로 돌아가 비탄에 잠긴다 해도 말이다. 현재의 삶은 고문이었기 때문이다. 수호신처럼 그녀를 지켜보고 있을 아득한 예전 부모님을 그려 보려고 아무리 애써 봐도 그녀의 눈앞에는 자욱한 안개만 맴돌 뿐이다.

블랑코의 유일한 여자가 된 지 이 주도 채 안 됐는데 토비에게는 마치 수년이 흐른 것 같았다. 토비처럼 엉덩이가 바싹 말라붙은 여자는 망치 같은 페니스를 찔러 넣고 싶어 하는 남자가 있다는 걸 천만다행으로 여겨야 한다는 게 블랑코의 지론이었다. 그녀를 비늘클럽에 임시 고용인으로 팔아먹지만 않는다면 그녀로서는 대단한 행운을 만난 것이었다. 임시 고용인이라는 말은 언제 죽을지 모른다는 뜻이므로 토비는 그런 행운에 감사해야 했다. 그보다는 블랑코에게 감사해야 했다. 그는 굴욕적인 행위를 한 후에는 언제나 토비에게 감사하라고 강요했다. 하지만 그는 토비가 즐거움을 느끼는 건 싫어했다. 단지 굴복만 원했다.

게다가 블랑코는 토비에게 시크릿버거의 임무에서 벗어나 휴식할 시간을 전혀 주지 않았다. 점심시간에도 그녀에게 시중들 것을 요구했다. 삼십 분이라는 시간을 통째로. 그래서 토비는 점심도 먹지 못했다.

날이 갈수록 토비는 배가 더 고팠고 더 많이 지쳤다. 이제는 불쌍한 도라처럼 토비도 혼자만의 상처를 끌어안고 지냈다. 절망감이 그녀를 사로잡고 있었다. 종착역이 어디인지 알 것 같았다. 마치 컴컴한 터널을 지나가고 있는 것 같았다. 얼마 지나지 않아 그녀는 고갈되어 쓸모없는 존재가 될 것이다.

설상가상으로 레베카마저 사라졌다. 어디로 갔는지 정확하게 아는 사람이 한 명도 없었다. 어떤 종교 단체로 들어갔다는 소문만 나돌았다. 레베카는 그의 하렘에 속해 있던 여자가 아니었으므로 블랑코는 전혀 개의치 않았다. 그는 레베카가 일하던 자리를 재빨리 다른 여자로 채웠다.

토비가 아침 근무를 하고 있는데 예전에는 보지 못했던 낯선

홍수의 해

행렬이 거리를 따라 가까이 다가왔다. 들고 있는 표지판이나 부르고 있는 노래로 추측하건대 한 번도 본 적 없는 종파이긴 해도 종교 단체의 행렬이 틀림없었다.

오물늪에서는 수많은 사이비 종교 집단들이 고통당하는 사람들을 끌어들이고 있었다. 유명한 열매파와 베드로 침례파, 그리고 다른 부자들의 종파는 거만한 태도를 유지했지만, 소수로 구성된 오래된 구세군* 음악대는 드럼과 프렌치 호른의 무게 때문에 연신 씨근거리고 발을 질질 끌면서 걸어갔다. 터번을 둘러쓴 마음이 청결한 동지들로 이루어진 수피파** 그룹들은 지나가며 빙그르르 돌기도 했다. 또는 검은 옷을 입은 옛날부터 계신 분 단체나 샛노란 가운을 입은 한 무리의 하레 크리슈나교도들이 방울을 딸랑거리거나 노래를 불러 행인들의 조소나 썩은 채소 세례를 유도하기도 했다. 사자 이사야파와 늑대 이사야파는 만날 때마다 싸우면서도 양측 모두 길거리 모퉁이에 서서 복음을 전했다. 그들은 평화로운 왕국이 도래하면 양과 함께 누울 동물이 사자인지 늑대인지를 놓고 반목을 일삼았다. 싸움이 벌어지면 갈색의 텍사스-멕시코*** 사람들, 창백한 린트헤드****

---

* 윌리엄 부스가 창설한 그리스도교의 교파.
** 신비주의 경향의 이슬람교 종파.
*** 텍사스에 이주해 온 멕시코인 혹은 그들이 형성한 문화.
**** 방직공장 노동자.

들, 황색 아시아 퓨전*들, 새까매진 붉은 물고기들 같은 평민촌 망나니 패거리들은 값나가는 물건이나 들고 가기 편한 것들을 찾아 포목점을 헤집고 다니다 땅에 떨어진 물건이라도 보면 벌 떼처럼 몰려들 것이다.

행렬이 가까이 다가올수록 토비는 그들을 더 자세히 볼 수 있었다. 수염을 기른 인도자는 마치 마리화나를 피운 요정들이 꿰맨 것 같은 카프탄**을 입고 있었다. 그의 뒤로 키도 제각각이고 모두 어둡긴 하지만 다양한 색깔의 옷을 입은 아이들이 따르고 있었다. 그들은 "신의 정원을 위한 신의 정원사들!" "죽음을 먹지 마라!" "동물은 우리와 똑같다!"라는 구호가 적힌 석판를 들고 있었다. 그들은 남루한 천사들, 아니 난쟁이 똥자루들 같았는데 이들이 바로 노래를 부르던 아이들이었다. 살코기 반대! 살코기 반대! 살코기 반대! 이제 그들은 구호를 외치고 있었다. 토비는 이 종파에 대해 들어 본 적이 있었다. 어딘가에 있는 옥상에 정원을 갖고 있다고 했다. 건조성 진흙 덩어리, 흙투성이 금송화 몇 그루, 관대하지 못한 태양이 내리쬐는 가운데 아무 짝에도 쓸모없는 콩이 심긴 초라한 밭.

행렬이 시크릿버거 그릴 부스 앞으로 다가왔다. 사람들은 조소를 보낼 마음의 준비를 단단히 한 채 모여들고 있었다. "나의 친구들이여." 인도자가 무리 전체를 대상으로 말했다. 오물늪

---

* 아시아계 갱단.
** 소매가 길고 낙낙한 서양 치마.

홍수의 해

사람들이 인내심을 지니고 듣지 않을 게 뻔했으므로 그의 설교는 얼마 못 가 끝날 것이라고 토비는 생각했다. "친애하는 나의 친구들이여, 내 이름은 아담1입니다. 나 역시 과거에는 물질주의자였고 무신론자였으며 고기를 먹었습니다. 나도 여러분들처럼 인간이 만물의 척도라고 생각했지요."

"빌어먹을, 그놈의 입 닥치지 못해! 광적인 환경론자." 누군가가 소리를 질렀다. 아담1은 이 말을 못 들은 척했다. "친애하는 친구들이여, 사실 나는 도량법이 만물의 척도라고 생각했습니다! 맞아요, 나는 과학자였어요. 나는 전염병을 연구했고, 질병에 걸렸거나 죽어 가는 동물들, 그리고 사람까지도 많고 많은 조약돌로 여겼답니다. 오로지 숫자만이 실재를 진정으로 설명할 수 있다고 생각했습니다. 그런데⋯⋯."

"꺼져, 천치 바보야!"

"그러던 어느 날 나는 여러분이 서 있는 바로 그 자리에 서서, 그래요! 시크릿버거를 아귀같이 삼키고 있었습니다. 햄버거에 들어 있던 기름을 마음껏 즐기면서 말입니다. 바로 그 순간 커다란 빛을 봤습니다. 엄청난 음성도 들었고요. 그 음성이 말하기를⋯⋯."

"'똥이나 처먹어!' 그랬겠지."

"그 음성이 말하기를, 너의 동지인 생물들에게 인정을 베풀어라! 얼굴이 있는 것들은 먹지 마라! 너 자신의 목숨을 죽이지 마라! 그런 다음⋯⋯."

토비는 사람들의 감정이 폭발할 지경에 이르렀다는 느낌을 받았다. 그들은 이 가련한 바보를 땅에 쓰러뜨리고 짓밟을 뿐만 아니라 어린 정원사 아이들까지도 함께 짓밟을 것이다. "도망쳐요!" 토비는 있는 힘을 다해 큰 소리로 외쳤다.

아담1이 토비에게 고개를 살짝 숙여 품위 있게 인사하고 친절한 미소를 보냈다. "내 아가." 그가 말했다. "자네가 팔고 있는 게 뭔지 아는가? 자넨 분명 자네 친척들을 먹지는 않을 거야."

"먹을 거예요." 토비가 대답했다. "배가 몹시 고프면요. 제발 가세요!"

"힘든 시간을 보낸 게로군. 내 아가." 아담1이 말했다. "자네한테 무감각하고 단단한 껍질이 생긴 걸 보니. 하지만 그런 단단한 껍질은 자네의 진정한 모습이 아니지. 그 껍질 속에 따뜻하고 부드러운 자네의 마음이 들어 있으니까. 그리고 친절한 정신도……."

껍질은 맞는 말이었다. 토비는 자신이 비정해졌다는 것을 알고 있었다. 하지만 그녀의 껍질은 무기였다. 그게 없다면 토비는 곤죽이 될 것이다.

"이 멍청이가 널 괴롭히는 거야?" 블랑코가 말했다. 그는 버릇처럼 토비 뒤에서 불쑥 나타났다. 그는 토비의 허리에 손을 올려놓고 토비는 정맥과 동맥이 그려진 그의 손을 보지 않고도 볼 수 있었다. 살갗이 벗겨진 손.

"괜찮아요." 토비가 말했다. "저분에겐 악의가 없어요."

아담1은 물러날 기색을 조금도 보이지 않았다. 그는 누구 한 사람 말하지 않은 것처럼 처신했다. "내 아가, 자네는 이 세상에서 선한 일을 하고 싶어 하지."

"난 당신의 아기가 아니에요." 토비가 말했다. 그녀는 자신이 어느 누구의 아기가 아니라는 것을 아주 강하게 인식하고 있었다. 더 이상은 아기가 아니었다.

"우리 모두가 서로의 아이들이란다." 아담1이 슬픈 표정으로 말했다.

"꺼져!" 블랑코가 말했다. "당신을 꽁꽁 묶어 버리기 전에!"

"제발 떠나세요! 그렇지 않으면 당신은 다칠 거예요." 토비가 있는 힘껏 다급하게 말했다. 이 사람은 두려움이 하나도 없었다. 그녀는 목소리를 낮추고 그에게 쉿 하는 소리를 내며 말했다. "꺼져요! 지금 당장!"

"다칠 사람은 바로 자네지." 아담1이 말했다. "자넨 날마다 여기 서서 하느님이 사랑하는 동물의 살을 토막 내 팔고 있고, 그런 행위는 자네에게 더 큰 상처를 입힐 거야. 얘야, 우리에게로 오렴. 우리는 자네 친구고, 우리한테 오면 자네가 지낼 곳도 있단다."

"내 직원한테서 그놈의 빌어먹을 손 당장 치우지 못해, 이 염병할 변태놈!" 블랑코가 소리쳤다.

"내 아가야, 내가 널 괴롭히고 있니?" 블랑코는 무시한 채 아담1이 물었다. "분명 나는 손을 대지 않았는데……."

블랑코가 부스 뒤에서 나오며 힘껏 소리쳤지만 아담1은 그런 공격 정도는 익숙한 것 같았다. 아담1은 옆으로 비켰고 블랑코는 앞으로 돌진해 노래하는 아이들의 무리 속으로 들어간 뒤 몇 명을 쓰러뜨렸는데 그러면서 자기도 같이 넘어졌다. 십 대 린트헤드 한 명이 민첩하게 그의 머리통을 빈 병으로 때렸다. 블랑코는 이 동네에서 인기가 없었다. 그는 머리에 난 상처에서 피를 흘리며 맥없이 주저앉았다.

토비는 빙 돌아 그릴 부스 앞쪽으로 달려왔다. 토비의 마음속에서 일어난 첫 번째 충동은 블랑코를 부축해 일으키는 것이었다. 그렇게 하지 않았다간 나중에 엄청난 곤경에 처할 것이기 때문이었다. 하지만 이미 붉은 물고기파 망나니들이 그를 난폭하게 때리고 있었고 몇몇 아시아 퓨전들만이 그를 편들어 줬다. 무리들이 몰려들어 블랑코를 둘러쌌을 때에는 그도 일어서려고 발버둥 치고 있었다. 경호원 둘은 어디에 있는 걸까? 어디에서도 찾아볼 수 없었다.

이상하게도 토비는 기분이 좋았다. 그녀는 블랑코의 머리통을 발로 찼다. 생각할 틈도 없이 저절로 그런 행동이 나왔다. 토비는 개라도 된 양 이를 드러내고 으르렁거렸고 발은 어느새 블랑코의 두개골에 붙어 있었다. 그의 머리통은 수건을 덮어 놓은 돌덩이 같았다. 그런 행동을 하자마자 토비는 자신의 실수를 깨달았다. 어쩜 이토록 멍청할 수 있단 말인가?

"어서 가자, 얘야." 토비의 팔꿈치를 붙잡으며 아담1이 말했다. "그게 최선일 거야. 어쨌든 넌 이제 직장을 잃었어."

그제서야 블랑코의 두 악당 친구가 돌아와 평민촌 망나니들을 쫓아내고 있었다. 블랑코는 그로기 상태였으면서도 두 눈을 뜨고 있었고 그 눈은 토비에게 고정되어 있었다. 그녀의 발길질을 느꼈을 뿐만 아니라 토비 탓에 사람들 앞에서 개망신까지 당했던 것이다. 체면이 말이 아니었던 블랑코는 당장이라도 몸을 추스르고 일어나 토비를 때려눕힐 기세였다. "쌍년!" 그가 쉰 목소리로 말했다. "네 젖꼭지를 얇게 저며 주겠어!"

그러자 한 무리의 어린아이들이 토비를 둘러쌌다. 두 아이가 그녀의 양손을 붙잡았고 다른 아이들은 그녀 앞뒤로 서서 의장대 같은 대열을 이뤘다. "서둘러요, 서둘러." 아이들은 거리를 따라 토비를 끌고 밀며 소리치고 있었다.

등 뒤에서 고함 소리가 들렸다. "이리로 돌아오지 못해, 이 쌍년아!"

"이쪽 길로요, 어서 빨리." 키가 가장 큰 소년이 말했다. 뒤쪽을 맡은 아담1의 보호를 받으며 그들은 오물늪의 거리를 따라 더벅더벅 걸어갔다. 퍼레이드 같았는지 사람들이 지켜봤다. 토비는 공포에 사로잡혔을 뿐만 아니라 비현실적인 기분도 들었고 조금 어지럽기도 했다.

어느새 무리들이 점점 줄어들고 있었고 코를 강하게 자극하던 냄새도 덜해졌다. 판자로 둘러싼 상점들도 아주 드물었다. "좀 더 빨리 가자." 아담1이 말했다. 그들은 오솔길을 따라 달렸고 여러 모퉁이를 연달아 돌았다. 고함 소리는 사라지고 없었다.

그들은 빨간 벽돌로 지은 초기 모던 형식의 공장 건물에 도달했다. 전면에 파친코라는 간판이 붙어 있었고 그 아래에 조금 작은 글씨로 "황홀한 개인 마사지, 2층, 모든 욕망 충족 가능. 코 성형 별도."라고 쓴 간판이 보였다. 아이들은 건물 옆쪽으로 달려가 비상계단을 오르기 시작했고 토비도 그 뒤를 따랐다. 숨이 차서 헐떡거리는 토비와 달리 아이들은 원숭이들처럼 후다닥 올라갔다. 일단 옥상에 오르자마자 아이들은 한 명씩 "우리의 정원에 오신 것을 환영합니다."라고 말하며 그녀를 꼭 껴안았다. 그녀는 몸을 씻지 않은 아이들의 달콤하면서도 짭짤한 냄새 속에 파묻혔다.

그때까지 어린아이가 토비를 껴안아 준 적은 한 번도 없었던 것 같다. 아이들한테는 먼 친척 아주머니를 껴안는 것처럼 의례적인 행위였을지 모르지만 토비에게는 뭐라고 정의하기 힘든 어떤 것이었다. 분명치 않지만 은은한 친밀감이랄까. 마치 토끼들이 코를 비벼 대는 것처럼 말이다. 하지만 화성에서 온 토끼들. 그럼에도 토비에게는 감동이었다. 평범하긴 했지만 그래도 성적이지 않은 다정함으로 그녀의 마음을 감동시킨 것이다. 그녀를 만진 건 오직 블랑코의 손길뿐이었다. 최근에 토비가 어떤 생활을 영위했는지 고려해 볼 때, 그녀가 이런 이상한 감동을 느끼는 건 부분적으로는 분명 그런 이유도 있을 것이다.

그녀를 환영하기 위해 두 팔 벌린 사람 중에는 어른들도 있었는데 여자들은 색깔이 어둡고 자루처럼 헐렁한 드레스를, 남자들은 위아래가 붙어 있는 작업복을 입고 있었다. 그런데 놀랍게도 여기에 레베카가 끼어 있었다. "토비, 드디어 해냈구나!" 레베카가 말했다. "내가 벌써 말해 뒀어! 널 구해 낼 줄 알았다니까!"

정원은 토비가 소문을 듣고 예상했던 것과는 전혀 달랐다. 이곳은 썩어 가는 채소 쓰레기로 뒤덮인 바짝 마른 개펄이 아니었다. 그와는 정반대였다. 토비는 신기해서 사방을 두리번거렸다. 정원은 그녀가 지금까지 한 번도 본 적 없는 수많은 식물들과 꽃들로 무척 아름다웠다. 나비들은 생기가 넘쳤고 근처에서는 부지런한 벌들이 살랑대는 소리가 들렸다. 꽃잎 하나, 잎사귀 하나 윤기가 흘러넘치지 않는 게 없었고 그녀가 있는 걸 알아차렸는지 밝게 빛나기까지 했다. 심지어 공기조차 달랐다.

토비의 눈에서는 자신도 모르는 사이에 안도감과 고마움의 눈물이 흘러내리고 있었다. 마치 하늘에서 자애로운 큰 손이 내려와 그녀를 들어 올린 다음 안전하게 안아 주고 있는 것만 같았다. 훗날 토비는 "신의 창조의 빛에 사로잡혔다."라는 아담1의 표현을 자주 들었는데, 그 말을 듣기 전이었음에도 토비는 바로 그런 기분을 느꼈다.

"애야, 네가 이런 결정을 해 줘서 정말 기쁘구나." 아담1이 말했다.

그렇지만 토비가 생각하기에 자신은 아무런 결정도 내리지 않았다. 다른 어떤 것이 그녀를 대신해서 결정을 내렸다. 이후 아주 많은 일이 발생했지만, 토비는 이 순간을 결코 잊지 못했다.

첫날 저녁, 토비가 이곳에 온 것을 기념하는 소규모의 축하 행사가 열렸다. 보라색 보존식품, 그러니까 토비가 난생처음으로 맛본 딱총나무 열매로 만든 식품의 병뚜껑을 열기 위해 모두들 야단법석을 떨었고 꿀단지 역시 성배라도 되는 것처럼 등장했다.

아담1은 신의 섭리에 따른 구출에 대해 짤막하게 연설했다. 불에서 꺼낸 그슬린 나무(「스가랴」 3:2)를 언급했고, 토비가 예전에 교회에서 들은 적 있는 잃어버린 양 한 마리에 대해서도 말했다. 그 밖에도 다른 곳으로 이동시킨 달팽이, 바람에 불려 떨어진 배처럼 구조에 대한 다른 예들도 이용했는데 토비로서는 모두 처음 듣는 얘기였다. 그런 다음 그들은 렌즈콩*으로 만든 일종의 팬케이크와 필라가 만든 버섯 피클 모둠 요리를 먹었다. 후식으로는 보라색 과일과 꿀로 장식한 콩 식빵을 한 조각씩 먹었다.

토비는 처음의 우쭐한 마음이 사그라지자 어리벙벙하고 불편해지기 시작했다. 어떻게 이곳, 이토록 불쾌하고 다소 어수선

---

* 양면이 볼록한 렌즈 모양의 콩과 식물.

홍수의 해

한 곳으로 오게 됐을까? 엉뚱한 종교에다 당장은 치아가 모두 보랏빛인, 호의적이면서도 어딘지 모르게 기괴한 이 사람들 사이에서 도대체 뭘 하고 있는 걸까?

10

정원사들과 처음 몇 주를 보내는 동안에도 토비는 안심이 되지 않고 걱정스러웠다. 아담1은 그녀에게 아무런 지시도 내리지 않았다. 단지 그는 토비를 지켜보기만 했고 토비는 자신이 보호관찰을 받고 있다는 걸 알았다. 토비는 필요할 때 도움을 제공하며 상황에 적응하려고 노력했지만 일상적인 업무에는 서툴렀다. 이브9인 누알라가 원하는 대로 재봉틀로 박은 것처럼 작게 바늘땀을 뜰 수도 없었고 샐러드에 핏방울을 떨어뜨렸을 때에는 레베카로부터 더 이상 야채를 썰지 마라는 소리도 들었다. "홍당무를 넣은 것처럼 보이고 싶었다면 홍당무를 넣었겠지."라고 그녀는 말했다. 정원의 채소를 담당한 아담13 버트는 토비가 실수로 아티초크* 몇 개를 뿌리째 뽑자 잡초를 뽑지 못하게 했

---

* 국화과의 여러해살이풀.

홍수의 해

다. 하지만 토비는 보라색 생태변기만큼은 말끔히 청소할 수 있었다. 그건 특별한 훈련이 전혀 필요하지 않은 단순한 허드렛일이었다. 그래서 토비는 그 일을 했다.

아담1은 토비의 노력을 잘 알았다. "생태변기 청소가 많이 힘들지는 않지?" 어느 날 아담1이 물었다. "여기서는 엄격하게 채식 위주로 식사를 하니까." 토비는 그 말을 들었을 때 무슨 소리인가 의아했다. 그러다가 그 말이 악취가 덜 난다는 뜻이라는 걸 깨달았다. 개보다 소에 가깝다는 말이로군.

토비는 정원사들의 서열을 알아차리기까지 조금은 애를 먹었다. 정신적인 수준에서 모든 정원사들은 동등하다고 아담1은 주장했지만, 실질적인 수준에서는 그렇지 않았다. 아담이나 이브에게 붙은 번호는 중요성보다는 전문 영역을 나타냈지만 어쨌든 아담과 이브 들의 서열이 일반 정원사보다 높은 건 사실이었다. 여러 면에서 이곳은 수도원 같다고 토비는 생각했다. 성직 대표자들, 그리고 평 수도사. 물론 평 수녀도 있다. 순결을 요구하지 않는다는 점만 다르다.

정원사들의 환대를 받고 있으면서도 진심으로 개심한 것이 아니어서 그들의 친절에 고마워하는 척하는 것이었으므로, 토비는 일을 아주 열심히 해서 그들에게 조금이라도 도움이 되어야 한다고 생각했다. 그녀는 보라색 생태변기 청소 외에 다른 일도 했다. 퇴비와 보라색 생태변기 부산물에 섞을 깨끗한 흙을 비상계단을 통해서 옥상으로 퍼 날랐다. 정원사들은 버려진 건축 현장이나 공터에서 긁어모은 흙을 보유했다. 비누 쪼가리를 녹여서 웃물을 가만히 따른 다음 식초를 만들었다. 그녀는 생명나무 천연제품 거래처를 위해 벌레들을 용기에 담았고, 새 생명 운동기구 러닝머신들이 있는 체육관 마룻바닥을 자루걸레로 닦았다. 또한 이 단체의 모든 독신자들이 매일 밤 건조시킨 식물 소재를 채워 넣은 매트리스 위에서 단잠을 잘 수 있도록 옥상 바로 아래층에 있는 기숙사의 칸막이 침실들을 깨끗이 쓸었다.

여러 달 동안 이런 생활을 한 후 아담1은 토비에게 그녀의 다른 재능들을 발휘해 볼 것을 제안했다. "어떤 다른 재능요?"

"너 전인 치유법 배우지 않았어?" 아담1이 물었다. "마사그레이엄에서."

"네, 배웠어요." 토비가 대답했다. 자신에 대해 어떻게 알게 됐는지 물어보는 것은 아무런 의미가 없었다. 아담1은 그냥 모든 걸 알았다.

그래서 토비는 약초 로션과 크림 들을 만들기 시작했다. 잘게 자르는 작업은 많지 않았고 팔 힘도 절구와 절굿공이를 다룰 수 있을 만큼은 강했다. 그 일을 시작하고 얼마 지나지 않아 아담1이 그녀의 기술을 아이들에게 나누어 줄 것을 요청했으므로 토비는 날마다 일과에다 수업 몇 시간을 추가했다.

어느새 토비는 여자들이 입는 자루처럼 헐렁하고 칙칙한 옷에 익숙해졌다. "넌 머리를 길게 기르고 싶어질 거야." 누알라가

홍수의 해

말했다. "머리 가죽을 벗겨 낸 것 같은 모습에서 어서 벗어나야지. 우리 여자 정원사들은 모두 다 머리를 길게 기른단다." 토비가 무엇 때문에 머리를 기르는지 묻자 미적 선택은 신의 영역이라는 걸 알아야 한다고 했다. 토비가 보기에 이런 식으로 싱글거리며 위세를 부리고 믿음이 두터운 척하는 태도들이 특히 여자 회원들 사이에 좀 지나칠 정도로 퍼져 있는 것 같았다.

토비는 때때로 이곳에서 도망칠까 하는 생각도 해 봤다. 부끄럽지만 우선 그녀는 주기적으로 동물성 단백질에 대한 열망에 사로잡혔다. "시크릿버거를 먹고 싶다는 생각이 한 번도 들지 않았어요?" 토비는 레베카에게 물었다. 토비와 같은 세상에서 온 레베카에게는 그런 질문을 할 수 있었다.

"솔직히 말하면, 나도 그런 생각이 들지 왜 안 들겠어. 햄버거 속에 들어가는 것 중에서, 그래, 들어 있을 거야. 중독성 있는 뭔가." 레베카가 말했다.

음식은 그런대로 먹을 만했다. 레베카는 이용 가능한 제한적인 재료로 최선을 다해 음식을 만들었지만 그게 그거였다. 게다가 기도는 따분했고 신학 체계는 마구 뒤섞여 있었다. 얼마 후에 인류가 전멸할 것이라고 믿는다면 어째서 사소한 생활 방식에 대해 그토록 까다롭게 구는 걸까? 토비는 재난이 임박했다는 확실한 증거를 하나도 볼 수 없는데도 정원사들은 그것을 굳게 믿었다. 어쩌면 그들은 새의 내장을 판독하고 있는지도 몰랐다.

인구과잉과 사악함 때문에 곧 인류 대멸종이 들이닥칠 거라면서도 정원사 자신들은 스스로를 멸종 대상에서 제외시켰다. 그들은 아라랏이라는 비밀 창고에 숨겨 둔 음식으로 물 없는 홍수를 이겨 낼 수 있다는 생각을 하고 있었다. 이 홍수를 견뎌 낼 수상 구명 장비들이 있으므로 그들 자신이 곧 방주가 되어 마음으로 수집해 놓은 동물들, 아니 적어도 그 동물들의 이름과 함께 보존될 것이다. 그리하여 그들은 이 세상을 충만하게 만들기 위해 살아남을 것이다. 아니면 그와 비슷한 상황이라도 벌어질 것이다.

토비는 레베카에게 정원사들이 말하는 총체적인 재난을 실제로 믿는지 물었지만 레베카는 절대로 말려들지 않았다. 그녀는 기껏해야 "그들은 좋은 사람들이야." 정도만 말했다. "닥칠 일은 어떻게든 닥치게 되어 있어. 그래서 내가 너한테 그냥 마음 편하게 가지라는 말만 하는 거야." 그런 다음 레베카는 토비에게 꿀콩 도넛을 줬다.

그들이 좋은 사람이든 아니든 토비는 자신이 이런 현실 도피자들 사이에서 오랜 기간 버텨 낼 수 있을 것 같지 않았다. 그렇다고 해서 그냥 공공연히 떠날 수도 없었다. 그런 행동을 한다면 너무나도 노골적으로 배은망덕한 사람이 되어 버릴 것이다. 결국 이 사람들 덕분에 무사히 빠져나올 수 있었기 때문이다. 그래서 토비는 비상계단을 내려가 아래층의 숙박 시설과 도박장과 안마 시술소를 지난 다음 어둠을 틈타 잽싸게 도망쳐 나가 태양광 자동차를 얻어 타고 저 멀리 북쪽에 있는 어떤 도시로 달려가는 자신의 모습을 그려 봤다. 비행기는 비용이 너무 많이 드는 데다 시체보안회사에 의해 철저할 정도로 면밀한 검사를 받기 때문에 불가능했다. 설사 그럴 만한 돈이 있다고 해도 총알 기차 역시 탈 수가 없었다. 열차에서는 신분증 검사를 하는데 토비에게는 신분증이 없었기 때문이다.

뿐만 아니라 여전히 저 아래 지저분한 평민촌 골목에서는 블랑코가 두 악당 친구들과 함께 토비가 나타나기를 기다리며 망을 보고 있을 것이다. 지금까지 블랑코에게서 도망친 여자는 한 명도 없었다는 게 그의 자랑거리였다. 조만간 그는 토비를 찾아내 도망친 대가를 치르도록 만들 것이다. 그녀가 치러야 할 반항의 대가는 아주 값비쌀 것이다. 공개적으로 알린 후 집단 강간을 하거나 죽인 다음 머리를 장대에 꽂아 놓을지도 모른다.

토비가 어디에 있는지 블랑코가 모른다는 게 가능할까? 아니다. 소문이라는 소문은 모두 다 긁어모아 블랑코에게 팔아넘기는 평민촌 망나니 패거리들이 이번 정보도 분명 입수했을 것이다. 지금까지 토비는 거리에 나가는 걸 자제해 왔지만, 블랑코가 그녀를 뒤쫓아와 비상계단을 통과해 옥상까지 올라온다면 그걸 어떻게 막는단 말인가? 마침내 토비는 그녀의 두려움을 아담1에게 털어놓았다. 그는 블랑코가 어떤 짓을 할지 잘 알았다. 아담1은 그가 하는 짓을 목격한 적이 있었다.

"나는 정원사들을 위험에 빠트리고 싶지 않아요." 토비가 말했다.

"내 아가." 아담1이 말했다. "우리와 함께 있으면 넌 안전해. 그래, 제법 안전한 편이지." 블랑코는 오물늪 폭력배 중 하나에 불과하고, 정원사들은 그 옆 싱크홀*에서 산다고 아담1이 설명했다. "동네도 다를 뿐더러 서로 다른 집합체란다. 그들은 폭력배들 사이에 싸움이 일어나지 않는 한 불법 침입은 하지 않아. 시체보안회사가 폭력배를 관리하고 있고 우리가 입수한 정보에 따르면 그들은 우리 구역을 출입 금지 구역으로 발표했어."

"어떻게 그런 일을 할 생각을 했을까요?"

"자기들 이름으로 신과 연관된 걸 제거했다가는 이미지가 손상될 테니까." 아담1이 말했다. "베드로 침례파와 유명한 열매파의 영향력을 고려할 때, 조합에서 승인해 주지 않을 거야. 그들은 어떤 교파든지 현 상황을 엉망진창으로 만들지 않는 한 성령을 존중하고 종교적 관용을 베푸는 데 찬성한다고 주장하지. 그들은 사유재산 파기를 아주 싫어한단다."

"그들은 결코 우리를 좋아할 수 없겠네요." 토비가 말했다.

"물론 좋아하지 않지." 아담1이 말했다. "그들은 우리를 극단적인 음식 취향과 형편없는 패션 감각, 거기에다가 쇼핑에 대한 청교도적인 태도까지 결합시킨 왜곡된 광신자로 생각하지. 하지만 우리한테는 그들이 원하는 게 하나도 없잖아. 그러니까 우

---

* 지하 암석이 녹거나 동굴이 붕괴되어 생긴 웅덩이.

홍수의 해

리에겐 테러리스트의 자격이 없는 거야. 그러니 토비 아가씨, 안심하고 편안히 주무세요. 천사들이 그대를 지켜 준답니다."

별난 천사들이라고 토비는 생각했다. 그들 모두가 빛의 천사는 아니었다. 하지만 토비는 바스락거리는 옥수수 껍질로 만든 매트리스 위에서 조금은 마음 편히 잠잘 수 있었다.

아담과 모든 영장류의 축제

10년

하느님의 인간 창조법에 대하여

연사: 아담1

신의 정원인 이 땅에서 살아가는 친애하는 정원사 동지들이여, 여러분들 모두가 이 아름다운 에덴절벽 옥상정원에 함께 모인 것을 보니 얼마나 좋은지요! 우리의 어린 자녀들이 하나하나 주워 온 플라스틱 제품으로 멋진 동물 나무를 만든 걸 보니 절로 신이 납니다. 이것이야말로 유해한 물질이라도 선한 용도로 활용될 수 있다는 것을 보여 주는 아주 좋은 예가 아니겠습니까! 더욱이 나는 우리가 함께 나누게 될 우정의 식사를 고대하고 있습니다. 이브6인 우리의 필라 덕분에 맛보게 될 다양한 버섯 피클은 물론이고, 레베카가 작년에 추수한 순무를 이용해 만든 맛있는 순무 파이도 식탁에 올라올 겁니다. 또한 이 자리를 빌려 토비가 전임 교사가 된 것을 축하합니다. 토비는 진리의 빛을 목격한 사람은 수많은 고통스러운 경험과 내적인 장애물을 모두 극복할 수 있다는 것을 근면함과 헌신으로 보여 줬습니다. 토비, 우리는 당신이 자랑스럽습니다.

아담과 모든 영장류의 축제일에 우리는 인간이 영장류 계보임을 확언하려고 합니다. 이런 확언으로 우리는 진화론을 계속 거부하는 거만한 사람들의 분노를 초래했습니다. 하지만 우리는 또한 인간이 신의 능력으로 인해 현재의 모습으로 창조되었다는 사실도 함께 확언하는 바입니다. 이런 확언에 대해 마음속으로 "절대로 신은 없다."라고 말하는 멍청이 과학자들은 격노하고 있습니다. 그들은 신을 시험관에 넣어 무게를 달고 측량할 수 없다는 사실이 신의 비실재를 입증한다고 주장합니다. 하지만 신은 순전히 영혼입니다. 헤아릴 수 없을 정도로 무한한 존재에 대해 단지 측량하지 못한다고 해서 그것이 비실재를 입증한다고 결론 내릴 수 있을까요? 신은 실제로 비물체이고 비객관적 실재성이며, 만물이 그를 통해 그에 의해 존재합니다. 만약에 그런 비객관적 실재성이 없다면 존재는 물질성으로 가득 채워져서 어느 것 하나도 다른 것과 구별될 수 없을 겁니다. 물적 실체가 개별적으로 존재하는 것만으로도 신의 비객관적 실재성의 증거가 됩니다.

형태가 뚜렷하지 않은 하나의 물질과 또 다른 물질 사이에 신의 영혼이 직접 개입해 형태를 일으키고 땅의 기초를 놓았을 때 멍청이 과학자들은 어디에 있었습니까? "새벽 별들이 기뻐 노래"할 때 그들은 어디에 있었나요? 하지만 이제 진심으로 그들을 용서해 줍시다. 질책하는 게 오늘 우리의 임무는 아니기 때문입니다. 우리가 해야 할 일은 진심으로 겸손하게 우리 자신의 세속적인 상태를 묵상하는 겁니다.

신은 순전히 말씀으로 인간을 창조할 수 있었습니다. 하지만 그는 그런 방법을 사용하지 않았습니다. 그는 또한 땅의 흙으로 인간을 빚을 수도 있었는데, 어떤 의미에서는 그렇게 했지요. "흙"이라는 말이 모든 물질적인 실체의 기본 구성 요소들인 원자와 분자가 아니라면 달리 무엇을 의미하겠습니까? 그런 다음 신은 길고도 복잡한 자연도태와 성도태* 과정을 통해 우리 인간을 창조했습니다. 이것이 바로 인간에게 겸손함을 주입하기 위한 신의 독창적인 장치가 아니고 무엇이겠습니까? 그는 우리를 "천사보다 조금 못하게" 만들었지만, 과학이 입증하듯이 다른 면에서 보면 우리는 우리의 친구인 영장류 동물과 밀접하게 연관되어 있습니다. 이 세상의 거만한 친구들은 이 사실로 인해 인간의 자존심이 손상된다고 생각합니다. 우리의 식욕, 우리의 욕망, 다소 통제하기가 쉽지 않은 우리의 감정, 이 모든 것이

---

* 동물이 생식할 때 짝을 얻는 데 적당한 형질만 자손에게 남아서 진화에 관여한다는 학설.

영장류입니다! 본래의 동산에서 인간이 쫓겨났다는 것은 바로 그런 양식과 충동을 천진난만하게 행동으로 드러내던 상태에서 그것들을 의식적이고도 모욕적으로 인식하는 상태로 추락했다는 말입니다. 거기서부터 우리의 슬픔, 우리의 불안, 우리의 의심, 그리고 신을 향한 우리의 분노가 나옵니다.

맞습니다. 우리는 다른 동물들처럼 축복받았고 생육하고 번성하여 땅에 충만하라는 명령을 받았습니다. 하지만 이런 충만함을 누리겠다고 인간이 얼마나 자주 치욕적이고 공격적이며 고통스러운 수단을 사용합니까! 우리가 죄책감과 불명예를 안고 태어난 것은 전혀 놀랄 일이 아닙니다! 어째서 신은 우리를 자신처럼 순수한 영혼으로 만들지 않았을까요? 어째서 신은 우리를 썩기 쉬운 물질 속에, 그리고 공교롭게도 원숭이 같은 물질 속에 끼워 넣었을까요? 이런 식의 태곳적 한탄이 나오는군요.

우리가 어떤 명령을 어겼습니까? 아주 단순하게 말하면 우리에게 동물의 삶을 살라고 한 명령입니다. 말하자면 벌거벗은 채로요. 하지만 우리는 선악의 지식을 갈망했습니다. 우리는 그 지식을 손에 넣었지요. 그러고는 이렇게 중대한 결과를 초래한 겁니다. 능력 위로 솟아오르겠다고 아등바등거리다가 우리는 아득히 추락했고 아직도 더 추락하는 중입니다. 창조와 마찬가지로 추락 역시 진행 중이기 때문입니다. 우리는 탐욕의 노예로 떨어졌습니다. 어째서 우리는 땅 위에 있는 모든 게 우리 것이라고 생각하는 거죠? 사실은 우리가 모든 것에 속해 있는 것이 아닐까요? 우리는 동물들의 신뢰를 저버렸고 성스러운 관리자 임무를 모독했습니다. "땅에 충만하라."라는 신의 명령이 다른 모든 것은 없애고 우리 자신들로 흘러넘치도록 채워야 한다는 뜻인가요? 우리가 그동안 얼마나 많은 생물종을 몰살했습니까? 신의 가장 작은 피조물에게 그런 짓을 한다는 것은 신을 모욕하는 것과 다를 바 없습니다. 나의 친구들이여, 다음번에 발바닥으로 벌레를 밟아 뭉개거나 딱정벌레를 얄볼 경우 제발 그런 점을 생각해 보시기 바랍니다!

모든 창조물 중에서 우리만이 유일하게 영혼을 지닌 특별한 존재라고 간주하는 교만함에 빠지지 않도록 기도합시다. 또한 신은 다른 모든 생명체보다 우리를 중시한다는 헛된 상상에 빠져서 우리 좋을 대로 다른 생명체를 파멸시키는 일이 없기를 바랍시다.

오, 신이시여, 당신께 감사하나이다. 우리가 천사보다 못한 존재일 뿐만 아니라 수많은 피조물 친구들과 우리를 묶는 일단의 디엔에이와 아르엔에이로 구성되었다는 사실을 상기할 수 있는 존재로 창조해 주신 것을 감사드리나이다.

우리 다 함께 노래합시다.

오, 교만하지 않게 하소서

오 주님, 교만하지 않게 하소서.
다른 영장류보다 나 자신이 더 높다고
생각하지 않게 하소서. 다른 영장류의 유전자를 통해
우리는 당신의 사랑을 받는 자로 자라났나이다.

수백만 년에 걸친 당신의 나날들
이해를 벗어난 당신의 방법들
하지만 당신의 유전자 결합을 통해
열정, 지성, 지식이 탄생했나이다.

원숭이나 고릴라를 통해 우리가 항상
당신의 진로를 추적할 수는 없나이다.
그러나 모두가 당신의 장엄한 우산 밑에서
온전히 보호받고 있나이다.

만약 우리가 허영심과 자만심으로
자신을 과시하고 우쭐댄다면,
우리 안에 들어 있는 동물적 본성인
오스트랄로피테쿠스를 기억하게 하소서.

그리하여 적대감, 분노, 탐욕 같은
더 추악한 속성과 멀리 있게 하소서.
우리의 비천한 태생도
우리의 영장류 씨앗도 경멸하지 않게 하소서.

— 『신의 정원사들이 즐겨 부르는 찬양집』에서

홍수의 해

11

렌

25년

그날 밤, 그러니까 물 없는 홍수가 시작되던 날 밤을 돌이켜 생각해 보니 남달랐던 건 하나도 없었다. 7시 무렵 나는 배가 고파 미니 냉장고에서 에너지 바 하나를 꺼내 반 정도 먹었다. 나 같은 체형은 뚱뚱해지면 안 되기 때문에 뭐든지 절반만 먹었다. 언젠가 나는 모디스에게 유방 확대 수술을 받으면 어떻겠느냐고 물었다. 그러자 그는 내가 불빛이 희미한 곳에서는 미성년자 노릇을 할 수 있고 요즘은 여학생에 대한 수요가 많다고 대답했다.

턱걸이 연습을 하고 케겔 체조*도 마쳤을 때 모디스는 비디

---

* 골반을 에워싸는 근육을 수축시키는 운동.

오폰으로 내 상태가 어떤지 물었다. 나처럼 많은 사람을 상대할 수 있는 아가씨가 한 명도 없었으므로 그는 내가 없는 걸 아쉬워했다. 모디스는 말했다. "렌, 넌 손님들이 1000달러도 똥 싸듯 내놓게 만들잖아." 나는 그에게 손으로 키스를 보내 줬다.

"엉덩이 관리는 제대로 하고 있겠지?" 모디스가 그렇게 말하기에 나는 비디오폰을 내 엉덩이 쪽으로 갖다 댔다.

"우리 병아리 아주 잘 자라고 있군." 그가 말했다. 나 스스로 볼품없다는 생각이 들 때에도 그는 내게 예쁘다는 기분이 들도록 말해 줬다.

그런 다음 나는 동작과 춤을 음악에 맞춰 볼 겸 뱀 소굴을 보여 주는 비디오를 켰다. 내가 없어도 모든 게 순조롭게 돌아가는 것을 지켜보고 있으려니 마음이 이상했다. 나는 마치 삭제된 것 같았다. 크림슨 페탈이 봉에 매달려 애태우고 있었고, 사보나가 나 대신 그네를 타고 있었다. 새로운 은빛 모헤어 모자를 쓴 그녀는 반짝반짝 녹색으로 빛났고 유연한 몸짓도 괜찮아 보였다. 나 역시 모헤어를 쓸까 생각 중이었다. 절대로 벗겨지는 일이 없어서 가발보다 나았다. 하지만 몇몇 여자애들의 말로는 양고기를 뒤집어쓴 것 같은 냄새가 나는데 특히 비올 때는 심해진다고 했다.

사보나는 어딘지 어설퍼 보였다. 그녀는 곡예 전문이 아니라 봉 춤을 추는 댄서였고 하체에 비해 상체가 다소 뚱뚱한 데다 비치볼처럼 가슴을 확대했다. 그녀에게 킬힐을 신기고 뒤쪽에서 입김만 불어도 얼굴부터 수직으로 떨어질 것이다. "성공만 하면 뭐든지 해야지." 그녀는 항상 그렇게 말했다. "꼬마야, 이게 먹히잖아."

사보나는 한손으로 하는 중간 스트로크*에서 거꾸로 매달린 채 다리 찢기 동작을 하고 있었다. 나는 그녀의 동작에 압도되지 않았다. 밑에서 관람하는 남자들도 그런 기술에 흥미를 보인 적이 한 번도 없었다. 그들은 사보나가 웃지 않고 끙끙대면 또는 실제로 그네에서 떨어지지 않으면 대단히 잘한다고 생각할 것이다.

뱀 소굴에서 나와 다른 방들도 슬쩍슬쩍 봤지만 진행되는 게 별로 없었다. 깃털에 파묻히고 싶어 하는 사람, 잡탕죽을 온몸에 바른 사람, 벨벳 로프에 묶여 높이 매달린 사람, 거피**라면 사족을 못 쓰는 사람, 그런 물신숭배자들이 한 명도 없었다. 그저 단조로운 일과뿐이었다.

그래서 나는 아만다에게 전화를 걸었다. 우리는 서로에게 가족이다. 어린 시절 우리는 둘 다 길 잃은 강아지였다. 그게 우리를 묶어 주는 끈이다.

실험 미술가가 된 아만다는 위스콘신 주의 사막에서 추진 중인 바이오 아트 설치물을 짜 맞추고 있었다. 당시에는 소뼈 작업이었는데, 위스콘신 주는 십 년 전 큰 가뭄이 밀어닥친 이후 비

---

* 한 끝에서 다른 끝까지 움직이는 동작.
** 송사릿과의 열대 담수어.

용을 줄이기 위해 자연사하지 않은 소들을 배에 실어 내보내는 대신 직접 도살하면서 온 땅이 소뼈로 뒤덮였다. 아만다는 연료 전지로 움직이고 끝에 삽이 달린 적재기 두 대와 그녀가 고용한 텍사스-멕시코 불법 피난민 두 명과 함께 있었다. 아만다는 오직 하늘에서만 볼 수 있도록 엄청나게 커다란 패턴으로 소뼈를 질질 끌고 다니며 커다란 대문자로 단어를 만들고 있었다. 나중에 그녀는 팬케이크 시럽으로 그 단어를 덮은 다음 곤충들이 다닥다닥 달라붙을 때까지 기다렸다가 공중에서 비디오로 찍어 화랑에 전시할 계획이었다. 그녀는 물체가 움직이고 자라나고 사라지는 과정을 지켜보는 걸 좋아했다.

아만다에게는 실험 미술가로서 작업할 수 있을 만큼의 돈이 항상 있었다. 말하자면 그녀는 문화계에서 제법 유명한 편이었다. 문화계는 그다지 크진 않았지만 부유층이었다. 이번에는 시체보안회사의 고위 관리와 협정을 맺었는데, 그는 아만다가 비디오 촬영을 할 수 있도록 그녀를 헬리콥터에 태워 하늘로 올려보낼 것이다. 아만다는 내게 "작은 회오리바람 하나 얻으려고 미스터 빅과 거래 좀 했지."라고 말했다. 우리는 절대로 전화에 대고 시체보안회사니 헬리콥터니 하는 말을 입에 올리지 않았다. 그들이 그런 특별한 단어들을 도청하는 로봇들을 심어 놓았기 때문이다.

아만다의 위스콘신 작업은 '살아 있는 단어' 시리즈의 일부였다. 아만다는 이 작품이 글로 기록하는 것을 너무나도 반대한 정원사들에게서 영감을 받은 것이라고 농담 삼아 말했다. 그녀는 글자 하나, 즉 I, A, O로 시작해 It과 같이 글자 두 개짜리, 그다음은 세 개짜리, 네 개짜리, 다섯 개짜리로 확장했다. 지금은 여섯 개짜리를 하는 중이다. 그녀는 물고기 내장, 유독성 물질 유출로 죽은 새들, 그리고 사용된 적 있는 식용유가 잔뜩 있는 건물에 불을 붙인 폭파 현장에서 나온 변기를 포함한 여러 다른 재료들을 이용해서 글자를 썼다.

아만다의 새 단어는 고장나 버렸네(kaputt)였다. 그녀는 예전에 이 말을 해 주면서 자신은 메시지를 전달하는 중이라고 했다.

내가 물었다. "누구한테? 화랑에 오는 사람들? 미스터 부자와 거물들?"

"맞아, 그 사람들이야. 그리고 미시즈 부자와 거물들에게도 역시." 아만다가 대답했다.

"말썽 나지 않겠어, 아만다?"

"괜찮아. 어차피 그들은 이해하지 못할 거야."

작업은 그런대로 잘 진행되고 있다고 아만다는 말했다. 비가 내려서 사막의 꽃들이 활짝 피었고 벌레도 많다고 했다. 이런 현상은 그녀가 시럽을 뿌렸을 때 좋은 결과를 가져올 것이다. K는 이미 끝났고 지금은 A를 반 정도 마쳤다고 했다. 하지만 텍사스-멕시코 사람들이 지루해하는 게 문제였다.

"나도 마찬가지야." 내가 말했다. "그들처럼 나도 여기서 벗어나고 싶어 죽을 지경이라니까."

"중병에 걸린 사람이 세 명이나 있군." 아만다가 말했다. "여기 텍사스-멕시코 사람에다 너까지 합쳐서 세 명이나 된다고."

"아, 맞다. 너 아주 멋있어 보인다. 카키복* 잘 어울리는걸." 키가 큰 아만다는 팔다리가 가늘고 기다란 탐험가 아가씨 같은 모습이었다. 정글용 방서 모자를 쓴 탐험가.

"너도 나빠 보이진 않아." 아만다가 말했다. "렌, 몸조심해."

"너도 몸조심하고. 텍사스-멕시코 남자들한테 당하지 말고."

"그럴 일은 없어. 그 사람들은 내가 미쳤다고 생각하거든. 미친 여자들은 거시기를 잘라 버리잖아."

"그런 말은 처음 듣는걸!" 나는 깔깔대고 웃었다. 아만다는 내가 웃는 걸 아주 좋아했다.

"네가 어떻게 알겠어?" 아만다가 말했다. "넌 미치지 않았잖아. 거시기가 마룻바닥에서 꿈틀거리는 거 한 번도 못 봤으면서 어떻게 알겠어. 좋은 꿈꾸면서 잘 자라."

"너도 잘 자." 나도 말했지만 이미 그녀가 찰칵하고 전화를 끊은 후였다.

나는 성인들의 축일을 놓쳤으므로 오늘이 어느 성인의 축일인지 기억하지 못한다. 하지만 연도는 계산할 수 있다. 아만다를 얼마 동안 알고 지냈는지 표시해 두려고 나는 눈썹 그리는 연필

---

* 카키색 군복.

홍수의 해

로 벽에다 표시를 해 뒀다. 옛날 만화에 나오는 죄수들처럼 표시했는데, 5를 나타내려고 사선을 네 개 긋고 그것들을 가로지르는 선을 하나 그었다.

세월이 참 많이 흘렀다. 아만다가 정원사들에게 온 지도 벌써 십오 년이 지났다. 아주 어렸을 때부터 나는 상당히 많은 정원사들을 만났다. 아만다, 버니스, 젭, 그리고 아담1, 섀키와 크로제, 늙은 필라, 물론 토비도 있다. 그들은 나에 대해 어떻게 생각할까? 내가 결국 생계를 위해 하게 된 일에 대해서 뭐라고 말할까. 그들 중 몇몇, 예를 들어 아담1은 실망할 것이다. 버니스는 신앙적으로 타락한 나한테 딱 맞는 일이라고 말할 것이다. 루선은 행실이 못된 년이라고 말할 것이고, 나는 똥 묻은 개가 겨 묻은 개 나무란다고 대꾸할 것이다. 필라는 신중한 얼굴로 나를 바라볼 것이고, 섀키와 크로제는 깔깔대고 웃을 것이다. 토비는 비늘클럽에 대해 화를 내겠지. 젭은 뭐라고 할까? 아마도 그는 하나의 과제라고 규정짓고 그곳에서 나를 빼내려고 노력할 것 같다.

아만다는 이미 안다. 그녀는 판단하지 않고 거래해야 하는 건 거래하는 법이라고 말할 뿐이다. 우리에게 항상 선택권이 있는 건 아니다.

12

루선과 젭이 정원사들과 함께 살기 위해 바깥지옥세계에 있던 나를 끌고 왔을 때 처음에는 정말이지 싫었다. 정원사들은 미소를 달고 살았지만 난 그들을 보는 것만으로도 섬뜩했다. 세상의 종말, 적, 신에 대해 관심이 많은 그들은 언제나 죽음에 대해 이야기했다. 정원사들은 생명체를 죽이는 것에 대해 엄격하면서도 다른 한편으로 죽음은 자연스러운 과정이라고 말했다. 이제 와 생각하니 그건 왠지 모순인 것만 같다. 그들은 흙으로 돌아가 비료가 되는 건 좋은 일이라고 생각했다. 모든 사람들이 자신의 몸을 독수리의 일부가 되도록 내주는 게 고대할 만한 멋진 미래라고 생각할 것 같지는 않은데 정원사들은 그렇게 생각했다. 정원사들이 그들 자신은 제외하고 지구에 있는 모든 사람들을 몰살시킬지 모르는 물 없는 홍수에 대해 말하기 시작하면, 나는 악몽을 꿨다.

진짜 정원사 아이들은 그런 말을 들어도 전혀 겁먹지 않았다. 그들은 그런 이야기에 익숙해져 있었고 심지어 그걸 가지고 농담도 했다. 아니, 새키와 크로제와 그들의 친구들처럼 나이 많은 아이들이 그랬던 것 같다. "우리는 모두 다 주우우우글 거잖아."라고 말하며 그들은 죽은 사람의 표정을 지었다. "헤이, 렌. 생명의 순환을 위해 너도 한몫하고 싶어? 저 쓰레기 더미에 가서 누워 봐. 그럼 넌 퇴비가 될 테니까." "헤이, 렌. 구더기가 되고 싶어? 이 상처를 핥아 봐!"

"입 다물지 못해!" 버니스가 소리쳤다. "그렇지 않으면 내가 널 밀어 버릴 테니까 네가 먼저 저 쓰레기 더미 속으로 들어가게 될 거야." 버니스는 심술궂고 고집도 셌기 때문에 대부분의 아이들이 뒤로 물러났다. 심지어 남자아이들도 그랬다. 하지만 난 버니스에게 신세를 진 것이기 때문에 앞으로 그녀가 시키는 일은 모두 해야 할 것 같았다.

하지만 그들을 물리쳐 줄 버니스가 가까이 없을 때에는 새키와 크로제가 나를 놀렸다. 그들은 달팽이를 쥐어짰고 풍뎅이를 먹었다. 둘은 약한 사람을 놀려 먹으려고 온갖 못된 짓은 다 했는데, 토비가 붙여 준 별명대로 그들은 두통거리였다. "두통거리가 저기 오네요." 토비가 레베카에게 하는 말을 나는 우연히 들었다.

키가 크고 삐쩍 마른 새키의 나이가 제일 많았는데 그는 바늘과 양초 그을음으로 팔 안쪽에다 직접 거미 문신을 새겼다.

몸집이 땅딸막한 크로제는 머리통은 동그랗고 앞어금니 하나가 없었는데, 자기 말로는 길에서 싸우다가 빠진 거라고 했다. 그들에게는 어린 동생이 하나 있었고 이름은 오츠였다. 그들에겐 양부모가 없었다. 과거에는 있었지만, 그들의 아버지가 젭과 함께 특별한 아담 여행에 나섰다가 돌아오지 못하자 그들의 어머니도 자리를 잡은 다음 아이들을 데리러 오겠다고 아담1에게 말하고는 집을 나가 버렸다. 하지만 절대로 그런 일은 일어나지 않았다.

정원사 학교는 옥상과는 다른 건물에 있었다. 그 건물의 이름은 건강 클리닉이었는데 한때 병원이 있었던 곳이었다. 그곳에는 아직도 쓰다 남은 붕대가 잔뜩 들어 있는 상자들이 있었다. 정원사들은 수공예 프로젝트를 위해 그것들을 그냥 모아 놓고 있었다. 이 건물에서는 식초 냄새도 났는데 교실에서 나와 복도를 가로질러 가면 정원사들이 식초를 만들 때 사용하는 방이 있었기 때문이다.

건강 클리닉에 있는 장의자들은 딱딱했다. 우리는 줄을 맞춰 앉았다. 글은 석판에 썼는데 하루가 끝나면 깨끗이 닦아야만 했다. 정원사들은 적에게 발견될 장소에 우리가 쓴 글을 남겨 둘 수 없다고 말했기 때문이었다. 여하튼 종이는 나무 살로 만들었으므로 사악했다.

우리는 이것저것을 외우고 그것들을 큰 소리로 노래하는 데

많은 시간을 보냈다. 예를 들어 정원사 역사는 이러했다.

1년, 정원이 새로 시작되었다. 2년, 아직도 새롭다. 3년, 필라가 벌을 키우기 시작했다. 4년, 버트가 문으로 들어왔다. 5년, 토비를 운 좋게 데려왔다. 6년, 카투로가 합세했다. 7년, 젭이 우리의 천국에 합류했다.

7년에는 나도 왔고 우리 엄마 루선도 왔다고 기록되어야 했다. 아무튼 이곳은 천국은 아니었다. 하지만 정원사들은 운을 맞춰 노래 부르는 걸 좋아했다.

8년, 누알라의 운명이 결정되었다. 9년, 필로가 빛을 발하기 시작했다.

나는 10년에 렌이라는 이름이 그 노래에 포함되기를 원했지만 그렇게 될 것 같지 않았다.

우리가 외워야만 했던 것 중에 더 어려운 것들도 있었다. 수학과 과학이 최악이었다. 우리는 또한 모든 성인들의 축일을 외워야 했다. 거의 날마다 적어도 한 명은 있었고 어떤 때는 두 명 이상일 때도 있었으며 잔치를 벌이는 날도 있었는데, 모두 합치면 사백 명이 넘는다는 뜻이었다. 게다가 성인들이 성인이 되기 위해 행한 일들이 있었다. 몇 명은 쉬웠다. 외양간 올빼미의 성인 요시 레셈의 경우는 글쎄, 답이 너무나도 분명했다. 성인 다이앤 포시는 이야기가 너무나도 슬펐고 성인 새키는 영웅적이어서 비교적 외우기가 쉬웠다. 하지만 몇몇은 정말로 힘들었다.

성인 바시르 알루스, 또는 성인 크릭, 또는 포도카프의 날을 기억할 수 있는 사람이 어디 있단 말인가? 나는 항상 포도카프의 날을 틀렸다. 도대체 포도카프가 뭔가 말이다. 그건 옛날 옛적에 있었던 나무였는데, 꼭 물고기 이름처럼 들렸다.

우리를 가르쳤던 교사들로는 누알라가 어린아이들, 새싹과 꽃봉오리 합창단, 옷감 재활용을 담당했고 요리법은 레베카, 바느질은 수리야, 암산은 머지, 꿀벌과 균의 생태학은 필라, 식물 요법을 통한 전인 치유법은 토비, 야생 식물과 정원 식물은 버트, 묵상은 필로, 육식동물과 먹잇감의 관계와 동물의 위장술은 젭이 맡았다. 다른 선생님들이 몇 명 더 있었다. 열세 살이 된 우리들은 카투로에게 응급치료를, 산파 마루시카에게 인간의 출산 체계를 배우기로 되어 있었는데 우리가 배운 건 개구리 난소뿐이었다. 이것들이 우리가 주로 배운 과목들이었다.

정원사 아이들은 선생님들을 모두 별명으로 불렀다. 필라는 곰팡이, 젭은 미친 아담, 스튜어트는 가구를 만들었기 때문에 나사못이었다. 머지는 근육, 마루시카는 가래, 레베카는 소금과 후추, 대머리였던 버트는 손잡이였다. 토비는 무미건조한 마녀였는데 마녀는 토비가 항상 이것저것을 섞은 다음 병에다 따랐기 때문이고, 무미건조는 삐쩍 마르고 엄격한 데다 축축한 마녀 누알라와 구분하기 위해서였다. 누알라가 축축한 마녀인 것은 입이 축축하고 엉덩이를 씰룩거리는 데다 너무나도 쉽게 울릴 수 있기 때문이었다.

노래를 배우기도 했지만 정원사 아이들이 직접 만들어 부르는 조잡한 노래들도 있었다. 그들은 부드럽게 노래를 불렀다. 시작은 섀키와 크로제 그리고 나이 든 소년들이 했지만 우리도 모두 합세해 불렀다.

　　축축한 마녀, 축축한 마녀,

　　커다랗고 뚱뚱하며 군침 흘리는 암캐.

　　정육점 주인한테 팔아서 우리 모두 부자가 되어 보자.

　　소시지로 만들어 먹자. 축축한 축축한 마녀!

　　정육점 주인과 소시지는 정말이지 조잡했다. 어떤 고기이건 간에 정원사들에게는 저속했기 때문이다. "그만하지 못해." 누알라는 그렇게 말하면서 훌쩍거렸다. 그러면 나이 먹은 남자애들이 서로를 향해 엄지손가락을 치켜세우며 만족스러워했다.

　　무미건조한 마녀 토비는 한 번도 울릴 수 없었다. 남자애들은 토비를 고지식한 바보라고 말했다. 토비와 레베카가 가장 힘든 멍청이들이었다. 레베카는 겉으로는 명랑했지만 그녀를 화나게 만드는 사람은 한 명도 없었다. 토비의 경우는 안팎으로 가죽같이 단단했다. "섀키, 그만해라." 그녀는 등을 돌리고 있으면서도 그렇게 말했다. 누알라는 우리에게 지나치게 친절한 반면 토비는 우리가 스스로를 책임지게 만들었다. 우리는 토비를 더 많이 신뢰했다. 케이크보다는 바위를 더 많이 신뢰하는 법이다.

13

　나는 정원에서 다섯 구역 정도 떨어진 건물에서 루선과 젭과 함께 살았다. 그 건물의 이름은 치즈 공장이었는데 예전에 그런 일을 하던 곳이었기 때문이다. 그래서 그런지 희미하게나마 치즈 냄새가 남아 있었다. 치즈 공장 이후에는 미술가들의 아지트로 활용되었다. 하지만 그때까지 남아 있는 미술가는 한 명도 없었고 소유주가 누구였는지 아는 사람조차 전혀 없는 것 같았다. 그러는 사이에 정원사들이 그 건물을 인수했다. 그들은 집세를 낼 필요가 없는 곳에서 살아가는 것을 좋아했다.

　우리가 사는 공간은 하나의 커다란 방이었고 커튼으로 칸막이를 하여 몇 개의 방을 만들었다. 방 하나는 내가 쓰고 다른 방 하나는 루선과 젭이 같이 썼으며 또 하나는 화장실, 또 하나는 샤워실이었다. 칸막이 커튼은 비닐봉지 조각들을 엮고 강력 접착테이프를 붙여서 만들었기 때문에 방음은 되지 않았다. 이건 썩 유쾌하지 못했는데, 특히 보라색 생태변기 문제가 심각했다. 정원사들은 소화 작용은 신성한 것이므로 영양 섭취 과정의 마지막 산물에서 나는 냄새나 소리에 대해 우스워하거나 끔찍하게 생각할 건 하나도 없다고 말했다. 하지만 우리 집에서는 그 마지막 과정을 묵살하기가 어려웠다.

우리는 가장 큰 거실에서 문으로 만든 식탁에 앉아 식사를 했다. 좀 더 두툼한 자기 접시나 머그잔 몇 개를 제외하고 우리가 사용하는 그릇과 냄비와 접시 들은 모두 다 밖에서 집어 온 것들이었다. 정원사들 말대로 주워 모았다. 그것들은 가마를 사용하면 너무나 많은 에너지가 소모된다는 결정을 내리기 전이었던 도자기 시대에 정원사들이 만든 것이었다.

나는 옥수수 껍질과 밀짚을 채운 매트리스에서 잤다. 청바지와 낡은 욕실용 매트를 꿰매어 만든 퀼트도 있었다. 아침마다 나는 제일 먼저 잠자리를 정돈해야 했다. 정원사들은 잠자리를 어떤 것으로 만드는가에 대해서는 까다롭지 않으면서 잠자리가 산뜻하게 정돈되어 있는지는 중요하게 생각했기 때문이다. 그런 다음 나는 벽에 박힌 못에 걸어 둔 옷을 꺼내 입었다. 매주 토요일마다 깨끗한 옷을 배급받았다. 정원사들은 빨래를 지나칠 정도로 많이 해서 물과 비누를 낭비하는 걸 아주 싫어했다. 습기 때문이기도 하지만 무엇보다 정원사들은 건조기 사용을 싫어했기 때문에 내 옷은 항상 구중중했다. "신이 태양을 만든 이유가 있겠지." 누알라의 말이었다. 그녀의 이론에 따르면 그 이유는 우리의 옷을 말리기 위해서였다.

　루선은 잠자리에 들어가 있는 걸 제일 좋아하니까 아마 지금도 이불 속에 누워 있을 것이다. 건강현인 단지에서 나의 친아버지와 함께 살던 시절의 루선은 집에 있는 경우가 드물었다. 그런데 여기서는 옥상이나 건강 클리닉에 가서 다른 여자 정원사들을 도와 우엉 뿌리의 껍질을 벗기거나 우툴두툴한 퀼트를 만들거나 비닐봉지 커튼 같은 것을 짤 때를 제외하면 집 밖으로 나간 적이 거의 없었다.

　젭은 샤워실에 있을 것이다. 매일 샤워하지 않는다는 정원사들의 규칙을 젭은 무시했다. 우리 집에서 쓰는 샤워 물은 빗물통에 연결된 정원의 고무관을 통과해 중력의 작용을 받아서 나오는 것이라 에너지는 전혀 사용되지 않았다. 그게 바로 젭이 규칙을 무시하는 이유였다. 그는 노래를 부르고 있을 것이다.

　아무도 개의치 않아.
　아무도 개의치 않아.
　그래서 우리는 파멸하지.
　아무도 개의치 않으니까!

　젭은 러시아 곰 같은 커다란 목소리로 아주 흥겹게 노래를 불러 댔지만, 그가 샤워할 때 부르는 노래들은 모두가 이런 식으로 부정적이었다.

젭에 대한 나의 감정은 이중적이었다. 두렵기도 했지만 가족 중에 그토록 중요한 사람이 있다는 것이 안심되기도 했다. 젭은 아담이었다. 그것도 대표적인 아담이었다. 다른 사람들이 그를 존경하는 걸 보면 알 수 있었다. 백발이 약간 섞인 긴 갈색 머리와 폭주족처럼 턱수염이 있는 그는 크고 단단한 몸집에 얼굴은 가죽같이 꺼칠꺼칠했으며 눈썹은 철조망 울타리 같았다. 생긴 것도 은니와 문신이 있을 것 같지만 그렇지는 않았다. 그는 경호원처럼 강건했고 장난삼아 그런 행동을 하지는 않겠지만 필요하다면 목이라도 부러뜨릴 것처럼 위협적이면서도 한편으로는 친절한 표정이 얼굴에 담겨 있었다.

젭은 이따금씩 나와 함께 도미노 게임을 했다. 자연이 운동장인 정원사들은 장난감을 잘 다루지 못했다. 그들이 인정하는 유일한 장난감은 자투리 헝겊을 꿰맨 것이거나 모아 놓은 줄을 엮은 것이었다. 아니면 얼굴을 말린 능금으로 만든 꼬부랑 할머니 모습의 인형이었다. 하지만 그들이 직접 깎아서 만든 도미노는 허용했다. 내가 이기면 젭은 껄껄대고 웃으며 "옳지! 잘한다!"라고 말했다. 그러면 나는 금련화와도 같이 마음이 따스해졌다.

젭이 내 친아버지는 아니지만 나한테는 친아버지나 마찬가지이니 그에게 다정하게 굴라고 루선은 항상 나한테 말했다. 만약에 내가 버릇없이 굴면 젭이 마음의 상처를 입을 것이라고 했다. 하지만 말과는 달리 젭이 내게 다정하게 대하면 루선은 그다지 좋아하지 않았다. 그래서 행동거지를 어떻게 해야 할지 몰라 무척 힘들었다.

젭이 노래를 부르며 샤워하는 동안 나는 먹을 걸 가지고 들어왔다. 마른 콩 조각이나 전날 저녁 식사 때 먹다 남은 야채 파이였다. 루선은 정말이지 요리를 못했다. 그런 다음 얼른 학교로 갔다. 보통 아침을 먹어도 배는 여전히 고팠다. 그래도 학교에서 점심을 줬다. 대단하다고 할 순 없지만 어쨌든 음식이었다. 아담1은 "시장이 반찬"이라고 말했다.

건강현인 단지에서는 배고팠던 기억이 전혀 없다. 정말로 나는 그곳으로 돌아가고 싶었다. 여전히 나를 사랑해 줄 것 같은 친아버지가 보고 싶었다. 내가 어디에 있는지 알았다면 그는 분명 나를 데리러 왔을 것이다. 내가 살던 진짜 집이 그리웠다. 거기에는 내 방도 있고 분홍색 커튼이 달린 침대와 여러 색깔의 옷들로 가득한 옷장도 있을 것이다. 하지만 무엇보다 나는 엄마가 예전의 엄마로 돌아가 나를 데리고 쇼핑도 가고, 클럽에서 골프도 치고, 새론당신 스파에서 마사지도 받고 향내를 풍기며 집으로 돌아왔으면 좋겠다. 하지만 내가 우리의 예전 생활에 대해 한마디라도 언급하면, 엄마는 그건 모두 지나간 일이라고 말했다.

엄마가 젭과 함께 도망쳐 나와 정원사들과 합류한 이유는 상당히 많았다. 그녀는 정원사들의 길이 인류에게, 그리고 지구상에 있는 다른 모든 피조물들에게도 최상이라고 말했다. 엄마는 젭뿐만 아니라 나에 대한 사랑 때문에 그런 결단을 내렸다. 그녀는 생명체가 완전히 사라지지 않도록 이 세상이 치유되기를 원하기 때문이었다. 그런 사실을 알게 되었을 때 나는 흐뭇하지 않았었나?

루선 자신은 그렇게 행복한 것 같지 않았다. 식탁에 앉아 빗으로 머리를 빗으며 울적하거나 비판적이거나 아니 어쩌면 비극적인 표정으로 우리 집에 단 하나밖에 없는 자그마한 거울에 비친 자신의 모습을 빤히 쳐다보곤 했다. 모든 여자 정원사들처럼 그녀의 머리도 길었으므로 빗질을 한 다음 땋아서 핀으로 고정하는 것은 간단한 일이 아니었다. 제대로 되지 않는 날은 이러한 전 과정을 처음부터 끝까지 네다섯 번이나 다시 했다.

젭이 집에 없는 날이면 엄마는 나한테 거의 한마디도 하지 않았다. 그렇지 않으면 마치 내가 젭을 숨기기라도 한 것처럼 행동했다. "그를 마지막으로 본 게 언제니? 학교에는 왔었어?" 엄마는 내가 그를 염탐하기를 원하는 사람처럼 행동했다. 그러다가 그녀는 사과하듯 "넌 오늘 어때?" 하고 물었다. 마치 나한테 뭔가 잘못한 게 있는 사람처럼 말이다.

하지만 막상 내가 대답하려고 하면 엄마는 들으려 하지 않았다. 대신 그녀는 젭의 발소리가 들리지 않을까 귀를 곤두세웠다. 엄마는 점점 더 안절부절못했고 화를 내기까지 했다. 방 안을 서성거리다가 창문을 내다보면서 혼잣말로 젭이 자기한테 얼마나 못되게 구는지 모른다고 말했다. 그러다 막상 젭이 나타나면 과도할 정도로 치켜세우고 법석을 떨어 댔다. 그런 다음에는 그를 귀찮게 들볶기 시작했다. 어디에 갔었느냐, 누구와 함께 있었느냐, 어째서 더 빨리 오지 않았느냐? 젭은 그냥 어깨를 으쓱하면서 "여보, 괜찮아. 이제 내가 왔잖아. 당신은 너무나 걱정이 많군." 하고 말했다.

그런 후에 두 사람은 비닐봉지와 강력 접착테이프로 만든 커튼 뒤로 사라졌다. 우리 엄마가 얼마나 비통하고 비굴한 소리를 질러 대던지 난 정말 굴욕적이었다. 엄마는 자존심도 자제력도 전혀 없었으므로 그때 나는 엄마를 증오했다. 마치 엄마가 옷을 하나도 입지 않고 쇼핑센터 한가운데로 달려가는 것만 같았다. 어째서 젭을 저토록 숭배하는 걸까?

이제는 어떻게 그런 일이 가능한지 알것 같다. 사람은 누구와도 사랑에 빠질 수 있는 법이다. 심지어 바보 멍청이, 죄인, 하찮은 사람이라고 해도. 결코 올바른 규칙이라는 건 없다.

또 하나 정원사들과 관련해 정말로 싫었던 건 옷이었다. 정원사들 자신은 온갖 인종으로 구성되었지만 그들의 의상은 그렇지 않았다. 아담과 이브 들이 주장하는 것처럼 자연이 아름답고, 들에 핀 백합이 우리의 모델이라면, 어째서 우리는 주차장이기보다 나비처럼 보일 수 없는 걸까? 우리는 너무나 밋밋했고 너무나 평범했으며 너무나 초라했고 너무나 어두웠다.

거리의 아이들, 그러니까 평민촌 망나니들은 부유하진 않아도 화려했다. 마술사의 카드처럼 그들의 손에서 번쩍번쩍 나타났다 사라지는 분홍색, 자주색, 은색 텔레비전카메라 휴대폰이나 음악을 듣기 위해 귓속에 쑤셔 넣는 바다소리 이어폰처럼 가물거리고 반짝이는 것들이 마냥 부러웠다. 그들이 누리는 눈부신 자유를 나도 원했다.

우리는 평민촌 망나니들과 사귀는 게 금지되어 있었다. 그쪽 역시 무척이나 거들먹거리며 소리를 질러 대거나 뭔가를 던지며 우리를 떠돌이로 취급했다. 아담과 이브 들은 우리가 믿음 때문에 박해를 당하는 거라고 말했지만 그보다는 우리의 옷 때문에 그럴 가능성이 많았다. 평민촌 망나니들은 유행에 매우 민감해 샀거나 훔친 옷을 아주 멋지게 차려입었다. 그들과 어울릴 수 없었지만 그들이 하는 말을 몰래 엿들을 수는 있었다. 우리는 그런 식으로 그들에 대해 알게 됐고, 또 세균처럼 그들의 방식에 전염됐다. 마치 철조망을 통해서 보는 것처럼 우리는 우리에게 금지된 속세의 생활을 가만히 지켜봤다.

언젠가 나는 인도에 떨어져 있는 아름다운 카메라 폰을 주운 적이 있다. 진흙이 잔뜩 묻어 있었고 신호는 죽어 있었다. 나는 그것을 집에 들고 갔다가 이브들한테 들켰다. "그 정도는 너도 알잖아? 그런 물건은 너한테 해를 끼칠 수 있단 말이야! 너의 뇌를 손상시킬 수도 있어! 그런 건 쳐다보지도 말아야 해. 네가 그걸 볼 수 있으면 그것도 널 볼 수 있단 말이야." 그들이 말했다.

14

아만다를 처음 만난 건 10년, 내가 열 살 때였다. 내 나이는 항상 연도와 같다. 그래서 무슨 일이 언제 일어났는지 기억하기가 쉽다.

그날은 늑대들의 성인 팔리의 축일로, 젊은 바이오니아*들이 청소하는 날이었다. 그날 우리는 보기 흉한 녹색 스카프를 목에 매고 나가 정원사들의 물자 재활용 공예품을 위해 물품들을 수거해 와야 했다. 때때로 우리는 잔가지로 엮은 바구니를 들고 고급 호텔과 식당 들을 돌며 비누 쪼가리를 수집했다. 사람들이 내버리는 비누를 모으면 한 삽 가득이었기 때문이다. 최고급 호텔들은 부유한 평민들이 모여 사는 양치류 지대, 골프녹지대, 그리고 최고 부유촌인 태양촌 지역에 있었다. 금지 사항이긴 했

---

* 생태 선도자.

지만 그곳에 갈 때 우리는 자동차를 얻어 타곤 했다. 정원사들은 대체로 우리에게 어떤 일을 시킬 때 그것을 할 수 있는 가장 쉬운 방법은 금지했다.

장미향 비누가 최고였다. 버니스와 나는 몇 개를 집으로 가져왔는데, 나는 축축한 퀼트에서 나는 곰팡이 냄새를 몰아내기 위해 그것을 베갯잇에 넣었다. 나머지를 정원사들에게 가져다주면 그들은 옥상에 있는 검은색 상자 모양의 태양열 레인지에 비누를 넣고 젤리가 될 때까지 부글부글 끓인 다음 식혀서 두툼한 조각으로 잘랐다. 정원사들은 세균에 대한 지나친 염려 때문에 비누를 많이 사용했지만 잘라 놓은 비누 조각 몇 개는 쓰지 않고 따로 챙겨 놓았다. 정원사들은 그것들을 나뭇잎으로 돌돌 말아 싸서 풀을 꼬아 만든 끈으로 묶은 다음 자신들이 관리하는 생명나무 천연제품 거래처에서 벌레, 유기농 순무, 호박, 그리고 정원사들이 소모하지 못한 다른 야채들이 담겨 있는 봉지들과 함께 관광객들이나 멍청이들에게 팔았다.

*

그날은 비누가 아니라 식초를 만드는 날이었다. 우리는 술집, 나이트클럽, 스트립쇼 극장의 뒷문으로 들어가 쓰레기통을 뒤져 마시다 남은 와인을 찾아내 젊은 바이오니아들의 에나멜 양동이에 쏟았다. 그런 다음 그 양동이를 건강 클리닉 건물로 가져가 식초 방에 있는 커다란 통에 부어 두면 식초로 발효했다. 그러면 그걸로 정원사들이 집 안을 청소했다. 남는 것은 수집하는 날 모아 둔 조그만 병에 따른 다음 정원사 라벨을 붙였다. 그것들은 생명나무에서 비누와 함께 판매용으로 전시되었다.

젊은 바이오니아 활동은 우리에게 유용한 교훈을 주기 위한 것이었다. 예를 들면 어느 것 하나 아무런 생각 없이 내버리면 안 된다는 교훈 같은 것 말이다. 심지어 죄가 들끓는 장소에서 나오는 와인도 마찬가지다. 쓰레기, 잡동사니, 오물 같은 건 전혀 없다. 단지 적절하게 이용되지 못한 물질만이 있을 뿐이다. 그리고 아주 중요한 사실은 아이들을 포함한 모든 사람들이 공동체 생활에 기여해야 한다는 것이었다.

섀키와 크로제, 그리고 다른 나이 든 남자애들은 때때로 와인을 모으는 대신 그걸 마시곤 했다. 지나칠 정도로 많이 마셨을 때에는 쓰러지거나 토하거나 평민촌 망나니들에게 싸움을 붙이기도 하고 술주정뱅이 부랑자에게 돌멩이를 던지기도 했다. 그에 대한 앙갚음으로 술주정뱅이 부랑자는 우리를 속일 수 있는지 알아보기 위해 빈 와인병에 오줌을 싸 놓기도 했다. 나는 오줌을 마신 적은 한 번도 없었다. 하지만 병뚜껑 냄새만 맡아도 알 수 있었다. 몇몇 아이들은 담배나 시가 꽁초 심지어는 간혹 스컹크위드까지 피우는 바람에 코의 감각이 둔해졌다. 오줌을 마신 아이들은 병을 엎어 놓고 침을 뱉고 욕을 했다. 어쩌면 그 애들은 정원사들이 금지하는 욕지거리를 대 놓고 하기 위한 구실을 만들려고 일부러 오줌이 들어 있는 병을 마시는 것인 지도 몰랐다.

정원이 보이지 않는 곳에 이르자마자 섀키와 크로제와 다른 나이 든 남자애들은 젊은 바이오니아 스카프를 풀어 아시아 퓨 전들처럼 머리에 묶었다. 그들도 거리의 갱이 되고 싶어 했다. 심지어 암호도 만들어 두었다. 그들이 "갱!" 하고 외치면 다른 한 명이 "그린!" 하고 소리치도록 약속되어 있었다. 말하자면 갱 그린이었다. "갱" 부분은 그들이 패거리이기 때문이고 "그린" 은 머리에 두른 스카프가 녹색이기 때문이다. 그것은 그저 갱 멤버들만의 비밀처럼 되어 있었지만 어찌 됐든 우리 모두 그것 에 대해 알았다. 갱그린은 살이 썩는 다는 뜻인데, 그들이 속속 들이 타락했다는 점에서 참으로 적절한 암호라고 버니스는 말 했다.

"농담도 잘하시네, 버니스." 크로제가 말했다. "그런데 넌 참 못생겼다."

수집할 때 우리는 무리 지어 다녀야 했다. 그래야만 평민촌 망나니들로 구성된 거리의 폭력배, 우리의 양동이를 움켜쥐고 와인을 마실지도 모르는 술주정뱅이 부랑자들, 계집애들을 성 노리개로 삼는 시장에다 우리를 내다 팔지도 모르는 유괴범들 로부터 우리 자신을 보호할 수 있었다. 하지만 전 지역을 더 빨 리 돌기 위해 우리는 두세 명씩 흩어졌다.

어느 날 함께 길을 가던 나와 버니스 사이에 말싸움이 벌어졌다. 우리는 하찮은 일로도 끊임없이 말씨름을 했는데, 나는 그걸 우정의 표시라고 생각했다. 아무리 독한 말로 싸웠어도 시간이 조금 지나면 우리는 언제나 화해했기 때문이다. 우리를 연결해 주는 어떤 유대 관계가 있었고, 그건 뼈처럼 단단한 게 아니라 연골처럼 미끌미끌했다. 우리 둘 다 정원사 아이들 사이에서 불안감을 느꼈다. 아마도 보호자 없이 혼자 남겨질지도 모른다는 두려움을 각자 느끼고 있었기 때문일 것이다.

우리의 싸움은 쓰레기 더미에서 찾아낸 구슬 장식 동전지갑 때문이었는데, 지갑에는 불가사리가 붙어 있었다. 우리는 그런 물건을 찾아내고 싶어 안달했고 언제나 그런 걸 찾아 헤맸다. 평민촌 사람들은 많은 물건들을 내다 버렸다. 아담과 이브 들에 의하면 그들은 주의를 집중하는 시간이 아주 짧고 윤리 의식도 전혀 없었기 때문이다.

"내가 먼저 봤어." 내가 말했다.

"전번에도 네가 먼저 봤잖아." 버니스가 말했다.

"그래서 어쩌라고? 아무튼 내가 먼저 봤단 말이야!"

"네 엄마는 창녀야." 버니스가 말했다. 나 역시 그렇게 생각한다는 걸 버니스도 알기 때문에 그런 말을 하는 건 부당했다.

"그럼 너희 엄마는 식물이야!" 내가 말했다. "식물"이라는 말은 정원사들에겐 그런 뜻이 되면 안 되겠지만 실제로는 모욕적인 말이었다. "식물인 비나!" 나는 또 한 번 말했다.

"고기 입 냄새!" 버니스가 맞받아쳤다. 그녀는 지갑을 집더니 계속 들고 있었다.

"좋아!" 내가 말했다. 나는 돌아서서 걸었다. 어슬렁어슬렁 늑장 부리며 걸어갔지만 뒤를 돌아보지는 않았고 버니스 역시 곧장 내 뒤를 따라오지 않았다.

*

그 일은 애플 코너라는 쇼핑센터에서 발생했다. 이것이 평민촌의 공식적인 이름이었다. 물론 사람들이 그곳으로 들어가기만 하면 흔적도 없이 사라져서 싱크홀이라는 별명도 있었다. 정원사 아이들은 기회 있을 때마다 구경하면서 쇼핑센터를 걸어 다녔다.

평민촌에 있는 다른 것들처럼 이 쇼핑센터도 과거에는 훨씬 더 멋졌다. 고장 난 분수탑에는 빈 맥주 깡통들이 그득했고, 실내장식용 화분에는 수많은 지지 푸루트 깡통과 담배꽁초, 그리고 상처를 곪게 하는 병원균으로 뒤덮인(누알라의 말이다.) 이미 사용한 콘돔들이 들어 있었다. 예전에는 돈을 집어 넣으면 태양과 달, 희귀 동물, 돈 넣은 사람의 이미지를 만들어 주던 홀로그램 회전소가 있었는데, 얼마 전에 파괴되어 그 무렵에는 렌즈도 없이 멍텅구리처럼 서 있었다. 우리는 이따금씩 그 안에 들어가 별이 잔뜩 흩뿌려진 다 찢어진 커튼을 치고서 평민촌 망나니들이 벽에다 적어 놓은 메시지들을 읽었다. 모니카 재수 없는 년. 다르프도 똑같은 놈. 넌 얼마니? 너한텐 공짜다, 미친 ××야! 브래드 넌 죽었어. 평민촌 망나니들은 상당히 용감해서 아무 곳에 아무 말이나 썼다. 누가 보건 말건 그들은 상관하지 않았다.

싱크홀의 평민촌 망나니들은 홀로그램 회전소에 들어가 마약을 했다. 회전소 안에 마약 냄새가 진동했다. 그들은 거기서 섹스도 했는데, 그건 콘돔이나 팬티를 남겨 놓기 때문에 알 수 있었다. 정원사 아이들은 그런 행동 중 어느 것 하나도 할 수 없었다. 환각제는 종교적인 목적을 위한 것이었고, 섹스는 녹색 잎사귀를 나눠 피고 모닥불을 뛰어넘는 사람들이나 할 짓이었다. 하지만 나이 든 정원사 아이들은 자기들도 그런 짓을 해 본 적이 있다고 말했다.

주변을 판자로 막지 않은 상점들은 틴슬*, 와일드 사이드나 봉**이라는 이름으로도 알 수 있듯이 20달러짜리 물건들을 파는 곳이었다. 그들은 깃털 달린 모자, 몸에 칠하는 크레용, 용과 해골과 비열한 슬로건이 적혀 있는 티셔츠를 팔았다. 또한 에너지 바, 캄캄한 데서 혀에 빛이 나게 하는 추잉검, "당신 대신 피 워드리리."라고 쓰여 있는 빨간 입술 모양 재떨이, 이브들 말로는 혈관에 이르는 깊은 곳까지 피부를 까맣게 태우게 될 피부 속 에칭 문신약도 팔았다. 섀키의 말로는 태양촌 전문 매장의

---

* 크리스마스 때 쓰는 장식용 반짝이.
** 마리화나용 물파이프.

홍수의 해

후원으로 값비싼 물건들을 특가에 팔았다.

이브들은 그 모든 게 겉만 번지르르한 쓰레기라고 말했다. 만약에 영혼을 팔겠으면 그런 싸구려가 아니라 적어도 값이 더 비싼 걸 요구하란 말이야! 버니스와 나는 그런 말에 조금도 신경 쓰지 않았다. 우리는 영혼에 대해 아무런 관심이 없었다. 오히려 그것들이 갖고 싶어 실떡거리며 창문 안을 기웃거렸다. 넌 어떤 게 갖고 싶니? 우리는 속삭였다. 발광하는 마법 지팡이? 어머, 멋지다! 「피와장미」 비디오테이프? 싫어, 그건 남자애들이나 좋아하겠지! 진짜처럼 민감한 젖꼭지가 달려 있는 접착식 유방? 렌, 재수 없어!

그날 버니스가 가 버린 후 난 뭘 해야 할지 몰랐다. 혼자서는 안전하다는 느낌이 들지 않았으므로 어쩌면 그냥 돌아가야 할지도 모른다는 생각이 들었다. 바로 그때 나는 쇼핑센터 저쪽 편에 일단의 텍사스-멕시코 평민촌 여자애들과 함께 서 있는 아만다를 봤다. 그들은 얼굴로만 알던 무리였는데 아만다가 예전에 그들과 함께 있었던 적은 한 번도 없었다.

그 여자애들은 보통 때 입는 옷들을 입고 있었다. 미니스커트에 스팽글이 촘촘히 박힌 상의, 목에 두른 솜사탕처럼 보들보들한 기다란 털목도리, 은빛 장갑, 그리고 머리에는 플라스틱 나비 핀을 꽂고 있었다. 바다소리 이어폰, 타는 듯이 빛나는 핸드폰, 그리고 해파리 팔찌를 차고 있는 모습이 무척이나 돋보였다. 그들은 각자의 이어폰으로 똑같은 노래를 들으면서 그 노래에 맞춰 가슴을 쭉 내밀고 엉덩이를 흔들어 대며 춤을 추고 있었다. 마치 모든 상점에 있는 물건들을 모두 소유하고 있어서 그것들에 싫증이 나 버린 사람들 같았다. 그들의 그런 모습이 무척이나 부러웠던 나는 그 자리에 서서 그저 바라만 보고 있었다.

아만다도 춤을 추고 있었다. 그녀의 춤사위는 누구보다도 뛰어났다. 잠시 후 아만다는 춤추는 걸 중단하고 조금 떨어져 서서 보라색 핸드폰으로 문자를 보냈다. 그런 다음 그녀는 나를 똑바로 쳐다보고 미소 지으며 은빛 손가락을 흔들었다. 그건 이리로 오라는 뜻이었다.

나를 보고 있는 사람이 한 명도 없는지 살핀 다음 나는 쇼핑센터를 가로질러 갔다.

15

"해파리 팔찌 보여 줄까?" 내가 옆으로 다가가자 아만다가 물었다. 아만다는 내가 고아처럼 옷을 입은 데다 손이 백묵처럼 하얀 것을 보고 측은하다고 생각했던 게 분명했다. 그녀가 손목을 들어 올리자 자그마한 해파리가 수영하는 꽃송이처럼 펴졌다 오므라들었는데, 아주 완벽해 보였다.

"그거 어디서 났어?" 내가 물었다. 달리 무슨 말을 해야 할지 알 수 없었다.

"훔쳤어." 아만다가 말했다. 평민촌 여자애들은 대부분 그런 식으로 물건들을 구했다.

"그런데 어떻게 아직도 살아 있어?"

아만다는 팔찌를 꼭 묶어 놓은 은빛 장식을 가리키며 말했다. "이게 통풍기라서 산소를 공급해 주거든. 일주일에 두 번씩 먹을 것도 넣어 주고."

"네가 잊고 안 주면 어떻게 되는데?"

"서로 잡아먹어." 아만다가 말했다. 그녀는 살짝 미소 지었다. "일부러 그렇게 하는 애들도 있어. 먹이를 주지 않으면 자기들끼리 작은 전쟁을 하거든. 그러고 나서 얼마 지나면 해파리는 단 한 마리만 남게 되고, 그런 다음 그것도 죽어."

"아휴, 끔찍해." 내가 말했다.

아만다는 계속해서 미소 짓고 있었다. "맞아, 그래서 그런 짓을 하는 거란다."

"정말 예쁘다." 난 분명치 않은 목소리로 말했다. 난 그녀를 기분 좋게 해 주고 싶었는데, 끔찍해 하는 말을 듣고 그녀가 좋아했는지 싫어했는지는 도통 알 수가 없었다.

"너 가져." 아만다가 말했다. 그녀는 손목을 내밀었다. "난 또 하나 훔치면 되니까."

나는 그 팔찌가 몹시도 탐났지만, 먹이를 어디서 사는 건지 몰라 해파리를 죽이고 말 것 같았다. 그런 이유가 아니라도 내가 아무리 잘 숨겨 본들 이 팔찌는 발견될 것이므로 결국에는 곤경에 처할 게 뻔했다. "안 돼." 난 한 걸음 뒤로 물러섰다.

"너도 그들 중 한 명이구나, 맞지?" 아만다가 말했다. 그녀는 조롱하는 게 아니었다. 단순히 알고 싶은 표정이었다. "신의 추종자, 징그러운 신의 추종자. 이 근처에 그런 사람들이 많다는 소리는 들었어."

"아냐, 난 아니야." 내가 말했다. 거짓말을 하고 있다는 게 분명 온몸에 나타났을 것이다. 싱크홀 같은 평민촌에도 추레한 사람들이 많았지만 그들은 정원사들처럼 고의로 낡아 빠진 옷을 입지는 않았다.

아만다는 고개를 한쪽으로 갸우뚱하게 기울였다. "이상한 걸." 그녀가 말했다. "네 모습이 꼭 그런 사람들 같아."

"난 단지 그들과 함께 살 뿐이야. 그러니까 그들을 방문하는 중이란 말이야. 사실 난 그들과는 달라."

"물론 다르겠지." 아만다가 미소를 지으며 말했다. 그녀는 내 팔을 가볍게 두드렸다. "이리로 와 봐. 너한테 보여 줄 게 있으니까."

아만다가 날 데려간 곳은 비늘꼬리 클럽의 뒤쪽으로 연결된 좁은 골목이었다. 우리 정원사 아이들은 들어가면 안 되는 곳이었지만 술주정뱅이 부랑자들보다 먼저 들어가면 식초용 와인을 많이 구할 수 있는 곳이었기 때문에 어쨌든 우리는 들어갔다.

그 골목은 위험했다. 비늘꼬리 클럽은 추잡한 소굴이라고 이브들은 말했다. 우리는 절대로 결단코 그곳에 들어가면 안 되었다. 특히 여자애들은 더 위험했다. "성인 오락장"이라는 네온등이 문 위에 붙어 있었고 밤에는 검은색 양복을 입은 건장한 남자 두 명이 컴컴한데도 선글라스를 쓰고 문 앞을 지켰다. 나이든 한 정원사 여자애는 이 남자들이 자기에게 "일 년 후 예쁜 엉덩이를 가지고 다시 와."라고 했다며 주장했다. 하지만 버니스는 그 여자애가 그냥 잘난 척하는 거라고 말했다.

클럽 입구 양쪽에는 불이 들어온 홀로그램 사진들이 붙어 있었다. 머리털만 제외하고 온몸이 도마뱀처럼 반짝이는 녹색 비늘로 뒤덮인 아름다운 아가씨들의 사진이었다. 그중 한 명은 한 다리로 자신의 목을 갈고리처럼 감싸고 다른 한 다리로만 서 있었다. 그런 자세로 서 있으면 얼마나 아플까 하는 생각이 들었지만 그림 속 아가씨는 미소 짓고 있었다.

비늘은 자란 걸까 아니면 몸에 붙인 걸까? 버니스와 나는 그 점에 대한 생각이 서로 달랐다. 나는 풀로 붙인 거라고 했고 버니스는 유방 확대 수술처럼 수술했기 때문에 자라는 거라고 했다. 나는 버니스에게 그런 수술을 받을 사람이 세상에 어디 있겠느냐고 제발 헛소리 좀 하지 말라고 했다. 하지만 나도 마음속으로는 은근히 버니스의 말을 믿었다.

어느 날 환한 대낮에 우리는 비늘 아가씨 한 명이 거리를 달려가고 그 뒤를 검은색 양복을 입은 남자가 쫓아가는 광경을 목격했다. 빛나는 녹색 비늘 때문에 그녀는 무척이나 반짝거렸다. 비늘 아가씨는 하이힐을 벗어 버린 채 맨발로 사람들 사이를 이리저리 피하며 달려가고 있었다. 그러다가 깨진 유리 조각을 밟아 땅바닥에 쓰러진 그녀를, 쫓아오던 남자가 붙잡아 일으켜 세운 뒤 비늘클럽으로 다시 끌고 가는데 대롱대롱 매달린 녹색의 뱀 껍질 팔이 보였다. 그녀의 발에서는 피가 흐르고 있었다. 그

홍수의 해

모습이 떠오를 때마다 나는 누군가가 손가락을 자르는 걸 보고 있기라도 한 것처럼 온몸에 소름이 좍 끼쳤다.

비늘클럽 옆으로 난 골목 뒤쪽으로 조그마한 정사각형 마당이 있었고 그곳에는 쓰레기통들이 놓여 있었다. 석유 찌꺼기 같은 쓰레기를 담아 두는 통들이었다. 주변에는 널빤지 담장이 쳐져 있고 담장 너머에는 다 타 버린 건물만 남아 있는 공터가 있었다. 그곳에는 단단해진 흙에 시멘트 조각들과 숯이 된 나무, 깨진 유리 조각, 그리고 거기서 자라나는 잡초들뿐이었다.

이따금 평민촌 망나니들이 그곳에서 어슬렁거리다가 우리가 와인병을 따르고 있을 때 갑자기 달려들곤 했다. 그들은 "신의 추종자, 몸에서 악취를 풍기는 신의 추종자"라고 소리치며 양동이를 들고 도망치거나 그 속에 있던 것들을 우리한테 쏟았다. 버니스도 그런 일을 한 번 당했는데 여러 날이 지나도록 술 냄새가 진동했다.

야외 수업이 있는 날 우리는 때때로 젭과 함께 공터로 나갔다. 젭에 의하면 그곳은 평민촌에서 발견할 수 있는 초원과 가장 유사했다. 젭이 함께 있으면 평민촌 아이들은 우리를 괴롭히지 않았다. 젭은 개인적으로 키우는 호랑이와 비슷해서 주인한테는 온순하고 다른 사람들한테는 잔인했다.

언젠가 우리는 그곳에서 죽어 있는 아가씨를 봤다. 머리카락 한 올 없고 옷 하나 걸치지 않은 그녀의 몸에는 단지 몇 개의 녹색 비늘만이 매달려 있었다. 풀로 붙인 거였어. 뭔가 다른 걸로 붙였거나. 하여튼 자라는 건 아니야. 그러니까 내가 옳았다.

"어쩌면 일광욕을 하고 있었을지도 몰라." 한 나이 든 남자애가 말하자 나머지 아이들이 킬킬거렸다.

"그 여자 몸에 손대지 마." 젭이 말했다. "예의를 갖추란 말이야! 오늘 수업은 옥상정원에서 해야겠다." 야외 수업을 하기 위해 다시 갔을 때 그녀는 그곳에 없었다.

"그녀는 분명 석유 찌꺼기가 되었을 거야." 버니스가 내 귀에 대고 속삭였다. 석유 찌꺼기는 온갖 종류의 탄소 쓰레기, 그러니까 도살장 쓰레기, 시든 채소, 식당에서 내버린 것들, 심지어는 플라스틱 병들로 만들어졌다. 이 탄소 쓰레기들이 보일러로 들어가면 금속 외에 기름과 물이 생겼다. 공식적으로 인간 시체는 집어넣을 수 없었지만 아이들은 그것에 대해 재미있는 말들을 만들어 냈다. 기름, 물, 셔츠 단추. 기름, 물, 금빛 펜촉.

"기름, 물, 녹색 비늘." 나는 버니스에게 속삭였다.

힐끗 보니 공터에는 아무도 없었다. 술주정뱅이 부랑자도, 평민촌 망나니도, 벌거벗은 채 죽어 있는 여자도 없었다. 아만다는 나를 한쪽 모퉁이로 데려갔는데, 거기에는 편편한 콘크리트 석판이 있었고 쭉 짜내는 시럽 병이 석판에 기대어 있었다.

"이것 좀 봐." 아만다가 말했다. 그녀가 석판에다 시럽으로 자기 이름을 써 놓았는데, 각 글자마다 가장자리에 일단의 검은

홍수의 해

개미들이 달라붙어 글자를 빨아 먹고 있었다. 이렇게 해서 나는 처음으로 그 아이의 이름이 아만다인 것을 알게 됐다. 개미로 쓴 이름을 봤던 것이다. 아만다 페인.

"근사하지, 응?" 아만다가 말했다. "네 이름도 써 볼래?"

"어째서 이런 짓을 하는 거지?"

"멋있잖아. 네가 글자를 쓰는 거야. 그러면 개미들이 네가 써놓은 걸 먹겠지. 넌 나타났다 사라지는 거야. 그러면 아무도 널찾지 못해."

어째서 이게 말이 되는 거지? 잘은 모르겠는데 이치에 맞는 말이었다. "넌 어디서 살아?" 내가 물었다.

"아, 근처에." 아만다는 심드렁하게 말했다. 그 말은 그녀가 사실은 어디에서도 살지 않는다는 뜻이었다. 그녀는 어딘가에서 쪼그린 채로 잠을 자거나 그보다 더 나쁜 상태였다. "옛날에는 텍사스에서 살았어." 그녀가 덧붙였다.

말하자면 아만다는 피난민이었다. 허리케인에 이어 가뭄이 휩쓸고 지나간 후 수많은 텍사스 난민들이 나타났다. 그들은 대부분 불법 이민자들이었다. 그제서야 나는 아만다가 어째서 사라지는 것에 그토록 흥미를 느끼는지 알 수 있었다.

"우리 집에 와서 나랑 같이 살자." 내가 말했다. 계획도 하지 않았는데 내 입에서 그 말이 툭 튀어나왔다.

바로 그때 버니스가 울타리 틈으로 빠져나왔다. 마음이 누그러진 그녀가 나를 데리러 되돌아 온 것이었다. 하지만 그때는 이미 내가 그녀를 원하지 않았다.

"렌! 뭐 하고 있는 거야!" 버니스가 소리쳤다. 그녀는 단호한 자세로 공터를 가로질러 왔다. 나는 버니스를 쳐다보며 나도 모르게 저 아이는 참 발도 크고, 몸은 정말이지 너무나 튼튼하고, 코는 지나치게 작고, 목덜미는 더 길고 가늘어야겠다고 생각하고 있었다. 아만다와 비슷해지게 말이다.

"네 친구인가 보네." 아만다가 미소 지으며 말했다. 나는 "저 애는 내 친구가 아니야."라고 말하고 싶었지만 그런 배신을 할 수 있을 만큼 용감하지는 못했다.

얼굴이 새빨개진 버니스가 우리에게 다가왔다. 그녀는 화가 나면 언제나 얼굴이 빨개졌다. "이리 와, 렌. 모르는 아이하고 말하면 안 되잖아." 그렇게 말하면서 버니스는 아만다의 해파리 팔찌를 봤다. 그녀도 나만큼이나 그걸 갖고 싶어 하는 게 분명했다. "넌 나빠. 평민촌 망나니!" 버니스가 아만다에게 그렇게 말하면서 나한테 팔짱을 꼈다.

"이 아이는 아만다야. 앞으로 나와 함께 살 거야." 내가 말했다.

마음속으로는 버니스가 벌컥 화를 낼 거라 생각하면서도 나는 무표정한 눈길로 그녀를 빤히 쳐다보고 있었다. 내 눈은 너한테 굴복하지 않을 거라고 그녀에게 말하고 있었다. 버니스는 너무 세게 몰아붙이면 모르는 사람 앞에서 체면을 잃을 위험성이 있다고 생각했는지 아무 말 없이 뭔가를 계산하는 듯한 눈길로 나를 쳐다봤다. "그럼 좋아. 저 아이한테 식초용 와인을 들고 가라고 해." 버니스가 말했다.

"아만다는 물건을 훔칠 줄 알아." 나는 건강 클리닉을 향해 터덜터덜 걸어가면서 버니스에게 말했다. 이건 내가 화해하는 뜻으로 한 말인데 버니스는 투덜거리기만 했다.

16

사실 나는 길 잃은 새끼 고양이 데려가듯 아만다를 집으로 데려갈 수 없다는 걸 알았다. 루선이 그녀를 발견한 곳에 도로 갖다 놓으라고 말할 게 뻔했다. 아만다는 평민촌 출신이었고 루선은 평민촌 망나니들을 무척이나 싫어했기 때문이다. 루선이 생각하기에 그곳 아이들은 버릇없이 자란 탓에 모두들 도둑이거나 거짓말쟁이들이었다. 어린애는 들개와 똑같아서 일단 한 번 잘못되면 절대로 훈련시킬 수도 믿을 수도 없다고 봤다. 루선은 정원사의 집에서 또 다른 정원사의 집으로 길을 따라 걸어가는 걸 무척이나 두려워했다. 평민촌 망나니들이 벌 떼처럼 달려들어 손으로 움켜쥘 수 있는 것은 아무것이나 빼앗아 도망칠 수 있었기 때문이다. 루선은 돌멩이를 집어 들고 그들을 향해 던지며 소리치는 법을 한 번도 배운 적이 없었다. 어릴 때부터 그렇게 자랐기 때문이다. 루선은 온실 속 화초였다. 젭은 그렇게 불렀다. 화초라는 말 때문에 나는 그 말이 칭찬인 줄 알았다.

그러니 내가 아담1의 허락을 먼저 받아 내지 못하면 아만다는 짐을 싸서 돌아가야 할 상황이었다. 아담1은 사람들이, 특히나 어린애들이 정원사에 합류하는 걸 상당히 좋아했다. 정원사들이 어린아이들의 마음을 어떻게 형성시켜야 하는지에 대해 그는 항상 관심을 기울이고 있었다. 만약에 아담1이 아만다가 우리와 함께 살아야 한다고 말하면 루선은 거절할 수 없을 것이었다.

우리 셋은 건강 클리닉에서 병에다 식초를 담는 일을 돕고 있는 아담1을 발견했다. 나는 아만다를 데려왔다고 설명하면서, 그녀를 "이삭처럼 수확했다."라고 말했다. 그러고는 아만다가 빛을 봤으므로 우리와 함께하기를 소망하는데 아만다가 우리 집에서 살 수 있을까요 하고 물었다.

"그게 사실이냐, 내 아가?" 아담1이 아만다에게 물었다. 다른 정원사들도 하던 일을 중단하고 아만다의 미니스커트와 은빛 손가락을 흘끔흘끔 쳐다보고 있었다.

"네, 선생님." 아만다가 공손한 목소리로 말했다.

"렌한테 좋지 않은 영향을 미칠 수도 있을 텐데요." 누알라가 옆으로 다가와 말했다. "렌은 너무나 쉽게 이끌리잖아요. 저 애를 버니스의 집에 맡겨야 해요."

버니스는 나를 향해 승리의 표정을 지었다. 네가 무슨 짓을 했는지 보라니까! "그게 좋겠네요." 버니스가 애매모호하게 말했다.

"싫어요!" 내가 말했다. "아만다는 내가 찾았잖아요!" 버니스는 나를 향해 눈을 부릅떴다. 아만다는 아무 말도 하지 않았다.

아담1은 우리 셋을 놓고 곰곰이 생각했다. 그는 많은 것을 알았다. "아만다가 직접 결정하는 게 좋을 것 같군. 먼저 양쪽 가족들을 만나 봐야 하지 않겠어? 그러면 이 문제를 해결하는 데 도움이 될 거야. 그렇게 하는 게 공평하겠지, 안 그래?" 아담1이 말했다.

"그럼 우리 집 먼저 가자." 버니스가 말했다.

버니스는 좋은풍경 콘도에서 살았다. 정확하게 말해서 정원사들은 그 건물을 소유하고 있지 않았다. 소유는 잘못된 것이기 때문이었다. 하지만 어찌 됐든 그들이 그 건물을 관리했다. 이 콘도에는 색 바랜 금박 글자로 쓴 "독신자용 고급 로프트"* 라는 간판이 붙어 있었지만 고급이라고는 볼 수 없었다. 버니스의 샤워실은 수도관이 막혀 물이 잘 빠지지 않고 부엌 타일은 깨지고 틈이 벌어져 있었으며 천장은 비만 오면 물이 샜다. 게다가 욕실은 곰팡이로 미끌미끌했다.

로비로 들어간 우리 셋은 그곳의 보안 업무를 담당하는 중년 여자 정원사를 지나쳤다. 그녀는 복잡한 마크라메 레이스를 만

---

* 공장 등을 개조한 아파트.

드느라 온 정신이 팔려서 우리가 들어가는 것도 알아채지 못했다. 노인이나 하반신 불구자가 아닌 이상 정원사들은 엘리베이터가 좋다고 생각하지 않았으므로 우리는 버니스가 사는 6층까지 걸어서 올라가야 했다. 계단에는 바늘, 사용한 콘돔, 숟가락, 타다 남은 양초 부스러기와 같은 금지된 물건들이 떨어져 있었다. 평민촌의 사기꾼, 악당, 뚜쟁이 들이 밤에 몰래 들어와 계단참을 추잡한 파티 장소로 삼는다고 정원사들은 말했다. 우리는 그런 현장을 본 적은 없었고 다만 새키와 크로제가 친구들을 데려와 포도주 찌꺼기를 마시는 걸 붙잡은 적은 한 번 있었다.

버니스는 플라스틱 카드키가 있어서 문을 열고 우리에게 들어오라고 했다. 아파트에서는 물방울이 떨어지는 싱크대 밑에 빨지 않고 놓아 둔 옷가지 또는 다른 아이들의 부비감염 또는 기저귀 같은 냄새가 났다. 이런 냄새들과 함께 집 안을 떠도는 또 다른 냄새는 강렬하고 풍성하며 자극적인 흙냄새였다. 어쩌면 그것은 온풍기를 통해 올라오는 지하에 있는 버섯 양식장 냄새인지도 몰랐다.

하지만 이 모든 냄새는 버니스의 엄마인 비나에게서 나는 것 같았다. 그녀는 마치 그 자리에 뿌리 내린 사람처럼 플러시 천 덮개를 씌운 닳아 해진 소파에 앉아 벽을 빤히 쳐다보고 있었다. 여느 때처럼 엉성한 드레스를 입고 있었고 무릎에는 아주 오래된 노란색 아기 담요가 덮여 있었으며 잿빛 머리카락은 동그랗고 부드럽고 새하얀 얼굴 양옆으로 축 처져 있었다. 마치 손가락이 부러진 것처럼 뒤틀린 두 손은 맥없이 늘어져 있었다. 그녀 앞 마룻바닥에는 더러운 그릇들이 널려 있었다. 비나는 요리를 하지 않았다. 버니스의 아버지가 주는 음식만 먹었다. 그가 챙기지 않으면 아무것도 먹지 않았다. 그러면서도 그녀는 한 번도 몸을 단장한 적이 없었다. 비나는 말을 거의 하지 않았고 그 무렵에는 입도 벌리려 들지 않았다. 우리가 그녀를 지나쳐 갈 때 그녀의 두 눈이 깜빡였다. 어쩌면 우리를 봤을지도 몰랐다.

"저 분은 왜 저래?" 아만다가 내게 속삭였다.

"요양 중이야." 나도 속삭이는 목소리로 대답했다.

"뭐라고? 그냥 마약에 취한 얼굴인데." 아만다가 속삭였다.

우리 엄마는 버니스의 엄마가 "우울증을 앓고 있다."라고 말했다. 하지만 버니스가 언제나 나한테 말하는 대로 우리 엄마는 진짜 정원사가 아니었다. 진짜 정원사라면 "우울증"이라는 말을 절대 입에 올리지 않을 것이기 때문이다. 비나처럼 행동하는 사람들은 충전 중인 상태로, 휴식을 취하고 영적인 통찰력을 얻기 위해 은둔하면서 봄의 꽃봉오리처럼 또다시 피어나게 될 순간을 위해 활력을 축적하고 있다고 정원사들은 믿었다. 단지 아무것도 하지 않는 것처럼 보일 뿐이었다. 아주 오랫동안 요양 상태로 지내는 정원사들도 몇 명 있었다.

"여기가 우리 집이야." 버니스가 말했다.

"난 어디서 자야 해?" 아만다가 물었다.

손잡이 버트가 집 안으로 들어올 때 우리는 버니스의 방을 들여다보고 있었다. "우리 꼬마 아가씨는 어디 있지?" 그가 큰 소리로 찾았다.

"대답하지 마. 얼른 문 닫아!" 버니스가 말했다. 버트가 큰방에서 돌아다니는 소리가 들렸다. 그런 다음 그는 버니스의 방으로 오더니 그녀를 들어 올렸다. 버트는 버니스의 겨드랑이 아래를 붙잡은 채로 서 있었다. "우리 꼬마 아가씨는 어디 있을까?" 그가 이 말을 또 다시 했을 때 나는 몸이 움츠러드는 것만 같았다. 그가 버니스뿐만 아니라 예전에도 이런 행동을 하는 것을 본 적이 있었다. 그는 그냥 여자애들의 겨드랑이를 좋아했다. 민달팽이와 달팽이를 다른 곳으로 옮겨 주고 있을 때 그는 줄줄이 콩이 심긴 밭 한쪽으로 사람을 몰아넣고 도와주는 척하다가 두 손을 쑥 집어넣었다. 그는 바로 그런 손잡이였다.

버니스는 얼굴을 찡그리며 발버둥을 치고 있었다. "난 아빠의 꼬마 아가씨가 아니란 말이야." 그녀가 내뱉은 이 말은 나는 꼬마가 아니다. 또는 나는 아빠와 아무런 상관이 없다. 심지어는 나는 아가씨가 아니다.를 의미할 수 있었다. 버트는 이 말을 농담으로 들었다.

"그럼 우리 꼬마 아가씨는 어디로 갔을까?" 버트는 비통한 목소리로 되풀이했다.

"날 내려놔요." 버니스가 소리쳤다. 그녀를 보고 있자니 안쓰러운 마음이 솟구치면서 나는 참 운이 좋다는 생각이 들었다.

젭에 대한 나의 생각이 어떻든지 간에 적어도 당혹감은 아니었기 때문이다.

"이제는 너네 집을 보고 싶어." 아만다가 말했다. 그래서 우리 둘은 이전보다 더 빨개진 얼굴로 한층 더 길길이 날뛰는 버니스를 남겨 둔 채 다시 계단을 내려왔다. 나는 그 상황이 언짢긴 했지만 그렇다고 아만다를 포기할 마음은 들지 않았다.

루선은 아만다가 우리 가족으로 편입된 걸 알았을 때 별로 좋아하지 않았다. 하지만 나는 루선에게 그건 아담1의 명령이라고 말했다. 그러니 루선이 어쩌겠는가? "네 방에서 함께 자야 할 텐데." 그녀가 짜증스럽게 말했다.

"그래도 괜찮아. 안 그래, 아만다?" 내가 말했다.

"응, 괜찮아." 아만다가 대답했다. 그녀는 마치 자기가 호의를 베푸는 사람인 것처럼 최선을 다해 아주 예의 바르게 행동했다. 그런 태도가 루선의 신경을 건드렸다.

"그리고 그런 반짝이 옷들은 내다 버려야 할 거야." 루선이 말했다.

"하지만 아직 해지지도 않았는걸." 내가 천진난만하게 말했다. "옷들을 그냥 쓸어버릴 수는 없잖아! 그럼 낭비하는 건데!"

"팔아야지." 루선이 엄중히 말했다. "그러면 확실히 돈을 쓸 수가 있잖아."

"그 돈은 아만다한테 줘야 해. 아만다 옷이니까." 내가 말했다.

"괜찮아." 아만다가 부드러우면서도 당당하게 말했다. "돈을 주고 산 게 아냐." 우리는 내 방으로 들어가 침대에 걸터앉아서 손등으로 입을 가린 채 깔깔대고 웃었다.

그날 저녁 집으로 돌아온 젭은 처음에는 아무 말도 하지 않았다. 다 함께 저녁 식사를 할 때 젭은 콩튀김과 강낭콩으로 만든 찜 냄비 요리를 천천히 씹으며 아만다의 우아한 목덜미와 자기 접시에 놓여 있는 것을 은빛 손가락으로 앙증맞게 집어먹는 그녀의 모습을 지켜봤다. 아만다는 그때까지 장갑도 벗지 않고 있었다. 마침내 젭이 아만다에게 말했다. "넌 아주 간교한 꼬마 사기꾼이지, 안 그래?" 그건 젭이 도미노를 하면서 "옳지! 잘한다!"라고 말할 때 사용하는 아주 우호적인 목소리였다.

젭에게 두 번째로 음식을 떠 주던 루선의 몸이 뻣뻣해졌고 주걱은 일종의 금속 탐지기처럼 공중에 똑바로 떠 있었다. 아만다는 두 눈을 크게 뜨고 진지한 표정으로 젭을 응시했다. "뭐라고 하셨어요, 선생님?"

젭이 껄껄대고 웃으면서 말했다. "넌 참 대단해."

17

아만다와 함께 살게 되자 나는 자매가 생긴 것처럼 좋기만 했다. 그 무렵 아만다는 정원사들의 옷을 입고 있었으므로 우리들과 별다를 게 없었다. 얼마 지나지 않아서 아만다에게서도 우리들과 같은 냄새가 났다.

첫째 주에 나는 아만다를 여기저기 데리고 다니며 이것저것을 보여 줬다. 나는 그녀를 데리고 식초 방, 바느질 방, 그리고 새 생명 운동기구 러닝머신들이 있는 체육관까지 갔다. 머지가 그곳의 책임자였는데 우리는 그를 근육이라고 불렀다. 그의 근육이 단 하나만 남았기 때문이었다. 아만다는 머지와 아주 친해졌다. 그녀는 각각의 사람에게 어떻게 하는 게 올바른 방식인지 물어보면서 모든 사람들과 친구가 되었다.

손잡이 버트는 정원에 있는 민달팽이와 달팽이를 다른 곳으로 이동시키는 방법을 설명해 줬다. 먼저 난관 위로 들어 올렸다가 사람들이 통행하는 길에 내려 놓으면 달팽이들이 기어 나가서 새집을 찾아내야 했다. 물론 실제로는 달팽이들이 밟혀서 으깨진다는 것을 난 알았다. 정비사 카투로는 물이 새는 곳을 고치고 상수도 시설을 책임지고 있었는데, 그는 아만다에게 배관 시설에 대해 설명해 줬다.

안개 필로는 많은 말을 하지 않고 그저 아만다를 향해 미소만 잔뜩 보냈다. 연로한 정원사들은 필로가 언어를 초월해 혼령과 함께 여행하는 중이라고 말했다. 하지만 아만다는 필로가 쇠약해진 것이라고 말했다. 나사못 스튜어트는 폐물을 재활용하여 우리의 가구를 만들었는데, 그는 사람들을 별로 좋아하지 않았지만 아만다만큼은 좋아했다. "그 아가씨는 목재를 보는 안목이 있어."라고 스튜어트는 말했다.

아만다가 바느질하는 걸 싫어하면서도 좋아하는 척하자 수리야는 아만다를 칭찬했다. 레베카는 아만다를 귀염둥이라고 부르며 그녀에게 미각이 뛰어나다고 말했다. 누알라는 그녀에게 새싹과 꽃봉오리 합창단에서 노래를 부르라고 달콤하게 꼬드겼다. 심지어 무미건조한 마녀 토비조차 아만다가 오는 것을 보고는 얼굴이 밝아졌다. 토비는 정말이지 정체를 알 수 없어 상대하기가 아주 힘든 사람이었다. 하지만 아만다가 갑자기 버섯에 관심을 보이며 연로한 필라를 도와 꿀 라벨에 꿀벌 도장을 찍자 토비는 겉으로 내색하지 않으려고 애썼지만 기뻐하는 모습이 역력했다.

"어째서 넌 그렇게 아첨을 잘 떠니?" 내가 아만다에게 물었다.

"그렇게 해야 많은 걸 알아낼 수 있어." 그녀가 대답했다.

우리는 서로에게 많은 것을 말했다. 나는 내 아버지와 건강현인 단지에 있는 우리 집, 그리고 우리 엄마가 어떻게 젭과 눈이 맞아 도망쳤는지에 대해 말했다.

"네 엄마는 분명 그를 위해 뜨거운 밤을 준비할 거야." 아만다가 말했다. 밤이 되면 우리는 젭과 루선이 바로 가까이에 있는데도 우리 침실에서 이런 이야기들을 모두 다 속삭여 댔다. 그래서 우리는 그들이 섹스하면서 내는 소리를 듣지 않을 수가 없었다. 아만다가 오기 전에는 그 모든 게 추잡하다고 생각했는데 아만다 덕분에 재미있다고 여기게 되었다.

아만다는 텍사스의 가뭄에 대해 말했다. 그의 부모님이 어떻게 행복한컵 커피 체인점을 잃었는지에 대한 이야기와 구매자가 한 명도 나타나지 않는 바람에 집을 팔 수 없었으며 직장마저 구하지 못해 결국 낡은 이동 주택과 수많은 텍사스-멕시코 사람들로 들끓는 난민수용소로 들어갈 수밖에 없었다는 이야기였다. 그러던 중 그들이 살던 이동 주택이 허리케인으로 인해 파괴되었고 그녀의 아버지는 날아가는 금속조각에 맞아 죽었다. 수많은 사람들이 익사했지만 아만다와 그녀의 엄마는 나무에 매달려 있다가 보트를 타고 나타난 몇 명의 남자들에 의해 구조되었다. 그들은 건질 수 있는 물건들을 찾아 헤매던 도둑들이었는데 거래만 잘되면 아만다와 그녀의 엄마를 마른 땅으로, 보호시설로 데려다 주겠다고 말했다.

"어떤 거래?" 내가 물었다.

"그냥 거래." 아만다가 말했다.

보호시설은 축구 경기장 안에 텐트를 쳐 놓은 것이었다. 당시에는 수많은 거래가 오고갔는데 사람들은 20달러만 주면 무슨 짓이라도 할 태세였다고 아만다는 말했다. 그러던 중 그녀의 엄마가 물을 마신 후 병에 걸렸고 아만다는 소다수로 바꿔 마신 덕에 무사할 수 있었다. 어떤 약도 없었기 때문에 그녀의 엄마는 죽고 말았다. "빌어먹을, 수많은 사람들이 죽어 나갔어." 아만다가 말했다. "그곳 냄새를 네가 맡았어야 했는데."

그 일이 있은 후 아만다는 보호시설에서 슬쩍 도망쳐 나왔다. 점점 더 많은 사람들이 병에 걸렸고 쓰레기를 내다 버리는 사람이나 음식을 가져다주는 사람이 한 명도 없었기 때문이다. 아만다는 이름도 바꿨다. 축구 경기장으로 되돌아가는 게 죽기보다 싫어서였다. 피난민들은 무슨 일이든지 밖에 나가서 시키는 일을 해야만 했다. "공짜 점심은 없어." 사람들은 그렇게 말하고 있었다. 이런저런 방식으로 모든 것에 대해 값을 지불해야만 했다.

"바꾸기 전에는 뭐였어?" 내가 아만다에게 물었다. "네 이름 말이야."

"가난뱅이 백인의 이름이었어. 바브 존스." 아만다가 말했다.

"그게 내 정체야. 하지만 이젠 신분증이 없으니까 난 투명인간 이야." 그녀에 대해 감탄할 게 하나 더 생겼다. 그녀의 투명성.

아만다는 수천 명의 다른 사람들과 함께 북쪽으로 발걸음을 옮겼다. "히치하이크를 하려고 애썼는데 단 한 번밖에 얻어 탈 수 없었어. 병아리를 키운다는 사람과 함께였지." 아만다가 말했다. "그런데 그놈이 내 다리 사이로 손을 밀어 넣잖아. 숨소리 가 이상해지는 걸 들으면 그런 일이 생긴다는 걸 알 수가 있어. 그래서 내 엄지손가락을 그 인간 두 눈에 쑤셔 박고는 재빨리 빠져나왔지." 바깥지옥세계에서는 눈에 엄지손가락을 집어넣 는 게 정상인 것처럼 그녀가 말했다. 어떻게 하는 건지 배우고 싶었지만 나는 용기 있게 그런 일을 할 수 있을 것 같지 않았다.

"그런 다음 담을 넘어야만 했어." 아만다가 말했다.

"무슨 담?"

"넌 뉴스도 안 보니? 울타리만으로는 충분치 않으니까 텍사 스 난민이 밖으로 나오는 걸 막기 위해 짓고 있는 담 말이야. 남 자들이 분무 총을 들고 지키고 있어. 그러니까 시체보안회사의 담인 거지. 하지만 그들이 어떻게 샅샅이 지킬 수 있겠어. 텍사 스-멕시코 아이들은 모든 터널에 대해 빠삭해. 그 아이들이 내 가 통과할 수 있도록 도와줬어."

"총에 맞아 죽을 뻔했겠네. 그다음엔 어떻게 했어?" 내가 물 었다.

"그런 다음 걸어서 여기로 왔지. 음식 같은 걸 찾아서 말이야.

시간이 한참 걸렸어.”

내가 아만다였나면 그냥 도랑에 들어가 누워서 죽을 때까지 울기만 했을 것이다. 하지만 아만다는 네가 정말로 원하는 게 있다면 그걸 얻어 낼 방법이 생각날 거라고 말했다. 낙담은 시간 낭비라면서 말이다.

나는 아만다가 다른 정원사 아이들과 싸움이라도 벌이면 어쩌나 걱정스러웠다. 결국 아만다도 우리의 적인 평민촌 아이였다. 말할 필요도 없이 버니스는 아만다를 몹시 싫어했지만 다른 아이들처럼 아만다의 위엄에 눌려 감히 그렇다고 말하지는 않았다. 우선 정원사 아이 중에 춤을 출 줄 아는 아이는 한 명도 없었는데 아만다의 몸놀림은 아주 탁월했다. 엉덩이가 탈구된 사람 같았다. 그녀는 루선과 젭이 없을 때 내게 춤추는 법을 가르쳐 줬다. 음악은 그녀가 매트리스 밑에다 숨겨 놓은 보라색 핸드폰에서 살 수 있었다. 전화 카드에 들어 있는 돈이 떨어지면 또 다른 카드를 훔쳤다. 아만다는 평민촌 사람들의 번쩍이는 옷도 몇 벌 숨겨 놓았다. 그래서 뭔가를 훔칠 필요가 생기면 그녀는 그런 옷을 차려입고 싱크홀의 대형 쇼핑센터로 나갔다.

나는 섀키와 크로제, 그리고 나이 든 남자애들이 아만다에게 반했다는 걸 알 수 있었다. 황갈색 피부와 기다란 목, 거기다 눈까지 커다란 아만다는 매우 예뻤다. 하지만 얼굴이 아무리 예뻐도 그런 남자애들한테서는 여전히 화냥년 또는 갈보라는 별명으로 불릴 수 있었다. 남자애들은 여자애들에게 붙여 줄 못된 이름들을 잔뜩 준비해 놓고 있었다.

하지만 아만다한테는 그러지 못했다. 그녀는 남자애들의 존경을 받았다. 아만다에게는 손으로 붙잡을 수 있게 한쪽 면에 강력 접착테이프를 붙여 놓은 유리 조각이 있었는데 그녀는 이 유리 조각 덕분에 여러 차례 목숨을 구할 수 있었다고 말했다. 그녀는 사내의 사타구니를 공격하거나 딴죽을 건 다음 턱 아래를 발로 차서 그의 목을 부러뜨릴 수 있는 방법을 우리에게 알려 줬다. 그런 요령은 셀 수 없이 많다고 했다. 꼭 필요할 때 이용할 수 있는 기술들 말이다.

하지만 축제일이나 새싹과 꽃봉오리 합창단의 연습이 있는 날에는 아만다만큼 경건한 사람을 어디서도 찾을 수 없었다. 그녀는 우유로 목욕한 사람처럼 깨끗했다.

방주 축제

10년

두 차례의 홍수와 두 번의 언약에 대하여

연사: 아담1

친애하는 친구들과 죽을 운명에 처한 동지들이여,

오늘 아이들은 자그마한 방주를 만들어 수목원 샛강에 띄워 보내며 해변에서 놀던 다른 아이들이 신의 창조물에 대해 자신들이 품고 있는 존경의 메시지를 발견해 주길 기대했습니다. 점차 멸종 위기가 심해져 가는 세상에서 이 얼마나 다정한 행동이란 말입니까! 우리가 꼭 기억해야 할 것은 의기소침하기보다 희망을 품는 게 좋다는 사실입니다.

오늘 저녁 우리는 특별한 잔칫상을 함께 나눌 터인데, 동물 모양 야채를 넣은 노아의 방주 만두와 함께 첫 번째 홍수를 상징하는 레베카의 맛있는 렌즈콩 수프를 먹을 겁니다. 만두 중 하나에는 순무로 만든 노아가 들어 있는데, 그 노아를 발견하는 사람에게 특별상이 수여될 겁니다. 이렇게 하는 까닭은 조심성 없이 음식을 게걸스럽게 먹지 않도록 가르치려는 것이지요.

특별 상품은 재능 많은 이브9 누알라의 그림으로, 물 없는 홍수에 대비하기 위해 아라랏 창고에 포함해야 할 필수품들과 항해자였던 성인 브렌단을 그린 겁니다. 이 그림에서 누알라는 통조림 콩정어리와 콩튀김을 적절하게 부각했습니다. 하지만 우리가 상기해야 할 사항은 아라랏에 보관해 둔 물품을 정기적으로 새것으로 교체해야 한다는 사실입니다. 만일 여러분이 위급하게 콩정어리 깡통을 열었는데 내용물이 상해 있다면 기분이 어떻겠습니까.

버트의 훌륭한 아내 비나는 지금 요양 상태라 이 축제에 참석하지 못했지만 우리와 함께 즐겁게 지낼 수 있는 날이 속히 오기를 손꼽아 고대합니다.

자, 이제 방주 축제를 위한 우리의 헌신에 대해 생각합시다.

이날 우리는 한편으로 한탄하면서 다른 한편으로는 기뻐합니다. 그것이 언제 발생한 일이건 간에 우리는 생명체를 절멸시킨 첫 번째 홍수 때 사라진 이 땅의 모든 피조물의 죽음을 슬퍼합니다. 하지만 우리는 또한 물고기와 고래, 산호초, 바다거북과 돌고래, 성게, 그리고 또 상어, 이 모든 생명체가 살아남았기에 기뻐합니다. 억수같이 쏟아지는 담수로 인한 바닷물의 온도나 염도의 변화가 우리가 알지 못하는 몇몇 종에게 해를 입히지만 않았다면 말입니다.

우리는 동물들 사이에서 발생한 대학살을 슬퍼합니다. 화석 기록이 증명해 주듯이, 신에게는 분명 무수한 생물종을 없앨 뜻이 있었습니다. 하지만 오늘날까지 수많은 종이 보존되었으며 이것들은 신이 우리에게 돌보라고 새롭게 맡겨 주신 생물종들입니다. 만약에 여러분이 탄복할 만한 교향곡을 작곡했다면 그것을 없애 버리고 싶겠습니까? 그런 까닭으로 대지와 음악, 우주와 그 안에 들어 있는 조화로움, 이것들이 신의 창조력으로 탄생한 작품들이며, 인간의 창조성은 단지 그것의 보잘것없는 그림자에 불과합니다.

신이 인간에게 주신 말씀에 의하면, 선택된 종을 구조하는 작업은 사람들 중에서 깨어 있던 자를 상징하는 노아에게 맡겨졌습니다. 노아만이 미리 통고를 받았습니다. 노아는 본래 아담에게 부여된 관리자 직분을 혼자 떠맡아 홍수로 인한 물이 다 빠져나가 그가 만든 방주가 아라랏 산에 걸려 머무를 때까지 신의 사랑하는 생물종들을 안전하게 지켰습니다. 그런 다음 노아는 마치 두 번째 창조인 것처럼 구조된 모든 동물들을 땅에 풀어놓았습니다.

첫 번째 창조 때는 모든 것이 기뻤습니다. 하지만 두 번째 사건은 제한적이었지요. 신은 더 이상 이전처럼 좋아하지 않으셨습니다. 그의 마지막 창조물인 인간에게 뭔가 상당히 잘못된 점이 있다는 것을 아셨지만 그걸 회복시키기에는 너무 늦어 버린 것입니다. 하느님은 「창세기」 8장 21절에서 "내가 다시는 사람으로 말미암아 땅을 저주하지 아니하리니 이는 사람의 마음이 계획하는 바가 어려서부터 악함이라 내가 전에 행한 것같이 모든 생물을 다시 멸하지 아니하리니."라고 말합니다.

그래요, 나의 친구들이여. 이 땅에 더 이상의 저주가 있다면 그것은 신이 아니라 인간 스스로가 야기한 결과입니다. 지중해의 남쪽 해안을 생각해 보세요. 그곳은 한때 비옥한 농지였지만 지금은 사막입니다. 아마존 강 유역에 초래된 황폐함을 보십시오. 총체적인 생태계의 파괴를 살펴보시기 바랍니다. 세세한 부분 하나하나까지 무한히 돌보시는 하느님의 손길을 반영하지 않습니까……? 하지만 이 문제는 다른 날 이야기하지요.

그런 다음 신은 주목할 만한 말씀을 하십니다. "땅의 모든 짐승과 공중의 모든 새…… 가 너희를" 즉 인간을 "두려워하며 너희를 무서워하리니 이것들은 너희의 손에 붙였음이니라."라고 「창세기」 9장 2절에서 말씀하십니다. 이 말은 몇몇 사람들이 주장하듯이 인간에게 모든 동물을 파멸시킬 권리가 있다는 게 아닙니다. 그보다는 신이 사랑하는 피조물에게 주는 경고의 말입니다. "인간을 그리고 그의 사악한 마음을 조심하라."

그러고 나서 하느님은 노아, 그의 후손들, 그리고 "모든 생물"과 언약을 맺습니다. 많은 사람들이 노아와의 언약은 상기하면서 모든 다른 생물들과의 언약은 잊고 있습니다. 그렇지만 신은 그것을 잊지 않습니다. 우리가 요점을 확실하게 깨닫도록 신은 "모든 짐승" 그리고 "모든 생물"이라는 말을 수차례 되풀이해서 말합니다.

돌과 언약을 맺을 수 있는 사람은 한 명도 없습니다. 언약이 존재하려면 살아 있고 책임감 있는 당사자가 적어도 둘은 있어야 합니다. 그러므로 동물은 감각이 없는 물체가 아니며 단순한 고깃덩어리가 아닙니다. 그렇습니다, 동물은 살아 있는 생명체입니다. 그렇지 않았다면 신은 그들과 언약을 맺지 못했을 겁니다. 신의 말씀은 이것을 확언합니다. 「욥기」 12장에서 "이제 모든 짐승에게 물어보라. 그것들이 네게 가르치리라. 공중의 새에게 물어보라. 그것들이 또한 네게 말하리라……. 바다의 고기도 네게 설명하리라."라고 말합니다.

오늘은 우리 생물종을 세심하게 보호하도록 선택된 노아를 생각해 봅시다. 신의 정원사인 우리는 노아와 같은 역할을 맡은 겁니다. 우리 역시 부름을 받았고 우리 역시 미리 경고를 받았습니다. 의사가 아픈 사람의 맥을 짚어서 환자의 상태를 알듯 우리도 다가오는 재앙의 징후들을 느낄 수 있습니다. 우리는 동물의 신뢰를 깨트린 사람들, 그래요, 신이 그들에게 허락하신 땅에서 동물을 전멸시킨 자들이 물 없는 홍수로 휩쓸려 가게 될 때를 대비해야 합니다. 그들은 신의 천사 중 밤에 날아다니는 어둠의 천사들의 날개에 실려, 또는 비행기나 헬리콥터 혹은 총알 열차, 또는 수송트럭이나 그와 비슷한 수송기관으로 운송될 겁니다.

하지만 우리 정원사들은 생물종에 대한 지식을 그리고 그들이 신에게 얼마나 소중한지를 마음속 깊이 간직할 겁니다. 마치 방주 안에 들어 있는 것처럼 우리는 매우 귀중한 이 지식을 물 없는 바다의 표면 위로 날라야만 합니다.

나의 친구들이여, 우리의 아라랏 저장고를 조심스럽게 만들어 갑시다. 선견지명을 발휘하고 저장고를 만들어 놓고 통조림 음식들과 마른 양식들을 저장해 둡시다. 그것들을 잘 위장해 숨겨 둡시다.

「시편」 91편의 말씀처럼, 신이 우리를 새 사냥꾼의 올무에서 건지시고 우리를 그의 깃으로 덮으시며 그의 날개 아래에 피할 수 있기를 기도드립니다. 그대는 어두울 때 퍼지는 전염병과 밝을 때 닥쳐오는 재앙을 두려워하지 아니하리로다.

적어도 하루에 일곱 번, 낯선 사람과 만난 다음에는 반드시 손을 씻는 게 얼마나 중요한지 여러분 모두에게 다시 한 번 상기시켜 드리는 바입니다. 이 근본적인 예방책을 실천에 옮기는 것은 빠르면 빠를수록 좋습니다.

재채기하는 사람 옆에는 가까이 가지 마십시오.

우리 다 같이 노래합시다.

내 몸은 현세의 방주

내 몸은 현세의 방주
홍수에도 끄떡없네.
모든 생물을 품속에 안고 있네.
그들이 선하다는 것을 알기에.

유전자와 세포, 그리고 무수히 많은 신경으로
단단하게 지어진 몸.
내 방주는 아담이 선잠을 자며 보낸
수많은 세월을 감싸고 있네.

파멸이 소용돌이치며 빙글빙글 돌 때
나는 아라랏 산을 향해 미끄러지듯 나아가고,
길을 밝게 비추는 성령의 인도로
내 방주는 땅에 안전하게 도달하네.

모든 생물이 조화를 이루는 가운데
나는 현세의 삶을 살아가네.
자신에게 주어진 목소리로
각각의 피조물은 창조주를 찬양하네.

— 『신의 정원사들이 즐겨 부르는 찬양집』에서

18

토비. 성 크릭의 날

25년

북쪽 초원에는 아직도 죽은 수퇘지가 누워 있다. 독수리들은 질긴 가죽을 먹을 수 없으면서도 수퇘지에 달라붙어 있다. 그들은 단지 눈과 혀만 공격할 수 있다. 독수리들이 정말로 파들어 갈 수 있으려면 수퇘지가 썩어서 해체되기를 기다려야 할 것이다.

토비가 쌍안경의 방향을 하늘로 돌리자 시끄럽게 떠들며 날아다니는 까마귀가 보인다. 다시 초원을 바라보자 사자양 두 마리가 초원을 가로질러 건너가고 있다. 수놈과 암놈은 초원이 마치 자기들의 세상인 것처럼 한가로이 어슬렁거리고 있다. 그들은 수퇘지 앞에서 발걸음을 멈추고 짧은 시간 코를 킁킁거리며 냄새를 맡더니 계속해서 걸어간다.

토비는 그들에게 매료되어 뚫어져라 쳐다본다. 그녀는 사자 양을 사진으로만 봤을 뿐 직접 본 적은 한 번도 없었다. 내가 지금 상상으로 보고 있는 건가? 토비는 자기 눈을 의심한다. 아니다, 저 사자양들은 진짜다. 분명 얼마 전 절망적인 시기에 좀 더 광적인 종파 사람들이 자유롭게 풀어놓은 동물원 동물들이다.

그들은 실제와 달리 겉으로 보기에는 위험할 것 같지 않다. 사자와 양의 접합은 평화로운 왕국의 출현을 억지로 밀어붙이기 위해 사자 이사야파가 의뢰한 것이었다. 사자가 양을 잡아먹는 일 없이 둘의 우정이 이루어진다는 예언이 성취되는 유일한 길은 그 둘을 결합시키는 것이라고 그들은 결론지었다. 하지만 그 결과로 탄생된 동물이 엄밀하게 말해 초식동물은 아니었다.

그렇긴 해도 곱실거리는 금빛 머리칼과 빙빙 말려 있는 꼬리가 달린 사자양은 상당히 온순해 보였다. 그들은 꽃송이를 조금씩 물어뜯을 뿐 위를 올려다보지 않는다. 하지만 토비는 그들이 그녀의 존재를 확실하게 인식하고 있다는 느낌이 든다. 그런 와중에 수놈이 입을 벌려 길고 날카로운 송곳니를 드러내며 소리를 지른다. 바아 하는 양의 울음소리와 으르렁대는 사자의 고함 소리가 결합된 기묘한 소리다. 바아으르렁이라고 토비는 생각한다.

토비의 피부에 소름이 돋는다. 저것들 중 한 마리가 떨기나무 뒤에서부터 그녀를 향해 달려들지도 모른다는 생각만으로도 끔찍해진다. 갈기갈기 찢기고 잡혀 먹힐 운명이라면 그녀는 차라리 전통적인 맹수를 선호할 것이다. 그럼에도 사자양을 보고 있으려니 간담이 서늘하다. 두 놈이 함께 장난치며 뛰놀다가 킁킁대며 공기의 냄새를 맡아 보고 저쪽 숲가로 어슬렁어슬렁 걸어가 얼룩덜룩한 그늘 속으로 사라지는 동안 그녀는 가만히 그 모습을 지켜본다.

필라가 있었더라면 저 광경을 바라보며 얼마나 즐거워했을까. 토비는 생각한다. 필라, 그리고 레베카, 그리고 어린 렌. 그리고 아담1. 그리고 젭. 지금은 모두들 죽고 없다.

그만해. 토비는 자신을 향해 소리친다. 지금 당장 그만두란 말이야.

토비는 대걸레 자루 손잡이를 이용해 균형을 잡으며 옆 걸음으로 조심스럽게 계단을 내려온다. 그녀는 기대를 멈추지 않는다. 아직도. 엘리베이터 문이 열리면 전등불이 깜빡하고 켜지고 에어컨이 작동하면서 누군가가(그런데 누가?) 밖으로 걸어 나오기를 말이다.

토비는 일렬로 걸려 있는 거울들을 지나 점차 축축해져 가는 카펫이 깔린 기다란 복도를 따라 조심스레 걸어간다. 스파에 거울 부족이란 있을 수 없는 일이다. 부인들은 무자비한 불빛으로 자신들의 모습이 얼마나 보기 흉한지 상기할 필요가 있었고, 제법 많은 돈을 들이면 자신들의 모습이 얼마나 멋지게 바뀔 수 있는지 부드러운 불빛으로 확인할 필요가 있었다. 하지만 처음

한두 주를 혼자서 보낸 후 토비는 한 거울에서 그다음 거울로 옮겨 갈 때 나타나는 자신의 모습에 놀라고 싶지 않아 모든 거울을 분홍색 수건으로 가렸다.

"여기 누구 없어요?" 토비는 큰 소리로 외친다. 난 아니라고 그녀는 생각한다. 지금 내 행위는 살아 있는 사람이 할 짓이라고 볼 수가 없다. 그 대신 나는 빙하 속에 들어 있는 박테리아처럼 동면하는 중이다. 시간이 어서 지나가기를 기다린다. 그게 전부다.

토비는 나머지 아침 시간 동안 그저 망연자실한 상태로 앉아 있다. 과거에는 이런 행위가 묵상이었을 테지만 지금은 그렇다고 말할 수 없다. 아직도 그녀는 모든 활동을 무력화하는 분노에 사로잡힐 때가 있는 것 같다. 그런 공격을 언제 당할지 도통 알 길이 없다. 분노는 불신으로 시작해 슬픔으로 끝나며 불신의 감정이 슬픔의 감정으로 변하는 사이 온몸은 분노로 부들부들 떨린다. 누구를 향한, 무엇을 향한 분노란 말인가? 어째서 그녀가 살아남았을까? 셀 수 없이 많고 많은 사람들 중에서 말이다. 어째서 나이가 더 어리고 더 낙관적이고 더 신선한 세포를 지닌 사람이 아니고 하필 토비란 말인가? 자신이 살아남은 것은 어떤 특별한 이유가 있기 때문이라는 것을 토비는 믿어야 했다. 증인이 되기 위해서, 메시지를 전달하기 위해서, 적어도 총체적인 파멸로부터 뭔가를 지켜 내기 위해서 말이다. 믿어야만 하는데 토비는 그럴 수가 없다.

너무 많은 시간을 한탄으로 보내는 건 잘못된 일이라고 토비는 스스로에게 이른다. 애도와 한탄. 그것으로 얻어 낼 수 있는 건 하나도 없다.

　열기로 뜨거운 대낮에 토비는 낮잠을 잔다. 한증막 같은 한낮에 자지 않고 깨어 있으려고 해 봤자 에너지 낭비일 뿐이다.

　토비는 스파 고객들이 무공해 식물 치료를 받던 좁다란 칸막이 방의 마사지 테이블 위에서 잔다. 그곳에는 분홍색 시트와 분홍색 베개, 그리고 분홍색 담요가 있다. 껴안고 싶은 부드러운 색깔, 애지중지하는 유아용 색깔들이다. 물론 이런 날씨에 담요가 필요한 건 아니지만 말이다.

　토비는 잠에서 깨어날 때마다 약간씩 힘들다. 졸음증과 맞서 싸워야 한다. 계속 잠을 자고 싶다는 강한 욕망. 자고 또 자고, 영원히 잠들고 싶다. 그녀는 떨기나무처럼 단지 현재에만 살 수가 없다. 하지만 과거는 닫힌 문이고 미래는 전혀 볼 수 없다. 아마도 그녀는 늙은 거미처럼 그저 약해지고 오그라들고 쪼글쪼글해져 말라 죽을 때까지 하루하루 한 해 한 해 그럭저럭 살아갈 것이다.

　혹은 지름길을 택할 수도 있다. 빨간색 병에는 항상 양귀비꽃이 준비되어 있고 자그마한 죽음의 천사인 치명적인 독버섯도 마련되어 있다. 토비는 자신의 몸속에 그것들을 풀어놓고 희디흰 날개 위에 올라탄 다음 그들이 멀리멀리 날아가도록 허용하기까지 얼마나 버틸 수 있을까?

토비는 기운을 돋우기 위해 꿀단지를 연다. 아주 오래전에 그녀가(필라와 함께) 저 위에 있는 에덴절벽 옥상에서 딴 꿀 중 마지막으로 남은 꿀이다. 토비가 그 모든 세월 동안 마치 목숨을 지켜 주는 부적이라도 되는 것처럼 아끼고 아끼던 꿀이다. 물과 섞이지만 않으면 꿀은 부패하지 않는다고 필라는 말했다. 그래서 고대인들은 꿀을 불멸의 양식이라고 불렀던 것이다.

토비는 향긋한 꿀을 한 숟가락 삼키고 한 숟가락을 더 삼킨다. 그 꿀을 수집하느라 얼마나 힘들었는지 모른다. 벌통을 태워 연기를 내고 세심한 주의를 기울여 벌집을 빼낸 다음 꿀을 추출했다. 섬세함과 기술을 요하는 작업이었다. 일시적으로 질식시키는 것은 말할 필요도 없고 꿀벌들에게 끊임없이 말을 걸고 설득해야만 했다. 그들은 이따금씩 독침을 쏘기도 한다. 하지만 그 모든 경험이 토비의 기억 속에서는 오점 하나 없는 행복으로 남아 있다. 그런 느낌들로 자신을 속이고 있다는 사실을 잘 알지만 그녀는 기꺼이 속기로 마음먹는다. 토비로서는 그런 순수한 즐거움이 아직도 가능하다는 사실을 정말로 믿어야만 한다.

19

토비는 점점 정원사들과 작별해야 한다는 생각을 하지 않게 되었다. 그들의 신조는 정말이지 믿을 수가 없었지만 더 이상 의심스럽지도 않았다. 비가 오고, 폭풍우가 몰아치고, 뜨겁고도 건조하고, 선선해지면서 건조하고, 비가 오고 따뜻해지는 등 하나의 계절은 그다음 계절과 뒤섞였고 그런 후에는 한 해가 또 다른 해로 이어졌다. 토비는 딱히 정원사라고 말할 수는 없었지만 더 이상 평민촌 사람도 아니었다. 그녀는 이도 저도 아니었다.

이제 토비는 위험을 무릅쓰고 거리로 나갔다. 물론 정원에서 멀리 떨어진 곳에는 가지 않았다. 몸을 잘 가리고 코에는 원뿔형 여과기를 달고 챙이 널따란 모자도 썼다. 그녀는 아직도 블랑코에 대한 악몽을 꿨다. 팔에 그려진 뱀, 등에 그려진 사슬에 묶인 머리 없는 여자들, 피부가 벗겨진 것처럼 푸른색 핏줄이 드러나던 그의 두 손이 토비의 목덜미를 향해 다가오는 것만 같았다. 날 사랑한다고 말해! 어서 말하지 못하겠어, 이 계집애야! 블랑코와 지낸 최악의 시간들, 끔찍한 공포, 엄청난 고통을 겪으면서 그녀는 오로지 그의 손목에서 손이 떨어져 나가기만을 바랐다. 블랑코와는 상관없게 된 손들. 다른 부위들. 세차게 분출하는 잿빛 피. 토비는 석유 찌꺼기를 태우는 보일러에 블랑코를 산 채로 밀어 넣는 광경을 그려 본다. 끔찍한 생각들이었다. 토비는 정원사들과 함께 지낸 이후 그런 생각들을 머릿속에서 지워 버리려고 엄청나게 애썼다. 하지만 머릿속에서는 그런 생각들이 계속해서 떠올랐다. 토비와 가까운 침실에서 자는 사람들이 그녀가 잠을 자면서 이따금씩 고통의 신호를 보낸다고 말해 줄 정도였다.

아담1은 토비가 악몽에 시달린다는 사실을 잘 알았다. 시간이 흐르면서 토비는 그를 과소평가하는 건 잘못이라는 걸 깨달았다. 수염은 순백색 깃털처럼 변했고 둥그런 푸른 눈은 아기 눈처럼 악의가 없어 보여 겉으로는 남을 잘 믿고 연약한 것처럼 보이지만 목적의식이 이토록 분명한 사람을 앞으로도 결코 만날 수 없으리라는 것을 토비는 알았다. 자신의 목적을 하나의 무기처럼 휘두르지 않는 아담1은 목적 안에서 유유히 떠돌며 목적에 자신의 몸을 맡겼다. 그런 사람을 공격하는 건 이리저리 방향을 바꾸는 조류를 공격하는 것만큼이나 쉽지 않을 것이다.

"그는 지금 고통공 감옥에 들어가 있단다, 애야." 어느 화창한 성 멘델의 날에 아담1이 토비에게 말했다. "어쩌면 영영 풀려나지 않을지도 몰라. 그 안에서 흙으로 돌아갈지도 모르고."

토비의 심장이 두근거렸다. "그가 무슨 짓을 저질렀는데요?"

"여자 하나를 죽였어. 옳지 못한 여자였지. 조합 소속이었는데 평민촌에서 자극을 추구하다가 그런 일을 당했어. 그런 일이 없다면 얼마나 좋을까. 이번에는 어쩔 수 없이 시체보안회사가 개입했단다."

토비는 고통공 감옥에 대한 이야기를 들은 적이 있었다. 그곳은 정치범이건 다른 죄수이건 간에 유죄판결을 받은 죄수들이 들어가는 곳이었다. 그들은 분무 총에 맞아 죽든지 고통공 경기장에서 복역하든지 둘 중 하나를 선택할 수 있었다. 그렇다고 그곳이 경기장은 결코 아니었고 울타리로 둘러막은 숲에 더 가까운 곳이었다. 감옥에서는 이 주 동안 충분히 먹을 수 있는 음식과 고통공 총이 배급되었는데, 그 총은 형광도료 탄환이 장착된 보통 총처럼 페인트를 발사하지만 눈에 맞으면 장님이 되고 피부에 닿으면 몸이 썩기 시작했다. 그러면 상대편의 목을 베려는 사람들한테 손쉬운 표적이 될 것이다. 그 안에 들어간 사람들은 누구든지 레드 팀과 골드 팀 두 팀 중 하나로 배정되었다.

여자 죄수들은 고통공 감옥 복역을 선택하는 일이 드물었다. 그들은 분무 총을 선택했다. 대부분의 정치범들도 마찬가지였다. 고통공에 머물러 봤자 승산이 없다는 걸 잘 아는 그들은 간단하게 한 번에 끝내는 걸 선호했다. 토비는 그런 점을 이해할 수 있었다.

아주 오랜 기간 그들은 불법인 닭싸움이나 범인의 은밀한 인도처럼 고통공 경기장의 존재 역시 비밀에 부쳐 둘 수 있었지만 소문에 의하면 이제 그곳은 화면을 통해서 지켜볼 수 있게 되었다고 했다. 고통공 숲에는 나무 사이에 숨겨 두거나 바위틈에 장착한 카메라가 있었지만 다리나 팔 또는 명료하지 않은 그림자를 제외하면 볼만한 게 별로 없었다. 고통공 감옥 죄수들이 남의 눈을 꺼리는 것이 당연했기 때문이다. 그러나 이따금 폭력을 행사하는 순간을 화면에서 바로 목격할 수도 있었다. 만약 한 달을 살아남는다면 그건 대단한 것이었다. 그 이상 살아남는다면 더 이상 말할 필요가 없었다. 일부는 아드레날린에 푹 빠져서 복역 기간이 끝났는데도 그곳에서 나오고 싶어 하지 않았다. 심지어 시체보안회사 전문가들조차 고통공 감옥에 장기적으로 복역하는 사람들을 두려워했다.

어떤 팀들은 자신들이 죽인 대상을 나무에 걸어 놓았고 다른 팀들은 사체를 훼손했다. 머리를 잘라 내고 심장과 신장을 꺼냈다. 상대 팀을 위협하기 위한 행위였다. 음식이 모자라거나 그저 자신이 얼마나 비열한 인간인지 보여 주기 위해 신체 일부를 먹기도 했다. 시간이 흐르면 경계선을 넘는 것뿐만 아니라 경계선이 있었다는 사실 자체를 잊는다고 토비는 생각했다. 어떤 결과를 가져오는지에 상관없이 그런 짓을 하게 된다.

머리가 잘린 채 거꾸로 매달려 있는 블랑코의 환영이 그녀의 눈앞으로 재빨리 지나갔다. 그걸 본 토비는 어떤 느낌일까? 즐거움? 연민? 뭐라 말할 수 없었다.

철야를 하겠다고 자청한 토비는 무릎을 꿇고 앉아 열매가 가득 열린 녹색 완두콩과 마음을 결합시켜 보려고 시도했다. 덩굴, 꽃, 잎사귀, 콩깍지. 녹색이 어찌나 신선하고 마음을 가라앉혀 주던지 효과를 본 것도 같았다.

어느 날 얼굴색이 호두 빛깔인 이브6 늙은 필라가 토비에게 꿀벌에 대해 배우고 싶은지 물었다. 꿀벌과 버섯, 이것이 필라의 전문이었다. 친절해 보이고 자신이 선망하는 침착함도 갖춘 필라를 토비는 좋아했으므로 그러겠다고 대답했다.

"잘 생각했어. 꿀벌한테는 언제라도 네 고민거리를 털어놓을 수 있단다." 필라가 말했다. 토비의 불안한 마음을 마음에 새겨 둔 사람이 아담1만은 아니었던 것이다.

필라는 토비를 데리고 벌통을 찾아가서는 벌들에게 토비의 이름을 알려 줬다. "네가 친구라는 걸 벌들도 알아야 한단다. 그들은 너한테서 나는 냄새를 맡을 수 있으니까 그냥 천천히 움직이면 돼." 필라는 황금빛 솜털 같은 벌들이 토비의 맨살에 달라붙자 주의를 줬다. "다음번에는 벌들이 널 알아볼 거야. 아, 혹시 벌들이 쏘더라도 찰싹 때리지 말고 그냥 벌침만 살살 털어내렴. 벌들은 깜짝 놀라지만 않는다면 쏘지 않아. 침을 쏘고 나면 그들은 죽어 버리거든."

필라는 벌에 대한 지식이 무궁무진했다. 집에 벌이 들어오면 낯선 사람이 찾아온다는 뜻인데, 벌을 죽이면 그 방문은 좋지 못한 결과를 가져온다고 했다. 만약 벌을 키우던 사람이 죽으면 그 사실을 벌들에게도 반드시 이야기해 줘야 해. 그렇지 않으면 벌들이 모두 다 떼를 지어 다른 곳으로 날아가 버릴 거야. 꿀을 상처에 바르면 얼른 낫지. 5월의 벌 떼는 서늘한 날씨만큼이나 좋은 거야. 6월의 벌 떼는 초승달과 같고, 7월의 벌 떼는 눌러 잡은 파리만큼의 값어치도 없단다. 벌통에 들어 있는 벌들 모두가 한 몸이지. 그렇기 때문에 벌집을 사수하는 거란다. "정원사들처럼 말이다." 필라가 말했다. 토비는 필라의 그 말이 농담인지 아닌지 분간할 수가 없었다.

토비를 본 벌들은 처음에는 동요했지만 얼마 후에는 그녀를 받아들였다. 그녀는 직접 꿀을 따는 게 허용됐고 벌침에 쏘인 것도 딱 두 번뿐이었다. "벌이 실수한 거야." 필라가 말했다. "먼저 여왕벌의 허락부터 구하고 그들을 해칠 의도가 조금도 없다는 걸 알려 줘야 해." 사람이 남의 마음을 읽을 수 없는 만큼 벌들도 사람의 마음을 정확하게 읽을 수 없으므로 그들에게 큰소리로 말해야 한다고 필라는 알려 줬다. 토비는 바보 같다는 느낌이 들었지만 실제로 벌들에게 말했다. 저 아래 인도로 걸어가는 사람이 혹시라도 토비가 벌 떼에게 말하고 있는 모습을 본다면 무슨 생각을 할까?

필라에 의하면 온 세상의 벌들은 수십 년 동안 곤경에 빠져 있었다. 그건 살충제 또는 뜨거운 날씨, 또는 질병, 또는 이 모든 것 때문이었다. 그걸 정확하게 아는 사람은 한 명도 없었다. 하지만 옥상정원에서 사는 벌들은 괜찮았다. 사실 그들은 번성하고 있었다. "자신들이 사랑받고 있다는 걸 알거든." 필라가 말했다.

토비는 이 말이 의심스러웠다. 그녀는 많은 걸 의심했다. 하지만 토비는 그런 의심을 마음속 깊이 묻어 두었다. 의심이란 단어를 정원사들은 별로 사용하지 않았기 때문이다.

얼마 후 필라는 토비를 좋은풍경 콘도 아래에 있는 축축한 지하실로 데리고 가서 버섯이 자라고 있는 곳을 보여 줬다. 벌과 버섯은 애인 관계라고 필라는 말했다. 벌들은 죽은 사람들에게 전달자 역할을 하기 때문에 지하 세계와 좋은 관계를 맺고 있다고도 했다. 필라는 아무런 근거도 없는 그런 엉뚱한 말을 모든 사람들이 아는 사실인 것처럼 불쑥불쑥 내뱉었고 토비는 그런 이야기를 못 들은 척했다. 진짜 버섯은 지하에서 자라기 때문에 그 지하 세계 정원에서는 버섯이 곧 장미꽃이었다. 대부분의 사람들이 버섯이라고 말하는, 인간의 눈으로 볼 수 있는 그 부분은 그저 잠깐 나타나는 환영에 불과했다. 구름 꽃.

식용버섯, 약용버섯, 통찰력에 좋은 버섯들이 있었다. 때로는 버섯들이 어떤 치료에 도움이 될 수도 있고 심지어는 마음을 재충전시키며 요양 중인 사람들을 편안하게 해 주는 데 좋을 수도 있겠지만, 통찰력을 향상시키는 버섯은 단지 고립되어 피정을 하는 주에만 활용되었다. 사람은 누구라도 머지않아 휴식이 필요할 때가 생기기 마련이라고 필라는 말했다. 하지만 너무 오랜 기간 요양 상태에 머물러 있는 건 위험했다. "그건 계단을 내려갔는데 두 번 다시 그 계단을 올라오지 못하게 된 것과 같지. 하지만 버섯은 그럴 때조차 도움을 줄 수 있단다." 필라가 말했다.

필라는 세 종류의 버섯이 있다고 말했다. 독이 전혀 없는 버섯은 정보를 알고 신중하게 정신 차리고 사용해야 한다. 그 모든 걸 기억하기 위해 열심히 외워야 했다. 말불버섯 종류는 절대로 독이 없으니까 다 괜찮다. 사일로사이빈이라는 멕시코산 버섯은 신중하게 정보를 알고 사용해야 한다. 광대버섯은 모두, 특히 죽음의 천사라고 하는 알광대버섯은 정신을 바짝 차리고 조심해야 했다.

"그러면 저것들은 위험하지 않은 버섯인가요?" 토비가 물었다.

필라는 토비의 질문에 고개를 가로저으며 "아니, 무척 위험하지."라고 말했다.

"그런데 어째서 키우는 거죠?"

"가끔씩이라도 사용될 필요가 없었다면 신이 독버섯을 만들지 않았겠지."

필라는 무척이나 유순하고 온화한 사람이었기 때문에 그녀의 입에서 이런 말이 나왔다는 것을 토비는 믿을 수가 없었다. "아주머니가 누군가를 독살하진 않을 거잖아요!"

필라는 토비의 눈을 똑바로 쳐다보며 말했다. "글쎄, 아무도 모를 일이지. 그렇게 해야 할 때가 오면 말이다."

이제 토비는 여분의 시간이 생길 때마다 필라와 함께 지내면서 에덴절벽 벌통들과 벌을 위해 인근 옥상에다 키우는 메밀과 라벤더 나무들을 돌보고, 꿀을 따서 병에다 보관하는 일을 했다. 두 사람은 병에다 글자를 써 넣는 대신 필라의 자그마한 벌 모양 도장이 찍힌 라벨을 붙였다. 그들은 또 좋은풍경 콘도의 지하실 벽에 이동 가능한 숯 블록을 세우고 그 뒤에 만들어 놓은 아라랏 창고에 넣어 둔 보존식품에 추가하기 위해 꿀병 일부를 따로 떼어 놓기도 했다. 그런 일을 하지 않을 때면 양귀비 나무를 돌보고 그 꼬투리에서 나오는 진한 주스를 모아 놓거나 좋은풍경 콘도 지하실에 있는 버섯 화단을 어슬렁거리기도 하고 생명나무 천연제품 거래처에서 판매할 만병통치약, 특효약, 피부용 꿀이나 장미 유액을 약한 불에서 부글부글 끓이기도 했다.

그렇게 시간은 흘러갔다. 토비는 하루하루 날짜 가는 걸 세지 않게 됐다. 시간은 흘러가는 게 아니라고 필라는 말했다. 시간은 사람이 떠다니는 바다다.

한밤이 되면 토비는 자기 자신을 들이마셨다. 새롭게 태어난 자아를. 그녀의 피부에서는 꿀과 소금 냄새가 났다. 그리고 흙 냄새도.

20

새로운 사람들이 속속 정원사 무리에 합류해 함께 살게 되었다. 일부 진정으로 개종한 사람들과 달리 그렇지 않은 사람들은 오랜 기간 머물지 않았다. 일시적으로 머물 곳을 찾아온 그들은 다른 사람들과 똑같이 몸을 다 가려 주는 헐렁한 옷을 입고 대부분의 하찮은 일을 했으며 여자들의 경우 이따금씩 훌쩍훌쩍 울어 댔다. 그러다가 얼마 후 사라졌다. 그들은 그늘진 사람들이라, 아담1은 남의 눈에 띄지 않는 그늘로 그들을 데리고 다녔다. 마치 토비한테 했던 것처럼 말이다.

이건 순전히 어림짐작이었다. 정원사들이 개인적인 질문을 좋아하지 않는다는 사실을 토비가 깨닫기까지는 그다지 오랜 시간이 걸리지 않았다. 어디 출신인지, 예전에는 무슨 일을 했는지, 이 모든 게 아무런 상관이 없다는 것을 그들의 태도가 함축적으로 말해 줬다. 오직 지금 당장이 중요했다. 다른 사람들에 대해 이 말 저 말 해 보라. 다른 사람들도 너에 대해 이러쿵 저러쿵 말하지 않겠는가. 다시 말하지만 그런 건 전혀 중요하지 않았다.

그렇지만 토비는 아직도 궁금한 게 아주 많았다. 예를 들면, 누알라는 남자와 자 본 적이 있을까? 만약에 없다면, 그래서 저 토록 시도 때도 없이 시시덕거리는 걸까? 산파 마루시카는 어디서 저런 기술을 배웠을까? 아담1은 정원사가 되기 전에 정확하게 어떤 일을 했을까? 이브1, 아니 심지어는 미시즈 아담1 또는 아담1에게 자녀가 있기는 할까? 그런 영역을 너무 깊이 파고들다 보면 토비는 이내 다른 미소나 화제와 마주쳤으며 너무나 많은 지식, 또는 너무나 많은 힘을 욕망하는 원죄를 피하기 위해 노력해야 할 거라는 힌트를 얻었다. 지식과 힘, 그 둘은 밀접한 관계를 맺고 있기 때문이었다. 사랑스러운 토비가 아직도 그걸 모르고 있었단 말인가?

그리고 아담7인 젭이 있었다. 토비는 자신이 정원사라는 사실만큼이나 젭이 진짜 정원사라는 사실을 믿기가 어려웠다. 그녀는 시크릿버거에서 일할 때 그런 남자다운 체형과 털이 덥수룩한 사람들을 많이 봤다. 틀림없이 젭은 뭔가 위험이 따르는 어떤 문제에 개입되어 있었다. 젭에게는 그런 식으로 조심성 있게 행동하는 기미가 엿보였다. 그런데 그런 남자가 에덴절벽 옥상에서 무슨 일을 하고 있단 말인가?

젭은 들락날락했다. 어떤 때에는 여러 날 동안 사라졌다가 태양광 자전거를 타는 사람의 깃털 가죽옷, 경기장 관리인의 작업복, 경호원의 검은 양복 등 평민촌 사람의 옷을 입고 나타났다. 처음에 토비는 그가 블랑코와 관련된 사람이어서 자신에 대해 염탐하려고 들어온 게 아닐까 무척이나 걱정스러워했는데 다행히 그건 아니었다. 아이들이 그에게 미친 아담이라는 별명을 붙여 줬지만 겉으로 보기에는 아주 멀쩡했다. 상냥하긴 해도 망상에 빠져 있는 한 무리의 괴짜들과 함께 어울려 지내기에는 너무나 합리적이었다. 젭과 루선은 어떤 관계일까? 루선은 단지에 사는 응석받이 아내라는 사실이 온몸에 쓰여 있었다. 손톱이 부러질 때마다 루선은 입을 삐죽 내밀고 시무룩해했다. 젭 같은 남자의 짝으로는 바람직한 선택이 아니었다. 젭은 과거 토비가 어렸을 때처럼 총알이 흔하던 시절이었다면 총알 내뱉는 사람이라는 별명이 붙었을 남자다.

어쩌면 섹스였을지도 모른다고 토비는 생각했다. 육체의 환상, 호르몬이 부채질한 집념. 그런 일은 수많은 사람들에게 일어났다. 토비는 제대로 된 대상만 있었다면 자기 자신이 그런 이야기의 주인공이 되었을지도 모르는 시간을 기억할 수 있었다. 하지만 정원사들과 지내는 기간이 길어지면 길어질수록 그런 시간은 점점 더 뒷전으로 밀려났다.

최근 토비는 섹스를 전혀 하지 않았고, 또 못 하는 게 아쉽지도 않았다. 오물늪에 빠져 있었을 때 그녀는 사람들이 원하는 방식은 아니었지만 지나칠 정도로 섹스를 많이 했다. 블랑코로부터 자유가 됐다는 것만으로도 충분한 가치가 있었다. 곤죽이 되도록 성적으로 학대당하고 녹초가 될 때까지 두들겨 맞은 다음 결국에는 공터에 내던져지지 않았다는 게 얼마나 다행인지 몰랐다.

정원사들과 지내면서 섹스와 관련된 사건이 한 차례 발생했다. 토비가 가로수 길 콘도 꼭대기 층에 과거 파티 장소로 쓰이던 방에서 새 생명 운동기구 러닝머신을 한 시간 정도 타고 있을 때 늙어 빠진 근육 머지가 그녀에게 달려들었다. 그녀를 러닝머신에서 끌어내리고 마룻바닥에 강제로 눕히더니 그 육중한 몸으로 그녀 위에 올라타 고장 난 펌프같이 씨근거리며 데님 치마 밑으로 손을 넣어 토비의 몸을 더듬었다. 하지만 흙을 나르고 계단을 오르내리면서 몸이 단단해진 토비와 달리 머지는 예전에 비해 몸 상태가 아주 좋지는 않았다. 토비가 팔꿈치로 세게 때려 밀쳐 내자 머지는 마룻바닥에 큰대자로 드러누워 헐떡거렸다.

토비는 자신을 당황하게 만들었던 그 모든 사연들을 털어놓은 것처럼 러닝머신 사건도 필라에게 모두 다 말했다. "어떻게 하면 될까요?" 토비가 물었다.

"우리는 절대로 그런 일로 소란 피우지 않는단다." 필라가 말했다. "사실 머지는 해를 입힐 사람이 아니야. 그는 우리들한테도 여러 차례 그런 짓을 했단다. 몇 년 전에는 심지어 나한테도 그랬는걸." 필라가 귀에 거슬리게 조금 낄낄댔다. "먼 옛날에 살

홍수의 해

던 오스트랄로피테쿠스가 우리들 모두에게서 나올 수 있는 법이지. 넌 그 사람을 진심으로 용서해야 해. 두고 보면 알겠지만 그는 두 번 다시 그런 짓을 하지 않을 거야."

섹스에 대해서는 그것으로 끝이었다. 아마도 섹스는 일시적인 것인지도 모른다고 토비는 생각했다. 어쩌면 팔이 마비를 일으키는 것과 같을 수도 있다. 섹스와 연관된 나의 신경망은 차단되었다. 그런데 어째서 난 걱정이 안 되지?

그날은 곤충의 변태를 연구한 성 마리아 지빌라 메리안의 날 오후였고, 벌을 치기에는 안성맞춤인 날씨였다. 토비와 필라는 꿀을 따고 있었다. 그들은 연기를 일으키기 위해 풀무와 썩어 가는 장작으로 모닥불을 피웠기 때문에 챙이 널따랗고 베일이 쳐진 모자를 썼다.

"부모님은…… 두 분 다 살아 계시니?" 흰색 베일 뒤에서 필라가 물었다.

토비는 정원사로서는 하지 않을 매우 직접적인 질문을 받고 무척이나 놀랐다. 하지만 필라가 정당한 이유 없이 그런 질문을 하지는 않았을 것이다. 아무래도 아버지에 대해서는 말할 수가 없었던 토비는 대신 엄마의 불가사의한 질병에 대해서 말했다. 너무나도 기이한 것은 그녀의 엄마가 항상 건강에 관심이 많았던 점이라고 토비는 말했다. 아마도 그녀 엄마의 몸무게는 절반이 비타민 무게였을 것이다.

"그런데 어머니가 어떤 비타민을 복용하셨지?" 필라가 물었다.

"엄마는 건강현인 체인점을 운영하셨어요. 그러니까 거기서 나오는 비타민이었죠."

"건강현인이라." 필라가 말했다. "그래, 그런 이야기를 전에도 들은 적이 있단다."

"무슨 이야기요?" 토비가 물었다.

"그 비타민제와 연결된 그런 류의 질병 말이다. 건강현인 사람들이 네 어머니를 직접 치료하고 싶어 했던 것도 전혀 놀랄 일은 아니지."

"그게 무슨 뜻이에요?" 토비가 물었다. 아침 해가 뜨거운데도 토비는 오싹한 느낌이 들었다.

"얘야, 이런 생각을 해 본 적이 있니?" 필라가 말했다. "어쩌면 네 어머니가 실험 대상이었을 수도 있었다는 생각 말이다."

이전에는 그런 생각을 한 번도 해 본 적이 없었지만 필라의 말을 듣고 보니 그럴 수도 있었을 것 같았다. "비슷한 의문은 들었어요." 토비가 말했다. "알약에 대해서는 아니었지만…… 아빠의 땅을 원했던 개발업자라고 생각했어요. 어쩌면 그들이 우물에다 뭔가를 집어넣었을지도 모른다고요."

"그렇다면 식구들 모두가 아팠겠지." 필라가 말했다. "자, 그럼 이제 너는 조합에서 만든 약은 절대로 먹지 않겠다고 나와 약속하렴. 그런 약은 절대로 사지도 말고, 혹시 그런 약을 먹어 보라고 무슨 말로 유혹하더라도 절대로 받아들여서는 안 돼.

홍수의 해

그들은 자료와 과학자들을 제시할 거야. 의사들도 인용할 거고……. 전혀 쓸모없는 사람들이야. 그들 모두 돈으로 매수한 사람들이니까."

"분명 모두 다는 아니겠죠!" 필라의 격렬한 태도에 깜짝 놀란 토비가 말했다. 평소에는 그토록 침착한 사람인데 저럴 때도 있구나.

"그래." 필라가 말했다. "모두는 아니겠지. 하지만 아직도 조합과 손잡고 일하는 사람들은 모두 다 그렇단다. 그렇지 않은 사람들 중 일부는 예기치 않게 죽었지. 하지만 아직 살아 있는 사람들, 그러니까 예전의 의료 윤리가 조금이라도 남아 있는 사람들은……." 필라는 말을 멈췄다. "아직도 그런 의사들이 있지. 하지만 조합에는 없단다."

"그들은 어디에 있어요?" 토비가 물었다.

"몇몇은 여기 우리와 함께 있어." 필라가 말했다. 그녀는 미소를 머금었다. "정비사 카투로는 과거에 내과 의사였어. 지금은 우리의 배관 설비를 맡고 있지. 수리야는 안과 의사, 스튜어트는 종양학자, 그리고 마루시카는 부인과 의사였지."

"그리고 다른 의사들은요? 만약에 여기 없다면요?"

"어딘가 다른 안전한 곳에 있단다." 필라가 말했다. "당장은 말이다. 하지만 이제 넌 나와 약속해야 해. 얘야, 조합에서 만든 그 약들은 죽은 사람들의 양식이란다. 우리 식의 죽음이 아니라 좋지 않은 그런 죽음 말이다. 아직도 살아 있는 죽은 사람들.

우리는 아이들에게 이런 약을 먹지 마라고 알려 줘야 해. 아주 유해하거든. 이건 우리들의 신념의 규칙일 뿐만 아니라 확신의 문제란다."

"하지만 어떻게 그렇게 확신할 수 있으세요?" 토비가 물었다. "조합 사람들, 그들이 어떤 일을 하는지 아무도 모르잖아요. 그들은 단지 안에 갇혀 살고 있으니까 아무도 밖으로 나올 수가 없잖아요……."

"넌 깜짝 놀랄 거야." 필라가 말했다. "궁극적으로 물이 새지 않는 배는 지금까지 한 척도 만들어진 적이 없단다. 자, 어서 약속해라."

토비는 약속했다.

"언젠가, 네가 이브가 되면 더 많은 걸 이해하게 될 거야." 필라가 말했다.

"아, 나는 이브가 될 것 같지는 않은데요." 토비는 가볍게 말했다. 필라는 미소 지었다.

*

같은 날 늦은 오후 필라와 토비가 꿀 따기를 다 마치고 필라가 벌통과 여왕벌에게 협조해 줘서 고맙다고 말하고 있을 때 젭이 비상계단을 통해 올라왔다. 그는 태양광 자전거를 타는 사람들이 선호하는 검은색 깃털 가죽 재킷을 입고 있었다. 그들은 자전거를 타는 동안 뜨거운 공기가 순환될 수 있도록 재킷을 칼로 베었지만 지금 젭이 입고 있는 옷은 터진 부분이 필요 이상으로 많았다.

"무슨 일 있었어요?" 토비가 물었다. "어떻게 하면 되죠?" 나무토막 같은 젭의 손이 배를 움켜쥐고 있었고 손가락 사이로 피가 흐르고 있었다. 토비는 토하고 싶은 마음이 드는 동시에 "핏방울이 벌한테 떨어지겠어요."라고 말하고 싶은 충동을 느꼈다.

"넘어지는 바람에 다쳤어." 젭이 말했다. "깨진 유리가 있었거든." 그는 헐떡거리고 있었다.

"그런 말을 어떻게 믿겠어요." 토비가 말했다.

"믿으리라고 생각하지도 않았어." 그녀를 향해 히죽 웃으며 젭이 말했다. "여기요." 젭이 필라에게 말했다. "아주머니에게 선물을 가져왔어요. 스페셜 시크릿버거요." 그는 깃털 가죽 재킷의 호주머니 속으로 손을 집어넣더니 잘게 간 고기를 한 주먹 끄집어냈다. 한순간 토비는 이게 젭의 살이 아닐까 하는 끔찍한 생각이 들었지만 필라는 미소 지었다.

"고맙네, 젭." 필라가 말했다. "자네는 언제나 믿을 수가 있다니까! 자, 나와 함께 가세. 우리가 고쳐 줄 테니. 토비, 얼른 레베카를 찾아서 깨끗한 키친타월 좀 가져오라고 하렴. 그리고 카투로, 그 사람도 찾아와." 필라는 피를 보고도 전혀 당황한 것 같지 않았다.

어느 정도 나이를 먹으면 나도 저토록 침착할 수 있을까? 토비는 생각했다. 그녀는 자신의 몸이 찢어진 것만 같았다.

21

필라와 토비는 옥상의 서북쪽 모서리에 있는 재활 요양소로 젭을 데려갔다. 그 오두막은 정원사들이 철야를 할 때, 또는 요양 상태에서 회복 과정에 있는 사람들이나 건강이 다소 좋지 않은 사람들이 이용하는 곳이었다. 젭이 누울 수 있도록 도와주고 있을 때 레베카가 옥상 뒤쪽의 울타리가 쳐진 헛간에서 마른 행주를 한 보따리 들고 나왔다. "아니 누가 저랬어요?" 레베카가 물었다. "유리에 다친 거잖아! 병을 던지며 싸웠어요?"

방금 도착한 카투로는 젭의 배에서 재킷을 들춰내고 전문가답게 꼼꼼히 살폈다. "갈비뼈는 손상되지 않았군요." 그가 말했다. "칼로 베었지 찌르지는 않았네요. 다행히 상처가 깊지는 않아요."

필라는 토비에게 간 고기를 건넸다. "구더기한테 줄 거야." 필라가 말했다. "애야, 이번에는 잘할 수 있겠지?" 냄새로 봐서 고기는 벌써 썩고 있었다.

이전에 필라가 하는 걸 봤던 터라 토비는 건강 클리닉에서 가져온 거즈로 고기를 싼 다음 고기 꾸러미를 줄에 매달아 옥상 가장자리에서 아래쪽으로 늘어뜨렸다. 하루 이틀 지나면 파리들이 낳은 알이 부화할 것이고 그 꾸러미를 다시 끌어올리면 구더기가 생겨 있을 것이다. 썩어 가는 살코기가 있는 곳에는 반드시 구더기가 생기기 마련이었다. 필라는 위급할 때를 대비해 언제나 치료용 구더기를 구비해 놓고 있었지만, 토비는 구더기가 들끓는 광경은 한 번도 본 적이 없었다.

필라에 의하면 구더기 치료 요법은 먼 옛날부터 내려온 방식이었다. 이 치료법은 거머리, 출혈 요법과 함께 구식이라고 버림받았던 적도 있었지만, 1차 세계 대전 때에 의사들은 구더기가 있는 경우 병사들의 환부가 훨씬 더 빨리 치유된다는 점에 주목했다. 그 유용한 생물체는 썩어 들어가는 살을 먹어 치울 뿐만 아니라 괴사시키는 세균을 죽여서 괴저병을 예방하는 데에도 상당한 도움을 줬다.

구더기는 유쾌한 기분을 불러일으킨다고 필라는 말했다. 그것들은 작은 물고기들처럼 부드럽게 조금씩 살을 물어뜯는다. 하지만 그놈들은 더 이상 썩은 부위가 없으면 멀쩡한 생살까지 침범하기 때문에 고통스러워지거나 피를 흘릴 위험성이 있으므로 조심스럽게 지켜보아야 했다. 그런 일만 없으면 상처는 깨끗하게 아물 것이다.

필라와 카투로는 스펀지에 식초를 묻혀 젭의 상처를 정성껏 닦아 낸 다음 꿀을 문질렀다. 젭의 얼굴은 창백하긴 했지만 피는 더 이상 흐르지 않았다. 토비는 그에게 옻나무 즙을 마시게 했다.

카투로는 평민촌 거리에서 유리로 싸울 경우 감염률이 상당히 높은 걸로 악명 높다고 말했다. 그래서 패혈증을 막기 위해서는 당장 구더기를 붙여야 했다. 필라는 족집게를 이용해 접은 거즈 속에 보관해 둔 구더기를 젭의 환부에 올려놓고 거즈를 테이프로 붙였다. 구더기가 거즈를 뚫고 나올 때쯤이면 분명 젭의 환부는 구더기가 좋아할 정도로 충분히 곪아 있을 것이다.

"누군가가 옆에 남아 구더기를 지켜보고 있어야 해." 필라가 말했다. "하루 스물네 시간 내내. 구더기가 사랑하는 우리의 젭을 먹으면 안 되잖아."

"아니면 내가 구더기를 먹을 수도 있겠죠." 젭이 말했다. "육지 새우잖아요. 몸이 똑같은 체제로 구성되어 있으니까요. 기름에 튀기면 아주 맛있어요. 지방질의 좋은 공급원이죠." 젭은 대단한 성공이라도 거둔 것처럼 말하고 있었지만 그의 목소리는 약했다.

토비가 처음 다섯 시간을 맡았다. 아담1이 젭의 사고 소식을 듣고 찾아왔다. "군자는 위험한 일에 끼어들지 않는 법이야." 그는 온건하게 말했다.

"아, 그런데 군자가 너무 많던걸." 젭이 말했다. "여하튼 세 놈을 병원에 집어넣었어."

"그다지 자랑할 일은 못 되는 것 같네." 아담1이 말했다. 젭은 얼굴을 찡그렸다.

"보병은 발을 사용하는 법이잖아." 젭이 말했다. "그래서 나는 부츠를 신고 다니고."

"이 문제는 나중에 이야기하기로 하지. 자네가 회복되면 말일세." 아담1이 말했다.

"난 지금도 괜찮아." 젭이 투덜거렸다.

누알라가 토비 대신 간호를 맡으려고 서둘러 들어왔다. "버드나무 차를 끓여 줬어?" 그녀가 물었다. "어머나, 저런! 구더기는 정말로 싫은데! 자, 붙잡아 줄 테니 나한테 기대세요! 그물창을 올릴 수 없나요? 바람이 통해야지요! 젭, 이게 당신이 말하는 도시의 유혈 사태 대응 작전인가요? 당신은 정말이지 못됐어요!" 누알라는 끊임없이 재잘거렸고 토비는 그녀를 발로 걷어차고 싶었다.

다음으로 루선이 눈물 콧물로 범벅이 되어 나타났다. "이런 끔찍한 일이 생기다니! 무슨 일이 있었던 거예요? 누가……."

"아, 정말 못된 사람이에요!" 누알라가 공모하듯 말했다. "안 그래요, 젭? 평민촌 사람들과 싸움을 벌이다니." 그녀는 즐겁기라도 한 듯 속삭였다.

"토비." 누알라의 말을 듣지 못한 것처럼 루선이 말했다. "얼마나 심각하죠? 저 사람은…… 저 사람이……" 그녀의 목소리는 옛날에 텔레비전에서 임종 장면을 연기하던 어떤 여배우의 목소리 같았다.

"난 괜찮아." 젭이 말했다. "그러니 제발 사라져 줘. 나 좀 혼자 있게 내버려 두고!"

젭은 누구라도 자기 옆에서 빈둥거리는 꼴은 보기 싫다고 말했다. 필라는 예외였다. 그리고 꼭 필요하다면 카투로도 있어도 괜찮았다. 그리고 토비는 말을 하지 않으니까 예외였다. 루선이 화가 나서 엉엉 울며 가 버렸지만, 토비가 할 수 있는 일은 하나도 없었다.

정원사들 사이에서는 소문이 곧 새로운 소식이었다. 나이 든 남자애들은 젭의 전투 소식을 재빨리 들었다. 이제 그건 전투로 바뀌어 있었다. 다음 날 오후 섀키와 크로제가 젭을 찾아왔을 때 젭은 잠들어 있었다. 토비가 그의 버드나무 껍질 차에 양귀비를 조금 집어넣었던 것이다. 그래서 그들은 서로 귓속말을 해 가면서 젭의 주변을 살금살금 걸어 다니며 그의 상처를 몰래 들여다보려고 애썼다.

"젭 아저씨는 옛날에 곰을 먹었대." 섀키가 말했다. "곰 수송 작전을 위해 비행기에 탔던 적이 있었는데, 그때는 북극곰을 구하려고 간 거였어. 비행기가 추락했는데 아저씨가 걸어 나온 거야. 그것도 여러 달이 지난 후에 말이지!" 나이 든 남자애들은 젭과 연관된 그런 영웅적인 이야기를 많이 알았다. "아저씨가 그러는데 껍질을 벗기니까 곰이 사람과 똑같더래."

"동료 비행사도 잡아먹었잖아. 물론 죽은 다음이었지만." 크로제가 말했다.

"구더기를 볼 수 있을까요?"

"아저씨한테 괴저가 생겼나요?"

"갱! 그린!" 형들의 꽁무니를 쫓아 들어온 어린 오츠가 소리쳤다.

"입 닥쳐, 오츠!"

"아휴! 저 고기 냄새!"

"이제 너희들은 가 봐라." 토비가 말했다. "아담7, 젭 아저씨는 안정이 필요하단다."

아담1은 섀키와 크로제, 그리고 어린 오츠가 그런대로 잘 자랄 것이라는 생각을 버리지 않았다. 하지만 토비는 어쩐지 미심쩍었다. 안개 필로가 그들의 대리 아버지 노릇을 맡기로 되어 있었지만 그와의 정신적 만남이 항상 가능한 건 아니었다.

필라가 야간 간호를 맡았다. 그녀는 밤에 잠을 많이 자지 않는다고 말했다. 누알라는 아침 시간을 자원했고 토비는 오후 시간을 맡았다. 그녀는 매 시간 구더기를 살폈다. 젭은 열이 전혀 없었고 피도 나오지 않았다.

젭은 일단 상처가 아물기 시작하자 안절부절못했다. 그래서 토비는 젭과 함께 도미노 게임, 크리비지 카드놀이, 마지막으로는 체스 게임을 시도했다. 체스 세트는 필라의 것이었다. 검은색은 개미, 흰색은 벌이었는데 그녀가 직접 조각했다. "옛날에는 여왕벌이 왕이라고 생각했단다." 필라가 말했다. "여왕벌을 죽이고 나면 나머지 벌들이 목적을 상실했거든. 그래서 체스 왕은 체스 판에서 별로 움직이지 않는 거야. 여왕벌도 그래서 항상 벌집 속에 머무는 거고." 토비는 이 말이 사실인지 확실치 않았다. 여왕벌이 항상 벌집 속에만 머물러 있었나? 물론 떼를 지어 이동하거나 혼인비행을 할 때는 제외하고⋯⋯. 토비는 체스 판을 유심히 들여다보며 열심히 패턴을 찾아봤다. 요양소 밖에서 떠들썩한 어린아이들의 소리와 뒤섞인 누알라의 목소리가 들렸다. "다섯 개의 감각을 통해 우리는 이 세상을 경험하는 거예요⋯⋯. 시각, 청각, 촉각, 후각, 미각⋯⋯. 맛을 볼 때 우리는 어떤 감각을 사용하지요? 맞았어요⋯⋯. 오츠, 그렇다고 멜리사를 핥아 볼 필요는 전혀 없지. 자 이제는 혀를 다시 입안으로 쏙 집어넣고 입술을 다무세요." 토비는 어떤 영상이 눈앞에 떠올랐다. 아니, 미각이다. 그녀는 젭의 팔을 맛볼 수 있었다. 그 짠 맛을⋯⋯.

"장군요!" 젭이 소리쳤다. "개미가 또 이기는걸." 젭은 항상 개미를 잡았고 토비에게 말을 먼저 쓸 수 있는 유리한 기회를 줬다.

"아." 토비가 말했다. "그걸 보지 못했네." 지금 토비는 의심하고 있었다. 쓸데없는 생각이긴 하지만 혹시 누알라와 젭 사이에 교제가 시작된 건 아닐까? 과도한 면이 있긴 해도 누알라는 관능적이면서 기묘하게 아기 같은 면이 있었다. 어떤 남자들은 그런 점을 매혹적이라고 생각했다.

젭은 체스 판에서 말들을 쓸어 내더니 또다시 말을 배열하기 시작했다. "내 부탁 좀 들어 주겠어?" 그가 말했다. 그는 대답도 듣지 않고 말하기 시작했다.

루선은 두통이란 두통은 다 앓고 있다고 젭이 말했다. 그의 목소리는 애매모호했지만 어딘가 신랄한 어조가 스며 있었다. 그래서 토비는 루선의 두통이 진짜가 아닐지도 모른다는 생각이 들었다. 머리가 진짜로 아팠을 수도 있지만 젭은 어쨌든 그녀의 두통에 대해 신물이 나 있었다.

루선이 또다시 편두통이 있다고 하면 토비가 약병을 몇 개 들고 찾아가 줄 수 있는지, 그리고 그 문제가 어떻게 하면 해결될 수 있는지 알아봐 줄 수 있느냐고 젭이 물었다. 왜냐하면 젭으로서는 젠장, 루선의 호르몬 불균형에 대해 해 줄 수 있는 게 하나도 없기 때문이었다. 혹시 그게 문제라면 말이다. "루선 때문에 괴로워서 살 수가 없어." 젭이 말했다. "출장이 너무 잦다고 얼마나 바가지를 긁어 대는지. 질투는 또 어떻고." 젭은 상어처럼 이빨을 드러내고 히죽 웃었다. "토비 말을 들으면 아마 루선이 제정신을 차릴지도 모르지."

홍수의 해

꽃이 벌써 나무에서 떨어졌구나, 토비는 생각했다. 장미 나무는 떨어진 꽃은 좋아하지 않지.

22

깨끗한 공기를 위해 힘썼던 성 앨런 스패로. 하지만 지금까지 단 하루도 그 이름에 부응한 적은 없었던 것 같다. 토비는 말린 약초와 약병이 들어 있는 가방을 헐렁한 작업복 속에 숨긴 채 복잡한 평민촌 거리를 조심스레 걸었다. 오후에 내린 폭우로 고약한 연기와 먼지가 조금은 줄어들었지만 그럼에도 토비는 성 스패로를 기념하는 의미에서 코에다 검은색 원뿔형 여과기를 쓰고 나왔다. 여느 때처럼 말이다.

블랑코가 고통공 감옥에 들어간 이후로 토비는 거리에 나왔을 때 이전보다 더 안전하다는 느낌이 들었다. 그렇긴 해도 한가롭게 산책하거나 아무 일 없이 어슬렁거린 적은 한 번도 없었다. 젭의 지시를 기억했으므로 절대 뛰지도 않았다. 어떤 임무가 있는 사람처럼 과단성 있게 보이는 것이 최선이었다. 토비는 우연히 마주치는 눈길들, 정원사를 반대하는 비방은 무시했지만 갑

　　　　　　　　　　　　　　　　홍수의 해

작스러운 움직임이나 지나칠 정도로 가까이 접근하는 사람들에 대해서는 방심하지 않았다. 언젠가 평민촌 망나니 한 무리가 그녀의 버섯을 움켜쥔 적이 있었는데, 그때 토비한테 치명적인 무기가 없었던 게 망나니들한테는 참으로 다행이었다.

토비는 젭의 부탁을 들어주기 위해 치즈 공장 건물을 향해 걸어가고 있었다. 이번이 벌써 세 번째였다. 루선의 두통이 그저 관심이나 끌어 보려는 수작이 아닌 진짜라면, 처방전 없이 약국에서 구매할 수 있는 건강현인 제품인 초강력 진통제나 수면제가 그녀를 낫게 하든 죽게 하든 어쨌든 그 문제를 해결해 줄 수 있었을 것이다. 하지만 조합 약은 정원사들 사이에서는 금기였다. 그래서 토비는 버드나무 추출물을 써 본 다음에는 쥐오줌풀에 양귀비를 약간 넣어 먹였다. 물론 양귀비는 중독될 가능성이 커서 너무 많이 넣지는 않았다.

"여기에 들어간 게 뭐죠?" 토비가 치료할 때마다 루선이 물었다. "필라가 만들어 줄 때보다 맛이 좋은걸요."

토비는 사실 이것도 필라가 만들었다고 말하고 싶은 걸 꾹 참고 루선에게 1회 복용량을 어서 삼키라고 권했다. 그런 다음 차가운 습포를 루선의 이마 위에 올려놓고 그녀의 푸념에 상관하지 않으려고 애쓰면서 침대 옆에 앉았다.

기본적으로 정원사들은 자신의 개인적인 문제를 떠벌리지 않았다. 자신의 정신적인 쓰레기를 슬그머니 다른 사람에게 떠넘기는 행동은 눈살을 찌푸리게 만들었다. 누알라는 어린아이들에게 생명수를 마실 땐 두 개의 컵이 있다고 가르쳤다. 아마도 각각의 컵에는 정확하게 똑같은 것이 들어 있을 것이다. 하지만 어머나 이런, 어째서 맛이 이렇게 다른 거지!

노(No) 컵은 쓰지만, 예스(Yes) 컵은 달고도 달다.
자, 그대는 그대 배 속에 어느 걸 넣을 것인가?

이것은 기본적인 정원사 신조였다. 하지만 루선의 경우 이 슬로건을 입으로 말할 수는 있었지만 그 가르침까지 그녀의 것으로 만들지는 못했다. 토비는 자신이 가짜였기 때문에 가짜를 보면 구별해 낼 수 있었다. 토비가 치료자의 입장을 맡자마자 루선의 마음속에서 곪아 가고 있던 것들이 모두 다 미친 듯이 날뛰며 밖으로 쏟아져 나왔다. 토비는 고개만 끄덕이면서 아무 말도 하지 않고 공감의 마음이 전달되기만을 바랐다. 사실상 토비는 양귀비를 몇 방울 떨어뜨리면 루선이 무의식 상태로 들어갈까 곰곰이 생각하고 있었다. 최악의 충동에 굴복해 자신이 루선의 목을 조르기 전에 말이다.

토비는 빠른 걸음으로 거리를 걸어가면서 루선의 불평거리들을 예상해 봤다. 패턴대로라면 그것들은 젭에 관한 것이리라. 내가 그를 필요로 할 때 어째서 그는 한 번도 내 옆에 있어 주지 않는단 말인가? 어쩌다가 이 세상의 진정한 운행 방식에 대해 아무것도 모르는 이 일단의 몽상가들 — 토비, 당신이 그렇다는 건 아니에요. 당신에겐 분별력이 있잖아요. ─ 그러니까 이 정원사들과 함께 비위생적이고 부패한 이 탱크 속에 갇히게 됐을까? 루선은 자기중심적인 괴물과 함께, 단지 자신의 욕구에만 몰두하는 남자와 함께 여기에 산 채로 파묻혔다. 그런 사람에게 말해 봤자 감자, 아니 돌멩이를 상대로 말하는 것과 뭐가다른가! 젭은 남의 말에 귀 기울이지 않았고 자기 생각을 말해주는 법도 없는, 부싯돌처럼 단단한 사람이었다.

그렇다고 루선이 노력하지 않았던 건 아니다. 그녀는 책임 있는 사람이 되고 싶었고, 정말로 아주 많은 점에서 아담1의 생각이 옳다고 믿었다. 루선만큼 동물을 사랑하는 사람도 없었다. 하지만 사랑에도 한계가 있어서 그녀는 민달팽이에게 중추 신경계가 있다고까지는 한순간도 믿지 못했다. 게다가 그들에게영혼이 있다고 말하는 건 영혼이라는 개념 자체를 조롱하는 것이었다. 루선은 그런 점에 대해 분개했다. 왜냐하면 자신만큼영혼을 존경하는 사람은 한 명도 본 적이 없었기 때문이다. 그녀는 언제나 영적인 사람이었다. 이 세상을 구원하는 문제에 있어서 루선만큼이나 이 세상을 구하고 싶어 하는 사람은 없었다. 하지만 적절한 음식과 옷, 심지어 빌어먹을 샤워까지, 정원사들이 아무리 그런 것들을 포기하고 산다 할지라도, 그리고 자신들이 다른 사람들보다 더 고상하고 더 위대하고 더 지조가 강하다고 느낄지라도, 그들은 사실 아무것도 변화시키지 못할 것이다. 그들은 중세 시대에 자신들을 채찍질하던 그런 사람들, 그러니까 그런 파렴치한 사람들(flagrant)과 유사할 뿐이다.

"파렴치한 사람이 아니라 자신을 매질하던 고행자들(flagellant)요." 이 말이 처음 나왔을 때 토비가 단어를 고쳐 줬다.

그러자 루선은 자기가 지금 한 말이 정원사들을 뜻했던 것은 아니라고 말했다. 그녀는 편두통 때문에 우울했을 뿐이다. 또한 조합에서 온 데다 남편을 버리고 젭과 도망쳐 왔으므로 그들이 자신을 무시하기 때문이라고도 말했다. 정원사들은 루선을 신뢰하지 않았다. 그들은 루선이 매춘부라고 생각했다. 그들은 루선의 등 뒤에서 그녀에 대한 야한 농담을 주고받았다. 아니, 아이들이 그랬던가? 그렇지 않나?

"아이들은 모든 사람들을 대상으로 음담패설을 늘어놓는걸요." 토비가 말했다. "나를 포함해서요."

"당신도요?" 루선이 속눈썹 짙은 커다란 눈을 활짝 뜨면서 말했다. "어째서 그 아이들은 당신에 대해서 야한 농담을 하는 거죠?" 당신한테는 성적인 면이 하나도 없는데, 이게 그녀가 하고 싶은 말이었다. 앞뒤가 널빤지처럼 판판하고 일만 하는 일벌에 불과한데.

토비의 그런 면이 이점이었다. 적어도 루선은 토비를 질투하지는 않았다. 그 점에서는 정원사 여자들 중에서 토비만이 유일했다.

"당신을 깔보는 사람은 하나도 없어요. 당신을 매춘부라고 생각하지도 않고요. 그러니까 자, 이제 마음 편히 먹고 두 눈을 감은 다음 버드나무 가루가 고통이 있는 머리끝까지 당신의 몸을 돌아다니는 모습을 머릿속으로 그려 보세요."

사실 정원사들은 루선을 깔보지 않았다. 적어도 그녀가 생각하는 이유들 때문은 아니었다. 허드렛일을 게을리하거나 끝내 당근 자르는 법을 익히지 못하는 것을 못마땅하게 여길는지는 모른다. 생활공간을 지저분하게 늘어놓는다든지 창틀에다 토마토를 기르려 드는 아무짝에도 쓸모없는 시도를 한다든지 엄청나게 많은 시간을 잠자리에서 빈둥대며 보내는 것에 대해서는 경멸할 수도 있었다. 하지만 정원사들은 부정, 간통, 여하튼 어떤 이름으로 불리든지 간에 루선의 그런 행위에 대해서는 조금도 개의치 않았다.

그것은 정원사들이 결혼 증명서 같은 것을 신경 쓰지 않았기 때문이었다. 유대 관계를 이루는 한 쌍의 남녀가 정절을 지키는 건 지지하지만 첫 번째 아담과 첫 번째 이브가 결혼식을 거행했다는 기록은 전혀 없었다. 그래서 그들의 견해로는 다른 종교의 성직자건 세속적인 관리건 사람들을 결혼시킬 힘은 결코 없었다. 시체보안회사의 경우에는 단지 추적하기가 한층 더 쉽기 때문에 홍채 이미지, 손가락 지문, 디엔에이를 등록해 놓는 수단으로 공식적인 결혼을 선호했다. 아니 정원사들은 그렇다고 주장했다. 그리고 정원사들의 이 주장이야말로 토비는 아무 거림낌 없이 믿을 수 있었다.

정원사들의 결혼은 아주 간단했다. 먼저 신랑 신부가 증인들

앞에서 서로 사랑한다고 선포해야 했다. 그들은 성장과 풍요를 상징하는 녹색 잎사귀를 교환했고 우주의 에너지를 상징하기 위해 모닥불 위를 뛰어넘었다. 그런 다음 그들의 결혼이 성립되었음을 선포하고 잠자리에 들었다. 이혼하는 경우에는 결혼할 때 했던 행위를 모두 다 반대로 했다. 사랑하지 않는다는 사실과 별거 상황을 사람들 앞에서 말하고 죽은 나뭇가지를 교환한 다음 차갑게 식은 잿더미 위로 재빨리 뛰어올랐다.

토비가 양귀비를 신속하게 사용하지 않을 경우 루선의 입에서는 틀림없이 젭이 그녀에게 녹색 잎사귀와 모닥불 뛰어오르기 의식을 하자고 말한 적이 단 한 번도 없었다는 불평이 나올 것이었다. "그게 어떤 의미가 있다고는 생각지 않아요." 루선은 말했다. "하지만 젭은 의미가 있다고 생각해야 하는 것 아닌가요? 왜냐하면 젭은 그들 중 한 사람이니까요. 안 그래요? 그러니까 그걸 하지 않는다는 건 책임지지 않겠다는 뜻이잖아요. 안 그래요?"

"다른 사람의 생각이 어떤지는 알 수 없죠."

"하지만 만약에 당신이라면 젭이 자기 책임을 회피하고 있다는 생각이 들지 않겠어요?"

"젭한테 직접 물어보지그래요?" 토비가 말했다. "물어보세요. 왜 안 하는지……." 프러포즈라는 단어가 맞는 말인가?

"젭은 그저 화만 내요." 루선은 한숨을 쉬었다. "그 사람, 내가 처음 만났을 때랑 너무나 달라요!"

그래서 토비는 특별히 루선과 젭의 이야기를 듣게 되었다. 이 이야기를 하면서 루선은 한 번도 싫증을 낸 적이 없었다.

23

　사연은 이러했다. 루선은 공원에 있는 새론당신 스파에서 젭을 만났다. 그런데 토비는 새론당신을 알고 있었던가? 아, 아무렴 어때. 그곳은 긴장을 풀고 새로운 몸과 마음으로 재무장할 수 있는 멋진 장소였다. 그 건물이 세워진 지 얼마 지나지 않아 아직 조경에 힘쓰고 있을 때였다. 분수, 잔디밭, 정원, 덤불, 루미로즈 장미꽃. 토비는 루미로즈 장미꽃이 보기만 해도 좋지 않았나? 그걸 본 적이 한 번도 없었던가? 아. 글쎄, 어쩌면 조만간…….

　루선은 새벽녘에 일어나는 걸 무척이나 좋아했다. 당시 그녀는 일찍 일어나는 종달새 유형이었고 아침놀 지켜보는 것을 즐겼다. 루선은 항상 색과 빛에 아주 민감했기 때문에 자신이 직접 장식한 집의 미적 가치에 엄청난 관심을 기울였다. 그녀는 방 하나만이라도 동틀 때의 색깔로 칠하고 싶었다. 해돋이 방, 루선은 그 방을 그렇게 상상하곤 했다.

당시 루선은 안절부절못했다. 남편이 지하실처럼 냉랭했기 때문에 정말이지 그녀는 무척이나 불안해했다. 남편은 회사 일 때문에 너무나 바빴으므로 두 사람은 더 이상 사랑도 나누지 않았다. 게다가 루선은 언제나처럼 감각적인 사람이었는데, 그녀의 육체적 감각이 다 말라비틀어질 지경이었다. 그것은 건강에도 좋지 않았고 특히나 면역 체계에 해로웠다. 루선이 그런 것에 대한 글들을 읽었다니 얼마나 놀라운 일인가!

동틀 녘 분홍색 기모노를 입은 루선은 눈물을 머금은 채 여기저기 서성이며 건강현인 조합을 위해 일하는 남편과의 이혼, 적어도 별거를 생각하고 있었다. 아주 어린 데다 아빠를 무척이나 따르는 렌을 생각하면 최상의 길이 아니라는 것을 그녀 역시 너무나도 잘 알았다. 그렇다고 아빠로서 렌에게 충분한 관심을 기울이는 것도 아니었지만. 그런데 그때 갑자기 떠오르는 빛을 온몸으로 받으며 젭이 나타났던 것이다. 마치, 그러니까 환영과도 같이 그 사람 혼자서 루미로즈 덤불을 심고 있었다. 어둠 속에서 붉게 빛나는 장미꽃 루미로즈, 신묘한 향기를 풍기는 그 꽃을 말이다. 토비는 그 향기를 맡아본 적이 있었던가? 정원사들은 새로운 것이라면 어떤 것이든 몹시 싫어했기 때문에 그랬을 것 같지 않았다. 하지만 루미로즈 장미꽃은 정말로 예뻤다.

새벽녘 땅에 무릎을 꿇은 한 남자가 활활 타고 있는 석탄 부케를 들고 있는 것만 같았다.

잠도 못 이루고 이리저리 서성대던 여자가 한 손에 부삽을, 다른 한 손에는 타오르듯 선명한 장미 다발을 들고 있는 남자를 봤을 때 어떻게 그를 거부할 수 있었겠는가? 토비는 생각했다. 게다가 사랑으로 착각할 수 있을 뜨거운 눈빛을 적당하게 머금고 있는 남자를 말이다. 젭의 입장에서도 분홍색 기모노, 그것도 끈이 느슨하게 묶인 분홍색 기모노를 입은 한 매력적인 여자가 진주 빛이 감도는 새벽녘에 잔디 위에 나타났다면, 게다가 두 눈에 눈물이 그렁그렁한 채로 서 있었다면, 분명 할 말이 있었을 것이다. 루선이 매력적이었기 때문이다. 단지 시각적인 관점에서만 말한다면 루선은 무척이나 매력적이었다. 비록 징징거릴 때라도 말이다. 루선은 토비가 볼 때마다 거의 언제나 그렇게 투덜댔다.

허리를 옥조여 답답하면서도 쇄골 아래로는 느슨히 풀려 있는 옷을 입은 루선은 축축하고 서늘한 잔디를 맨발로 느끼고, 가랑이 사이로 스치는 옷깃을 감지하며, 잔디밭을 가로질러 떠돌아다니고 있었다. 물결처럼 너울대고 있었다고나 할까. 젭은 마치 실수로 바닷속에 내동댕이쳐진 뱃사람인 양 자기 쪽으로 인어 또는 상어처럼 가까이 다가오는 루선의 모습을 지켜보고 있었다.(이런 이미지는 토비가 만들어 낸 것이고 루선은 운명이라고 말했다.) 루선은 젭 앞에서 발걸음을 멈췄다. 두 사람 모두 그저 서로를 마음껏 느끼고 있었다고 루선은 토비에게 말했다. 루선은 언제나 다른 사람들의 인식까지도 감지했다. 고양이 같다고나 할까,

아니면, 아니면…… 그런 재능을 타고났나, 아니면 저주였을까? 어쨌든 그녀는 그런 걸 알 수 있었다. 그렇게 루선은 젭이 그녀를 지켜보며 느꼈던 감정을 뼛속까지 느낄 수 있었다. 정말이지 불가항력적이었다!

그런 걸 어떻게 말로 설명할 수 있느냐고 루선은 말했다. 마치 토비한테는 절대로 일어날 수 없는 그런 일인 것처럼 말이다.

여하튼 두 사람은 어떤 일이 일어날 것인지, 그것이 반드시 일어나야만 할 일인지 진작부터 예견했던 사람들처럼 마주 서 있었다. 두려움과 강한 욕망으로 인해 두 사람은 가깝게, 그러면서도 적당한 거리를 두고 서 있었다.

루선은 그것이 강한 욕망이었다고 말하지 않고, 동경이었다고 표현했다.

이 시점에서 토비는 오래전 아주 어렸을 때 집의 식탁 위에 놓여 있던 소금과 후추 통 세트를 머리에 떠올렸다. 그것은 도자기로 만든 자그마한 암탉과 자그마한 수탉이었다. 암탉은 소금이었고 수탉은 후추였다. 짜디짠 루선은 미소를 머금고 자신을 올려다보던 후추 같이 얼얼한 젭 앞에 서 있었다. 그녀는 젭에게 간단한 질문을 던졌다. 장미 덤불을 얼마만큼 심을 것인가? 그런 류의 질문이었던 것 같은데, 젭의…… 모습에 얼마나 홀려 있었던지 루선은 분명하게 기억하지 못했다.(여기서 토비는 젭의 이두근, 삼두근, 그리고 다른 남성다운 매력들에 대해 듣고 싶지 않았기 때문에 관심을 기울이지 않아 루선이 뭐라고 했는지 잊었다. 토비 자신은 그런 것을 봐도 아무런 영향을 받지 않나? 그렇지는 않다. 그렇다면 이 부분에서 토비는 질투심을 느꼈던 것인가? 그렇다. 아담1에 의하면 우리는 언제나 스스로의 동물적인 성향과 편견을 유념해야 한다.)

그런 다음 루선은 토비를 다시 자신의 이야기 속으로 끌어들였다. 그 순간 이상한 일이 벌어졌다. 루선이 젭을 알아봤던 것이다.

"당신을 본 적이 있어요." 루선이 말했다. "예전에 건강현인에서 일하지 않았나요? 하지만 그때는 마당에서 일하지 않았었는데! 당신은……."

"잘못 보셨습니다." 젭이 그렇게 말하더니 그녀에게 키스했다. 그 키스는 칼날처럼 곧바로 그녀에게 꽂혔고, 그녀는 마치 죽은 물고기처럼, 아니 페티코트*처럼, 아니 축축한 휴지 조각처럼 젭의 두 팔로 무너져 내렸다! 그러자 젭은 그녀를 들어 올려 어느 누구라도 볼 수 있을 바로 그 잔디에 눕혔다. 그 순간 믿을 수 없는 환각제라도 마신 것처럼 젭은 기모노를 풀어헤치고 손에 들고 있던 장미꽃에서 꽃잎을 뜯어내 루선의 온몸에 뿌렸다. 그런 다음 두 사람은…… 고속 충돌과도 같았다고 루선은 말했다. 이 충돌에서 어떻게 살아남을 수 있을까? 지금 당장 이 자리에서 죽겠구나! 머릿속으로 그런 생각이 스쳐 지나갔다. 젭도 똑같은 느낌에 사로잡혀 있다는 걸 루선은 알 수 있었다.

---

* 스커트 속에 받쳐 입는 속치마.

훗날, 시간이 아주 많이 흐른 후에, 그러니까 두 사람이 함께 살게 된 후에, 젭은 루선이 옳았다고 말해 줬다. 맞았다. 젭은 건강현인에서 일했다. 하지만 자세히 밝힐 수 없는 이유 탓에 그는 서둘러 그곳을 떠나야만 했었다. 젭은 루선에게 자신이 한때 거주했던 장소와 그곳에 살았던 시기에 대해 누구한테도 절대로 말하지 말라고 당부했다. 지금까지 루선은 그런 사실을 언급한 적이 없었다. 아니, 별로 언급하지 않았다. 지금 토비에게 터놓은 것만 빼고 말이다.

예전에 스파에 다니던 시절, 루선은 다행히도 피부를 딱지투성이로 만들어 놓았을 피부 치료는 받지 않고 그저 마사지를 받는 정도로만 드나들었다. 당시 두 사람은 가벼운 여흥 수준으로 여러 차례 더 만나다가 스파의 수영장 탈의실에서 샤워를 함께하는 단계로 발전했고 그런 다음에는 젖은 낙엽처럼 루선이 젭에게 딱 달라붙었다. 젭이 그녀에게 달라붙은 것처럼 자신도 그랬다고 루선은 덧붙였다. 하지만 그러고도 두 사람은 서로를 충분히 만끽할 수 없었다.

스파 세션이 끝나고 소위 집이라는 곳에 돌아온 루선은 단지에서 살 수 있는 물건들은 새로운 게 없으므로 쇼핑하러 간다는 핑계를 비롯해 이런저런 구실을 내세워 단지를 빠져나왔고 두 사람은 남몰래 평민촌에서 만났다. 처음에는 얼마나 신났는지 모른다! 두 사람은 고급스러운 건강현인 단지의 틀에 박힌 분위기와는 완전히 동떨어지게 방을 시간제로 빌리는 형편없는 러브호텔이나 민박집처럼 아주 우스꽝스러운 장소에서 만났다. 그러다 젭이 급하게 여행을 떠나야 하는 때가 오면, 어째서 젭이 그런 일을 해야 하는지 전혀 이해하지 못하는 루선 때문에 약간의 말썽이 생기기는 했지만, 어쨌든 젭은 급하게 떠나야 할 필요가 생겼고, 글쎄 루선은 젭과 떨어져 지내는 걸 견딜 수가 없었다.

그래서 루선은 소위 남편을 두고 떠났다. 두 사람의 관계가 워낙 소원하긴 했어도 루선의 결정이 남편에게 아무런 영향도 미치지 않았던 건 아니다. 루선과 젭은 이 도시에서 저 도시로 한 이동 주택 캠프에서 또 다른 이동 주택 캠프로 옮겨 다녔으며, 젭은 암거래 절차를 밟아 지문과 디엔에이 등 몇 가지를 사들였다. 그렇게 하여 다소 안전해진 두 사람은 지금 이곳 정원사들에게로 돌아온 것이다. 젭이 줄곧 루선에게 자신이 정원사였다고 말했기 때문이다. 아니 그는 그렇게 말한 적이 있었다. 어쨌든 그는 아담1과 잘 알고 지내는 사이인 것 같았다. 두 사람은 같은 학교 동창생이었다. 아니, 그와 유사한 어떤 관계를 맺고 있었다.

그리하여 토비는 젭이 마지못해 정원에 들어오게 된 거라고 생각했다. 과거에 조합에서 근무했던 젭은 경찰에게 쫓기는 신세였다. 어쩌면 그는 나노기술이나 유전자 접합 같은 독점 품목을 암거래했는지도 몰랐다. 그런 경우 경찰에 잡히면 치명적인 결과를 가져올 수 있었다. 루선이 젭의 얼굴과 옛날 이름을 기억해 내는 바람에 젭은 섹스로 그녀의 마음을 달래 줘야 했고 그녀의 충성심을 확보하기 위해 정원으로까지 데려와야 했다. 그렇게 하지 않으면 그녀를 죽여야만 했다. 젭은 루선을 그곳에 놔두고 떠나올 수 없었다. 그녀는 젭이 자기를 경멸했다고 생각했을 것이고 시체보안회사의 개들을 부추겨 젭에게 덤벼들게 만들었을 것이다. 그렇다 해도 젭이 얼마나 커다란 위험을 무릅쓴 것일까! 그 여자는 아마추어 자동차 폭탄과 같아서 언제 폭발할지 또는 그렇게 폭발할 때 누구를 끌고 들어갈지 결코 알 수 없었다. 토비는 젭이 혹시라도 루선의 후두개를 코르크 마개로 막은 다음 커다란 석유 찌꺼기 통에 처넣을 생각을 해 본 적이 있을지 궁금했다.

하지만 젭은 자기 방식으로 루선을 사랑했을지도 모른다. 물론 토비의 상상력으로는 무척 어려운 일이었다. 그렇더라도 젭이 요즈음 루선과의 관계에 대해 충분한 관리를 하지 않는 걸 볼 때 그녀에 대한 그의 사랑은 끝난 건지도 몰랐다.

"남편이 찾지 않았어요?" 이 이야기를 처음 들었을 때 토비가 물었다. "건강현인에 있는 남편요."

"그 사람은 더 이상 내 남편이 아니에요." 루선이 불쾌하다는 어조로 말했다.

"미안해요. 당신의 전 남편요. 시체보안회사가…… 그분에게 메시지라도 남겼나요?" 추적을 했다면 루선의 흔적은 곧바로 정원사들한테로 이어졌을 것이다. 젭뿐만 아니라 토비 자신에게로, 그리고 그녀의 과거 신분으로도 연결될 것이었다. 그렇게 되면 토비로서는 편안할 수가 없었다. 시체보안회사는 갚지 않은 부채를 절대로 말소하지 않았을 것이고 누군가가 아버지의 시체를 파냈다면 어떻게 한단 말인가?

"그 사람들이 왜 돈을 쓰겠어요?" 루선이 말했다. "그들한테 나라는 사람은 중요하지 않아요. 내 전 남편은." 루선은 얼굴을 살짝 찡그렸다. "그 사람은 그 사람한테 맞는 사람과 결혼했어야 해요. 어쩌면 그 사람은 내가 사라진 것조차 알지 못할 거예요."

"렌은 어떡하고요?" 토비가 물었다. "그토록 사랑스러운 꼬마 아가씨인데. 분명 딸을 그리워하겠죠."

"아." 루선이 대답했다. "맞아요. 그는 아마도 그건 알 거예요."

어째서 루선이 렌을 자기 아빠에게 남겨 두고 떠나지 않았는지 토비는 묻고 싶었다. 딸을 빼내 오면서 아무런 정보도 남겨놓지 않다니, 그건 비열한 앙갚음 같았다. 하지만 그런 질문은 루선의 화를 돋울 것 같았다. 지나칠 정도로 비난하는 말처럼 들릴 테니까.

치즈 공장에서 두 구역 떨어진 곳에서 토비는 평민촌 망나니들인 아시아 퓨전과 새까매진 붉은 물고기의 싸움을 목격하게 됐다. 한쪽 구석에서는 몇 명의 린트헤드들이 소리치고 있었다. 이 아이들은 단지 일고여덟 살밖에 안 됐지만 수적으로 많았다. 그들은 토비를 본 순간 서로를 향해 소리치기를 중단하고 토비를 향해 소리치기 시작했다. 신의 추종자, 신의 추종자, 백인 여우년! 신발을 뺏어라!

토비는 몸을 돌려 벽에 등을 기대고 그들을 막아 낼 태세를 취했다. 그토록 어린 것들을 온 힘을 다해 발로 찬다는 게 쉬운 일은 아니었다. 젭이 도시의 유혈 사태 대응책을 가르칠 때 지적했듯이, 아이들을 다치게 해서는 안 된다는 생물종의 금기 사항이 있었다. 하지만 저 망나니들은 참으로 지독한 아이들이기 때문에 토비는 금기를 어겨야만 한다는 것을 알았다. 아이들은 토비의 배를 목표로 삼고 조그맣지만 단단한 머리통으로 그녀를 들이받아 쓰러뜨리려고 할 것이다. 더 작은 아이들은 정원사 여자들의 헐렁한 스커트를 들치고 그 밑으로 기어 들어가 아무 것이나 보이는 대로 물어뜯는 못된 버릇이 있었다. 하지만 토비는 그들을 물리칠 준비가 되어 있었다. 아이들이 공격하기 적당할 정도로 가까이 다가왔을 때 토비는 그들의 귀를 잡아 비틀고 손의 옆 부분으로 그들의 목을 내리친 다음 두 어린놈의 머리통을 쾅 하고 부딪게 만들 작정이었다.

그런데 갑자기 그들이 물고기 떼처럼 방향을 바꾸더니 토비를 지나쳐서 골목으로 사라졌다.

토비는 고개를 돌리고 무슨 까닭인지 살펴봤다. 블랑코였다.

그는 고통공 감옥에 있었던 게 아니었다. 석방된 게 분명했다. 그게 아니라도 어쨌든 간에 그곳에서 나온 게 분명했다.

토비의 마음은 공포에 휩싸였다. 피부가 벗겨진 것 같은 빨갛고 파란 두 손을 보는 순간 온몸의 뼈마디가 산산조각 나는 것 같았다. 이게 그녀에겐 최악의 두려움이었다.

침착해, 토비는 마음속으로 되뇌었다. 그는 길 건너편에 있었다. 그녀는 헐렁한 작업복을 입고 있었고 코에는 원뿔형 여과기가 붙어 있었다. 어쩌면 블랑코는 그녀를 알아보지 못할 수도 있었다. 그리고 아직까지는 그녀를 알아봤다는 표시도 전혀 없었다. 하지만 토비는 혼자였고 블랑코는 닥치는 대로 아무 여자나 짓밟고 강간하는 수준을 넘어서지 못한 상태였다. 그는 평민촌 망나니들이 사라진 바로 저 골목길로 그녀를 끌고 올라갈 것이다. 그런 다음 코에서 여과기를 벗겨 내고 토비를 알아볼 것이다. 그렇게 되면 끝이겠지만 금방 끝날 일은 아니었다. 블랑코는 가능한 한 느릿느릿 끝낼 것이다. 그의 비열한 술책을 박진감 있게 보여 주지는 못하겠지만, 여하튼 그는 토비의 온몸을 광고판으로 만들어 놓을 것이다.

블랑코가 토비에게 그의 모든 악의를 퍼부을 기회를 얻기 전에 토비는 얼른 돌아서서 가능한 한 빠른 속도로 걸어갔다. 숨을 죽이고 모퉁이를 돌아 반 구역 정도 갔을 때 힐끗 뒤를 돌아봤다. 블랑코는 그곳에 없었다.

루선의 아파트 문 앞에 도달한 것이 그토록 행복할 수가 없었다. 그녀는 코에 붙인 여과기를 들어 올리고 실룩실룩 의도적으로 미소를 지어 본 다음 루선의 방문을 노크했다.

"젭?" 루선이 소리쳤다. "당신이에요?"

자연 식품의 성인 유얼

12년

성 유얼의 재능에 대하여

연사: 아담1

나의 친구들, 나의 피조물 동지들, 그리고 사랑하는 나의 아이들이여,

오늘은 성 유얼의 주가 시작되는 날입니다. 이 한 주 동안 우리는 자연을 통해 신이 우리에게 마음대로 사용하라고 선물로 주신 야생 열매들을 찾아 이곳저곳을 돌아다닐 겁니다. 이브6인 필라가 버섯을 찾아 헤리티지 공원 이곳저곳으로 우리를 인도할 겁니다. 아담13인 버트는 식용 잡초 찾는 것을 도와줄 겁니다. 명심하세요. 조금이라도 의심스러운 맛이 난다면 반드시 뱉으시기 바랍니다! 하지만 생쥐가 먹은 흔적이 있다면 여러분

도 먹을 수 있을 겁니다. 항상 그런 건 아니지만요.

나이 든 아이들은 모두의 존경을 받는 아담7 젭으로부터 절박한 상황에서 비상 구급용 식량을 마련하기 위해 덫을 놓아 자그마한 동물들을 잡는 방법에 대한 시범을 보게 될 것입니다. 기억하세요. 감사함을 느끼고 용서를 받는다면, 그리고 이 거대한 자양분의 사슬에 우리 자신도 기쁜 마음으로 동참할 의지가 있다면 우리에게 깨끗하지 않은 것은 하나도 없습니다. 그 밖에 어디에 더 희생의 심오한 의미가 있겠습니까?

버트의 존경스러운 아내 비나가 하루 속히 우리 곁으로 돌아오기를 고대하고 있지만 그녀는 아직도 요양 중입니다. 비나에게 밝은 빛이 비치기를 소망합시다.

오늘은 성 유얼 기본스에 대해 생각해 봅시다. 그는 1911년부터 1975년까지, 아주 오래전이지만 우리 마음속에서는 아주 가깝게 느껴지는 시기에 이 땅에서 활약한 분입니다. 어린 시절 그의 아버지가 일거리를 위해 집을 떠나 있었을 때 성 유얼은 자연에 대한 지식으로 가족을 부양했습니다. 그는 고등학교에 다닌 적이 한 번도 없었는데도 아, 주님, 당신이 가르쳐 주신 지식이 있었습니다. 그는 신의 생물종에서 자신의 스승을 발견했습니다. 그들은 종종 엄격했지만 항상 진실했습니다. 그리고 그는 자신이 배운 것을 우리와 공유했습니다.

성 유얼은 당신이 만드신 수많은 말불버섯과 건강에 좋은 다른 곰팡이들의 이용법을 가르쳤습니다. 또한 그는 분별력 있게 적당량을 먹으면 마음의 안정은 주겠지만 그래도 독성이 있는 종의 위험성을 알려 줬습니다.

판매용 농작물로부터 아주 멀리 떨어진 곳에서 기쁘게 자라기만 한다면 애써 경작할 필요도 없고 윤작도 하지 않고 살충제를 뿌리지 않아도 되는 야생 양파, 야생 아스파라거스, 야생 마늘의 좋은 점들을 노래한 그는 고통과 열병에 좋은 버드나무 껍질, 체액이 과도하게 발산될 때 이뇨 작용을 촉진하는 민들레 뿌리처럼 길가에 널려 있는 약품들을 알았습니다. 심지어 사람들이 종종 잡아채어 내버리는 보잘것없는 쐐기풀도 수많은 비타민의 원천이므로 함부로 버리지 말라고 알려 줬습니다. 그는 또 우리에게 순발력 있게 대처할 줄 알아야 한다고 가르쳤습니다. 왜냐하면 괭이밥이 없다면 부들이 있을 것이고 블루베리가 없다면 아마도 야생 크랜베리가 풍부할 것이기 때문입니다.

성 유얼, 땅에다 저 보잘것없는 방수포를 깔고 영혼이나마 당신과 함께 식탁에 앉기를 원합니다. 산딸기, 봄에 나오는 고비, 살짝 삶은 밀크위드 꼬투리에다 구할 수만 있다면 버터 대용품을 살짝 발라서 당신과 함께 식사하고 싶습니다.

그리고 진정으로 크나큰 위기가 닥치면, 피할 수 없는 운명이 어떤 결과를 가져다주더라도 우리가 그것을 받아들일 수 있게 도와주소서. 식물의 이름과 그것들이 나오는 계절, 그리고 그것들을 발견할 수 있는 장소를 우리의 마음속에 있는 영적인 귀에 대고 속삭여 주소서.

사고파는 행위가 모두 중단될 물 없는 홍수가 닥치면 우리는 풍성한 신의 정원 한가운데에서 우리 자신이 구할 수 있는 자원에 의존할 수밖에 없을 것입니다. 그것은 또한 당신의 정원이기도 했지요.

우리 다 함께 노래합시다.

오, 이제 우리 성스러운 잡초를 노래하세

오, 이제 우리 성스러운 잡초를 노래하세.
시궁창에 무성하게 피어 있는 잡초를.
궁핍해도 마음이 온유한 자들을 위한 것
부유한 자들을 위한 것은 아니네.

대형 매장에서 살 수도 없고
슈퍼에서 살 수도 없네.
가난한 자를 위해 풍성히 자라기에
가치 없게 여겨지는 잡초.

꽃망울이 터지기 전에
봄을 위해 새싹을 틔우는 민들레.
즙으로 통통하게 살이 오른 6월에
최고로 맛 좋은 우엉 뿌리.

가을이 오면 주렁주렁 열리는 도토리 열매
검붉어지는 호두 열매
물에 삶으면 달콤한 어린 박주가리 꼬투리
새순 나올 때 터지는 박주가리.

여분의 비타민 시를 위한
가문비나무와 자작나무 속껍질.
하지만 먹을 때 욕심은 금물
아니면 나무가 죽게 될 테니.

쇠비름, 참소리쟁이, 명아주,
쐐기풀도 모두모두 좋은 것들.
산사나무, 딱총나무, 옻나무, 장미
건강을 보살피는 열매가 주렁주렁.

풍성하게 자라난 성스러운 잡초
보기에도 아름다워라
못 먹어 굶주리는 자 없도록 신이
그것들을 그곳에 심으신 것을 그 누가 의심할까?

— 『신의 정원사들이 즐겨 부르는 찬양집』에서

홍수의 해

24

렌

25년

그날 밤 격리 구역에서 저녁 식사로 무엇을 먹었는지 기억난다. 닭고기옹이였다. 정원사들과 함께 지낸 이후로 나는 고기를 제대로 소화하지 못했다. 하지만 모디스는 닭고기옹이가 나무 줄기에서 자랐고 얼굴이 없기 때문에 사실상 채소나 다를 게 없다고 말했다. 그래서 나는 반 정도를 먹었다.

그런 다음에는 연습을 게을리하지 않으려고 춤을 조금 췄다. 나한테 바다소리 이어폰이 있었으므로 노래도 따라 불렀다. 음악은 신이 인간을 창조할 때부터 주신 것이므로 우리는 새처럼 천사처럼 노래할 수 있다고 아담1은 말했다. 노래는 단순한 말보다 훨씬 더 깊은 데서 우러나오는 일종의 찬양이라 우리가 노래할 때 신은 우리의 말을 더 잘 들을 수 있다. 나는 그 말을 잊지 않으려고 애쓴다.

나는 또다시 뱀 소굴을 들여다봤다. 그곳에는 고통공 경기장에서 방금 풀려난 세 남자들이 있었다. 그들은 면도도 새로 했고 머리도 새로 깎고 옷도 새것이었기 때문에 언제나 한눈에 알아볼 수 있었다. 그들은 오랫동안 컴컴한 벽장에 갇혀 있던 사람들처럼 어리벙벙한 표정을 짓고 있었다. 그들의 왼쪽 엄지손가락 뿌리 부분에 조그만 문신이 있었는데, 그건 레드 팀이냐 골드 팀이냐에 따라 빨간색 또는 선명한 노란색으로 그린 둥근 원이었다. 그들에게 공간을 주기 위해 조금 거리를 두고 있던 다른 고객들은 그들이 고통공 감옥 죄수가 아니라 웹 스타나 스포츠 영웅이라도 되는 것처럼 정중하게 대했다. 부유한 친구들은 자신들이 고통공 선수라도 된 것처럼 생각하고 싶어 했다. 그들은 팀에다 그러니까 레드 팀 대 골드 팀 식으로 돈을 걸었다. 고통공으로 인해 수많은 돈이 남의 손으로 넘어갔다.

고통공 감옥에서 나온 사람들을 지키는 시체보안회사 요원들이 언제나 두세 명은 있었다. 난폭해질 수 있는 이 사람들 때문에 많은 손해가 발생할 수 있었기 때문이다. 우리 비늘 아가씨들은 절대로 혼자 그들과 있으면 안 되었다. 그들은 공상 세계를 이해하지 못했으므로 아가씨들과의 관계를 언제 끝내야 하는지도 결코 몰랐고 가구 이상의 많은 것을 부서뜨릴 수도 있었기 때문이다. 그들의 심신이 재빨리 지치는 게 최상이었지만

홍수의 해

그것도 신속하게 이루어져야 했다. 그렇지 않으면 그들은 완전한 분노 모드로 돌입했다.

"내가 직접 저 멍청이들을 막아 보겠어. 저놈들의 저 상처 조직 안쪽에는 인간적인 게 별로 남아 있지 않거든. 그래도 저놈들을 상대해 주면 섹스마트에서 히트 쳤을 때 주는 특별 보너스까지 주잖아." 모디스가 말했다.

우리는 그들에게 술과 알약을 먹였다. 가능한 한 곤드레만드레 취할 때까지 줬다. 내가 격리 구역에 들어간 직후에 새로 사용하기 시작한 약이 있었는데, 그 이름은 환희이상이었다. 골칫거리 없는 섹스, 완벽한 만족감, 즉각적인 반응, 백 퍼센트 안전 보장, 그런 말들이 약 포장지에 쓰여 있다. 비늘 아가씨들은 일할 때 마약을 복용하는 것이 완전히 금지되어 있었다. "너희들이 즐기라고 돈을 주는 게 아니잖아."라고 모디스는 말했다. 하지만 이건 달랐다. 이 약을 먹으면 바이오필름 보디글러브가 필요 없기 때문이다. 그리고 그걸 사용하면 수많은 고객들이 더 많은 돈을 지불했다. 비늘클럽은 되젊음 조합을 위해 환희이상 알약을 시험하는 중이었다. 그렇다고 이 약을 사탕처럼 나눠 주지는 않았다. 이건 대체로 최고급 고객을 위한 것이었다. 하지만 나도 얼른 나가 그걸 먹어 보고 싶었다.

고통공 감옥 죄수들을 상대하는 밤에 우리는 항상 팁을 많이 받았다. 하지만 정규직으로 일하는 우리 비늘 아가씨들은 기술 좋은 숙련자인 데다 조금이라도 손상을 입게 되면 비용이 많이 들기 때문에 고통공에서 새로 나온 사람들을 직접 상대할 필요는 없었다. 기본적이고 성가신 일은 임시직을 데려와 맡겼다. 유럽에서 밀입국한 형편없는 여자들이나 텍사스-멕시코 사람들, 아니면 거리에서 그러모은 아시아 퓨전들이나 빨간 물고기 미성년자들이었다. 왜냐하면 고통공 감옥 죄수들은 맨살을 원했기 때문이다. 그리고 그들과 상대한 후에는 깨끗하다는 판명이 날 때까지 오염된 것으로 간주되었다. 비늘클럽은 격리 구역 기금을 사용해 이 아가씨들이 오염됐는지 검사하거나 오염된 그들을 치료하고 싶어 하지 않았다. 그래서인지 그런 임시직 아가씨들을 두 번 이상 본 적이 없다. 그들은 걸어서 문으로 들어왔지만 걸어서 밖으로 나간 것 같지는 않다. 좀 더 조잡한 클럽에서는 뱀파이어 환상을 연출하는 남자들을 위해 그 여자들이 활용되겠지만 그렇게 하려면 입과 피가 접촉되어야 했다. 전에도 말했지만 모디스는 항상 청결을 유지하고 싶어 했다.

그날 밤 고통공 감옥에서 나온 한 남자가 스타리트를 자기 무릎에 앉힌 뒤 엉덩이를 뒤틀어 이름을 쓰게 했다. 그녀는 머리 장식이 달린 공작백로 깃털 복장을 입고 있었는데 앞에서 보면 멋져 보였을지 모르지만 내가 앉은 각도에서 보면 자동차를 세차하는 것처럼, 그 남자가 커다란 청록색 먼지떨이로 자신의 몸을 골고루 털어 내고 있는 것처럼 보였다.

두 번째 남자는 입을 벌리고 등뼈와 거의 직각을 이룰 정도로 고개를 뒤로 젖힌 채 사보나를 멍하니 올려다보고 있었다.

그녀가 잡고 있는 손이 미끄러지기라도 한다면 그의 목이 뚝 부러질 것만 같았다. 내 생각에 그런 일이 일어난다면 그는 발가 벗겨진 채 카트에 실려 클럽의 뒷문으로 끌려 나가 공터에 버려질 게 분명했다. 그는 나이가 제법 들어 보였고 머리 정수리가 벗었으며 뒤통수에 말총머리가 붙어 있었고 팔에는 문신이 잔뜩 있었다. 어딘지 낯이 익은 사람이었다. 재범인지도 몰랐다. 하지만 그의 얼굴을 자세히 보지는 못했다.

세 번째 남자는 떡이 되도록 술을 마시고 있었다. 어쩌면 그는 고통공 경기장에서 했던 일들을 잊으려고 노력하는지도 몰랐다. 나는 고통공 경기장 웹 사이트에 한 번도 들어간 적이 없었다. 너무나 혐오스러웠다. 그곳에 대해 아는 것도 단지 사람들이 떠들어 댔기 때문이었다. 특히 온몸이 반짝이는 녹색 비늘로 뒤덮여 있어 진짜 얼굴이 보이지 않을 때에 사람들이 하는 이야기는 상상을 초월한다. 마치 물고기에게 말을 거는 것과 같을 것이다.

더 이상 아무 일도 일어나지 않아 나는 아만다의 핸드폰으로 전화를 걸었다. 하지만 그녀는 전화를 받지 않았다. 아마도 저 멀리 위스콘신 주에서 침낭 속에 들어가 몸을 잔뜩 웅크리고 잠이 들었나 보다. 어쩌면 아만다는 모닥불 앞에 앉아 두 명의 텍사스-멕시코 청년들이 기타를 치면서 노래 부를 때(그녀도 텍사스-멕시코 언어를 잘 아니까.) 그들을 따라 노래 부를지도 몰랐다.

어쩌면 옛날 영화에서처럼 저 높이 달이 떠올라 있고 멀리서 코요테가 울부짖고 있을지도. 나는 정말로 그렇기를 바랐다.

25

아만다와 함께 살게 되면서 내 인생에는 많은 변화가 일어났다. 더불어 내 나이 열세 살 무렵 성 유얼의 주에도 많은 것이 한 차례 변화를 맞았다. 아만다는 나보다 나이가 많았고 이미 진짜 젖꼭지도 나와 있었다. 이런 식으로 시간을 측정하니, 참 이상하다.

그해에 아만다와 나도(그리고 버니스도) 나이 든 아이들과 함께 포식자와 먹이 사이의 관계를 보여 줄 젭의 시범 수업에 참가할 예정이었다. 그날 우리는 진짜 먹잇감의 고기를 먹어야만 했다. 나에게는 과거 건강현인 단지에 살 때 고기를 먹었던 기억이 희미하게 남아 있었다. 정원사들은 위급 상황이 아닌 이상 철저하게 육식을 반대했으므로 피비린내 나는 근육이나 물렁뼈를 입 속에 한 덩어리 집어넣고 목구멍 속으로 밀어 넣는다는 건 생각만 해도 구역질이 났다. 하지만 음식물을 토하는 건 무척이나 당혹스러운 일이고 젭을 좋지 못한 사람으로 만들 수도 있으므로 절대로 토하지 않겠다고 굳게 다짐했다.

아만다에 대해서는 염려하지 않았다. 예전에 고기를 수없이 많이 먹었기 때문에 그녀는 고기를 먹는 것에 익숙했다. 아만다는 기회 있을 때마다 시크릿버거를 훔쳐 먹었으므로 아무렇지도 않은 것처럼 고기를 씹어 삼킬 수 있었다.

성 유얼 주의 월요일에 우리는 전날 빨아 놓은 깨끗한 옷을 입었다. 내가 아만다의 머리를 땋아 준 다음 그녀가 내 머리를 땋았다. "영장류의 몸단장"이라고 젭은 말했다.

우리는 젭이 샤워하며 부르는 노랫소리를 들을 수 있었다.

아무도 개의치 않아.
아무도 개의치 않아.
그래서 우리는 파멸하지.
아무도 개의치 않으니까!

그날 아침 나는 젭의 노랫소리가 위안을 준다는 걸 알게 되었다. 그가 노래를 부른다는 건 모든 것이 적어도 그날 하루만큼은 여느 때와 같다는 걸 의미했다.

대체로 루선은 우리가 떠날 때까지 계속 잠자리에 누워 있었다. 부분적으로는 아만다를 피하기 위해서였다. 하지만 그날은 짙은 색 정원사 옷을 입고 부엌에 서서 실제로 요리를 하고 있었다. 그 무렵에는 그런 노력을 좀 더 자주 기울였다. 게다가 주거 공간도 좀 더 단정하게 정리하려 했다. 심지어 루선은 초라한 토마토 나무를 화분에 심어 창틀에 올려놓았다. 두 사람의 싸움이 더 빈번해지기는 했지만 그래도 내 생각에 루선은 젭을 위해 기분 좋은 환경을 마련하려고 애쓰는 것 같았다. 싸울 때 두 사람은 우리에게 밖에 나가 있으라고 했다. 하지만 그렇다고 그들이 싸우는 소리가 들리지 않는 건 아니었다.

그들의 싸움은 젭이 루선과 함께 있지 않았을 때 어디에 갔었느냐 하는 문제 때문에 벌어졌다. "일했지." 이것이 젭의 답변이었다. 또는 "여보, 날 너무 괴롭히지 마." 또는 "당신이 그런 걸 알아서 뭐해. 당신한텐 모르는 게 약이야."였다.

"누구 다른 사람 생겼구나!" 루선은 그렇게 말했다. "당신 몸에서 온통 여자 냄새가 진동한다니까!"

"와우." 아만다가 속삭였다. "너네 엄마 입 정말 거칠다!" 그게 자랑스러운 일인지 수치스러운 일인지 나는 몰랐다.

"아냐, 아냐." 젭은 지친 목소리로 대꾸했다. "여보, 나한테는 당신이 있는데 뭣 때문에 다른 여자를 원하겠어?"

"거짓말 마요!"

"아, 제발 그만해! 젠장, 그만 좀 괴롭히란 말이야!"

젭이 샤워실에서 나오며 마룻바닥에 물을 뚝뚝 떨어뜨렸다.

내가 열 살이었을 때에는 칼에 깊이 베인 젭의 상처 자국을 보면 내 몸도 오들오들 떨렸다. "우리 꼬맹이 평민촌 망나니들, 오늘은 기분이 어때?" 젭이 동굴에 사는 거인같이 씩 웃으며 말했다.

아만다는 달콤한 미소를 지으며 "다 큰 평민촌 망나니들이죠."라고 맞받아쳤다.

아침 식사로 우리는 으깬 검정콩 볶음과 반숙한 비둘기 알을 먹었다. "여보, 아침 식사 맛있게 먹었소." 젭이 루선에게 말했다. 루선이 요리한 것이긴 해도 그날 아침 식사가 정말로 맛있었다는 건 나도 인정해야 했다.

루선은 젭에게 시럽처럼 끈적끈적한 미소를 보내며 말했다. "당신들 모두 아침 식사를 든든히 하고 가야죠. 이번 주 내내 먹을 걸 생각하면요. 오래된 식물 뿌리나 생쥐를 먹을 거잖아요."

"바비큐한 토끼도 먹을 거야." 젭이 말했다. "열 마리는 먹을 수 있을 거야. 게다가 후식으로 생쥐랑 기름 듬뿍 넣고 튀긴 민달팽이도 먹을 거고." 아만다와 나를 곁눈질하며 젭이 말했다. 그는 우리를 충격에 빠뜨리고 싶었던 것이다.

"듣기만 해도 아주 맛있겠는걸요." 아만다가 말했다.

"넌 정말이지 괴물이야." 루선이 젭을 향해 추파를 던지며 말했다.

"맥주는 없을 것 같아 유감이로군." 젭이 말했다. "여보, 당신도 우리와 함께 갑시다. 장식해 줄 사람이 필요할 테니."

홍수의 해

"아, 나는 집에 남아 여기 있는 거나 다 먹겠어요." 루선이 말했다.

"엄마는 우리랑 같이 안 가?" 내가 물었다. 보통 성 유얼의 주가 되면 루선은 우리와 삼림지 오솔길을 함께 걸으며 색다른 잡초도 뽑고 벌레가 많다고 투덜대기도 하면서 젭을 감시하곤 했다. 이번에는 루선이 오지 않길 정말로 바랐지만 다른 한편으로는 모든 게 예전과 다름없기를 원했다. 왜냐하면 내가 건강현인 단지에서 끌려 나왔던 때처럼 모든 것이 또다시 바뀔 것 같다는 생각이 들었기 때문이다. 단지 느낌에 불과했지만 그래도 불쾌했다. 이제 정원사들과의 생활에도 익숙해졌고 내가 속한 곳은 여기였으니 말이다.

"난 가지 못할 것 같아." 루선이 말했다. "편두통이 심해서." 그녀는 어제도 편두통을 앓았다. "난 그냥 다시 누워 있을래."

"토비한테 잠깐 들러 달라고 부탁할게." 젭이 말했다. "아니면 필라에게 하든가. 그놈의 못된 통증이 얼른 사라져야지."

"그래 줄래요?" 고통스러운 미소였다.

"물론이지." 젭이 말했다. 루선이 먹지 않은 비둘기 알은 젭이 대신 먹었다. 크기가 겨우 자두 정도밖에 되지 않았다.

콩은 정원에서 길렀지만 비둘기 알은 우리 집 옥상에서 꺼내 온 것이었다. 아담1이 옥상은 식물을 키우기에 적합한 장소가 아니라고 말했기 때문에 우리 집 옥상에는 식물은 하나도 없었지만 그 대신 비둘기가 있었다. 젭은 비둘기들이 안전하다고 느끼도록 조심스레 움직이며 그놈들을 빵 부스러기로 유인했다. 그런 다음 비둘기들이 알을 낳았고 젭은 둥지에서 알들을 살짝 꺼내 왔다. 비둘기는 멸종 위기종이 아니니까 괜찮다고 젭은 말했다.

아담1은 알이 잠재적인 생물이지 아직 생물은 아니라고 말했다. 나무 열매가 나무는 아닌 것과 같은 이치였다. 알에 혼이 들어 있나? 아니다. 그렇지만 알에는 잠재적인 혼이 들어 있다. 그래서 많은 정원사들이 알을 먹지 않았다. 그렇다고 알을 먹는 행위를 비난하지도 않았다. 알의 단백질을 섭취하기 전에 알에게 사과도 하지 않았다. 하지만 엄마 비둘기한테는 사과를 하고 그녀의 선물에 대해 고맙다는 말을 해야 했다. 내 생각에 젭은 굳이 번거롭게 비둘기한테 사과를 했을 것 같지는 않다. 어쩌면 남몰래 엄마 비둘기까지 먹었을 가능성도 컸다.

아만다는 비둘기 알을 한 개 먹었다. 나도 먹었다. 젭은 루선의 몫까지 세 개를 먹었다. 그는 우리보다 몸집이 크기 때문에 더 많은 것을 필요로 한다고 루선은 말했다. 젭처럼 먹는다면 우리는 뚱뚱이가 될 것이다.

"나중에 보자, 전사 아가씨들. 사람을 죽이진 마라." 우리가 문밖으로 나올 때 젭이 말했다. 그는 아만다의 특기인 무릎으로 사타구니 차기와 눈 찌르기 동작들, 그리고 강력 접착테이프를 붙인 유리 조각에 대해 이미 들어 잘 알았다. 젭은 그것들로 농담을 한 것이었다.

26

학교에 가기 전 우리는 좋은풍경에 가서 버니스를 데리고 가야 했다. 아만다와 나는 그냥 우리끼리 가고 싶었지만 만일 그랬다가는 아담1로부터 정원사답지 못하다고 꾸지람을 들을 게 뻔했다. 버니스는 여전히 아만다를 좋아하지 않았지만 그렇다고 그녀를 꼭 미워한 것도 아니었다. 그녀는 아주 날카로운 부리가 있는 새 같은 일부 동물에 대해서처럼 아만다에 대해 경계했다. 버니스는 심술궂었지만 아만다는 강인했다. 그게 서로 달랐다.

그 어느 것도 당시의 상황을 바꿀 수는 없었다. 버니스와 나는 한때 제일 친했지만 더 이상은 그렇지 않았다. 그래서 나는 그녀가 근처에 있을 때 마음이 불편했다. 조금은 미안하다는 생각도 들었다. 버니스는 나의 이런 감정을 잘 알았고 그런 나의 죄책감을 비틀어 아만다에 대한 적대감으로 돌릴 수 있을 방법들을 모색하고 있었다.

그렇긴 해도 외면적으로는 모든 게 우호적이었다. 우리 셋은 학교를 오갈 때나 허드렛일을 할 때 또는 젊은 바이오니아들이 수집하러 나갈 때 함께 걸어 다녔다. 대충 그런 식으로 어울려 지냈다. 하지만 버니스는 우리 집이 있는 치즈 공장에는 한 번도 오지 않았고, 우리도 방과 후에 버니스와 함께 어울리는 일이 전혀 없었다.

그날 아침 버니스의 집으로 가는 길에 아만다가 말했다. "내가 뭔가를 알아냈어."

"그게 뭔데?" 내가 물었다.

"일주일에 두 번 5시에서 6시 사이에 버트가 어디에 가는지 난 알아."

"손잡이 버트? 알게 뭐야!" 내가 말했다. 그는 아무짝에도 쓸모없이 병적으로 남의 겨드랑이나 더듬는 사람이었기 때문에 우리 둘 다 버트를 업신여겼다.

"아냐. 내 말을 들어 봐. 그는 누알라와 똑같은 곳에 간단 말이야." 아만다가 말했다.

"농담하지 마! 그게 어딘데?" 누알라는 시시덕거렸다. 하지만 그녀는 모든 남자들과 시시덕거렸다. 돌처럼 차가운 눈길을 보내는 것이 토비의 방식인 것처럼 이것 역시 누알라의 방식이었다.

"두 사람 모두 아무도 들어가면 안 되는 식초 방으로 들어간단 말이야."

"아이, 끔찍해!" 내가 말했다. "정말이야?" 이게 섹스와 연관된 이야기라는 걸 나는 알았다. 대부분의 농담식 대화가 그런 거였다. 정원사들은 섹스를 "생식 활동"이라고 불렀고 그게 조롱의 대상이 아니라고 했지만 아만다는 그걸 비웃었다. 킬킬대고 조롱하거나 편승하거나 혹은 조롱하면서 편승할 수도 있었지만 존경할 수는 없었다.

"엉덩이를 그토록 흔들어 대는 것도 놀랄 일은 아니야." 아만다가 말했다. "그녀의 엉덩이가 닳아빠지겠지. 비나의 낡은 소파처럼 말이야. 축 늘어질 거야."

"도저히 믿을 수가 없는걸!" 내가 말했다. "누알라가 어떻게 그런 짓을 할 수 있어! 그것도 버트하고 말이야!"

"맹세해, 거짓말이 아니야." 아만다가 가슴에 십자를 긋고 침을 탁 뱉으며 말했다. 정말이지 아만다는 침을 멋지게 뱉었다. "그런 짓을 할 게 아니라면 어째서 누알라가 버트와 함께 그곳에 가겠어?"

우리 정원사 아이들은 종종 아담과 이브 들의 성생활에 관한 상스러운 이야기를 꾸며 냈다. 정원사들끼리 하든 떠돌이 개와 하든 심지어 비늘꼬리 클럽 바깥에 붙어 있는 사진 속 녹색 피부의 아가씨들과 하든, 여하튼 그들이 벌거벗고 있는 모습을 상상한다는 건 그다지 쉬운 일이 아니었다. 게다가 누알라가 끙끙거리며 손잡이 버트와 섹스하는 모습은 상상이 안 됐다. "글쎄,

아무튼 버니스한테는 말하면 안 돼!" 내가 말했다. 그런 다음 우리는 한참을 더 깔깔대고 웃었다.

좋은풍경 콘도에 도착한 우리는 로비에 있는 책상 뒤에 앉아 있는 촌스러운 정원사 아주머니를 향해 고개를 끄떡하고 인사했다. 그녀는 매듭 공예를 하느라 우리를 올려다보지도 않았다. 사용한 적 있는 주삿바늘과 콘돔을 밟지 않으려고 조심하면서 우리는 계단을 올라갔다. 아만다가 이 건물의 이름을 좋은풍경 콘돔으로 정해 놓아 나도 그렇게 불렀다. 그날 따라 버섯 냄새가 코를 쏘기라도 할 것처럼 훨씬 더 강했다.

"누군가가 집에서 마약을 키우고 있어." 아만다가 말했다. "스컹크위드 냄새가 나." 아만다는 바깥지옥세계에서 살았고 심지어는 마약을 조금 복용한 적도 있었기 때문에 그 분야에서만큼은 권위자였다. 그녀는 섬세한 입맛을 잃을까 봐 마약을 많이 하진 않았으며, 그 속에 뭐든지 넣을 수 있기 때문에 오로지 믿을 수 있는 사람에게서만 구입해야 한다고 말했다. 아만다는 사람을 별로 신뢰하지 않았다. 나도 조금만 맛보게 해 달라고 아만다를 들볶아 봤지만 그녀는 꿈쩍도 하지 않았다. "넌 아직 아기야." 아만다는 말했다. 나를 보호하는 게 아니라면 아만다는 정원사들과 살게 된 이후로 믿고 거래하는 사람이 전혀 없다고 말할 것이었다.

"여기서는 마약을 키울 수가 없을 텐데. 이 건물은 정원사 것이잖아. 마약을 재배하는 사람들은 평민촌 폭력배들밖에 없고.

그냥 밤에 아이들이 여기 들어와 피운 거겠지. 평민촌 아이들이." 내가 말했다.

"그래, 그 정도는 나도 알아. 하지만 이건 연기 냄새가 아니야. 재배할 때 나는 냄새라니까." 아만다가 말했다.

우리가 4층에 도착했을 때 계단참 문 반대편에서 두 남자가 두런거리는 소리가 들렸는데, 우호적인 어투는 아니었다.

"그게 전부란 말이야." 한 목소리가 말했다. "나머지는 내일 줄게."

"빌어먹을!" 다른 사람이 말했다. "나한테 장난치지 마!" 마치 뭔가로 벽을 친 것처럼 쾅 소리가 났다. 또 한 차례 쾅 소리가 들렸고 알아들을 수 없는 고통 또는 분노의 비명 소리가 들렸다.

아만다가 나를 쿡쿡 찌르며 말했다. "올라가, 어서!"

우리는 가능한 한 조용히 나머지 계단을 뛰다시피 올라갔다. "심각하던걸." 6층에 도달했을 때 아만다가 말했다.

"그게 무슨 소리야?"

"거래가 제대로 안 된 거야." 아만다가 말했다. "우린 아무 말도 못 들은 거다. 자, 평소와 똑같이 행동해." 아만다의 표정이 겁먹은 것 같았다. 그 모습을 본 나도 겁이 났다. 아만다는 쉽게 놀라는 사람이 아니었기 때문이다.

우리는 버니스 집 문을 노크했다. "똑똑." 아만다가 말했다.

"누구세요?" 버니스의 목소리가 들렸다. 우리가 나타나지 않을가 봐 조바심치며 문 앞에 서서 우리를 기다리고 있었던 게 분명했다. 그런 걸 생각하면 마음이 아팠다.

"갱." 아만다가 말했다.

"갱 누구?"

"갱그린." 아만다가 말했다. 그녀가 섀키의 암호를 따라서 쓰기 시작했고 우리 셋도 그걸 썼다.

버니스가 문을 열었을 때 식물인간 비나의 모습이 흘끗 보였다. 비나는 보통 때처럼 갈색 플러시 천 소파에 앉아 있었다. 하지만 그녀는 마치 우리를 실제로 보기라도 한 것처럼 우리를 쳐다보고 있었다. "늦지 마라." 그녀가 버니스에게 말했다.

"너한테 말했잖아!" 버니스가 문을 닫고 복도로 나왔을 때 내가 말했다. 나는 다정하게 대하려고 애쓰고 있었지만 버니스는 쌀쌀맞게 대꾸했다. "맞아, 그래서 어쩌라고? 우리 엄마는 멍청이가 아니야."

"내가 언제 그렇다고 했니?" 나도 차갑게 말했다.

버니스가 나를 잠깐 노려봤다. 아만다가 나타난 이후로는 나를 쳐다보는 눈길조차 예전과 달리 매서웠다.

27

　포식자와 먹잇감에 관한 야외 시범 수업을 위해 우리가 비늘 클럽 뒤에 있는 공터에 도착했을 때 젭은 캔버스 천으로 된 접이의자에 앉아 있었다. 그의 발밑에는 뭔가가 들어 있는 헝겊 가방이 놓여 있었다. 나는 그 가방을 보지 않으려고 애썼다. "모두 다 왔지? 좋아." 젭이 말했다. "이제 포식자와 먹잇감의 관계를 복습하자. 사냥과 살그머니 접근하기. 규칙이 뭐지?"

　"들키지 않고 보기." 우리 모두가 일제히 외쳤다. "소리 내지 않고 듣기. 냄새 피우지 않고 냄새 맡기. 먹히지 않고 먹기!"

　"너희들이 한 가지를 잊었구나." 젭이 말했다.

　"상처 입지 않고 상처 주기." 나이가 제일 많은 아이들 중 한 명이 말했다.

　"맞았어! 포식 동물은 심각한 상처를 견뎌 내지 못해. 그놈들은 사냥을 할 수 없으면 굶어 죽게 되어 있지. 그러니까 포식 동물은 갑작스럽게 공격해 재빨리 죽여야만 하는 거다. 그래서 불리한 위치에 있는 사냥감을 선택해야 하는 거란다. 너무 어리든지, 너무 늙었든지, 도망가거나 반격할 수 없을 정도로 다리를 심하게 저는 놈으로 말이다. 사냥감이 되는 걸 피하려면 어떻게 해야 할까?"

"사냥감처럼 보이지 않기." 우리는 한목소리로 외쳤다.

"그 포식 동물의 사냥감으로 보이지 않는 거다." 젭이 말했다. "서프보드*를 타는 사람은 물 밑에 있는 상어에겐 바다표범처럼 보이는 법이지. 포식 동물의 관점에서 볼 때 너희들이 어떤 모습일지 어서들 상상해 봐."

"두려움을 드러내지 않기." 아만다가 말했다.

"맞았어. 두려움을 드러내지 말고, 아픈 것처럼 행동해서도 안 돼. 너희들 몸을 가능한 한 커다랗게 보이도록 만들어야 해. 그러면 먹이를 찾고 있는 몸집 큰 동물들이 단념할 테니까. 하지만 우리 자신도 몸집 큰 포식 동물에 속하지. 안 그러냐? 우리는 무엇 때문에 사냥을 하는 걸까?" 젭이 물었다.

"먹기 위해서요." 아만다가 말했다. "그럴듯한 다른 이유가 없잖아요."

그게 두 사람만 알고 있던 비밀이라도 되는 양 젭이 아만다를 향해 씩 웃으며 말했다. "정확한 대답이다."

---

* 서핑용 판자.

　　　　　　　　　　　　　　　　홍수의 해

젭은 헝겊 가방을 집어 들더니 묶여 있던 끈을 풀고 손을 가방 속으로 집어넣었다. 아주 오랜 시간 동안 손이 가방 속에 들어가 있는 것만 같았다. 그러더니 그가 죽은 녹색 토끼를 꺼냈다. "헤리티지 공원에서 잡았지. 토끼 덫으로." 젭이 말했다. "올가미 말이다. 너구컹크 잡을 때도 사용할 수 있어. 이제 우리는 사냥감의 껍질을 벗기고 내장을 꺼낼 거다."

그 부분을 생각하면 아직도 속이 메스껍다. 나이 든 남자애들이 젭을 도왔다. 심지어 새키와 크로제조차 다소 긴장하는 것 같았는데 그들은 움찔하지도 않았다. 젭이 무슨 말을 하건 그들은 항상 행동으로 옮겼다. 그들은 젭을 우러러봤다. 단지 몸집 때문이 아니라 젭에게는 전해 오는 이야기가 있었기 때문이다. 그들은 그런 이야기를 상당히 동경했다.

"만약에 토끼가, 그러니까 죽지 않았다면 어떡하죠? 올가미에서요." 크로제가 물었다.

"그럼 네가 죽여야지. 바위로 머리를 세게 때리든가 뒷다리를 붙잡고 땅에다 힘껏 내동댕이치든가." 그러고 나서 젭은 양의 경우 그런 식으로 죽일 수 없을 거라고 덧붙였다. 양은 머리뼈가 아주 단단해서 목을 베어야만 하기 때문이다. 동물들에게는 동물 나름대로의 가장 효율적인 살해 방법이 있었다.

젭은 계속해서 껍질을 벗겼다. 아만다도 그를 도와 털이 북슬북슬한 녹색 피부가 장갑처럼 훌렁 뒤집히는 부분의 껍질을 벗겼다. 나는 핏줄을 보지 않으려고 애썼다. 핏줄 역시 껍질처럼 파랬다. 번쩍거리는 힘줄도 마찬가지였다.

젭은 우리 모두가 시식할 수 있도록 고깃덩이를 아주 작게 썰었다. 큰 고깃덩이를 먹임으로써 우리를 너무 심하게 몰아붙이고 싶지 않았던 이유도 있었다. 그런 다음 우리는 낡은 판자로 불을 피워 놓고 고깃덩이들을 구웠다.

"앞으로 최악의 상황이 몰아치면 너희들은 이렇게 해야만 할 거다." 젭이 말했다. 그는 나에게도 고깃덩이를 건네줬고 나는 그걸 입안에 집어넣었다. 나는 머릿속으로 "이건 사실 콩 반죽이야, 이건 사실 콩 반죽이야……"라고 계속 되뇌면 씹어 삼킬 수 있다는 걸 알게 되었다. 백 번까지 셌더니 입에 남은 고기가 하나도 없었다.

하지만 입안에는 여전히 토끼 맛이 남아 있었다. 코피를 들이켠 것만 같았다.

그날 오후에는 생명나무 천연제품 거래처에서 행사가 있었다. 행사는 헤리티지 공원의 북쪽 가장자리에 있는 자그마한 놀이터에서 열렸는데, 맞은편에 태양촌의 부티크들이 있었다. 그곳엔 어린 아이들을 위한 모래밭과 그네와 미끄럼틀이 있었고 진흙과 모래와 짚으로 만든 흙집도 있었다. 그 집에는 방이 여섯 개가 있었고 곡선 모양 출입구와 창문도 있었지만 유리나 문은 붙어 있지 않았다. 만들어진 지 적어도 삼십 년은 되었을 그 집을 지은 사람은 저 옛날의 환경론자였을 거라고 아담1은 말했다. 평민촌 망나니들이 스프레이로 벽에다 온통 이런저런 이름과 메시지를 뿌려 놓았다. 난 (바비큐한) 년이 좋더라. 내 거시기 빨아 줘, 유기농이야! 염병할 환경쟁이, 넌 죽었다!

생명나무는 단순히 정원사들만을 위한 곳이 아니었다. 천연제품시장 네트워크에 소속된 모든 사람들, 양치류 지대 공동체, 빅박스 텃밭 사람들, 골프녹지대의 환경론자들이 모두 다 그곳에서 물건을 팔았다. 우리보다 더 좋은 옷을 입는다는 이유로 우리는 그들을 경멸했다. 그들은 비록 쇼핑센터에서 파는 번지르르한 품목들처럼 노예노동의 해악을 종합적으로 퍼뜨리지는 않는다고 해도 여하튼 그들이 취급하는 물품은 도덕적으로 오염되었다고 아담1은 말했다. 양치류 지대 사람들은 덧칠을 지나치게 많이 한 도자기들 외에 종이 집게로 만든 장신구도 팔았고, 빅박스 텃밭 사람들은 뜨개질한 동물들을 팔았으며, 골프녹지대 사람들은 옛날 잡지의 두루마리 종이로 예술적인 핸드백을 만들었고 골프장 주변에 양배추를 재배했다. 그래 봤자야, 버니스가 말했다. 잔디에다 여전히 살충제를 뿌리고 있으므로 양배추 몇 포기로는 그들의 영혼이 구제될 수 없다는 것이었다. 버니스의 신앙심이 점점 더 깊어지고 있었다. 어쩌면 진정한 친구 대신 신앙을 벗하고 있었는지도 몰랐다.

유행을 따르는 상류층 소비자들이 생명나무를 찾았다. 태양촌의 외부인 출입 통제 단지에 사는 부유층 사람들, 양치류 지대의 자랑쟁이들, 심지어 안전한 평민촌 모험을 감행하려는 단지 사람들까지도 생명나무의 고객이었다. 그들은 슈퍼마켓에서 파는 물건들이나 심지어는 농산물 직판장의 물건들보다도 정원사들이 기르는 채소를 선호한다고 말했다. 아만다에 의하면, 농산물 직판장에서는 농부 복장을 한 패거리들이 도매상들로부터 물건을 사다가 전통적으로 디자인한 바구니에 집어넣고 가격을 표시해 놓기 때문에 유기농이라 해도 믿을 수가 없다는 것이었다. 하지만 정원사 제품은 진짜였다. 진품 냄새가 풍겼다. 광신적이고 우스울 정도로 괴상해 보이는 정원사들이지만 적어도 그들은 윤리적이었다. 내가 재생 비닐봉지에다 그들이 구매한 상품을 포장하는 동안 손님들은 그런 식의 대화를 나누고 있었다.

생명나무에서 일을 도울 때 가장 싫었던 건 목에다 젊은 바이오니아 스카프를 두르고 있어야 하는 것이었다. 멋쟁이들이 가끔씩 자기 자식들을 데려오기 때문에 이건 정말이지 치욕스러웠다. 글자가 적혀 있는 야구 모자를 쓴 아이들은 우리가 마치 괴물이라도 되는 것처럼 자기들끼리 속닥거리고 웃어 대면서 우리들 목에 두른 스카프와 우중충한 복장을 빤히 쳐다봤다. 난 그들을 무시하려고 애썼다. 버니스는 그들을 향해 발을 쾅쾅 굴러 대며 말했다. "뭘 그렇게 빤히 쳐다보는 거야?" 아만다의 방식은 좀 더 매끄러워서, 그녀는 그들에게 미소 지으며 강력 접착테이프를 붙인 유리 조각을 꺼내 자기 팔을 죽 긋고는 피를 핥았다. 그러고 나서 피 묻은 혀로 입술 주위를 핥은 다음 팔을 내밀면 아이들은 재빨리 뒤로 물러났다. 사람들이 너를 그냥 내버려 두기를 원한다면 미친 척하라고 아만다는 말했다.

우리 셋은 버섯 코너로 가서 도와주라는 지시를 받았다. 보통 그곳에는 필라와 토비가 함께 있었지만 필라의 건강이 좋지 않아 토비 혼자만 있었다. 그녀는 엄격했기 때문에 일하는 내내 똑바로 서 있어야 했고 친절에도 각별히 신경 써야 했다.

부유한 사람들이 지나갈 때 나는 그들의 모습을 자세히 살펴보았다. 몇 명은 파스텔 색상의 청바지를 입고 샌들을 신고 있었지만 다른 사람들은 악어 가죽으로 만든 슬링백 구두*, 표범 가죽 미니스커트, 오릭스 가죽으로 만든 핸드백 등 값비싼 가죽으로 잔뜩 치장하고 있었다. 그들은 우리에게 방어적인 눈길을 보냈다. 내가 죽이지 않았어. 쓰레기로 만들 필요는 없잖아. 저런 복장을 하면 기분이 어떨지 궁금했다. 다른 동물의 피부가 내 피부에 딱 달라붙어 있으면 어떤 느낌일까?

그들 중 몇몇 사람들은 새로 구입한 은색, 분홍색, 푸른색 모헤어 가발을 착용하고 있었다. 아만다에 의하면 오물늪에 들어선 모헤어 상점이 아가씨들을 상당히 유혹했다. 그곳에서는 두피 이식 방에 들어가면 일단 기절부터 시키는데 깨어나 보면 머리 색깔만 달라진 게 아니라 지문까지 달라져 있다고 했다. 그런 다음에는 피막 처치실에 갇혀 강제로 제모 과정을 거치게 되

---

* 발꿈치 부분이 끈으로 된 구두.

는데, 설사 도망치더라도 이미 신분증을 도난당했기 때문에 자기가 누구인지 증명할 길이 전혀 없었다. 아무리 좋게 생각하려고 해도 그건 너무나 극단적인 처사라 아만다가 꾸며 낸 거짓말이 분명해 보였다. 하지만 우리는 서로에게 절대로 거짓말을 하지 않겠다는 협정까지 맺은 터라 나는 어쩌면 이 말이 사실일지도 모른다고 생각했다.

한 시간 정도 토비와 함께 버섯을 팔고 난 뒤 우리는 누알라의 코너로 가서 식초 파는 일을 도와주라는 지시를 받았다. 그때쯤 우리는 지루한 한편 바보가 된 것 같은 기분도 들었다. 누알라가 판매대 밑에 있는 상자에서 식초를 꺼내려고 몸을 구부릴 때마다 아만다와 나는 엉덩이를 꿈틀거리면서 숨을 죽이고 히죽히죽 웃었다. 버니스는 우리가 끼어들 틈을 주지 않자 얼굴이 점점 더 시뻘게졌다. 이런 짓이 비열하다는 것은 잘 알았지만 당시 나는 나 자신을 어떻게 통제할 수가 없었다.

그러던 중 아만다가 이동식 화장실에 가야만 했고 누알라는 버트와 할 말이 있다고 했다. 버트는 옆 판매대에서 나무 잎사귀에 싸 놓은 비누를 팔고 있었다. 누알라의 등이 보이기가 무섭게 버니스가 내 팔을 움켜쥐고 동시에 양쪽 방향으로 비틀었다. "어서 말하지 못해!" 그녀가 쉿쉿 소리를 내며 말했다.

"이거 놔! 무슨 말을 하라는 거야?"

"잘 알잖아! 너하고 아만다는 뭐가 그렇게 재미있는데?"

"아무것도 아냐!"

버니스는 더 세게 비틀었다. "알았어, 하지만 넌 듣고 싶지 않을 텐데." 그렇게 말하고 나서 그녀에게 나는 식초 방에서 누알라와 버트가 행한 짓거리에 대해 이야기해 줬다. 내 입에서 그 이야기가 한꺼번에 쏟아져 나온 것을 보면 어찌 됐든 나는 버니스에게 말해 주고 싶었던 게 분명했다.

"말도 안 되는 그런 거짓말은 하지도 마!" 버니스가 말했다.

"뭐가 말도 안 되는 거짓말이야?" 이동식 화장실에서 돌아온 아만다가 물었다.

"우리 아버지가 저 축축한 마녀하고 그런 짓을 했을 리가 없어!" 버니스가 씩씩거렸다.

"어쩔 수가 없었어. 내 팔을 비틀었단 말이야." 내가 말했다. 버니스의 새빨개진 두 눈에 눈물이 고였다. 만일 그 자리에 아만다가 없었더라면 버니스는 나를 때렸을 것이다.

"렌이 흥분한 거야." 아만다가 말했다. "사실 확실하진 않아. 우린 그저 네 아버지가 저 축축한 마녀와 그런 짓을 한 게 아닐까 의심해 본 것뿐이야. 아마도 아닐 거야. 하지만 네 엄마가 그토록 심하게 아프니까 아버지가 그런 짓을 하더라도 이해해야지. 성적으로 흥분했을지도 모르잖아. 그러니까 항상 어린 여자애들 겨드랑이를 손으로 더듬는 거겠지." 아만다는 이 모든 걸 이브같이 정숙한 목소리로 말했다. 그건 참 잔인했다.

"아니야. 우리 아버지는 그런 사람 아니야!" 버니스가 그 말을 하는데 당장이라도 눈물이 쏟아질 것만 같았다.

"만일 네 아버지가 그렇다면, 너도 알고 있어야만 할 거야." 아만다가 침착한 목소리로 말했다. "만약 나한테 아버지가 있다면 난 내 아버지가 내 어머니가 아닌 다른 사람의 생식기에 올라타는 걸 원하지 않을 거야. 그건 추잡하잖아. 아주 비위생적이기도 하고. 세균투성이인 그의 손이 널 만지는 것도 걱정해야 하겠지. 물론 네 아버지가 꼭 그렇다는 건……."

"난 정말 정말 널 증오해! 네가 불에 타서 죽었으면 좋겠어!" 버니스가 악을 썼다.

"그건 아주 관대하지 못한 말인걸, 버니스." 아만다가 질책하는 목소리로 말했다.

"자, 아가씨들." 누알라가 우리 쪽으로 서둘러 다가오며 말했다. "손님은 없었니? 버니스, 어째서 눈이 그토록 빨갛지?"

"알레르기 체질이에요." 버니스가 말했다.

"맞아요. 버니스가 몸이 좋지 않은가 봐요. 집에 가야 할 것 같아요. 공기가 나빠서인가? 코에다 원뿔형 여과기라도 써야 할까 봐요. 안 그래, 버니스?" 아만다가 진지하게 말했다.

"아만다, 넌 참 사려 깊은 아이로구나." 누알라가 말했다. "그래, 버니스, 지금 당장 집으로 가는 게 좋겠다. 그리고 내일 알레르기를 위해 너한테 맞을 만한 여과기를 알아보도록 하자. 얘야, 조금만이라도 같이 걸어가 주마." 누알라는 버니스의 양쪽 어깨를 팔로 감싸 안고 데려다 줬다.

우리가 방금 무슨 짓을 했는지 난 믿을 수가 없었다. 무거운 걸 떨어뜨리고 나서 그게 곧 발등에 떨어진다는 걸 알면서도 어쩔 줄 몰라 할 때처럼 위 속에서 뭔가가 쿵 하고 내려앉은 것만 같았다. 우리가 심할 정도로 도를 넘은 게 분명한데 어떤 말을 해야 할지 알 수가 없었다. 잘못 말했다간 아만다한테 잔소리한 다는 타박이나 받을 것 같았다. 어쨌든 쏟아진 물을 주워 담을 길은 전혀 없었다.

28

바로 그때 이전에 한 번도 본 적 없는 한 남자애가 우리 판매대로 다가왔다. 십 대였고 우리보다는 나이가 많았다. 그 아이는 키가 크고 머리색이 짙었다. 부유한 사람들이 입는 옷은 입고 있지 않았다. 그저 평범한 검은색 옷이었다.

"뭘 도와드릴까요, 손님?" 아만다가 말했다. 우리는 판매대에서 일할 때에 이따금씩 시크릿버거에서 일하는 임금 노동자들이 하는 말투를 모방했다.

"필라를 만나야 해요. 이게 조금 이상해서요." 미소가 없었고, 아무런 표정도 없었다. 그는 배낭에서 정원사 꿀병을 꺼냈다. 이상했다. 도대체 꿀이 뭐가 이상하단 말인가? 꿀은 물만 들어가지 않으면 절대로 상하는 법이 없다고 필라는 말했다.

"필라는 지금 건강 상태가 좋지 않아요. 그 문제라면 토비한테 말하는 게 좋겠어요. 저기 버섯 코너에 있는 사람이 토비예요." 내가 말했다.

그는 왠지 불안한 듯 사방을 둘러봤다. 다른 사람과 함께 온 것 같지도 않았다. 친구도 없었고 부모도 없었다. "아니요. 필라를 만나야 해요." 그가 말했다.

야채 코너에서 우엉 뿌리와 명아주를 팔던 젭이 다가와 물었다. "왜 그래? 무슨 문제 생겼어?"

"저 사람이 필라를 만나고 싶어 해요. 꿀 때문이래요." 아만다가 말했다. 젭과 그 소년은 서로를 쳐다봤고 내 생각에 나는 그 남자애가 고개를 살짝 가로젓는 걸 본 것 같다.

"나한테 말하면 안 될까?" 젭이 그 아이에게 말했다.

"필라여야 할 것 같아요." 남자애가 말했다.

"아만다와 렌이 데려다 줄 거다." 젭이 말했다.

"식초 파는 건 어떻게 해요? 갑자기 일이 생겨 누알라도 갔는데요." 내가 말했다.

"내가 보고 있을게." 젭이 말했다. "이 아이는 글렌인데, 너희가 잘 돌봐 주렴. 저 아이들이 널 산 채로 잡아먹지 못하게 조심해라." 젭이 글렌에게 말했다.

우리는 평민촌 거리를 따라 에덴절벽 옥상정원을 향해 걸었다. "당신은 어떻게 젭을 알아요?" 아만다가 물었다.

"아, 예전부터 알던 사람이에요." 소년이 말했다. 그는 말을 많이 하지 않았고, 우리 옆에 나란히 서서 걸어가는 것도 원하지 않았다. 한 구역 정도 지났을 때부터 그는 약간 떨어져서 따라왔다.

정원사 건물에 도착한 우리는 비상계단을 기어올라 갔다. 안개 필로와 정비사 카투로가 그곳에 있었다. 평민촌 망나니들이 몰래 들어오는 경우를 대비해 그곳을 텅텅 비워 두는 일은 절대로 없었다. 카투로는 급수용 고무관을 고치고 있었고 필로는 그저 미소만 짓고 있었다.

"이 소년은 누구지?" 소년을 본 카투로가 물었다.

"젭이 여기로 데려다 주라고 했어요. 저 소년이 필라를 찾아서요." 아만다가 말했다.

카투로는 어깨 너머로 고개를 끄덕였다. "요양하는 방으로 가 봐."

필라는 접이의자에 누워 있었다. 그녀 옆에는 체스판이 차려져 있었고 말들은 모두 제자리에 있었다. 필라는 체스 게임을 하고 있던 게 아니었다. 얼굴을 보니 건강 상태가 상당히 나쁜 것 같았다. 양쪽 볼이 움푹 들어가 있었다. 두 눈을 감고 있던 필라는 우리가 들어가는 소리를 듣고 눈을 떴다. "어서 오렴. 사랑하는 글렌." 필라는 그가 오기를 기대하고 있었던 사람처럼 말했다. "골치 아픈 일은 하나도 없었겠지?"

"네, 없었어요." 소년은 그렇게 말하면서 꿀병을 꺼냈다. "좋지가 않아요." 그가 말했다.

"모든 게 좋단다." 필라가 말했다. "큰 그림으로 보면 그런 거야. 아만다, 렌, 물 한 잔만 갖다 줄래?"

"내가 가져올게." 내가 말했다.

"둘이 같이 다녀오렴." 필라가 말했다. "그렇게 해 줄래?"

필라는 우리 둘 모두가 그 방에서 나가기를 원했다. 우리는 가능한 한 아주 천천히 그 오두막에서 나왔다. 두 사람이 무슨 말을 하는지 엿듣고 싶었다. 꿀에 대한 건 아닐 것 같았다. 필라의 표정을 보고 나는 흠칫 놀랐다.

"저 아이는 평민촌 아이가 아니야. 단지에서 왔어." 아만다가 속삭였다.

나도 그런 생각을 했지만 "네가 그걸 어떻게 알아?" 하고 말했다. 단지는 조합 사람들이 사는 곳이었다. 아담1에 따르면 이전의 생물종을 파멸시키고 새로운 종을 만들어 내 이 세상을 멸망시키고 있다는 그 모든 과학자들과 사업가들 말이다. 물론 나는 건강현인에 사는 나의 진짜 아버지가 그런 일을 하고 있다고는 도저히 믿을 수 없었다. 그건 그렇고 필라는 어째서 그런 곳에서 온 사람과 인사를 나누려 드는 거지?

"그저 그런 느낌이 들어." 아만다가 말했다.

우리가 물 한 잔을 들고 돌아왔을 때 필라는 또다시 눈을 감고 있었다. 소년은 그녀 옆에 앉아 있었다. 그는 필라의 체스 말을 몇 개 움직여 놓았다. 흰색 여왕이 포위되어 있었다. 한 수만 더 두면 그녀는 끝장이었다.

"고맙다." 필라가 아만다로부터 물 잔을 받아 들며 말했다. "그리고 글렌, 이렇게 찾아와 줘서 정말로 고맙다." 필라는 소년에게 말했다.

소년은 자리에서 일어섰다. "그럼 안녕히 계세요." 소년은 아주 어색하게 말했고 필라는 소년을 향해 미소 지었다. 그녀의 미소는 밝았지만 힘이 없었다. 나는 필라를 안아 주고 싶었다. 그녀는 너무나도 조그맣고 허약해 보였다.

생명나무로 돌아가는 동안 글렌은 우리 옆에 나란히 서서 걸었다. "필라의 건강 상태가 정말로 안 좋은 것 같아. 내 말이 맞죠?" 아만다가 말했다.

"질병은 디자인의 결함이라, 바로잡을 수 있어." 소년이 말했다. 그렇다. 저 아이는 분명 단지에서 왔다. 그곳에 사는 두뇌광들만이 저런 식으로 말했다. 그들은 질문에 대한 답변을 솔직하게 하지 않고 마치 일반적인 게 사실이라도 되는 것처럼 말한다. 나의 진짜 아버지도 저런 식으로 말했던가? 아마도.

"그러니까 당신이 이 세상을 만든다면 더 잘 만들 수 있단 말인가요?" 내가 물었다. 신보다 더 잘 만들 수 있느냐는 것이 내 질문의 요지였다. 갑자기 내가 버니스처럼 종교적인 사람이라도 된 것 같은 기분이 들었다. 정원사처럼 말이다.

"맞아." 소년이 말했다. "사실 난 그렇게 하려고 해."

29

다음 날 우리는 보통 때와 마찬가지로 버니스를 데리러 좋은 풍경 콘도에 갔다. 그 전날 했던 일 때문에 우리 둘 모두 부끄러운 심정이었던 것 같다. 적어도 난 그랬다. 하지만 우리가 문을 노크하며 "똑똑." 하고 말해도 버니스는 "누구신가요?"라고 묻지 않았다. 그녀는 아무 말도 하지 않았다.

"우리는 갱." 아만다가 소리쳤다. "갱그린!" 그래도 아무런 대꾸가 없었다. 버니스의 침묵이 온몸으로 전달되는 것만 같았다.

"버니스, 뭐해?" 내가 말했다. "문 열어. 우리야."

문이 열렸다. 하지만 문을 연 사람은 버니스가 아니고 비나였다. 우리를 빤히 쳐다보고 있는 그녀는 전혀 요양 중이던 사람 같지 않았다. "어서 가."라고 말하더니 그녀는 문을 닫아 버렸다.

아만다와 나는 서로를 쳐다봤다. 기분이 몹시 언짢았다. 우리가 말한 버트와 누알라의 이야기가 버니스에게 영영 지워지지 않을 어떤 상처를 입혔으면 어쩌지? 그 이야기가 정말로 사실이 아니라면 어떻게 하지? 처음에는 그저 농담이었는데, 이제는 더 이상 농담 같지 않았다.

대체로 성 유얼 주간의 다른 날들에는 필라나 토비와 함께 버섯을 찾기 위해 헤리티지 공원에 가곤 했다. 어떤 걸 보게 될지 전혀 몰랐기 때문에 그곳에 가는 건 무척이나 흥미진진했다. 평민촌 가족들이 야외로 나와 파티를 하거나 가족끼리 승부를 겨루기도 했으므로 우리는 지글지글 익는 고기에서 나는 고약한 냄새를 피하기 위해 코를 움켜쥐곤 했다. 덤불 속에서 뒹굴고 있는 연인들, 병을 들고 마시거나 나무 밑에서 코를 골며 자고 있는 노숙자들, 온통 헝클어진 머리로 혼잣말을 하거나 소리를 질러 대는 미친 사람들, 주삿바늘을 찌르고 있는 마약중독자들도 있었다. 멀리 해변까지 내려가면 비키니를 입고 일광욕을 하는 여자애들도 있었을 것이다. 그러면 섀키와 크로제는 그들의 관심을 끌기 위해 피부암에나 걸려라 하고 소리칠지도 몰랐다.

공무 순찰을 돌면서 쓰레기 버리는 사람들에게 구비해 놓은 용기에다 버리라고 지시하는 시체보안회사 직원도 몇 명 보였다. 그러나 아만다에 의하면 그들은 사실 폭력배들의 전화를 도청하는 대신 소규모 마약 밀매인들의 거래 현장을 찾아나선 것이었다. 그래서 분무 총을 풍 풍 풍 신나게 쏘는 소리와 비명 소리를 들을 때도 있었다. 구경꾼들에게는 폭행을 저지른 자라고 말하며 범인을 끌고 갔다.

하지만 그날 우리의 헤리티지 공원 소풍은 필라가 아파 취소되었다. 그 대신 우리는 손잡이 버트와 함께 비늘꼬리 클럽 뒤에 있는 공터에서 야생식물 수업을 했다.

암기에 도움을 받기 위해 언제나 야생식물을 그렸던 우리는 늘 석판과 백묵을 들고 다녔다. 그러고는 우리가 그린 그림을 지워 버렸다. 이제 식물의 모습은 우리의 머릿속에 들어가 있다. 실제로 본 것처럼 만드는 데에는 그림을 그려 보는 것만큼 좋은 방법이 없다고 버트는 종종 말했다.

버트는 공터 구석구석을 뒤지고 다니다가 뭔가를 찾으면 그걸 높이 치켜들고 우리에게 보여 줬다. "학명은 포츄라카 올레라케아. 속명은 쇠비름. 밭이나 들판에서 모두 발견된다. 변형토를 선호한다. 빨간 줄기를 유의해서 봐라. 잎이 엇갈려 나는 게 보이지? 오메가3의 좋은 공급원이다." 버트는 말을 멈추고 우리를 향해 얼굴을 찡그리며 말했다. "너희들 중 절반은 쳐다보지도 않고 나머지 반은 그림을 그리지 않는구나. 이게 너희들 목숨을 살려 줄 수도 있단 말이야! 지금 우리는 영양물에 대해 이야기하고 있다. 영양물. 영양물이 뭐지?"

침묵이 흐르는 가운데 우리 모두 멍한 표정으로 빤히 쳐다볼 뿐이다. "영양물이란……." 손잡이 버트가 입을 열었다. "인간의 신체를 유지시켜 주는 것이다. 그건 곧 영양물이 식량이란 말이다. 식량! 식량은 어디서 나오지? 모두 다 같이?"

우리는 함께 암송했다. "식량은 모두 흙에서 나온다."

"맞았어!" 버트가 말했다. "흙이지! 그리고 대부분의 사람들은 동네 슈퍼에서 식량을 구입하지. 갑자기 슈퍼마켓이 모두 없어진다면 어떤 일이 벌어질까? 섀키?"

"옥상에서 키우죠." 섀키가 말했다.

"옥상이 전혀 없다고 가정해 보자." 얼굴이 붉어지기 시작한 손잡이 버트가 말했다. "그렇다면 그걸 어디서 구하지?" 또다시 아이들이 멍한 표정으로 빤히 쳐다봤다. "여러분은 찾아 나서겠지." 손잡이가 말했다. "크로제, 찾아 나선다는 게 무슨 뜻일까?"

"물건을 발견하는 거죠." 크로제가 대답했다. "돈을 내지 않고요. 훔치는 거예요." 우리는 깔깔대고 웃었다.

손잡이는 이 말을 못 들은 척했다. "그럼 이런 물자를 어디에서 찾을까? 퀼?"

"쇼핑센터 아닌가요?" 퀼이 대답했다. "그러니까 뒤쪽에서요. 사람들이 물건을 내버리는 곳 말이에요. 예를 들면 오래된 병이라든지……." 퀼은 다소 둔한 면이 있었지만, 사실 그는 둔한 척 연기하는 것이었다. 남자애들은 버트를 화나게 해서 허둥대게 만들려고 그런 짓들을 했다.

"아니, 아니지!" 손잡이 버트가 소리쳤다. "이 세상에 물건을 내버리는 사람들이 어디 있다고 그래! 너희들은 이 평민촌 밖으로 한 번도 나가 본 적이 없지, 안 그래? 사막도 본 적이 없고 기근을 겪은 적도 한 번도 없었잖아! 물 없는 홍수가 닥치면, 너희들이 개별적으로 살아남아 생명이 지속될지는 몰라도 배를 곯게 될 거야. 왜냐고? 그건 너희들이 주의를 기울이지 않았기 때문이지! 어째서 내가 너희들 때문에 시간을 낭비하고 있는 걸까?" 손잡이 버트는 수업을 맡을 때마다 보이지 않는 칼날을 세워 가며 소리를 지르기 시작했다.

"자 그렇다면……." 흥분을 가라앉히며 버트가 말했다. "이건 무슨 식물이지? 쇠비름이지. 이걸로 뭘 할 수 있지? 먹을 수 있단다. 그렇다면 계속해서 그려 봐. 쇠비름! 타원형 잎사귀를 유의해서 보도록 해! 반짝이는 것도 잘 보고! 줄기를 살펴봐! 그 모양을 머릿속에 잘 기억해 둬!"

그게 사실일 리가 없다고 나는 생각하고 있었다. 심지어 축축한 마녀 누알라라고 해도 어떻게 손잡이 버트와 섹스를 할 수 있단 말인지 이해할 수가 없었다. 대머리에 땀을 저토록 비 오듯이 쏟고 있는데. "바보 멍청이들." 그는 혼잣말을 중얼거리고 있었다. "무엇 때문에 신경을 쓴담?"

그런 다음 버트는 아주 조용해졌다. 그는 우리 뒤에 있는 뭔가를 바라보고 있었다. 뒤돌아보니 거기 울타리에 있는 틈 옆에 비나가 서 있었다. 틈 사이를 비집고 들어온 것 같았다. 집에서처럼 여전히 슬리퍼를 신은 채 노란색 아기 담요를 숄처럼 머리 위에 걸치고 있었다. 비나 옆에는 버니스가 서 있었다.

두 사람은 그 자리에 가만히 서서 꼼짝도 하지 않았다. 그러자 시체보안회사 요원 두 명도 울타리 사이로 들어왔다. 전투 요원인 그들은 아른거리는 회색 옷을 차려입어서 신기루처럼 보였다. 그들은 분무 총을 들고 있었다. 나는 얼굴에서 피가 모두 빠져나가는 것만 같았고 토할 것 같았다.

"뭐가 잘못됐소?" 버트가 소리쳤다.

"꼼짝 마!" 시체보안회사 요원 한 명이 외쳤다. 그의 목소리는 헬멧에 달려 있는 마이크 때문에 매우 컸다. 그들은 앞으로 다가왔다.

"제자리에 가만히 있어." 버트가 우리에게 말했다. 그는 테이저 총*을 맞고 마비된 사람처럼 보였다.

"우리와 함께 갑시다, 형씨." 우리가 있는 곳까지 오더니 첫 번째 요원이 말했다.

"뭐라고?" 버트가 말했다. "난 아무 잘못도 저지르지 않았소!"

"암거래하려고 마리화나를 불법으로 키웠잖아, 당신." 두 번째 요원이 말했다. "체포에 협조하는 게 훨씬 더 안전할 거요."

그들은 울타리의 갈라진 틈으로 버트를 데리고 갔다. 우리 모두 조용히 그 뒤를 따라갔다. 무슨 일이 벌어지고 있는지 도대체 이해할 수가 없었다.

---

* 전기 충격을 가하는 총같이 생긴 무기.

그들이 비나와 버니스가 있는 곳에 다다랐을 때에 버트는 양 팔을 뻗었다. "비나! 이게 어떻게 된 일이오?"

"빌어먹을, 이 타락한 놈!" 비나가 버트에게 소리쳤다. "위선 자! 간통한 놈! 네 눈엔 내가 얼마나 바보같이 보인 거니?"

"당신 무슨 소리 하는 거야?" 버트가 애원하는 목소리로 말 했다.

"네가 준 그 독초에 취해 내가 제정신을 잃고 똑바로 볼 수 없 을 거라고 생각했겠지." 비나가 말했다. "하지만 난 알아냈단 말 이야. 그 암소 같은 누알라하고 네놈이 무슨 짓을 했는지! 그년 만이 아니겠지. 이 멍청이 변태야!"

"아니야." 버트가 말했다. "맹세코! 정말이지 한 번도 없었 어……. 난 그저……."

난 버니스를 쳐다보고 있었다. 버니스가 어떤 기분일지 난 알 수가 없었다. 그녀의 얼굴은 심지어 빨갛지도 않았다. 단지 칠판 처럼 텅 비어 있었다. 먼지만 쌓여 있는 흰색 칠판처럼 말이다.

아담1이 울타리 틈새로 들어왔다. 뭔가 예사롭지 않은 일이 일어나면 그는 항상 아는 것 같았다. 아만다는 아담1에게 핸드 폰이 있는 것 같다고 말했다. 그는 비나의 노란 아기 담요에 손 을 올려놓으며 말했다. "비나, 마침내 요양 상태에서 벗어난 것 같구려. 얼마나 잘된 일인지 모르겠소. 그걸 위해서 우리는 오 랫동안 기도했소. 자, 그런데 어떻게 된 거요?"

"저리 비키시오. 제발요, 형씨." 첫 번째 보안회사 요원이 말했다.

"무엇 때문에 나한테 이러는 거요?" 요원들이 버트를 앞으로 밀치자 그가 비나를 향해 울부짖었다.

아담1이 숨을 깊이 들이마시더니 말했다. "이것 참 마음 아픈 일입니다. 어쩌면 우리 모두가 지니고 있는 인간의 허약함에 대해 곰곰이 생각해 보는 게 현명할지도 모르겠소."

"당신은 바보 천치예요." 비나가 아담1을 향해 말했다. "버트는 바로 신성한 정원사인 당신들의 코밑에서, 그러니까 이 좋은 풍경에서 대규모 마약 사업을 했어요. 그것도 모자라 바로 당신들 코밑에서, 당신들이 운영하는 그 따분한 시장에서 거래까지 했단 말이에요. 잎사귀로 포장한 그 깜찍한 비누 말예요. 그게 모두 비누가 아니었단 말이죠! 저 사람은 한밑천 톡톡히 잡은 거라고요!"

아담1은 슬픔에 잠긴 것 같았다. "돈은 끔찍한 유혹이에요. 질병이지요." 그가 말했다.

"당신은 바보예요." 비나가 아담1에게 말했다. "유기농 식물이라, 정말 웃기시네!"

"좋은풍경에서 마약을 재배한다고 너한테 말했잖아." 아만다가 나한테 속삭였다. "손잡이가 깊이 연루돼 있었어."

아담1이 우리 모두에게 어서 집으로 돌아가라고 말했으므로 우리는 그렇게 했다. 버트에 대해서는 정말이지 유감스러웠다.

내가 기껏 상상해 낸 것은 생명나무에서 우리가 버니스에게 비열한 짓을 한 후 그녀가 집으로 돌아가 비나에게 버트와 누알라가 섹스를 한 것과 그가 겨드랑이를 더듬는 것에 대해 말했을 것이고, 그러자 비나는 질투 때문이었는지 몹시 화가 나서였는지는 모르겠으나 어쨌든 시체보안회사에 연락해 고발 조처를 취했을 거라는 스토리였다. 시체보안회사는 그런 일, 이웃이나 가족을 밀고하는 일을 부추겼다. 그렇게 하면 심지어 돈도 받을 수 있다고 아만다는 말했다.

나는 해를 입힐 마음은 전혀 없었다. 그런 식의 상처 말이다. 그런데 도대체 무슨 일이 벌어졌는지 어디 한번 봐라.

나는 아담1에게 가서 우리가 한 짓을 말해야만 한다고 생각했지만 아만다는 그래 봤자 아무 소용도 없지 않겠느냐, 해결되는 건 하나도 없을 것이고, 괜히 우리만 한층 더 심각한 곤경에 처하게 될 것이라고 말했다. 아만다의 말이 옳았다. 하지만 그렇다고 해도 내 기분은 변하지 않았다.

"기분 풀어." 아만다가 말했다. "널 위해 내가 뭔가 훔쳐 올 테니. 어떤 게 갖고 싶니?"

"핸드폰." 내가 대답했다. "보라색. 네 것과 같은 걸로."

"좋았어." 아만다가 말했다. "노력해 볼게."

"고마워." 나는 말했다. 진정으로 고맙게 생각한다는 걸 그녀가 알 수 있도록 나는 목소리에 힘을 많이 실어 말하려고 애썼다. 하지만 아만다는 내가 억지로 고마운 척한다는 걸 알았다.

30

다음 날 아만다는 자기가 깜짝 선물을 준비했는데 그걸 보면 틀림없이 내 기분이 좋아질 거라고 말했다. 그건 싱크홀 쇼핑센터에 가 보면 알게 될 일이었다. 그리고 그건 정말로 놀랄 만한 일이었다. 왜냐하면 그곳에 도착하니 섀키와 크로제가 다 부서진 홀로그램 회전소 근처에서 어정거리고 있었기 때문이다. 두 아이 모두 아만다에게 홀딱 빠져 있다는 걸 난 알았다. 사실 모든 남자애들이 그랬다. 하지만 아만다는 무리 지어 있을 때를 제외하면 이 아이들과 시간을 보내는 일이 없었다.

"갖고 왔어?" 아만다가 묻자 그들은 그녀를 쳐다보며 부끄러운 듯 씩 웃었다. 섀키는 최근에 부쩍 자라서 키가 크고 팔다리가 가늘고 길었으며 눈썹은 짙었다. 크로제 역시 많이 자랐지만 위로 크는 것 못지않게 옆으로도 커졌고 담황색 턱수염도 삐죽삐죽 나오기 시작했다. 그전까지만 해도 이 아이들이 어떻게 생겼는지에 대해 상세하게 생각해 본 적이 별로 없었는데 자세히 보니 그들의 모습이 상당히 달랐다.

"여기 있어." 그들이 말했다. 두 아이는 엄밀히 말해서 겁먹은 것 같지는 않았지만 조심하는 것 같기는 했다. 그들은 지켜보는 사람이 아무도 없는지 확인했다. 그런 다음 우리는 사람들이 쇼핑센터에다 자신의 이미지를 빠른 속도로 회전시키던 회전소 안으로 한꺼번에 몰려 들어갔다. 그곳은 두 사람만 들어갈 수 있게 만든 것이라 우리는 바싹 붙어서야만 했다.

그 안은 무더웠다. 마치 열병에 감염되어 온몸이 펄펄 끓어오르는 것 같은 우리 몸에서 열기가 나오는 게 느껴졌다. 게다가 섀키와 크로제에게서 말라붙은 땀, 낡아 빠진 면과 거기 묻은 때, 그리고 기름투성이 머리에서도 냄새가 났다. 사실 우리 모두에게서 비슷한 냄새가 풍기긴 했다. 더욱이 나이 든 남자애의 냄새까지 뒤범벅되어 버섯과 와인 찌꺼기가 섞인 냄새가 진동했고, 아만다의 꽃향내에는 사향 냄새와 피 냄새도 살짝 곁들어 있었다.

그들이 내게서 어떤 냄새를 맡았을지는 알 수 없었다. 사람들은 보통 자기한테서 나는 냄새에 아주 익숙해져서 자신의 냄새가 어떤지는 말하기 힘들다고 한다. 나는 이 깜짝쇼에 대해 미리 알았다면 얼마나 좋았을까 하고 생각했다. 미리 알았으면 아껴 뒀던 장미향 비누 조각을 사용했을 것이기 때문이다. 내게서 더러운 속옷이나 신발 속에 처박혀 있던 발 같은 냄새가 나지 않기를 바랐다.

어째서 우리는 다른 사람들이 우릴 좋아해 주기를 바라는 걸까? 사실 우리는 그들을 그다지 좋아하지도 않으면서 말이다. 왜 그런지는 잘 모르겠지만 그건 사실이다. 그곳에 서서 그 모든 냄새를 맡으며 나는 섀키와 크로제 눈에 내가 예뻐 보이기를 얼마나 바랐는지 모른다.

"자, 여기 있어." 섀키는 속에 뭔가가 싸여 있는 헝겊 쪼가리를 내밀면서 말했다.

"그게 뭔데?" 내가 물었다. 소녀처럼 날카롭게 짹짹거리는 나 자신의 목소리가 내 귀에도 들렸다.

"이게 깜짝 선물이야." 아만다가 말했다. "저 아이들이 우리를 위해 슈퍼위드 마약을 조금 구해 왔어. 손잡이 버트가 재배하던 거래."

"싫어!" 내가 말했다. "저걸 샀어? 시체보안회사 요원들한테?"

"슬쩍했지." 섀키가 말했다. "좋은풍경 뒤쪽으로 몰래 들어갔어. 우리한테 그런 건 땅 짚고 헤엄치기야. 시체보안회사 요원들은 정문으로 들락날락하는데 우리한테는 관심도 없어."

"지하실 창살 중에 느슨한 게 있거든. 우리는 그리로 들어가 계단참에 앉아서 놀곤 했어." 크로제가 말했다.

"지하실에 슈퍼위드가 들어 있는 자루들이 있어." 섀키가 말했다. "재배실에서 수확해 놓은 것들이겠지. 너희들은 냄새만 맡아도 뿅 갈 거다."

"어서 보여 줘." 아만다가 말했다. 섀키가 헝겊을 풀었다. 잘
게 썰어 놓은 말린 잎사귀가 나왔다.

나는 아만다가 마약을 하는 것에 대해 어떻게 생각하는지 잘
알았다. 마약을 하면 정신을 통제하는 능력을 잃게 돼 다른 사
람들에게 지고 들어가게 되기 때문에 매우 위험했다. 안개 필로
처럼 지나칠 정도로 탐닉하게 될 수도 있다. 그러면 두말할 필
요도 없이 남아 있는 정신이 하나도 없게 되며 통제 능력이 있
는지 없는지조차 아무도 신경 쓰지 않게 된다. 그러니까 마약은
반드시 신뢰하는 사람들하고만 피워야 했다. 그렇다면 아만다
는 섀키와 크로제를 믿는단 말인가?

"너 이거 해 본 적 있어?" 나는 아만다에게 속삭였다.

"아니, 아직 못 해 봤어." 아만다도 속삭이는 목소리로 대꾸
했다. 무엇 때문에 우리는 속삭이는 거지? 우리 네 사람은 서로
바짝 붙어 서 있었기 때문에 섀키와 크로제도 우리가 하는 말
을 다 들을 수 있는데 말이다.

"그럼 난 하기 싫어." 내가 말했다.

"하지만 난 거래를 했단 말이야!" 아만다의 목소리가 사나
웠다.

"많은 걸 줬는걸!"

"빌어먹을, 난 이걸 해 본 적이 있어." 섀키가 말했다. 빌어먹
을이라는 단어를 말할 때 그의 목소리가 아주 거칠었다. "최고

야! 아주 끝내준다니까."

"나도 해 봤어. 공중을 붕붕 떠다니는 것 같아." 크로제가 한마디 거들었다. "젠장! 새가 된 기분이라니까." 섀키는 벌써 잘게 썬 잎사귀를 돌돌 말아서 불을 붙이고 입안으로 빨아들이고 있었다.

내 엉덩이에 닿은 누군가의 손길이 느껴졌지만 그게 누구 것인지는 알지 못했다. 그 손은 살금살금 위쪽으로 기어올라 가더니 내가 입고 있던 정원사 복장 속으로 들어갈 길을 찾기 위해 꼬물대고 있었다. 나는 그만하지 못해 하고 소리치고 싶었지만 그러지 못했다.

"자, 한 번만 빨아 봐." 섀키가 말했다. 그는 내 턱을 붙잡고 자기 입을 내 입 쪽으로 가져오더니 나를 향해 연기를 뿜어 댔다. 나는 기침을 했다. 그가 다시 한 번 그 동작을 반복했고 난 몹시 어지러웠다. 그 순간 내 눈앞에 그 주에 우리가 먹은, 아무것도 보이지 않을 정도로 밝은 빛을 발하던 토끼의 영상이 아주 선명하게 나타났다. 눈 색깔만 오렌지색이던 토끼가 죽은 눈으로 나를 응시하고 있었다.

"너무 심했잖아." 아만다가 말했다. "저 애는 익숙하지 않단 말이야!"

그 순간 배 속까지 메스껍더니 토악질이 나오기 시작했다. 배 속에 있던 게 몽땅 나온 것 같았다. 아, 싫다. 천치 바보같이 왜 이러지? 시간이 꼭 고무 같아서 길고도 길게 늘어나는 고무줄이나 커다란 껌 조각처럼 마냥 늘어났기 때문에 그렇게 흘러간 시간이 어느 정도였는지 모르겠다. 곧 이어 조그맣고 새까만 정 사각형 상자 속에 딱 소리를 내며 갇힌 것 같은 기분이었고 그 다음에 난 정신을 잃고 말았다.

제정신을 차리고 보니 나는 쇼핑센터의 망가진 분수대에 기 대어 앉아 있었다. 여전히 어지러웠지만 그다지 메스껍지는 않 았다. 그보다는 몸이 둥둥 떠다니는 것 같았다. 모든 것이 저 멀 리 흐릿하게 나타났고 손으로 시멘트도 뚫을 수 있을 것만 같 았다. 어쩌면 모든 것이 레이스, 아니 아담1이 말하는 것처럼 신 을 둘러싼 먼지 조각으로 이루어진 그런 것일지도 모른다. 어쩌 면 나는 연기처럼 사라질지도 모른다.

우리가 마주하고 있는 쇼핑센터 가게의 창문은 마치 반딧불 이 가득 들어 있는 상자나 살아 있는 스팽글 같았다. 그 안에서 파티가 한창 진행 중이어서 음악 소리가 들리는 것 같았다. 딸 랑딸랑 소리도 나고 생소하기도 했다. 나비들의 파티라 나비들 이 그 가냘픈 다리로 춤추고 있는 것 같았다. 바로 설 수만 있다 면 나도 춤출 수 있을 텐데 하고 나는 생각했다.

아만다가 팔로 나를 감싸 안고 있었다. "그래, 괜찮아." 그녀 가 말했다. 그때까지 그곳에 있었던 섀키와 크로제는 짜증을 내는 것 같았다. 아니 섀키는 거의 나처럼 녹초 상태였기 때문 에 섀키보다는 크로제가 더 그러는 것 같았다.

"그나저나 돈은 언제 줄 거야?" 크로제가 말했다.

"효과가 없었잖아." 아만다가 말했다. "절대로 줄 수 없어."

"그건 거래 내용에 없었어." 크로제가 말했다. "거래는 우리가 물건을 가져오는 거였잖아. 우리는 물건을 가져왔고. 그러니까 넌 우리한테 돈을 줘야지."

"거래는 렌이 행복해지는 거였어." 아만다가 말했다. "그런데 그렇지가 않았잖아. 그러니까 끝난 거야."

"말도 안 돼." 크로제가 말했다. "넌 우리한테 빚졌으니까 얼른 내놔."

"어디 맘대로 해 봐." 아만다가 말했다. 그녀의 목소리에서 위태로운 칼날을 느낄 수 있었는데 그건 평민촌 망나니들이 지나칠 정도로 가까이 다가왔을 때 아만다가 냈던 목소리였다.

"어떻든 간에, 어떤 경우라도 마찬가지지." 섀키가 말했다. 그는 그다지 신경 쓰는 것 같지 않았다.

"우리한테 넌 두 번 빚졌다." 크로제가 말했다. "한 사람 앞에 한 번씩. 우리가 얼마나 위험한 고비를 넘겼는지 알아? 죽을 뻔했단 말이야!"

"아만다한테 귀찮게 굴지 마." 섀키가 말했다. "난 그저 네 머리칼만 만져 보고 싶어." 섀키가 아만다에게 말했다. "너한테선 꼭 토피 사탕 냄새가 난단 말이야." 그는 아직도 마약에 취해 있었다.

"꺼져." 아만다가 말했다. 내 생각에 그들은 정말로 가 버린 것 같았다. 그들을 다시 찾았을 때 그들은 그 자리에 없었다.

그때쯤 내 기분은 어느 때보다도 정상적이었다. "아만다." 내가 말했다. "네가 그런 아이들과 거래를 하다니." 날 위해서 말이야 하고 말하고 싶었지만 눈물이 터져 나올까 봐 두려웠다.

"미안해. 결과가 좋지 못해서." 아만다가 말했다. "난 단지 네 기분이 좋아지길 바랐을 뿐이야."

"정말로 기분이 훨씬 좋아. 훨씬 가벼워졌다니까." 내가 말했다. 물을 많이 토해 냈기 때문이기도 했지만 아만다 덕분이라는 말은 사실이었다. 텍사스에 허리케인이 엄습한 이후 배가 몹시 고팠을 때 아만다가 먹을 걸 위해 그런 식의 거래를 했었다는 걸 난 알았다. 하지만 한 번도 좋아서 한 적은 없었고 철저하게 일이었다고 그녀는 내게 말했다. 그 후에는 더 이상 그럴 필요가 없었기 때문에 아만다는 그런 거래를 한 적이 한 번도 없었다. 이번에도 할 필요는 없었지만 그녀는 여하튼 그런 일을 했다. 아만다가 나를 그토록 좋아하는지 나는 몰랐다.

"그 아이들이 너한테 화가 나 있어서 언젠가 앙갚음할 거야." 말은 그렇게 했지만 여전히 마약에 취해 몽롱했기 때문인지 그게 그렇게 중요한 것처럼 느껴지진 않았다.

"상관없어." 아만다가 말했다. "그 정도는 얼마든지 처리할 수 있으니까."

두더지의 날

12년

지하 생활에 관하여

연사: 아담1

친애하는 친구들, 포유류 동지들, 피조물 동지들이여,

지금 나는 비난하려는 게 아닙니다. 난 누구를 비난해야 하는지도 모르니까요. 하지만 우리가 방금 경험했듯이 악의적인 소문들은 혼란을 야기할 수 있습니다. 경솔한 말 한마디는 무심코 쓰레기통에 내던진 담배꽁초와도 같아서 연기를 피우다가 불꽃을 일으켜 이웃 동네를 집어삼킬 수도 있습니다. 앞으로는 특별히 말을 조심하십시오.

친하다 보면 불가피하게 상대에게 적절치 못한 말을 할 수도 있습니다. 하지만 우리는 침팬지가 아닙니다. 한 여자가 경쟁자인 다른 여자를 물어뜯지도 않고 남자가 여자에게 마구 달려들어 나뭇가지로 때리는 일도 없습니다. 일반적으로는 그런 행동들을 하지 않습니다. 모든 암수 한 쌍은 스트레스와 유혹에 빠지기 쉽습니다. 하지만 우리는 그런 스트레스를 추가하지도 말고 그런 유혹에 대해 오해하지도 맙시다.

지난날 아담13이었던 버트와 그의 아내 비나 그리고 어린 버니스가 지금도 우리와 함께 이 자리에 있다면 얼마나 좋겠습니까. 용서가 필요하다면 용서를 해 주고 우리의 마음속에서 그들 주위를 빛으로 밝혀 줍시다.

이제는 다른 이야기로 넘어가, 우리는 아늑한 집으로 바꿀 수 있을 법한 버려진 자동차 정비소 한 군데를 발견해 우선적으로 계획했던 시궁쥐 재배치 작업을 실행에 옮겼습니다. 접촉사고 정비소에서 지내던 시궁쥐들은 일단 좋은풍경이 제공하는 양식에 익숙해지면 매우 행복해할 게 확실합니다.

비록 좋은풍경의 버섯 양식장이 소실되긴 했지만, 필라가 마침 소중한 각 버섯종의 종균을 조금씩 보관해 둔 게 있다는 걸 알게 되면 모두들 기쁘실 겁니다. 한층 더 습기 찬 장소가 발견될 때까지 건강 클리닉의 지하실을 버섯 양식장으로 사용할 겁니다.

*

　오늘 우리는 지하 생활을 찬양하는 두더지의 날을 기념하고
자 합니다. 두더지의 날은 어린아이들의 축제라서 우리 아이들
은 에덴절벽 옥상정원을 꾸미느라 아주 바빴습니다. 머리빗 모
양의 작은 발톱을 지닌 두더지들, 투명한 비닐봉지 모양의 선충
들, 빵빵한 팬티스타킹을 끈으로 묶은 지렁이들, 쇠똥구리들, 이
들 모두가 신이 주신 창조력을 증명하고 있지 않습니까! 그런 능
력으로 심지어 쓸모없고 버려진 것들까지도 잃어버렸던 의미를
되찾을 수 있을 것 같습니다.

　우리는 우리와 함께 살아가는 아주 작은 것들을 간과하는 경
향이 있습니다. 하지만 그것들이 없다면 우리는 존재할 수 없습
니다. 왜냐하면 우리 한 사람 한 사람 모두는 맨눈으로 볼 수 없
는 생명체들로 구성된 정원이니까요. 창자에 사는 식물군 또는
적대적인 침입자들을 막아 주는 박테리아가 없다면 우리가 어
디서 살겠습니까? 나의 친구들이여, 우리의 몸속은 그런 것들
로 가득합니다. 우리의 발밑에서 그리고 한마디 덧붙여 우리의
발톱 밑에서 꿈틀꿈틀 기어 가는 무수한 생명체들로 말입니다.

　맞습니다. 때로는 없었으면 하고 우리가 바라는 나노 생명체
들, 예를 들면 유해한 박테리아나 바이러스는 말할 것도 없고
눈썹 진드기, 십이지장충, 음모에 붙어 있는 이, 요충, 진드기 같
은 것들이 들끓고 있습니다. 하지만 그것들이 그들 나름대로 우

리가 이해할 수 없는 신의 일을 대신하기 위해 파견된 가장 작은 천사들이라고 생각해 보십시오. 왜냐하면 이 생명체들 역시 영원한 신의 마음속에 거주하면서 영원한 빛을 받아 반짝이며 다양한 소리를 내는 창조의 교향곡을 구성하는 일부분이기 때문입니다.

땅속에서 일하는 신의 일꾼들도 생각해 보세요! 지렁이와 선충과 개미 들, 그리고 끝도 없이 흙을 일구는 그들의 수고가 없었다면, 흙은 시멘트처럼 단단한 덩어리가 되어 모든 생명체를 멸절시킬 겁니다. 항생작용을 하는 구더기와 다른 여러 곰팡이들의 속성, 벌들이 만들어 내는 꿀의 특성, 그리고 또 거미줄의 성질에 대해 생각해 보세요. 상처로 인한 피를 멈추게 하는 데 그토록 유용하게 쓰이지 않습니까. 신은 모든 질병에 대한 의약품을 그 거대한 자연의 약장 속에 이미 준비해 두셨습니다.

현세에서 우리의 영혼이 거주하는 인간의 육체는 송장벌레의 작업과 부패를 촉진하는 박테리아를 통해 분해되어 본래의 요소로 돌아간 후 다른 피조물의 삶을 풍요롭게 합니다. 웅장한 묘실을 지어 놓고 방부 처리한 시체에 온갖 치장을 한 다음 관속에 넣어 보존한 선조들의 판단이 얼마나 그릇된 것인지요. 등골이 오싹할 지경입니다. 영혼의 껍질을 불경한 숭배물로 바꾸어 놓다니요! 그리고 궁극적으로는 얼마나 이기적입니까! 때가되면 우리 자신을 또다시 선물로 내어 놓아 생명의 선물에 보답하는 게 어떨까요?

다음번에 축축한 배합토를 손에 쥐게 되면 예전에 이 땅에 살았던 모든 피조물에 대한 감사의 기도를 조용히 드리세요. 여러분의 손가락이 그들 하나하나를 사랑의 마음으로 움켜쥐고 있다고 마음속으로 상상해 보세요. 그들은 분명 자양분이 풍부한 저 흙 속에 영원히 존재하며 여기 우리와 함께 있으니까요.

　자, 이제 우리의 전통적인 두더지의 날을 맞이하여 우리 아이들이 부르는 찬가를 새싹과 꽃봉오리 합창단과 함께 한마음으로 노래합시다.

아주 작지만 완벽한 두더지를 노래하세

아주 작지만 완벽한 두더지를 노래하세.
땅속에서 정원을 보살피는 그들을.
개미, 지렁이, 선충
어디서든 볼 수 있네.

캄캄한 곳에서 평생토록 살아가는 그들
사람들의 눈으로 볼 수 없는 그곳
대지는 그들에게 공기와 같고
우리의 밤은 그들에게 낮과 같네.

흙을 뒤집어 경작하는 그들
식물을 번성시키네.
그들이 살아 숨 쉬지 않는다면
대지는 사막으로 변한다네.

흉칙한 곳을 추구하는
자그마한 송장벌레
무가치한 껍질을 원소로 되돌리고
우리의 공간을 단장하네.

그리하여 들판과 숲 밑에서 살아가는
자그마한 하느님의 창조물을 위해
우리 오늘 즐거이 감사하세.
하느님은 그들을 보시고 좋아하셨네.

— 『신의 정원사들이 즐겨 부르는 찬양집』에서

31

토비. 두더지의 날

25년

홍수가 기승을 부리는 동안 반드시 날짜를 세고 있어야 한다고 아담1은 말했다. 모든 것에는 때가 있는 법이라 태양이 솟아오르고 달이 변화하는 모습을 지켜봐야 한다. 묵상할 때에는 내면 여행을 너무 먼 곳까지 해서 때가 되지도 않았는데 무한의 시간으로 들어갈 수 있으므로 조심해야 한다. 요양 상태에 있을 때에도 재생이 힘들 정도로 깊숙한 단계까지 내려가면 안 된다. 그렇지 않으면 모든 시간들이 다 똑같아지는 밤이 찾아올 것이고 그렇게 되면 모든 희망이 사라지게 된다.

토비는 공원에 있는 새론당신 스파에서 찾아낸 메모지에 날

짜를 빼놓지 않고 기록했다. 각각의 분홍색 종이 위쪽에는 속눈썹이 기다랗고 한쪽은 윙크를 하는 두 눈과 립스틱 칠해진 키스 자국이 있다. 토비는 이 눈과 미소 짓는 입이 일종의 친구 같아서 좋다. 토비는 각 페이지 꼭대기에 정원사들의 축제일과 성인의 날을 적는다. 아직도 전체 목록을 암송할 수 있다. 성 E. F. 슈마허, 성 제인 제이콥스, 굴포스의 성인 지그리터, 독수리의 성인 웨인 그레이디, 성 제임스 러브락, 행복한 고타마 석가모니, 유기농 커피의 성인 브리짓 스터치베리, 식물 학명의 성인 린네, 악어 축제, 쥐라기 혈암의 성인 스티븐 제이 굴드, 박쥐의 성인 질베르투 실바 등.

각 성인의 날 이름 밑에 토비는 어떤 것을 심고 어떤 것을 수확했으며 달의 모습은 어떤지, 그날 본 곤충은 무엇인지 등 정원 손질과 관련된 것들을 메모해 놓는다.

지금은 두더지의 날이라고 적어 넣는다. 25년. 빨래하다. 만월에 가까운 달. 두더지의 날은 성 유얼의 주간에 속해 있었다. 그다지 행복한 기념일은 아니었다.

밝은 면을 본다면 지금쯤 합성딸기 열매가 조금이나마 열렸을 것이다. 합성딸기 유전자 접합의 장점은 사시사철 열매가 열린다는 것이다. 늦은 오후에 가 보면 열매를 딸 수 있을지도 모른다.

이틀 전 도마뱀의 성인 올랜도 가리도의 날에 토비는 정원

손질과 아무런 연관이 없는 내용을 기입했다. 환각? 이라고 그녀는 적었다. 지금 그녀는 이 항목을 곰곰이 생각해 본다. 당시에는 정말로 환각 같았다.

날마다 내리는 심한 뇌우가 온 뒤였다. 토비는 지붕에 올라가 빗물 통과 연결된 부분들을 살펴보고 있었다. 아래층에 계속해서 열어 뒀던 수도꼭지 하나가 막혔는지 물이 나오지 않았기 때문이었다. 취수구를 막고 있는 물에 빠진 생쥐가 문제였음을 발견한 토비가 다시 계단을 내려가려고 몸을 돌렸을 때 이상한 소리가 들렸다. 분명 노랫소리 같았지만 지금까지 토비는 노랫소리를 들은 적이 한 번도 없었다.

그녀는 쌍안경으로 찬찬히 살펴봤다. 처음에는 아무것도 없었는데 저 멀리 들판 한쪽 끝에서부터 처음 보는 행렬이 나타났다. 특이하게도 맨 앞에서 걸어가는 한 사람을 제외하고 행렬을 이루고 있는 사람들이 모두 다 벌거벗은 것 같았다. 맨 앞에 가는 사람은 옷을 입고 빨간 모자 같은 것을 쓰고, 그리고 가능한 일인지 모르겠으나 선글라스를 쓰고 있는 것 같았다. 그 뒤를 남자와 여자와 아이들이 따르고 있었는데 그녀가 아는 피부색이란 피부색은 다 보였다. 집중해서 보니 벌거벗은 몇몇 사람들의 배가 푸르스름한 것을 알 수 있었다.

그래서 토비는 이건 분명 환각이었다고 결론지었다. 그 푸른 색깔 때문에. 이어서 수정같이 맑은 내세의 노랫소리가 들렸다. 한순간이었지만 토비는 그 사람들을 봤다. 그들은 그곳에 있더니 다음 순간 연기처럼 사라졌다. 나무 사이로 사라진 게 분명했다. 그곳에 있는 좁은 길을 따라서 말이다.

토비의 가슴이 기쁨으로 팔딱팔딱 뛰었다. 어쩔 도리가 없었다. 계단을 마구 뛰어 내려가 밖으로 나가서 그들을 뒤쫓고 싶었다. 하지만 도저히 이해할 수 없는 일이므로 그런 희망은 가질 수가 없었다. 다른 사람, 그것도 그토록 많은 사람들이라니. 그토록 건강해 보이는 사람들이 있다니. 아무래도 그들은 진짜일 수가 없었다. 만약에 그런 유혹의 신기루에 홀려 밖으로 나간다면, 그래서 돼지들이 출몰하는 숲속으로 유인된다면, 토비가 인류 역사상 마음속 바람을 지나치게 낙관적으로 해석하는 바람에 파멸한 첫 번째 사람은 아닐 것이다.

말로 표현할 길 없는 공허에 직면하게 되면 두뇌는 뭔가를 꾸며 내기 시작한다고 아담1은 말했다. 갈증이 물을 만들어 내듯이 고독은 동반자를 만들어 낸다. 얼마나 많은 뱃사람들이 저 멀리서 아른아른 빛나고 있는 섬을 쫓아가다 조난을 당했던가?

토비는 연필을 집어 들고 물음표 위에 줄을 그어 지운다. 이제는 환각이라고 쓴다. 명쾌하고 간단하다. 의심할 여지가 없다.

토비는 연필을 내려놓고 대걸레 손잡이와 쌍안경과 총을 하나하나 집어 든 다음 터덜터덜 계단을 올라 옥상으로 간 뒤 자신의 영역을 두루 살펴본다. 오늘 아침은 모든 게 조용하다. 저 바깥 들판에서는 미동 하나 느낄 수 없다. 커다란 동물도 없고 푸르스름한 색조가 감도는 피부를 드러낸 채 벌거벗고 노래하는 사람 역시 한 명도 없다.

32

두더지의 날로부터 얼마나 지났지? 필라가 살아 있던 마지막 날이었는데. 아마도 12년이었을 거야.

그 일이 있기 바로 전에 버트가 체포되는 끔찍한 사건이 발생했다. 버트가 시체보안회사 요원들에게 끌려가고 비나와 버니스가 공터를 떠난 후, 아담1은 긴급 모임을 열기 위해 모든 정원사들을 에덴절벽 옥상으로 소집했다. 그는 정원사들에게 그 소식을 전했고 무슨 일인지 알게 된 정원사들은 아연실색했다. 이 뜻밖의 소식은 너무나 고통스럽고 너무나 수치스러운 일이었다! 어떻게 좋은풍경에서 어느 누구의 의심도 받지 않은 채 감쪽같이 마약을 재배할 수 있었단 말인가?

물론 신뢰를 악용한 것이라고 토비는 생각한다. 정원사들은 바깥지옥세계 사람들에 대해서는 의심했지만 자기들끼리는 신뢰했다. 어느 날 아침에 눈을 떠 보니 교구 목사가 성가대 소년들을 성추행했다는 실마리만 남겨 놓은 채 교회당 건축 기금을 들고 달아났다는 소식을 접하게 해 주는 기다란 종교 단체 목록에 이제 정원사들도 합류한 것이었다. 하지만 적어도 버트는 성가대 소년을 성추행한 일은 전혀 없었다. 아니 그렇다고 알려진 사건은 없었다. 어린아이들 사이에 떠도는 뜬소문, 즉 아이들이 만들어 낸 것 같은 유치한 이야기들이 나돌았지만 남자애들과 연관된 건 아니었다. 여자애들과 관련된, 그저 손으로 더듬는다는 정도의 얘기였다.

버트가 마약을 재배했다는 소식을 듣고도 전혀 놀라지도 두려워하지도 않았던 정원사는 안개 필로가 유일했다. 하지만 그는 꼭 버트 일이 아니더라도 어떤 일을 당해도 결코 충격 받거나 무서워한 적이 없었다. 그가 내뱉은 말은 단지 "그게 얼마나 좋은 건지 한번 해 보고 싶군."이었다.

아담1은 이토록 갑작스럽게 자기 집에서 쫓겨나야 하는 가장들을 자진해 받아 줄 것을 정원사들에게 요청했다. 좋은풍경은 시체보안회사 요원들로 들끓게 되었으므로 그들은 더 이상 그곳으로 돌아갈 수 없다고 아담1은 설명했다. 그들은 소유 재산을 상실한 것으로 간주해야 했다. 아담1이 말했다. "만약에 그 건물에 화재가 났다면 여러분 중 누구도 몇 가지 싸구려 보석이나 장신구를 갖고 나오겠다고 불 속으로 뛰어들지 않을 겁니다. 그건 신이 헛된 환상에 대한 여러분의 애착심을 시험하는 방법입니다." 정원사들은 그런 것 때문에 고민해서는 안 되었다. 이론상으로 여태까지 그런 소유물은 폐품 처리장이나 쓰레기통에서 찾아낸 것이니 언제라도 다른 것들을 찾아낼 수 있었다. 그럼에도 없어진 크리스털유리잔 때문에 우는 사람이 몇 명 있었고 감정적 가치가 있는 와플 굽는 틀이 고장 나는 바람에 법석을 떨어 대는 당혹스러운 일도 벌어졌다.

그런 다음 아담1은 그 자리에 참석한 모든 사람들에게 버트와 좋은풍경, 그리고 특히 시체보안회사에 대한 말은 입에 올리지 말라고 부탁했다. "우리의 적이 듣고 있을지 모르니까요."라고 그는 말했다. 아담1은 그런 말을 점점 더 자주 했다. 토비는 아담1이 편집증에 걸린 건 아닌지 의심스러울 때도 있었다.

"누알라, 토비." 다른 사람들이 자리를 뜰 때 아담1이 그들을 불렀다. "잠깐만 볼까요? 자네는 좋은풍경에 가서 좀 살펴보겠나?" 아담1이 젭에게 물었다. "그곳에 가 봤자 우리가 할 일은 별로 없겠지만 말이야."

"없지. 우리가 할 일은 하나도 없을걸세. 그래도 한번 둘러보겠네." 젭이 쾌활하게 말했다.

"옷은 평민촌 사람처럼 입고 가게나." 아담1이 말했다.

젭이 고개를 끄덕였다. "태양광 자전거 복장을 하겠네." 그는 비상계단을 향해 한가롭게 걸어갔다.

"여보게, 누알라, 자네는 약간의 실마리라도 줄 수 있지 않을까? 비나가 한 말에 대해서 말일세. 자네와 버트의 관계에 대해서 묻는 거네." 아담1이 말했다.

누알라가 훌쩍거리기 시작했다. "전혀 모르겠어요. 어쩜 그런 거짓말을 한담! 그토록 무례한 말을 하다니! 너무 너무 기분 나빠요! 어떻게 그런 생각을 할 수 있는 거죠? 나하고…… 아담13 하고요?"

당신이 버트 다리에 비벼 대던 꼴을 생각하면 그다지 심할 것도 없지 뭘 그래. 토비는 생각했다. 누알라는 남자라면 누구하고도 희롱을 즐겼다. 하지만 두 사람이 그렇게 시시덕거리고 희롱을 즐기던 때에 비나는 요양 상태에 있지 않았나? 그렇다면 그녀의 의심을 불러일으킨 게 무엇이었을까?

"우리 중에 그 말을 믿는 사람은 한 명도 없으니 걱정 말게, 누알라." 아담1이 말했다. "비나는 분명 소문을 만들어 낸 사람의 말에 귀를 기울였던 거야. 어쩌면 우리들 사이에 불화를 일으키기 위해 적이 보낸 앞잡이일지도 모르지. 최근에 지금까지 보지 못했던 방문객이 비나를 찾아왔었는지 좋은풍경 수위들에게 물어봐야겠군. 자, 친애하는 누알라, 눈물을 닦고 바느질 방으로 가 보게. 집에서 쫓겨난 우리 회원들은 퀼트 같은 물품들이 많이 필요할걸세. 자네가 이런 일을 아주 기쁜 마음으로 한다는 걸 난 잘 알지."

"고마워요." 누알라가 기쁘게 말했다. 오로지 당신만이 나를 알아주는군요 하는 시선을 아담1에게 보낸 다음 그녀는 비상구 쪽으로 서둘러 갔다.

"친애하는 토비, 버트가 하던 일을 맡아 줄 수 있을까? 한번 생각해 보게." 누알라가 떠나자 아담1이 물었다. "정원 식물이나 먹을 수 있는 야생풀들 같은 것 말일세. 물론 자네를 먼저 이브로 삼아야겠지. 난 그동안 그런 생각을 쭉 해 왔었네. 하지만 필라가 자네의 보조원 역할을 진정으로 고맙게 여기는 데다 나역시 자네가 그 일을 아주 기쁘게 하고 있다고 믿었지. 그래서 필라에게서 자네를 빼앗아 올 수가 없었다네."

한참을 생각하던 토비가 마침내 대답했다. "저로서는 영광이지요. 하지만 전 그런 제안을 받아들일 수가 없어요. 완전한 이브가 된다는 게…… 위선일 거예요." 토비는 아무리 노력해도 정원사들과 함께 지낸 첫날 자신이 느꼈던 깨달음의 순간을 또다시 느낄 수가 없었다. 묵상 시간에도 참가해 봤고 한 주 동안 다른 사람들과 떨어져서 홀로 지내 보기도 했으며 철야 기도도 해 봤고 필수적이라는 버섯과 영약도 먹어 봤지만 어떤 특별한 계시는 나타나지 않았다. 환영은 봤다. 하지만 어떤 의미가 담겨 있는 건 하나도 없었다. 아니, 그녀가 뜻을 해독할 수 있는 그런 환영은 보지 못했다.

"위선이라고?" 아담1이 이마를 찡그리며 말했다. "어떤 의미에서?"

토비는 조심스럽게 단어를 골라 가며 말했다. 그의 감정을 상하게 하고 싶지는 않았다. "내가 그 모든 걸 믿는다는 확신이 서지 않아요." 완곡한 표현이었다. 사실 그녀는 거의 아무것도 믿지 않았다.

홍수의 해

"어떤 종교는 믿음이 행위를 앞서기도 하지." 아담1이 말했다. "우리들의 경우는 행위가 믿음을 앞선단다. 사랑하는 토비, 그동안 너는 믿는 사람처럼 행동했어. 믿는 사람처럼이라는 말이 우리한테는 매우 중요하단다. 계속해서 그런 식으로 살다 보면 서서히 믿음도 따라오게 돼 있어."

"계속해서 그렇게 하는 게 힘들지는 않지만요." 토비가 말했다. "그래도 이브라면 반드시……."

아담1이 한숨을 쉬더니 말했다. "믿음에 대해 너무 많은 걸 기대해서는 안 돼. 인간의 이해는 오류투성이인 데다 우리는 유리잔을 통해 희미하게 보고 있단다. 모든 종교는 신의 그림자야. 하지만 신의 그림자가 곧 신은 아니지."

"나는 좋지 않은 예가 되고 싶지 않아요. 아이들은 거짓을 금방 알아챌 수 있거든요. 아이들은 내가 그저 기계적으로 믿는 척한다는 걸 알게 될 거예요. 그렇게 되면 정원사들이 성취하고자 하는 일에 악영향을 미칠 뿐이에요." 토비가 말했다.

"자네의 의심을 보니 오히려 난 한층 더 안심이 되는걸. 그건 네가 얼마나 신뢰할 수 있는 사람인지 알려 주거든. 아니오라는 말에는 항상 그래요라는 말이 포함돼 있지! 그럼 날 위해 이것 좀 할 수 있을까?"

"그게 뭔데요?" 토비가 조심스럽게 물었다. 그녀는 이브라는 직책에 요구되는 책임을 떠맡고 싶지 않았다. 그렇다고 선택의 여지를 모두 없애 버리고 싶지도 않았다. 그녀는 필요할 때 자유롭게 그만둘 수 있기를 원했다. 난 참 편의주의적이었어, 토비는 생각했다. 그들의 선의를 이용하다니, 내가 그런 기만적인 행위를 했구나.

아담1이 말했다. "그냥 주님의 인도를 구해 보렴. 하룻밤 철야 기도를 해 보면 어떨까? 너의 의심과 두려움에 직면할 수 있는 힘을 달라고 기도해 봐. 내 생각엔 분명히 네가 긍정적인 응답을 받을 것 같구나. 너한텐 낭비되기에는 너무나 아까운 재능이 있어. 우리 모두 네가 이브가 된다면 두 손 들고 환영할 거야. 내가 장담해."

"좋아요." 토비가 말했다. "그건 할 수 있어요." 그래요라는 말에는 항상 아니오라는 말이 포함돼 있는 법이지. 토비는 마음속으로 생각했다.

철야 기도에 필요한 물품과 육체를 벗어나는 정원사들의 여행에 도움이 되는 다른 물품은 필라가 관리했다. 필라가 아팠기 때문에 토비는 여러 날 동안 그녀와 만나지 못했다. 위장 바이러스에 걸렸다고 했다. 하지만 대화를 나누는 중에 아담1이 필라의 질병에 대해 한마디도 언급하지 않은 걸 보면 필라가 건강을 다시 찾았는지도 몰랐다. 그런 미생물은 일주일 이상을 버티지 못했다.

토비는 건물 뒤쪽에 있는 필라의 자그마한 침실을 찾아갔다. 필라는 매트리스 위에 등을 대고 누워 있었다. 침대 옆 마룻바닥에 놓여 있는 양철통에는 밀초가 가물거리고 있었다. 방 안 공기는 후텁지근하고 구토물 냄새도 났다. 하지만 필라 옆에 있는 사발은 깨끗하게 비어 있었다.

"사랑하는 토비, 이리 와서 내 옆에 앉으렴." 필라가 말했다. 그녀의 낯빛이 갈색인데도 극도로 창백해진 걸 알 수 있었고 조그만 얼굴은 어느 때보다도 더 호두처럼 쪼그라져 있었다. 잿빛이랄까. 생기가 하나도 없었다.

"좀 나아지셨어요?" 토비는 양손으로 필라의 힘줄이 불거진 갈퀴 같은 손을 붙잡으며 물었다.

"아, 그럼. 훨씬 좋아졌지." 필라가 부드럽게 미소 지으며 말했다. 그녀의 목소리에는 힘이 하나도 없었다.

"왜 그랬대요?"

"나한테 맞지 않는 음식을 먹었어. 자, 그런데 무슨 일로 날 찾아왔지?" 필라가 물었다.

"아주머니가 괜찮으신지 확인하고 싶었어요." 토비는 이 말을 하면서 이게 자신의 진심이라는 걸 깨달았다. 필라의 모습이 무척이나 병약하고 무척이나 고갈된 사람처럼 보였다. 토비는 자신의 마음속에 들어 있는 두려움을 확인했다. 영원히 살 것 같던 필라, 항상 확실하게 그 자리에 있던 필라, 아니 커다란 바위 또는 아주 오래된 나무의 그루터기처럼 항상은 아니더라도 적어도 아주 오랜 기간 함께 지낼 것 같던 필라, 그런 필라가 혹시라도 갑자기 사라진다면 어떻게 될까?

"친절한 우리 토비." 필라가 토비의 손을 움켜쥐며 말했다.

"그리고 아담1이 저한테 이브가 되어 달라고 부탁했어요."

"넌 싫어요 하고 말했을 테고?" 필라가 미소 지으며 말했다.

"맞아요." 토비가 말했다. 필라는 대체로 토비가 무슨 생각을 하고 있는지 추측할 수 있었다. "하지만 그분은 제가 철야 기도 하기를 원하세요. 인도를 구하라고 하시네요."

"그거 정말 좋은 생각이다." 필라가 말했다. "내가 철야 기도에 필요한 물품을 어디에다 보관하는지 잘 알지? 갈색 병이다." 토비가 보관선반 앞에 있는 고무줄과 끈으로 된 커튼을 들추자 필라가 말했다. "오른쪽에 있는 갈색 병이다. 갈색 병에 있는 건 다섯 방울, 그리고 보라색 병에 있는 건 두 방울만 꺼내면 된다."

"제가 이전에도 이 혼합물을 마셨나요?" 토비가 물었다.

"이번 것과 똑같은 건 아니었어. 이걸 마시면 어떤 응답을 받을 거야. 절대로 실패하는 법이 없으니까. 자연은 우리를 배신하는 법이 없단다. 너도 잘 알잖아?"

토비는 그런 것은 알지 못했다. 그녀는 필라의 이 빠진 찻잔에다 약을 한 방울씩 떨어뜨린 다음 병들을 제자리에 올려놓았다. "정말로 전보다 나아지신 거죠?" 토비가 물었다.

필라가 대답했다. "난 괜찮아. 당분간은. 그리고 그 순간이 우리가 괜찮을 수 있는 유일한 시간이란다. 자, 토비, 어서 가거라. 가서 행복한 철야 시간을 가져 보렴. 오늘 밤 달은 보름달에 가깝단다. 즐겁게 보내렴!" 이따금씩 환각 체험을 하게 해 줄 때 필라는 마치 유원지의 놀이기구를 타러 가는 아이들을 감독하는 사람처럼 말했다.

토비는 철야 장소로 에덴절벽 옥상정원의 토마토 밭을 선택했다. 그녀는 원칙대로 그곳에다 철야 표시가 되어 있는 석판을 꽂아 놓았다. 그런 표시는 철야 기도를 하는 사람들이 때때로 정처 없이 헤맬 경우 그들이 어디에 있었는지 추적할 때 도움이 됐다.

토비는 아담1이 최근 각 층마다 계단참 옆에 경호원을 세워 놓았으므로 자신이 정원 계단을 내려가면 반드시 누군가는 볼 수밖에 없다는 생각이 들었다. 지붕에서 뛰어내리지 않는 한 말이다.

토비는 땅거미가 질 때까지 기다린 다음 필라에게서 받아 온 약과 약 맛을 감추기 위해 딱총나무와 라즈베리를 섞은 혼합물을 함께 마셨다. 필라의 철야용 물약에서는 항상 짚 냄새가 났기 때문이다. 그런 다음 토비는 커다란 토마토 나무 가까이에 자리를 잡고 앉아 묵상할 자세를 취했다. 달빛에서 보면 토마토 나무는 비틀어진 신록의 댄서나 기괴한 벌레 같아 보였다.

얼마 지나지 않아 식물에서 빛이 나고 덩굴이 빙빙 돌며 뒤엉키기 시작했으며 덩굴에 달려 있는 토마토가 심장처럼 고동치기 시작했다. 가까이에서는 귀뚜라미가 재잘거리기 시작했다. 귀뚤귀뚤 이빗이빗 뚤귀뚤귀…….

뇌신경이 곡예를 부리나 보다 하고 토비는 생각했다. 그녀는 두 눈을 감았다.

어째서 난 믿지 못하지? 그녀는 어둠을 향해 질문을 던졌다.

눈꺼풀 뒤로 동물이 한 마리 나타났다. 그 황금빛 동물에겐 부드러운 녹색 눈과 송곳니, 그리고 털가죽 대신에 똘똘 말린 털이 있었다. 녀석은 입을 벌렸지만 말은 하지 않았다. 대신 하품을 했다.

녀석이 토비를 빤히 쳐다봤다. 토비도 그놈을 빤히 쳐다봤다. "네 놈이 식물의 독소를 조심스럽게 합쳐서 만든 혼합물의 결과로구나." 토비가 동물을 향해 말했다. 그런 다음 그녀는 잠으로 빠져들었다.

33

다음 날 아침 아담1은 철야 기도가 어땠는지 알아보기 위해 토비를 찾아왔다. "응답은 받았어?"

"동물 한 마리를 봤어요."

아담1은 무척 기뻐했다. "대단한 성과로군! 어떤 동물이었는데? 뭐라고 말하던가?" 하지만 토비가 답을 하기도 전에 아담1은 그녀의 어깨 너머를 바라보며 말했다. "전달자가 왔군."

철야를 끝낸 터라 머릿속이 몽롱했던 토비는 아담1이 어떤 버섯 천사나 식물의 영혼을 말하고 있다고 생각했지만 전달자는 다름 아닌 젭이었고, 그는 비상계단을 기어오르느라 숨이 차서 헐떡이고 있었다. 여전히 평민촌 사람처럼 검은색 깃털 가죽 조끼, 더러운 청바지, 낡아 빠진 태양광 자전거용 부츠 차림으로 위장한 채 나타난 젭은 숙취 상태인 것 같았다.

"밤새도록 잠도 자지 않고 깨어 있었어요?" 토비가 물었다.

"자네도 그런 것 같은데." 젭이 말했다. "집에 가면 혼꾸멍나게 생겼어. 내가 밤에 일하는 걸 루선이 아주 싫어하거든." 말은 그렇게 하면서도 크게 염려하는 기색은 아니었다. "총회를 소집하고 싶은가 아니면 자네 먼저 좋지 않은 소식을 듣겠나?" 젭이 아담1에게 물었다.

"좋지 않은 소식부터 들어 보세. 더 많은 사람들이 소화할 수 있도록 수정할 필요가 있을지도 모르니까." 아담1은 토비를 향해 고개를 끄덕이며 말했다. "토비는 당황해하지 않을 거야."

"좋아. 그럼 이야기하지." 젭이 말했다.

젭은 자신이 얻은 정보가 공식적인 것은 아니라고 말했다. 사실을 알아내기 위해 어쩔 수 없이 저녁 시간을 희생해 가며 비늘꼬리 클럽에서 아가씨들이 춤추는 걸 지켜볼 수밖에 없었다고도 했다. 그곳은 시체보안회사 요원들이 비번일 때마다 뻔질나게 출입하는 곳이었다. 젭은 요원들 옆으로 가까이 다가가는 걸 아주 싫어한다고 말했다. 그런저런 과거가 있어서 아무리 변장을 잘해도 그들 눈에 띌 수 있기 때문이었다. 하지만 알고 지내는 아가씨가 몇 명 있었던 젭은 소문을 캐내기 위해 은밀하게 그들을 파 볼 수 있었다.

"돈을 줬나?" 아담1이 물었다.

"이 세상에 공짜는 없지." 젭이 말했다. "하지만 그다지 많이 주진 않았어."

젭이 들은 바로 버트는 실제로 좋은풍경에서 마약을 재배했다. 흔한 수법을 썼는데, 사람이 살지 않는 아파트에서 창문을 온통 새까맣게 칠해 불이 새어 나가지 않게 하고 전기는 몰래 끌어다 썼다. 풀 스펙트럼의 성장용 조명, 자동 살수장치, 모두 다 최고급품이었다. 그런데 그건 평범한 스컹크위드가 아니고, 심지어 서해안에서 나오는 슈퍼위드도 아니고, 페요테 선인장에서 채취한 마취 유전자와 버섯에서 채취한 사일로사이빈 환각 유전자를 성층권에서 접합한 다음 아야와스카*까지 조금 첨가한 약초였다. 아야와스카를 첨가한 건 잘한 일이었다. 그래도 먹은 게 다 나올 정도로 토악질하는 걸 완전히 막을 수는 없었다. 수많은 사람들이 이 맛을 한 번 본 다음 또다시 하고 싶어서 환장했는데 아직은 만들어진 게 많지 않아서 시장에서 상당히 고가로 팔려 나갔다는 것이었다.

그건 당연히 시체보안회사의 사업이었다. 건강현인 실험실이 그 접합체를 개발했고 시체보안회사 요원들이 도매상인이었다. 그들은 불법으로 경영하는 다른 것들처럼 마약 역시 평민촌 폭력배를 통해 운영했다. 그들은 아담 중 한 명이 앞장서서, 그것도 정원사들이 관리하는 건물에서 마약을 재배한다는 게 웃긴 일이라고 생각하며 버트에게 충분한 보상을 해 주고 있었다. 그런데 버트가 속임수를 써서 마약을 직접 판매하려 한 것이다. 어느 날 익명의 제보자가 시체보안회사 요원들에게 정보를 제

---

* 아마존 원주민 사이에서 널리 이용되는 환각제.

공할 때까지는 용케도 그들의 눈길을 피할 수 있었다. 쓰레기통에 버려진 버트의 핸드폰을 추적했을 때 디엔에이는 하나도 발견되지 않았지만 여인의 목소리는 남아 있었다. 아주 짜증스러운 듯한 여인의 목소리가.

그건 비나의 목소리였을 거라고 토비는 생각했다. 비나는 어디서 그 전화기를 구했을까? 비나는 시체보안회사가 그녀에게 지급한 돈을 들고 버니스와 함께 서부 해안 쪽으로 갔다는 소문이 나돌았다.

"그는 지금 어디에 있지?" 아담1이 물었다. "아담13 말이야. 예전의 아담13. 아직도 살아 있나?"

"그건 알 수 없어. 그 문제에 대해서는 한마디도 못 들었어." 젭이 말했다.

"기도하세. 우리들에 대해서 그가 말하지 않겠나." 아담1이 말했다.

"그토록 깊이 연루돼 있었는데 벌써 말하고도 남았겠지." 젭이 말했다.

"버트가 필라의 조직 샘플에 대해서 알았나?" 아담1이 물었다. "그리고 우리와 건강현인의 접촉에 대해서는? 꿀병을 들고 온 젊은 배달원은?"

"아니, 몰라. 그걸 아는 사람은 자네와 나와 필라뿐이었어. 총회에서는 한 번도 논의한 적이 없었으니까." 젭이 말했다.

"다행이군." 아담1이 말했다.

"버트한테 칼이라도 사용할 수 있는 행운이 있기를 바라세."
젭이 말했다. "넌 이 일에 대해 아무 말도 듣지 못한 거야." 젭이
토비에게 당부했다.

"그런 건 걱정하지 말게!" 아담1이 말했다. "이제 토비는 진실
로 우리와 같은 입장일세. 앞으로 이브가 될 거야."

"난 아직 응답받지 못했어요!" 토비가 항의했다. 보통 환영
을 말할 때 동물의 하품 정도를 확정적인 응답이라고 하지는
않는다.

아담1은 인자하게 미소 지으며 말했다. "옳은 결정을 내리게
될 거야."

토비는 오후 내내 쥐들이 도저히 거부할 수 없을 화합물을
만들면서 보냈는데, 이것은 접촉사고 자동차 정비소로부터 좋
은풍경 콘도까지 가는 길에 흔적을 남기는 데 이용될 수 있을
냄새 콤보였다. 목표는 정비소의 쥐들을 한 마리도 희생하지 않
고 몽땅 콘도로 이주시키는 것이었다. 정원사들은 동일한 조건
의 주거지를 마련해 주지 않은 채 동료종을 그들의 주거지에서
내쫓고 싶어 하지 않았다.

토비는 필라가 구더기를 위해 따로 보관해 둔 것에서 꺼낸 고
깃점, 약간의 꿀, 아만다를 보내 슈퍼마켓에서 사 오게 한 땅콩
버터 조금을 이용했다. 냄새가 고약한 약간의 치즈와 잘 섞이도
록 액체로는 맥주 찌꺼기도 넣었다. 준비가 되자 토비는 섀키와

크로제를 오라고 해 지시를 내렸다.

"악취가 장난이 아니네요." 새키가 코를 킁킁거리며 감탄하듯 말했다.

"잘 견딜 수 있겠니?" 토비가 말했다. "혹시 너희들이 못 하겠으면……."

"우리가 할게요." 크로제가 어깨를 쭉 펴면서 말했다.

"나도 가도 돼요?" 형들을 따라온 어린 오츠가 물었다.

"손가락이나 빠는 놈은 안 돼." 크로제가 말했다.

"각별히 조심해야 해. 너희들이 분무 총에 맞아 공터에 너부러져 있는 꼴은 정말로 보고 싶지 않으니까. 신장도 없어진 채로." 토비가 말했다.

"어떤 일을 하는 건지 잘 알아요." 새키가 의기양양하게 말했다. "젭이 도와줄 거잖아요. 우리도 평민촌 사람들이 입는 옷을 입을 거죠, 아닌가요?" 그가 정원사 셔츠를 펼치자 그 안에 입고 있는 검은색 셔츠에 "죽음: 몸무게 감량의 최선책!" 이라는 구호가 적혀 있었고 구호 밑에는 은색 해골 마크가 있었다.

"그놈의 시체보안회사 요원들은 어리석기 짝이 없다니까." 크로제가 히죽거리며 말했다. 그가 입고 있는 셔츠에는 "스트리퍼들은 내 거시기를 좋아해."라는 구호가 적혀 있었다. "걸어서 그놈들 코앞으로 지나가야지!"

"손가락이나 빠는 놈이 아니란 말이야." 오츠가 크로제의 정강이를 차면서 말하자 크로제는 동생의 옆 머리통을 세게

쳤다.

"우리는 그들의 전파 탐지기 밑으로 갈 수 있어. 우리를 보지도 못할걸." 섀키가 말했다.

"돼지고기나 먹는 놈!" 오츠가 말했다.

"오츠, 이제 그 정도로 충분하니 입 다물어라." 토비가 말했다. "넌 나하고 가서 벌레들한테 먹이나 주자. 너희들은 어서 떠나렴." 다른 두 아이들에게 토비가 말했다. "이 병을 너희들한테 줄 텐데, 접촉사고 정비소 안에다 엎지르면 안 된다. 특히 나무에 닿지 않게 조심해라. 그렇지 않으면 운 나쁜 사람들이 오랜 기간 그것과 함께 살아야 해." 토비는 섀키에게 덧붙여 말했다. "너만 믿으마." 그 나이 또래 남자애들에게 자신들이 지금 어른들의 일을 하고 있다고 믿게 하는 건 좋은 일이었다. 지나칠 정도로 흥분만 하지 않으면 말이다.

"안녕, 오줌싸개." 크로제가 말했다.

"너만 보면 구역질 나." 오츠도 맞받아쳤다.

34

다음 날 아침 토비는 건강 클리닉에서 수업을 하고 있었다. 열두 살에서 열다섯 살 아이들을 대상으로 정서장애 치유에 좋은 약초를 가르쳤는데 아이들은 그걸 조증 식물이라고 불렀다. 보라색 생태변기에서의 응아와 쉬 교육, 퇴비 더미 건물의 진흙과 거름 같은 다른 과목들에 비하면 그나마 나은 이름이었다.

"버드나무." 토비가 말했다. "애널지직. 애-널-지-직. 석판에다 써 봐라." 석판에 대고 백묵으로 쓰느라 끽끽거리는 소리가 나는데, 신경이 거슬릴 정도로 컸다. "크로제, 그만해라." 토비가 보지도 않고 말했다. 크로제는 상습적으로 그런 소리를 냈다. 토비가 무미건조한 마녀라고 한 속삭임이라도 들은 걸까? "새키, 다 들었다." 토비가 말했다. 아이들은 평소보다 더 안절부절못하고 끊임없이 움직였다. 비나로 인해 야기된 소동의 여파였다. "애널지직. 이게 무슨 뜻이지?"

"고통을 덜어 주는 진통제요." 아만다가 말했다.

"맞았다, 아만다." 토비가 말했다. 언제나 의심스러울 정도로 수업 태도가 좋은 아만다이지만 오늘은 어느 때보다도 더 착실했다. 아만다, 그 아이는 참으로 간교했다. 바깥지옥세계 사람들이 살아가는 방식에 지나칠 정도로 통달해 있었다. 하지만 아담1은 정원사들이 그녀에게 상당한 도움을 줬다고 생각했다. 게다가 아만다가 인생의 변화를 겪고 있지 않다고 누가 감히 말할 수 있겠는가?

그럼에도 렌이 아만다의 너무나도 매력적인 영향권 안으로 휩쓸려 들어간 건 유감스러운 일이었다. 렌은 심각할 정도로 유순했다. 그녀는 항상 남이 시키는 대로 따라할 우려가 있었다.

"진통제를 만들기 위해 우리는 버드나무의 어떤 부분을 활용하지?" 토비는 수업을 계속 진행했다. "잎사귀 아니에요?" 렌이 대답했다. 비위를 맞추려고 너무 애쓰는군. 어쨌거나 틀린 대답이었다. 평소보다 훨씬 더 애쓰고 있었다. 버니스를 잃게 된 것에 대해 통절한 감정을 느끼고 있는 게 분명하다. 어쩌면 죄책감일지도 몰랐다. 아만다가 등장한 후 얼마나 무자비하게 버니스를 밀쳐 냈던가. 저 아이들은 우리가 자기들을 보고 있다는 사실을 상상하지도 못할 거라고 토비는 생각했다. 자기네가 무슨 짓을 하는지 우리가 전혀 모른다고 생각하겠지. 그들의 속물적인 행동, 잔인한 언동, 거기다 꿍꿍이수작까지 말이다.

누알라가 교실 문으로 얼굴을 들이밀며 말했다. "안녕, 토비?

잠깐만 얘기할 수 있어요?" 그녀의 말투가 아주 애처로웠다. 토비가 복도로 나갔다.

"무슨 일이에요?" 토비가 물었다.

"어서 가서 필라를 만나 봐야 할 것 같아요." 누알라가 말했다. "지금 당장요. 떠나실 시간을 정한 것 같아요." 토비는 심장이 쪼그라드는 것 같았다. 필라는 그녀에게 거짓말을 했던 것이다. 아니, 거짓말을 한 게 아니라, 그러니까 진실을 모두 다 말해 주지 않았다. 필라는 우연이 아니라 의도적으로 뭔가를 먹었다. 누알라는 진심 어린 동정심을 표현하기 위해 토비의 팔을 꽉 쥐었다. 축축한 손바닥 좀 치워 주시죠, 난 남자가 아니란 말이에요. 토비는 마음속으로 생각했다.

"내 수업 좀 대신 맡아 주실 수 있죠? 제발요. 지금 버드나무에 대해 가르치는 중이었어요."

"물론이죠, 토비. 저 아이들하고 「수양버들」 노래를 부를게요." 누알라가 말했다. 이 감미로운 노래는 누알라가 제일 좋아하는 것으로 어린아이들을 위해 그녀가 직접 작곡한 곡이었다. 토비는 나이 든 이 아이들이 눈알을 뒤룩거리는 모습을 상상할 수 있었다. 하지만 누알라는 사실 식물에 대해서는 아는 게 많지 않았기 때문에 대신 아이들에게 노래를 부르게 하면 적어도 시간은 채울 수 있을 것이었다.

토비는 누알라의 목소리를 들으며 걸음을 재촉했다. "토비는 고통을 덜어 주는 여행길을 위해 불려 갔답니다. 그러니 우리는 수양버들 노래를 부르며 토비를 응원해 줍시다!" 누알라의 열성적이면서도 다소 밋밋한 알토 소리가 활기 없는 아이들의 목소리보다 더 크게 들렸다.

수양버들, 수양버들, 바다처럼 물결치는 나뭇가지들.
베개 베고 누워 있는 내 곁으로 다가와 내 고통 가져가렴.

지옥이 누알라의 노래에서는 영원한 미래일 거라고 토비는 생각했다. 여하튼 그건 수양버들이 아니라 아주 유용한 살리실산이 들어 있는 백버들, 살릭스 알바였다. 바로 그게 고통을 없애 주는 요소다.

*

필라는 자그마한 침대에 누워 있었고, 깡통 속 밀초는 여전히 타오르고 있었다. 그녀는 가느다란 갈색 손가락을 내뻗었다. "사랑하는 토비, 와 줘서 고맙구나. 네가 보고 싶었단다."

"직접 그렇게 하신 거죠! 어쩌면 저한테 한마디 말도 해 주지 않으셨어요!" 토비는 너무 슬픈 나머지 분노가 치밀어 올랐다.

"네가 쓸데없는 걱정으로 시간 낭비하는 걸 보고 싶지 않았어." 필라가 말했다. 그녀의 목소리가 속삭임으로 줄어들었다. "너의 철야 기도가 잘 끝나기를 바랐단다. 자, 어서 이리 와서 내 옆에 앉으렴. 어젯밤에 뭘 봤는지 어서 말해 봐."

"동물요. 사자같이 생겼는데 사자는 아니었어요."

"잘됐다. 그건 아주 좋은 징조야. 네가 필요로 할 때 네게 힘을 줄 거야. 민달팽이가 아니라 기쁘구나." 필라는 살짝 웃었다. 그러더니 이내 그녀의 얼굴이 고통으로 일그러졌다.

"왜요? 왜 그러세요?" 토비가 물었다.

"진단을 받았는데, 암이라는구나. 이미 많이 진행된 상태라니 얼른 가는 게 최선이지. 아직 정신이 남아 있어서 내가 뭘 하는지 알 때 말이다. 질질 끌 필요가 하나도 없잖아."

"무슨 진단요?"

"생체 조직 샘플을 보냈단다. 날 위해 카투로가 해 줬지. 조직 샘플을 떼어 낸 다음 그걸 꿀통에 숨겨서 건강현인 웨스트에 있는 진단 검사실로 몰래 보냈어. 물론 다른 사람 이름으로."

"그걸 누가 갖고 갔죠? 젭인가요?" 토비가 물었다.

필라는 은밀한 농담이라도 즐기는 것처럼 미소를 머금었다. "한 친구가 했지. 우린 친구가 아주 많단다."

"병원에 모시고 갈 수도 있었잖아요. 아담1이 분명 승인했을 텐데요……." 토비가 말했다.

"나쁜 길로 되돌아가면 안 되지, 토비. 병원에 대해 우리가 어떤 생각을 하고 있는지 너도 잘 알잖아. 정화조 속에 내던져지는 편이 더 나을지도 몰라. 어쨌든 내가 걸린 병은 치료 방법이 전혀 없단다. 자, 그럼 저 유리컵을 나한테 건네주렴. 푸른 컵 말이다.”

“아직 안 돼요!” 토비가 말했다. 늦추려면 어떻게 해야 하지? 꾸물거릴까? 필라에게 계속 말을 시켜야겠다.

“그건 그냥 물이야. 버드나무와 양귀비를 약간 탔어.” 필라가 속삭였다. “녹초로 만들지 않으면서도 통증을 완화해 주지. 가능한 한 난 깨어 있고 싶어. 얼마 동안은 괜찮을 거야.”

필라가 물을 마시는 동안 토비는 그 모습을 지켜봤다. “베개 하나 더 줄래?” 필라가 말했다.

토비는 침대 밑에서 옥수수 껍질이 가득 들어 있는 자루 하나를 필라에게 건네줬다. “여기서는 아주머니가 제 가족이었어요. 어느 누구보다요.” 토비가 말했다. 그녀는 그런 말을 한다는 게 무척 어려웠지만 그래도 울지 않으려고 애썼다.

“그리고 너도 내 가족이었지.” 필라가 간단하게 말했다. “잊지 말고 좋은풍경의 아라랏 창고를 잘 관리해야 해. 계속해서 새로운 것으로 채워야 한다.”

버트 때문에 좋은풍경의 아라랏이 소실되었다는 말을 토비는 필라에게 해 주고 싶지 않았다. 그녀의 마음을 심란하게 만들 필요가 어디 있단 말인가? 토비는 필라를 일으켜 베개에 기대게 했다. 그녀가 이상할 정도로 무겁게 느껴졌다. “어떤 약물을 쓰셨어요?” 토비가 물었다. 목구멍이 팽팽하게 죄어들고 있었다.

“내가 네 훈련 하나는 확실히 시켰나 보다.” 필라가 말했다.

마치 모든 게 장난이기라도 한 것처럼, 필라의 눈 가장자리에 주름이 잡혔다. "네가 추측할 수 있는지 어디 한번 볼까. 증상. 심한 복통과 구토. 그러다가 환자의 증상이 호전되는 것처럼 보이는 소강상태가 나타나지만 간은 서서히 파괴됨. 해독제는 전혀 없음."

"독버섯이로군요." 토비가 말했다.

"영리한 아가씨로군. 꼭 필요할 때 친구가 돼 주는 죽음의 천사지." 필라가 속삭였다.

"하지만 무척 고통스러울 텐데요." 토비가 말했다.

"그 점에 대해서는 염려하지 마라. 언제든지 양귀비 농축액이 준비돼 있으니까. 저기 저 빨간색 병이다. 언제 필요한지 알려 주마. 자, 내 말을 유의해서 잘 들어라. 이제 유언을 말할 테니까. 흔히 말하듯이 수의에는 호주머니가 없단다. 그러니까 세상에서 쓰던 모든 물건은 죽어 가는 사람에게서 산 사람한테로 넘어가야 하는 거지. 그중에는 우리의 지식도 포함돼 있단다. 내가 여기 모아 놓은 것은 하나도 빼놓지 말고 네가 모두 가졌으면 좋겠다. 제법 괜찮은 자료들이야. 대단한 힘이 될 거다. 그걸 잘 지키고 잘 사용해야 해. 난 네가 그러리라고 믿어. 여기 몇몇 병들은 너도 낯이 익을 거야. 나머지는 목록을 만들어 놨는데 얼른 암기한 다음에 폐기해 버려. 목록은 저기 있는 녹색 단지 안에 넣어 뒀어. 약속할 수 있지?" 필라가 말했다.

"네, 약속해요." 토비가 말했다.

"임종할 때 맺은 약속은 성스러운 거란다. 너도 잘 알거야. 울지 말고. 날 똑바로 쳐다봐. 난 전혀 슬프지 않아." 필라가 말했다.

토비도 이론상으로는 알고 있었다. 필라는 자진해서 자기 자신을 생명의 모체에 기증하는 것이고 이것은 또한 축하할 일이라고 믿고 있었다.

하지만 난 어떻게 해? 토비는 생각했다. 난 지금 버림받고 있잖아. 엄마가 돌아가셨을 때 그리고 그다음으로 아버지가 돌아가셨을 때도 이와 같았다. 고아가 되는 과정을 얼마나 여러 차례 겪었던가? 낑낑대고 한탄하지 말자. 토비는 엄격하게 자기 자신을 타일렀다.

"난 네가 이브6이 됐으면 좋겠어." 필라가 말했다. "나 대신에 말이다. 그런 재능, 그런 지식이 있는 사람이 너 말고는 한 명도 없어. 날 위해 해 줄 수 있지? 약속이다?"

토비는 약속했다. 그 외에 어떤 말을 할 수 있겠는가?

"고맙다." 필라가 숨을 내쉬며 속삭였다. "이제 양귀비를 마셔야 할 것 같다. 빨간색 병, 그래, 저거다. 나의 여행길에 행운을 빌어 주렴."

"저한테 그 모든 걸 가르쳐 주셔서 감사해요." 토비가 말했다. 이걸 어떻게 견딜 수 있단 말인가. 토비는 생각했다. 내가 필라를 죽이고 있다니. 아니, 죽는 걸 도와주고 있다니. 필라의 소원을 실현시켜 주는구나.

필라가 죽음의 천사를 마시는 모습을 토비는 가만히 지켜봤다.

"배워 줘서 정말로 고맙다." 필라가 말했다. "이제는 자야겠어. 벌들에게 말하는 거 잊지 마."

필라가 마지막 숨을 거둘 때까지 토비는 필라 옆에 앉아 있었다. 그런 다음 그녀는 침대보를 끌어다 평온한 그녀의 얼굴을 덮고 촛불을 껐다. 토비의 상상이었을까 아니면 필라가 숨을 거두는 순간 정말로 초가 확 타올라 공기가 살짝 솟구치기라도한 걸까? 혼령이라고 아담1은 말할 것이다. 손으로 움켜쥐거나 측량할 수 없는 에너지. 헤아릴 수 없는 필라의 혼령. 이제는 가 버렸다.

만약 혼령이 물질이 아니라면 어떻게 양초 불꽃에 영향을 미칠 수 있단 말인가? 그게 가능할까?

나도 다른 사람들처럼 흐리멍덩해지려나 보다 하고 토비는 생각했다. 계란처럼 썩었구나. 다음에는 꽃한테 이야기를 걸고 있겠군. 아니면 누알라처럼 달팽이일까?

하지만 토비는 벌들에게 이야기하러 갔다. 그런 일을 한다는 게 천치 바보 같았지만 필라와의 약속을 지켜야 했다. 벌들 앞에서는 그저 생각하는 것만으로 충분치 못하다는 걸 토비는 기억했다. 그 생각을 큰 소리로 말해야만 했다. 벌들은 이승과 저승을 오가는 전령사라고 필라는 말했다. 살아 있는 자와 죽은 자를 이어 주는 다리인 그들은 말을 공기로 바꾸어 이리저리로 전했다.

관습이라는 필라의 주장에 따라 토비는 머리를 가리고 옥상의 벌통 앞에 섰다. 보통 때와 똑같이 벌들은 주변을 이리저리 날아다니고 있었다. 꽃가루를 발에다 잔뜩 묻히고 들락날락하며 연신 숫자 8을 그려 내는 춤을 추면서 씰룩씰룩 꼬무락거렸다. 벌통 안에서 활기찬 날갯짓으로 바람을 일으켜 공기를 서늘하게 만들며 벌집과 통로를 환기시키는 소리가 들렸다. 한 마리 벌을 보면 모든 벌을 알 수 있는 법이며 벌통에 좋은 것이 벌한테도 좋다고 필라는 말했다.

토비의 머리 주위로 여러 마리 벌들이 황금색 털을 자랑하며 날고 있었다. 세 마리가 토비의 얼굴로 내려와 앉더니 그녀를 맛봤다.

"벌들아." 토비가 말했다. "내가 가져온 소식이 있는데 너희 여왕벌에게 꼭 전해 주렴."

벌들은 듣고 있는 걸까? 아마도 그러겠지. 벌들이 토비의 말라붙은 눈물 자국을 부드럽게 물어뜯고 있었다. 소금을 위해서라고 과학자들은 말하겠지.

"필라가 죽었단다." 토비가 말했다. "필라가 너희들에게 안부를 전해 달라고 했어. 그리고 여러 해 동안 너희들이 보여 준 우정에 대해 고맙다고 전해 달래. 필라를 따라 너희들도 그녀가 있는 곳으로 떠날 때가 되면 그녀가 그곳에서 너희들을 기다리고 있을 거야." 이게 필라가 토비에게 가르쳐 준 말이었다. 토비는 이 말을 큰 소리로 외치며 자신이 얼간이 같다는 느낌을 받았다. "그날까지 내가 너희들의 새로운 이브6이야."

듣고 있는 사람은 한 명도 없었다. 혹시 듣고 있는 사람이 있었다고 해도 그들은 이상한 것, 그러니까 여기 옥상에서는 이상한 걸 하나도 발견하지 못했을 것이다. 하지만 저 아래 땅으로 내려가면 그곳 사람들은 토비가 거리를 헤매며 공연히 큰 소리로 떠들고 다니는 미친 여자라고 낙인찍었을 것이다.

필라는 아침마다 벌들에게 소식을 나르곤 했다. 토비도 똑같이 해 줄 거라고 기대할까? 그렇다, 토비에게 그런 기대를 걸 것이다. 그건 이브6의 본분 중 하나였다. 무슨 일이 일어나고 있는지 벌들에게 모두 다 말해 주지 않으면 마음의 상처를 입은 그들이 떼를 지어 다른 곳으로 가 버릴 거라고 필라는 말했다. 또는 모두들 죽을 것이다.

토비의 얼굴에 있던 벌들이 움찔했다. 어쩌면 그들은 토비가 떨고 있는 걸 감지했을 수도 있다. 하지만 벌들이 쏘지 않는 걸 보면 그들은 슬픔과 두려움을 구분할 줄 알았다. 얼마 후 그들은 토비의 얼굴에서 떨어져 벌통 위에서 돌고 있는 수많은 벌들과 뒤섞여 저 멀리 날아가 버렸다.

35

일단 자신을 추스르고 얼굴을 매만진 다음 토비는 아담1에게 로 가서 말했다. "필라가 죽었어요. 모든 걸 직접 처리하셨어요."

"그래, 토비. 나도 알고 있단다." 아담1이 말했다. "그 문제를 함께 의논했지. 먼저 죽음의 천사를 마시고 그다음에 양귀비를 마셨지?" 토비는 고개를 끄덕였다. "하지만 이건 참 미묘한 문 제라 사려 깊은 너의 판단을 믿을 수밖에 없겠구나. 필라는 일 반적인 정원사 모두에게 사실을 전부 말해 줄 필요는 없다고 생 각했단다. 마지막으로 필라 자신이 선택한 죽음의 길은 단지 성 숙한 사람들만이 할 수 있는 도덕적 선택이고 필라 같은 말기 환자들만을 위한 거라고 말해야 할 것 같구나. 하지만 그건 널 리 활용되면 안 되는 방법이지. 특히 젊은이들에게는 알려지지 않는 게 좋을 듯싶다. 젊은 사람들은 감수성이 예민해서 병적 으로 삐뚤어지기가 쉽고 잘못된 영웅 의식에 빠질 수도 있단다.

필라의 모든 약병들은 잘 챙겼겠지? 한 건의 사고라도 나면 안 되잖니."

"네." 토비가 대답했다. 상자를 하나 만들어야겠다고 토비는 생각했다. 단단한 금속 상자를 만들어 자물쇠로 잠가 둬야겠다.

"그리고 이제 너는 이브6이다." 아담이 환하게 웃으며 말했다. "아가야, 정말로 기쁘구나!"

"그 문제까지도 필라와 상의하셨군요." 토비가 말했다. 철야 기도를 하라고 한 건 모두 다 핑계에 불과했다고 토비는 생각했다. 필라가 그 문제를 마무리 지을 때까지 날 붙잡아 뒀던 거였어.

"그건 필라의 간절한 소원이었단다." 아담1이 말했다. "필라가 너를 그토록 깊이 사랑하고 존경했던 거지."

"제가 그녀의 기대에 부응할 수 있으면 좋겠어요."

그렇게 두 사람은 토비를 잡으려고 덫을 놓았던 것이다. 토비가 무슨 말을 할 수 있겠는가? 돌로 만든 신발이라도 신은 것처럼 그녀는 종교의식으로 발걸음을 내딛고 있었다.

*

아담1은 정원사들의 총회를 열었다. 그곳에서 그는 거짓 섞인 연설을 시작했다. "불행하게도 오늘 아침 일찍이 우리가 사랑했던 이브6 필라가 생물종을 확인하는 과정에서 실수를 저지르는 바람에 비극적인 최후를 맞았습니다. 필라는 여러 해에 걸쳐 과

오 없이 그 일을 수행해 왔는데, 어쩌면 이번 사건은 더 큰 목적을 위해 우리가 사랑하는 이브6을 데려가려는 신의 뜻일지도 모릅니다. 여러분은 버섯에 대해 철저하게 배우는 게 얼마나 중요한지 다시 한 번 상기하시기 바랍니다. 그리고 버섯을 딸 때에는 곰보버섯, 먹물버섯, 말불버섯처럼 잘 알려진 종들만 골라서 따십시오. 혼동을 일으킬 가능성이 전혀 없는 버섯들로 말입니다.

"필라는 살아 있을 때 버섯과 곰팡이 수집을 엄청나게 확대해 수많은 야생 표본을 추가했습니다. 이들 중 일부는 여러분들이 휴양을 하면서 묵상할 때에 많은 도움이 될 겁니다. 하지만 정보를 확실하게 안내받지 못한 사람들은 제발 그것들을 먹지 마시고 컵이나 반지에 무심코 나타나는 징후들을 조심스럽게 살펴보십시오. 이런 식의 불행한 사고가 더 이상 일어나지 않기를 바랍니다."

토비는 격분했다. 아담1이 어떻게 균학에 대한 필라의 전문 지식을 헐뜯을 수 있단 말인가? 필라는 절대 그런 실수를 저지를 사람이 아니었다. 나이 든 정원사들은 분명 그런 사실을 알 것이다. 하지만 자살을 "돌발 사고"라고 말했던 것처럼 어쩌면 그건 단순히 말하는 방식의 문제일지도 몰랐다.

아담1이 계속해서 말했다. "이 자리에서 기쁜 소식 하나를 발표하겠습니다. 우리의 훌륭한 토비가 이브6의 자리를 맡아 주기로 했습니다. 이것은 필라의 소망이었죠. 그 자리에 토비보다 더 적합한 사람이 없다는 걸 여러분 모두가 동의하시리라 믿습니다. 나 자신도 토비에게 전적으로 의존하고 있습니다……. 많은 것에 대해서 말입니다. 그녀의 뛰어난 재능 속에는 엄청난 지식뿐만 아니라 분별력, 역경 속에서도 의연한 태도, 친절한 마음씨까지 들어 있습니다. 그렇기 때문에 필라는 토비를 선택한 것입니다." 몇몇 사람들이 토비를 향해 부드럽게 고개를 끄덕거리며 미소 지었다.

"우리가 사랑하는 필라가 소망했던 것은 헤리티지 공원에서 분해되어 퇴비가 되는 것입니다." 아담1이 계속해서 말했다. "사려 깊은 필라는 우리가 조만간 얼마간의 채집을 기대할 수 있도록 자기 위에 나무 한 그루를 심어 달라고 부탁했습니다. 그 나무는 전형적인 딱총나무인데, 여러분도 알다시피 나무 밑에 비공식적으로 사체를 묻는 것은 가혹한 처벌을 초래하는 일이므로 이는 대단한 모험입니다. 바깥지옥세계 사람들은 심지어 죽음 자체도 엄격하게 관리되어야 하고 무엇보다 돈을 지불해야 한다고 믿습니다. 하지만 우리는 조심스럽게 이번 일을 준비할 것이고 신중하게 실행에 옮길 것입니다. 여러분 중에 필라를 마지막으로 보고 싶은 분이 있다면 그녀의 침실로 가시면 됩니다. 혹시 꽃다발을 드리고 싶은 분이 있다면 이 계절에 풍성한 금련화를 추천하고 싶습니다. 마늘 꽃은 증식을 위해 아끼고 있으니 그건 꺾지 마십시오."

말없이 눈물을 흘리는 사람도 있었고 대놓고 흐느껴 우는 아이도 있었다. 필라는 많은 사람들의 사랑을 받았다. 그런 다음 정원사들은 줄을 지어 걸어 나갔다. 몇몇 사람은 토비가 이브의 자리를 맡은 것에 대해 기쁘다는 것을 표현하기 위해 그녀를 향해 미소 지었다. 토비 자신은 있던 자리에 그대로 서 있었다. 아담1이 그녀의 팔을 붙잡고 있었기 때문이었다.

"용서해라, 토비." 다른 사람들이 모두 떠난 후 아담1이 말했다. "사실과 동떨어진 이야기를 해서 정말로 미안하다. 뻔히 드러날 거짓말을 해야 할 때도 있어. 하지만 그건 더 큰 대의명분을 위해서란다."

필라가 묻힐 장소를 선택하고 구덩이를 미리 파는 일에 토비와 젭이 뽑혔다. 시간이 아주 중요하다고 아담1은 말했다. 정원사들은 냉동고 사용을 찬성하지 않는 데다 날씨가 더웠으므로 필라를 곧바로 묻지 않는다면 그녀의 사체가 조금은 신속하게 부패 과정에 돌입할 것 같았기 때문이다.

젭에게는 헤리티지 공원의 관리인 복장이 두 벌 있었는데, 녹색 작업 바지와 셔츠에는 공원 로고가 흰색으로 그려져 있었다. 작업복을 입은 두 사람은 부삽과 갈퀴 두 개, 곡괭이 하나, 쇠스랑 하나가 트럭 뒤쪽에서 내는 덜컹덜컹 소리와 함께 출발했다. 정원사들에게 트럭이 있다는 것도 토비는 처음 알았다. 그것은 압축공기로 움직이는 픽업트럭*이었는데 오물늪에 있는 애

---

* 뚜껑 없는 적재함이 설치된 소형 트럭.

완동물 가게에 맡겨 두었다. 그 가게는 버려졌는데, 오물늪에는 애완동물을 애지중지하는 사람이 별로 없기 때문이라고 젭은 말했다. 만약에 그곳에 고양이라도 있으면 누군가의 프라이팬으로 들어갈 소지가 너무 컸기 때문이다.

정원사들은 필요에 따라 트럭에다 여러 다양한 그림들을 그린다고 젭이 말했다. 이날은 완벽하게 위조된 헤리티지 공원의 로고가 그려져 있었다. "정원사들 중에 예전에 그래픽 아티스트였던 사람들이 많아. 물론 다른 사람들 역시 과거에는 갖가지 직업에 종사했었지." 젭이 말했다.

그들은 트럭을 몰고 싱크홀을 통과하면서 길에 있는 평민촌 망나니들에게 어서 비켜서라고 경적을 울렸고 트럭의 유리창을 억지로 닦겠다고 덤벼드는 사람들을 쉬 하고 쫓아 버렸다. "이런 일을 예전에도 해 본 적이 있으세요?" 토비가 물었다.

"이런 일이라면 노파들을 불법으로 공원에 묻는 일을 뜻하는 거야? 그렇다면 아니, 없었어." 젭이 말했다. "오늘까지 내가 근무하던 중 이브가 죽은 적은 없었거든. 하지만 모든 일에는 첫 번째가 있는 법이지."

"얼마나 위험한 일이죠?" 토비가 물었다.

"이번에 알게 되겠지." 젭이 말했다. "물론 청소부들이 치워 가도록 그냥 공터에 내다 놓을 수도 있지. 하지만 그렇게 하면 시크릿버거 속으로 들어갈 수도 있어. 동물의 단백질이 상당히 비싸지고 있거든. 어쩌면 석유 찌꺼기 친구들한테 팔려 갈 수도 있고. 그들은 뭐든지 받으니까 말이야. 필라가 그런 비참한 꼴을 당하지 않도록 하려는 거야. 늙은 필라가 죽어서 기름 솥에 들어간다, 그건 그녀의 신조에 어긋나는 일이지."

"아저씨의 신조는요?" 토비가 물었다.

젭은 낄낄대고 웃었다. "난 교리의 섬세한 부분은 모두 다 아담1한테 떠넘기지. 난 그냥 이용해야 하는 건 이용하고, 갈 필요가 있는 곳에는 가고 그래. 자, 이제 우리 행복한컵을 마셔 볼까." 젭은 쇼핑센터 쪽으로 방향을 틀었다.

"우리가 행복한컵을 마신다고요?" 토비가 물었다. "유전자 변형에 햇볕을 받고 자랐고 유해 물질까지 잔뜩 뿌린 걸요? 새도 죽이고 농민들도 파산시키는데. 우리 모두 그걸 잘 알잖아요."

"우린 지금 위장한 상태잖아." 젭이 말했다. "위장한 사람처럼 행동해야지!" 그는 토비를 향해 윙크하더니 그녀를 가로질러 손을 뻗은 후 트럭 문을 열었다. "너도 여유를 좀 가져 봐. 정원사들한테 붙잡히기 전에는 너도 분명 아가씨였을 거야."

그랬었죠. 토비는 마음속으로 생각했다. 그러자 모든 게 간단해진다. 더군다나 토비는 기뻤다. 그녀는 한동안 성별이 첨가된 찬사를 들어보지 못했다.

행복한컵은 한때 점심시간의 상당한 인기 품목이었기 때문에 토비가 시크릿버거 가게에서 일할 때에는 기회를 보면서 몰래 한 컵 정도 낚아챌 수도 있었다. 그걸 마셔 본 지가 얼마나 오래됐는지 꿈속에서나 있었던 일 같았다. 그녀는 행복카푸치노를 시켰다. 맛이 어땠는지 기억도 나지 않았다. 그녀는 커피를 홀짝홀짝 마셨다. 또 한잔 마실 기회가 오기까지 얼마나 오랜 기간이 흐를지, 몇 년 후가 될지 누가 알까.

"이제 가는 게 좋겠다." 토비가 커피를 다 마시기도 전에 젭이 말했다. "어서 가서 구덩이를 파야 하잖아. 얼른 모자 쓰고 머리칼은 모자 밑으로 집어넣어. 공원에서 일하는 여자들은 모두 다 그렇게 하거든."

"헤이, 공원 아가씨." 토비 뒤쪽에서 누군가가 불렀다. "아가씨 거시기 숲이나 보여 주지그래!" 토비는 주변을 돌아볼 용기가 나지 않았다. 하지만 블랑코는 또다시 고통공 감옥에 들어간 상황이었다. 토비는 아담1에게 그런 사실을 들어 알고 있었다. 그건 거리에서 떠도는 말이었다.

젭은 토비의 두려움을 알아차리고 말했다. "널 괴롭히는 놈이 있으면 내가 이 곡괭이로 때려 줄게."

트럭으로 돌아온 두 사람은 평민촌 거리를 따라 마구 달려 마침내 헤리티지 공원의 북쪽 문에 도착했다. 젭은 수위들을 향해 위조한 통행증을 흔들어 대면서 계속해서 트럭을 몰았다. 공원은 공식적인 보행 구역이었으므로 그들이 타고 가는 트럭 외에 다른 차량은 보이지 않았다.

젭은 피크닉 테이블에 앉아 바비큐 파티를 신나게 즐기는 평민촌 가족들을 지나쳐 가며 트럭을 천천히 몰았다. 난폭한 평민촌 망나니 무리는 술을 마시며 주변을 더럽히고 있었다. 돌멩이 하나가 트럭에 맞고 튕겨 나갔다. 헤리티지 공원 관리인들은 무장을 하고 있지 않았고 평민촌 망나니들은 그런 사실을 잘 알았다. 때로 몰려들어 사상자를 낸 경우도 있었다고 젭이 토비에게 설명해 줬다. 나무들이 잔뜩 있어서 그런지 사람들은 왠지 마음껏 풀어져도 된다고 생각하는 것 같았다. "자연이 있는 곳에는 반드시 멍청이들이 있는 법이지." 젭이 쾌활한 목소리로 말했다.

그들은 좋은 장소를 찾아냈다. 딱총나무가 충분한 햇빛을 받을 만한 좁다란 땅뙈기였고 땅을 파는 동안 너무나 많은 뿌리 때문에 힘들이지 않을 만한 곳이었다. 젭이 곡괭이를 들고 땅을 흩트리기 시작했다. 토비는 삽질을 했다. 두 사람은 건강현인 웨스트의 식수 사업이라고 쓴 표지판을 따로 세워 놓았다. "혹시 누군가가 질문을 해 오는 경우에 대비해서 허가서를 받아 놓았단다. 여기 내 호주머니에 들어 있어. 비용도 그다지 많이 들지 않았어."

두 사람은 구덩이를 충분히 깊게 판 후 표지판을 그 자리에 놓아 둔 채 짐을 꾸렸다.

그날 오후 필라의 매장 의식이 거행됐다. 필라의 시신은 뿌리 덮개라는 라벨이 붙은 삼베 자루에 담긴 채 딱총나무와 5갤런의 물통과 함께 트럭에 실려 매장 장소로 옮겨졌다. 누알라와 아담1은 근처에 있는 사람들의 시선을 젭과 토비가 딱총나무를 심는 모습에서 자신들에게로 돌려 보겠다는 생각에 새싹과 꽃봉오리 합창단을 이끌고 매장지를 지나 공원을 행진했다. 그들은 「두더지의 날 찬송」을 목청껏 부르고 있었다. 그들이 마지막 소절에 이르렀을 때 평민촌 망나니들이 입는 티셔츠로 위장한 섀키와 크로제가 산책로에서 튀어나와 그들을 조롱했다. 크로제가 병을 던지자 새싹과 꽃봉오리 합창단원들은 소리를 지르고 대열에서 튀어나와 산책로를 따라 달렸다. 모든 평민촌 사람들은 쫓고 쫓기는 그 광경을 폭력을 기대하며 흥미롭게 지켜봤다. 젭은 능숙하게 필라를 삼베 자루에 넣은 채로 구덩이에 집어넣고 딱총나무를 필라의 시신 위에 심었다. 토비는 삽으로 흙을 퍼서 넣고 발로 다져 흙을 굳힌 다음 물을 뿌렸다.

"슬픈 표정 짓지 마." 젭이 토비에게 말했다. "그냥 일하고 있는 것처럼 행동해."

또 한 사람, 키가 크고 머리털이 새까만 남자애가 지켜보고 있었다. 그 아이는 한쪽에서 일어나고 있는 새싹과 꽃봉오리 합창단의 촌극에 주의를 뺏기지 않고 무심한 척 나무에 기대어 서 있었다. 입고 있는 검은색 티셔츠에는 간은 사악해서 혼꾸멍이 나야 한다는 구호가 적혀 있었다.

"저 소년을 아세요?" 토비가 물었다. 티셔츠가 어딘지 수상쩍어보였다. 그 아이가 진짜 평민촌 망나니라면 저 옷이 더 잘 어울릴 것이다.

젭이 그쪽을 힐끗 쳐다봤다. "저 아이? 어째서?"

"저 아이는 우리한테 관심이 있어요." 토비는 생각했다. 시체 보안회사 소속인가? 아니, 그렇다고 보기에는 너무 어렸다.

"쳐다보지 마. 필라를 잘 아는 아이니까. 우리가 여기 있을 거라고 내가 알려 줬어." 젭이 말했다.

36

아담1에 의하면 인간의 타락은 다차원적이다. 채식주의였던 선조 영장류는 나무에서 떨어지면서 고기를 먹는 버릇이 생겼다. 그런 다음 그들은 본능에서 이성, 이성에서 기술로 옮겨 갔다. 간단한 신호를 나누던 사람들이 복잡한 문법을 사용하면서 인간성이 나타났고, 불이 없던 시절에서 불의 사용으로, 그런 다음 무기 사용으로, 거기다 계절적인 짝짓기가 끊임없는 성적 흥분으로 변해 가며 추락에 추락을 거듭했다. 결국 그들은 순간순간 행복하던 삶에서 사라진 과거와 머나먼 미래를 근심 걱정하는 삶으로 타락했다.

타락은 계속 진행 중이었고 그 궤적은 점점 더 아래로만 향했다. 지식의 우물에 빠져 들어간 다음에는 그저 곤두박질칠 수밖에 없어서 점점 더 많은 것을 배우지만 점점 더 행복해질 수는 없었다. 토비도 이브가 된 후부터 바로 그런 절차를 밟고 있었다. 토비는 이브6이라는 직함이 그녀에게 스며들면서 자신의 본모습이 침식되고 과거 자신이 지니고 있던 날카로운 모서리들이 모두 닳아 없어지는 것을 느낄 수 있었다. 그것은 고행자들이 입는 거친 헤어 셔츠 이상으로 지독한 가시가 달린 쐐기풀 셔츠를 입는 것과 같았다. 토비는 어째서 이런 식으로 꿰매어지는 것을 허용했을까?

하지만 토비는 더 많은 것을 알게 되었다. 일단 그 모든 지식을 얻게 되자 예전에는 어떻게 그걸 모를 수가 있었는지 상상할 수가 없었다. 지식은 무대 마술과 같아서 그것을 손안에 넣기 전에는 바로 눈앞에서 벌어지는 일을 보고 있으면서도 다른 곳을 쳐다보고 있는 꼴과 마찬가지다.

예를 들어 아담과 이브 들에게는 휴대용 컴퓨터가 한 대 있었다. 토비는 이 사실을 알고 얼마나 놀랐는지 모른다. 그건 정원사 원칙에 정반대되는 기계가 아니던가? 하지만 아담1은 그녀를 안심시켰다. 극도의 예방 조치를 취하지 않으면 절대로 인터넷에 접속하지 않기 때문이었다. 그들은 주로 바깥지옥세계와 관련된 중요한 자료를 저장하기 위해 컴퓨터를 이용했으며 일반 정원사들, 특히 어린아이들에게 그런 위험한 물건을 숨기기위해 각별히 조심했다. 어쨌든 그들에게는 컴퓨터가 한 대 있었다. "그건 교황청이 포르노물을 수집해 놓은 것과 같은 논리야." 젭이 토비에게 말해 줬다. "우리 손에 있으면 안전하잖아."

컴퓨터는 식초 통 뒤에 있는 자그마한 방 안 아무도 볼 수 없게 칸막이해 놓은 벽장 속에 보관되어 있었다. 그 방은 이 주마다 아담과 이브 들의 회의가 열리는 장소이기도 했다. 이 방으로 통하는 문이 하나 있었지만 이브 자격을 얻을 때까지 토비는 문 뒤에 벽장이 있고 그 안에 병이 보관되어 있다는 말만 들었을 뿐이었다. 실제로 빈 병을 얹어 둘 수 있는 선반이 몇 개 있었고 선반 전체를 휙 돌리면 그 방으로 들어가는 문이 나타났다. 양쪽 문은 모두 잠겨 있었다. 열쇠는 아담과 이브 들만 갖고 있었다. 이제는 토비에게도 열쇠가 생겼다.

토비는 아담과 이브 들에게 특정 모임 방식이 있다는 것을 알았어야 했다. 그들은 한 몸처럼 움직이고 생각하는 것 같았고 전화나 컴퓨터도 사용하지 않았다. 그렇지 않았다면 어떻게 얼굴도 마주하지 않고 집단의 결정을 내릴 수 있었겠는가? 토비는 그들도 나무들처럼 화학적으로 정보를 교환한다고 생각했던 것 같다. 하지만 아니, 결코 그처럼 단조롭지 않았다. 그들은 여느 비밀회의와 마찬가지로 테이블을 가운데에 놓고 빙 둘러앉아 자신들의 입장을 충분히 토론하며 실질적인 문제는 물론이고 신학적인 문제에 대한 견해차까지 중세의 수도사들처럼 무자비하게 해소해 나갔다. 그러자 수도승들이 그랬던 것처럼 점점 더 많은 것들이 문제가 되었다. 조합은 어떤 반대도 용납하지 않았기 때문에 토비로서는 이 점이 상당히 염려스러웠다. 더 큰 의미에서 상업 활동을 반대하는 정원사 입장이 조합에 대한 반대로 받아들여질지도 몰랐기 때문이었다. 그리하여 토비는 예전에 추정했던 것처럼 양 우리 같은 비현실적인 고치 안에서 지내는 것이 마냥 즐겁기만 한 것은 아니었다. 그 대신 토비는 실제적이면서도 잠재적으로 폭발성 강한 힘의 가장자리를 걷고 있었다.

정원사들은 더 이상 한 지역의 자그마한 종교 집단이 아닌 것 같았다. 그들의 영향력은 증가하고 있었다. 더 이상 싱크홀 에덴 절벽 옥상정원과 근처의 옥상들 그리고 그들이 관리하는 다른 건물들에만 국한되지 않았다. 그들은 다른 평민촌, 심지어는 다른 도시에도 지부가 있었다. 그들은 또 바깥지옥세계에 숨어 있는 동조자들로 구성된 세포조직을 건강현인 조합 안에 각 수준마다 심어 놓기도 했다. 아담1에 의하면 이 동조자들이 제공해 주는 정보는 절대적인 역할을 했다. 그런 정보를 통해 적들의 의도와 움직임을 적어도 부분적으로는 점검할 수 있었기 때문이다.

그런 세포조직을 송로버섯이라고 부르게 된 까닭은 첫째, 그들이 지하조직이고 아주 희귀하며 소중했기 때문이고 둘째, 다음번에는 어디서 나타날지 아무도 알 수 없었기 때문이며 셋째, 어디에 있는지 알아맞히는 데 돼지나 개 들이 활용됐기 때문이다. 정원사들이 돼지나 개 들에 대해 어떤 좋지 않은 감정이 있는 건 아니라고 아담1은 서둘러 해명했다. 다만 어둠의 세력에 의해 그런 동물들이 학대당하는 게 싫을 뿐이었다.

대다수 정원사에게 자신들의 고통을 숨겼지만 사실 아담과 이브 들은 버트가 체포된 것을 몹시 두려워했다. 몇몇은 시체보안회사가 생명과 정보의 교환이라는, 옛날부터 있어 온 악마의 거래를 제안해 올 거라고 주장했다. 하지만 시체보안회사는 우리와 거래할 필요가 없다고 젭이 단호하게 말했다. 일단 그들이 내부적인 재판 절차를 밟기 시작하면 당사자인 버트는 무슨 말이라도 하게 될 것이다. 피, 똥, 구토물로 뒤범벅된 불쌍한 버트로부터 그를 유죄로 만들 수 있는 거짓 자백을 얼마나 많이 짜낼지 누가 알겠는가?

그리하여 아담과 이브 들은 시체보안회사가 당장이라도 정원으로 급습해 오지 않을까 생각하고 있었다. 그들은 신속하게 철수할 수 있는 적절한 계획을 세워 놓았으며 숨을 때 도움을 줄 수 있을 송로버섯 조직들에도 주의를 시켜 놓았다. 그런 와중에 피부는 냉동 변색되고 성기는 잘려 나간 버트의 시체가 비늘꼬리 클럽 뒤에 있는 공터에서 발견됐다.

"폭력배들이 살해한 것처럼 위장하고 싶었겠지." 젭이 식초 방 뒤에서 열린 위원회에서 말했다. "하지만 설득력이 없잖아. 폭력배들이었다면 쓸데없는 절단을 훨씬 더 많이 했을 거야. 웃긴 수작이지."

누알라는 젭에게 이런 상황에서 웃긴이란 단어를 사용하다니 무례하다고 말했다. 젭은 반어적으로 말한 거라고 대꾸했다. 평소 말이 거의 없는 산파 마루시카가 요사이 그런 반어법이 과

홍수의 해

대평가되고 있다고 말하자 정원사들 사이에서 그런 과대평가가 이뤄지는 걸 별로 본 적이 없다고 젭이 대꾸했다. 그러자 영양분 결합을 담당하며 힘 있는 이브로 부상하고 있던 이브11 레베카가 모두들 자제하고 입을 다물어야 한다고 말했다. 이어 아담1이 내분이 일어난 집은 존속할 수 없다고 말했다.

그런 다음에는 버트의 사체 처리 문제를 놓고 열띤 토론이 벌어졌다. 레베카는 버트가 아담이었기 때문에 다른 아담이나 이브와 마찬가지로 법을 어기더라도 헤리티지 공원의 배합토가 될 자격이 충분하다고 말했다. 그래야만 공평할 것이다. 회의실 안에 있으면 바깥에 있을 때보다 덜 몽롱한 상태인 안개 필로는 그건 너무나 위험한 행동이라고 말했다. 혹시라도 시체보안회사 요원들이 버트의 시체를 미끼로 갖다 놓고 누가 그걸 가져가는지 지켜보고 있기라도 한다면 어쩐단 말인가? 나사못 스튜어트는 버트가 정원사였다는 사실을 시체보안회사 요원들도 이미 알고 있는데 그렇게까지 해 가면서 그들이 알아낼 게 뭐가 있겠느냐고 물었다. 어쩌면 죽은 버트는 시체보안회사가 평민촌 폭력배들에게 좀 더 엄격한 규칙을 세워 제멋대로 행동하는 망나니들을 뿌리 뽑겠다고 말하기 위한 메시지일지도 모른다고 젭이 말했다.

글쎄, 만약에 불쌍한 버트를 배합토로 만들 수 없다면, 그저 밤에 살짝 가서 상징적으로 버트의 몸에 흙 한 숟갈씩만 뿌려 주는 건 어떻겠는가? 그렇게만 할 수 있다면 개인적으로 기분이 훨씬 더 나아질 것 같다고 누알라가 말했다. 머지는 버트가 그들을 배신했으며 돼지고기를 먹어서 입에서 고기 냄새가 물씬 풍기던 나쁜 놈인데 무엇 때문에 이런 걸 이야기하고 있는지 모르겠다고 말했다. 그때 아담1이 나서서 모두들 잠깐 동안 침묵하며 마음속으로 버트에게 빛을 비춰 주자고 말했다. 그러자 젭이 이미 너무나도 많은 빛을 버트에게 비춰 줬기 때문에 그 친구는 아마 프라이드치킨 체인점에서 자살 폭파범처럼 불에 타고 있을 거라고 말했다. 누알라는 젭이 너무 경박하게 군다고 말했고 아담1은 모두들 밤새도록 묵상해 보면 해결책에 대한 영감이 환영처럼 나타날지도 모른다고 말했다. 그러자 필로는 그렇게만 되면 자신이 사례금이라도 내놓겠다고 했다.

하지만 다음 날 공터에서는 더 이상 버트의 사체를 볼 수 없었다. 젭이 알아본 바에 의하면 아침 일찍 쓰레기 수거 요원들이 그의 사체를 퍼 갔으며 의심할 여지없이 어떤 조합원의 트럭을 위한 연료가 되었을 것이라고 했다. 토비가 어쩜 그렇게 확신할 수 있느냐고 묻자 젭은 히죽 웃으며 자기는 평민촌 망나니 무리 속에 끄나풀을 두고 있으며 그들은 돈만 주면 뭐든지 말해 준다고 했다.

아담1은 정원사들을 모두 모아 놓고 연설하면서 버트의 죽음을 간략하게 언급했다. 버트는 물질적인 욕심에 유혹된 피해자이므로 그를 비난하기보다는 불쌍하게 여겨야 한다며 특별히 조심성 있게 행동할 것과 지나칠 정도로 호기심을 보이는 관광객이나 특별히 이례적인 활동이 눈에 띄면 반드시 보고할 것을 지시했다.

하지만 이례적인 활동들에 대한 보고는 하나도 없었다. 여러 달이 지나고 여러 달이 흘렀다. 일상적인 허드렛일과 교육이 보통 때처럼 계속됐고 성인들의 기념일과 축제들이 지정된 차례대로 계속 지켜졌다. 토비는 취미 삼아 마크라메를 뜨기 시작했고 그러면서 쓸모없는 백일몽이나 공허한 욕망을 치유하고 현재에 더욱더 관심을 집중할 수 있게 되기를 바랐다. 벌들은 증가해 배가 되었으며 토비는 아침마다 그들에게 소식을 전했다. 캄캄한 곳에서 나타난 달은 통통하게 살을 찌운 다음 점점 줄어들었다. 아기가 몇 명 태어났고 반짝이는 녹색 풍뎅이들이 들끓었으며 새롭게 정원사로 개종한 사람들이 여러 명 나타났다. 시간의 모래는 위험한 유사*라고 아담1은 말했다. 얼마나 많은 것들이 아무런 흔적도 없이 그 속으로 빠져들 수 있는지 모른다. 그렇게 빠져들어 가는 것들이 공연한 걱정이라면 얼마나 놀라운 축복일까!

---

* 바람이나 물에 의해 아래로 흘러내리는 모래.

두더지의 날   343

4월의 물고기

14년

모든 종교에 들어 있는 어리석음에 대하여

연사: 아담 1

　친애하는 친구들, 피조물 동지들, 그리고 죽을 운명에 처한 동지들이여,

　여기 에덴절벽 옥상정원에서 살아가는 우리에게 4월의 물고기 날은 얼마나 유쾌한 축일이었습니까! 올해의 물고기 초롱은 심해를 아름답게 장식하는 발광어를 본떠서 만들었는데 지금까지 만든 것들 중에서 성능이 제일 좋군요. 그리고 물고기 케이크들도 아주 맛있어 보이는데요! 이토록 맛 좋은 음식을 만들어 낸 레베카와 그의 각별한 조력자 아만다, 그리고 렌에게 박수를 보내 주시기 바랍니다.

우리의 자녀들은 항상 이날이 오기를 손꼽아 기다립니다. 왜냐하면 이날 아이들은 어른들을 마음껏 놀려 먹을 수 있기 때문이지요. 감당할 수 없을 정도로 지나치지만 않으면 우리 어른들도 그런 장난을 받아 주며 자신의 어린 시절을 떠올립니다. 우리들도 올챙이 시절에는 보잘것없는 존재였고 어른들의 힘, 지식, 지혜 덕분에 안전할 수 있었다는 것을 잘 알잖습니까. 우리역시 자녀들에게 즐거운 웃음은 물론 관대함과 자비로움, 올바른 경계에 대해 가르쳐 줍시다. 신은 좋은 것들을 모두 갖고 계시니 속이기 대장 까마귀, 장난치기 좋아하는 다람쥐, 까불거리는 고양이처럼 그분이 인간 아닌 다른 피조물과 공유하는 유쾌함이란 재능도 포함시켜야겠지요.

프랑스에서 시작된 4월의 물고기 날에는 종이 물고기를, 특히 우리 같은 경우에는 재생처리한 헝겊으로 만든 물고기를 다른 사람의 등에 붙이고 "4월의 물고기!"라고 소리치며 서로를 놀립니다. 불어로는 "푸아송 다브릴!" 하고 소리치지요. 영어를 사용하는 나라에서는 이날을 만우절이라고 부릅니다. 하지만 물고기 모양은 초기 기독교도들이 박해를 받던 시기에 남몰래 자신들의 믿음을 표시하기 위해 사용한 것인 만큼 4월의 물고기 날은 분명 기독교 축제였습니다.

예수는 물고기의 개체 수를 유지하는 데 도움을 줄 수 있는 두 어부를 선택해 그들을 제일 먼저 사도라고 불렀기 때문에 물고기는 적절한 상징이었습니다. 예수는 그들에게 물고기가 아닌 사람을 낚는 어부가 되라고 말씀하심으로써 물고기를 잡아 없애는 두 사람을 무력하게 만들었던 겁니다! 예수가 새, 동물, 식물을 마음 깊이 생각했다는 사실은 그가 참새, 암탉, 양, 백합을 언급한 것을 볼 때 의심할 여지가 없습니다. 하지만 예수는 신의 정원 대부분이 물속에 있고 그것 역시 돌봄이 필요하다는 사실을 잘 알았습니다. 아시시의 성인 프란체스코 역시 물고기가 신과 직접 소통한다는 사실을 깨닫지 못한 채 그들에게 설교하면서도 물고기에게 합당한 경의를 표했습니다. 이 세상의 바다가 이토록 황폐해지고 있는 걸 볼 때 이런 행위는 얼마나 예언적입니까!

우리 인간들이 물고기보다 더 똑똑하다는 종 차별적인 관점에서 4월의 물고기가 말도 못하는 어리석은 생물이라고 생각하는 사람들도 있을 겁니다. 영적 생활을 인정하지 않는 사람들에게는 그런 것이 항상 어리석게 여겨질 테지요. 그러므로 우리는 신의 바보들이라는 칭호를 기쁘게 받아들이고 달고 다녀야 합니다. 왜냐하면 우리가 아무리 스스로 현명하다고 생각할지라도 신과 연관되면 모두 바보가 되기 때문입니다. 4월의 물고기가 된다는 것은 우리 자신의 우둔함을 겸손하게 받아들이고, 물질주의자적인 관점에서 보면 우리가 고백하는 모든 영적인 진리가 불합리하게 여겨지리라는 사실조차 기쁘게 인정하는 것입니다.

부탁하건대 이제는 우리의 물고기 형제들에 대한 나의 묵상에 동참해 주시기 바랍니다.

신이시여, 셀 수 없을 정도로 많은 피조물이 살 수 있는 크고 넓은 바다를 만드신 신이시여, 생명이 시작된 당신의 물속 정원에서 살아가고 있는 생물을 특별히 주목해 주시기를 기도드립니다. 인간의 힘에 의해 이 지구상에서 사라지는 생명체가 하나도 없기를 기도드립니다. 지금 엄청난 고통을 당하며 위험에 처해 있는 바다의 생물들에게 사랑과 도움의 손길을 내밀어 주옵소서. 얕은 물에 사는 생물에서부터 거대한 오징어를 포함해 심해에 사는 생물에 이르기까지 바닷속 모든 생물이 바닷물의 온난화와 해저를 휩쓰는 그물과 갈고리로 말살당하는 환란에서 벗어나게 하옵소서. 그리고 다섯째 날에 창조하시어 바닷물에 풀어놓고 그곳에서 번성하라고 하신 큰 바다 짐승 고래도 기억하여 주옵소서. 사람들의 오해로 수많은 박해를 당한 상어도 특별히 도와주옵소서.

신이시여, 북미의 이리 호와 멕시코 만, 흑해에 있는 그 거대한 죽음의 지대, 그리고 한때는 세계 최대의 대구 어장이었던 북미 뉴펀들랜드 섬의 황량한 여울, 현재 새하얗게 탈색되며 죽어 가고 있는 호주의 대산호초를 보살펴 주옵소서.

그곳들이 다시 한번 살아나게 하옵소서. 그들에게 사랑을 비춰 회복시켜 주옵소서. 어리석고 오만하고 파괴적인 잘못된 마음으로 바다를 황폐하게 만들고 있는 우리들의 죄악을 용서하

홍수의 해

여 주옵소서.

말도 못하고 어리석어 보이는 물고기들이 우리의 형제라는 사실을 겸손한 마음으로 받아들일 수 있도록 도와주옵소서. 왜냐하면 당신이 보시기에는 우리 역시 말도 못하고 어리석은 존재이기 때문입니다.

우리 다 함께 노래합시다.

오 주여, 당신은 우리의 어리석음을 아시나이다

오 주여, 당신은 우리의 어리석음을 아시나이다.
우리의 모든 어리석은 행위도 아시나이다.
당신은 무익한 탐욕을 좇아
이리저리 분주하게 뛰어다니는 우리를 보시나이다.

우리는 때때로 사랑이신 당신을 의심하고
감사를 잊나이다.
하늘이 텅 빈 허공임을
우주가 공백임을 우리는 발견합니다.

우리의 마음이 낙담하여
지루한 시간을 저주합니다.
우리는 당신이 존재하지 않는다고 말하기도 하고
당신이 우리를 무시한다고도 말합니다.

그러니 이러한 우리의 텅 빈 마음을
언짢고 우울한 우리의 말을 용서하여 주옵소서.
오늘 우리는 우리가 당신의 바보임을 인정하고
놀이를 통하여 그것을 기념합니다.

우리 안에 있는 모든 헛된 것
사소한 우리의 투쟁과 자그마한 슬픔
자초한 고통
그 모든 걸 우리는 철저하게 인정합니다.

4월의 물고기 날에 우리는 장난치고 노래하며
어린아이 같은 기쁨으로 웃어 댑니다.
허식과 부풀어 오른 자만심을 모두 내버리고
우리 눈에 들어오는 모든 것을 향해 미소를 보냅니다.

별이 총총한 당신의 세상은 우리의 사고를 벗어난
측량할 수 없는 놀라움입니다.
당신의 반짝이는 보물들 가운데
당신의 바보들도 귀히 여겨 주시기를 간절히 바라나이다.

— 『신의 정원사들이 즐겨 부르는 찬양집』에서

37

렌

25년

아만다 꿈을 꾼 걸 보면 꾸벅꾸벅 졸았던 것 같다. 격리 구역에 있다 보면 쉽게 지치기 때문이다. 그녀는 카키색 복장으로 하얀 뼈들이 즐비한 널따랗고 메마른 들판을 가로질러 나를 향해 걸어오고 있었다. 그녀의 머리 위로 독수리들이 날고 있었다. 하지만 아만다는 그녀의 꿈을 꾸고 있는 나를 보더니 미소 지으며 손을 흔들어 댔다. 그러다가 잠에서 깨어났다.

사실 잠을 자기에는 너무나 이른 시간이었기 때문에 나는 발톱 손질을 했다. 스타리트는 실크 같은 거미줄 보강제로 낼 수 있는 갈고리발톱 효과를 좋아했다. 하지만 모디스가 그건 대못에 박힌 토끼처럼 상품 선전을 위한 이미지의 세뇌 작용일 거라고 말했으므로 난 그걸 단 한 번도 사용하지 않았다. 나는 파스텔 톤을 고수한다. 반짝거리는 새 발톱을 보고 있으면 모든 게 신선해 보이고 광채가 나는 것 같다. 혹시라도 누군가가 당신의 발톱을 빨고 싶어 한다면 그 발톱은 입으로 빨 만한 가치가 있어야 할 것이다. 광택제가 마르는 동안 나는 스타리트와 함께 쓰는 방과 연결된 인터컴 카메라로 갔다. 카메라가 화장대, 로봇 강아지, 옷걸이에 걸려 있는 옷 등 내 소유물을 보여 주면 기분이 좋아진다. 난 지금 정상적인 삶으로 돌아갈 날만 손꼽아 기다린다. 정확하게 말해 그걸 정상적이라고 할 수는 없겠지만 그래도 나는 그런 생활에 익숙해져 있다.

그런 다음에는 인터넷에 접속해 운세 사이트를 방문했다. 검사 결과만 깨끗하게 나오면 곧바로 격리 구역에서 나올 수 있기 때문에 앞으로 일주일이 어떨지 알아보기 위해서였다. 별자리 운세는 내게 용기를 북돋아 주기 때문에 나는 그 사이트를 즐겨 찾았다.

전갈자리 속에 들어 있는 달은 이번 주 당신 몸에 호르몬이 흘러넘친다는 뜻입니다! 뜨겁고, 뜨겁고, 뜨겁군요! 즐기세요. 하지만 돌발적으로 타오르는 이 성적 흥분을 너무 심각하게 받아들이지는 마세요. 금세 지나갈 테니까요.

당신은 지금 아주 열심히 당신의 집을 쾌락의 궁전으로 만들고 있습니다. 부드러운 새틴 시트를 구입해 그것을 사용할 시기입니다! 이 번 주 당신은 황소자리 여자의 모든 감각을 실컷 만끽하실 겁니다!

일단 격리 구역에서 벗어나게 되면 로맨스와 모험이 나의 길을 인도해 주길 희망하고 있었다. 혹시라도 여행을 떠난다거나 영적 탐색을 하게 되면 로맨스와 모험을 경험할 수도 있겠지만 내 운세는 그다지 좋지 못했다.

당신의 물고기자리에 들어 있는 머큐리 메신저는 앞으로 몇 주간 과거에 알던 사람들과 물품들 때문에 놀랄 일이 생긴다는 뜻입니다. 몇 가지 갑작스러운 변화에 대비하십시오! 로맨스가 특이한 형태로 나타날지도 모릅니다. 바로 지금 환상과 현실이 손에 손을 맞잡고 작동하고 있으니 발걸음을 조심하시기 바랍니다!

나는 로맨스가 특이한 형태로 나타날지도 모른다는 말이 싫었다. 그런 건 이미 일하는 데서도 실컷 경험했다.

또다시 뱀 소굴로 들어가 보니 사람들로 북적이고 있었다. 사보나는 여전히 그네를 타고 있었다. 크림슨 페탈 역시 생식기 부분에 주름 장식이 잔뜩 달려 있는 바이오필름 보디슈트를 입고 그네에 올라가 있었는데, 마치 커다란 난초처럼 보였다. 저 아래쪽에 보이는 스타리트는 아직도 고통공 감옥에서 나온 고객 위에 올라타고 앉아 열심히 작업 중이었다. 저 아이에게는 죽은 사람도 일으킬 수 있는 능력이 있지만, 손님이 워낙 무의식 상태에 가까웠기 때문에 팁을 많이 받아 낼 것 같지는 않았다.

그때 갑자기 이리저리 맴돌던 시체보안회사 경호원들이 일제히 입구 쪽을 바라보기에 나도 다른 카메라 앞으로 옮겨 가 무슨 일이 일어났는지 봤다. 모디스가 그곳에 서서 두서너 명의 시체보안회사 요원들과 이야기를 나누고 있었다. 그들은 처음 본 세 명의 고통공 감옥 죄수들보다 상태가 훨씬 더 나빠 보이는 또 다른 한 명을 끌고 갔다. 더 험악했다. 모디스는 기분이 좋지 않아 보였다. 네 명의 고통공 감옥 죄수들, 혼자 다루기에는 너무 많은 수였다. 더욱이 만약 그들이 서로 다른 팀에 속해 있던 탓에 바로 어제까지만 해도 서로의 배를 가르겠다고 야단법석을 떨던 사람들이라면 어쩔 셈인가?

모디스는 새로 온 고통공 손님을 한쪽 모서리로 몰아가고 있었다. 그러고는 자기 방에다 대고 고함을 쳐 댔다. 그때 세 명의 보조 무용수들이 황급히 뛰어나왔다. 빌리아, 크레놀라, 선셋. 시야를 차단해. 모디스가 그런 명령을 내린 게 분명했다. 너희들의 젖꼭지를 이용하란 말이야. 빌어먹을, 어째서 신이 그런 걸 만들었겠어? 불빛이 어른거렸고 깃털이 이리저리 날렸으며 여섯 개의 팔이 그 남자를 휘감고 있었다. 빌리아가 그 남자의 귀에 대고 말하는 소리가 내 귀에도 들릴 정도였다. 귀염둥이 아저씨, 두 명을 선택해. 아주 싸단 말이야.

모디스가 신호를 보내자 음악 소리가 더 커졌다. 그들은 큰 음악 소리를 들으면 마음이 다른 데로 쏠려 안정을 되찾곤 했다. 시끄러운 소리들이 그들의 귀를 가득 채우면 날뛰는 게 좀 덜해지는 것 같았다. 그때 무용수들이 구렁이처럼 한꺼번에 이 새로운 손님한테로 달라붙었다. 두 명의 비늘클럽 경호원들이 대기하고 있다.

모디스는 히죽거리고 있었다. 상황은 모두 해결됐다. 그는 이 친구를 천장이 깃털로 뒤덮인 방으로 몰고 들어가 술을 마시게 하고 여자들 몇 명을 시켜서 그에게 달라붙게 만들 것이다. 그렇게 되면 이 남자는 모디스가 늘 말하는, 술에 녹초가 되어 멍청이처럼 뇌사 상태에 빠진 행복한 좀비가 될 것이다. 그리고 우리한테는 환희이상 알약이 있으니, 저 친구는 그걸 해도 정자들을 죽이지 않고 멍청하고 편안한 느낌과 오르가슴을 여러 차례 맛볼 것이다. 약을 사용하기 시작하면서 비늘꼬리 클럽의 가구가 파손되는 일이 사라졌다. 그 알약은 초콜릿을 적신 합성딸기와 콩 맛이 나는 올리브 속에 넣어서 손님에게 제공되었다. 그렇지만 과도하게 먹이지 않도록 조심해야 한다고 스타리트는 말했다. 조심하지 않으면 남자의 페니스가 터질 수도 있다고 했다.

38

14년에 우리는 4월의 물고기 날을 예년처럼 보냈다. 그날은 어처구니없는 행동들을 하면서 많이 웃는 날이었다. 나는 섀키의 등에 물고기를 붙였고 크로제는 내 등에다 물고기를 붙였으며 섀키는 아만다의 등에 물고기를 붙였다. 누알라의 등에도 많은 아이들이 물고기를 핀으로 꽂았다. 하지만 토비한테 물고기를 붙인 사람은 한 명도 없었다. 토비 모르게 그녀의 등 뒤로 간다는 건 불가능했기 때문이다. 아담1은 신에 대한 자신의 생각을 알리기 위해 직접 자기 등에다 물고기를 붙였다. 꼬마 녀석 오츠는 이리저리 뛰어다니면서 "생선 막대기!" 하고 소리치며 사람들을 뒤에서 쿡쿡 찔러 댔는데 보다 못한 레베카가 혼을 내서 못 하게 했다. 나는 시무룩하게 서 있는 오츠를 모퉁이로 데려가 가장 작은 독수리 이야기를 들려줬다. 오츠는 성가시게 굴지 않을 때에는 귀여운 아이였다.

젭은 여행 중이었다. 그 무렵에는 출장이 아주 잦았다. 루선은 자기가 축하할 만한 일은 하나도 없이 따분하기만 한 축제일이라며 집에 머물러 있었다.

그때는 내가 버니스 없이 처음으로 맞는 4월의 물고기 날이었다. 아만다가 오기 전 우리가 아주 어렸을 때에는 항상 버니스와 함께 물고기 케이크를 만들곤 했다. 케이크에 어떤 걸 올려놓을까를 놓고 우리는 항상 싸웠다. 언젠가는 녹색을 내기 위해 시금치를 사용해 케이크를 만들어 놓고 눈에는 둥그런 당근을 붙였다. 겉으로 보기에 정말로 독이 들어 있는 것 같았다. 그 케이크를 생각하자 울고 싶어졌다. 지금 버니스는 어디에 있을까? 그녀에게 그토록 못되게 굴었던 나 자신이 부끄러웠다. 버트처럼 버니스도 죽었으면 어쩌지? 만일 죽었다면 나한테도 어느 정도는 책임이 있다. 내 잘못이나 다름없다. 내 실수가 크다.

*

아만다와 나는 걸어서 치즈 공장으로 다시 왔다. 섀키와 크로제도 함께 걸었다. 우리를 보호해 주기 위해서라고 말했다. 그 말을 들은 아만다는 깔깔대고 웃었지만 그들이 원한다면 함께 가도 좋다고 말했다. 우리 넷은 또다시 친구처럼 지냈다. 물론 크로제는 이따금씩 아만다에게 "넌 우리한테 빚졌어."라고 말할 테고 그러면 아만다는 크로제에게 그런 말은 집어치우라고 말할 테지만 말이다.

치즈 공장에 도착했을 때에는 어두컴컴했다. 너무 늦어서 꾸지람을 들을 것만 같았다. 루선은 항상 우리에게 길거리가 위험하다고 주의를 줬다. 하지만 젭이 돌아온 탓에 두 사람은 이미 한바탕 싸우는 중이었다. 그래서 우리는 거실로 들어가 싸움이 끝나기를 기다렸다. 왜냐하면 두 사람은 온 방을 다 차지하고 싸우기 때문이었다.

이번 싸움은 여느 때보다 더 시끄러웠다. 가구 하나가 쓰러졌던가 누군가가 던졌다. 분명 루선일 것이다. 웬만하면 젭은 물건을 던지지 않기 때문이다.

"뭐 때문에 싸우는 것 같아?" 내가 아만다에게 물었다. 그녀는 문에 귀를 바짝 대고 있었다. 그녀는 남의 말을 엿듣는 것에 대해 부끄럽게 생각하지 않았다.

"모르겠는걸." 아만다가 말했다. "너무 큰 소리로 악을 써 대서 무슨 말인지 못 알아듣겠어. 아, 잠깐 기다려 봐. 젭이 누알라와 섹스를 한다는데."

"설마 누알라하고 그럴까." 내가 말했다. "절대로 아닐 거야!" 우리가 버니스의 아버지에 대해 이러쿵저러쿵 말했을 때 버니스의 감정이 어땠을지 그제서야 분명히 알 수 있었다.

"남자들은 기회만 생기면 누구하고라도 섹스를 할 거야." 아만다가 말했다. "지금 루선이 젭한테 바람둥이라고 말하고 있어. 거기다 젭이 자기를 깔보고 멸시한대. 루선이 우는 것 같아."

"이제 그만 엿듣는 게 좋겠어." 내가 말했다.

"그러자." 아만다가 말했다. 우리는 벽에 등을 기대고 서서 루선이 구슬프게 울기 시작할 때까지 기다리고 있었다. 루선은 항상 그렇게 했기 때문이다. 그러면 젭은 쿵쾅거리며 방에서 나와 문을 쾅하고 닫을 것이다. 그런 다음 우리는 며칠 동안 그를 보지 못할 것이다.

젭이 방에서 나왔다. "밤의 여왕님들, 또 보자." 젭이 말했다. "뒤통수 조심하고." 그는 나름대로 우리한테 농담을 던진 것이었지만 하나도 웃기지 않았다. 젭의 얼굴은 아주 험악했다.

보통 두 사람이 싸우고 나면 루선은 잠자리로 들어가 울곤 했다. 하지만 그날 밤 그녀는 가방을 싸기 시작했다. 가방은 아만다와 내가 찾아낸 분홍색 배낭이었다. 배낭에 집어넣을 것이 많지 않았으므로 루선은 얼마 지나지 않아 짐을 다 꾸렸고 곧장 우리 침실로 들어왔다.

아만다와 나는 옥수수 껍데기를 잔뜩 넣은 매트리스 위에서 청바지 천으로 만든 이불을 덮은 채 자는 척하고 있었다. "렌, 일어나." 루선이 내게 말했다. "어서 가자."

"어디로?" 내가 말했다.

"돌아가자." 그녀가 말했다. "건강현인 단지로."

"지금 당장?"

"그래. 왜 그런 표정을 짓는 거야? 네가 항상 원했던 거잖아."

홍수의 해

한때 내가 건강현인 단지로 돌아가기를 간절히 원했던 건 사실이다. 가고 싶어 몸살이 날 지경이었다. 하지만 아만다와 함께 살게 된 후로는 그곳에 대해 생각해 본 적이 별로 없었다.

"아만다도 같이 가는 거야?"

"아만다는 여기 남을 거야."

몸에 한기가 느껴졌다. "아만다도 함께 갔으면 좋겠어."

"말도 안 돼." 루선이 말했다. 뭔가 다른 일이 발생한 게 분명했다. 그녀를 사로잡고 꼼짝 못하게 만들었던 젭의 마술이 다 풀려 버린 것 같았다. 그녀는 마치 헐렁헐렁한 드레스를 벗듯 섹스로부터 벗어났다. 그녀는 활기가 넘쳤고 단호했으며 현실적이었다. 전에도 루선이 저랬단 말인가? 아주 오래전에도? 나는 하나도 생각나지 않았다.

"어째서?" 내가 물었다. "어째서 아만다는 함께 갈 수 없는데?"

"건강현인에서 아만다를 받아 주지 않을 테니까. 그곳에 가면 우리는 신분증을 다시 받을 수가 있지만 아만다는 신분증이 없잖아. 그리고 지금 내 수중엔 아만다한테 신분증을 사 줄 돈도 없단 말이야. 아만다는 여기서 잘 돌봐 줄 거야." 루선은 아만다가 마치 내가 어쩔 수 없이 포기해야만 하는 새끼 고양이인 것처럼 말했다.

"싫어." 내가 말했다. "아만다가 가지 않으면 나도 안 갈 거야!"

"그럼 넌 여기 어디서 살 건데?" 루선이 경멸스럽게 말했다.

"젭이랑 살면 되지."

"젭은 이제 돌아오지 않을 거야." 루선이 말했다. "어린 여자애들 둘이서 살도록 퍽이나 내버려 두겠다!"

"그럼 아담1이랑 살면 되지." 내가 말했다. "아니면 누알라하고 살든가. 아니면 카투로하고 살든가."

"아니면 나사못 스튜어트랑 살든가." 아만다가 희망적으로 말했다. 스튜어트는 찌무룩한 데다 외톨이였기 때문에 그건 무모한 생각이었지만 나는 그런 생각이라도 붙잡아야 했다.

"스튜어트가 가구 만드는 걸 도와줄 수도 있겠다." 내가 말했다. 나는 우리가 그렇게 하는 시나리오를 상상해 봤다. 아만다와 내가 스튜어트를 위해 잡동사니를 모아다 주고 톱질을 하고 망치질을 한다. 우리는 일하면서 노래를 부르고 허브 차를 탄다…….

"너희는 환영받지 못할 거야." 루선이 말했다. "스튜어트는 사람을 아주 싫어해. 지금까지는 오로지 젭 때문에 너희들을 너그럽게 받아 준 것뿐이야. 다른 사람들도 모두 마찬가지고."

"그럼 토비와 함께 살 거야." 내가 말했다.

"토비는 다른 할 일이 많아. 이제 그 정도면 됐어. 혹시 아만다를 받아 줄 사람이 한 명도 나타나지 않는다고 해도 평민촌 망나니들한테로 돌아갈 수 있잖아. 어쨌든 아만다가 속한 곳은 거기니까. 하지만 넌 그렇지 않아. 그러니까 어서 서둘러."

"옷 입어야 해." 내가 말했다.

"그래라." 루선이 말했다. "십 분 안에 입어." 루선이 우리 방에서 나갔다.

"어떻게 하지?" 나는 옷을 입기 시작하면서 아만다에게 소곤소곤 말했다.

"난 모르겠어." 아만다도 조그만 소리로 대꾸했다. "일단 그곳에 들어가면 루선은 절대로 널 내보내지 않을 거야. 그 단지들은 꼭 성과 같아. 감옥처럼 생겼어. 루선은 네가 날 만나는 걸 허락하지 않을 거야. 날 미워하잖아."

"루선이 어떻게 생각하든 난 상관 안 해." 내가 속삭였다. "어떻게든 나는 나올 거야."

"내 핸드폰." 아만다가 속삭였다. "네가 그걸 가지고 가. 나한테 전화할 수 있게."

"어떻게 해서든지 널 데리고 들어갈 거야." 나는 소리 없이 울면서 말했다. 나는 그녀의 보라색 핸드폰을 호주머니 속에 집어넣었다.

"렌, 어서 서둘러." 루선이 말했다.

"전화할게!" 내가 속삭였다. "우리 아빠가 너한테 신분증을 사 줄 거야!"

"분명히 그렇게 해 줄 거야." 아만다가 부드럽게 말했다. "신경 쓰지 마, 알았지?"

큰방에선 루선이 재빠르게 움직이고 있었다. 그녀는 창틀에 놓고 키우던 시들시들해 보이는 토마토 나무를 뒤집어엎었다. 흙 속에 돈이 잔뜩 들어 있는 비닐봉지가 있었다. 생명나무에서 물건들, 그러니까 비누, 식초, 마크라메, 퀼트를 팔면서 돈을 빼돌린 게 분명했다. 옛날에 사용되던 돈이었지만 사람들은 아직도 작은 물건들을 구입할 때 그 돈을 사용했다. 더욱이 정원사들은 컴퓨터를 허용하지 않기 때문에 가상의 돈을 받지 않을 터였다. 그걸 아는 루선은 지금껏 도피 자금을 숨겨 두고 있었던 것이다. 루선은 내가 생각했던 것처럼 학대를 당하면서도 미련하게 잠자코만 있는 그런 바보는 아니었던 것이다.

그런 다음 루선은 부엌에서 쓰던 커다란 가위를 꺼내 자신의 기다란 머리를 목덜미까지 내려오게 똑바로 잘랐다. 머리를 자르는 데 찍찍이처럼 건조하고 찌익 긁는 것 같은 투박한 소리가 났다. 루선은 잘라 낸 머리카락을 식탁 한가운데에 올려놓았다.

그리고 나서는 우리 방에 들어와 내 팔을 잡고 끌어내더니 계단을 내려갔다. 길거리 모퉁이에 늘어서 있는 술주정뱅이나 마약 복용자들, 평민촌 망나니 무리나 강도들 때문에 밤에는 절대로 외출하지 않던 루선이었다. 하지만 그때만큼은 분노로 흥분한 상태였다. 기세등등한 모습이 바싹바싹 타들어 갈 것만 같았다. 거리에서는 우리가 마치 전염병이라도 옮길 것처럼, 사람들 모두 우리가 지나갈 수 있도록 길을 비켜 줬다. 심지어 아시아 퓨전들과 새카매진 붉은 물고기 무리도 우리를 건드리지 않았다.

싱크홀과 오물늪, 그리고 부유한 평민촌을 통과하는 데 몇 시간이 걸렸다. 길을 따라 서 있는 집과 건물과 호텔 들은 새로 지은 것처럼 보였고 길거리에 나다니는 사람들은 좀처럼 눈에 띄지 않았다. 빅박스에서 태양광 택시를 잡아탄 우리는 골프녹지대를 통과한 다음 장애물이 전혀 없는 널따란 공간을 지나서 마침내 건강현인 단지의 대문 앞에 도착했다. 이곳을 떠난 후 얼마나 오랜만에 와 보는 것인지 마치 꿈을 꾸고 있는 것만 같았다. 꿈이라서 그런지 아무것도 알아보지 못하는 것 같으면서도 알아볼 수 있었다. 나는 조금 어지러웠지만 아마 흥분했기 때문이었을 것이다.

택시에 올라타기 전에 루선은 내 머리를 헝클어뜨렸고 자신의 얼굴을 흙으로 문질러 더럽혔으며 옷도 조금 찢었다. "뭐 때문에 이런 짓을 하는 거야?" 하고 내가 물었지만 그녀는 아무런 대꾸도 하지 않았다.

건강현인 단지 정문에는 자그마한 창문 뒤로 수위 두 사람이 보였다. "신분증 있습니까?" 그들이 물었다.

"없는데요." 루선이 대답했다. "누가 훔쳐 갔어요. 납치를 당했거든요." 마치 누군가가 우리를 뒤따라오기라도 했을까 봐 두려워하는 사람처럼 그녀는 자기 뒤를 돌아봤다. "제발, 우리를 들여보내 줘야 해요, 당장요! 내 남편은 나노 생명체 연구소에서 일한단 말이에요. 남편이 당신들한테 내가 누군지 말해 줄 거예요." 루선은 울기 시작했다.

그들 중 한 명이 전화기로 손을 뻗더니 버튼을 누르고 말했다. "프랭크 씨, 정문입니다. 여기 어떤 부인이 와서 당신의 아내라고 하는군요."

"부인, 전염병 때문에 뺨에서 약간의 검사용 표본을 떼어 낼 겁니다." 두 번째 수위가 말했다. "그런 다음 생명체 검증 허가가 나올 때까지 대기실에서 기다리셔야 합니다. 누군가가 곧 올 겁니다."

우리는 대기실로 들어가 검은색 비닐 소파에 앉았다. 새벽 5시였다. 루선은 잡지를 집어 들었다. 표지에 새피부라고 쓰여 있었다. 무엇 때문에 불완전한 모습으로 살아가십니까? 루선은 잡지를 획획 넘겼다.

"우리가 납치당했어?" 내가 그녀에게 물어봤다.

"아, 렌." 그녀가 말했다. "넌 기억하지 못하겠구나! 네가 너무 어릴 때 일어난 일이었잖니! 너한테 말해 주고 싶지 않았어. 네가 겁먹을까 봐 걱정스러웠지! 너한테 끔찍한 일을 했을지도 모르잖아!" 그런 다음 루선은 또다시 울기 시작했다. 한층 더 구슬프게 말이다. 바이오슈트를 입은 시체보안회사 요원이 걸어 들어왔을 때 그녀의 얼굴은 온통 눈물 자국으로 얼룩져 있었다.

39

원하는 것도 아무거나 원하는 게 아니야. 잘 생각해서 소원해야 해. 나이 많은 필라는 이렇게 충고했다. 오래전에 바랐던 대로 나는 건강현인 단지로 돌아와 아버지와 재결합했다. 하지만 어느 것도 제대로 된 것 같지 않았다. 그 모든 인조대리석, 복제한 고가구, 집에 깔린 양탄자 등 어느 것 하나 진짜 같지 않았다. 냄새도 이상했는데 소독약 냄새 같았다. 정원사들에게서 나던 나뭇잎 냄새, 음식 냄새, 심지어 코를 찌르는 것 같던 식초 냄새나 퇴비를 만들어 내는 보라색 생태변기 냄새마저도 그리웠다.

나의 아버지 프랭크는 내 방을 하나도 바꾸지 않고 그대로 보존해 놓았다. 하지만 기둥 네 개짜리 침대와 분홍빛 커튼은 쪼그라든 것 같았다. 게다가 나한테 어울리지 않게 너무나 어린 애들 것처럼 보였다. 내가 한때 정말로 좋아했던 동물 인형들도 있었지만 유리로 만든 가짜 눈이 꼭 죽은 것처럼 보여 끔찍했다. 마치 내가 유령인 것처럼 나의 속마음을 꿰뚫어 볼 수 없도록 나는 그것들을 벽장 뒤쪽에 쑤셔 넣었다.

첫날 밤 루선은 나를 위해 가짜 꽃 진액을 넣고 욕조를 가동했다. 커다란 흰색 욕조와 푹신한 흰색 수건을 보는 순간 내 몸에서 더럽고 고약한 냄새가 나는 것 같은 기분이 들었다. 나한테서 흙냄새, 그러니까 완전한 퇴비로 바뀌기 전의 거름 냄새가 나는 것 같았다. 시큼털털한 그런 냄새 말이다.

더욱이 내 피부색은 시퍼렇다. 정원사 옷에 물들인 물감 때문이었다. 정원사들은 아주 짧은 시간에 샤워를 끝내는 데다 그들에겐 거울이란 게 없었기 때문에 실제로 나는 이런 사실을 한 번도 알아차리지 못했다. 그리고 내 몸에 털이 이토록 많아졌는지도 몰랐는데 이건 시퍼런 피부보다 훨씬 더 충격적이었다. 시퍼레진 살갗을 문지르고 또 문질렀지만 없어지지 않았다. 나는 발가락을 봤다. 목욕물 밖으로 삐쭉 튀어나온 발톱이 마치 동물의 갈고리발톱 같았다.

"발톱에다 매니큐어를 바르자." 이틀 후 샌들을 신고 있는 내 발을 본 루선이 말했다. 그녀는 마치 아무 일도 없었던 것처럼 행동하고 있었다. 정원사들, 아만다, 특히 젭을 다 잊은 것처럼 행동했다. 루선은 빳빳한 리넨 정장을 입고 있었고 머리는 유행에 맞춰 파마에 줄무늬 염색을 했으며 발톱 손질은 이미 끝낸 상태였다. 그녀는 시간을 허비하는 일이 없었다. "너 주려고 산 이 색깔들 좀 봐! 녹색, 보라색, 무광택 오렌지색, 반짝이도 몇 개 샀어……." 하지만 나는 루선에게 화가 나 있었으므로 몸을 돌렸다. 루선은 정말이지 대단한 거짓말쟁이였다.

그 기나긴 세월 동안 나는 머릿속에다 아버지란 사람의 윤곽을 나 나름대로 그려 놓고 있었다. 그러니까 아버지라는 형태의 공간을 흰 분필로 그려 놓았다고나 할까. 어렸을 때에는 종종 그 공간을 색칠하기도 했다. 하지만 그때 내가 선택한 색깔들은 너무나 밝았고 그 윤곽도 너무 컸다. 실제 프랭크는 내가 마음속으로 생각했던 것보다 키도 더 작았고 성격도 더 음울했으며 머리는 더 많이 벗어졌고 표정도 한층 더 혼란스러워 보였다.

프랭크가 우리의 신원을 확인해 주기 위해 건강현인 수위실로 오기 전에 나는 죽지 않고 아무 탈 없이 안전하게 돌아온 우리를 보면 아버지가 무척이나 좋아할 거라고 생각했다. 하지만 그의 얼굴은 나를 보자마자 침울해졌다. 그가 나를 마지막으로 본 건 내가 아주 어렸을 때이므로 그가 예상했던 것보다, 그가 원했던 것보다 내가 훨씬 더 큰 아이가 되어 있었던 것이다. 그걸 이제야 깨닫는다. 게다가 나는 더 추레해져 있었다. 나는 칙칙한 담갈색 정원사 복장을 하고 있었지만 프랭크의 눈에는 싱크홀이나 오물늪에 한 번이라도 가본 적이 있었다면 내가 분명 이리저리 마구 뛰어다니는 평민촌 망나니처럼 보였을 것이다. 어쩌면 프랭크는 내가 자기 주머니에서 돈을 훔치거나 그의 신발을 잡아채기라도 할까 봐 염려했을지도 몰랐다. 그는 마치 내가 자신을 깨물기라도 할 것처럼 다가와서는 어색하게 두 팔로 나를 감싸 안았다. 프랭크한테서는 풀처럼 끈적끈적한 것을 떼어 낼 때 사용되는 화학약품 냄새가 났다. 폐까지 완전히 부식시킬 수 있을 그런 냄새였다.

집으로 돌아온 바로 그 첫날밤에 나는 열두 시간 동안 잤다. 잠에서 깨어났을 때 내가 입던 정원사 옷을 루선이 모두 가져가 태워 버렸다는 걸 알았다. 다행히도 나는 아만다의 보라색 핸드폰만은 벽장 안에 있는 호랑이 인형 속에 숨겨 뒀다. 배를 갈라 그 속에 감췄으므로 핸드폰은 불에 타지 않았다.

나는 내 피부에서 나던 냄새가 그리웠다. 그때 내 몸에서는 짠맛이 사라지고 비누 냄새와 향수 냄새가 났다. 만약 생쥐 한 마리를 한동안 그의 보금자리에서 꺼내 뒀다가 다시 집어넣으면 다른 생쥐들이 그를 갈기갈기 찢어 놓을 거라던 젭의 말이 생각났다. 만일 내가 인조 꽃에서 나는 향기를 풍기며 정원사들에게로 돌아가면 그들도 나를 갈기갈기 찢을까?

*

머릿니와 기생충이 있는지 그리고 성희롱을 당한 적이 있는지 검사받을 수 있도록 루선은 나를 건강현인 진료소로 데려갔다. 그것은 손가락 두 개로 앞과 뒤를 쑤신다는 뜻이었다. "이런 세상에." 나의 시퍼런 피부를 보고 의사가 말했다. "아가씨, 이

홍수의 해

게 다 멍든 겁니까?"

"아니에요." 내가 말했다. "물감이 든 거예요."

"아." 의사가 말했다. "그들이 아가씨 몸에 물감을 들이라고
했어요?"

"옷감 물이 밴 거예요." 내가 말했다.

"그렇군요." 의사가 말했다. 그런 다음 의사는 진료소에 상주
하는 정신과 의사와의 면담을 약속 잡아 줬다. 정신과 의사는
사교 집단에 잡혀간 적이 있는 사람들을 다뤄 본 경험이 있었
다. 우리 엄마는 내가 그 의사와 면담할 때에도 함께해야 할 것
이다.

이런 과정에서 나는 루선이 그들에게 어떤 말을 했는지 알게
되었다. 우리는 태양촌에서 양품점을 둘러보다가 길거리에서
유괴당했지만, 끌려간 장소에 대해 전혀 들은 바가 없었기 때문
에 정확하게 어디로 끌려갔는지는 말할 수가 없었다. 그건 사교
집단 자체의 잘못이 아니었다. 사교 집단에 소속된 한 남자가
루선에게 집착해 그녀를 자신의 성 노예로 삼고자 했으며 포로
로 잡아 두기 위해 그녀의 신발을 감췄다고 루선은 말했다. 루
선은 그의 이름을 모른다고 말했지만 그 남자는 젭일 것이다.
나는 너무 어렸기 때문에 어떤 일이 벌어졌는지 알지 못했지만
내가 인질이었다고 루선이 말했다. 그녀는 내 목숨이 위험해질
거라는 생각에 그 미친 남자가 시키는 대로 해야 했고 그가 술
에 취해 변덕을 부릴 때마다 서비스를 제공할 수밖에 없었으며,

자신에게 시킨 일들을 생각하면 몸서리가 쳐진다고 했다. 하지만 그녀는 마침내 그녀의 곤경을 다른 멤버, 일종의 수녀 같은 사람에게 터놓고 말할 수 있었다. 루선은 토비를 염두에 두고 그런 말을 한 게 분명했다. 바로 이 여인이 그녀가 탈출할 수 있도록 도왔는데, 그녀가 신발을 가져다주고 돈도 주고 미친 남자를 다른 곳으로 유인해 낸 덕분에 루선은 자유를 찾아 도망칠 수 있었다.

나한테 물어보는 건 아무 소용도 없는 일이라고 루선은 말했다. 사교 집단 사람들은 나한테 아주 친절하게 대해 줬고 어쨌든 그들은 속아 넘어간 사람들이었다. 루선만이 유일하게 사실을 알았다. 그건 혼자서 감당해야 했던 짐이었다. 그녀가 나를 사랑한 것만큼 자기 자식을 사랑하는 여자라면 누구라도 그와 같은 행동을 하지 않았겠는가?

정신과 상담이 시작되기 전에 루선은 내 어깨를 움켜쥐고 말했다. "아만다가 그곳에 있다는 사실을 명심해." 그 말은 곧 내가 만약 루선이 지금 머리가 몽땅 뜯길 정도로 거짓말을 하고 있다는 것을 누군가에게 털어놓는다면 그녀가 갑자기 자신이 어디에 감금당해 있었는지를 기억해 낼 것이고 그렇게 되면 시체보안회사 요원들이 분무 총을 들고 그곳으로 갈 것이며 그다음에 어떤 일이 벌어질지는 누가 알겠는가? 하는 뜻이었다. 분무 총을 쏘면 주변의 많은 구경꾼까지도 살해됐다. 시체보안회사는 어쩔 수 없는 일이라고 했다. 그것은 공공질서를 위한 일이었다.

루선은 여러 주에 걸쳐서 혹시라도 내가 도망가려고 하지 않을지 자기를 배신하려 들지는 않을지 확인하기 위해 내 주위를 맴돌았다. 하지만 나는 마침내 아만다의 보라색 핸드폰을 꺼내 전화할 수 있는 기회를 잡았다. 아만다는 내가 어디로 연락해야 할지 알 수 있도록 새로 훔친 전화번호를 문자로 알려 왔다. 아만다는 모든 일을 미리 생각했다. 나는 전화를 걸기 위해 벽장 속에 들어가 앉았다. 벽장에는 집에 있는 다른 벽장들과 마찬가지로 전등이 있었다. 벽장 자체는 내가 이전에 쓰던 침실만큼이나 컸다.

아만다는 곧바로 내 전화를 받았다. 화면에 나타난 그녀의 모습은 예전과 똑같았다. 나는 정원사들에게로 돌아가고 싶은 마음이 굴뚝같았다.

"정말로 보고 싶어 죽겠어." 내가 말했다. "가능한 한 빨리 도망갈 거야." 하지만 그날이 언제가 될지는 알 수 없다고 말했다. 루선이 내 신분증을 서랍에 넣고 자물쇠를 잠가 놨는데 신분증 없이는 대문을 지나가는 게 허용되지 않을 것이기 때문이었다.

"거래가 안 돼?" 아만다가 물었다. "보초들하고 말이야."

"안 돼." 내가 말했다. "어려울 거야. 여기는 거기랑 모든 게 달라."

"아, 그렇구나. 그런데 머리는 왜 그래?"

"루선이 자르라고 했어."

"괜찮아 보이는걸." 그런 다음 아만다가 말했다. "버트가 비늘꼬리 클럽 뒤에 있는 공터에 버려져 있는 걸 발견했어. 냉동 변색된 채로 말이야."

"냉동고 속에 있었어?"

"발견된 사체는 그랬지. 일부는 사라지고 없었어. 간, 신장, 심장이. 젭이 그러는데 폭력배들이 그 장기들을 팔 거래. 그리고 나머지 부분은 어떤 메시지를 보낼 필요가 있을 때까지 냉동고에 보관해 두는 거래."

"렌! 어디 있니?" 루선이 내 방에 들어와 있었다.

"그만 끊을게." 내가 속삭였다. 핸드폰을 다시 호랑이 속에 쑤셔 넣었다. "나 여기 있어." 내가 말했다. 치아가 딱딱 맞부딪치고 있었다. 냉동고는 너무 추웠다.

"애야, 벽장 안에서 뭘 하니?" 루선이 말했다. "어서 와서 점심 먹어! 기분이 곧 좋아질 거다!" 루선의 목소리가 몹시 쾌활했다. 내가 한층 더 미쳐 갈수록, 불안한 사람처럼 행동하면 할수록, 루선에게는 좋은 일이었다. 내가 루선의 비밀을 폭로하더라도 내 말을 믿어줄 사람이 점점 더 적어질 것이기 때문이다.

루선의 이야기에 따르면 나는 마약에 취해 사람들을 세뇌하는 이교도 무리에서 빠져나오지 못하고 살다 결국 정신적 충격을 받았다고 했다. 나로서는 그녀가 틀렸다는 걸 증명할 방법이 아무것도 없었다. 어쩌면 나는 정말 큰 상처를 받았는지도 몰랐다. 나 자신과 비교할 수 있는 대상이 아무도 없었다.

40

 일단 내가 충분히 맞춰졌을 때, 그들은 정말로 맞춰졌다라는 단어를 사용했다. 마치 내가 브래지어 끈이라도 되는 것처럼 말이다. 루선은 내게 집에서 빈둥거리는 건 나쁘니까 학교에 가야 한다고 말했다. 자기처럼 나도 집 밖으로 나가 완전히 새로운 생활을 해야 할 필요가 있다는 것이었다. 그렇게 하는 건 그녀로서는 모험이었다. 그녀의 비밀이 내 입에서 아무 때라도 튀어나올 수 있었으므로 나는 걸어 다니는 다발 폭탄이었다. 하지만 루선은 내가 말은 안 해도 속으로는 그녀를 비난하고 있다는 걸 잘 알았다. 그녀는 그런 내 모습을 보고 있는 게 짜증스러웠던 것이다. 그녀는 진심으로 내가 다른 곳에 가 있기를 원했다.

 프랭크는 이렇건 저렇건 전혀 개의치 않는 것 같았지만, 그래도 루선의 말을 믿는 것 같았다. 난 그제서야 루선이 무엇 때문에 젭과 함께 도망쳤는지 알 수 있었다. 적어도 젭은 그녀에게 주목했다. 그리고 젭은 나한테도 관심을 보였다. 반면 프랭크는 나를 창문 보듯 대했다. 한 번도 똑바로 쳐다보지 않았고 창문처럼 그저 나를 통해서 다른 뭔가를 보는 것만 같았다.

때때로 나는 젭의 꿈을 꿨다. 그는 곰 복장을 하고 있었는데, 파자마 자루 같은 털옷의 지퍼를 가운데에서부터 밑으로 내리면 그 안에서 젭이 나왔다. 꿈속에서 나타난 젭의 냄새가 빗물이 뿌려진 잔디처럼 위안을 줬다. 계피 냄새, 짭짤하고 시큼하고 살짝 불에 그슬린 나뭇잎 같은, 정원사들의 냄새였다.

학교 이름은 건강현인 고등학교였다. 첫날 나는 루선이 특별히 골라 준 새 옷을 차려입었다. 분홍색과 밝은 황록색 옷이었는데, 먼지가 잘 보여 비누를 낭비하게 될 것이므로 정원사들이라면 절대로 허용하지 않을 색깔이었다.

내가 입은 새 옷은 변장 도구 같았다. 옛날에 입던 헐렁한 옷에 비해 어찌나 꽉 끼던지, 게다가 소매 밖으로 삐쭉 나와 맨살이 드러난 팔이며 무릎까지 오는 주름치마 밑으로 드러난 다리들까지 난 도저히 새 옷에 익숙해질 수가 없었다. 하지만 루선에 의하면 건강현인 고등학교 여학생들은 모두 이런 옷을 입는다고 했다.

"자외선 차단 크림은 잊지 말고 발라야 해, 브렌다." 내가 문을 향해 갈 때 루선이 말했다. 이제는 나를 브렌다라고 부르고 있었다. 루선은 그게 내 진짜 이름이라고 말했다.

건강현인에서 나를 안내해 줄 학생을 한 명 보냈는데, 그녀는 나를 학교로 데려가 여기저기 돌아다니며 안내해 줬다. 그녀의 이름은 와컬라 프라이스였는데 날씬하고 토피 사탕처럼 피부가 매끄러웠다. 그녀도 나처럼 파스텔 톤 노란색 상의를 입고 있었지만 밑에는 바지를 입고 있었다. 그녀는 눈을 크게 뜨고 내가 입은 주름치마를 바라보며 말했다. "스커트 예쁘다."

"엄마가 사 주셨어." 내가 말했다.

"아, 우리 엄마도 이 년 전에 그 비슷한 걸 사 주셨어." 그녀가 풀 죽은 목소리로 말했으므로 나는 그녀를 좋아하게 되었다.

학교로 가는 길에 와컬라가 네 아빠는 무슨 일을 하시니? 넌 언제 여기로 이사 왔어? 같은 질문을 했다. 하지만 그녀는 이단 종교 집단에 대한 말은 입에도 올리지 않았다. 나는 그녀에게 학교는 어때? 선생님들은 어떤 분이 있어? 같은 질문을 했다. 그러는 동안 우리는 마침내 학교에 무사히 도착했다. 와컬라와 내가 지나온 집들은 모두 다른 형식으로 지어졌지만 표면은 똑같이 태양열 처리가 되어 있었다. 그것들은 단지에서 개발된 최신 기술을 이용한 것이었고 루선은 그런 점을 많이 강조했다. 브렌다, 저걸 좀 봐! 순수파 정원사들보다도 훨씬 더 환경친화적이지 않니? 이젠 뜨거운 물을 얼마만큼 사용하는가에 대해서 전혀 걱정할 필요가 없어. 너 지금 샤워할 때 되지 않았니?

고등학교 건물은 반짝거릴 정도로 깨끗했다. 낙서 하나 없었고 벽돌 한 조각 떨어져 내리지 않았으며 깨진 창문도 찾아볼 수 없었다. 운동장에는 짙은 녹색 잔디가 깔려 있었고 몇 그루의 관목들이 둥그런 공 모양으로 다듬어져 있었으며 조각상이 세워져 있었다. 그것은 "플로렌스 나이팅게일" 조각상으로 "등불을 든 여인"이라는 팻말이 붙어 있었다. 하지만 누군가가 등불(Lamp)의 a를 u로 바꾸어 땅딸이 여인이 되어 있었다.

"지미가 그랬어." 와컬라가 말했다. "그 아이는 나노기술 생화학 시간에 내 실험실 짝인데, 항상 저런 어리석은 짓을 한다." 그녀는 미소를 지었다. 와컬라의 치아는 참으로 하얬다. 그에 비하면 내 치아는 얼마나 거무스레한지 날마다 루선이 내 귀에 대고 성형 치과 의사를 만나야 한다고 노래하던 참이었다. 루선은 벌써부터 우리 집을 통째로 재단장할 계획을 세워 놓고 있었다. 뿐만 아니라 그녀는 나에 대해서도 몇 가지를 바꿔 놓아야겠다는 계획을 단단히 세워 놓고 있었다.

적어도 나는 충치는 없었다. 정원사들은 정제된 설탕 제품을 반대했고, 닳아빠진 나뭇가지를 사용하긴 했지만 칫솔질에 대해서도 상당히 엄격했다. 그들은 입안에 플라스틱이나 동물의 털 같은 물질을 집어넣는다는 걸 생각조차 하기 싫어했다.

학교에 간 첫날 아침은 매우 낯설었다. 모든 수업이 외국어로 진행되는 것만 같았다. 과목들도 달랐고 사용되는 용어도 달랐으며 컴퓨터와 종이 공책을 사용하고 있었다. 나는 그런 것들에 대해 뿌리 깊은 두려움이 있었다. 적들이 발견할 수 있을 바로 그 영원한 글쓰기가 무척이나 위험해 보였다. 그것은 석판과는 달리 그냥 지워 버릴 수가 없었다. 컴퓨터 키보드와 공책을 만진 후에는 화장실로 뛰어 들어가 손을 씻고 싶었다. 위험이 나한테 옮겨 붙었을 것만 같았다.

강제적인 유괴 등 소위 우리의 개인사에 대해서는 건강현인 단지 직원들이 비밀로 해 줄 거라고 루선은 말했다. 하지만 학교에 있는 아이들이 모두 알았던 것을 보면 틀림없이 누군가가 누설했다. 다행히 아이들은 정욕으로 실성한 어떤 변태 성욕자 때문에 루선이 겪어야 했던 성 노예 생활까지는 알지 못했다. 하지만 난 아만다, 젭, 아담1, 심지어 평범한 정원사들을 보호하기 위해서 필요하다면 거짓말을 해야 한다는 사실을 알았다. 아담 1은 우리 모두가 서로의 영향권 안에 들어 있다고 말하곤 했다. 그 말이 무슨 뜻인지 그제야 알 것 같았다.

점심시간에 한 무리의 아이들이 내 주위로 몰려들었다. 심술궂은 무리는 아니고 그저 호기심이 많은 아이들이었다. 그러니까 네가 사이비 종교 집단이랑 함께 살다 왔다는 거니? 끔찍하다! 그 사람들은 어느 정도로 광적이야? 질문들이 아주 많았다. 그러면서 그들은 점심 식사를 했는데 사방에서 고기 냄새가 풍겼다. 베이컨. 이십 퍼센트만 진짜 생선인 막대 모양의 생선 토막. 그들이 현인버거라 부르는 햄버거는 신축성 있는 그릇에서 배양한 고기로 만들었다. 따라서 실제로 살해된 동물은 한 마리도 없었다. 하지만 여전히 고기 냄새가 진동했다. 아만다라면 채식주의자들에게 세뇌당하지 않았다는 것을 보여 주기 위해서라도 베이컨을 먹었겠지만 나는 그 정도까지 할 수는 없었다. 나는 현인버거에서 떼어 낸 빵을 먹어 보려고 시도했지만 죽은 동물의 악취가 진동했다.

"그러니까, 얼마나 나빴어?" 와컬라가 물었다.

"거긴 그저 환경친화적인 종파였어." 내가 말했다.

"늑대 이사야파처럼 테러리스트들이야?" 어떤 아이가 물었다. 아이들이 모두 다 몸을 앞으로 구부렸다. 그들은 공포 이야기를 원했던 것이다.

"아니야. 그들은 평화주의자야. 우리는 옥상정원에서 일해야만 했어." 나는 그렇게 대답하고는 민달팽이의 서식지 이전에 대해서 설명해 줬다. 그런 말을 하고 있자니 내 귀에도 아주 이상하게 들렸다.

"적어도 넌 그것들을 먹지 않았잖아. 어떤 사교 단체는 차에 치어 죽은 동물들을 먹는다더라." 한 여자애가 말했다.

"분명 늑대 이사야파는 먹어. 웹 사이트에 그렇게 나왔어."

"그럼 넌 평민촌에서 살았구나. 멋지다." 그 순간 나한테 어떤 매력점이 있다는 걸 깨달았다. 학교에서 간혹 야외 수업을 나갔을 때라든지 호기심 많은 부모 손에 이끌려 생명나무에 방문해 본 경우를 제외하면 여기 있는 아이들 중 단 한 명도 가 보지 못한 평민촌 경험이 나한테는 있었기 때문이다. 그래서 나는 원하는 대로 마음껏 이야기를 꾸며 낼 수가 있었다.

홍수의 해

"넌 미성년자 노동자였네. 환경보호자들의 꼬마 노예. 섹시한데!" 한 소년이 이렇게 말하자 모두들 깔깔대고 웃었다.

"지미, 이제 그런 어리석은 소리는 그만해." 와컬라가 말했다. "괜찮아. 쟤는 항상 저런 식으로 말하는 아이야." 그녀가 나에게 말했다.

지미는 히죽거리며 계속 말했다. "넌 양배추를 숭배하니? 아 위대한 양배추, 그대의 양배추 같은 양배추다움에 키스하노라!" 그는 한쪽 무릎을 꿇고 내 주름치마를 한 손 가득 움켜쥐고 말했다. "멋있는 잎사귀, 그게 잘 벗겨지냐?"

"네 입에서는 썩은 고기 냄새가 풀풀 나는걸." 내가 말했다.

"뭐라고?" 그가 깔깔대고 웃으며 말했다. "고기 냄새?"

그런 다음 나는 극단주의 환경론자들 사이에서는 다른 사람을 그렇게 부르는 게 가장 심한 욕이라는 걸 설명해 줘야 했다. 돼지고기 먹는 사람, 민달팽이 같은 얼굴. 이 말을 듣고 지미는 한층 더 깔깔대며 웃었다.

유혹이 느껴졌다. 그걸 분명히 볼 수 있었다. 내가 경험한 기이한 사교 집단의 생활에 대해 좀 더 상세하게 말해 줘야겠다. 그런 다음 나도 건강현인 아이들처럼 이 모든 게 정상에서 벗어난 거라고 생각하는 척해야지. 그렇게 하면 인기를 얻겠는걸. 하지만 그런 동시에 나는 아담과 이브 들처럼 나 자신을 슬프고도 실망스러운 눈길로 바라봤다. 아담1, 토비, 레베카. 그리고 필라. 필라는 지금은 죽고 없지만 나한테 실망할 거야. 심지어 젭도 마찬가지겠지.

얼마나 쉬운지 몰랐다. 배신한다는 게 말이다. 그냥 그 속으로 미끄러져 들어가면 된다. 더군다나 버니스 때문에 나는 그걸 이미 알고 있었다.

*

와컬라는 나와 함께 집으로 걸어왔고, 지미도 함께 왔다. 지미는 장난을 많이 쳤다. 우리가 웃기를 기대하며 농담을 했고 와컬라는 의례적으로 웃어 줬다. 지미가 와컬라한테 홀딱 반했다는 걸 난 알 수 있었다. 하지만 그녀는 지미를 친구 이상으로는 대할 수 없다고 훗날 나한테 말해 줬다.

와컬라는 자기 집으로 가겠다며 중간에 다른 길로 가 버렸고 지미는 자기 집으로 가는 길이라면서 나와 함께 계속 걸어가겠다고 했다. 다른 사람들이 함께 있을 때 지미는 상당히 짜증스러웠다. 어쩌면 그는 다른 사람들에게 바보 노릇을 시키는 것보다 차라리 자기가 바보 취급을 당하는 게 더 낫다고 생각하는지도 몰랐다. 하지만 그는 연극하고 있지 않을 때에는 훨씬 다정했다. 나는 지미가 속마음이 슬픈 사람이라는 걸 알 수 있었다. 나도 그랬기 때문이다. 우리는 그런 식으로 쌍둥이 같았다. 아니, 당시에 나는 그렇다고 생각했다. 지미야말로 내가 진정한 친구로 생각했던 첫 번째 남자애였다.

"넌 말이야, 평민촌에서 살다 왔으니까 여기 단지에서 지내는 게 조금은 이상하겠구나." 지미가 어느 날 말했다.

"네 말이 맞아."

"근데 너네 엄마 정말로 발광한 미친놈 때문에 침대에 묶여 있었어?" 다른 사람들이라면 생각은 하더라도 감히 말하지 못할 그런 것들을 지미는 단도직입적으로 표현했다.

"그런 말을 어디서 들었어?" 내가 물었다.

"라커룸에서." 지미가 대답했다. 루선이 지어낸 이야기가 새어 나갔던 것이다.

난 한숨을 깊이 들이마셨다. "우리 둘만의 비밀이다. 알았지?"

"맹세할게." 지미가 말했다.

"아니야, 우리 엄마는 침대에 묶여 있지 않았어." 내가 말했다.

"나도 그랬을 거라고 생각하지 않았어." 지미가 말했다.

"하지만 다른 사람들한테는 이야기하면 안 돼. 정말이지 난 네가 절대로 말하지 않으리라고 믿는다."

"안 할게." 지미가 약속했다. 왜 안 되는데?라고 그는 말하지 않았다. 만약에 루선이 허튼소리를 하고 다녔다는 걸 다른 사람들이 알게 되면 그녀가 납치된 게 아니라 엄청난 거짓말을 꾸며 냈다는 것까지 알려질 것임을 지미는 알았다. 루선은 사랑, 또는 오로지 섹스를 위해 그런 짓을 저질렀다. 그리고 다른 남자에게서 내동댕이쳐졌기 때문에 패자인 남편과 살기 위해 건강현인으로 돌아와 있는 것이었다. 하지만 그런 사실을 인정하느니 혀를 깨물고 죽는 게 나았다. 그렇지 않으면 누군가를 죽이거나.

*

이렇게 지내는 동안 나는 벽장 속으로 들어가 호랑이 인형에서 보라색 휴대폰을 꺼내 아만다에게 전화를 걸었다. 어느 시간이 전화하기에 가장 편한 시간인지에 대해 문자를 주고받았고 통신 상태가 좋은 날에는 영상통화도 할 수 있었다. 나는 정원사들에 대해 수많은 질문을 해 댔고 아만다는 더 이상 젭과 함께 지내지 않는다고 말했다. 아만다도 이제는 성인이 다 되었으므로 독신자 침실에서 자야 한다고 아담1이 말했다는 것이다. 하지만 혼자 지내려니 너무나 지루하다고 했다. "넌 여기에 언제 다시 올 수 있어?" 아만다가 물었다. 나는 건강현인에서 도망쳐 나갈 수 있는 방법을 알지 못했다.

"나도 알아보고 있어." 내가 말했다.

다음번 통화 때에 그녀가 말했다. "여기에 누가 있는지 맞혀 봐." 섀키가 순한 양처럼 나를 향해 빙긋이 웃고 있었다. 그 순간 나는 두 사람이 혹시 섹스를 하고 있었던 건 아닌지 궁금했다. 마치 아만다가 나 자신이 원하던 어떤 반짝거리는 고물을 건져 올린 것만 같았다. 하지만 나는 새키를 좋아한 적이 한 번도 없었기 때문에 그건 바보 같은 생각이었다. 홀로그램 회전소에 들어갔던 날 밤 내가 정신을 잃었을 때 내 엉덩이에 올라와 있던 손이 새키의 것이었는지 정말로 궁금했다. 분명 크로제의 손이었을 것이다.

"크로제는 어때?" 내가 새키에게 물었다. "그리고 오츠는?"

"잘 지내고 있어." 새키가 우물거렸다. "넌 언제 올 거야? 크로제가 널 많이 보고 싶어 해! 갱, 알아?"

"그린, 갱그린." 내가 대꾸했다. 옛날에 쓰던 바로 그 어린애 장난 같은 암호를 그가 아직도 쓰는 것에 무척 놀랐지만 어쩌면 내가 소외감을 느끼지 않도록 아만다가 새키에게 그렇게 하라고 부추겼을지도 몰랐다.

새키가 화면에서 사라진 후 아만다는 자기들 둘이 파트너가 되어 쇼핑센터에서 물건들을 들치기하고 있다고 말했다. 하지만 그건 공정한 거래였다. 누군가가 그녀의 등 뒤에서 망을 봐 주고 그녀가 훔쳐 낸 물건을 팔 때 도움을 주면 아만다는 그에게 섹스를 해 줬다.

"그 아이를 사랑하지 않니?" 내가 물었다.

아만다는 내가 낭만적이라고 했다. 그녀는 사랑이 아무 짝에도 쓸모없는 거라고 말했다. 사랑을 하게 되면 너무나 많은 것을 줘 버리는 바보 같은 교환을 하게 되고 그런 다음에는 괴롭고 초라해지기 때문이었다.

41

지미와 나는 숙제를 함께하기 시작했다. 내가 모르는 부분에 대해서 그는 정말로 친절하게 도와줬다. 정원사들과 함께 지낼 때 해야만 했던 그 모든 암기 활동 덕분에 나는 한 과를 유심히 보고 난 다음에는 그 내용을 머릿속에서 그림처럼 통째로 볼 수 있었다. 그래서 어렵기도 하고 훨씬 뒤쳐졌다는 생각이 들기도 했지만 아주 빨리 따라잡기 시작했다.

지미는 나보다 두 살이 많았기 때문에 생활 기술 수업을 제외하고는 나와 함께 듣는 수업이 하나도 없었다. 인생길을 구축하는 데 도움을 주기 위해 마련된 생활 기술 수업은 나이와 상관없이 모든 학생들이 섞여 서로 다른 인생 경험을 공유했기 때문에 모두에게 유익했다. 지미는 바로 내 뒤에 앉을 수 있도록 자리를 바꾸더니 내 귀에 대고 "난 너의 보디가드야."라고 속삭였다. 지미의 그런 태도에 나는 안정감을 찾을 수 있었다.

홍수의 해

루선이 집에 없는 날이면 우리는 숙제를 하러 우리 집으로 왔고, 루선이 집에 있는 날에는 지미의 집으로 갔다. 지미는 애완동물로 너구컹크가 있었기 때문에 나는 지미의 집을 좋아했다. 너구컹크는 냄새를 빼낸 스컹크와 공격성을 없앤 너구리를 절반씩 접합한 동물이었다. 그 녀석의 이름은 살인자였고 건강현인 조합이 처음으로 만든 것 중 하나였다. 내가 집어 들자마자 너구컹크는 곧바로 날 좋아했다.

지미의 어머니도 날 좋아하는 것 같았다. 처음 만난 날 엄격해 보이는 푸른 눈으로 날 빤히 쳐다보며 몇 살이냐고 물어보긴 했지만 말이다. 나 역시 그녀를 괜찮다고 생각했다. 하지만 그녀가 담배를 어찌나 많이 피우던지 기침이 나와서 혼났다. 정원사들과 함께 지낼 때에는 흡연하는 사람이 한 명도 없었다. 아니, 적어도 담배는 피우지 않았다. 그녀는 컴퓨터 작업을 많이 했다. 하지만 그녀에겐 직업이 없었으므로 컴퓨터로 무엇을 하는지는 알 수 없었다. 지미의 아버지는 집에 계신 적이 별로 없었다. 그는 주로 실험실에서 지내며 새로운 인간의 장기를 생산해 내기 위해 인간의 줄기세포와 디엔에이를 돼지에게 이식하는 방법을 연구하고 있었다. 내가 어떤 장기냐고 물었더니 지미는 신장이라고 대답하면서 어쩌면 폐도 만들 수 있을지 모른다고 했다. 앞으로 우리는 각자 우리 자신의 돼지를 만들어 둘 수 있을 것이다. 모든 것을 복제해 둘 수 있다는 말이다. 정원사들이 그 일에 대해 어떤 생각을 할지 난 알았다. 그렇게 하려면 돼지들을 죽여야 하기 때문에 정원사들은 좋지 않은 일이라고 생각할 것이다.

지미도 그 돼지들을 봤는데, 풍선처럼 아주 커다랗게 부풀렸기 때문에 그것들의 별명이 돼지풍선이라고 했다. 이중-장기 방법은 독점적인 비밀이며 특별히 소중한 것이라고 지미는 말했다. "혹시라도 다른 몇몇 외국 조합이 너네 아빠를 납치해서 머릿속에 들어 있는 비밀을 갈취해 내려고 하면 어떻게 해? 그런 게 걱정되지 않아?" 내가 물었다. 그 무렵 그런 일이 더 자주 일어나고 있었다. 뉴스로 나오지는 않았지만 건강현인에서는 이미 그런 소문이 나돌고 있었다. 이따금씩 납치됐던 과학자들이 돌아오기도 했고 어떤 때는 돌아오지 않기도 했다. 보안 조처가 점점 더 엄중해지고 있었다.

지미와 나는 숙제를 한 다음 건강현인 쇼핑센터를 거닐면서 단조로운 비디오 게임도 하고 행복카푸치노도 마셨다. 처음으로 마실 때에 내가 행복한컵은 사악한 커피여서 마실 수 없다고 했더니 그는 나를 비웃었다. 두 번째에는 노력을 했더니 맛있었다. 그러고는 곧바로 그것이 사악한지 아닌지에 대해서는 거의 생각하지 않게 되었다.

얼마 후 지미는 나에게 와컬라 프라이스에 대해 말했다. 자신이 난생 처음으로 사랑하게 된 여자였는데, 그녀에게 진지하게 사귀어 보자고 말했다가 친구로만 대해 줄 수 있다는 답변을 들었다는 것이었다. 그 부분에 대해서는 이미 알고 있었지만 나는 참 안됐다고 말해 줬다. 그러자 지미는 몇 주 동안 진흙 구덩이에 빠진 것처럼 기분이 엉망진창이었고 아직도 극복하지 못했다고 했다.

그런 다음 지미는 나에게 평민촌에서 살 때 남자 친구가 있었는지 물었다. 실제로는 아니었지만 난 그랬다고 대답했다. 하지만 그때로 되돌아갈 방법이 전혀 없기 때문에 그를 잊기로 마음먹었다고 했다. 결코 내 것이 될 수 없을 사람을 원할 때에는 잊는 게 최선이기 때문이었다. 놓쳐 버린 남자 친구 얘기에 진심으로 동정심을 느낀 지미는 내 손을 꽉 쥐었다. 그런 거짓말을 한 것에 대해 죄책감이 들었지만 그가 내 손을 꽉 잡아 준 것에 대해서는 미안하다는 마음이 들지 않았다.

그때 나는 일기를 쓰고 있었다. 당시에는 복고 열풍이 불어 여학생들 모두가 일기장을 갖고 있었다. 사람들은 컴퓨터를 해킹할 수는 있었지만 종이 책은 그럴 수가 없었다. 나는 일기장에다 모든 것을 기록해 뒀다. 마치 누군가에게 말하는 것과 같았다. 뭔가를 글로 남긴다는 것이 얼마나 위험한 일인지 더 이상 생각조차 하지 않았다. 그것만 보더라도 내가 벌써 정원사들로부터 얼마나 멀어졌는지 알 수 있다. 루선이 나에 대해 캐고 드는 게 싫었기 때문에 나는 일기장을 벽장에 있는 곰 인형 속에다 보관했다. 누군가의 비밀스러운 글을 읽게 되면 그 사람을 지배할 수 있는 힘을 갖게 된다고 한 정원사들의 말은 옳았다.

그러던 어느 날 새로운 남학생이 건강현인 고등학교로 전학을 왔는데 그의 이름은 글렌이었다. 그를 본 순간 나는 그 남학생이 성 유얼 주간에 생명나무로 찾아왔던 바로 그 글렌이라는 것을 알았다. 그때 아만다와 나는 꿀단지를 들고 온 글렌을 데리고 필라를 찾아갔다. 나는 그가 나에게 고개를 살짝 끄덕였다고 생각했다. 저 애도 날 알아봤나? 난 그렇지 않기를 바랐다. 그가 전에 어디서 나를 본 적이 있다는 말을 떠들어 대기 시작하면 귀찮아질 것이기 때문이었다. 시체보안회사 요원들이 아직도 루선의 가짜 성 노예 상인을 붙잡으려고 애쓰고 있다면 어쩐단 말인가? 그들이 나를 통해 젭을 찾아내고 그가 장기도 없이 냉동고에서 최후를 맞이하면 어쩌나? 생각만 해도 끔찍했다.

하지만 설령 글렌이 날 기억한다 하더라도 그는 분명 아무 말도 하지 않을 것이다. 왜냐하면 글렌은 필라와 정원사들, 그리고 뭔지 알 수는 없지만 어쨌든 글렌과 정원사들의 연관성에 대해 그들이 알아내기를 원하지 않을 것이기 때문이었다. 분명 그것은 불법적인 일이었다. 그게 아니라면 어째서 필라가 아만다와 나를 밖으로 내보냈겠는가? 그건 우리를 보호하기 위해서였을 것이다.

글렌은 어느 누구에 대해서도, 자기 자신과 그의 검은색 티셔츠에 대해서도 전혀 신경 쓰지 않는 사람처럼 행동했다. 하지만 얼마 후 지미가 그와 함께 어울려 다니기 시작하면서 나는 지미를 거의 볼 수 없게 되었다.

"넌 도대체 글렌하고 뭘 하니? 난 걔를 보면 어쩐지 오싹해지던데." 어느 날 오후 우리가 함께 학교 도서관 컴퓨터로 숙제를 하던 중에 내가 물었다. 그들은 지미의 집이나 글렌의 집에서 3차원 체스 게임을 하거나 온라인 비디오 게임을 하면서 논다고 지미가 말했다. 나는 그들이 아마도 포르노를 볼 거라고 생각했다. 대부분의 남자애들이 그랬고 수많은 여자애들도 마찬가지였다. 나는 어떤 게임을 하느냐고 물었다. 야만인 박멸 게임이라고 지미는 말했다. 그건 전쟁 게임이었다. 피와장미 게임은 모노폴리*와 유사했지만 집단학살과 잔학행위를 독점해야 하는 것이 달랐다. 멸종마라톤은 멸종된 동물들을 대상으로 하는 잡학적 지식 게임이었다.

"어쩌면 언젠가 나도 함께 가서 게임할 수 있을 텐데." 내가 그렇게 말했는데도 지미는 아무런 반응이 없었다. 그래서 난 그들이 정말로 포르노를 보고 있다고 짐작했다.

*

그러던 어느 날 정말로 좋지 않은 일이 발생했는데, 지미의 어머니가 사라졌다. 소문에 의하면 납치당한 것이 아니라 어머니 스스로 집을 나간 것이었다. 난 루선이 프랭크에게 그 일에 대해 말하는 걸 들었다. 지미의 어머니는 수많은 결정적인 자료

---

* 보드게임.

를 들고 도망친 것 같았다. 시체보안회사는 홍역의 발진처럼 지미의 집을 샅샅이 뒤졌다. 루선은 내가 지미의 아주 가까운 단짝이었기 때문에 우리 집에도 떼로 몰려와 샅샅이 뒤질 가능성이 있다고 말했다. 우리한테 숨길 게 있었다는 말은 아니었지만 성가신 일일 것 같았다.

나는 곧바로 지미에게 문자를 보내 어머니 일은 정말로 안됐다며 내가 해 줄 수 있는 일이 있느냐고 물었다. 그는 학교에는 오지 않았지만 며칠이 지난 주말에 내게 문자를 보냈고 우리 집에도 왔다. 지미는 상당히 의기소침해 있었다. 어머니가 사라진 것만 해도 속상해 미칠 지경인데 시체보안회사 요원들이 지미의 아빠에게 자기들의 질문에 협조하라고 말했다는 것이다. 그 말은 그의 아빠가 지금 검은색 태양광 밴을 타고 이송됐다는 뜻이기도 했다. 급기야는 시체보안회사의 여자 요원 두 명이 그의 집에 머물며 여기저기 기웃거리고 지미에게 말도 되지 않는 질문을 퍼붓고 있었다. 설상가상으로 그의 어머니는 지미의 애완동물인 살인자를 훔쳐다가 숲속에 풀어 줬다. 그녀는 지미에게 너구컹크에 대한 쪽지를 남겨 놓았다. 하지만 살인자에게 대자연은 너무나도 적절치 못한 장소였다. 왜냐하면 스라소니 새끼들에게 잡혀 먹힐 게 뻔하기 때문이었다.

"아, 지미, 정말 끔찍하다." 나는 두 팔로 지미를 안아 주며 말했다. 그는 울고 있는 것 같았다. 나 역시 울기 시작했고 우리 두 사람은 마치 우리 둘 다 팔이 부러졌거나 병에 걸린 사람들처럼 서로를 조심스럽게 쓰다듬었다. 그런 다음 우리는 여전히 서로를 끌어안은 채 물에 빠져 들어가는 사람들처럼 내 침대 속으로 부드럽게 미끄러져 들어가 키스하기 시작했다. 내가 지미를 도와주는 동시에 지미도 나를 도와주고 있는 것 같은 느낌이 들었다. 정원사들과 함께 지낼 때 보냈던 축제의 날 같았다. 축제의 날이면 우리는 뭔가를 기념하기 때문에 어떤 일이건 특별하게 하곤 했다. 이날은 바로 그런 식으로 기념하고 있었다.

"널 아프게 하고 싶지 않아." 지미가 말했다.

아, 지미, 난 지금 너를 빛으로 감싸 주고 있는 거야 하고 나는 생각했다.

42

지미와 내가 처음으로 관계를 맺은 후 나는 노래라도 부를 것처럼 매우 행복했다. 울적한 노래가 아니라 새의 노랫소리 같은 즐거운 노래 말이다. 난 지미와 잠자리를 같이하는 게 무척 좋았다. 그의 두 팔이 나를 감싸 안으면 나는 안정감을 느꼈다. 한 사람의 피부와 또 한 사람의 피부가 닿을 때 얼마나 매끄럽고 보드라울 수 있는지 경탄할 일이었다. 아담1은 신체에 나름대로의 지혜가 있다고 말하곤 했다. 면역 체계에 대한 얘기였지만 다른 방식으로도 맞는 말이었다. 그런 지혜는 단순히 노래만이 아니라 춤을 추게 하며 기분을 더 좋게 만들어 줬던 것이다. 나는 지미를 사랑했고 지미 역시 나를 사랑한다고 나는 믿어야 했다.

나는 일기장에 지미라고 썼다. 그런 다음 빨간색으로 밑줄을 치고 빨간색 하트를 그렸다. 일어난 일들을 모두 다 글로 적어 놓진 않을 정도로 난 여전히 글쓰기를 신뢰하지 않았지만 우리가 섹스를 할 때마다 하트를 하나 더 그리고 그걸 색칠했다.

언젠가 아만다가 자신들의 섹스에 대해 들려주는 사람들은 자신들의 꿈을 들려주는 사람들만큼이나 따분하다고 말한 적이 있었지만 나는 아만다에게 전화를 걸어 지미와의 섹스에 대해 이야기해 주고 싶었다. 하지만 벽장으로 들어가 플러시 천으로 만든 호랑이 인형을 꺼냈을 때 보라색 휴대폰은 더 이상 그곳에 없었다.

온몸이 으스스했다. 일기장은 내가 숨겨 둔 곰 인형 속에 그대로 있었지만 수화기는 사라지고 없었다.

그 순간 루선이 내 방으로 들어와 나에게 말했다. 사람들이 산업 비밀을 밖으로 빼돌리지 못하도록 단지 내에서는 모든 전화기를 의무적으로 등록해야 하는데 넌 아직도 그런 사실을 모르고 있었니? 등록되지 않은 전화기를 갖고 있는 건 범죄행위였고 시체보안회사 요원들은 그런 전화기를 추적할 수 있었다. 난 그런 것도 모르고 있었던가?

나는 고개를 가로저으며 물었다. "누가 전화했는지 그들이 알 수 있어요?" 그들은 전화번호를 추적할 수 있고, 그건 양측 모두에게 참으로 좋지 못한 소식일 수 있다고 루선이 말했다. 그녀는 참으로 좋지 못한 소식이라고 말하지 않고 불행한 결과라고 말했다.

그러고 나서 그녀는 내가 자기를 못된 엄마라고 생각하는 게 분명하지만 자기는 항상 나에게 가장 좋은 게 무엇인지를 염두에 두고 있다고 말했다. 예를 들어 보라색 핸드폰에 전화를 자주한 번호가 남아 있다면, 그녀는 바로 그 번호로 "내다버려!"라고 쓴 메시지를 보낼 것이다. 그러면 상대편 전화기를 추적한다 하더라도 이미 그건 쓰레기통에 들어가 있을 것이다. 그리고 보라색 핸드폰은 그녀가 직접 처치할 터였다. 이어서 그녀는 골프를 치러 갈 예정이라며 방금 자신이 한 말을 신중하게 생각해 보기를 바란다고 했다.

실제로 나는 매우 신중하게 생각했다. 루선은 의도적으로 아만다를 구하려고 했다. 내가 전화를 거는 상대가 누군지 그녀는 분명 알고 있었을 것이다. 하지만 그녀는 아만다를 증오한다. 그러니까 결국 그녀는 젭을 구하려고 했던 것이다. 어찌 됐든 그녀는 아직도 그 남자를 사랑한다.

나는 지미를 사랑하고 있었기 때문에 과거 젭을 둘러싼 루선의 처신에 대해 더 큰 동정심을 품게 됐다. 사랑하는 사람을 위해서는 극단적인 행동도 할 수 있다는 걸 알게 되었다. 누군가를 사랑할 때 그 사랑이 항상 원하는 방식으로 돌아오는 건 아니지만 사랑은 파동 에너지처럼 사방으로 퍼져 나가 심지어 잘 알지 못하는 사람까지도 그 사랑의 도움을 받을 수 있으므로 사랑은 어쨌든 좋은 것이라고 아담1은 말했다. 그가 든 실례는 바이러스로 인해 죽은 다음 독수리들한테 뜯어 먹힌 사람이었다. 난 그런 비유를 좋아하지는 않았지만 전반적인 생각은 딱 맞는 말이었다. 왜냐하면 여기 있는 루선, 그녀는 젭을 사랑하기

홍수의 해

때문에 문자 메시지를 보냈다. 하지만 그녀 본래의 의도는 아니었다 하더라도 곁다리로 아만다를 구했다. 그러니까 아담1의 말은 옳았다.

하지만 다른 한편으로 나는 아만다와 연락이 끊기고 말았다. 그 점이 얼마나 슬펐는지 몰랐다.

지미와 나는 여전히 숙제를 함께했다. 이따금씩 다른 사람들이 주위에 있을 때면 우리는 정말로 숙제를 함께했다. 나머지 시간에는 숙제를 한 게 아니었다. 옷을 벗고 서로의 품 안으로 들어가기까지 채 일 분도 걸리지 않았다. 지미는 두 손으로 내 온몸을 훑으며 내가 요정처럼 상당히 가냘프다고 말했다. 그런 말들의 의미를 내가 항상 알았던 건 아니었지만 지미는 그런 말들을 아주 좋아했다. 그는 이따금씩 자신이 아동 성추행범 같은 느낌이 든다고 말했다. 나는 나중에 그가 한 말들이 예언이라도 되는 것처럼 몇 개는 적어 뒀다. 지미는 아주 멋지게 나에게 요장이라고 말했다. 단어의 맞춤법은 그다지 개의치 않았다. 나한테는 단지 느낌이 중요했다.

난 지미를 무척 사랑했지만 그때 나는 커다란 실수를 저질렀다. 넌 아직도 와컬라를 사랑해 아니면 그 대신 날 사랑해? 하고 질문을 던진 것이었다. 해서는 안 될 질문이었다. 그는 너무나도 오랜 시간 동안 아무런 답변도 하지 않고 가만히 있더니 마침내 입을 열었다. 그게 문제가 되니? 나는 그렇다고 대답하고 싶었지만 아니라고 했다. 그러던 중 와컬라 프라이스가 태평양 연안으로 이사를 갔고 침울해진 지미는 또다시 나보다는 글렌과 더 많은 시간을 보냈다. 그러니까 그게 지미의 답변이었고 그 때문에 난 무척이나 불행했다.

전만큼 자주는 아니었지만 그래도 우리는 여전히 섹스를 했다. 일기장에 새빨간 하트가 점점 더 띄엄띄엄 그려지고 있었다. 그러던 어느 날 나는 우연히 지미가 린다 리라는 상스러운 말을 잘하는 나이 든 여자애와 함께 쇼핑센터에 있는 것을 봤다. 그녀는 학교에 다니는 모든 남학생들과 한 명씩, 그러면서도 콩너트를 먹는 것처럼 재빨리 해치운다는 소문이 나돌았다. 지미는 손을 린다 리의 엉덩이에 올려놓고 있었고 그녀는 지미의 머리를 잡아끌더니 키스를 했다. 길고도 축축한 키스였다. 지미가 그녀와 함께 있다는 생각만 해도 배 속까지 메스꺼웠다. 예전에 아만다가 질병에 대해 했던 말이 생각났다. 린다 리가 병에 걸렸다면 나 역시 병에 걸렸겠구나. 집으로 돌아온 나는 먹은 걸 다 토하고 엉엉 울었다. 그러고는 커다란 흰색 욕조로 들어가 따뜻한 물로 목욕을 했지만 별 위안은 되지 않았다.

지미는 내가 자신과 린다 리의 관계에 대해 안다는 사실을 몰랐다. 며칠 후 그는 평소처럼 우리 집에 와도 되는지 물었고 나는 된다고 답했다. 나는 일기장에다 다음과 같이 써 놓았다. 지미 이 더러운 놈 난 네가 이걸 읽고 있다는 걸 알고 있어 난 정말 싫어 내가 너랑 잤다고 해서 널 좋아한다는 의미는 아니야 그러니까 제발 꺼져!

싫어라는 단어 밑에다 빨간색으로 두 줄을 그었고 꺼져! 밑에는 세 줄을 그었다. 그런 다음 나는 일기장을 화장대 위에다 놓았다. 적들은 사람들이 써 놓은 것을 이용해 그들을 공격할 수 있지만 그들 또한 그 글을 이용해 적을 공격할 수 있다고 난 생각했다.

섹스를 하고 나서 나는 혼자서 샤워를 했다. 샤워실에서 나오니 지미가 내 일기장을 읽고 있었다. 그는 어째서 내가 자기를 갑자기 싫어하게 됐는지 물었다. 그래서 대답했다. 나는 그때까지 한 번도 큰 소리로 내뱉어 본 적 없는 말을 사용했다. 지미는 자기가 자격이 없는 사람이고 자기를 감정의 쓰레기통으로 만들어 놓은 와컬라 프라이스 때문에 어떤 약속도 해 줄 수가 없다고 했다. 하지만 자기가 건드리는 여자마다 하나같이 궁지에 빠지는 걸 보면 어쩌면 자신은 본래 파괴적인 사람일지도 모른다고 했다. 그래서 나는 도대체 그런 여자애가 정확하게 몇 명이냐고 물었다. 여자애들을 마치 복숭아나 순무 취급하듯 하며 그런 여자애들 무리 속에 날 그냥 포함시키는 지미를 참을 수가 없었다. 그러자 지미는 나를 정말이지 인간적으로 좋아하며 그렇기 때문에 나한테는 솔직할 수 있었던 거라고 말했다. 나는 지미에게 이제 그만하고 꺼지라고 말했다. 그렇게 좋지 않은 상태로 우리 관계는 끝났다.

그 일이 있고난 후에는 하루하루가 무척 음울했다. 내가 여기서 뭘 하고 있는지 의아했다. 내가 이 세상에 더 이상 존재하지 않더라도 어느 한 사람 개의치 않을 것 같았다. 아담1이 껍질이라고 말한 것을 내던져 버리고 독수리나 벌레로 바뀌어야 하나. 하지만 그 순간 정원사들이 해 준 말들이 생각났다. 렌, 네 생명은 고귀한 선물이란다. 그리고 선물이 있는 곳에는 선물을 준 사람이 있는 법이지. 선물을 받을 때마다 항상 고맙다는 말을 해야 해. 그 말이 어느 정도 도움이 되었다.

나는 아만다의 목소리도 들을 수 있었다. 어째서 그토록 나약한 거니? 사랑은 절대로 공정한 거래일 수 없어. 지미는 너한테 싫증이 난 거야. 그러면 어때. 남자애들은 세균처럼 도처에 깔려 있는데. 넌 그냥 꽃을 고르듯 그 아이들을 골라잡고 시든 다음엔 내던지면 되는 거야. 하지만 넌 그냥 아주 신나는 시간을 보내고 있고 날마다 파티인 것처럼 행동해야겠지.

다음으로 내가 했던 행동은 적절치 못했으므로 난 아직도 그 일에 대해 부끄럽게 생각한다. 구내식당에서 난 글렌에게 걸어갔다. 그렇게 하는 데 상당한 용기가 필요였다. 왜냐하면 글렌은 무척이나 냉정했고 실제로도 얼음장처럼 차가웠다. 글렌에게 나는 혹시 나와 사귈 마음이 있는지 물었다. 내 계획은 글렌과 섹스를 하는 것이었다. 그러면 그런 사실을 알게 된 지미의 마음이 무너져 내릴 것 같았다. 글렌과의 섹스를 원했던 건 아니었다. 그건 마치 샐러드 접시를 집어 오는 것과 같을 것이다. 밋밋하고 어색한 그런 것.

글렌이 당황스럽다는 듯 "사귀자고?" 하고 물었다. "넌 지미하고 친하지 않아?" 나는 지미와의 관계는 이미 끝났으며, 어쨌든 지미는 광대 같은 아이였으므로 우리의 관계는 결코 진지하지 않았다고 말했다. 그런 다음 나는 머릿속에 순간적으로 떠오르는 생각을 불쑥 말했다.

"난 네가 정원사들하고 있는 걸 봤어. 생명나무에서." 내가 말했다. "기억나니? 내가 널 필라에게 데려갔잖아. 그 꿈을 들고서?" 그의 표정이 무척 놀란 것 같았다. 그러더니 그는 어디 가서 행복카푸치노를 마시며 이야기하자고 말했다.

우리는 이야기를 나눴다. 아주 많이. 우리가 쇼핑센터에서 얼마나 긴 시간을 보냈으면 아이들이 우리가 그렇고 그런 사이라고 쑤군대기 시작했다. 하지만 글렌과 나는 그런 관계는 아니었다. 결코 낭만적이지 않았다. 그렇다면 그건 뭐였지? 내 생각에 글렌이야말로 건강현인 고등학교에서 정원사들에 대해 이야기할 수 있었던 유일한 인물이었다. 그건 글렌도 마찬가지였다. 그것이 우리 사이를 이어 줬다. 비밀 클럽에 가입한 것 같았다. 어쩌면 지미는 결코 내 쌍둥이가 될 수 없는 아이였고 아마도 글렌이 내 짝이었던 것 같았다. 글렌은 특이한 사람이었기 때문에 그건 참 이상한 생각이다. 사이보그라고나 할까. 와컬라 프라이스는 글렌을 그렇게 불렀다. 우리가 친구였나? 난 절대로 그런 식으로 부르지 않을 것이다. 이따금씩 그는 내가 아메바나 나노생화학 시간에 풀고 있는 문제라도 되는 것처럼 쳐다봤다.

이미 글렌은 정원사들에 대해 상당히 많은 것을 알았음에도 더 많은 것을 알고 싶어 했다. 날마다 그들과 함께 산다는 게 어떤 건지 말이다. 그들이 무엇을 했고 또 어떤 말을 했는지 그리고 그들이 정말로 믿는 게 어떤 건지 알고 싶어 했다. 그는 나에게 정원사 노래를 불러 보라고 했고, 아담1이 성인의 날이나 축제일에 했던 연설을 되풀이해서 말해 보라고 했다. 글렌은 지미와 달리 내가 그런 말을 해도 절대로 비웃지 않았다. 그 대신 그는 이런 걸 물어봤다. "그러니까 그들은 우리가 재생된 것 외에는 어떤 것도 사용하면 안 된다고 생각하는구나. 하지만 조합에서 새로운 것을 만들어 내지 않으면 어떻게 해? 모든 게 다 동이 날 텐데." 이따금씩 글렌은 좀 더 사적인 질문을 던지기도 했다. "넌 혹시 배가 몹시 고프면 동물을 먹을 거니?" "네 생각에 물 없는 홍수가 정말로 일어날 것 같아?" 하지만 내가 언제나 답을 알고 있었던 건 아니었다.

그는 다른 것들에 대해서도 이야기했다. 어느 날 그가 물었다. 모든 적대적인 상황에서 우리가 해야만 하는 일은 체스를 둘 때처럼 왕을 죽이는 걸까? 더 이상 왕은 없다고 내가 말했더니 자기는 권력의 중심을 의미한 것이었으며 오늘날에는 단 한 사람이 아니라 기술의 결합체가 권력의 중심이 될 거라고 말했다. 그래서 내가 부호화나 접합 같은 걸 의미하느냐고 물었더니 "그와 유사한 것"이라고 답했다.

언젠가 한번은 내게 신이 뉴런의 집합체라고 생각하는지 물은 적도 있다. 만일 그렇다면, 그런 집합체를 가진 사람들에게 경쟁력이 생기므로 자연 선택에 의한 전달이 아닌가? 그렇지 않으면 생존 가능성과는 아무런 상관도 없는 빨강 머리털처럼 한낱 장식물에 불과한 것인가? 나는 여러 차례 글렌이 내 능력으로는 전혀 미치지 못하는 영역에 들어가 있다는 걸 느꼈다. 그러면 나는 "네 생각은 어떤데?" 하고 그에게 되물었다. 그때마다 그에게는 질문에 대한 답이 있었다.

지미는 쇼핑센터에서 우리가 함께 있는 모습을 본 게 틀림없었다. 오래 지속되지는 않았지만 그의 얼굴엔 정말로 깜짝 놀란 것 같은 표정이 나타났다. 친구야, 잘해 봐, 난 괜찮아! 하고 말하는 것처럼 지미가 글렌을 향해 엄지손가락을 세워 보이며 격려하는 광경을 난 포착할 수 있었다. 마치 내가 자신의 소유물인데 글렌과 나눠 쓰고 있는 것처럼 말이다.

지미와 글렌은 나보다 이 년 먼저 졸업한 뒤 대학으로 가 버렸다. 글렌은 모든 두뇌광들과 함께 왓슨크릭으로 진학했고 지미는 수학과 과학에 대한 잠재 능력이 전혀 없는 아이들을 위한 마사그레이엄 아카데미에 들어갔다. 적어도 지미가 학교에서 이 여자애 저 여자애에게 추파 던지는 꼴은 더 이상 지켜볼 필요가 없게 된 것이다. 하지만 지미가 나와 같은 학교에 있지 않다는 건 그와 함께 있는 것보다 훨씬 더 나빴다.

어쨌든 나는 다음 이 년을 견뎌 냈다. 성적이 형편없었으므로 어느 대학에도 들어가지 못하리라고 생각했다. 결국 최저임금을 받으며 시크릿버거 가게 같은 데서 일하는 형편없는 임금 노예로 살아갈 판이었다. 하지만 루선은 연줄을 이용했다. 나는 그녀가 골프 클럽에서 사귄 한 친구에게 그 문제에 대해 말하는 걸 들었다. "우리 아이가 멍청이는 아닌데, 사이비 집단을 경험하면서 동기를 상실했지 뭐야. 그래서 마사그레이엄 아카데미가 우리 아이가 갈 수 있는 최상의 대학이란다." 그리하여 나는 지미와 똑같은 공간에 있게 되었다. 그런 생각을 하니까 신경이 너무 곤두서서 몸이 다 찌뿌드드했다.

밀폐된 총알기차를 타고 떠나기 전날 밤 나는 예전에 쓴 일기장을 다시 읽었다. 그때 비로소 나는 정원사들이 네가 쓰는 걸 조심하라고 한 말의 의미를 깨달았다. 일기장에는 아주 행복했을 때에 내가 직접 쓴 말들이 있었다. 그런데 시간이 지난 뒤에 그것을 읽고 있자니 고통이었다. 나는 일기장을 들고 거리로 내려와 모퉁이를 돌아간 다음 그걸 석유 찌꺼기 넣는 쓰레기통에 밀어 넣었다. 일기장은 기름으로 변할 것이고 내가 그린 그 모든 빨간색 하트들도 연기가 되어 하늘로 올라갈 것이다. 하지만 적어도 그것들은 그런 과정에서 기름이 되어 누군가에게 유익하게 쓰일 것이다.

내 마음 한편으로 마사그레이엄에 가면 또다시 지미를 볼 것이고 지미로부터 자신이 줄곧 사랑한 사람은 나였다는 고백과 함께 옛날로 다시 돌아갈 수 있을까 같은 말을 들을지도 모른다는 생각이 들었다. 그러면 나는 지미를 용서하고, 처음에 그랬던 것처럼 모든 게 아주 잘될지도 몰랐다. 하지만 다른 한편으로 그럴 가능성은 전혀 없다는 사실도 알았다. 사람들은 아주 상반된 두 가지를 동시에 믿을 수 있다고 아담1은 말했다. 그리고 그 말이 사실이라는 걸 난 그때 깨달았다.

지혜로운 뱀의 축제

18년

본능적인 감지의 중요성에 대하여

연사: 아담1

친애하는 친구들, 죽을 운명에 처한 우리 동지들, 그리고 피조물 동지들이여,

오늘은 지혜로운 뱀의 축일입니다. 우리 아이들이 또다시 탁월한 장식으로 우리를 놀라게 하는군요. 여우뱀이 개구리를 잡아먹는 매력적인 벽화를 그린 아만다와 새키에게 고맙다는 말을 전하고 싶습니다. 이건 우리에게 상호 연관된 생명 춤의 속성을 상기시켜 주는 적절한 그림입니다. 이번 축제의 주인공은 전통적으로 뱀처럼 기다랗게 생긴 야채인 주키니*입니다. 오늘을 위해 이브11 레베카가 주키니와 기다란 무를 얇게 썰어 우리 모

두가 고대하는 혁신적인 디저트를 만들어 놓은 것에 대해 진심으로 감사드립니다.

하지만 무엇보다 먼저 여러분의 주의를 환기시킬 일이 있습니다. 몇몇 사람들이 재능 많은 우리의 아담7 젭에 대해 비공식적인 조사를 하고 있다고 합니다. 우리 하느님 아버지의 정원에는 수많은 생물종이 살아가고 있고 생태계를 이루기 위해 온갖 형태를 취하고 있습니다. 그중에서 젭은 비폭력적인 길을 선택했습니다. 그러니까 혹시라도 여러분이 질문을 받게 되면 "난 모릅니다."가 최상의 답변이라는 사실을 명심하시기 바랍니다.

오늘 우리에게 주신 뱀의 지혜를 위한 말씀은 「마태복음」 10장 16절 "그러므로 너희는 뱀같이 지혜롭고 비둘기같이 순결하라."입니다. 우리들 중 예전에 생물학자로 일하며 뱀이나 비둘기를 연구했던 분들은 이 글을 읽으면 어리둥절할 겁니다. 뱀들은 노련한 사냥꾼이라 먹잇감을 마비시키거나 목을 졸라 으스러뜨립니다. 이 특별한 능력으로 그들은 수많은 생쥐나 시궁쥐 들을 잡아먹을 수 있습니다. 하지만 그들에게 타고난 기술이 있더라도 보통은 뱀보고 "지혜롭다."라고 말하지는 않지요. 그리고 비둘기 역시 우리한테는 해롭지 않아도 다른 비둘기에게는 극도로 공격적입니다. 수컷은 기회만 주어지면 자기보다 우세하

---

* 오이 비슷한 서양 호박.

지 못한 수컷을 괴롭히고 죽일 겁니다. 성령이 때때로 비둘기로 나타나곤 하는데, 그것은 단지 이 영혼이 언제나 평화롭지만은 않고 사나운 면도 있다는 것을 알려 줍니다.

신이 인간에게 주신 말씀을 모두 살펴보면 뱀은 여러 모습으로 가장하고 있지만 상당히 강력한 상징물입니다. 그것은 때로 인간의 사악한 적으로 나타납니다. 아마도 그건 우리의 영장류 선조들이 나무에서 잠잘 때 먹이를 졸라 죽이는 큰 뱀들이 몇 안 되는 야행성 포식동물 중에 있었기 때문일 겁니다. 게다가 이 선조들은 신발이 없었기 때문에 독사라도 밟으면 그건 곧 죽음을 의미했습니다. 하지만 성경의 「욥기」를 보면 뱀은 또한 인간을 겸손하게 만들기 위해 신이 만들어 놓은 거대한 바다 동물 리바이어던과도 동일시되었으며 욥에게 두려움을 품게 하는 신의 독창적인 본보기로 지적한 동물입니다.

고대 그리스 사람들 사이에서는 뱀이 치유의 신과 관련 있었습니다. 다른 종교에서는 입에 꼬리를 물고 있는 뱀이 생명의 순환을, 시간의 시작과 끝을 가리킵니다. 뱀은 껍질을 벗기 때문에 갱신의 의미도 있어서, 인간이 옛 자아를 버리고 새로운 자아로 눈부시게 다시 태어난다는 해석도 있습니다. 정말로 복잡한 상징물입니다. 그러므로 어떻게 하면 우리는 "뱀같이 지혜"로울 수 있을까요? 우리 자신의 꼬리를 먹을까요? 아니면 사람들이 나쁜 짓을 하도록 유혹할까요? 그것도 아니면 적을 칭칭 감고 죽을 때까지 옭아맬까요? 분명 그건 아니겠죠. 왜냐하면 같┆ 구절에서 비둘기같이 해를 입히지 마라는 말이 나오니까요.

뱀의 지혜란 이 땅의 섬세한 진동을 느끼는 뱀처럼 즉각적으로 변화를 감지하는 것이라고 나는 생각합니다. 뱀은 인간이 스스로를 위해 끝없이 구축하고 있는 정교한 지적 체계와 같은 것을 갖출 필요도 없이 신속하게 반응하며 살아간다는 점에서 현명합니다. 우리에게는 믿음과 신념인 것이 다른 동물에게는 타고난 지식입니다. 신의 진정한 마음을 충분히 알 수 있는 사람은 한 명도 없습니다. 인간의 이성은 우리를 감싸고 있는 신의 광대함에 비해 작고도 작아 천사의 머리 꼭대기에서 춤추는 핀과도 같습니다.

신께서 말씀하시길 "믿음은 바라는 것들의 실상이요, 보이지 않는 것들의 증거"라고 했습니다. 거기서 요점은 보이지 않는 것입니다. 우리는 신을 이성과 측량으로는 알 수 없습니다. 실제로 지나친 이성과 측량은 의심을 부릅니다. 우리는 이성과 측량을 통해 훨씬 더 가까이 다가와 무시무시하게 그 모습을 드러내고 있는 물 없는 홍수뿐만 아니라 혜성이나 핵무기를 이용한 대학살이 가까운 미래에 일어날 수 있다는 걸 알게 되었습니다. 이런 두려움이 우리의 확신을 반감하고 그런 경로를 통해 믿음을 상실하게 되며 우리 인간들의 마음속으로 악의를 행하고 싶은 유혹이 들어옵니다. 말살이 우리 눈앞에 서 있는데 무엇 때문에 귀찮게 선을 위해 싸우겠습니까?

홍수의 해

우리 인간은 다른 동물들과는 달리 믿기 위해 노력해야 합니다. 다른 동물들은 새벽이 오리라는 것을 압니다. 빛이 조금씩 펄럭이기 시작하는 것을, 수평선이 힘을 돋우고 있는 것을 그들은 몸으로 느낄 수 있습니다. 참새뿐만 아니라 너구컹크뿐만 아니라 선충, 연체동물, 문어, 모헤어 양, 사자양 모두가 신의 보호를 받습니다. 우리들과 달리 그들은 믿음을 필요로 하지 않습니다.

뱀을 볼 때, 머리가 어디서 끝나고 몸이 어디서 시작된다고 누가 말할 수 있습니까? 뱀은 온몸으로 신을 경험합니다. 땅속으로 흐르는 신의 섬세한 진동을 느끼면 뱀은 생각보다 더 빨리 그에 반응합니다.

그렇다면 이것이야말로 우리가 갈구하는 뱀의 지혜, 즉 존재 전체인 것입니다. 우리 모두 신의 은혜를 통하여 휴식과 철야, 그리고 신의 식물에서 채취한 약물의 도움을 받아 그런 진동을 감지하는 몇 안 되는 순간을 기쁘고 즐겁게 맞이하기를 바랍니다.

우리 다 같이 노래합시다.

신이 동물에게 주셨네

신이 동물에게 주셨네.
인간의 볼 수 있는 능력을 뛰어넘는 지혜를.
각자 어떻게 살아야 할지 날 때부터 아네.
인간은 피땀 흘려 배워야 하는데.

교과서가 전혀 필요 없는 녀석들
신이 그들의 정신과 영혼을 밝히네.
햇살이 벌들에게 콧노래를 시키고
축축한 흙은 두더지에게 속삭이네.

각자 먹을 양식을 신에게 구하고
각자 이 땅에 있는 달콤한 음식을 즐기네.
하지만 누구 하나 팔지도 사지도 않고
누구 하나 자신의 잠자리를 더럽히지 않네.

뱀은 번쩍이는 화살
그가 느끼는 이 땅의 섬세한 진동
갑옷처럼 반짝이는 온몸을 통하여
구불거리는 등뼈를 따라 흐르네.

아, 뱀들처럼 나 역시 현명하다면
전체를 모두 감지할 텐데.
분별 있는 두뇌뿐만 아니라
기민하고 열렬한 영혼으로.

—『신의 정원사들이 즐겨 부르는 찬양집』에서

홍수의 해

43

토비. 지혜로운 뱀의 축제

25년

지혜로운 뱀의 축제. 그믐달. 토비는 윙크하는 눈과 키스하는 입이 그려진 분홍색 메모지에 축일과 달의 모양을 적는다. 보름이 지나 달이 기울어 가면 가지치기를 해야 할 때라고 정원사들은 말했다. 초승달과 함께 나무를 심고 그믐달과 함께 나무를 베어 낸다. 너 자신에게 예리한 도구를 사용하기 좋은 시간이니까 손질이 필요한 비본질적인 부분들을 잘라 내어라. 예를 들면 네 머릿속부터.

"농담이야." 토비는 큰 소리로 말한다. 그런 병적인 생각은 피해야 한다.

토비는 오늘 손톱을 깎을 것이다. 걷잡을 수 없이 자라도록 내버려 두면 안 되니까 발톱도 물론 깎아야지. 토비는 매니큐어도 직접 바를 줄 알았다. 여기에는 미용 재료가 선반 가득 얼마든지 있다. 화려한 새론당신 광택제. 고급스러운 새론당신 피부 보완제. 새론당신의 젊음의 전신욕샘. 표피의 각질을 긁어내라! 하지만 무엇 때문에 광택을 내고 보완을 하고 긁어낸단 말인가? 하지만 안 할 이유도 없잖은가? 어떤 선택을 하든 무의미한 건 마찬가지다.

당신 자신을 위해서 하라. 이게 새론당신이 읊조리던 구호였다. 새론 당신. 완전히 새로운 내가 될 수도 있다고 토비는 생각한다. 하지만 허물을 벗은 뱀처럼 또 다른 형태로 완전히 새로운 내가 될 수도 있겠지. 그렇다면 지금까지 몇 번 변신을 한 걸까?

토비는 옥상으로 통하는 계단을 무거운 발걸음으로 올라가 쌍안경을 들어 눈에 들어오는 곳들을 두루두루 살핀다. 저 멀리 숲 가장자리의 잡초 더미 속에서 움직임이 보인다. 돼지들일까? 만일 그렇다면 그들은 아주 저자세를 취하고 있는 것이다. 독수리들은 아직도 죽은 수퇘지 주위에 몰려 있다. 거기서는 나노 생화학 작용이 맹렬히 진행될 것이고 지금쯤은 분명 많이 썩었을 것이다.

여기에 뭔가 다른 게 보인다. 건물 가까이에서 한 떼의 양들이 풀을 뜯고 있다. 다섯 마리다. 세 마리는 앙골라 염소의 털이 섞인 모헤어종으로 녹색, 분홍색, 밝은 보라색이고 다른 두 마리는 재래종인 것 같다. 모헤어 양들의 기다란 털이 상태가 좋지 않다. 뒤엉켜 덩어리졌고 나뭇가지들과 잎사귀가 잔뜩 붙어 있다. 영상 광고에서는 모헤어종의 털에서 윤기가 자르르 흘렀으므로 갈기를 흔들어 대는 양의 모습을 보면 마치 아름다운 소녀가 길고 숱 많은 머리채를 뒤로 홱 넘기는 것처럼 느낄 것이다. 모헤어로 더 많은 머리숱을! 하지만 미용실에 가서 손질하지 않으면 그다지 멋있어 보이지 않을 것이다.

함께 모여 있는 양들이 고개를 쳐든다. 토비는 그 이유를 알겠다. 잡초 더미 속에서 사냥감을 노리는 두 마리 사자양이 몸을 낮게 웅크리고 있다. 어쩌면 양들은 그들의 냄새를 맡았을 테지만, 반은 사자 반은 양 냄새라 무척이나 헷갈릴 것 같다.

보라색 모헤어종이 가장 불안해한다. 먹잇감처럼 보이면 안 되지, 그놈을 바라보며 토비는 생각한다. 두말할 필요도 없이 사자양들이 노리는 건 보라색 양이다. 그들은 무리에서 그놈을 떼어 놓고 짧은 거리를 뒤쫓는다. 머리카락이 곤추선 보라색 가발을 다리에다 쓴 것 같은 이 불쌍한 짐승은 그놈의 골치 아픈 털 때문에 재빨리 달릴 수가 없어서 사자양들한테 곧바로 붙잡힌다. 잔뜩 붙은 그놈의 털 속에 깊이 파묻힌 목덜미를 찾느라 시간이 한참 걸리는 바람에 사자양들한테 잡아먹힐 때까지 모헤어 양은 여러 차례 발버둥을 쳐 댄다. 그런 다음 그들은 편한 자세로 앉아 그놈을 먹는다. 다른 양들은 당황하여 매애 매애 울면서 허둥지둥 도망가더니 이제는 또다시 풀을 뜯고 있다.

토비는 오늘 정원을 손질해야겠다고 마음먹고 있었다. 비축해 둔 보존식품이나 건조시킨 양식들이 마치 달처럼 줄어들고 있으므로 푸성귀도 조금 따야겠다고 생각했다. 하지만 사자양 때문에 마음을 고쳐먹었다. 온갖 종류의 고양이들이 매복해 있을 것이다. 한 놈이 뒤에서 몰래 다가가는 동안 다른 한 놈은 관심을 분산하기 위해 들판에서 이리저리 뛰놀 것이다.

오후에 토비는 낮잠을 잔다. 그믐달은 사람의 마음을 옛날로 이끈다고 필라는 말했다. 그림자 속에 있던 게 밝은 곳으로 나오면 그건 뭐가 됐든지 은총이다. 그리고 정말로 토비의 마음속에 과거가 찾아든다. 어린 시절 살았던 하얀 목조 가옥, 흔히 볼 수 있는 나무들, 아지랑이라도 피어오르는 것처럼 푸른색이 감돌던 집 뒤쪽의 삼림지대. 잔디밭에 세워둔 장식물같이 귀를 쫑긋 세운 사슴 한 마리가 숲의 경계선에 꼼짝 않고 서 있다. 토비의 아버지는 저쪽 말뚝을 박아 만든 울타리 옆에서 삽으로 땅을 파고 있고, 어머니는 부엌 창문에서 그런 아버지를 힐끗 쳐다본다. 아마 어머니는 수프를 끓이고 있을 것이다. 결코 끝나지 않을 것처럼 모든 게 차분하다. 하지만 토비는 이 그림 속 어디에 있지? 이것은 그림에 불과하다. 벽에 걸어 둔 그림처럼 과거는 평평하다. 그곳에 토비는 없다.

토비는 두 눈을 뜬다. 뺨으로 눈물이 흐른다. 나는 액자라서 그림 속에 없었던 거야 하고 토비는 생각한다. 사실 그것은 과거가 아니라 단지 나, 그 모든 걸 끌어안고 있는 내 모습이다. 스러져 가는 한 움큼의 신경계 통로일 뿐이다. 신기루에 불과하다.

확실히 그때 나는 낙관적인 사람이었다고 토비는 생각한다. 과거 그곳에 살 때에는. 아침마다 휘파람을 불며 잠에서 깨어났다. 이 세상에 사람들이 지적하는 것처럼 잘못된 일들이 있다는 사실을 알고 있었다. 그것들을 뉴스 영상으로 봤다. 하지만 옳지 못한 일들은 세상 어디를 가도 옳지 못했다.

토비가 대학교에 들어갔을 무렵 불법 행위들은 더 가까이 다가왔다. 토니의 머릿속에 떠오르는 당시의 억압적인 불쾌감은 마치 돌처럼 무거운 발걸음이 다가와 마침내 자신의 방문을 두드릴 때를 기다리고 있는 사람의 기분과도 같았다. 누구나 다 알았다. 어느 누구도 아는 게 허용되지 않았는데 말이다. 만일 다른 누군가가 그것에 대해 논의하기 시작하면 마음속 채널을 다른 데로 돌렸다. 그들이 하는 말은 너무나 명백한 동시에 도대체 상상도 할 수 없는 일이었기 때문이다.

우리는 지구를 소멸시키고 있고 이제 거의 사라질 단계에 도달했습니다. 그런 두려움을 지니고 어떻게 휘파람을 불며 살아갈 수 있단 말인가? 기다림의 시간이 조수와도 같이 마음속에 차곡차곡 들이찬다. 얼른 끝났으면 좋겠다고 바랄 뿐이다. 그냥 저질러 버려. 무슨 짓이든 할 테면 해 봐. 어서 끝내라니까. 하늘을 향해 이렇게 외치는 자신의 모습을 발견한다. 토비는 잠잘 때나 깨어 있을 때나 등뼈를 통해 흘러내리는 전율을 느낄 수 있었다. 그것은 심지어 정원사들과 함께 지낼 때에도 사라지지 않았다. 아니, 정원사들과 있을 때에는 — 시간이 경과할수록 — 더욱더 그랬다.

44

지혜로운 뱀의 날이 지나고 처음으로 맞은 일요일은 성 자크 쿠스토의 날이었다. 그해는 18년, 균열의 해였는데 토비는 아직 그 일에 대해 모르고 있었다. 그녀는 일요일 저녁마다 정기적으로 열리는 아담 이브 이사회에 참석하기 위해 건강 클리닉으로 갈 때 싱크홀 거리를 무사히 통과했던 걸 지금도 기억한다. 그때 이사회는 열릴 때마다 옥신각신 말다툼으로 빠져드는 듯했기 때문에 모임에 대한 기대감은 없었다.

일주일 전에는 신학적인 문제들로 시간을 모두 허비했다. 첫 번째로 문제가 된 안건은 아담의 치아에 대한 것이었다.

"아담의 치아?" 자기도 모르는 사이에 토비 입에서 이 말이 불쑥 튀어나왔다. 그녀는 자칫 비판적으로 보일 수 있을 이런 놀라움의 표현을 자제할 필요가 있었다.

아담1의 설명에 따르면 젭이 아이들에게 물어뜯어서 찢어 먹는 육식동물의 치아와 같아서 으깨 먹는 초식동물의 치아가 어떻게 다른지 알려 주자 몇몇이 당황했다는 것이었다. 분명한 사실이긴 하지만 아담이 만약에 채식주의자로 창조됐다면, 어째서 인간에겐 초식동물과 육식동물의 특징이 혼합된 치아가 있는 것일까? 아이들은 그 이유를 알고 싶어 했다.

"애당초 그런 이야기는 꺼내지 말았어야죠." 스튜어트가 투덜거렸다.

"인간이 타락할 때 바뀐 거죠. 우리는 진화했잖아요. 일단 인간이 고기를 먹기 시작하면서부터 자연스럽게……." 누알라가 밝게 말했다.

그건 앞뒤가 바뀐 거라고 아담1이 말했다. 과학의 법칙을 단순하게 무효화하면 과학적 결과물을 생명에 대한 신성한 견해와 조화시키려는 정원사들의 목표를 달성할 수가 없기 때문이었다. 아담1은 그들에게 이런 난제에 대해 곰곰이 생각해 보고 나중에라도 해결책을 제시해 주기를 요청했다.

두 번째로 그들은 창세기 3장 끝에서 신이 아담과 이브에게 입혀 준 동물 가죽옷 문제로 돌아갔다. 골치 아픈 모피 코트 문제였다.

"아이들이 그 문제 때문에 몹시 고민하고 있어요." 누알라가 말했다. 아이들이 어째서 그토록 당황해하는지 토비는 이해할 수 있었다. 이 모피 코트를 만들기 위해 신이 그토록 사랑하는 동물을 몇 마리나 살해하고 또 그 껍질까지 벗겼단 말인가? 만일 그렇다면 신은 인간에게 아주 나쁜 본보기를 세워 놓은 것이다. 그런 게 아니라면 도대체 이 모피가 어디서 생겼단 말인가?

"동물들이 자연사한 건 아닐까요?" 레베카의 말이었다. "그리고 신은 그것들이 쓸모없이 낭비되는 걸 가만히 두고 보지 않은 거고요." 레베카는 남은 물건을 활용하는 문제에 대해 아주 엄격했다.

"어쩌면 아주 작은 동물들이었을지도 모르죠." 카투로가 말했다. "수명이 짧은 동물요."

"그것도 하나의 가능성이죠." 아담1이 말했다. "더 그럴듯한 설명이 나올 때까지 당분간 유효한 설명으로 놔둡시다."

이브가 된 지 얼마 되지 않았을 때에 그토록 사소한 신학적 문제를 놓고 꼬치꼬치 따지는 게 정말 필요한 일이냐고 진지하게 묻자 아담1은 그렇다고 했다. "사실은 말이지, 대부분의 사람들은 먹고 사는 게 힘들 때에는 다른 생물종에 대해 아무런 관심도 없단다. 당연한 일이겠지만, 그들의 유일한 관심사는 다음에 먹을 식사뿐이지. 먹지 않으면 죽으니까. 하지만 말이다, 그런 문제를 신이 담당한다면 어떨까? 우리가 진화한 건 신들을 믿기 위해서니까 이런 신앙심은 진화론적인 입장을 강화한단다. 인간이란 동물성 단백질이 스스로에게 행하는 실험이라는 엄격한 유물론적 견해는 대부분의 사람들에게 지나칠 정도로 무자비하고 황량하게 느껴지기 때문에 사람들을 허무주의로 이끌게 되지. 상황이 그렇다면, 우리는 우리의 관리자 역할에 대한 신의 신뢰를 깨트림으로써 그분을 괴롭게 만든 위험 요소들에 대해 지적하여 사람들의 마음을 생물권* 친화적인 방향으로 몰아갈 필요가 있단다."

"그러니까 이 이야기에 신이 개입되면 처벌이 따른다는 뜻이네요." 토비가 말했다.

"그렇지." 아담1이 대답했다. "말할 필요도 없겠지만, 신 없이도 처벌은 있단다. 하지만 사람들은 그런 말이라면 덜 믿곤 하지. 사람들은 처벌이란 것이 있다면 처벌을 주는 사람이 되고 싶어 하니까. 무의미한 비극적 결말은 싫어하지."

오늘의 주제는 뭘까? 토비는 생각했다. 선악을 알게 하는 지식의 나무에서 이브는 어떤 열매를 따 먹었을까? 당시의 원예 상황을 고려할 때 절대로 사과일 수는 없었다. 대추야자 열매? 베르가모트? 이사회에서는 그 문제를 놓고 장기간 검토에 검토를 거듭했다. 토비는 딸기를 제안해 볼까 생각해 봤는데 그 순간 딸기는 나무에서 자라지 않는다는 게 생각났다.

길을 걸어가면서 토비는 언제나처럼 길을 걷는 다른 사람들을 의식했다. 챙이 넓은 모자를 쓰고 있었지만 그래도 앞과 옆은 볼 수 있었다. 그녀는 뒤쪽을 살피기 위해 출입구에 잠깐 서서 창문에 반사되는 모습을 활용했다. 하지만 그런 와중에도 토

---

* 생물이 살 수 있는 지구 표면과 대기권.

비는 누군가가 뒤에서 몰래 다가와 시뻘겋고 시퍼런 혈관이 드러나 있고 아기 두개골이 달린 팔찌를 끼고 있는 손으로 자신의 목덜미를 덮칠 것만 같은 느낌을 떨쳐 낼 수가 없었다. 블랑코는 한동안 오물늪에 나타나지 않았다. 아직도 고통공 감옥에 있다고 누군가가 말했다. 아니, 해외에서 벌어진 전쟁에 용병으로 참가했다고 말하는 사람들도 있었다. 하지만 블랑코는 안개 같고 연기 같은 존재였으므로 그의 분자가 언제나 공중에 떠돌고 있었다.

토비 뒤에 누군가가 있었다. 양쪽 어깨 사이가 따끔거리는 것 같은 느낌이 들었다. 출입구 쪽으로 발걸음을 옮긴 그녀는 돌아서서 인도를 바라보고는 어깨를 축 늘어뜨렸다. 안도의 한숨이 나왔다. 뒤따라온 사람은 젭이었다.

"안녕, 토비." 젭이 말했다. "꽤 덥지?"

젭은 토비 옆에서 노래를 흥얼거리며 어슬렁어슬렁 걸어갔다.

아무도 개의치 않아.
아무도 개의치 않아.
그래서 우리는 빌어먹을 상황에 처한 거지.
아무도 개의치 않으니까!

"노래는 부르면 안 되잖아요?" 토비가 애매모호하게 말했다. 평민촌 인도에서 당신한테 관심을 집중시키는 건 좋은 방책이 아니에요. 특히 정원사들은.

"어쩔 수 없어." 젭이 쾌활하게 말했다. "신의 실수지. 인간을 지을 때 음악을 집어넣었단 말이야. 우리가 노래하면 신의 귀에 더 잘 들린단 말이지. 그러니까 그분도 지금 이 순간 이 노래를 듣고 계신다 이거지. 그분이 이 노래를 좋아하면 좋겠다." 젭은 아담1 특유의 경건하고도 조롱 섞인 목소리로 말했는데 아담1 이 없을 때 젭은 이런 목소리를 아주 많이 사용했다.

은밀한 반항이라고 토비는 생각했다. 젭은 이인자 침팬지 노릇이 지겨웠던 것 같다.

토비는 이브가 되면서 정원사들 사이에서 젭의 위치를 꿰뚫어 볼 수 있게 됐다. 옥상 부지나 송로버섯 조직 들은 각자 개별적으로 운영됐지만 반년마다 중앙총회에 대표단을 보냈다. 총회는 안보상의 이유로 설령 버려진 창고라고 하더라도 똑같은 장소에서 두 번 열리는 법이 없었다. 젭은 항상 대표였다. 그는 습격을 당하거나 사람들한테 몰리거나 분무 총에 맞거나 체포당하지 않고 무척이나 울퉁불퉁한 평민촌 동네나 시체보안회사의 검문소 주변을 아무 탈 없이 통과할 수 있을 정도로 경험이 풍부한 사람이었다. 아마도 그런 까닭에 젭만은 자기 식으로 정원사 규칙을 확대해석하는 게 허용되는 것인지도 몰랐다.

아담1은 총회에 참석하는 일이 아주 드물었다. 오가는 길이 위험했기 때문이다. 거기엔 젭은 희생될 수도 있지만 아담1은 그렇게 되면 안 된다는 의미가 함축돼 있었다. 이론상으로 정원사들 모임에는 총체적인 우두머리가 없었지만 실제로는 존경받는 설립자이자 권위자인 아담1이 지도자였다. 부드러운 망치와도 같은 그의 말은 정원사들의 모임에서 설득력을 발휘했다. 그가 직접 참석하지 않는 때가 많았기 때문에 그럴 땐 젭이 그를 대신해 영향력을 발휘했다. 그건 분명 하나의 유혹일 것이다. 만일 젭이 아담1의 뜻을 저버리고 자신의 뜻을 내세우면 어떡할 것인가? 그런 방식으로 정권이 바뀌고 황제들이 쫓겨나지 않았던가.

"무슨 좋지 않은 소식이라도 있어요?" 토비가 그제야 젭에게 물었다. 젭은 좋지 않은 소식이 있을 때마다 짜증날 정도로 쾌활한 노래를 하는 사람이었다. 그의 노래가 일종의 실마리였다.

"실은 단지 안에서 살던 정보통 한 명과 소식이 끊겼어. 밀사 역할을 하던 남자애 있잖아. 걔가 종적을 감췄어."

토비는 이브가 된 후 그 소년에 대해서도 알게 되었다. 필라의 생체조직 검사 샘플을 책임지고 날랐던 그 아이가 결정적인 진단 결과도 가져다줬다. 두 번 다 꿀단지에 숨겨서 말이다. 하지만 토비가 아는 건 그게 다였다. 아담과 이브 들 사이에 정보가 공유되긴 했지만 필요한 만큼만이었다. 필라가 죽은 지도 벌써 여러 해가 지났다. 그 아이는 더 이상 소년일 수가 없었다.

"종적을 감췄다고요?" 토비가 되물었다. "어떻게요?" 염색체 변신이라도 했나? 분명 그건 아닐 것이다.

"그 아이는 건강현인 고등학교에 다녔어. 고등학교를 졸업하고 왓슨크릭 대학으로 옮겨 가면서 우리 그물망에서 떨어져 나갔지. 그렇다고 우리한테 그런 그물망이 많은 것도 아니지만 말이야." 젭이 덧붙였다.

토비는 기다렸다. 젭과 대화를 나눌 때에는 밀어붙이거나 찾아내려고 해 봤자 아무 소용도 없었다.

"우리끼리만 하는 얘기야. 알지?" 젭이 한참 후에 말했다.

"물론이죠." 토비가 말했다. 난 그저 귀에 지나지 않는다고 토비는 생각했다. 강아지처럼 충실한 동료. 침묵의 우물. 그 이상은 아무것도 아니다. 사 년 전 루선이 도망친 후 토비는 이따금 자신과 젭 사이에 우정 이상의 뭔가가 있을 수도 있겠다는 마음이 들기도 했다. 하지만 그런 갈망으로 얻은 건 하나도 없었다. 내 몸매가 형편없잖아 하고 토비는 생각했다. 너무 근육질이지. 젭이 여성의 가벼운 몸놀림을 좋아한다는 건 의심할 여지가 없다.

"이사회는 이런 사실을 몰라. 무슨 말인지 알지? 그 아이가 종적을 감췄다는 사실을 알게 되면 그들은 아주 예민해질 거야." 젭이 말했다.

"내가 방금 들은 말은 다 잊을게요." 토비가 말했다.

"그 아이 아빠가 필라의 친구였어. 필라는 한때 건강현인에서 식물학 접합을 연구했지. 당시 난 두 사람을 다 알고 지냈고. 근데 그 아이의 아버지가 자기들이 만들어 낸 보충제로 인해 사람들이 질병에 걸리고 있다는 사실을 알게 되면서 암울해져 버린 거야. 자기들 마음대로 사람들을 실험실 동물로 이용한 다음 그 자료를 수집해 똑같은 질병을 앓는 사람들을 위한 치료약을 만드는 거였어. 아주 멋진 사기 행각이었지. 사람들은 많은 돈을 주고 병을 일으키는 물품을 사 먹는 거야. 양심의 가책 때문에 힘들어진 그 아이 아빠는 우리한테 몇몇 흥미로운 자료를 보내 줬어. 그러고는 사고를 당했지."

"사고요?" 토비가 물었다.

"교통이 혼잡한 시간에 육교에서 떨어졌어. 피로 범벅이 된 검보* 같았지."

"눈앞에 생생하게 그려지네요. 채식주의자한테는요." 토비가 말했다.

"그랬다면 미안하구먼. 소문으로는 자살이었어." 젭이 말했다.

"맞아요, 사실은 그게 아니었고요." 토비가 응답했다.

"우리는 그걸 기업 자살이라고 하지. 회사원이 회사가 싫어하는 일을 하게 되면 그 사람은 죽은 목숨이야. 직접 자신을 향해 방아쇠를 당기는 것과 같은 거라고."

"그렇군요."

"어쨌든 우리의 젊은이 이야기로 돌아가면 말이지. 그 아이

---

* 닭이나 해산물로 걸쭉하게 만든 수프.

어머니는 건강현인의 진단학 전공자였는데, 그 젊은이는 서명으로 풀 수 있는 엄마의 암호를 해킹해 시스템에 들어가 우리한테 자료들을 보낼 수가 있었지. 천재 해커였어. 그 아이 엄마는 건강현인 중앙 지점에 있는 최고 실력자와 재혼했는데 그 아이는 엄마를 따라 들어갔지."

"루선이 있는 곳이네요." 토비가 말했다.

젭은 내 말을 묵살했다. "보안장치를 뚫고 들어가 프로그램을 만들어 넣고 화면으로 신분증을 날조한 덕에 다시 접촉할 수 있게 됐지. 얼마 동안은 그로부터 소식을 들었는데 다시 사라진 거야."

"아마도 흥미를 잃었나 보죠." 토비가 말했다. "아니면 꼬리를 밟혔거나."

"아마도. 하지만 그 아이는 3차원 체스를 할 만큼 도전하는 걸 좋아해. 아주 영특한 아이였어. 게다가 무슨 애가 겁도 전혀 없어."

"그런 사람이 몇 명이나 있어요?" 토비가 물었다. "단지 안에요."

"그 아이 같은 해킹 천재는 한 명도 없어. 유일한 친구야."

45

건강 클리닉에 도착한 두 사람은 식초 방으로 들어갔다. 토비
는 세 개의 커다란 식초 통 뒤로 돌아가 병들을 얹어 놓는 선반
을 열쇠로 연 다음 안쪽 문을 열 수 있도록 선반을 돌렸다. 그녀
는 젭이 통들 사이를 비집고 들어가기 위해 숨을 빨아들여 배
통을 줄이는 소리를 들을 수 있었다. 뱃살이 늘어질 정도로 퉁
퉁한 편은 아니었지만 어쨌거나 젭은 몸이 컸다.

안쪽 방은 낡은 마룻장을 잇대 만든 테이블과 잡다하게 긁어
모은 의자들로 빈 공간이 거의 없었다. 한쪽 벽에는 수채화 그
림이 걸려 있었다. 말벌 연구인 성 E. O. 윌슨의 초상화였는데,
그 무렵 지나칠 정도로 자주 누알라를 찾아온 예술적 영감의
결과물이었다. 뒤쪽에서 비치는 태양이 성인에게 후광효과를
주고 있었다. 그의 얼굴에는 기뻐서 어쩔 줄 모르는 미소가 담
겨 있었고, 손에는 검은 점들이 여럿 찍혀 있는 수집용 단지가

들려 있었다. 이 점들은 벌, 아니 어쩌면 개미일 거라고 토비는 추정했다. 누알라가 그린 성인들 그림에서 자주 볼 수 있듯이 그 그림 역시 한쪽 팔이 다른 쪽 팔보다 길었다.

부드럽게 노크하는 소리가 들리더니 아담1이 문을 열고 미끄러지듯 살그머니 들어왔다. 나머지 사람들도 차례로 뒤따라 들어왔다.

아담1은 막후에서는 다른 사람이었다. 완전히 다르지는 않았으므로 진실함이 덜한 건 아니었지만 좀 더 현실적이었다. 책략에 있어서도 더 능란했다. "우리가 검토하는 사항들이 원만히 해결되도록 조용히 기도합시다." 아담1이 시작했다. 모임은 항상 이런 식으로 개최됐다. 바람이 통하지 않아 답답한 이 비밀의 방에서 기도를 한다는 게 토비에게는 조금 어려운 일이었다. 배 속에서 꼬르륵거리는 소리, 가볍게 떠도는 비밀스러운 냄새, 삐걱대거나 이리저리 움직이는 몸들이 너무나도 신경 쓰였기 때문이다. 어찌 됐든 토비는 기도드리는 일이 쉽지 않았다.

묵도를 할 때에는 타이머를 틀어 놓기라도 한 것 같았다. 사람들이 동시에 고개를 들고 눈을 뜨면 아담1은 방을 한 바퀴 둘러봤다. "저건 새로 그린 그림입니까? 벽에 걸린 그림요." 아담1이 물었다.

누알라가 환하게 미소 지으며 말했다. "성 E. O. 윌슨이에요. 말벌의 대가죠."

"정말로 똑같네요, 누알라." 아담1이 말했다. "특별히…… 누알라는 정말로 훌륭한 재능을 타고 났습니다." 그는 가볍게 기침했다. "자, 이제는 우리들의 긴박한 현실 문제로 가 볼까요? 방금 전에 아주 특별한 손님이 우리를 찾아오셨습니다. 현재는 말하자면 여행 중이지만 원래는 건강현인 중앙 지부에 계시던 분입니다. 그녀는 모든 어려움을 무릅쓰고 우리에게 게놈 코드를 선물로 가져왔습니다. 그 덕분에 일시적인 보호소뿐만 아니라 바깥지옥세계의 안전한 일자리도 알게 됐지요."

"그쪽에서 그녀를 찾고 있는 중입니다." 젭이 말했다. "그녀는 이 지역으로 되돌아오면 안 되는 거였어요. 가능한 한 신속하게 다른 장소로 이동시켜야 합니다. 보통 때처럼 접촉사고 정비소를 통해 꿈의 거리로 보낼까요?"

"그것이 확실한 방법이라 해도 불필요한 모험을 감행할 수는 없습니다. 필요하다면 언제라도 그녀를 이 비밀의 방에다 숨겨 놓을 수 있으니까요." 아담1이 말했다.

건강현인 조합에서 도망쳐 나오는 여자와 남자의 비율은 대충 3 대 1이었다. 누알라는 여자들이 더 윤리적이기 때문이라고 말했고, 젭은 여자들이 좀 더 까다로워서 그렇다고 말했으며, 필로는 결국 둘 다 똑같은 말이라고 했다. 그런 도망자들은 종종 금지된 정보를 들고 왔다. 공식. 줄줄이 길게 적힌 암호. 특허 낸 거짓말인 실험 비밀. 정원사들은 그걸로 뭘 했지? 토비는 궁금했다. 그들은 외국계 경쟁사들로부터 거금을 받을 수도 있었겠지만 회사의 산업스파이 자료로 팔지는 않은 게 확실했다. 토비가 아는 한 그들은 그것을 그저 꽉 쥐고 있었다. 어쩌면 아담 1은 좀 더 도덕적이고 기술적으로 숙달된 미래가 음울한 현재를 대신하게 됐을 때 보존된 디엔에이 코드를 통해 행방불명된 모든 생물종들을 복구하고 싶다는 꿈을 품고 있을지도 몰랐다. 매머드도 복제했는데 다른 것들을 왜 못 하겠는가? 그게 아담1이 꿈꾸는 궁극적인 방주였을까?

"우리를 새로 찾아온 손님이 아들에게 메시지를 전달하고 싶답니다." 아담1이 말했다. "그녀는 아들의 인생에서 아주 중요한 시기였을지도 모르는 때에 그 아이를 남겨 두고 떠났던 걸 걱정하고 있습니다. 지미가 그 아이의 이름입니다. 내가 알기로 그 아이는 지금 마사그레이엄 아카데미에 다니고 있습니다."

"그림엽서가 어떨까요?" 젭이 말했다. "모니카 이모로부터라고 쓰겠어요. 어서 주소를 갖다 주세요. 영국을 통해서 전달되도록 하지요. 다음 주에 송로버섯 한 사람이 그곳으로 여행을 갑니다. 물론 시체보안회사가 그걸 읽겠죠. 모든 엽서를 읽으니까요."

"그녀는 지미의 애완동물이었던 너구컹크를 헤리티지 공원의 숲에다 풀어 줬고, 그놈이 지금도 그곳에서 자유롭고 행복하게 살고 있다는 말을 해 주고 싶답니다. 그놈의 이름은, 그러니까 살인자예요."

"아, 지랄 염병할 것 같으니!" 젭이 말했다.

"그런 지나친 말은 삼가세요." 누알라가 말했다.

"미안해요. 하지만 빌어먹을, 너무 복잡하잖아요. 이번 달만 해도 벌써 세 번째 너구컹크 메시지란 말입니다. 다음번에는 게르빌루스쥐*와 생쥐일 거예요."

"나는 아주 감동적인걸요." 누알라가 말했다.

"어쨌든 몇몇 사람들은 자신들이 가르치는 걸 실천으로도 옮기는 것 같군요." 레베카가 말했다.

새로 온 피난민을 돌봐 주는 사람으로 토비가 지목됐다. 여자의 암호명은 망치대가리였다. 건강현인을 떠나올 때 자신이 훔친 자료가 어느 정도인지 알아내지 못하도록 남편의 컴퓨터를 가정 기술자의 공구로 부서뜨렸다는 말이 나돌았기 때문이었다. 날씬하고 눈이 푸른 그녀는 결코 차분하지 않았다. 그녀는 조합에서 도망친 다른 모든 사람들과 마찬가지로 자기가 조합을 대상으로 중대하고 이단적인 저항의 발걸음을 내디딘 유일한 사람이라고 생각했다. 그리고 그녀는 또한 다른 사람들과 마찬가지로 자신이 대단한 일을 해냈다는 말을 다른 사람들이 해 주기를 절박할 정도로 원했다.

토비는 호의를 베풀어 망치대가리가 얼마나 용감했는지 말해 줬다. 그건 맞는 말이기도 했다. 토비는 또 망치대가리가 꾸불꾸불한 우회 도로를 따라서 도망친 게 참으로 영리한 조처였

---

* 애완용으로 기르는 동물.

으며 가지고 나온 정보에 대해서도 진심으로 고맙게 여긴다고 말해 줬다. 사실상 그녀가 가져온 정보 중에서 그들에게 새로울 만한 건 하나도 없었다. 인간의 신피질을 돼지에게 이식하는 것 같은 아주 오래된 자료였기 때문이다. 하지만 그런 걸 솔직하게 말한다는 건 정말로 친절하지 못한 처사일 것이었다. 아담1은 늘 물고기가 아주 작을지도 모르지만 그래도 그물은 널따랗게 던져야 한다고 말했다. 만일 사람들에게 그들이 할 수 있는 일이 하나도 없다고 말한다면 그들은 백해무익한 일을 저지를 것이기 때문에 우리는 또한 희망의 등대가 되어야만 한다.

토비는 짙푸른 정원사 드레스로 망치대가리를 감싸 주고 얼굴을 가리기 위해 원뿔형 여과기를 코에 씌워 줬다. 하지만 그 여자는 안절부절못하고 신경질적으로 왔다 갔다 하며 담배를 피울 수 있느냐고 계속해서 물었다. 토비는 정원사 중에 담배를 피우는 사람은 한 명도 없기 때문에 만약 담배를 피우다 들키면 그녀의 정체가 폭로될 수도 있다고 말했다. 어쨌든 옥상에는 담배가 한 개비도 없었다.

망치대가리는 한 대 때려 주고 싶을 정도로 마루 위를 서성대며 손톱을 물어뜯었다. 토비는 당신한테 여기에 와 달라고 부탁한 사람은 한 명도 없고 우리는 당신이 들고 온 쓰레기 같은 한 물간 자료 때문에 궁지에 빠져들고 싶지도 않다고 말해 주고 싶었다. 결국 토비는 그 여자가 약간의 안정을 취할 수 있도록 양귀비를 조금 넣은 카밀러 차를 마시게 했다.

46

다음 날은 갈리시아의 성인 알렉산더 자와드즈키의 날이었다. 비교적 중요하지 않은 성인이었지만 토비는 그를 무척이나 좋아했다. 그는 불안정한 시대에 살았던 사람이었다. 하긴 폴란드에서 소란스럽지 않았던 때가 있었던가? 그렇지만 그런 가운데에도 그는 갈리시아의 꽃들을 모두 정리해 목록으로 만들고 풍뎅이들에게 이름을 지어 주는 등 다소 불합리해 보이는 일들을 자기 나름대로 조용하게 추구했다. 레베카도 그 성인을 좋아해 나비 아플리케*를 붙인 앞치마를 입고 풍뎅이 비스킷을 만들었으며, 비스킷은 성인의 이름 첫 자인 A와 Z를 장식해 어린 아이들에게 간식으로 나눠 줬다. 아이들은 그들 나름대로 성 알렉산더에 대한 노래를 만들었다. 알렉산더, 알렉산더, 풍뎅이처

---

* 천 조각을 덧댄 장식.

럼 코를 비틀어 보세요! 코를 손수건에 푼 다음 장미꽃에 붙이세요!

오전 무렵이었는데, 망치대가리는 전날 마신 양귀비의 효험으로 그때까지도 자고 있었다. 약을 과용한 것 같지만 토비는 죄책감을 느끼지 않았고, 그제야 정기적으로 해야 할 일들을 할 수 있는 여유가 생겼다. 토비는 벌을 대할 때 착용하는 베일과 장갑으로 무장한 채 풀무를 갖다 대고 모닥불을 피웠다. 벌들한테도 설명했듯이 그녀는 꿀이 철철 흘러넘치는 벌집에서 꿀을 추출하며 아침 시간을 보낼 생각이었다. 하지만 연기가 나기도 전에 젭이 나타났다.

"더러운 소식이 있어." 젭이 말했다. "자네 고통공 친구가 다시 나왔어." 다른 정원사들과 마찬가지로 젭 역시 토비가 아담1과 새싹과 꽃봉오리 합창단 아이들의 도움을 받아 블랑코로부터 구제됐다는 이야기를 알았다. 그건 구전되는 이야기에 속했다. 두 사람이 그 문제에 대해 이야기한 적은 한 번도 없었지만 젭은 토비의 두려움을 감지하고 있었다.

토비는 날카로운 얼음 조각이 그녀의 몸을 뚫고 지나가는 것처럼 느꼈다. 베일을 추켜올리며 그녀가 말했다. "정말이에요?"

"나이가 많아지더니 더 비열해졌어." 젭이 말했다. "빌어먹을, 그런 골칫덩어리는 일찌감치 독수리 밥으로 만들었어야 했는데. 아마 고위층에 친구들이 있는 모양이야. 저기 위쪽 오물늪에 있는 시크릿버거 가게 매니저로 돌아온 걸 보면 말이야."

"그가 그곳에 있는 한……." 토비가 말했다. 그녀는 목소리를 강하게 내려고 애썼다.

"벌꿀은 나중에 해도 돼." 젭이 그렇게 말하며 토비의 팔을 붙잡았다. "가만히 좀 앉아 있어. 내가 알아볼게. 어쩌면 그놈은 너에 대한 일을 모두 잊었을지도 모르잖아."

젭은 토비를 부엌으로 데려갔다. "토비, 왜 그래? 무슨 좋지 않은 일이라도 생겼어?" 레베카가 물었다. 토비는 그녀에게 전후 상황을 말해 줬다.

"아, 젠장." 레베카가 말했다. "마음 진정되게 차 한잔 타 줄게. 너무 걱정하지 마. 언젠가 그 사람 자기 업보로 죽게 될 거야." 하지만 그 언젠가가 너무 멀리 있다고 토비는 생각했다.

오후에는 수많은 일반 정원사들이 옥상에 모여 있었다. 일부는 평소보다 훨씬 더 세차게 불어온 폭풍우에 쓰러져 버린 토마토와 위로 뻗은 주키니를 줄을 따라 새롭게 동여매고 있었다. 다른 사람들은 그늘에 앉아 뜨개질을 하고 매듭을 매고 옷들을 수선하고 있었다. 아담과 이브 들은 도망자를 숨겨 주고 있을 때면 언제나 그렇듯이 안절부절못했다. 혹시 망치대가리가 추적이라도 당했으면 어쩐단 말인가? 아담1은 보초를 세워 놓았을 뿐만 아니라 자기 자신도 직접 옥상의 한쪽 가장자리에 자리를 잡고 명상할 때처럼 한쪽 다리로 서서 아래 거리를 감시하고 있었다.

망치대가리가 잠에서 깨어난 후 토비는 그녀를 상추 밭으로 보내 달팽이를 잡게 했다. 일반 정원사들에게는 그녀가 새로 개종한 사람이고 매우 수줍어 한다고 미리 일러뒀다. 그들은 이미 수많은 개종자들이 오가는 걸 봤다.

토비는 망치대가리에게 말했다. "혹시라도 방문객이 나타나면, 그러니까 만약에 검사 같은 걸 받게 되면, 모자를 끌어내리고 계속해서 달팽이만 잡으세요. 눈에 띄지 않게 행동하시면 돼요." 평소대로 처신하는 게 최선이라고 생각하며 토비 자신도 벌집에다 연기를 피우고 있었다.

그때 섀키, 크로제, 그리고 어린 오츠가 쿵쿵거리며 비상계단을 올라왔고 그 뒤를 아만다와 젭이 따르고 있었다. 그들은 곧바로 아담1에게로 갔으며 아담1은 턱으로 토비에게 그들이 있는 곳으로 오라는 신호를 보냈다.

"오물늪에서 몸싸움이 벌어졌지요." 그들이 아담1을 중심으로 모여 서자 젭이 말했다.

"몸싸움?" 아담1이 되물었다.

"우리는 그냥 가만히 보고만 있었는데 그 사람이 우리 쪽을 봤어요." 섀키가 말했다.

"그 사람이 우리한테 빌어먹을 고기를 훔쳐 간 놈들이라고 소리 질렀어요. 술에 취해서요." 크로제가 말했다.

"술에 취한 게 아니고 심신이 지쳐 있었던 거야" 아만다가 권위 있게 말했다. "그 사람이 날 때리려고 했지만 내가 사쓰마식으로 대항했죠." 토비는 살짝 미소 지었다. 아만다를 과소평가한 것은 실수였다. 이제 그녀는 키도 크고 강인한 아마존족의 전사였다. 그녀는 젭과 함께 도시의 유혈 사태 대응책을 연구하고 있었다. 충실한 심복을 두 명이나 거느리고서. 구제불능으로 쫓아다니는 수준에 불과하긴 해도 오츠까지 치면 세 명이나 됐다.

"그 사람이 누구야? 어디서 그런 일이 있었는데?" 아담1이 물었다.

"시크릿버거." 젭이 대답했다. "우리가 그곳을 점검하고 있었거든. 블랑코가 다시 나왔다는 소문을 듣고."

"젭이 그 사람한테 우나기 기술로 한 방 먹였어요." 새키가 말했다. "정말 멋졌어요!"

"자네가 직접 그곳을 찾아가야만 했나?" 아담1이 다소 언짢은 듯이 말했다. "다른 방법을……"

"그런데 아시아 퓨전들이 블랑코한테 떼로 달려들었어요." 오츠가 신이 나서 말했다. "병들을 들고요!"

"그가 무서운 칼을 꺼내 두 사람이나 찔렀는걸요." 크로제가 덧붙였다.

"불구로 만들어 놓지나 않았으면 좋으련만." 아담1이 말했다. "시크릿버거가 있다는 사실만으로도 한탄스러운데, 이런 몹쓸 짓까지 하다니. 불운한 사람이야. 우리가 원하는 건 폭력 없는 세상인데."

"판매대가 뒤집어지고 고기는 사방에 흩어졌어. 블랑코는 그저 몇 군데 찢어지고 멍만 들었을 뿐이고." 젭이 설명했다.

"참 불행한 일이야." 아담1이 말했다. "이따금씩 우리 자신을 방어해야 한다는 건 맞는 말이고 예전에도 그 사람하고 그런 문제로 애를 먹었던 적이 있지. 하지만 이번 경우는 우리가 먼저 공격한 것 같은 느낌이 드는데?" 그는 젭을 향해 얼굴을 찡그렸다. "아니면 공격을 유발했거나? 내 말이 맞아?"

"멍청한 놈이 자초한 일이야." 젭이 말했다. "우리한테 메달을 줘야 한단 말이네."

"우리가 가는 길은 평화의 길일세." 아담1이 얼굴을 한층 더 찡그리며 말했다.

"평화에도 한계가 있어." 젭이 말했다. "지난달 이때쯤부터 지금까지 추가로 멸종된 생물이 적어도 백 종은 된다네. 빌어먹을 모두 잡아먹혔단 말일세! 그저 여기 가만히 앉아서 등불이 꺼져 가는 걸 지켜볼 수만은 없지 않은가. 어디선가 시작해야 해. 오늘은 시크릿버거 가게에서, 내일은 빌어먹을 미식가 식당 체인점에서. 진행돼야만 할 일일세."

"동물들과 관련해서 우리의 역할은 증인이 되는 걸세." 아담1이 말했다. "이 세상에서 사라진 것들에 대한 기억과 게놈 유전자를 지키는 게 우리가 해야 할 일이야. 피에 피로 대항할 수는 없어. 그 점에 대해서는 서로 동의한 걸로 생각했는데."

침묵이 흘렀다. 섀키, 크로제, 오츠, 아만다가 말똥말똥 젭을 쳐다보고 있었다. 젭과 아담1은 서로를 응시하고 있었다.

"어쨌든 이젠 너무 늦었어. 블랑코가 광란하고 있으니까." 젭이 말했다.

"그가 평민촌 폭력배들의 경계선을 뚫고 올까요?" 토비가 물었다. "여기 싱크홀로 쳐들어오기 위해서요?"

"지금 상태로 볼 때 의심의 여지가 없지. 그는 통상적인 폭력배들 정도는 더 이상 무서워하지도 않아. 여러 차례 고통공 감옥을 들락거렸잖아." 젭이 말했다.

젭은 그곳에 모여 있던 정원사들에게 주의를 준 뒤 보초들을 일렬로 배치해 지붕을 빙 둘러싸게 했으며 비상계단 아래쪽에는 힘센 사람들을 문지기로 세웠다. 아담1은 누군가의 적처럼 행동하는 건 그들과 같은 수준으로 떨어지는 거라며 젭의 행동에 반대했다. 그러자 젭은 만약에 아담1이 어떤 식으로든 방어 대책을 세운다면 마음대로 하도록 내버려 두겠지만 그런 게 아니라면 쓸데없이 간섭하지 말고 가만히 있는 게 좋겠다고 말했다.

"동태가 수상해요." 바깥을 지켜보고 있던 레베카가 말했다. "세 명이 여기로 오는 것 같아요."

"무슨 일을 하든 황급히 도망치지 마요. 관심을 불러일으킬 수 있는 일은 절대로 하면 안 됩니다." 토비는 망치대가리에게 신신당부하고 나서 바깥을 살피기 위해 지붕 가장자리로 갔다.

헤비급 세 명이 사람들을 헤치며 인도로 걸어오고 있었다. 야구방망이를 들고 있긴 했지만 분무 총은 없었다. 시체보안회사 요원들은 아니고 그저 평민촌 갱들이었다. 시크릿버거 가게에서의 패배를 설욕하기 위해서였다. 셋 중 한 명이 블랑코였다. 어떤 각도에서도 토비는 금세 알아볼 수 있었다. 블랑코가 어떻게 할까? 그 자리에서 토비를 죽도록 때릴까? 아니면 다른 곳으로 끌고 가 좀 더 천천히 죽이려 들까?

"애야, 무슨 일이니?" 아담1이 물었다.

"그 사람이에요. 날 보면 죽일 거예요." 토비가 대답했다.

"정신 바짝 차려." 아담1이 말했다. "너한테 나쁜 일은 일어나지 않을 테니." 하지만 아담1은 도저히 이해할 수 없는 끔찍한 일들이라 해도 본질적으로는 상당히 합당한 이유가 있어서 발생한다고 생각했기 때문에 토비는 아담1의 말로도 전혀 안심이 되지 않았다.

젭은 토비에게 만일의 경우를 대비해 그들의 특별한 손님을 사람들 눈에 보이지 않는 곳으로 데려다 두는 게 좋겠다고 말했다. 그래서 토비는 망치대가리를 그녀의 침실로 데려가 신경을 안정시켜 주는 진한 카밀러 차에 양귀비 성분을 조금 섞어 마시게 했다. 망치대가리는 이내 잠에 곯아떨어졌고 토비는 가만히 앉아 그녀를 지켜보며 그들 두 사람이 끝까지 궁지에 몰리는 일이 없기를 희망했다. 토비는 자기도 모르는 사이에 무기를 찾아 주변을 둘러보고 있었다. 그래, 양귀비 병으로 때리면 되겠군. 하지만 그 병은 그다지 크지 않았다.

얼마 후 그녀는 다시 옥상으로 올라갔다. 그때까지도 양봉할

홍수의 해

때와 같은 복장이었다. 토비는 묵직한 장갑을 똑바로 끼고 풀무를 집어 든 다음 베일을 끌어내리고 벌들에게 말했다. "너희들이 내 메신저가 되어 날 지켜 주렴." 토비는 그들이 마치 들을 수 있는 것처럼 소곤댔다.

몸싸움은 오래가지 않았다. 토비는 누알라가 서둘러 밖으로 내보낸 어린아이들에게 새키, 크로제, 오츠가 재연해 보인 싸움의 전말에 대해 들었다. 그들의 이야기만 들으면 엄청난 싸움이었다.

새키가 말했다. "젭은 정말 대단해. 그 모든 걸 계획했다니! 우리가 엄청난 평화주의자니까 그 사람들 생각에는 그저…… 일종의 매복 기습 작전이라고나 할까. 우린 계단으로 후퇴하는 척하면서 그 사람들을 따라오게 했지."

"그런 다음, 그리고 그다음에." 오츠가 말했다.

"그런 다음 옥상으로 올라갔지. 거기서 젭은 첫 번째 놈이 덤빌 때까지 가만히 내버려 뒀어. 그러다 그놈이 달려들었을 때 들고 있던 야구방망이 끝을 꽉 잡아쥔 다음 확 밀어뜨린 거야. 그랬더니 그놈이 레베카 쪽으로 꽝 하고 나가떨어졌는데 마침 레베카가 두 갈래 포크를 들고 있었던 거지. 결국 놀라서 냅다 비명을 질러 대며 지붕 가장자리로 줄행랑치다 떨어졌어."

"이렇게 하면서!" 오츠가 두 팔을 도리깨처럼 휘두르며 말했다.

"그런 다음 스튜어트가 다음 사람한테 식물 수화기를 뿌렸어. 그건 고양이한테 쓰면 효과가 있대." 크로제가 말했다.

"아만다도 그 사람한테 뭔가 했어. 그랬지?" 섀키가 아만다에게 다정하게 말했다. "마래미* 같았는데 어떤 유혈 사태 대응 동작이었어. 아만다가 무슨 동작을 했는지는 모르겠지만 그놈도 한 방에 난간에서 떨어졌지. 급소 같은 데를 발로 찬 거야?"

"다른 곳으로 이동시켰어. 달팽이처럼." 아만다가 겸손을 빼며 말했다.

"그러자 세 번째 사람도 줄행랑을 치던걸. 제일 몸집 큰 사람 있잖아. 온몸에 벌들이 달라붙어서 꼼짝도 못 했어. 그건 토비가 한 거야. 사악하게시리. 아담1은 우리가 쫓아가지 못하게 막았어." 오츠가 말했다.

"젭이 그러는데 이게 끝이 아닐 거래." 아만다가 말했다.

토비도 자기 나름대로 그때 상황을 이야기할 수 있었다. 모든 일이 아주 빠르면서도 동시에 아주 느리게 진행되었다. 그녀는 벌통 뒤에 자리를 잡고 앉아 있었는데 그때 막 계단을 올라온 세 사람이 바로 그 자리에 나타났던 것이다. 창백한 얼굴에 아래턱이 거뭇거뭇하고 야구방망이를 들고 있던 남자, 얼굴에 흉터 자국이 있는 붉은 물고기파 부류의 남자, 그리고 블랑코였

---

* 전갱이과에 속하는 새끼 방어.

다. 블랑코는 단번에 토비를 알아봤다. "삐쩍 말라빠진 바보 같은 년! 너 잘 만났다." 블랑코가 소리를 질러 댔다. "넌 이제 내 밥이야!" 양봉용 베일은 그녀를 조금도 숨겨 주지 못했다. 블랑코는 칼을 꺼내 들고 히죽히죽 웃고 있었다.

첫 번째 남자는 레베카와 엉겨 붙어 싸우더니 어찌된 일인지 난간 아래로 떨어지며 비명을 질러 댔다. 하지만 두 번째 남자는 여전히 다가오고 있었다. 그때 한쪽 옆에서 우아하고 악의 없는 얼굴로 가만히 서 있던 아만다가 팔을 치켜들었다. 토비는 번쩍하고 뭔가가 반짝이는 걸 봤다. 유리였나? 바로 그 순간 블랑코가 토비에게 달려들 기세였다. 두 사람 사이에는 벌통 외에 아무것도 없었다.

토비는 벌통을 쓰러뜨렸다. 세 개를 모두. 토비는 베일을 쓰고 있었고 블랑코는 맨 얼굴이었다. 화가 난 벌들이 윙윙거리며 쏟아져 나와 블랑코를 향해 화살처럼 달려들었다. 그는 고함을 지르고 양팔을 도리깨처럼 휘둘러 대며 두 뺨을 때렸다. 비상계단으로 도망쳐 내려가는 그의 뒤를 기둥을 이룬 벌들이 쫓아갔다.

벌통을 다시 제대로 세우는 데 시간이 한참 걸렸다. 벌들이 화가 나서 날뛰는 바람에 몇몇 정원사들도 벌에 쏘였다. 토비는 벌에 쏘인 사람들을 찾아가 사과했고 카투로와 함께 다니며 칼라민과 카밀러로 그들의 상처를 치료해 줬다. 벌들에게 맥이 빠질 정도로 연기를 충분히 피운 다음 정원사들에게 했던 것보다 훨씬 더 장황하게 사과의 말을 늘어놓았다. 이번 전투에서 벌들도 많은 피해를 입었다.

47

식초 통 뒤에 있는 비밀의 방에서 열린 아담과 이브 들의 모임에는 긴장감이 흘러넘쳤다. "빌어먹을, 그 나쁜 놈이 허가도 없이 공격할 리는 없는데, 배후에 시체보안회사가 있을 거야. 우리가 단지에 있던 몇몇 사람을 구해 주고 있다는 걸 알아차린 거지. 늑대 이사야파처럼 우리를 광신적인 테러리스트 집단으로 낙인찍으려고 작당하고 있는 거야."

"아니에요, 개인적인 이유예요." 레베카가 말했다. "뱀들한텐 실례될지도 모르겠지만, 그 사람은 뱀처럼 비열해요. 토비를 찾아온 거였어요. 그거예요. 그 사람은 일단 어떤 구멍에 막대기를 꽂기만 하면 그게 자기 거라고 생각해요." 레베카는 한번 흥분하면 예전에 쓰던 어휘로 돌아간 다음 나중에서야 그걸 후회하는 경향이 있었다. "토비, 너한테 악의가 있는 건 아니야." 레베카가 말했다.

"직접적인 원인은 우리한테 있는 게 분명해." 아담1이 말했다. "어린아이들이 그 사람을 화나게 했으니까. 그리고 젭도. 잠자고 있는 개는 그냥 자도록 내버려 둬야 해."

"개가 맞아요. 개들한테 실례될지도 모르겠지만요." 레베카가 말했다.

"인도에 있는 사체 두 구는 평화를 사랑한다는 우리에 대한 평판에 별로 이롭지 못할 거야." 누알라가 말했다.

"사고였어요. 그들이 지붕에서 떨어졌잖아." 젭이 말했다.

"한 사람은 목에 칼자국이 있고 다른 한 사람은 떨어지면서 눈이 튀어나왔지." 아담1이 말했다. "앞으로 법의학 조사가 이뤄지면 모두 밝혀지겠지만."

"위험해요, 벽돌담은." 카투로가 말했다. "이런저런 게 튀어나와 있잖아요. 못. 깨진 유리. 날카로운 것들이."

"혹시 정원사가 몇 명 죽는 게 더 낫다는 건 아니겠지?" 젭이 말했다.

"만약에 자네의 전제가 맞다면, 그러니까 시체보안회사의 계략이 확실하다면 말이야, 자네 생각대로 정확하게 그런 사건을 유발하기 위해 그 세 사람을 보냈다는 건가? 우리가 법률을 위반해 그들에게 보복할 구실을 주도록?"

젭이 대답했다. "우리가 어떤 선택을 할 수 있었나? 그들이 우리를 벌레처럼 짓눌러 뭉크러뜨리도록 손 놓고 있을까? 그렇다고 우리가 벌레들을 으깨는 건 아니지만 말이지."

"그 사람은 다시 올 거예요." 토비가 말했다. "이유가 뭐든 간에, 시체보안회사가 개입됐건 그렇지 않건 간에요. 내가 여기에 머무는 한 내가 표적이겠죠."

아담1이 말했다. "토비, 내 생각에는 자네 안전과 정원의 안전을 위해 자네가 바깥지옥세계에 있는 적당한 송로버섯에 가 있는 게 좋을 것 같아. 자네는 그곳에서도 우리한테 상당한 도움을 줄 수 있어. 자네가 더 이상 우리와 함께 지내지 않는다는 걸 우리와 연결된 평민촌 망나니 조직을 통해 널리 퍼뜨려 달라고 부탁하겠네. 그러면 자네의 적이 동기를 상실할 수도 있고 적어도 당분간은 우리도 그쪽 진영의 공격으로부터 보호받을 수 있을 거야. 토비를 얼마나 빨리 이동시킬 수 있을까?" 아담1이 젭에게 물었다.

"명령만 내리면 분부대로 합지요." 젭이 말했다.

토비는 자신의 침실로 들어가 병에 담은 농축액, 건조시킨 약초, 버섯 등 꼭 필요한 물품들을 꾸렸다. 필라가 남겨 놓은 마지막 꿀단지 세 개. 그녀의 빈자리를 채울 이브6이 누가 될지는 몰랐지만 토비는 그녀를 위해 이것들 각각을 조금씩 남겨 뒀다.

토비는 이곳에 온 지 얼마 되지 않았을 때 무료함과 폐소공포증, 그리고 그녀가 생각하던 자신만의 삶에 대한 갈망으로 정원을 떠나고 싶어 했던 것을 떠올렸다. 하지만 정말로 정원을 떠나게 되니까 마치 쫓겨나는 것만 같았다. 아니, 그보다는 사지가 비틀리고 절단되고 피부가 벗겨지는 것만 같았다. 그녀는 다소 둔해지고 싶어 양귀비를 마시고 싶었지만 그런 욕구를 억눌렀다. 방심은 금물이었다.

또 다른 고통은 자신이 필라의 기대를 저버렸다는 사실이었다. 벌들과 작별 인사를 나눌 시간이 있을까? 그럴 수 없다면 벌들이 죽을까? 누가 벌을 돌보게 될까? 누구에게 그런 기술이 있을까? 토비는 머리를 스카프로 가리고 벌통이 있는 곳으로 서둘러 나갔다.

"벌들아, 너희들한테 할 말이 있어." 토비는 큰 소리로 말했다. 벌들이 공중에서 나는 걸 멈췄나? 내 말을 듣고 있는 걸까? 몇몇 벌들이 그녀를 탐색하러 다가와 그녀의 얼굴에 앉더니 피부에 있는 화학물질을 통해 그녀의 감정을 탐구하기 시작했다. 토비는 벌들에게 벌통을 쓰러뜨린 자신의 행동을 용서해 달라고 말했다. "얘들아, 여왕벌한테 내가 떠나야만 한다는 사실을 꼭 전해 줘." 토비가 말했다. "너희들 때문에 떠나는 게 아니야. 정말이지 너희들은 너희의 의무를 다 수행했어. 난 내 원수 때문에 어쩔 수 없이 떠나야만 한단다. 정말 미안. 우리가 다시 만날 땐 좀 더 행복한 환경이기를 기도하자." 토비는 벌들을 대할 때마다 항상 틀에 박힌 말만 하고 있는 자신을 발견했다.

벌들은 윙윙대고 쉿쉿 거렸다. 토비에 대해 의논하고 있는 것 같았다. 그녀는 보송보송한 황금빛 털을 지닌, 한 마리의 커다란 집합적 애완동물 같은 그들을 데리고 갈 수 있기를 소망했다. "벌들아, 너희들이 많이 보고 싶을 거야." 토비가 말했다. 마치 대답이라도 하듯이 벌 한 마리가 그녀의 콧구멍 위로 기어오르기 시작했다. 그녀는 힘차게 숨을 내뿜어 벌을 떨쳐 버렸다. 어쩌면 이런 만남을 위해 모자를 쓰는 건지도 모른다고 토비는 생각했다. 그래야 그들이 귓속으로 들어가지 않을 것이다.

토비는 침실로 다시 돌아갔고 한 시간 후에 아담1과 젭이 그곳으로 찾아왔다. "토비, 이걸 입는 게 좋을 것 같아." 아담1이 말했다. 퍼덕이는 빨간색 고무 발과 미소 짓는 노란색 플라스틱 부리가 달린, 솜털로 뒤덮인 분홍색 오리 모양 모피 옷이 아담1의 손에 들려 있었다. "원뿔형 여과기는 안에 장착돼 있어. 최신 직물로 만든 거라는군. 모헤어 신생체 모피라는데 이 옷감이 너 대신 숨을 쉰다는구나. 라벨에 그렇게 설명돼 있어."

토비가 칙칙한 정원사 옷을 벗고 오리 모양의 모피 옷을 입는 동안 두 사람은 침실 커튼 반대편에서 기다렸다. 신생체 모피든 아니든 그 옷을 입으니 더웠다. 그리고 캄캄했다. 그녀는 커다란 검은색 동공이 붙어 있는 둥그렇고 하얀 눈을 통해 밖을 내다보고 있다는 사실을 알긴 했지만 마치 열쇠 구멍을 통해 보는 것만 같았다.

"날개를 퍼덕거려 봐." 젭이 말했다.

토비가 모피 옷에 달린 팔 안에서 두 팔을 위아래로 움직이자 오리 복장이 꽥꽥거렸다. 마치 노인이 코 푸는 소리 같았다.

"꼬리를 흔들어 대고 싶으면 왼쪽 발을 쾅쾅 굴러."

"말은 어떻게 하죠?" 토비가 물었다. 그녀는 다시 한 번 더 큰 소리로 말해야 했다.

"오른쪽 귓구멍으로 말하면 돼." 아담1이 말했다.

아, 괜찮은데. 토비는 생각했다. 발로 꽥꽥거리고 귓구멍으로 말한다 이거지. 다른 신체적 기능에 대해서는 더 이상 물어보지 말아야지.

토비는 다시 정원사 드레스로 갈아입었고 젭은 오리 모양의 모피 옷을 더플백*에 쑤셔 넣었다. "트럭으로 태워다 줄 거야. 차는 앞에 와 있어." 젭이 말했다.

"토비, 곧바로 연락하마." 아담1이 말했다. "유감스럽고…… 아쉽다…… 언제라도 빛을 잃으면 안 된다……."

"노력할게요." 토비가 말했다.

인조 공기를 이용하는 정원사 트럭에는 "파티 타임"이라는 로고가 달려 있었다. 토비는 젭과 함께 앞좌석에 앉았다. 망치 대가리는 풍선 상자로 가장한 채 뒷좌석에 숨어 있었다. 젭은 일석이조라고 말했다.

"미안해." 젭이 덧붙였다.

"뭐가요?" 토비가 물었다. 자신이 떠나는 게 아쉽다는 뜻인가? 그녀의 맥박이 살짝 뛰었다.

---

* 거친 직물로 짠 가방.

"새 두 마리를 죽인다고 했잖아. 새를 죽인다는 그런 말은 하는 게 아닌데."

"아, 네. 괜찮아요." 토비가 말했다.

"방침에 따라 망치대가리는 다른 곳으로 보내기로 했어. 밀폐된 총알 기차에서 일하는 짐꾼들 중에 연결망이 있거든. '파손주의'라고 표시한 화물로 갈 수 있는 거지. 오리건 주에 송로버섯 지부가 있어서 사람들 눈에 띄지 않게 그녀를 보호해 줄 거야."

"나는요?" 토비가 물었다.

젭이 말했다. "아담1이 자네를 정원 가까운 곳에 두고 싶어 해. 블랑코가 고통공 감옥에 다시 들어갈 경우 되돌아올 수 있게 말이야. 자넬 위해서 바깥지옥세계에 집을 하나 마련했는데 그곳에 들어가기까지는 며칠 걸릴 거야. 그동안은 그냥 모피 옷을 입고 지내 봐. 꿈의 거리, 그곳에 있는 사람들은 주문받은 유전자를 팔고 다니는데, 동물 모피 옷을 입은 사람들이 득실거리고 있어서 너한테 주목할 사람은 한 명도 없을 거야. 몸을 웅크리는 게 좋겠다. 오물늪을 지나는 중이야."

젭이 접촉사고 정비소에서 토비를 내려 주자, 그곳에 거주하는 정원사들이 트럭에서 내린 그녀를 재빨리 데려다가 예전에 수력 승강기가 있던 곳에 숨겨 줬다. 그런 다음 바닥에 난 작은 문을 덮었다. 그곳에서 그녀는 오래된 엔진오일 냄새를 맡으며 눅눅한 콩튀김과 으깬 순무로 빈약한 식사를 한 뒤 음식을 소화시키기 위해 옻나무 가루를 삼켰다. 토비는 오래된 매트리스 위에서 모피 옷을 베고 잤다. 그곳에는 생태변기는 없고 녹슨 행복한컵 커피 통만 있었다. 가까이에 있는 걸 사용하라는 것이 정원사들 마음속에 간직된 표어였다.

토비는 접촉사고 정비소에 살던 쥐 집단의 좋은풍경 콘도로의 이주가 완전히 성공적이지는 않았음을 알게 되었다. 하지만 남아 있는 쥐들이 드러내 놓고 적대적인 행동을 취하지는 않았다.

다음 날 아침 인조 모피 옷 속에 들어간 토비는 꿈의 거리를 뒤뚱뒤뚱 걸어 다니며 이따금 꽥꽥 소리도 지르고 꼬리도 흔들어 댔다. 광고판을 몸에 걸친 채 전단지를 나눠 주는 등 그럴듯한 일도 시작했다. 광고판 전면에는 "공원 속 새론당신 스파에서 미운오리새끼 아름다운 백조로 탄생하다! 자부심에 활력을!"이라고 적혀 있었고, 뒷면에는 "새론당신! 당신을 위해 나서다!"라고 적혀 있었으며 전단지에는 "피부조직 개선! 저비용! 유전자 오류를 막아라! 100% 전환 가능!"이라고 쓰여 있었다. 새론당신은 유전자 치료처럼 극단적이거나 영구적인 방식은 판매하지 않았다. 대신 그곳에서는 좀 더 피상적인 치료를 판매했다. 수액, 신체조직 세안제, 탄력 있는 피부 만들기, 채소 나노 세포에 주입하기, 매끈하고 새로운 피부를 위한 곰팡이 처방, 강력한 얼굴 크림, 수분 보충 연고, 이구아나 성분으로 피부 색조 변화시키기, 미생물을 이용한 잡티 제거, 편평 사마귀에 대한 거머

홍수의 해

리 요법.

토비는 수많은 전단지를 나눠 줬지만 몇몇 유전자 가게 주인들로부터 괴롭힘도 당했다. 꿈의 거리에서는 꿈이 꿈을 먹고 있었다. 거리에는 사자, 모헤어 양, 곰 두 마리, 토비와 다른 오리 세 마리 등 모피 옷을 착용하고 일하는 사람들이 제법 많았다. 저들 중에서 진정으로 돈을 벌기 위해 일하는 사람이 몇 명이나 될까? 만약에 토비가 누구나 볼 수 있는 탁 트인 곳에서 자신의 몸을 숨기기 위해 일하고 있는 것이라면, 남들 눈을 피해야 하는 다른 사람들도 토비와 똑같은 해결책을 발견했을 수 있었다.

만약 토비가 예전에 이 옷을 입고 일했을 때처럼 정말 모피 옷을 팔기 위해 일한 것이었다면 하루가 끝날 때 그녀는 작업 시간을 기록하고 모피 옷을 벗은 다음 온라인 급료 영수증을 주머니에 집어넣었을 것이다. 하지만 그때와는 사정이 달랐으므로 젭이 트럭을 타고 토비를 데리러 왔다. 트럭의 로고는 대형 모피 옷-야성적으로 말하라!로 바뀌어 있었다. 여전히 모피 옷 차림이었던 토비는 몸을 굴려 뒷좌석에 올라탔고 젭은 또 다른 정원사 거주지인 오물늪의 버려진 은행으로 그녀를 데려갔다. 과거에는 여러 은행들이 스스로를 보호하기 위해 지역의 평민촌 폭력배에게 돈을 지불했는데 얼마 지나지 않아 텍사스-멕시코의 신원 도용 전문가들이 생쥐처럼 자유롭게 들락날락하고 있었다. 결국 은행들은 포기와 철수를 선택했다. 신원을 도용하는 도둑들이 쳐들어와 은행원의 엄지 손가락을 절단해 은행 계좌에 접근한 다음 돈을 마구 빼내고 그동안 은행원들은 입에 접착테이프를 붙인 채 마룻바닥에 엎드려 있다고 생각해 보라. 어떤 은행원도 그런 날을 유익하게 보낸 영업일이었다고 생각하지 않을 것이다.

하룻밤을 보내기에는 구식 은행 금고가 자동차 정비소의 수력 승강기가 있던 자리보다 훨씬 더 나았다. 서늘하고 쥐도 없고 가스 냄새도 전혀 나지 않았다. 다만 부드럽게 산화되는 과거의 종이 돈 냄새가 남아 있을 뿐이었다. 하지만 그 순간 토비는 만약에 누군가가 무심코 금고문을 닫고 자물쇠로 잠근 다음 자신의 존재를 새까맣게 잊는다면 어떤 일이 벌어질까 걱정되기 시작했다. 그런저런 염려로 토비는 잠을 제대로 이루지 못했다.

다음 날 토비는 또다시 꿈의 거리로 나갔다. 무더위 속의 오리 복장은 견디기가 힘들었다. 한쪽 고무 발은 떨어져 나가려고 했고 코에 쓴 원뿔형 여과기는 필터가 작동하지 않았다. 혹시라도 정원사들이 그녀를 버리고 떠나서 혼자만 남게 되면 더 이상 존재하지도 않는 새-동물로 바뀐 몸으로 꿈의 땅 여기저기를 떠돌다 탈수증을 일으켜 결국엔 죽음을 맞이하게 되지 않을까? 언젠가 하수관을 막고 있는 만신창이 축축한 분홍색 인조 깃털 속에서나 발견되겠지.

하지만 때마침 나타난 젭이 그녀를 차에 태워 모헤어 가맹점 아울렛 뒤편에 있는 병원으로 데려갔다. "머리랑 피부를 손질할 거야." 젭이 말했다. "얼굴색을 가무잡잡하게 만들고 지문과 성문도 바꿀 거야. 음조에도 좀 변화를 주고." 홍채 색소를 변화시키는 생물공학은 위험했다. 다소 불쾌할 정도로 눈이 튀어나온 것 같은 느낌을 받을 수도 있어서 콘택트렌즈를 써야 할지도 모른다고 젭이 말했다. 녹색으로, 젭이 직접 색깔을 골랐다.

"목소리는 높일까 낮출까?" 젭이 물었다.

"낮춰요." 바리톤은 아니기를 바라며 토비가 말했다.

"잘 선택했어." 젭이 말했다.

의사는 중국 사람이었는데 상당히 부드러웠다. 마취할 것이고 위층에 있는 회복실에서 마취가 풀리기를 기다릴 것이었다. 최고급 시설이라고 젭이 말했다. 일단 수술실 안으로 들어가니 정말로 깨끗해 보였고 자르거나 꿰매는 작업이 많지는 않았다. 토비의 손끝에서 감각이 사라졌는데, 다시 돌아올 거라고 젭은 말했다. 목소리 수술로 목구멍이 많이 아팠고 모헤어 가죽을 붙이는 동안 머리도 몹시 근질거렸다. 처음에는 피부 착색이 고르지 않았지만 젭은 육 주가 지나면 좋아질 거라고 했다. 그때까지 토비는 철저하게 햇빛을 피해야만 했다.

토비는 태양촌에 있는 송로버섯 지부에서 육 주 동안 은둔 생활을 했다. 이름이 머피인 연락원이 전기로 움직이는 매우 비싼 쿠페형 자동차를 타고 병원으로 그녀를 데리러 왔다. 머피가 말했다. "혹시라도 누가 물으면, 그냥 새로 온 하녀라고 말하세요. 그리고 양해를 구할 게 있는데, 우리 집에서는 고기를 먹어야 해요. 그것도 위장의 일부라고 생각하시면 돼요. 끔찍한 일이긴 하지만 태양촌에 사는 사람들은 거의 다 육식을 하거든요. 바비큐한 고기가 아주 큰데, 당연히 유기농이고 키다리 선반에서 키운 것도 있어요. 뇌도 없고 고통도 없이 그저 근육조직만 자라는 거예요. 우리가 그걸 먹지 않으면 수상쩍겠죠. 하지만 되도록 당신이 음식 냄새를 맡지 않아도 되게 조심할게요."

경고는 너무 늦었다. 토비는 벌써 엄마가 예전에 뼈를 넣고 끓여 주던 국과 유사한 냄새를 맡았다. 그런 자신이 수치스러웠지만 그 냄새를 맡으니 배가 고팠다. 배도 고프고 슬프기도 했다. 어쩌면 슬픔은 일종의 배고픔일지도 모른다고 토비는 생각했다. 슬픔과 배고픔은 서로 붙어 다니나 보다.

자그마한 하녀 방에서 토비는 온라인 잡지를 읽고 안구에 콘택트렌즈를 붙이는 연습을 했으며 바다소리 이어폰으로 음악을 들었다. 비현실적인 휴식 기간이었다. "번데기가 됐다고 생각해." 변화 과정이 시작되기 전에 젭이 토비에게 말했다. 실제로 그녀는 토비로 들어가 토비아타로 변해서 나왔다. 영국적인 요소는 줄어들고 라틴적인 요소가 늘어났으며 알토처럼 좀 더 깊이 있는 사람이 되었다.

토비는 자신의 변화된 모습을 쳐다봤다. 새로운 피부, 새로운 풍성한 머리칼, 좀 더 두드러진 광대뼈. 아몬드 모양의 새로운 녹색 눈. 앞으로는 아침마다 렌즈 넣는 걸 잊으면 안 되었다.

이런 변화를 통해 토비가 아찔할 정도로 아름다워진 것은 아니었지만 그게 목적은 아니었다. 변신을 꾀한 것은 그녀가 사람들의 눈에 좀 더 띄지 않게 만들기 위해서였다. 미모는 단지 거죽 한 꺼풀일 뿐, 외모로는 인품을 알 수 없다고 토비는 생각했다. 하지만 어째서 항상 단지라는 말이 따라붙는 거지?

　그래도 토비의 새로운 용모는 나쁘지 않았다. 머리칼은 괜찮은 변화였다. 이 집에서 키우는 고양이들이 흥미를 보이는 걸 보면 아마도 희미하게나마 양과 유사한 냄새가 나기 때문일 것이다. 아침에 잠에서 깨어나면 고양이 한 마리 정도는 토비의 베갯머리로 와서 가르랑 소리를 내며 그녀의 머리칼을 핥고 있을 것만 같았다.

48

일단 머리 가죽이 두피에 단단하게 달라붙고 피부 색조가 균일해지자 토비 마음속에도 새로운 신분으로 변화할 마음의 자세가 갖추어졌다. 앞으로 어떻게 살아갈지에 대해서는 머피가 구체적으로 설명해 줬다.

"공원에 있는 새론당신 스파를 생각해 뒀어요." 머피가 말했다. "그곳에는 버섯, 수액을 만드는 식물이 많으니까 당신한테 적합할 거예요. 젭이 말해 줬거든요. 아마 그들이 취급하는 제품들에 대해 신속하게 파악할 수 있을 거예요. 그들은 카페를 위한 유기농 농장을 갖고 있고 퇴비 더미 등에 대해서도 자부심이 아주 대단해요. 시험 삼아 식물 접합도 시도하고 있는데 아마 당신도 흥미를 느낄 거예요. 나머지 부분은 모든 걸 체계화하는 거예요. 제품이 들어오고 부가가치가 발생하고 제품이 나가고 그런 거죠. 장부랑 재고품을 감독하고 직원들을 관리하고요. 당신이 사람들과의 관계가 아주 좋다고 젭이 말하더군요. 절차상의 매뉴얼이 이미 갖춰져 있으니까, 그냥 그대로 따라하면 될 거예요."

"제품이란 게 손님들인가요?" 토비가 물었다.

"맞아요." 머피가 말했다.

"부가가치라면?"

"그건 실체가 없어요." 머피가 말했다. "손님들이 나중에 자기 모습이 보기 좋아졌다고 느끼는 거죠. 그러면 그런 사람들은 돈을 많이 지불할 테죠."

"내가 어떻게 이런 곳에서 일하게 됐는지 말해 주실 수 있나요?" 토비가 물었다.

"제 남편이 새론당신의 이사예요." 머피가 말했다. "걱정 마세요. 남편한테 거짓말하지 않았으니까요. 그 사람도 우리의 일원이에요."

*

일단 새론당신 스파에 정착한 토비는 분명치 않은 텍사스-멕시코 출신이긴 했지만 신중하면서도 능률적인 매니저로서의 토비아타 역할에 전념했다. 낮에는 차분했고 밤에는 평온했다. 실제로 전 지역에 전기 울타리가 쳐져 있었고 수위실 네 곳에는 경호원이 있었다. 하지만 신분증 조사는 엄격하지 않아 경호원들이 토비를 괴롭힌 적은 한 번도 없었다. 새론당신은 높은 수준의 보안 검사가 이루어지는 초소는 아니었다. 스파란 곳이 보호해야 할 큰 비밀이 있는 게 아니어서 경호원들은 단지 피부가 늘어지고 주름살이 잡히는 징후를 처음 발견하고 깜짝 놀란 부인들이 들어왔다가 반짝반짝 탱글탱글 탄력을 회복하고 레이저 박피와 방사선 치료로 생기를 불어넣고 잡티를 빼낸 모습으로 나가는 걸 감시할 뿐이었다.

하지만 부인들은 여전히 놀라고 불안한 표정들이었다. 그 모든 문제, 즉 만사가 언제 또다시 그들에게 닥칠까? 죽을 수밖에 없는 인간의 유한성을 알려 주는 그 모든 징후들. 만사라는 것. 그걸 좋아하는 사람은 한 명도 없다고 토비는 생각했다. 인간은 육체이기에 물체. 그런 식으로 제한받고 싶은 사람은 한 명도 없다. 차라리 날개라도 있으면 좋겠다. 심지어 살이라는 단어조차 감상적인 소리로 들린다.

우리는 단지 아름다움만을 파는 게 아닙니다. 새론당신 회사 직원 지침서에는 그렇게 적혀 있었다. 우리는 희망을 팔고 있습니다.

일부 너무나 많은 것을 요구하는 까다로운 고객도 있었다. 새론당신의 최고급 제품으로 치료를 받는데도 어째서 스물한 살로 되돌아갈 수 없는지 그들은 이해하지 못했다. "현재 저희 회사 실험실에서 진행 중인 연령 반전 실험이 상당한 진전을 이뤘어요." 토비는 달래는 어조로 그들에게 말했다. "하지만 아직

실행 단계에는 미치지 못했죠. 몇 년만 기다리시면⋯⋯."

정말로 현재 나이에 영원히 영원히 머무르고 싶으면 그냥 지붕에서 뛰어내리지 그래. 죽음이야말로 시간을 멈추는 가장 확실한 방법이잖아. 토비는 그런 생각을 하고 있었다.

토비는 설득력 있는 매니저가 되기 위해 전력을 쏟았다. 그녀는 스파를 효율적으로 운영했고 직원이나 고객 모두의 말에 세심하게 귀 기울였으며 필요할 때는 분쟁을 중재했다. 효율성과 심미안도 연마했다. 이브6이었던 게 많은 도움이 되었다. 그런 경험을 통해 토비는 자신에게 아무 말 없이도 마치 깊은 관심을 품고 있는 것처럼 엄숙하게 바라볼 수 있는 재능이 있음을 발견했다. "명심하란 말이야. 손님들은 누구나 공주가 되고 싶어 하고, 공주들은 이기적이고 거만해." 하고 토비는 직원에게 말했다. 손님들 수프에 침만 뱉지 마라고 조언해 주고 싶었지만 그건 토비아타의 성품과는 너무나도 어울리지 않는 말이었다.

정말로 약이 바짝 오르는 날이면 토비는 마치 선정적인 잡지라도 들여다보는 것처럼 스파를 두루두루 돌면서 즐거움을 찾았다. 잔디에서 시체로 발견된 사교계 명사, 얼굴이 유독 물질에 중독된 것으로 의심되다. 박피 죽음과 결부된 독버섯. 비극이 풀장을 활보하다. 하지만 무엇 때문에 여자들에게 분풀이한단 말인가? 지구상에 존재하는 다른 모든 것처럼 그들 역시 단지 기분 좋고 행복해지기를 원했을 뿐이다. 그녀가 무엇 때문에 부풀어 오른 혈관과 탄력 있는 뱃살에 대한 그들의 집착을 시샘해야 하는가? 새론당신 조합의 교육 매뉴얼에 따라 토비는 아가씨들에게 "핑크로 생각하라."라고 지시했다. 그런 다음 자신에게도 똑같은 말을 했다. 못 할 게 무엇인가? 우중충한 노란색보다야 훨씬 멋있는 색깔이다.

조심스러워 망설였지만 그 무렵 토비는 몇 가지 비품을 따로 모아 두기 시작했다. 그녀만의 비밀스러운 아라랏을 세우기 위해서였다. 토비 자신이 물 없는 홍수를 믿는지는 확실치 않았다. 시간이 흐를수록 정원사들의 이론이 현실에서 점점 더 동떨어지고 더 공상적이고 더 독창적인 것처럼, 한마디로 미치광이 생각처럼 여겨졌다. 하지만 토비는 기본적인 예방 조치를 취할 정도로는 믿었다. 스파의 재고품을 책임지고 있었으므로 비품을 비축하기도 쉬웠다. 그녀는 재활용 쓰레기통에서 텅 빈 용기를 한 번에 몇 개씩 회수하기만 했는데, 새론당신 장 청소를 위한 용기들은 큰 데다가 찰칵하고 닫을 수 있는 뚜껑까지 있어서 상당히 유용했다. 그녀는 용기에다 콩튀김, 말린 해초, 분말로 된 우유 대용품, 콩정어리 통조림통을 채워 넣고 뚜껑을 닫은 다음 자재 창고 선반 맨 뒤쪽에다 보관했다. 다른 두 직원들이 저장실로 들어가는 문의 암호를 알고 있었다. 하지만 토비는 재고품을 엄격하게 관리하고 좀도둑에게 단호한 태도를 취하기로 소문이 자자했으므로 식량으로 가득 찬 용기들을 들고 도망갈 사람은 한 명도 없을 것 같았다.

홍수의 해

토비 혼자 쓰는 사무실에 컴퓨터가 있긴 했지만, 허용된 사용 범위를 벗어나는 경우 뒤따를 위험 요소들에 대해 그녀는 잘 알았다. 새론당신 조합의 몇몇 직원들이 그녀가 찾는 사이트와 메시지들을 감시하고 직원들이 근무시간에 포르노 영상물을 보지 않는지 확인하기 위해 조사하고 있을지도 몰랐다. 그래서 평소 그녀는 일반 뉴스만을 대충 훑어보면서 그런 식으로라도 정원사에 대한 소식을 들을 수 있기를 바랐다.

그렇게 해서 얻을 수 있는 정보는 많지 않았다. 때때로 광신적인 환경론자들이 저지른 파괴적인 행동들에 대한 이야기가 있긴 했지만 그때는 그런 단체들이 많았다. 보스턴 커피 사건 때 토비는 군중 속에서 몇몇 정원사들의 얼굴들을 알아볼 수 있었다. 그들은 행복한컵 커피콩을 항구에 처넣고 있었는데 그녀가 잘못 봤을 수도 있었다. 몇몇 사람들이 "신은 초록색이다."라는 의미로 G=G라는 문자가 적힌 티셔츠를 입고 있었지만, 그걸로는 아무것도 알 수 없었다. 정원사들은 예전에도 티셔츠를 입은 적이 없었기 때문이다.

시체보안회사는 행복한컵 폭동을 완전히 진압할 수도 있었다. 우연히 근처에 있게 된 텔레비전카메라 촬영기사들을 포함해 그곳에 있던 사람 모두를 향해 분무 총을 발사할 수도 있었다. 물론 그렇게 한다고 해서 사건에 대한 취재를 완벽하게 막을 수 있는 건 아니다. 사람들이 카메라 폰을 활용했기 때문이다. 하지만 시체보안회사는 유일하게 무기를 갖고 있는 집단이었다.

어째서 공공연하게 습격해 들어오거나 남들 다 보는 데서 적에게 맹렬히 달려들거나 명백한 전체주의 규칙을 강요하지 않았을까? 군대가 민영화되었기 때문에 그들은 심지어 군대도 운용하고 있었다.

토비는 한때 젭에게 바로 그런 질문을 했다. 젭에 의하면 공식적으로 그들은 유명 조합에 의해 은밀하게 고용된 보안 회사이며, 그 조합은 아직도 자신들이 정직하고 신뢰할 수 있으며 데이지처럼 친근하고 토끼처럼 악의가 없는 곳으로 인식되기를 원한다고 했다. 따라서 일반 소비자들에 의해 거짓말하고 무자비하며 압제적인 학살자로 간주되는 건 곤란했다.

"조합은 물건을 팔아야 하지만 그렇다고 강제로 사게 할 수는 없지." 젭이 말했다. "아직은 안 돼. 깨끗한 이미지는 아직 필수 요소니까."

간단히 말해서 사람들은 행복한컵 커피에서 피 맛이 나는 걸 원하지 않았다.

송로버섯에 살 때 토비를 돌봐 주던 머피가 새론당신 치료 과정에 직접 등록하면서까지 토비와의 연락을 유지했기 때문에 토비는 이따금씩 정원사들의 소식을 전해 들을 수 있었다. 아담 1은 잘 지내고 있었고, 누알라가 안부를 전해 왔다. 정원사들의 영향력도 여전히 확장되고 있었으나 상황은 불안했다. 종종 머피는 일시적으로 은신처가 필요한 여자 도망자를 데려왔다. 그 여자에게도 자기가 입은 것 같은 부유한 태양촌 부인들의 옷과 같은 색깔 옷을 입혔는데 파스텔 톤 하늘색, 크림 같은 베이지색이었으며, 그녀 역시 치료를 받을 수 있도록 등록해 줬다. "그냥 진흙을 발라 주고 수건으로 덮어 둬요. 아무도 눈치채지 못할 테니까." 머피 말대로 아무도 알아차리지 못했다.

그런 긴급 손님 중 하나가 망치대가리였다. 토비는 그녀를 단번에 알아봤다. 안절부절못하는 손, 순교자처럼 강렬한 푸른 눈. 하지만 그녀는 토비를 알아보지 못했다. 그러니까 결국 망치대가리는 오리건 주에 가서도 조용하게 살지 못했던 거였다. 그녀는 아직도 이 지역에 남아 모험을 무릅쓰면서 항상 경찰에 쫓기고 있는 신세였다. 그녀는 보나마나 도시의 그린 게릴라* 현장에 끌려들어 갔을 것이고, 그랬을 경우 그녀의 인생은 끝난 거나 마찬가지였다. 시체보안회사가 그런 활동가들을 모두 제거해 버리기로 작정했다는 소문이 나돌았기 때문이다. 그들은 과거 건강현인 시절의 그녀에 대한 신원 표본을 갖고 있을 테고 일단 한번 그들의 조직에 포함되면 그들의 기록과 일치되는 치과 치료나 디엔에이를 지닌 시체로 나타나지 않는 이상 그들의 조직에서 벗어날 방법은 전혀 없었다.

토비는 망치대가리를 위해 종합적인 아로마 화합물과 여분의 깊은 모공 긴장 완화제를 주문했다. 그녀에겐 이런 치료제가

* 뉴욕에서 환경보호를 위한 교육 활동을 하는 집단.

필요한 것 같았다.

새론당신에는 한 가지 중대한 위험 요소가 있었다. 루선이 정기적으로 방문하는 손님이라는 사실이었다. 그녀는 매달 단지 내 간부급 부인의 복장으로 들러 화려한 네일 아트, 고급스러운 피부 보완 작업, 젊음의 전신욕샘을 빼놓지 않고 이용했다. 루선은 정원사들과 함께 있을 때보다 더 우아해 보였다. 비닐봉지를 입어도 정원사보다는 우아할 테니까 이런 변신이 어렵지 않겠지 하고 토비는 생각했다. 하지만 루선은 또한 나이가 더 들어 보였고 더 무기력해 보였다. 토비가 아는 한 콜라겐과 식물 추출물이 들어간 게 분명한데도 한때 관능적이던 그녀의 아랫입술은 아래쪽으로 처진 것 같았고 눈꺼풀에도 오글오글한 양귀비 꽃잎의 특징이 나타나고 있었다. 이런 퇴조의 징후들이 토비한테는 즐거웠다. 물론 그런 쩨쩨한 시기심을 짊어지고 있다는 사실이 토비로서는 무척 당황스럽기도 했다. 포기해. 토비는 자신을 타일렀다. 루선이 늙다리 말불버섯이 된다고 해서 네가 섹시한 아가씨가 되는 건 아니니까.

만일 루선이 느닷없이 딸기나무나 샤워 커튼 뒤에서 소리치며 튀어나와 토비의 진짜 이름을 큰 소리로 불러 댄다면 최악의 상황이 벌어질 것이다. 그래서 토비는 애매하게 피하는 행동을 취했다. 그녀는 루선이 정확하게 언제 나타나는지 알기 위해 예약 장부를 검토했다. 그런 다음 어깨가 커다란 멜로디나 손이 아주 견고한 심포니처럼 박력 있는 숙련자들을 배치했고 자신은 루선의 시선에서 벗어나 있었다. 하지만 루선은 대체로 바보 같은 갈색 안구용 패드를 착용하고 있었으므로 토비를 알아볼 것 같지는 않았다. 혹시 보게 되더라도 루선은 분명 토비를 건성으로 쳐다볼 것이다. 루선 같은 여자들에게 토비아타 같은 여자들은 얼굴도 기억 못 할 정체불명의 사람이었다.

혹시라도 젊음의 전신욕샘을 하는 루선에게 소리 없이 다가가 레이저 총을 쏜다면 어떻게 될까? 토비는 궁금했다. 아니면 적외선 등불을 합선시켜? 그럼 루선은 마시멜로처럼 녹아 버리겠지. 선충류 간식. 온 세상이 즐거워하겠군.

친애하는 이브6, 아담1의 목소리가 말했다. 그런 공상은 자네답지 못해. 필라가 들으면 뭐라고 생각하겠어?

어느 날 오후 토비의 사무실을 똑똑 두드리는 노크 소리가 들렸다. "들어오세요." 그녀가 말했다. 몸집이 커다란 사람이 관리인의 초록색 데님 작업복을 입고 서 있었다. 휘파람을 불고 있었는데 분명 귀에 익은 곡조였다.

"루미로즈 나뭇가지를 쳐 주러 왔는데요." 그가 말했다. 위를 올려다본 토비는 급하게 숨을 빨아들였다. 말을 꺼낼 정도로 어리석지는 않았다. 사무실 사방에 도청기가 우글거리고 있을 게 분명했기 때문이다.

젭은 고개를 힐끗 돌려 복도를 살펴보더니 사무실로 들어와 방문을 닫았다. 그는 토비의 컴퓨터 앞에 앉아 샤프를 집어 들고 책상에 있는 메모지에 적었다. 내가 하는 걸 잘 지켜봐.

정원사들은요? 토비가 적었다. 아담1은요?

분열. 젭이 적었다. 이제 독자적인 집단이야. 그가 큰 소리로 물었다. "나무에 무슨 문제라도 있습니까?"

섀키와 크로제? 토비가 적었다. 당신과 함께 있어요?

말하자면 그래. 젭이 답했다. 오츠, 카투로, 레베카, 새로 온 사람들도.

아만다?

나갔어. 대학교로. 미술. 똑똑해.

젭은 사이트를 불러냈다. 멸종마라톤. 감독 미친 아담. 아담은 살아 있는 동물에게 이름을 지어 주었고, 미친 아담은 죽은 동물들에게 이름을 지어 줍니다. 게임을 하시겠습니까?

미친 아담? 토비가 메모장에 썼다. 당신들 집단? 당신들 여러 명이에요? 토비는 기분이 아주 좋았다. 젭이 여기에, 자기 옆에 직접 찾아와 서 있다니. 얼마나 오랫동안 두 번 다시 젭을 보지 못할 거라고 생각했는데.

많은 사람이 함께 있어. 젭이 썼다. 암호명을 골라. 멸종된 생명체로.

도도. 토비가 적었다.

지난 오십 년 사이에. 젭이 적었다. 시간이 많지 않았다. 가지치기 팀이 기다리고 있어. 진딧물에 대해서 물어봐.

"루미로즈 나무에 진딧물이 있어요." 토비가 말했다. 그녀는 머릿속으로 정원사들의 예전 목록을 뒤적거리고 있었다. 동물, 물고기, 새, 꽃, 대합조개, 도마뱀, 최근에 멸종했단 말이지. 흰눈썹뜸부기. 토비가 적었다. 그 새는 십 년 전에 사라졌다. 그들이 이 사이트를 해킹할 수 있어요?

"그 문제라면 우리가 해결해 드리죠." 젭이 말했다. "물론 확실한 살충제가 있을 것 같긴 하지만…… 샘플을 몇 가지 가져오겠습니다. 고양이 껍질을 벗길 수 있는 여러 방법이 있지요." 아니. 젭이 썼다. 우리만의 은밀한 가상 네트워크를 만들었어. 4중 암호화. 고양이 껍질이란 말을 써서 미안. 이게 네 번호야.

젭은 메모장에 토비의 새로운 암호명과 비밀번호를 적었다. 그런 다음 자신의 번호와 암호를 컴퓨터의 로그인 공간에 입력했다. 환영합니다, 유령곰. 일반 게임을 하시겠습니까 아니면 다른 그랜드 마스터로 하시겠습니까? 라는 말이 화면에 나타났다.

젭은 그랜드 마스터를 선택했다. 좋습니다. 게임방을 찾으십시오. 미친 아담이 그곳에서 당신을 만날 겁니다.

조심해. 젭이 메모장에 적었다. 그는 모헤어 이식을 선전하는 사이트로 들어가 심홍색 털 양의 눈에 있는 픽셀 게이트웨이를 가볍게 통과했다. 그런 다음 건강현인 제산제를 광고하는 문구가 파랗게 스며들고 있는 배 속으로 들어갔더니 시크릿버거를 우적우적 씹으려다가 딱 걸린 한 손님의 열망하는 듯 잔뜩 벌어진 입이 나타났다. 그다음으로는 널따란 초록색 풍경이 펼쳐졌다. 저 멀리 나무들이 보였고 전면에 있는 호수에서는 코뿔소한 마리와 사자 세 마리가 물을 마시고 있었다. 과거의 한 장면이다.

화면을 가로지르며 문장 한 줄이 옆으로 이동한다. 유령곰, 미친 아담의 놀이방에 오신 것을 환영합니다. 한 통의 메시지가 도착했습니다.

젭은 메시지 전달을 선택했다.

간은 사악하므로 처벌해야 합니다.

붉은목크레이크, 무슨 뜻인지 잘 압니다. 젭이 타이핑했다. 모두 다 잘될 겁니다.

그런 다음 젭은 사이트 창을 닫고 자리에서 일어서며 말했다. "혹시라도 또다시 진딧물이 나타나면 저한테 연락 주십시오. 가끔 저희가 해야 할 일을 점검해서 알려 주시면 정말 고맙겠습니다." 젭은 토비의 메모장에 적었다. 토비, 머리가 상당히 근사해. 눈 꼬리가 올라간 것도 사랑스럽고. 그러고 나서 그는 가 버렸다.

토비는 책상에 널려 있는 메모지를 전부 끌어모았다. 다행스럽게도 그것들을 태울 수 있는 성냥개비가 몇 개 있었다. 그녀는 성냥개비를 자신의 아라랏으로 가져가 레몬 머랭 크림이라고 쓰인 용기 안에다 보관해 놓고 있었다.

젭이 찾아온 후 토비는 고립감을 덜 느꼈다. 그녀는 비정기적으로 멸종마라톤에 로그인해 미친 아담 감독의 대화방으로 들어가는 길을 추적하곤 했다. 암호명과 메시지가 화면을 가로지르며 지나갔다. 검은 코뿔소가 유령곰에게: 신참들이 들어온다. 아이보리 빌이 스위프트 폭스에게: 바구미를 두려워하지 마라. 화이트 세지와 로티스 블루: 생쥐 유전자 접합. 붉은목크레이크가 미친 아담에게: 마시멜로 고속도로로 짱! 이 대부분의 메시지가 무슨 의미를 전달하고 있는지 토비는 알 수 없었지만 적어도 소속감은 느꼈다.

이따금씩 시체보안회사의 비밀 정보로 보이는 전자 간행물도 있었다. 이것들 중 다수가 새로운 질병의 기이한 발병이나 괴상한 침입에 관한 것들이었는데, 접합된 고슴비버가 자동차 팬벨트를 공격했다거나 콩바구미가 행복한컵 커피 농장을 공격해 많은 사람을 죽이고 있다거나 아스팔트를 먹는 미생물이 고속도로를 녹이고 있다는 것이었다.

그때 레러리티 레스토랑 체인점은 일련의 치명적인 폭격에 의해 흔적도 없이 사라졌다. 토비가 본 정규 뉴스에서는 이 사건들에 대한 책임을 명시되지 않은 과격한 환경 파괴 운동가들에게로 돌렸다. 하지만 그녀는 미친 아담이 쓴 상세한 분석 글도 읽었다. 그들은 이 폭격을 늑대 이사야파 단원들이 저지른 행동으로 규정하고 있었는데, 그 까닭은 레러리티가 늑대 이사야파의 신성한 동물인 사자양을 신메뉴로 소개했기 때문이었다. 추신도 있었다. 모든 신의 정원사들을 향한 경고: 그들은 이 사건을 당신들의 탓으로 돌릴 것이니 숨어라.

그 일이 있고 얼마 지나지 않아서 머피가 느닷없이 스파로 찾아왔다. 그녀는 평소대로 우아한 부인이었으므로 몸가짐만 봐서는 아무것도 알 수가 없었다. "함께 잔디밭으로 나갈까요?" 머피가 말했다. 일단 훤하게 트인 마당으로 나와 곳곳에 숨겨진 마이크로부터 멀어지자 머피가 속삭였다. "치료를 받으러 온 게 아니에요. 우리가 다른 곳으로 간다는 말은 해 줘야 할 것 같아서요. 어디로 가는지는 말할 수 없어요. 걱정하지 마세요. 단지 내부적으로 긴급한 일이 생긴 것뿐이니까요."

"당신, 정말로 괜찮겠지요?" 토비가 물었다.

"시간이 지나면 알게 되겠죠." 머피가 말했다. "행운을 빌어요, 토비. 사랑하는 토비아타. 저에게도 빛을 비춰 주세요."

일주일이 지난 후 머피 부부는 비행선 사고의 사망자 명단에 올라 있었다. 젭의 설명에 의하면 시체보안회사는 고도로 의심받는 용의자를 최악의 재난으로 매듭짓는 데 아주 능숙했다. 그러니까 흔적도 없이 사라지는 사람들은 용의자 물망에 오른 고위층 조합 사람들을 술렁이게 했다.

그 일이 있은 후 여러 달 동안 토비는 미친 아담들의 대화방 근처에도 가지 않았다. 그녀는 방문을 두드리는 노크 소리, 유리잔이 깨지는 소리, 분무 총이 퓽 하고 날아가는 소리를 기다렸다. 하지만 아무 일도 일어나지 않았다. 마침내 토비가 용기를 내어 미친 아담들의 대화방으로 들어가 보니 그녀에게 메시지가 한 통 와 있었다.

유령곰이 흰눈썹뜸부기에게: 정원 파괴됨. 아담과 이브 들 사라짐. 조심하면서 기다릴 것.

꽃가루받이의 날

21년

나무와 제철 과일에 대하여

연사: 아담1

사랑하는 친구들과 포유류 동지들이여,

오늘은 축제일이지만 슬프게도 성찬은 없습니다. 서둘러서 탈출한 데다 간발의 차로 위기를 모면했기 때문이죠. 적들은 그들 성질대로 우리의 옥상을 파괴했습니다. 하지만 언젠가 우리는 반드시 에덴절벽으로 돌아가 더없이 행복한 그곳에서 이전의 영광을 회복할 겁니다. 시체보안회사가 우리의 정원은 파괴했는지 모르지만 우리의 정신을 무너뜨리지는 못했습니다. 끝내 우리는 또다시 씨를 뿌리고 나무를 심을 겁니다.

시체보안회사가 무엇 때문에 우리를 공격했습니까? 아아, 슬프게도 그들이 우리를 좋아하기엔 우리가 너무나 강력해졌기 때문입니다. 수많은 옥상들이 장미처럼 꽃을 피우고 있었고 수많은 사람들의 마음과 정신이 균형을 회복한 땅으로 쏠렸으니까요. 하지만 성공은 멸망의 씨앗을 낳았습니다. 권력자들이 우리를 더 이상 비효율적인 별난 사람 정도로 치부할 수 없었기 때문입니다. 그들은 우리를 미래의 예언자로 두려워했습니다. 간단히 말해서 우리가 그들의 이윤율에 위협적인 존재가 된 겁니다.

게다가 그들은 미친 아담이라는 종파 분리적이고 이단적인 단체가 사회 기반 시설에 감행한 생화학 공격과 우리를 연계시켰습니다. 지난주 늑대 이사야파 단원들이 레러리티 레스토랑 체인점에 단독으로 자행한 폭탄 공격을 구실 삼아 신이 창조한 땅과 한편에 있는 모든 사람들을 철저하게 탄압한 것입니다.

분별없는 그들이 오랜 기간 영적인 비전을 볼 수 없었듯이 육체적인 비전 역시 보지 못하는 눈먼 사람들이라는 게 증명되게 하소서! 우리가 평민촌 거리에서 육식하는 사람들의 공개 회개를 요청했던 날은 끝났지만, 동물 위장술 교육은 계속해서 우리에게 영향을 미치고 있습니다. 세상 사람들과 어울리고 있는 것처럼 가장한 우리는 적들의 코앞에서 번창하는 것입니다. 우리는 소박한 우리의 옷을 벗어던지고 쇼핑센터에서 구입한 옷을 입었습니다. 모노그램을 붙인 골프 셔츠, 연녹색 탱크톱, 누알라가 아주 용감하게 뽐내면서 입고 있는 줄무늬 파스텔 니트 앙상

블, 이것이 우리의 보호복입니다.

여러분 중에는 우리 동지인 동물의 살을 먹음으로써 우리를 향한 의혹을 가라앉혀 보겠다는 아주 용감한 분들도 있습니다. 하지만 친애하는 친구들이여, 자기 능력을 벗어나는 재주는 부리지 마십시오. 괜히 시크릿버거를 한입 물어뜯었다가 목에 걸리기라도 하면 달갑잖은 조사를 받게 될 겁니다. 자신의 한계가 의심스럽다면 정말맛있는 아이스크림으로 제한하세요. 그런 사이비 음식은 필요 이상으로 노력하지 않아도 삼킬 만합니다.

이제는 양치류 지대 송로버섯 지부에 감사드립시다. 그들이 바로 우리에게 이 꿈의 거리 은신처를 제공해 주신 분들입니다. 우리 문에 붙어 있는 "녹색 유전자"라는 표지판은 식물 접합 디자이너들이 차린 회사라는 뜻입니다. "내부 수리 관계로 당분간 폐쇄"라고 적힌 두 번째 표지판은 우리를 보호하기 위한 겁니다. 혹시라도 질문을 받으면 하청업자와 문제가 발생했다고 말하십시오. 그거야말로 언제나 그럴듯한 설명이니까요.

오늘은 꽃가루받이의 날입니다. 이날 우리는 많은 사람들 중에서도 특히 인도의 성 수르야마니 바가트, 뉴질랜드 푸레오라 산림 공원의 성 스티븐 킹, 나이지리아의 성 오디가 등이 숲을 보전하기 위해 기여한 노력들을 떠올립니다. 이 축제는 식물 번식의 신비로움을 기념하는데, 특별히 불가사의한 나무들인 속

씨식물 중에서도 핵과류나 인과류를 각별히 중요시합니다.

헤스페리데스의 황금 사과라는 과실류에 관한 전설이 고대에서부터 전해졌는데, 놀랍게도 이 역시 불화의 황금 사과입니다. 몇몇 사람은 선악을 알게 하는 지혜의 열매가 무화과라 하고 어떤 사람들은 대추야자 열매라고도 하지만 개중에는 석류 열매라고 말하는 사람들도 있습니다. 이 식량이 예를 들어 비프스테이크 같은 고기여서 진정으로 유해했다면 이해할 수 있었을 겁니다. 그런데 어째서 과일일까요? 의심할 여지없이 우리 선조가 과일을 좋아하는 피조물이라 단지 과일만이 그들의 식욕을 일으켰기 때문이겠죠.

과일은 지금도 우리에게 상당히 의미심장한 상징물입니다. 건강에 좋은 수확물이자 영양이 가장 풍부한 음식이며 새로운 시작이란 의미도 있습니다. 과일에는 잠재적인 새 생명이라는 씨앗이 들어 있기 때문입니다. 과일은 무르익어 떨어진 후에 흙으로 돌아갑니다. 하지만 씨앗은 뿌리를 내리고 자라나 더 많은 생명을 낳습니다. 신이 인간에게 말한 것처럼 "그들의 열매로 그들을 알" 것입니다. 우리의 과일이 악의 과일이 아니라 선의 과일이기를 기도합시다.

하지만 경고해 둘 말이 있습니다. 우리는 꽃가루받이하는 곤충을 귀하게 여깁니다. 특히 벌들은 더욱 귀하죠. 하지만 유감스럽게도 최근 꿀벌이 멸종된 후 소개된 바이러스 저항성 외에도 조합에서 혼성 벌을 개발해 냈다고 합니다. 나의 친구들이여, 그건 유전자 접합이 아닙니다. 아니고 말고요, 훨씬 더 혐오스러운 겁니다! 벌들이 아직 유충 형태일 때 붙잡아 그 안에다 미세한 기계 가공 체계를 주입하면, 삽입물 주위에서 조직이 자랍니다. 완전한 성체 또는 "성충"이 나오면 그게 바로 시체보안 회사의 관리자가 조종할 수 있는 벌 사이보그 스파이가 되는데 수분을 옮겨 상대를 속일 수 있는 장비까지 갖추고 있습니다.

여기서 제기되는 도덕적 문제는 골칫거리입니다. 그렇다면 우리는 다시 살충제를 사용해야 할까요? 그런 기계화된 노예 벌이 살아 있는 생명체인가요? 만일 그렇다면 그건 신의 피조물인가요 아니면 완전히 다른 물체인가요? 나의 친구들이여, 우리는 이것에 함축되어 있는 의미들에 대해 깊이 숙고해 보고 인도해 달라고 기도해야 합니다.

우리 다 함께 노래합시다.

복숭아와 자두

가지 뻗은 복숭아와 자두
만개할 때 정말로 아름답네.
새, 벌, 박쥐는 즐거워하고
시간마다 그 단물을 홀짝이네.

꽃가루받이할 때
모든 열매, 씨앗, 과실 들을 위해
자그마한 황금빛 입자
날아가 뿌리내리네.

나무줄기에 타원형 꽃눈 부풀어
한 주 한 주 천천히 무르익네.
그 속에 자양분 들어 있어
새, 동물, 사람이 구하네.

각각의 씨앗, 과실, 열매 속에
은색의 어린 나무 몸 사리고 있다가
올바로 심기면 그 몸 일으키고
보기에도 즐겁게 꽃 나래를 펼치네.

다음에 황금색 복숭아 그대 입에 넣을 때
그 씨앗 가볍게 던지며
생명으로 반짝이는 모습 마음속에 그려 보라.
그 한가운데 살아 계신 신을.

— 『신의 정원사들이 즐겨 부르는 찬양집』에서

홍수의 해

49

렌

25년

아담1은 파도를 멈출 수 없다면 배를 띄우라고 말했다. 아니면, 완전히 고칠 수는 없어도 손질은 할 수 있을지 모른다. 아니면, 빛이 없으면 승산이 전혀 없고, 어둠이 없으면 춤을 추지 못한다. 이 말들은 아무리 나쁜 일이라도 도전함으로써 도움이 될 수 있다는 뜻이었다. 그것이 어떤 좋은 결과를 가져올지 항상 알 수 있는 건 아니다. 문자 그대로 정원사들이 무슨 춤을 췄다는 뜻은 아니다.

그래서 나는 명상을 해 보기로 마음먹었다. 명상은 할 일이 하나도 없는 격리 구역의 현실을 극복할 수 있는 한 가지 방법일 것이다. 안개 필로는 만약 무(無)가 문제라면 무와 함께 일해 보라고 충고하곤 했다. 마음속 수다를 중단하라. 내면의 눈, 내면의 귀를 활짝 열어라. 눈으로 볼 수 있는 것을 보아라. 귀로 들을 수 있는 소리를 들어라. 예전에 정원사들과 함께 있을 때, 내 눈에 들어오는 것은 내 앞에 서 있는 여자애의 머리 꼬랑지였고 내 귀에 들려오는 소리는 필로의 코 고는 소리였다. 필로는 명상을 인도할 때면 언제나 잠에 빠져들었다.

그렇다고 지금 하는 명상이 훨씬 더 성공적인 건 아니다. 뱀 소굴에서 나오는 베이스 라인의 쿵쿵 소리와 소형 냉장고의 윙윙 소리가 들렸고 창문의 유리블록을 통해서는 가로등이 만들어 내는 흐릿한 무늬들이 보였다. 이것들 중 나를 영적으로 밝혀 주는 빛은 하나도 없었다. 나는 명상을 중단하고 뉴스를 틀었다.

그들은 또 한 차례 대수롭지 않은 전염병이 돌고 있지만 크게 걱정할 일은 아니라고 말하고 있었다. 바이러스와 박테리아가 끊임없이 돌연변이를 일으키고 있지만 조합에서는 언제든지 치료약을 발명해 낼 수 있다는 걸 나는 알고 있었다. 어쨌든 나는 지금 나를 보호하고 있는 이중의 바이러스 방벽으로 외부와 격리된 상태이기 때문에 병원균이 어떤 것이든지 간에 깨끗할 수 있었다. 나는 최고로 안전한 장소에 있었다.

스위치를 다시 뱀 소굴로 돌렸다. 몸싸움이 벌어지고 있었다. 고통공 감옥의 죄수들이 틀림없었다. 먼저 세 명이 보이더니 또

홍수의 해

한 명이 나타났다.

그 광경을 열심히 지켜보고 있는데 시체보안회사에서 파견한 경호원들이 들어왔다. 그들은 테이저 총을 발사해 고통공 감옥 죄수 한 명을 마룻바닥에 쓰러뜨렸다. 급기야 클럽의 경비원들까지 몸싸움을 벌이고 있었다. 그중 한 명이 눈을 움켜쥐고 비틀비틀 뒤쪽으로 물러났고 다음으로 또 한 명이 판매대를 내리쳤다. 평상시 같으면 사태를 진정시키는 데 이토록 오랜 시간이 걸리지 않았다. 사보나와 크림슨 페탈은 분위기를 띄워 보려고 여전히 곡예용 그네를 타고 있었지만 봉 춤 추는 아가씨들은 허둥지둥 무대에서 내려오고 있었다. 그런 다음 그들은 또다시 무대로 뛰어 올라갔다. 뒤쪽 출구들이 봉쇄된 게 분명했다. 아, 안 돼 하고 나는 생각했다. 그 순간 병 하나가 날아가 카메라를 박살 냈다.

나는 또 다른 카메라로 가 봤지만 두 손이 부들부들 떨려 초점을 어떻게 맞추는지조차 생각나지 않았다. 카메라를 제대로 작동시키고 초점을 맞추고 났을 땐 뱀 소굴이 거의 비어 있다시피 했다. 전등불은 여전히 켜져 있었고 음악도 흐르고 있었지만 방은 엉망진창이었다. 손님들 모두 밖으로 피신한 게 분명했다. 사보나는 판매대에 누워 있었다. 절반이 찢겨 나갔지만 그래도 반짝이 의상이 그녀가 사보나라는 걸 말해 줬다. 머리가 이상한 각도로 뒤틀려 있었고 얼굴 전체가 피범벅이었다. 크림슨 페탈은 곡예용 그네에 매달려 있었는데 줄 하나가 그녀의 목에 묶여 있었고 두 다리 사이에서 병이 번쩍거렸다. 누군가가 찔러 넣은 게 분명했다. 옷깃의 주름 장식들이 갈기갈기 찢어져 있었다. 크림슨 페탈은 축 처진 꽃다발 같았다.

모디스는 어디에 있지?

도리깨질하는 것 같은 시커먼 덩어리가 화면을 가로지르며 굴러떨어졌다. 화면 뒤에서 보여 주는 그림자 춤, 그러니까 괴상야릇한 발레였다. 쿵! 하고 문이 다시 닫힌 다음 우우 하고 야유하는 것 같은 소리가 들렸다. 그런 다음에는 멀리서 사이렌 울리는 소리가 들렸다. 이리저리 바쁘게 뛰어다니는 발소리도 들렸다.

얼마 후 격리 구역의 바깥쪽 복도에서 고함치는 소리가 났고 내 방문 바깥에 있는 비디오 화면이 환해지면서 모디스가 문에 바짝 붙어 서서 한 눈으로 나를 뚫어져라 응시하고 있는 모습이 나타났다. 다른 쪽 눈은 감겨 있었다. 피곤해 보이는 얼굴이었다.

"네 이름." 모디스가 속삭였다.

그 순간 팔 하나가 그의 목덜미를 움켜쥐더니 머리를 뒤로 끌어당겼다. 고통공 감옥의 죄수 중 하나였다. 병 조각을 쥐고 있는 그의 손에 붉고 푸른 혈관이 보였다. "이 멍청아, 빌어먹을 당장 문 열지 못해." 그가 말했다. "여우 같은 년이 암내를 풍기잖아! 함께 즐겨야지!"

모디스가 울부짖고 있었다. 그들이 모디스에게 원하는 건 방문 비밀번호였다. "숫자, 숫자." 그들은 계속 떠들어 대고 있었다.

모디스의 모습이 한 번 더 나타났다. 꾸르륵거리는 소리가 들리더니 모디스가 사라졌다. 모디스 대신 고통공 감옥의 죄수 모습이 나타났는데, 얼굴 가득 흉터투성이였다.

"문을 열어 봐. 그러면 네 친구 살려 줄게." 그가 말했다. "넌 건드리지 않는단 말이야." 하지만 모디스는 벌써 죽었으므로 그는 거짓말을 하고 있었던 것이다.

고함 소리가 좀 더 지속됐다. 시체보안회사 요원들이 그를 테이저 총으로 쏜 게 분명했다. 울부짖는 소리가 들린 다음 그가 화면에서 사라졌기 때문이다. 이어서 누군가가 자루를 발로 차는 것 같은 둔탁한 소리가 들렸다.

나는 뱀 소굴을 볼 수 있는 카메라로 갔다. 폭동 진압용 장비를 갖춰 입은 더 많은 시체보안회사의 요원들이 떼 지어 모여 있었고, 그들은 고통공 감옥의 죄수들을 밀쳐 문밖으로 끌어내고 있었다. 한 명은 죽고 세 명은 여전히 살아 있었다. 아마도 고통공 감옥으로 다시 들어갈 것이었다. 처음부터 그들을 내보낸 게 잘못이었다. 결코 나와서는 안 될 인간들이었다.

그 순간 나는 어떤 일이 발생할지 깨달았다. 격리 구역은 요새였다. 비밀번호를 모르면 어느 누구도 들어올 수 없었으며 모디스 외에는 그 번호를 아는 사람이 한 명도 없었다. 모디스는 항상 그렇게 말했다. 그리고 번호를 알려 주지 않았다. 그가 내 생명을 구한 것이다.

하지만 난 방 안에 갇히게 됐고 날 밖으로 꺼내 줄 사람은 한 명도 없었다. 아, 제발. 죽고 싶지 않아. 나는 생각했다.

50

　당황하지 말라고 나 자신을 타일렀다. 섹스마트에서 청소 부대를 파견하면 그들은 내가 이곳에 있다는 걸 알게 될 것이다. 그렇게 되면 그들이 자물쇠 풀어 줄 사람을 구해 올 것이다. 내가 그 안에서 아무것도 먹지 못해 미라처럼 바싹 말라붙게끔 내버려 두지는 않을 것이다. 비늘꼬리 클럽을 다시 개장하면 그들은 내가 필요할 것이다. 모디스가 죽었으니 예전과 똑같지는 않겠지만. 난 어느새 그를 그리워하고 있었다. 하지만 적어도 내가 할 역할이 있을 것이다. 난 단순한 일회용 소모품이 아니라 탤런트였다. 그건 모디스가 항상 했던 말이다.

　단지 상황이 호전되기를 기다리면 되는 문제였다.

　난 샤워를 했다. 마치 고통공 감옥의 죄수들이 나를 실제로 건드리기라도 한 것처럼, 또는 모디스의 피가 내 온몸에 묻기라고 한 것처럼, 난 내 몸이 더럽다는 생각이 들었다.

그런 다음 나는 또다시 명상, 이번에는 진짜 명상에 돌입했다. 모디스 주변에 빛을 비춰 주옵소서. 난 기도했다. 모디스가 우주 속으로 들어가게 허락하옵소서. 그의 영혼이 평화롭기를 바라나이다. 나는 쓰러져 있는 몸에서 나온 모디스가 눈이 구슬같이 반짝이는 자그마한 갈색 새가 되어 날아가는 모습을 그려 봤다.

다음 날 좋지 않은 두 가지 일이 발생했다. 첫째, 난 뉴스를 틀었다. 일찍이 그들이 대수롭지 않다고 떠들어 대던 전염병이 보통 때와는 다르게 작용하고 있었다. 그들이 통제할 수 있을 정도로 어느 한 지역에서만 발생한 게 아니었다. 비상사태였다. 브라질, 타이완, 사우디아라비아, 뭄바이, 파리, 베를린 등 전염병이 돌고 있는 위험지역에 빨강 불을 켜 놓은 세계지도를 보여 주는데, 마치 지구가 분무 총에 맞고 있는 장면을 지켜보는 것과 같았다. 폭발성 전염병이 급속하게 퍼져 나가고 있다고 그들은 말했다. 아니, 심지어는 퍼져 나가는 게 아니라 멀리 떨어져 있는 도시들에서 동시에 발생하고 있었다. 정상적인 양상이 아니었다. 보통 같았으면 조합에서 거짓말이나 은폐를 위한 공작을 요청했을 테고 우리들은 단지 소문으로만 실제 상황과 유사한 이야기를 들었을 것이다. 이 모든 소식이 뉴스에 나온다는 건 이 일이 조합 차원에서 숨겨 둘 수만은 없는 상당히 심각한 상황이라는 걸 말해 줬다.

뉴스 해설자는 당황하지 않고 차분하게 행동하려고 애쓰고 있었다. 전문가들은 강력한 내성의 초강력 세균이 어떤 것인지 알지 못했지만 그건 분명 범세계적 유행병이었고 수많은 사람들이 신속하게 죽어 나가고 있었다. 아니 용해되고 있는 것 같았다. 그들이 끈적끈적한 미소를 지으며 섬뜩할 정도로 차분한 어조로 "당황할 필요가 전혀 없다."라고 말하는 순간 나는 정말로 상황이 심각하다는 걸 알 수 있었다.

두 번째 좋지 않은 일은 바이오슈트를 입은 몇몇 사람들이 뱀 소굴로 들어와 죽은 사람들을 사체 운반용 부대에 쑤셔 넣고 끌고 나갔는데, 내가 아무리 소리를 지르고 악을 써도 그들은 2층을 살펴볼 생각도 하지 않았다는 사실이다. 아마도 그들은 내 목소리를 들을 수가 없었던 것 같다. 격리 구역의 벽이 워낙 두꺼운 데다 뱀 소굴에서는 아직도 음악이 흐르고 있어서 내 목소리가 삼켜진 게 분명했다. 나로서는 다행스러운 일이었다. 만약에 내가 바로 그때 격리 구역에서 나왔다면 다른 사람들이 걸리고 있는 전염병을 나도 피할 수 없었을 것이다. 그렇게 보면 사실 나쁜 일이 아니었는데도 당시에는 상당히 좋지 않은 일처럼 여겨졌다.

그다음 날 뉴스는 한층 더 심각했다. 전염병이 퍼져 나가고 있는 데다 폭동, 약탈, 살육까지 자행되고 있었다. 시체보안회사 요원들은 흐지부지 사라져 버렸다. 그들 역시 전염병에 걸려 죽어 가고 있는 게 분명했다.

그 일이 있고 며칠이 지난 다음부터는 더 이상 뉴스가 나오지 않았다.

그때부터는 정말로 안절부절못했지만 나는 나 자신을 타일렀다. 비록 밖으로 나갈 수 없고 다른 사람이 들어올 수 없다 해도 태양광이 고장 나지 않는 한 년 괜찮아. 물은 계속 나오고 미니 냉장고, 냉동고, 공기 정화기도 작동할 테니까. 조금 있으면 바깥공기가 상당히 나빠질 텐데 공기정화기가 있으니 얼마나 다행이니. 상황이 어떻게 돌아가는지는 하루 한 번만 알아보는 거야.

난 현실적으로 생각해야 한다는 걸 알았다. 그렇지 않으면 희망을 잃고 무기력한 상태로 빠져들어 그곳에서 결코 헤어나지 못할지도 몰랐다. 나는 미니 냉장고와 냉동고를 열고 그 안에 들어 있는 것들을 모두 헤아려 봤다. 에너지 바와 에너지 음료수와 스낵, 그리고 냉동시킨 닭고기옹이, 가짜 생선 요리. 만약 한 끼 식사 때마다 절반 대신 삼분의 일만 먹고 그 나머지를 버리지 않고 모아 둔다면 적어도 육 주는 버틸 수 있었다.

아만다에게 전화를 걸어 보려고 무척이나 애썼지만 그녀로부터는 아무런 응답이 없었다. 내가 할 수 있었던 건 문자메시지를 남기는 것뿐이었다. "비늘클럽으로 와 줘." 내 희망은 이런 거였다. 내 문자를 보고 뭔가가 잘못됐다는 걸 깨닫게 된 아만다가 비늘클럽으로 와서 문 여는 방법을 찾아낸다. 혹시라도 아만다가 전화할 경우에 대비해 나는 핸드폰을 계속 켜 두었다. 하지만 이미 전화를 걸거나 문자메시지를 보내려고 하면 "사용 불가"라는 신호가 나타났다. 한번은 "난 괜찮아."라는 짤막한 메시지를 받았다. 하지만 가족들과 통화하기 위해 필사적으로 전화통에 매달려 있는 사람들 때문에 통신망이 막힌 게 분명했다. 더 이상은 아무 연락도 받지 못했다.

그러다가 사람들이 죽어 나가면서 통화량이 줄어든 것 같았다. 통화가 됐다. 영상 없이 아만다 목소리만 들렸다. "너 지금 어디에 있어?" 내가 물었다. 아만다가 "태양광 자동차를 훔쳤어. 오하이오에 있어."라고 대답했다.

"도시로는 들어가지 마." 내가 말했다. "다른 사람이 네 몸에 손대지 못하게 해." 난 뉴스에서 알게 된 사실들을 그녀에게 말해 주고 싶었지만 아만다 목소리가 점점 줄어들더니 그다음에는 심지어 신호음도 잡히지 않았다. 중계 탑들마저 작동을 멈춘 게 분명했다.

스스로 현실을 만들어 가시오. 운세를 보면 항상 그런 말이 적혀 있었다. 정원사들도 그렇게 말했다. 그래서 나는 아만다의 실체를 만들어 보려고 노력했다. 아만다는 사막에서 소녀들이 입는 카키색 복장을 하고 있었다. 막 물을 마시려고 발걸음을 멈췄다. 이제 뿌리를 캐내 그걸 씹어 먹고 있다. 다시 발걸음을 옮겨 놓고 있었다. 그녀가 자꾸 나를 향해 걸어오고 있었다. 그녀는 전염병에 걸리지 않을 것이고 어느 누구도 그녀를 죽이지 않을 것이다. 그녀는 상당히 영리하고 강하기 때문이다. 그녀는 미소 짓고 있었다. 이제 노래를 부르고 있었다. 하지만 나는 이 이야기를 내가 꾸며 내고 있다는 걸 알았다.

51

비늘꼬리 클럽에서 일하기 시작한 후 상당히 오랜 기간 나는 전화통화 외에는 아만다를 만나지 못했다. 그전에도 아만다가 어디에 있는지조차 몰랐던 때가 있었다. 내가 아직 건강현인 단지 안에서 살던 시절 루선이 내 보라색 핸드폰을 내다 버린 후 그녀와 연락이 끊어졌다. 당시 나는 아만다를 두 번 다시 볼 수 없을 거라고 생각했다. 그녀가 내 삶에서 영원히 사라졌다고 말이다.

그건 내가 마사그레이엄 아카데미로 가는 총알 기차에 앉아서도 여전히 믿고 있던 생각이었다. 외톨이가 됐다고 생각하자 내가 너무 가여워졌다. 나는 아만다만 잃은 게 아니었다. 내 인생에서 조금이라도 의미 있는 것은 모두 다 잃었다. 아담과 이브들, 또는 토비나 젭 같은 몇몇 사람들. 그리고 아만다. 하지만 무엇보다 지미를 잃었다. 그가 내게 입힌 최악의 상처는 극복했지만, 아직도 무겁고 답답한 아픔이 느껴졌다. 내게 무척이나 상냥하게 대해 주던 지미가 마치 내가 그곳에 없는 것처럼 나를 완전히 차단해 버렸다. 그건 말할 수도 없을 정도로 처량하고 참담한 기분이었다. 얼마나 낙담했으면 마사그레이엄에 가면서도 지미와 또다시 만날 수 있다는 생각 자체를 포기해 버렸다. 그건 억지스러운 공상처럼 느껴졌다.

총알 기차에 몸을 실었을 때는 내가 지미를 사랑했던 때로부터 상당히 오랜 기간이 흐른 뒤였다. 아니지, 지미가 나를 사랑했던 때로부터 상당히 오랜 기간이 흐른 후였다. 그때 나 자신에게 솔직해진 나는 내 마음속에 분노뿐만 아니라 슬픔이 있다는 걸 보고서 내가 아직도 지미를 사랑하고 있다는 걸 깨달았다. 다른 남자애들과도 잠자리를 했지만 습관적인 행동에 불과했다. 마사그레이엄에 가는 건 부분적으로는 루션으로부터 떨어져 있기 위해서였지만 그것 말고도 해야 할 뭔가가 있었기 때문이었다. 그렇다면 나로서는 교육을 받는 편이 나을 것 같았다. 사람들은 마치 옷과도 같이 교육이 사람에게 꼭 있어야만 하는 것처럼 말했다. 이렇게든 저렇게든 나는 나한테 무슨 일이 일어나도 상관없었다. 난 그저 쓸쓸했을 뿐이었다.

그것은 결코 정원사의 사고방식은 아니었다. 정원사들이 말하는 진정한 교육은 영적인 교육뿐이었다. 하지만 나는 그게 무슨 뜻인지 잊어버렸다.

마사그레이엄은 과거에 유명했던 춤꾼의 이름을 따서 지은 예술 학교였으므로 춤은 이 학교의 중점적인 교과과정이었다. 뭔가를 수강해야 했으므로 나는 미용체조법과 극적 표현법을 신청했다. 이 과목들은 배경지식이 없어도 수학을 못 해도 괜찮았다. 졸업 후 나는 조합에서 직장을 구할 수 있을 거라고 생각했다. 그러면 상류층 사람들이 점심시간을 이용해 배우게 될 실내 체조 프로그램을 지도하면 될 것이었다. 음악에 맞춰 중간 경영진을 위한 요가 같은 과정을 담당하면 될 것 같았다.

마사그레이엄 캠퍼스는 좋은풍경 콘도와 유사했다. 한때는 멋진 건물들이었지만 이제는 무너져 내리고 있었다. 곰팡이 문제도 있었고 지붕에서는 물까지 샜다. 구내식당에서 주는 음식은 먹을 수가 없었다. 그 안에 어떤 게 들어 있는지 누가 안단 말인가? 나는 여전히 동물성 단백질, 특히 그게 장기나 코 같은 것이면 더더욱 먹을 수가 없었다. 하지만 건강현인 단지에 있을 때보다는 마음이 훨씬 편했다. 적어도 마사그레이엄은 지나칠 정도로 광택이 나거나 가짜처럼 보이지 않는 데다 화학적 청소 제품 냄새도 나지 않았기 때문이었다. 모든 청소 용품이었나?

마사그레이엄의 신입생들은 모두 기숙사 방을 함께 써야 했다. 내 룸메이트는 버디 3세였는데 거의 볼 수가 없었다. 그는 축구 선수였지만 마사그레이엄 팀은 언제나 상대 팀에게 형편없이 깨졌고 그래서 그런지 버디 3세는 술이나 마약에 취해 제정신이 아니었다. 축구 선수들은 데이트 상대를 강간하는 것으로 악명이 높았기 때문에 나는 우리가 함께 사용하는 욕실의 내 쪽 문을 항상 잠가 놓았다. 버디는 나와의 데이트 같은 건 꿈에도 생각하지 않았겠지만 그래도 아침이면 나는 버디가 토하는 소리는 들었다.

행복한컵 체인점이 캠퍼스 안에 있었고 거기에서 철저한 채식주의자들을 위한 머핀을 팔았기 때문에 나는 아침 식사를 하러 그곳을 자주 찾았다. 거기서는 버디가 토하는 소리를 들을 필요가 없었고 내 기숙사 방보다 악취가 덜한 화장실을 이용할 수도 있었다. 그날도 나는 행복한컵으로 걸어가고 있었는데 그곳에 버니스가 있었다. 난 단번에 그녀를 알아봤다. 그녀를 본 순간 나는 깜짝 놀랐다. 전기 충격이라도 받은 것 같은 엄청난 충격이었다. 한때 품고 있었지만 그 무렵 다소 잊고 있었던 그녀에 대한 그 모든 죄책감이 또다시 밀려들었다.

버니스는 커다란 G자가 붙어 있는 초록색 티셔츠를 입고 행복한컵은 쓰레기컵이다라는 구호가 적힌 표지판을 들고 있었다. 다른 두 명도 똑같은 티셔츠를 입고 있었지만 그들은 사악한 차, 죽음을 마시지 말라라고 적힌 표지판을 들고 있었다. 옷이나 얼굴 표정으로 그들이 극도로 광신적인 과격한 환경 보호론자라는 걸 알 수 있었고 그들은 그곳에서 피켓 시위를 벌이는 중이었다. 당시는 행복한컵을 둘러싸고 사방에서 폭동이 일어났던 해였으며, 나는 그런 광경을 화면을 통해 본 적이 있었다.

버니스는 예전보다 조금도 예뻐지지 않았다. 글쎄, 전보다는 더 다부져 보였고 찌푸린 얼굴이 더 사나워 보였다. 그녀가 나를 알아보지 못했으므로 나에겐 선택의 여지가 있었다. 버니스를 못 본 척 그녀 옆을 곧바로 지나쳐서 행복한컵으로 들어가거나 뒤로 돌아서서 그 자리를 슬쩍 떠날 수도 있었다. 하지만 책임감에 대한 정원사들의 가르침이 떠오른 나는 어느새 정원사들의 행동 양식으로 돌아가 있었다. 그러니까 내가 만약 어떤 걸 죽였다면 난 그걸 먹어야만 했다. 그리고 어떤 면에서 난 버트를 죽였던 것이다. 꼭 그런 게 아니라도 난 그렇게 느꼈다.

그러므로 난 그 상황을 피하지 않았다. 대신 곧장 버니스에게 다가가 말했다. "버니스! 나야, 렌이야!"

버니스는 내가 자기를 발로 차기라도 한 것처럼 펄쩍 뛰었다. 그러더니 나를 똑바로 쳐다보고 아주 시큰둥한 목소리로 말했다. "아, 그렇구나."

"내가 커피 사 줄게." 나는 정말이지 무척이나 긴장했던 것 같다. 그렇지 않고서야 어떻게 버니스가 피켓 시위를 하고 있던 장소에서 커피를 사 준다는 소리를 할 수 있는가 말이다.

버니스는 내가 자기를 조롱하고 있다고 생각한 게 틀림없었다. 그녀는 나한테 "꺼져!"라고 말했다.

"미안해. 전혀 그런 뜻은 아니었어. 그럼 물이라도 한잔 마시면 어떨까? 저기 저 조각상 옆에서 우리 같이 물 정도는 마실 수 있잖아." 내가 말했다. 마사그레이엄의 조각상은 일종의 마스코

트였다. 그것은 마사그레이엄이 홀로페르네스라는 적의 머리를 들고 있는 유디트라는 걸 나타내고 있었고, 학생들은 그 머리의 절단된 목 부분을 새빨갛게 칠하고 마사의 겨드랑이에다 강철 솜을 끼워 넣었다. 홀로페르네스의 머리 바로 밑에 평평한 주춧돌이 있어서 앉을 수가 있었다.

버니스는 나를 향해 또다시 얼굴을 찌푸렸다. "넌 정말로 타락했구나. 병에 든 생수는 해로워. 넌 그런 것도 모르는 거야?" 그녀가 말했다.

난 버니스에게 못된 년이라고 욕해 준 다음 만사를 제쳐 놓고 그냥 떠날 수도 있었다. 하지만 그때가 나로서는 상황을 바로잡을 수 있는 단 한 번의 기회였다. 적어도 나한테는 그랬다. 그래서 말했다. "버니스, 너한테 사과하고 싶어. 그러니까 네가 마실 수 있는 걸로 말해 줘. 내가 가서 구해 올게. 그리고 우리 어디론가 가서 그걸 같이 마시자."

버니스는 여전히 무뚝뚝했다. 버니스처럼 원한을 지속적으로 품을 수 있는 사람도 드물 것이다. 하지만 내가 우리는 빛을 밝힐 필요가 있다고 말한 것이 버니스 마음속에 있는 선량한 정원사 부분을 움직인 것 같았다. 그녀는 재활용 가능한 통에 들어 있는 유기농 음료가 있는데 그건 칡 이파리를 짜서 만든 것으로 캠퍼스 슈퍼마켓에서 살 수가 있으며 그녀는 피켓 시위를 조금 더 해야 하지만 내가 그걸 사 들고 돌아올 때면 휴식을 취할 수 있을 거라고 말했다.

우리는 내가 사 온 음료수 두 통을 들고 홀로페르네스 머리 아래쪽에 앉았다. 음료수 맛이 정원사들과 지내던 어린 시절을 생각나게 했다. 내가 그곳에 처음 갔을 때에 얼마나 불행했는지, 그 시절 버니스가 나를 얼마나 많이 지켜 줬는지를 생각하니 눈물이 나올 것만 같았다. "태평양 연안으로 간 거 아니었어? 그 일이 있었던 후에 말이야?……." 내가 버니스에게 물었다.

"갔었지." 그녀가 말했다. "그런데 여기로 돌아왔어." 버니스는 비나가 신앙적으로 타락해서 유명한 열매파라는 완전히 다른 이단으로 빠졌다고 말했다. 그들은 부유한 게 하느님의 호의를 표시하는 거라고 주장하는데, 왜냐하면 그들의 열매로 그들을 알지니라는 말씀에서 "열매"가 은행 계좌를 의미한다고 믿었기 때문이다. 비나는 건강현인 비타민제 체인점을 차렸는데 눈 깜짝할 사이에 대리점이 다섯 개로 늘어나는 등 사업이 번창했다. 버니스는 서부 해안이 그런 사업을 하기에는 완벽한 곳이라고 말했다. 거기 사는 사람들은 모두 요가 같은 걸 하면서 그게 정신적이라고 말하는데, 사실 그들은 그저 마약에 취해 살면서 물고기를 깨물어 먹고 미용성형과 유방 보형물, 유전자 치료를 하는 등 완전히 정상에서 동떨어진 가치 체계로 살아가는 물질주의적인 육체 숭배자들이기 때문이었다.

비나는 버니스가 대학에서 경영학을 공부하길 원했지만 믿음이 있었던 버니스는 계속 정원사로 남았기 때문에 두 사람은 그 문제로 심하게 다퉜다고 했다. 마사그레이엄은 두 사람이 타협한 결과였다. 마사그레이엄에 전인 치료로부터 이익을 얻는 방법을 연구하는 과정이 있었기 때문이다. 버니스는 그 과정을 밟고 있는 중이었다.

나는 버니스가 치료하는 모습이 상상이 안 됐다. 뭔가를 치유하고 싶어 하는 그녀의 모습을 도저히 그려 볼 수가 없었다. 그녀에게는 상처에다 흙을 갈아 뿌리는 비열한 행동이 더 잘 어울렸다. 하지만 나는 그것 참 흥미롭다고만 말했다.

나는 버니스에게 내가 듣고 있는 과목들에 대해 말했지만 그런 건 그녀의 관심 밖이라는 걸 알 수 있었다. 그래서 내 룸메이트 버디 3세에 대해 말했더니 그녀는 마사그레이엄 아카데미에는 온통 그런 인간들로 가득하다고 말했다. 술과 마약으로 고주망태가 되는 것 외에 머릿속에 진지한 생각이라고는 하나도 들어 있지 않은 바깥지옥세계 인간들이 이 세상에서 시간을 낭비하고 있다는 것이었다. 마사그레이엄에 처음 왔을 때에 버니스도 그런 룸메이트를 만났는데, 그 역시 가죽 샌들을 신고 다녔으므로 동물 살해자였다. 비록 그게 가짜 가죽이더라도 마찬가지였다. 하지만 그가 신고 있던 건 진짜 가죽처럼 보였다. 그래서 버니스는 그걸 불에 태웠다. 그리고 고맙게도 더 이상 그 아이와 욕실을 함께 쓰지 않아도 됐다. 그 남자애가 타락한 난쟁이 침팬지-토끼 접합물처럼 실제로 매일 밤마다 여자애들과 성관계를 맺는 소리를 들을 수 있었기 때문이다.

"지미! 숨결에서 풍기는 고기 냄새가 장난이 아니었어!" 버니스가 말했다.

지미라는 이름을 들었을 때 나는 내가 아는 바로 그 지미일 리가 없다고 생각했지만 다음 순간 아, 그럴 수도 있겠다는 생각이 들었다. 이런 생각으로 머릿속이 복잡할 때 이제 지미가 다른 방으로 옮겨 그 방이 비어 있으니까 내가 자기 옆방으로 오는 게 어떻겠느냐고 버니스가 물었다.

난 버니스와의 관계가 개선되길 원했지만 그 정도로 가깝게 지내고 싶은 마음은 없었다. 그래서 나는 내가 해야 할 말을 하기 시작했다. "버트에 대한 일은 정말로 유감이야. 네 아빠 말이야. 그런 식으로 죽게 된 건 나한테도 잘못이 있었던 것 같아."

그녀는 날 미쳤냐는 듯이 쳐다보며 말했다. "너 지금 무슨 말하는 거야?"

"그때 네 아빠가 누알라하고 섹스하고 있었다고 내가 말했지. 그래서 네가 비나에게 말했고 비나가 화가 나서 시체보안회사에 연락한 거잖아? 글쎄, 내 생각에 버트가 누알라하고 섹스를 하고 있었던 것 같지는 않아. 나하고 아만다, 그러니까 우리가 너무 비열하게 그런 이야기를 꾸며 냈던 거야. 그 일을 생각하면 끔찍스러울 뿐이야. 정말로 미안해. 버트는 여자애들 겨드랑이를 만지는 것보다 더 나쁜 짓은 하지 않았던 것 같아."

"적어도 누알라는 성인이었어." 버니스가 말했다. "그리고 그가 겨드랑이에서 끝난 건 아니었어. 여자애들하고 말이야. 그 사람은 우리 엄마가 말한 그대로 성도착자였어. 그는 날마다 나한테 자기가 제일 사랑하는 어린 딸이라고 말했지만 그 말조차 사실이 아니었어. 그래서 내가 비나한테 말했고 비나는 그를 밀고 했던 거야. 그러니까 넌 이제 그렇게 으스댈 필요 없어." 난 예전처럼 적의에 찬 눈초리를 받았다. 물론 이번에는 눈물 어린 빨간 눈이었지만 말이다. "그게 네가 아니었다는 걸 그저 행운으로 알아."

"아, 버니스. 정말 미안해." 내가 말했다.

"그런 이야기는 더 이상 하고 싶지 않아." 버니스가 말했다. "나는 좀 더 건설적으로 내 시간을 보내고 싶어." 버니스는 내게 자기와 함께 가서 행복한컵 항의 표지판을 만들겠느냐고 물었다. 난 그날 벌써 한 강좌를 빼먹었으므로 아마도 다른 때에 갈 수 있을 거라고 말했다. 버니스는 어떻게든 빠져나가려고 얼버무리는 꼴이 다 보인다는 듯 내게 가늘게 찢어진 눈길을 보냈다. 그래서 나는 예전 그의 룸메이트였던 지미가 실제로 어떻게 생겼는지 물었고 버니스는 도대체 그게 너하고 무슨 상관이냐고 퉁명스럽게 말했다.

버니스가 또다시 예전처럼 두목 행세를 하기 시작했으므로 그녀와 함께 더 많은 시간을 보냈다가는 내가 아홉 살로 돌아갈 것만 같았다. 그 시절처럼 나를 자기 손에 쥐고 흔들 게 뻔했다. 아니 그때보다 더할 것 같았다. 여태까지 살아오는 동안 내가 아무리 끔찍한 경험을 했다 하더라도 그녀한테는 항상 나보다 더 끔찍한 경험이 있을 것이기 때문이었다. 버니스는 피해의 식이 커서 언제나 나보다 한 수 위여야 했다. 내가 이제는 정말로 뛰어가야 한다고 말하자 버니스는 "그래, 좋아." 하더니 내가 하나도 변한 게 없으며 예전처럼 그저 아무 짝에도 쓸모없는 얼간이에 불과하다고 말했다.

몇 년이 흐른 후 비늘꼬리 클럽에서 일하던 때 나는 정원사들의 안전 가옥이 급습당하는 장면에서 버니스가 분무 총에 맞는 걸 화면으로 봤다. 정원사들이 불법 단체로 낙인찍힌 후에 벌어진 일이었다. 불법 단체가 됐다고 해서 하던 일을 그만둘 버니스가 아니었다. 그녀는 신념을 품고 용기 있게 행동하던 사람이었다. 그런 점에서 나는 버니스를 높이 평가해야 했다. 그녀의 신념, 그리고 또 그녀의 용기를. 왜냐하면 나는 진정으로 신념과 용기를 지녔던 적이 한 번도 없었던 것 같았기 때문이다.

화면에 버니스의 죽은 얼굴이 확대됐는데 살아 있을 때 내가 본 모습보다 훨씬 더 부드럽고 평온해 보였다. 아마도 저게 진짜 버니스였을지도 모른다고 나는 생각했다. 친절하고 악의가 없었던 버니스. 어쩌면 그녀의 내면은 참으로 저랬을 수도 있었다. 우리가 했던 그 모든 싸움과 칼끝처럼 날카롭고 무례했던 그녀의 태도, 그것은 풍뎅이 껍질처럼 그녀의 온몸에 단단하게 붙어 있던 그 피부 껍질로부터 벗어나고자 몸부림치던 하나의 투쟁 방식이었다. 하지만 아무리 거세게 공격하고 분노했을지라도 그녀는 그곳에서 한 발자국도 벗어날 수 없었다. 그런 생각이 들자 버니스가 어찌나 가여운지 난 큰 소리로 엉엉 울었다.

52

버니스가 자신의 이전 룸메이트에 대해 말했던 날, 그녀와 그런 대화를 나누기 전에는 교실에서, 행복한컵에서, 아니면 그저 어딘가를 걷다가라도 지미와 마주칠 수 있지 않을까 반신반의하며 기대하고 있었던 것 같다. 하지만 버니스에게 지미 이야기를 듣고부터는 그가 매우 가까이에 있는 것처럼 느껴졌다. 단지 길모퉁이만 돌면, 또는 창문 바로 맞은편에 그가 있을 것만 같았다. 어느 날 아침 눈을 뜨면 우리가 처음으로 함께 어울렸던 때처럼 그가 바로 내 옆에서 내 손을 붙잡고 나를 들여다보고 있을 것 같았다. 마치 뭔가에 사로잡힌 기분이었다.

지미가 내 마음에 각인되어 있는 것만 같았다. 알에서 깨어 나온 아기 오리가 제일 처음 본 족제비를 평생 동안 따라다니는 것처럼. 오리의 인생은 무척 짧겠지만 말이다. 내가 처음으로 사랑한 사람이 왜 하필이면 지미여야 했을까? 어째서 더 나은 인격의 인물일 수 없었을까? 아니면 적어도 덜 변덕스러운 사람이든가. 광대 노릇이 몸에 배어 있지 않은 좀 더 진지한 사람이든가.

그로 인한 최악의 상황은 내가 다른 사람에게 흥미를 느낄 수 없다는 점이었다. 내 마음속 구멍은 오직 지미만이 채울 수 있었다. 이렇게 말하면 컨트리 앤드 웨스턴식*이라고 할지도 모르겠지만, 그때는 바다소리 이어폰으로 그런 류의 세속적인 노래들을 귀에 못이 박히도록 들었던 터라 나로서는 그렇게밖에 달리 설명할 길이 없다. 그렇다고 내가 지미의 단점을 인식하지 못했던 건 아니다. 그건 알 만큼 알았다.

물론 결국엔 지미를 봤다. 캠퍼스가 크지 않았으므로 조만간 만나게 되어 있었다. 난 멀리서 지미를 봤고 그도 나를 봤다. 하지만 지미는 다급하게 달려오지 않았다. 그는 먼 곳에 그대로 서 있었다. 손조차 흔들지 않았다. 마치 나를 보지 못한 사람처럼 다른 곳으로 시선을 돌렸다. 내가 만약 나 자신에게 항상 묻고 있던 그 질문, 그러니까 지미는 지금도 나를 사랑할까? 하는 질문에 대한 답변을 기다리고 있었던 거라면 그로써 답변을 들은 거였다.

당시 나는 미용체조 시간에 샤일루바란 소녀를 만났는데, 그

---

* 미국 남서부 지역 전통음악 스타일의 대중음악.

녀는 한동안 지미와 사귄 적이 있었다. 처음 사귈 때는 너무 좋았는데 어느 순간부터 지미가 그녀에게 자신이 얼마나 못된 사람인지를 말하기 시작했다고 그녀는 말했다. 고등학교 시절의 여자 친구 때문에 샤일루바만 사랑하겠다는 약속은 할 수 없다고 말했다는 것이다. 고등학교 시절 그들은 너무 어렸고 끝맺음도 좋지 않았으므로 그때 이후로 지미는 감정적인 쓰레기통으로 살았다고. 하지만 만나는 여자마다 엉망진창으로 만들어 놓는 걸 볼 때 어쩌면 자신은 천성 자체가 파괴적일 수도 있다고 말이다.

"여자 친구 이름이 와컬라 프라이스였어?" 내가 물었다.

"아니야, 사실 그건 너였어. 지미가 너를 지목했다니까." 샤일루바가 말했다.

지미, 넌 정말이지 기만적이고 허튼소리를 잘하는 데다 거짓말 대장이구나 하는 생각이 들었다. 하지만 다음 순간 이런 생각도 들었다. 그 말이 사실이라면 어떡하지? 지미가 내 인생을 망쳐 놓은 것만큼 나도 지미 인생을 망쳐 놨으면 어쩌지?

난 지미에 대한 모든 걸 잊으려고 애썼다. 하지만 어찌 됐든 그럴 수는 없었다. 지미에 대해서라면 무조건 무시해 버리려는 태도가 손톱을 물어뜯는 것처럼 좋지 않은 습관으로 굳어졌다. 이따금 저 멀리서 정처 없이 떠도는 지미의 모습이 보이는 것, 그건 마치 끊으려고 애쓸 때 집어 드는 담배 한 개비와도 같았다. 그게 또다시 담배를 피우는 시발점이다. 물론 나는 담배를 피웠던 적은 한 번도 없었다.

　내가 정말로 끔찍한 소식을 들었던 때는 마사그레이엄에 온 지 거의 이 년이 흘렀을 무렵이었다. 루선이 전화로 나의 생부인 프랭크가 경쟁 조합에 납치당해 동부 유럽 어딘가로 끌려갔다고 알려 줬다. 그곳에 있는 조합이 항상 우리 조합을 침범하려고 애쓰고 있었는데, 그쪽에서 파견돼 비밀리에 활동하는 암살단은 우리보다 훨씬 더 잔인했고 훨씬 더 유리한 입장이었다. 여러 나라 언어를 제대로 구사할 수 있어 이민자로 행세할 수 있었기 때문이다. 우리는 그렇게 할 수 없었다. 무엇 때문에 우리가 그곳으로 이민을 가겠는가?

　그들은 바로 단지 안에서, 루선에 의하면 실험실 건물 화장실에서 프랭크를 자루에 집어넣은 다음 지지 푸르트 배달 트럭에 실어 단지 밖으로 이동시켰다. 그러고 나서 프랭크 얼굴을 거즈 붕대로 휘감아 안면 성형을 한 환자로 가장해 비행선에 태운 다음 대서양을 건너서 데려갔다. 설상가상으로 마약에 취한 것 같은 프랭크의 모습을 디브이디로 만들어 보내왔는데, 화면 속 그는 건강현인이 치료 활동으로 많은 돈을 벌기 위해 서서히 발병해 불치병으로 진행되는 유전자 접합 병원균을 비타민제에다 집어넣었다고 고백하고 있었다. 그건 전적으로 공갈 협박에 의한 고백이라고 루선은 말했다. 프랭크를 데려오고 싶다면 그들이 원하는 두 개의 제조법, 특히 서서히 발병하는 질병에 대한 제조법을 내놓아야 했다. 게다가 죄를 뒤집어씌우는 디브이디는 공표하지도 않을 것이다. 하지만 제조법을 알려 주지 않을 경우 프랭크의 머리와 몸은 영원히 결별해야 할 거라고 그들은 말했다.

루선에 의하면 건강현인은 비용 편익을 분석한 다음 자신들에게 병원균과 제조법이 프랭크보다 훨씬 더 가치 있다는 결론을 내렸다. 디브이디로 인한 불리한 평판은 원천적으로 진압할 수 있었다. 미디어 조합이 뉴스가 될 만한 것과 아닌 것을 통제하기 때문이었다. 인터넷 기사들 역시 언뜻 보면 사실처럼 여겨지는 가짜가 진짜들과 마구 뒤섞여 있어서 하나도 믿지 않든가 모두 믿든가 하는 식이었는데 그게 그거였다. 그러므로 건강현인은 아무런 대응도 하지 않을 것이었다. 그들의 공식 입장은 아내인 루선의 손실에 대해서는 유감스럽게 생각하나 공갈 협박적인 요구에 굴복하는 게 그들의 정책은 아니라는 것이었다. 그런 요구에 굴복하면 그 당시에도 지나치다 싶을 정도로 많이 발생하고 있던 납치 행위를 한층 더 장려하게 되는 셈이었다.

그로 인해 루선은 건강현인에서 고급 간부의 아내라는 지위를 상실했고 동시에 주택도 잃게 되었다. 그토록 비참한 상황에서도 루선은 동결유전자 단지로 이사가 골프 클럽을 통해 만난 토드라는 아주 멋진 남자와 가정을 꾸리기로 마음먹었다. 그런 루선이 내게 바라는 바는, 그 모든 감정들로 인해 극단적인 행동을 취했던 과거와 달리 그때만큼은 프랭크를 상실한 슬픔 때문에 도를 넘지 않는 것이었다.

동결유전자. 그곳은 얼마나 대단한 사기인가. 미래의 어떤 과학자가 목에다 몸통을 재생시킬 수 있는 방법을 발명할 경우에 대비해 사람들은 자신이 죽으면 머리를 냉동해 달라고 돈을 지불했다. 물론 건강현인 사람들은 신경단위는 진작 도려 내 돼지에 이식해 놓았을 테니 머리 외피만 냉동할 거라는 농담을 주고받곤 했다. 그들은 건강현인 고등학교에서처럼 소름끼치는 농담들을 수없이 많이 만들어 냈다. 하지만 그것들이 정말로 농담인지는 결코 알 길이 없었다.

결론적으로 루선의 요지는 돈이 귀하다는 것이었다. 토드는 상무가 아닌 경리부장에 불과한 데다 나 말고도 우선적으로 부양해야 할 어린 자녀가 셋이나 있었으므로 루선은 토드에게 내 학비까지 대 달라고 요청할 수가 없었다. 그것은 앞으로 내가 대학 생활을 접고 마사그레이엄을 떠나 혼자 힘으로 삶을 책임져야 한다는 말이었다.

나는 단 한 번의 빠른 발차기로 둥지에서 쫓겨났다. 그렇다고 그때까지 내가 둥지 속에 있었던 것도 아니지만 말이다. 루선과의 관계에서 나는 언제나 벼랑 끝에 서 있었다.

이건 참 아이러니하다는 생각이 들었다. 아이러니에 대해서는 춤 연출법에서 배웠다. 루선은 남의 명성을 훼손해 가면서까지 납치를 당했다는 새빨간 거짓말을 늘어놓았고, 생부인 불쌍한 프랭크는 정말로 납치를 당했고 아마 죽음까지 갔을 것이다.

남편이 당한 불행에 대해 아내인 루선은 아무런 느낌도 없는 게 분명했다. 딸인 나는 어떤 감정을 느껴야 하는지 알지 못했다.

봄 학기 시험을 보기 전에 여러 조합에서 중앙 복도에다 인터뷰용 부스들을 마련해 놓았다. 과학 조합 같은 진지한 조합은 없었다. 과학 조합은 마사그레이엄에서 누군가를 스카우트한다는 생각을 꿈에서조차 하지 않을 것이다. 그들은 숫자를 다루는 사람들이 필요할 테니까. 어쨌든 조금은 보잘것없는 조합들이 왔다. 나는 그해에 졸업하는 게 아니었기 때문에 인터뷰에 지원할 자격은 없었지만 운에 맡겨 보기로 하고 기회를 한번 이용해 보기로 마음먹었다. 그들이 제시하는 일은 구하지 못하겠지만 마룻바닥 청소부라도 시켜 줄지 어찌 알겠는가. 정원사들과 함께 지낼 때 몇 차례 마룻바닥을 닦아 본 적이 있었다. 물론 그런 말을 내 입으로 할 수는 없겠지만 말이다. 그랬다간 광적으로 환경보호주의적인 괴짜로 낙인찍힐 것이다.

비늘꼬리 클럽에 가 보라고 한 건 미용체조 강좌를 담당하는 교사였다. 나는 제법 춤을 잘 췄다. 그리고 비늘꼬리 클럽은 건강 수당과 치과 보험도 있는 합법적 조합인 섹스마트의 자회사였기 때문에 매춘부가 되는 것과는 차원이 달랐다. 수많은 아가씨들이 그곳에 취업했고 일부는 그런 식으로 멋진 남자들과 만나 이후의 삶을 행복하게 꾸려 나가기도 했다. 그래서 나도 한번 시도해 봐야겠다고 생각했다. 졸업장 없이 그보다 더 나은 직장을 구할 수는 없을 것 같았다. 비록 마사그레이엄 졸업장이라 할지라도 없는 것보다는 훨씬 나았다. 그리고 무엇보다 시크릿버거 같은 곳에서 고기 바리스타가 되고 싶지는 않았다.

*

그날 나는 다섯 개의 인터뷰를 간신히 확보했다. 안절부절못했지만 젖 먹던 힘까지 동원해 미소를 짓고 교묘한 말을 뱉으며 상대방을 설득하려고 힘썼다. 물론 나는 졸업자 명단에 없었다. 난 여섯 번째 인터뷰를 할 수도 있었다. 동결유전자 조합에서 사랑하는 사람들과 때로는 죽은 애완동물의 머리를 냉동하는 친척들의 마음을 달래 줄 수 있을 위안부를 찾고 있었다. 하지만 루선 때문에 그곳에서는 일할 수가 없었다. 그녀가 나한테 한 짓거리도 괘씸했지만 어떻게 가정부 내쫓듯 그런 식으로 말할 수 있었는지, 두 번 다시 루선을 보고 싶지 않았다.

난 행복한컵, 닭고기웅이, 지지 푸루트, 비늘꼬리 클럽, 그리고 마지막으로 새론당신에서 나온 고용 팀을 만났다. 처음 세 곳은 나를 원하지 않았지만 비늘꼬리 클럽으로부터는 제의를 받았다. 각 조합에는 인터뷰를 전담하는 팀이 있었고 모디스는 비늘꼬리 클럽 팀에 속해 있었다. 섹스마트의 일부 고위 간부도 그 자리에 있었지만 모디스가 현장 책임자였으므로 실제로는 그가 제의한 것이었다. 난 그저 미용체조 시간에 하는 판에 박힌 연기를 했을 뿐인데 모디스는 내가 바로 자신이 찾고 있던 대단한 재능을 갖춘 사람이라며, 만약 내가 비늘꼬리 클럽으로 가면 자기가 반드시 후회하지 않도록 해 주겠다고 했다. "당신은 당신이 원하는 사람이 될 수 있을 테니 당장에 행동으로 옮기는 게 어떻소!"라고 그는 말했다. 나는 거의 계약서에 서명할 뻔했다.

하지만 새론당신 부스가 비늘꼬리 클럽 바로 옆에 있었고, 그 팀에 정원사들과 함께 지낼 때 만난 토비를 연상시키는 한 여자가 앉아 있었다. 그 여자는 토비보다 피부색도 더 거뭇했고 머리칼도 달랐으며 녹색 눈에 목소리도 더 허스키했다. 그녀는 나를 한쪽 옆으로 데려가더니 혹시 내가 무슨 곤경에 빠졌는지 물었고 나는 얼떨결에 집안에 문제가 생겨서 학교를 그만둬야 한다고 속사정을 털어 놓았다. 난 무슨 일이라도 할 것이며 기꺼이 배울 준비가 되어 있다고 말했다. 그녀가 내게 집안에 어떤 문제가 발생했느냐고 물었을 땐 아버지가 납치당했고 어머니는 돈이 하나도 없다고 불쑥 말해 버렸다. 내 목소리는 부들부들 떨리고 있었으며 그 모든 건 연기가 아니었다.

그러자 그녀는 내 어머니 이름을 물었고 나는 말했다. 그녀는 고개를 끄덕이더니 나를 새론당신 스파의 견습생으로 고용하겠다고 말했다. 그렇게 되면 나는 스파 건물에 살며 훈련을 받을 수 있을 것이고 비늘꼬리 클럽에서 종종 볼 수 있듯이 술에 취해 과격하게 행동하는 남자들을 상대하는 대신 여자들을 상대할 것이었다. 아무리 치과 보험이 있더라도 비늘꼬리 클럽에 가면 바이오필름 보디슈트를 입어야 할 테고 낯선 남자들이 나를 만질 게 뻔했다. 반면 새론당신은 치유 분위기일 것이고 나는 사람들을 돕게 될 것이다.

참으로 토비와 비슷하게 생긴 여자였다. 그리고 이상하게도 그녀의 이름표에는 토비아타라고 쓰여 있었다. 그 이름표가 나한테만은 어떤 신호처럼 여겨졌다. 그곳에 가면 내가 정말로 안전할 것이고 환영받을 것이며 또 누군가가 필요로 하는 사람이 될 것만 같았다. 나는 그렇게 하겠다고 말했다.

모디스도 어쨌든 내게 자신의 명함을 주면서 마음이 바뀌면 언제라도 아무것도 묻지 않고 비늘꼬리 클럽에서 일할 수 있도록 받아 주겠다고 말했다.

53

새론당신 스파는 헤리티지 공원 한가운데에 있었다. 아담1이 그걸 어찌나 반대했던지 그곳에 대한 이야기는 셀 수 없을 정도로 많이 들었던 터였다. 허영심을 채우기 위한 시설 하나를 짓기 위해 수많은 동물과 나무 들이 사라졌다고 아담1은 말했다. 이따금 꽃가루받이의 날을 맞아 설교할 때면 온통 그 얘기만 할 때도 있었다. 하지만 나는 그곳에서 행복을 느꼈다. 어둠 속에서 빛나는 장미가 있었고 낮이 되면 커다란 분홍색 나비들을, 밤이 되면 아름다운 칡나방을 봤다. 직원들은 사용할 수 없었지만 수영장과 분수, 그리고 그들이 키우는 유기농 채소밭도 있었다. 그곳의 공기는 도시의 중심지보다 더 나아서 코에 쓰는 원뿔형 여과기는 그다지 필요가 없었다. 마치 위안을 주는 꿈과도 같은 곳이었다. 그들은 내게 세탁실에서 시트와 수건 접는 일을 시켰는데, 모든 물건들이 분홍색이라 평온했기 때문에 나는 그 일을 좋아했다.

그곳에 간 지 사흘째 되던 날, 내가 깨끗한 수건 더미를 어떤 방으로 나르고 있을 때였다. 우연히 마주친 토비아타가 나와 이야기를 나누고 싶다고 했다. 혹시 내가 무슨 실수라도 저질렀는가 하는 생각이 들었다. 우리는 잔디밭으로 걸어 나갔고 그녀는 내게 목소리를 낮추라고 말했다. 그러더니 그녀는 내가 그녀를 조금은 알아본 것 같다며 자신은 나를 확실히 알아봤다고 말했다. 그녀가 나를 고용한 까닭은 내가 정원사였기 때문이었다. 당시 신의 정원사 무리는 불법 단체로 낙인찍혔고 정원도 파괴되었으므로 우리에겐 서로를 돌봐야 할 의무가 있었다. 그녀는 내가 돈이 하나도 없다는 것 이상으로 심각한 곤경에 처해 있다는 걸 알았다. 이게 어떻게 된 일이지?

난 정원에 대한 소식은 하나도 알지 못했기 때문에 울기 시작했다. 그건 커다란 충격이었다. 나는 상황이 정말로 나빠지면 그곳으로 돌아갈 수 있으리라고 막연하게나마 생각하고 있었던 게 분명했다. 그녀는 분수 옆에 나를 앉혔다. 그렇게 하면 방향 탐지 마이크가 있어도 힘차게 쏟아져 나오는 물소리 때문에 우리 목소리가 안 들릴 거라고 그녀는 말했다. 난 그녀에게 건강현인에 대해 말했고 핸드폰을 잃어버리기 전에는 아만다를 통해 정원사들과의 연락을 유지했지만 그 후로는 정원에 대해 아무것도 모르고 지냈다고 했다. 하지만 내가 지미를 사랑했고 그가 나를 실망시켰다는 이야기는 하지 않았다. 다만 마사그레이엄 아카데미에 대한 이야기와 우리 아버지가 납치당한 후 루선이 갑작스럽게 나와의 관계를 끊어 버린 사실에 대해서는 말했다.

그런 다음 나는 인생의 방향을 모두 상실했으며 고아처럼 마음속이 무감각해졌다고 말했다. 그녀는 그 모든 일이 상당히 혼란스러울 것이라며 자신도 내 나이였을 때 어려운 시기를 보냈고 그녀도 아버지와 관련해 나와 비슷한 일을 겪었다고 말했다.

새롭게 변신한 토비는 이브6이었을 때의 냉혹한 고집쟁이의 모습이 전혀 아니었다. 그녀는 훨씬 더 친밀했다. 아니, 어쩌면 내가 나이를 더 먹었을 것이다.

토비는 주위를 돌아보더니 목소리를 낮췄다. 그러더니 곧 에덴절벽 옥상정원을 서둘러 떠나야만 했고 위험에 처해 있었기 때문에 약간의 변신을 꾀할 수밖에 없었다고 말했다. 그러면서 그녀는 자신이 누구인지 아무한테도 말하면 안 된다며 나에게 조심하라고 신신당부했다. 그녀는 지금 위험을 무릅쓰고 나에게 이야기한 것이니까 나를 신뢰할 수 있게 행동해 달라고 부탁했고 나는 그렇게 하겠다고 약속했다. 그러자 토비는 루선이 이따금씩 스파에 들른다는 사실을 알려 주며 그런 사실을 인식하고 그녀의 시선을 피하도록 노력하라고 주의를 줬다.

마침내 토비는 혹시라도 무슨 일, 어떤 위기가 발생했는데 그녀가 주변에 없으면 정원사 스타일의 아라랏, 즉 새론당신 스파의 비품 창고에 보관돼 있는 건조시킨 식량을 찾아야 한다는 걸 나도 알고 있으라고 말했다. 혹시라도 내가 들어갈 필요가 있을 경우에 대비해 문 비밀번호도 말해 줬다. 물론 그녀는 그런 게 결코 필요 없기를 희망했다.

나는 그녀에게 정말로 고맙다고 말하면서 혹시 아만다가 어디에 있는지 아느냐고 물었다. 진정으로 그녀를 다시 보고 싶다면서 말이다. 그녀야말로 나의 유일한 진짜 친구였다. 토비는 찾을 수 있을지 알아보겠다고 했다.

그 후로는 이야기를 나눌 기회가 많지 않았다. 토비는 누가 지켜보고 있는지는 알 수 없지만 아무래도 우리가 자주 이야기를 나누면 수상쩍게 보일 거라고 했다. 하지만 우리는 몇 마디 말과 묵례를 교환할 수는 있었다. 그녀가 나를 지켜 주고 있다는 걸 난 피부로 느낄 수 있었다. 마치 외계인처럼 그녀는 보이지 않는 어떤 힘으로 나를 보호하고 있었다. 물론 그런 생각은 마음속으로만 했다.

*

그곳에서 지낸 지 거의 일 년이 지난 어느 날 토비는 인터넷으로 알고 지내는 지인들을 통해 아만다가 어디에 있는지 알아냈다고 했다. 그녀가 내게 알려 준 사실은 놀라웠다. 하지만 곰곰이 생각해 보니 그다지 놀랄 일도 아니었다. 아만다는 생체 예술가가 되어서 거대한 규모로 동물이나 동물의 기관을 야외에 배열하는 예술 작업을 하고 있었다. 그녀가 헤리티지 공원의 서쪽 입구 근처에서 살고 있었으므로, 만약 내가 아만다를 보고 싶어 한다면 토비는 나를 위해 외출 허가증을 마련해 새론당신의 분홍색 미니밴으로 그곳까지 데려다 줄 수 있었다.

나는 두 팔 벌려 토비를 끌어안았지만 그녀는 세탁소에 근무하는 여자애가 매니저를 끌어안는 행동은 조심해야 한다고 했다. 그러고 나서는 아만다와 너무 깊은 관계를 유지하면 안 된다는 충고도 했다. 아만다는 너무 극단적으로 행동하는 경향이 있는 데다 자기 능력의 한계를 알지 못하기 때문이라고 했다. 난 토비가 하는 말이 무슨 뜻인지 묻고 싶었는데 그녀는 이미 다른 데로 걸어가 버렸다.

방문 날이 되자 토비는 아만다에게 내가 갈 테니 보안에 힘쓰라며 그녀의 주의를 환기시켜 놓았다고 나에게 말했다. 나는 아무리 반갑더라도 방 안에 완전히 들어가기까지 서로 끌어안거나 비명을 지르거나 다른 감정들을 드러내지 않도록 참고 기다려야 했다. 토비는 나한테 새론당신 제품이 들어 있는 바구니를 내주면서, 이건 누군가가 밴을 세우고 내가 어디로 가고 있는지 묻는 경우를 대비해 만들어 낸 구실이라고 알려 줬다. 운전사는 나를 기다릴 것이며, 나한테는 단 한 시간이 허용될 것이다. 새론당신 아가씨가 바깥지옥세계에서 너무 오랜 시간 돌아다니는 건 이상하게 보일 것이기 때문이었다.

내가 변장을 하고 가면 어떻겠느냐고 묻자 토비는 그건 안 된다고 했다. 경비들이 이런저런 질문을 할 것이기 때문이었다. 결국 나는 작업복 셔츠와 면바지 위에다 머리끝에서 발끝까지 오는 분홍색 새론당신 옷을 걸쳐 입고 분홍 모자 소녀처럼 분홍색 바구니를 들고 가야 했다.

계획했던 대로 나는 새론당신 미니밴으로 아만다의 허름한 콘도에 배달됐다. 토비가 그런 식으로 표현한 걸 난 기억한다. 나는 방문 안에 들어설 때까지 기다렸고 아만다는 방 안에서 기다리고 있었다. 그런 다음 우리 둘 모두 "도저히 믿을 수 없어!"라고 소리치며 서로를 끌어안았다. 하지만 오랫동안 그렇게 하고 있지는 않았다. 아만다는 예전부터 끌어안는 걸 좋아하는 사람이 아니었다.

아만다는 마지막으로 봤을 때보다 키가 많이 커져 있었다. 자외선 차단 크림을 바르고 모자도 쓰긴 했지만 야외 미술을 그토록 많이 하다 보니까 피부가 새까맣게 탔다고 했다. 부엌으로 들어가니 그녀가 디자인해 놓은 그림들이 벽에 많이 걸려 있었고 뼈들도 여기저기 있었다. 우리는 부엌에서 맥주를 마셨다. 나는 그때껏 알코올 들이켜는 걸 좋아했던 적이 한 번도 없었지만 그날은 특별했다.

우리는 정원사들에 대해 이야기하기 시작했다. 아담1, 누알라, 근육맨 머지, 안개 필로, 카투로, 레베카, 그리고 젭, 그리고 토비. 물론 나는 그녀가 지금은 토비아타이고 새론당신 스파의 매니저라는 말은 하지 않았다. 아만다는 토비가 무엇 때문에 정원사들을 떠나야 했는지 알려 줬다. 오물늪의 블랑코가 그녀 뒤를 쫓았기 때문이었다. 블랑코는 토비를 짜증나게 만든 사람인데, 특히 여자들을 냄새로 찾아낸다는 소문이 거리에 자자했다.

"어째서 토비를?" 내가 물었다. 아만다는 과거의 어떤 성적인 문제 때문이라는 소문을 들었다고 했다. 하지만 정말 영문 모를 일이라며 성적인 것과 토비는 전혀 어울리지 않는 데다 필시 그런 까닭에 아이들이 그녀를 무미건조한 마녀라고 불렀을 것이 아니겠느냐고 했다. 그래서 내가 아마도 토비가 우리가 생각했던 것보다는 성적인 매력이 있었나 보다고 말했더니 아만다는 깔깔대고 웃으며 내가 아직도 기적 같은 일들을 믿고 있는 게 분명하다고 했다. 하지만 그때 나는 무엇 때문에 토비가 다른 신분으로 숨어 사는지 알게 되었다.

"똑똑, 누구십니까? 하고 말하던 거 생각나? 너랑 나랑 버니스 말이야." 내가 물었다. 술기운이 슬슬 올라오기 시작하고 있었다.

"갱." 아만다가 말했다. "갱 누구?"

"갱그린." 내가 말했다. 그러고는 우리 둘 다 콧김을 뿜어 대며 웃었고 나는 맥주 기운이 코까지 올라왔다. 나는 아만다에게 버니스를 우연히 만난 일과 그녀가 예전처럼 심술 맞게 굴었다는 이야기를 해 줬다. 우리는 그 얘기를 하면서도 깔깔대고 웃었다. 하지만 죽은 버트에 대해서는 한마디도 언급하지 않았다.

내가 말했다. "네가 날 즐겁게 해 주려고 섀키와 크로제와 협상해서 슈퍼위드 마약을 했을 때 말이야, 우리 다 같이 홀로그램 회전소에 들어갔잖아. 나는 다 토하고 말이지. 그때 생각 나?" 우리는 또다시 한바탕 웃었다.

아만다는 두 명의 예술가 룸메이트가 있고, 자기 인생 처음으로 동거하는 남자 친구도 생겼다고 했다. 그 남자를 사랑하느냐고 묻자 아만다는 "뭐든지 한 번은 시도할 거야"라고 대답했다.

그는 어떤 사람이냐고 묻자 아만다는 그가 아직도 십 대 때 사랑했던 여자 친구를 잊지 못하고 힘들어하기 때문에 때때로 침울해지기도 하지만 정말로 다정한 사람이라고 했다. 내가 그의 이름을 물었더니 아만다가 말했다. "지미야. 어쩌면 너도 건강현인 고등학교 다닐 때 그를 알았을 수도 있겠다. 너랑 비슷한 시기에 그 학교에 다녔거든."

한기가 드는 것 같았다. 아만다가 말했다. "냉장고에 붙어 있는 사진이 그 사람이야. 위에서 두 번째 오른쪽에 붙어 있는 사진." 그건 바로 지미였다. 팔로 아만다를 감싸 안고 감전사한 개구리처럼 빙긋이 웃고 있었다. 마치 그녀가 내 심장에 못을 찔러 넣은 것만 같았다. 하지만 그런 이야기를 해서 아만다의 기분을 망쳐 놓아 봐야 아무런 소용도 없었다. 아만다가 고의로 그런 건 아니었다.

나는 말했다. "정말 귀엽게 생겼다. 그런데 운전사가 기다리고 있어서 난 이제 가 봐야 해." 아만다는 자기가 무슨 실수라도 했느냐고 물었고 나는 그렇지 않다고 말했다. 그녀는 내게 자신의 핸드폰 번호를 알려 주면서 다음번에 내가 그녀를 보러 올때에는 반드시 지미도 함께 만날 수 있게 할 테니 모두가 함께 스파게티를 먹자고 했다.

모든 사람이 어느 정도씩은 가질 수 있게끔 사랑이 공평하게 분배돼야 한다고 믿을 수 있다면 얼마나 좋을까. 하지만 나한테는 그렇게 될 것 같지 않았다.

새론당신 스파로 되돌아가면서 완전히 의기소침해진 나는 공허한 기분마저 들었다. 더욱이 스파로 돌아온 직후 수건을 카트에 싣고 이 방 저 방 돌아다니던 나는 루선과 거의 맞닥뜨릴 뻔했다. 또다시 얼굴 주름살을 펴기 위해 마사지를 받으러 오는 때였다. 토비가 내게 루선이 스파에 올 때마다 저자세를 취하고 그녀를 피할 수 있도록 미리부터 주의시켰는데도 아만다와 지미 때문에 새까맣게 잊고 있었던 것이다.

나는 훈련받은 대로 그녀를 향해 애매하게 미소 지었다. 내 생각에 루선은 나를 알아봤다. 하지만 그녀는 나를 마치 솜 조각 보듯 하며 나를 향해 콧방귀를 뀌었다. 그녀를 보고 싶어 했다거나 말을 걸어 보고 싶었던 적도 없었지만, 그녀 또한 나를 보고 싶어 하지도 말해 보고 싶어 하지도 않았다는 걸 알게 되자 정말로 죽고만 싶었다. 마치 이 세상에서 나라는 존재가 완전히 없어진 것만 같았다. 내가 태어난 적도 없었던 것처럼, 다른 사람도 아닌 바로 내 엄마가 그렇게 행동하다니.

그 순간 나는 더 이상 새론당신에 머물 수 없다는 걸 깨달았다. 나는 아만다로부터, 지미로부터, 루선으로부터, 심지어 토비로부터도 떨어져서 혼자 독립할 필요가 있었다. 나는 완전히 새로운 사람으로 다시 태어나고 싶었다. 어느 누구에게도 조금이라도 신세 지고 싶지 않았고 다른 사람에게 은혜를 베풀고 싶지도 않았다. 어떤 연줄도, 과거도, 질문도 신경 쓰고 싶지 않았다. 다른 사람들에게 물어보는 것조차 싫증이 났다.

나는 예전에 모디스가 준 명함을 찾아냈고 토비에게는 그녀가 베풀어 준 모든 은혜에 대해 정말로 고맙게 생각하며 개인적인 이유로 스파에서 더 이상 일할 수 없게 됐다고 적은 쪽지를 남겼다. 나한테는 아만다를 만날 때 사용한 통행증이 아직 있었으므로 곧바로 떠날 수 있었다. 모든 게 손상되고 파괴되었으므로 나한테는 안전한 곳이 한군데도 없었다. 어차피 안전하지 못한 장소에서 지내야만 한다면 내 진가를 제대로 알아주는 곳에서 지내는 편이 더 낫지 않겠는가.

비늘클럽에 도착했을 때 그곳에 있는 경호원들이 일하려고 왔다는 내 말을 믿지 않았기 때문에 교묘한 말로 그들을 설득해야만 했다. 하지만 그들이 마침내 모디스를 불러왔고 그는 나를 기억하고는, 아, 그래 하고 말했다. 나는 꼬마 댄서였다. 브렌다, 맞지? 나는 그렇다고 대답했다. 하지만 나는 그에게 그냥 렌이라 부르라고 했다. 모디스를 보자 금세 마음이 편안해졌기 때문이었다. 그는 내게 정말로 진지하게 생각하고 결정한 거냐고 물었고 나는 그렇다고 했다. 그러자 그는 훈련 기간을 허비하고 싶지 않으니 계약하면 바로 내가 최소한도의 일을 해야 한다고 말했다. 그럼 이제 기쁜 마음으로 계약서에 서명하겠어?

어쩌면 나는 이런 일을 하기엔 너무 슬픈 아이일지도 모른다고 말했다. 그들은 좀 더 쾌활한 성격의 소녀들을 원하지 않을까? 하지만 모디스는 반짝반짝 빛나는 새까만 개미 눈으로 미소 지으며 마치 내 등을 토닥이는 것처럼 말했다. "렌. 렌. 사람은 누구나 무슨 일을 하든 너무나 슬픈 동물이란다."

54

그래서 결국 비늘클럽에서 일하게 되었다. 여러 면에서 안심할 일이었다. 적어도 모디스를 기쁘게 하는 게 뭔지 분명했으므로 그가 내 상관이라는 사실이 좋았을 뿐만 아니라 그는 내가 안전하다고 느낄 수 있게 해 줬다. 어쩌면 모디스가 내가 그토록 원하던 아버지 상에 가장 근접한 인물이기 때문인지도 몰랐다. 젭은 흔적도 없이 사라져 버렸고 진짜 아버지는 나에 대해 아무런 흥미도 느끼지 못하는 데다 그때는 이미 죽고 없었다.

하지만 모디스는 내가 정말로 특별하다고 말했다. 나는 몽정을 포함해 모든 꿈에 대한 해답이었다. 잘하는 일을 한다는 건 내게 상당한 용기를 줬다. 나는 다른 건 몰라도 곡예용 그네 타기만큼은 무척 좋아했다. 그네를 타는 동안에는 아무도 나를 건드릴 수 없었기 때문이다. 나는 나비처럼 하늘 높이 올라갔다. 그렇게 올라가서는 지미가 나를 바라보고 있는 모습을 상상하며 그가 줄곧 사랑했던 사람이 와컬라 프라이스, 린다 리, 그 외 다른 사람들, 혹은 아만다도 아닌 오직 나였고 지금 나는 단지 지미만을 위해 춤추고 있는 거라고 생각했다.

그것이 얼마나 헛된 생각인지 잘 알았다.

비늘클럽에 간 후로는 아만다와 전화로만 연락을 했다. 예술 작업을 하느라 집에 없을 때가 많은 데다 그녀의 얼굴을 보고 싶지가 않았다. 지미 때문에 아만다를 만나는 게 불편할 것 같았다. 그녀도 그런 느낌을 받았는지 나와 지미의 관계에 대해 물었다. 나는 거짓말을 하거나 진실을 말해야 할 것이었다. 만약에 진실을 말하면 그녀는 화를 낼 수도 있고 그저 호기심만 나타낼 수도 있다. 어쩌면 아만다는 나를 어리석다고 생각할 수도 있다. 아만다한테는 냉정한 면이 있었다.

질투는 매우 파괴적인 감정이라고 아담1은 말했다. 그것은 우리가 빠져나올 수 없는, 완강한 오스트랄로피테쿠스가 남긴 유산의 일부다. 그것은 사람을 괴롭히고 정신적인 삶을 약화할 뿐만 아니라 증오의 감정을 일으켜 다른 사람에게 해를 입히게 만든다. 하지만 아만다는 절대로 아프게 하고 싶지 않은 내 친구였다.

나는 노르스름한 갈색 구름 같은 내 질투가 마음속에서 부글부글 끓다가 코를 통해 연기처럼 나와 땅에 떨어져 돌로 변하는 모습을 상상해 보려고 애썼다. 조금은 효과가 있었다. 하지만 내가 원하든 원하지 않든 나의 상상 속 돌에서는 독을 함유한 열매로 뒤덮인 식물이 자라날 것이다.

그러다가 아만다는 지미와 절교를 했고 내게는 그런 사실을 은근슬쩍 알려 줬다. 아만다는 이전에 내게 살아 있는 단어라는 야외 미술 풍경 설치 시리즈에 대해 설명해 준 적이 있다. 어렸을 때 개미와 시럽으로 단어를 만들던 것처럼 단어가 나타났다 사라졌다 할 수 있게 바이오 생명체를 사용해 커다란 글자로 단어를 만들어 가는 과정이었다. 아만다는 "난 지금 네 글자 단어에 도전하고 있어."라고 말했다. 그래서 나는 "빌어먹을처럼 상스러운 단어들을 말하는 거야?"라고 물었다. 그러자 아만다가 깔깔대고 웃더니 말했다. "그것보다 더 형편없는 단어들이야." 그래서 내가 "그럼 잡동사니(crap)나 뒈져 버려(fuck) 같은 단어야?"라고 물었더니 그녀는 "아니, 사랑(love) 같은 단어."라고 말했다.

그래서 내가 "아, 그러니까 지미하고는 잘 안 됐나 보구나."라고 말했더니 아만다는 "지미는 진지하지 못해."라고 말했다. 그래서 나는 지미가 아만다 몰래 바람을 피웠거나 그와 유사한 어떤 짓을 저지른 게 분명하다는 걸 알 수 있었다.

"유감이네." 내가 말했다. "정말 지미한테 질린 거야?" 목소리에 행복감이 드러나지 않게 하려고 나는 무척이나 애쓰며 마음속으로 생각했다. 이제는 아만다를 용서해 줄 수 있겠는걸.

하지만 사실 아만다가 고의로 내 감정에 상처를 입히는 어떤 행동을 했던 것이 아니었으므로 그녀를 용서하고 말 것도 없었다.

"질렸느냐고?" 아만다가 되물었다. "지미한테는 질릴 것도 없어." 그 말이 무슨 뜻인지 궁금했다. 난 분명 지미한테 진절머리가 났기 때문이다. 아직도 그를 사랑하지만 말이다.

어쩌면 그게 바로 사랑일지도 모른다고 나는 생각했다. 진절머리 나는 것 말이다.

얼마 후 글렌이 비늘클럽에 드나들기 시작했다. 매일 밤은 아니지만 요금 할인을 받을 정도로는 자주 드나들었다. 건강현인 고등학교를 졸업한 이후로는 그를 보지 못했다. 그는 두뇌광들과 함께 왓슨크릭 대학에서 과학을 전공했다. 하지만 당시 그는 되젊음 조합의 고위 간부가 되어 있었는데, 수줍어하는 기색도 없이 잘난 척을 일삼았다. 물론 글렌으로서는 그게 잘난 척이라기보다 "비가 올 거야."라고 말하는 것처럼 사실을 말하는 것에 더 가까웠다. 그가 빅스 씨나 그에게 연구 기금을 제공하는 사람들과 나누는 대화에 귀 기울이다가 입수한 정보에 의하면 글렌은 그때 파라디스 프로젝트라는 참으로 중요한 연구를 주도적으로 책임지고 있었다. 그들은 그 프로젝트를 위해 자체적으로 공기를 공급하고 4중 보안 장치를 갖춘 특수한 돔을 지었다. 글렌은 가능한 한 최고의 두뇌들로 팀을 구성해 밤낮을 가리지 않고 일하고 있었다.

글렌은 그들이 매달리고 있는 연구에 대해 애매하게 말했다.

불멸이라는 단어를 사용했는데, 되젊음 조합은 세포를 변형해 절대로 죽지 않게 만드는 것에 수세기 동안 관심을 기울이고 있었다. 사람들이 불멸에 대해 아주 비싼 값을 지불할 것이라고 말했다. 두세 달이 지날 때마다 획기적인 발전이 이뤄지고 있으며, 그것들이 쌓일수록 파라디스 프로젝트를 위해 더 많은 돈을 모금할 수 있을 거라고 그는 말했다.

때때로 글렌은 무엇보다도 가장 중요한 문제인 인간, 즉 인간의 잔인성과 고통, 전쟁과 가난, 죽음에 대한 공포 등에 대한 해결책이 자신의 연구 과제라고 말했다. 그는 "완벽한 인간을 설계해 주면 얼마를 지불하겠어?"라고 물었다. 그런 다음 파라디스 프로젝트는 이미 한 사람을 설계해 냈고 그에게 더 많은 돈을 쏟아부을 것임을 암시했다.

이런 모임의 대미를 장식하기 위해 글렌은 깃털천장 방을 빌렸고 술과 마약과 비늘 아가씨들을, 자신이 아니라 그가 데리고 온 사람들을 위해 불러들였다. 때로는 시체보안회사의 최고위 간부들을 대접하기도 했다. 간부들은 사악했다. 난 한 번도 고통공 감옥의 죄수들을 상대할 필요가 없었지만 시체보안회사의 요원들은 상대해야 했는데, 내가 제일 싫어하는 고객이 그들이었다. 그들은 눈 뒤에다 기계 부품을 집어넣고 다니는 사람들 같았다.

간간이 글렌은 저녁 내내 함께 지낼 두세 명의 비늘 아가씨들을 빌리기도 했는데, 섹스를 하기 위해서가 아니라 아주 이상한 행동을 하기 위해서였다. 한번은 우리에게 성대를 측정할 수 있도록 고양이처럼 가르랑 소리를 내라고 했다. 또 한번은 우리 노랫소리를 녹음할 수 있도록 새처럼 노래해 보라고도 했다. 스타리트가 모디스에게 이런 행동을 하자고 돈을 받는 것은 아니지 않느냐고 불평을 늘어놓자, 모디스는 단지 "그 사람은 미치광이야. 그런 사람들을 전에도 본 적이 있잖니? 하지만 돈이 많은 정신이상자고 너희한테 아무런 해도 입히지 않아. 그러니까 그냥 그 사람 비위만 맞춰 주란 말이야."라고 말했다.

글렌이 우리에게 일종의 테스트를 간단하게 하던 날 밤 나도 다른 두 명과 함께 그 자리에 있었다. 어떤 걸 하면 우리가 행복해할까? 그는 알고 싶어 했다. 행복이란 게 흥분에 더 가까울까, 만족에 더 가까울까? 행복은 내적인 걸까, 외적인 걸까? 나무가 있는 게 좋을까, 없는 게 좋을까? 행복 근처에는 수돗물이 있을까? 행복이 너무 많으면 지겨울까? 스타리트와 크림슨 페탈은 적당한 거짓말을 꾸며 내기 위해 글렌이 듣고 싶어 하는 게 뭔지 찾아내려고 애썼다. "그러지 마." 나는 말했다. 난 글렌이 어떤 인물인지 알았다. "글렌은 괴짜야. 그는 우리 감정을 정직하게 말해 주길 원해." 스타리트와 크림슨 페탈은 한층 더 혼란스러워했다.

그렇지만 글렌은 우리에게 슬픔에 대해서는 한 번도 물어보지 않았다. 아마도 그것에 대해서는 충분히 안다고 생각했었나 보다.

얼마 후부터 글렌은 여자를 데려오기 시작했다. 외국 말씨에 몸매는 아시아 퓨전인 여자였다. 글렌이 말하길 되젊음 조합이 우리를 가장 중요한 테스트 장소로 선택했기 때문에 그녀가 비늘클럽에 친숙해지고 싶어 한다고 했다. 우리에게 새로운 제품을 설명해 줄 사람도 그녀라고 했다. 그건 환희이상 알약이었는데 성과 연관된 모든 문제를 해결해 준다고 했다. 그러니까 우리한테 그 약을 고객들에게 소개할 수 있는 특권이 생긴 것이었다. 글렌이 데려온 여자가 진짜로 하는 일은 그의 여자 친구 역할이었지만 되젊음 조합의 중역이었던 그녀의 직함은 만족도 향상 상무였다.

나는 그녀도 우리처럼 이런저런 식으로 세를 내고 빌린 사람이라는 걸 알 수 있었다. 징후를 알기만 하면 명백했다. 더욱이 그녀는 그동안 자신에 대해서는 하나도 밝히지 않고 연기를 했다. 난 그들을 화면으로 지켜봤다. 글렌이 아주 냉담한 인간이긴 했지만 섹스는 다른 사람들처럼 제대로 할 수 있었기 때문에 호기심이 발동했다. 게다가 그 아가씨는 문어보다도 더 많은 움직임을 보였고 섹스 상대로서의 역할도 놀라웠다. 글렌은 그녀가 이 세상에서 첫 번째 여자, 마지막 여자, 유일한 여자인 것처럼 행동했다. 모디스 역시 두 사람을 지켜보고는 비늘클럽이 그 여자에게 최고 금액을 지불할 거라고 말했다. 하지만 나는 모디스에게 그녀는 그가 지불할 수 있는 가격대의 범위에서 월등히 벗어나 있기 때문에 절대로 그녀를 데려올 수 없을 거라고 말했다.

두 사람은 서로를 애칭으로 불렀다. 여자는 글렌을 크레이크라고 불렀고 그는 그녀를 오릭스라고 불렀다. 다른 아가씨들은 그걸 보고 참 이상하다고 생각했다. 두 사람은 사랑에 빠져 있었고, 그건 글렌에게는 전혀 어울리지 않는 행동이었기 때문이다. 하지만 나는 다소 잘된 일이라고 생각했다.

"그게 러시아 말이야 뭐야?" 크림슨 페탈이 내게 물었다. "오릭스와 크레이크?"

"글쎄." 내가 대답했다. 그건 멸종된 동물의 이름이었다. 정원사라면 누구나 수없이 많은 이런 이름들을 암기해야 했다. 하지만 만약 내가 그런 말을 한다면 아가씨들은 내가 그런 걸 아는 것에 대해 이상하게 생각할 것이다.

글렌이 비늘클럽에 처음 왔을 때 나는 단번에 그를 알아봤다. 물론 그는 나를 알아보지 못했다. 바이오필름 보디슈트를 입고 얼굴 전체에 초록색 금속판을 달고 있는 나를 어떻게 알아볼 수 있겠는가? 게다가 나는 아무 말도 하지 않았다. 모디스는 우리에게 고객들과 개인적인 유대 관계를 만들지 말라고 했다. 그런 관계라면 다른 곳에서도 얼마든지 만들 수 있기 때문이었다. 그는 비늘클럽의 고객들은 우리 인생 스토리에 아무런 관심도 없다고 말했다. 그들이 원하는 건 외피와 환상뿐이었다. 그들은 공상의 세계로 휩쓸려 가 집에서는 절대로 절대로 가질 수 없었던 그런 사악한 경험들을 해 볼 수 있기를 원했다.

악랄한 요부들이 그들을 칭칭 감고 음흉한 여자들이 그들의 몸 위로 미끄러져 내려가는 그런 경험을 말이다. 그러니까 우리는 다른 비늘 아가씨들처럼 우리를 진정으로 걱정해 주는 사람들끼리 쓰레기 같은 우리의 개인적인 감정의 조각들을 나눠야만 했다.

어느 날 밤 글렌은 최고의 저녁 식사를 대접하는 자리를 마련했다. 특별한 손님을 위한 자리라며 초록색 침대 커버가 있는 깃털 방을 주문했다. 거기에다 "킥테일즈"라는 클럽에서 파는 가장 강력한 마티니 술에다 두 명의 비늘 아가씨, 나와 크림슨 페탈을 들어오라고 했다. 모디스가 우리를 선택한 이유는 이 특별한 손님이 몸매가 날씬한 아가씨를 선호한다고 말했기 때문이다.

"그 사람 세일러 복장을 한 여학생을 원하나요?" 내가 물었다. 이따금 "날씬한 몸매"가 뜻하는 것이 그런 복장일 때가 있다. "줄넘기 줄도 가져와야 하나요?" 만일 그렇다면 나는 옷을 갈아입어야만 했다. 그때 나는 현란하게 반짝이는 옷을 입고 있었기 때문이다.

"이 친구는 벌써 마약에 취해 얼굴이 완전 뿅 가 있어서 자기가 뭘 원하는지도 몰라." 모디스가 말했다. "우리 귀염둥이 토끼 아가씨, 그냥 네 전부를 보여 주면 돼. 우리는 그냥 팁만 많이 받으면 되고. 동그라미 숫자가 많아지게만 만들어."

우리가 방에 들어가니 그 남자는 마치 비행기에서 내던져졌는데도 상당히 만족해하는 사람처럼 초록색 새틴 침대 커버 위에 누워 온몸으로 웃고 있었다.

그건 다름 아닌 지미였다. 달콤하고 파괴적인 지미. 내 삶을 업신여긴 지미였다.

내 마음이 뒤집어졌다. 이런 빌어먹을. 일을 해낼 자신이 없었다. 허둥대다가 큰 소리로 울 것만 같았다. 지미가 날 알아보지 못하리라는 걸 난 알았다. 내 몸이 현란한 반짝이로 뒤덮여 있는 데다 지미는 마약에 취해 있는 상태라 의식이 거의 없었기 때문이다. 나는 평소에 하던 대로 단추를 풀고 찍찍이를 떼기 시작했다. 우리 비늘 아가씨들은 그걸 "새우 껍질 벗기기"라고 불렀다. "오, 복근이 아주 멋진걸." 나는 속삭였다. "허니, 어서 그냥 누워 봐."

이런 짓을 나는 증오했던가 사랑했던가? 어째서 이것 아니면 저것이어야만 하는 거지? 빌리아가 그녀의 유방에 대해 항상 말했듯이, 둘 다 가져. 아주 싸단 말이야.

그는 내 얼굴에서 비늘 조각을 뜯어내려고 애쓰고 있었다. 나는 계속해서 그의 두 손을 붙잡아 다른 데다 놓아야만 했다. "당신 물고기야?" 그는 묻고 있었다. 그는 정말로 모르는 것 같았다.

아, 지미. 고작 이 꼴이 됐단 말이야?

순교자 성 다이안

24년

박해에 대하여

연사: 아담1

친애하는 친구들, 친애하는 충실한 동반자들,

에덴절벽 옥상정원은 지금 우리 기억 속에서만 꽃을 피우고 있습니다. 오늘날 현세의 차원에서 보면 지금 폐허가 된 그곳은 강수량에 따라 습지 또는 사막을 이루고 있습니다. 녹색 샐러드를 먹던 시절과 비교하면 상황이 얼마나 변했는지요! 우리 구성원이 얼마나 많이 감소했고 우리 명성이 얼마나 많이 쇠퇴했는지요! 이 은신처에서 저 은신처로 옮겨 다니는 우리는 그들에게 추적당하며 끈질기게 괴롭힘 당하고 있습니다. 우리의 옛 친구들 중에서 우리의 신조를 부인한 사람도 있고 우리에게 불리한 거짓 증언을 한 사람도 있습니다. 하지만 어떤 친구들은 과격하게 폭력을 시도하다 그들을 검거하기 위한 급습 과정에서 흉악한 분무 총에 맞기도 했습니다. 우리는 이와 관련해 우리의 사랑하는 자녀 버니스를 기억하고자 합니다. 우리 다 함께 그녀를 위해 빛을 밝히도록 합시다.

어떤 친구들은 손발이 잘려 나간 채로 공터에 버려져 우리에게 공포의 씨앗을 뿌려 놓기도 했습니다. 행방불명되거나 은신처에 있다 붙잡힌 다른 사람들도 바깥지옥세계의 감옥으로 사라진 후 재판을 거부당하고 그들을 고발한 사람들의 이름조차 알지 못하게 되는 지경에 이르렀습니다. 마약과 고문으로 그들의 정신은 이미 파괴됐을 것이고 그들의 육체 역시 용해되어 석유 쓰레기 속으로 들어갔을 겁니다. 부당한 법률 때문에 우리는 동료 정원사들의 행방도 알 수가 없습니다. 이젠 그들이 흔들리지 않는 믿음 안에서 죽기만을 바랄 뿐입니다.

오늘은 종과 종 사이의 감정이입 연구에 전념한 성 다이안의 날입니다. 이날 우리는 사자의 성인 제롬, 생쥐의 성인 로버트 번즈, 고양이의 성인 크리스토퍼 스마트, 늑대의 성인 팔리 모와트, 그리고 순수한 형제들*과 그들이 쓴『동물들의 편지』를 기억하고자 합니다. 특히 성 다이안 포시는 고릴라에 대한 잔인

---

* 이슬람교 사이파의 한 분파인 이스마일파의 종교적 정치 비밀결사.

한 밀렵을 막는 데 일평생을 바쳤습니다. 그녀는 모든 생명체가 귀하게 여겨지는 평화로운 왕국을 위해 수고했습니다. 하지만 악의에 찬 세력들이 힘을 합해 그녀와 그녀의 온화한 영장류 친구들을 모두 죽였습니다. 그녀가 살해당한 모습은 참혹했습니다. 그와 마찬가지로 다이안이 살아 있을 때와 죽은 후에 퍼졌던 악의적인 소문 역시 끔찍했습니다. 바깥지옥세계 세력들은 행동으로도 말로도 사람을 죽이니까요.

성 다이안은 우리가 귀하게 여기는 이상을 실현했습니다. 그녀는 다른 모든 동물들을 사랑으로 돌봤고 우리가 사랑하는 친구나 친척에게 보여 주는 것과 똑같은 애정을 이 동물들도 마땅히 받아야 한다고 믿었습니다. 이런 점에서 그녀는 우리가 존경할 만한 모델입니다. 다이안은 그녀가 보호하고자 애썼던 산에 고릴라 친구들과 함께 묻혔습니다.

성 다이안은 다른 많은 순교자들과 마찬가지로 살아 있을 때 자신의 수고에 대한 결과를 보지 못했지요. 심지어 온 생애를 바쳐서 지키고자 했던 고릴라 종이 더 이상 존재하지 않는다는 사실조차 알지 못한 채 떠났습니다. 다른 수많은 동물들처럼 그 생물종 역시 신이 만든 이 땅에서 전멸했습니다.

폭력에 대한 충동에 그토록 취약해진 우리 인간은 도대체 어떤 종입니까? 어째서 우리는 피 흘리는 일에 이토록 중독돼 있을까요? 공연히 우쭐해져서 스스로가 다른 동물들보다 우월하다고 생각하고 싶은 유혹이 들 때마다 우리는 우리 자신의 잔인한 역사를 생각해야 합니다.

얼마 지나지 않아 이런 역사가 물 없는 홍수에 의해 완전히 제거될 것이라는 생각으로 위로를 받읍시다. 바깥지옥세계에는 썩어 가는 나무나 녹슬어 가는 금속 용구 외에는 어떤 흔적도 남지 않을 겁니다. 그리고 이것들 위로 칡을 비롯한 여러 다른 덩굴들이 뻗어 나가겠지요. 신이 인간에게 선포했듯이 새와 동물 들이 그들 속에 둥지를 틀 것입니다. "내가 너를 뭍에 버리며 들에 던져 공중의 새들이 네 위에 앉게 할 것임이며 온 땅의 짐승이 너를 먹어 배부르게 하리로다." 인간의 모든 수고가 물 위에 쓴 단어와 같을 것입니다.

이 어둠침침한 지하실에 함께 웅크리고 앉아 어두워진 창문 뒤에서 조용조용 말하는가 하면 적의 침투를 당하진 않을지, 도청 장치나 사이보그 벌레들이 가까이에 있는 건 아닌지, 집념 강한 시체보안회사 요원들이 심지어 지금 이 순간에도 우리를 향해 달려오고 있는 건 아닌지 걱정한다면 우리에겐 그 어느 때보다도 결단이 필요합니다. 성 다이안의 혼령이 우리에게 활기를 불어넣어 주고 이 시련의 순간에 우리가 꿋꿋이 설 수 있도록 도와주기를 기도합시다. 최악의 상황이 올지라도 두려워하지 말라고 다이안의 혼령이 말합니다. 한층 더 크신 성령이 그의 날개로 우리를 보호하고 있기 때문입니다.

새벽이 오기 한 시간 전에 우리는 혼자서 혹은 두세 사람씩 짝을 이뤄 이 은신처 밖으로 나가야 합니다. 나의 친구들이여,

입을 다물고 말도 하지 마시고 남의 눈에 띄지 않도록 조심하시기 바랍니다. 자신의 그림자 속에 몸을 숨기세요. 주님의 은혜로 우리는 승리할 겁니다.

남들이 엿들으면 안 되니까 노래는 부를 수 없습니다.

하지만 낮은 목소리로 속삭입시다.

오늘 우리 성 다이안을 찬양하세

오늘 우리 성 다이안을 찬양하세.
풍성한 생명 위해 뿌려진 그녀의 피
다이안, 신념으로 중재했지만
동물종 하나 살해되었네.

안개 자욱한 험난한 산길 따라
다이안, 야생의 고릴라 무리 추적했네.
그녀의 사랑을 신뢰하게 되고
그녀의 손을 붙잡을 때까지.

덩치는 크고 힘도 세지만 소심한 동물
다이안 용기 내어 두 팔로 안았네.
걱정과 근심으로 그들을 지켜 주었네.
그들이 해를 입지 않도록.

그들에게 다이안은 친구이자 가족
다이안 주위에서 장난치며 놀았네.
하지만 밤이 되자 살그머니 들어온 잔인한 살해자들
누워 자는 그녀를 살해하고 말았네.

너무나 많은 난폭한 손과 난폭한 마음 들!
다이안, 슬프게도 그대 같은 사람 다시 만나기 어려우리.
한 동물종 지구에서 사라질 때
우리 역시 조금씩 죽어 간다네.

안개 자욱한 녹색 언덕에
한때 수줍어하던 고릴라들 모여 있던 그곳
마음씨 곱던 그대 혼령 아직도 떠돌고 있네.
영원히 경계를 게을리하지 않은 채.

—『신의 정원사들이 즐겨 부르는 찬양집』에서

55

렌

25년

    내면의 마음가짐으로 너만의 세계를 만들어 가야 한다고 정원사들은 말했다. 나는 저 바깥의 죽은 자와 죽어 가는 자들의 세상, 그런 세상을 만들고 싶진 않았다. 그래서 옛날에 부르던 정원사들의 찬양, 특히 즐거운 노래들을 불렀다. 그렇지 않으면 춤을 췄다. 그것도 아니면 바다소리 이어폰에서 흘러나오는 노래들을 따라 불렀다. 그것들이 더 이상 새로운 음악이 아닐 거라는 생각은 어쩔 수 없었지만 말이다.

    이름들을 큰 소리로 말해 보렴, 아담1은 우리에게 지시하곤 했다. 그러면 우리는 다음의 동물 이름들을 외쳤다. 디플로도쿠스, 프테로사우루스, 낙지, 브론토사우루스, 삼엽충, 앵무조개,

이크티오사우루스, 오리너구리, 마스토돈, 도도새, 큰바다쇠오리, 코모도왕도마뱀. 그 모든 이름들이 책의 한 페이지처럼 선명하게 눈앞에 나타났다. 아담1은 그 이름들을 부르는 게 그 동물들을 소멸시키지 않는 길이라고 말했다. 그래서 나는 그 이름들을 불렀다.

나는 다른 이름들도 불렀다. 아담1, 누알라, 젭. 섀키, 크로제, 오츠. 그리고 글렌, 죽은 사람들 중에서 글렌만큼 머리가 좋은 사람은 한 명도 생각나지 않았다.

그리고 지미, 그가 무슨 짓을 했든 그의 이름도 불렀다.

그리고 아만다.

난 그들이 계속 살아 있기를 바라며 그 이름들을 되풀이해서 말했다.

그러다 모디스가 맨 나중에 낮은 소리로 속삭인 말을 생각해 봤다. 그는 '네 이름'이라고 했다. 상당히 중요한 것임에 틀림없었다.

나는 남아 있는 식품을 세어 봤다. 사 주, 삼 주, 이 주는 버틸 수 있을 것 같았다. 나는 눈썹연필로 시간을 표시했다. 음식을 조금씩 덜 먹으면 좀 더 오래갈 수 있을 것이다. 하지만 아만다가 곧바로 나타나지 않는다면 어쨌든 난 죽을 것이다. 사실 나는 아무것도 상상할 수가 없었다. 글렌은 자신이 실제로 죽었다는 것을 상상할 수 없는 이유를 이렇게 말했다. "난 죽을 거야."

하고 말함과 동시에 나라는 단어를 말했기 때문에 나는 그 문장 속에서 여전히 살아 있게 된다. 영혼 불멸이라는 개념도 그런 식으로 생각해 낸 거라고 했다. 그러니까 그건 문법의 결과였다. 신도 마찬가지였다. 과거시제가 있자마자 과거보다 앞선 과거가 있어야 하고 그렇게 계속 가다 보면 난 모르겠어 하는 상태에 도달할 때까지 시간을 거슬러 가게 되는데 그게 바로 신이기 때문이다. 신은 우리가 모르는 것, 즉 어두컴컴하고 숨겨져 있고 보이는 것 이면에 있는 존재다. 그리고 그 모든 게 우리에게 문법이 있기 때문에 가능하다. 그리고 문법은 FoxP2라는 문법 유전자가 없다면 불가능할 것이다. 그러므로 신은 두뇌의 돌연변이이며, 그것은 새들이 노래를 위해 필요로 하는 것과 똑같은 유전자다. 그래서 음악은 타고난 것이라고 글렌은 말했다. 그것은 우리들의 몸속에 결합되어 있고, 물처럼 우리에게 중요한 부분이기 때문에 그것을 잘라내기란 매우 힘들 것이다.

그렇다면 신도 우리 몸속에 결합되어 있다는 뜻이야?라고 나는 물었다. 그랬더니 글렌은 어쩌면 그럴지도 모르지만, 그래 봤자 우리에게 별로 이롭지도 못했다고 말했다.

신에 대한 글렌의 설명은 정원사들의 설명과는 너무나도 달랐다. 글렌은 "신은 영이다."라는 말은 아무런 의미가 없다고 했다. 왜냐하면 영은 측정한다는 것이 불가능했기 때문이다. 또한 그는 네 지적 능력을 활용해라라는 뜻으로 말할 때 너의 고기 컴퓨터를 활용해라 하고 말했다. 난 이런 말을 들으면 무척이나 역겨웠다. 내 머릿속에 고기가 잔뜩 들어 있다는 건 생각만 해도 끔찍했다.

　건물 안에서 사람들이 걸어 다니는 소리가 들린다고 나는 계속해서 생각했다. 하지만 방들을 하나하나 유심히 살펴보면 한 사람도 움직이는 게 보이지 않았다. 적어도 태양광은 여전히 작동하고 있었다.

　또다시 남은 음식을 세어 봤다. 오 일은 버틸 수 있을 것 같았다. 날 수를 자꾸자꾸 늘리고 있었다.

56

먼저 나는 비디오 화면에 나타난 아만다의 그림자를 봤다. 그녀는 벽에 달라붙은 채 조심스럽게 뱀 소굴로 들어왔다. 전등이 여전히 켜져 있었으므로 어둠 속에서 손을 더듬지는 않았다. 음악이 큰 소리로 울려 퍼지며 쾅쾅대고 있었다. 아만다는 일단 그곳에 사람이 한 명도 없다는 걸 확인하기 위해 사방을 한번 둘러보더니 무대 뒤로 돌아가 스위치를 껐다.

"렌?" 난 아만다의 목소리를 들었다.

그런 다음 그녀는 화면에서 사라졌다. 잠시 후 복도에 있는 비디오카메라 마이크에서 그녀의 나지막한 발자국 소리가 들려왔다. 그리고 나서 아만다를 볼 수 있었다. 그녀도 나를 볼 수 있었다. 얼마나 안심이 되던지 마음 놓고 울어 대느라 말도 나오지 않았다.

"안녕?" 아만다가 말했다. "문 바로 바깥에 죽은 사람이 있어. 얼마나 끔찍한지 볼 수가 없어. 금방 돌아올게." 아만다가 말하는 사람은 모디스였다. 아무도 모디스를 끌어내지 않았던 것이다. 나중에 아만다가 말하길 남아 있는 모디스의 사체를 샤워 커튼 위에 끌어올려 복도를 따라 질질 끌고 간 다음 엘리베이터 안에 던져 넣었다고 했다. 쥐들이 비늘클럽뿐만 아니라 도시와 가까운 여기저기에서도 신나게 파티를 벌였었나 보다. 아만다는 모디스를 만지기 전에 누군가가 쓰던 바이오필름 보디슈트 장갑을 꼈다. 그녀는 대담하긴 했지만 어리석을 정도로 위험을 무릅쓰는 사람은 아니었다.

얼마 후 다시 화면에 나타난 아만다가 말했다. "네 말대로 내가 여기 왔잖아. 렌, 제발 좀 울지 마."

"난 네가 못 올 줄 알았어." 나는 간신히 말했다.

"나도 그렇게 생각했어. 자 이제 문이 어떻게 하면 열리는지 알려 줄래?" 아만다가 말했다.

"난 암호를 몰라." 난 모디스에 대해 설명했다. 격리 구역 번호를 아는 사람은 모디스가 유일하다는 사실을 말이다.

"너한테 한 번도 말해 주지 않았단 말이야?"

"우리가 번호를 알 필요가 있겠느냐고 했어. 그는 비밀번호를 날마다 바꿨어. 혹시라도 미친놈들이 들어올까 봐 비밀번호가 새어 나가는 걸 싫어했거든. 우리를 보호하고 싶었던 거지." 나는 공포감에 휩싸이지 않으려고 무진 애를 쓰고 있었다. 문밖에 아만다가 있긴 했지만 만일 그녀가 아무것도 할 수 없다면 어쩌지?

"아무런 실마리도 없어?" 그녀가 물었다.

"모디스가 내 이름에 대해 뭔가를 말하긴 했어." 내가 말했다. "그가, 그러니까 그들이 죽이기 직전에, 어쩌면 그런 뜻이었는지도 몰라."

아만다가 시도해 봤다. "아니야." 그녀가 말했다. "글쎄, 그렇다면 혹시 네 생일일지도 모르겠다. 몇 월 며칠이야? 몇 년?"

아만다가 혼잣말로 상소리를 내뱉으며 숫자를 두드려 대는 소리가 들렸다. 시간이 한참 흐른 후에 자물쇠가 덜커덕하고 열리는 소리가 났다. 문이 활짝 열렸고 바로 내 앞에 아만다가 서 있었다.

"아, 아만다." 내가 말했다. 햇볕에 새까맣게 탄 그녀는 너덜너덜한 누더기를 걸친 더러운 행색이었지만 진짜 아만다였다. 난 그녀를 향해 두 팔을 뻗었지만 아만다는 한 발 두 발 뒤로 물러났다.

"아주 단순하게 각 알파벳과 번호를 일치시키는 방법이었어. 결국 네 이름이었지. 브렌다를 거꾸로 했을 뿐이야. 만지지 마. 나한테 병균이 있을지도 몰라. 샤워부터 해야겠어."

아만다가 격리 구역의 욕실에서 샤워하는 동안 나는 방문을 의자로 받쳐서 계속 열어 뒀다. 문이 휙 닫혀서 우리 둘 다 방 안에 갇히는 건 원하지 않았기 때문이었다. 내가 숨 쉬고 있던 여과된 공기와 비교하면 방 밖의 공기는 끔찍한 냄새를 풍겼다. 썩어 가는 고기 냄새에다 불이 났다 해도 끌 사람이 한 명도 없었기 때문에 연기와 타 버린 화학 약품 냄새까지 진동을 했다. 내가 안에 갇혀 있을 때 비늘클럽에 불이 붙어 무너지지 않은 게 천만다행이었다.

아만다가 샤워를 한 다음엔 나도 아만다만큼 깨끗해지고 싶은 마음에 샤워를 했다. 그런 다음에는 모디스가 가장 예뻐하는 아가씨들에게 입히려고 보관해 둔 녹색 비늘클럽 실내복을 입고 자리에 앉아 미니 냉장고에서 에너지 바를 꺼내 먹고 닭고기옹이를 전자레인지에 넣어 익혔으며 아래층에서 발견한 맥주도 조금 들이켰다. 그러면서 우리가 어떻게 아직까지 살아남을 수 있었는지 서로에게 이야기해 줬다.

57

토비, 성 카렌 실크우드

25년

갑자기 잠에서 깨어난 토비는 피가 머리로 솟구치는 걸 느낀다. 슉, 슉, 슉. 그녀의 공간에 뭔가 변화가 생겼다는 것을 단번에 알 수 있다. 누군가가 그녀의 산소를 같이 쓰고 있다.

숨을 쉬어, 그녀는 자신에게 명령한다. 수영하는 것처럼 움직여. 두려움 같은 냄새는 맡지 마.

토비는 축축한 몸을 덮고 있는 분홍색 시트를 가능한 한 천천히 들어 올리고 자리에서 일어나 앉은 다음 조심스럽게 주변을 살핀다. 이 방에 커다란 건 하나도 없다. 그런 게 들어갈 공간이 없다. 그 순간 그녀의 눈에 들어오는 게 있다. 고작 벌 한 마리. 꿀벌 한 마리가 창틀을 따라 기어가고 있다.

집 안에 들어오는 벌은 손님을 의미한다고 필라는 말했다. 만약 벌이 죽는다면 좋지 않은 소식이 올 것이다. 벌을 죽여서는 안 된다고 토비는 생각한다. 그녀는 분홍색 행주로 조심스럽게 벌을 잡는다. "메시지를 전해 줘." 토비는 벌에게 말한다. "영혼의 세계에 있는 사람들에게 전해 줘. '제발 어서 빨리 도움의 손길을 보내 줘.'" 미신이라는 걸 잘 알면서도 이상하게 기운이 나는 것 같았다. 어쩌면 이 벌은 바이러스로 야생 벌이 모두 죽은 후에 풀어놓은 유전 형질이 전환된 것인지도 모른다. 아니면 통제할 사람이 하나도 남지 않았으므로 정처 없이 떠돌아다니는 사이보그 스파이일 수도 있다. 그렇다면 그 벌은 아주 형편없는 메신저가 될 것이다.

토비는 머리끝부터 발끝까지 오는 새론당신 스파 옷에 달린 호주머니에 슬며시 행주를 집어넣는다. 그녀는 벌을 지붕으로 데리고 올라가 놓아준 다음 죽은 사람들에게로 보낸 심부름을 어떻게 하는지 지켜볼 생각이다. 하지만 총에 달린 끈을 어깨에 메다가 호주머니를 눌렀나 보다. 행주를 펴 보니 벌이 살아 있는 것 같지 않았다. 토비는 벌이 날아가기를 바라며 난간 위로 행주를 흔들어 본다. 하늘로 날아가는 벌은 벌레라기보다 씨앗과도 같다. 누군가의 방문이 좋게 끝날 것 같지 않다.

토비는 지붕의 정원 쪽으로 걸어가 주변을 살펴본다. 아니나 다를까 좋지 않은 방문이 벌써부터 이뤄지고 있었다. 돼지들이 돌아왔다. 울타리 아래를 파고 들어온 놈들은 미친 듯이 날뛰고 있었다. 의심할 여지없이 그건 먹잇감을 보고 달려든 광란이 아니라 의도적인 복수 행위였다. 땅이 팼고 짓밟혀 있었다. 그들은 먹지 않은 건 모두 다 밀어붙여 버렸다.

토비가 울보였다면 엉엉 소리 내어 울었을 것이다. 그녀는 쌍안경을 집어 들고 들판을 살폈다. 처음에는 잘 보이지 않았는데 다음 순간, 그녀는 분홍색이 감도는 잿빛 머리통 둘, 아니 셋, 아니 다섯 개가 드문드문 피어 있는 꽃들 너머로 올라오는 것을 봤다. 반짝이는 작은 눈이 돼지 한 마리마다 하나씩 보였다. 그들은 연신 토비를 곁눈질하고 있다. 마치 그녀의 불안감을 목격하고 싶은 듯 토비를 지켜보고 있다. 게다가 그들은 사정거리 밖에 있다. 총을 쏘아 봤자 총알만 낭비할 것이다. 그놈들도 그걸 빤히 알았던 것이다.

"저런 염병할 돼지 새끼들!" 토비가 그들을 향해 소리 지른다. "빌어먹을 돼지! 돼지 새끼!" 물론 돼지들한테는 이런 말들이 전혀 모욕적이지 않을 것이다.

이제 어떻게 하지? 말려 놓은 푸성귀들은 얼마 남지 않았고 구기자 열매와 치아 씨는 거의 다 먹었으며 식물성 단백질은 벌써 다 먹고 없었다. 토비는 그 모든 것을 정원에 의존하고 있었다. 설상가상으로 지방도 다 떨어졌다. 시어 버터*와 아보카도

---

* 견과류에서 추출한 지방 성분.

보디 버터 역시 이미 다 먹어 버렸다. 지방이 들어 있는 에너지 바가 아직 몇 개 남아 있지만 그다지 오래갈 것 같지는 않다. 지방질을 섭취하지 않으면 우리 몸은 가장 먼저 지방을, 다음에는 근육을 태운다. 두뇌는 완전 지방이고 심장은 근육이다. 사람은 피드백 고리*가 되었다가 갑자기 넘어질 것이다.

토비는 식량을 찾아 돌아다닐 수밖에 없을 것이다. 들판으로 숲으로 나가서 단백질과 지방질을 찾아라. 지금쯤 멧돼지가 썩어 가고 있을 테지만 그건 먹을 수가 없다. 총을 쏴서 녹색 토끼를 잡을 수도 있을 것이다. 하지만 안 된다. 같은 포유류이므로 그런 식으로 잡아 죽이는 건 안 될 일이다. 우선 개미 유충이나 알, 혹은 아무 애벌레부터 시작해야 할 것이다.

토비가 그렇게 하는 것이 돼지들이 원하는 걸까? 방어용 담 밖 들판으로 나간 그녀에게 덤벼들어 그녀를 쓰러뜨리고 갈기갈기 찢어 놓을 심산일까? 돼지식으로 야외 소풍을 즐기시겠다 이거로군. 돼지들의 소풍. 그게 어떤 광경일지 대충 그림이 그려진다. 정원사들은 신이 창조한 다양한 동물들의 먹는 습관까지 까다롭게 묘사해 놓지는 않았다. 그런 것에 움찔해서 꽁무니를 빼는 건 위선적인 행동일 것이다. 이 세상에 태어날 때 나이프와 포크와 프라이팬을 움켜쥐고 나온 사람은 한 명도 없다. 젭이 즐겨 했던 말이다. 식탁의 냅킨도 마찬가지다. 우리가 돼지를

---

* 안전 상태를 유지하기 위한 자동 조절 원리.

먹을 수 있는데 어째서 돼지들이 우리를 먹는 건 안 된단 말인가? 만약에 우리가 드러누워 있는 걸 그들이 본다면 말이다.

정원을 손질해 봤자 아무런 소용도 없을 것이다. 돼지들은 파괴시킬 만한 것이 나타날 때까지 기다렸다가 또다시 무너뜨릴 것이다. 토비는 왠지 예전에 정원사들이 했던 것처럼 옥상정원이라도 만들어야 할 것만 같다. 그렇게 되면 건물 밖으로 나갈 필요도 전혀 없을 것이다. 하지만 흙을 양동이에 담아 저 많은 계단으로 끌어올려야 한다. 더욱이 건기에는 물을 줘야 하고 우기에는 물을 빼야 한다. 정원사들의 정교한 체계가 없다면 그런 일은 불가능할 것이다.

돼지들이 데이지 너머로 그녀를 응시하고 있다. 그들은 잔치 분위기다. 토비를 비웃으며 콧방귀라도 뀌고 있나? 툴툴대는 소리가 계속해서 들리고 미숙하게 비명을 지르는 소리도 있다. 예전에 오물늪에 있던 토플리스 바가 밤에 문을 닫을 때 저런 소리가 났다.

"바보 멍청이!" 토비는 그놈들을 향해 악을 쓴다. 소리라도 지르고 나니 기분이 한결 나아진 것 같다. 적어도 자신 아닌 다른 누군가에게 말을 하고 있으므로.

58

렌

25년

최악의 상황은 천둥을 동반한 극심한 비였다고 아만다는 말
했다. 번개가 얼마나 가까이서 치던지 죽은 목숨이라고 생각한
것만 여러 차례라고 했다. 하지만 쇼핑센터 철물점에서 훔친 고
무 깔개 위에 쭈그리고 앉아 있었더니 훨씬 안전하다는 느낌이
들었다고 했다.

아만다는 가능한 한 사람들을 피했다. 고속도로에 너무나 많
은 고철이 떨어져 있었기 때문에 뉴욕 주의 북부 지방에서는 태
양광 자동차를 포기해야 했다. 위험한 충돌도 여러 차례 있었
다. 틀림없이 운전자들은 자동차 안에서 녹아내리기 시작했을
것이다. "피로 만든 핸드크림"이라고 그녀는 말했다. 독수리가

백만 마리는 됐을 거야. 독수리를 보고 자제력을 잃은 사람들도 있었을 테지만 아만다는 그렇지 않았다. 그녀는 독수리와 함께 예술 작품을 만든 경험이 있었기 때문이다. "고속도로는 인간의 머리로 상상해 낼 수 있는 최고로 거대한 독수리 조각품이었어."라고 아만다는 말했다. 카메라를 갖고 있었으면 얼마나 좋았을까.

태양광 자동차를 내버린 후에는 한동안 걸어오다가 또 다른 태양광을 훔쳤는데, 그때는 자전거라 널려 있는 금속조각들 사이를 통과하기가 훨씬 쉬웠다. 불확실할 때에는 도시 외곽으로 달렸지만 그렇지 않을 때에는 숲길을 택했다. 다른 사람들도 똑같은 생각들이었던지 아만다는 두세 차례 구사일생으로 살아났다. 몇 구의 사체에 걸려 넘어질 뻔했던 적도 있었다. 실제로 그들을 건드리지 않은 건 얼마나 잘된 일인지 몰랐다.

살아 있는 사람들도 몇 명 만났는데, 두세 사람 정도는 그녀를 본 것 같았다. 하지만 그때쯤에는 병원균의 감염성이 극도로 높다는 것을 모든 사람들이 알았던 게 분명했다. 그들은 아만다로부터 멀리 떨어져서는 가까이 다가오지 않았다. 몇몇 사람들은 감염 마지막 단계라 좀비처럼 이리저리 헤매고 돌아다니거나 이미 쓰러져서 몸이 헝겊처럼 접혀 있기도 했다.

아만다는 가능할 때마다 차고 꼭대기나 버려진 건물 안에서 자곤 했다. 물론 1층에서 자는 일은 절대로 없었다. 그렇지 않을 때는 가지가 튼튼한 나무에 올라가서 잤다. 불편하긴 했지만 익숙해지기만 하면 지면보다 높은 게 최고였다. 주변에 낯선 동물들이 나타날 수도 있었기 때문이다. 거대한 돼지들, 사자양 접합 동물들, 먹이를 찾아 배회하는 들개 무리, 한 무리는 그녀를 거의 궁지에 몰아넣기까지 했다. 어쨌든 나무 위에 올라가 있으면 좀비 같은 사람들로부터 더 안전하게 피해 있을 수 있었다. 캄캄한 곳에 누워 자다가 누군가의 다리에서 떨어지는 피 덩어리를 자기 몸에 맞고 싶은 사람은 한 명도 없을 것이다.

아만다가 해 주는 이야기들은 하나같이 으스스했지만 우리는 그날 밤 많이 웃었다. 한탄하고 울부짖어도 시원치 않을 일이지만 그런 건 이미 수없이 해 봤다. 그렇게 해 본들 무슨 소용이 있을까? 아담1은 우리에게 항상 긍정적인 면을 바라봐야 한다고 말했고 지금 시점에서 긍정적인 면은 우리가 아직도 살아 있다는 사실이었다.

우리가 아는 사람들에 대해서는 이야기하지 않았다.

난 격리 구역에서 상당 기간을 보냈으므로 그곳에서는 하룻밤도 더 있고 싶지 않았다. 이전에 내가 쓰던 방에는 스타리트의 껍질이 그대로 있었기 때문에 그곳 역시 사용할 수 없었다. 마침내 우리는 고객들이 이용하던 시설 하나를 골랐다. 그곳에는 커다란 침대와 초록색 새틴 침대 커버, 그리고 깃털로 장식된 천장이 있었다. 어떤 용도로 쓰였는지 깊이 생각하지 않는다면 우아해 보이는 방이었다.

내가 지미를 마지막으로 본 것도 그 방에서였다. 하지만 아만다와 함께 그곳에 있다는 사실이 지우개와도 같이 예전 기억을 지워 줬으므로 마음이 훨씬 편해졌다.

다음 날 아침까지 푹 자고 난 우리는 잠자리에서 일어나 녹색 실내복을 걸치고 바에서 제공하는 간식을 만들던 비늘클럽 부엌으로 들어갔다. 우리는 냉장고에서 꺼낸 냉동 콩식빵을 전자레인지에 녹여 행복한컵 인스턴트 커피와 함께 아침 식사로 먹었다.

"내가 죽었을 거라고 생각하지 않았어?" 내가 아만다에게 물었다. "그랬으면 굳이 여기까지 올 필요도 없는 거잖아?"

"난 네가 죽지 않았다는 걸 알았어. 누군가가 죽으면 어떤 느낌이 들어. 네가 정말로 잘 아는 사람일 경우에 말이야. 안 그래?" 아만다가 말했다.

그 점에 대해선 확신할 수 없었다. 그래서 나는 "어쨌든 이렇게 와 줘서 고마워."라고 말했다. 아만다는 뭔가에 대해 고맙다는 말을 들으면 언제나 못 들은 척했다. 그렇지 않으면 "그 빚을 갚을 날이 올 거야."라고 말했다. 지금도 아만다는 그렇게 말한다. 어떤 걸 공짜로 주는 건 너무나도 바보 같은 짓이라고 생각하는 아만다는 모든 것이 거래이길 원했다.

"이제부터 뭘 해야 하지?" 내가 물었다.

"음식이 떨어질 때까지 여기에 머물러 있자. 아니면 태양광이 작동을 멈추고 냉동고에 들어 있는 음식이 부패하기 시작할 때까지. 그렇게 되면 정말 끔찍할 거야." 아만다가 말했다.

"그렇게 되면 어떻게 해?" 내가 물었다.

"다른 곳으로 가야지."

"어떤 곳으로?"

"그런 건 벌써부터 걱정할 필요 없어." 아만다가 말했다.

시간은 신축성이 있었다. 우리는 물릴 정도로 실컷 잤다. 그런 다음 자리에서 일어나 샤워를 했다. 태양광 덕분에 아직도 더운 물이 나왔다. 그러고는 냉장고에서 꺼낸 음식을 먹었고 예전에 정원사들과 함께 지낼 때 했던 일들을 이야기했다. 날이 너무 더워지면 잠을 좀 더 잤다. 나중에는 격리 구역으로 들어가 에 어컨을 틀고 디브이디로 옛날 영화들을 봤다. 건물 밖으로 나가 고 싶은 생각은 손톱만큼도 없었다.

저녁에는 술을 몇 잔씩 들이켰다. 바 뒤쪽에 깨지지 않은 병들 몇 개가 남아 있었다. 모디스가 돈을 잘 쓰는 고객들과 자신이 아끼는 아가씨들을 위해 특별히 장만해 둔 비싼 통조림 식품도 꺼내 먹었다. 모디스는 그걸 충성 간식이라고 불렀다. 책임량 이상의 일을 하면 그는 그 간식을 꺼내 줬다. 어떤 게 그 책임량 이상인지는 절대로 미리 알 수 없었다. 그렇게 해서 나는 캐비 아를 처음으로 먹을 수 있었다. 마치 짭짤한 비누 거품 같았다.

하지만 비늘클럽에 나와 아만다를 위한 캐비아는 남아 있지 않았다.

59

토비. 성 아닐 아가왈

25년

점점 기근이 다가오고 있다고 토비는 생각한다. 성 유얼, 풍요 속에서 굶주림에 시달리고 있는 나를 비롯한 모든 사람들을 위해 기도해 줘요. 그 풍요로움을 찾을 수 있도록 도와주세요. 얼른 동물성 단백질을 보내 주세요.

들판에서 죽은 멧돼지가 저승으로 들어가고 있다. 가스가 올라오고 물기는 빠져나가고 있다. 독수리들이 멧돼지에 달라붙었고 거리에서 주먹다짐이 벌어졌을 때 뭔가 떨어지는 걸 움켜쥐려는 꼬마들처럼 까마귀들도 주변을 빙빙 돌고 있다. 저 밖에서 무슨 일이 벌어지고 있든 구더기도 그 일부다.

극도로 궁핍해지면 먹이사슬의 맨 밑바닥부터 시작하라고

아담1은 말하곤 했다. 중추신경계가 없는 것들은 분명 다른 것들보다 고통이 적을 것이다.

토비는 필요한 품목들을 챙긴다. 머리부터 발끝까지 내려오는 분홍색 옷, 볕 가리는 모자, 선글라스, 물병, 수술용 장갑. 쌍안경, 총, 균형을 잡아 주는 대걸레 자루 지팡이. 플라스틱 통을 발견한 토비는 뚜껑에 구멍을 몇 개 뚫고 숟가락을 꽂은 다음 새론당신 스파의 윙크하는 눈 로고가 붙어 있는 플라스틱 선물용 가방에다 모든 것을 담는다. 배낭이 더 나을 것 같다. 두 손을 자유롭게 쓸 수 있으니 말이다. 여기 어딘가에 배낭이 몇 개 있을 텐데. 부인들이 산책할 때 소풍용 샌드위치를 넣어서 들고 왔다. 하지만 토비는 그것들을 어디에 뒀는지 도저히 기억하지 못한다.

새론당신이 백 퍼센트 천연 재료로 만든 햇빛 차단제가 아직 몇 개 남아 있다. 유통기한이 지났고 냄새도 고약하지만 토비는 그걸 얼굴에 펴 바르고 모기에 대비해 발목과 손목에 수퍼디를 뿌린다. 흡족할 정도로 물을 쭉 들이켠 다음 보라색 생태변기에 다녀온다. 공포심이 생기더라도 오줌은 싸지 않을 것이다. 머리에서 발끝가지 내려오는 축축한 옷을 걸치고 뛸 생각을 하면 몸서리가 쳐진다. 토비는 목에 쌍안경을 걸고 마지막으로 다시 한 번 확인하기 위해 지붕으로 올라간다. 들판에는 귀도 돼지 코도 털이 잔뜩 붙은 금빛 꼬리도 보이지 않는다.

"그만 꾸물거려." 토비는 자신에게 명령한다. 오후에 폭풍우가 치기 전까지 돌아올 수 있으려면 곧바로 떠나야 한다. 번개를 맞는 건 어리석은 짓이다. 아담1은 죽어 가는 사람 입장에서 보면 모든 죽음은 어찌 됐든 어처구니없는 거라고 말했다. 왜냐하면 아무리 많은 경고를 받았다 해도 죽음은 항상 노크도 없이 찾아오기 때문이다. 어째서 지금인가요? 어째서 이토록 빨리 왔죠? 땅거미가 질 무렵 어서 집으로 들어오라고 부르는 소리에 눈물로 간청하는 어린아이처럼 모두들 시간에 저항한다. 사랑하는 친구들이여, 이것만 기억하라. 내가 무엇 때문에 살고 있는지와 내가 무엇 때문에 죽어 가고 있는지는 똑같은 질문이라는 사실을 말이다.

토비는 자신을 향해 아주 확고하게 다짐한다. 이 질문을 지금 당장은 스스로에게 하지 않겠다고 말이다.

토비는 수술 장갑을 끼고 새론당신 가방을 어깨에 둘러맨 다음 밖으로 나간다. 그녀는 제일 먼저 폐허가 된 정원으로 가서 양파 하나와 무 두 개를 집어든 다음 축축한 흙을 한 움큼 숟갈로 떠서 플라스틱 통에다 담는다. 그런 다음 주차장을 가로질러 조용한 분수대를 지나간다.

스파 건물에서 이토록 멀리 나온 게 얼마 만인지 꿈만 같다. 이제 토비는 들판으로 나왔다. 상당히 널따란 공간이다. 선글라스와 챙이 넓은 모자를 썼는데도 눈을 뜰 수 없을 정도로 햇빛이 강렬하다.

당황하지 말자. 토비는 자신을 타이른다. 바로 이런 게 훤히 트인 마루로 나온 생쥐들이 느끼는 감정이겠지. 하지만 넌 생쥐가 아니잖아. 잡초들이 같이 있자며 더 이상 앞으로 나가지 못하도록 붙잡는 것처럼 그녀의 옷에 달라붙어 두 발을 칭칭 감는다. 그중 어딘가에는 자그마한 가시나무도 있고 작은 갈고리발톱과 올가미도 있다. 촘촘하게 짜 놓은 거대한 울타리를 빠져나가는 것 같다. 가시철사로 엮어 놓은 울타리를.

이게 뭐지? 신발 한 짝이다.

신발은 생각하지 말아야지. 방금 눈에 들어온 근처에서 썩고 있는 핸드백도 생각하지 말자. 멋진 가방. 빨간색 털가죽. 아직 흙 속에 완전히 파묻히지 못한 나달나달해진 과거. 그녀는 이런 부스러기들을 밟고 싶지 않지만 그물망과 올가미처럼 얽어매는 이 잡초들 사이를 아래까지 살펴 가며 걷는 것은 쉽지 않다.

토비는 앞으로 나아간다. 뭔가가 살에 와서 닿으려고 할 때 반응하듯이 두 다리가 따끔따끔 아프다. 토비는 정말로 토끼풀과 방가지똥풀 사이에서 손이 하나 올라와 그녀의 발목을 붙잡기라도 할 거라고 생각하는 것일까?

"아니야." 토비는 큰 소리로 말한다. 그녀는 마음을 가라앉히고 사방을 둘러보기 위해 발걸음을 멈춘다. 모자의 널따란 챙이 시야를 방해한다. 그녀는 올빼미 머리처럼 몸 전체를 돌린다. 왼쪽으로, 오른쪽으로, 뒤로, 그런 다음 다시 앞으로 몸을 돌린다. 사방에서 달콤한 냄새가 난다. 키가 커다란 토끼풀 꽃이 활짝 피어 있고 야생 당근, 라벤더, 마요라나, 레몬밤이 스스로 자라나고 있다. 들판에는 뒤영벌, 번쩍이는 말벌, 무지개색 풍뎅이 등 꽃가루를 날라다 주는 매개자들이 윙윙대며 활기 있게 날아다닌다. 마음을 달래 주는 듣기 좋은 소리다. 어디 다른 데 가지 말고 그냥 여기 있어. 이 자리에 주저앉아 잠이나 자렴.

자연이 온 힘을 발휘하면 우리 인간은 받아들이기 힘들지. 아담1은 말하곤 했다. 훈련받지 못한 사람에게 그런 자연은 강력한 환각제고 수면제다. 자연 속에 있어도 더 이상 마음이 편하지 않다. 마실 수가 없으므로 희석할 필요가 있다. 신도 마찬가지다. 지나치게 믿으면 이상 증세가 나타난다. 신에 대한 믿음도 여과 장치를 통과해야 한다.

토비 앞쪽으로 중간 거리 정도에 숲의 경계선을 나타내는 검은 나무들이 보인다. 나무들이 자신을 유혹하며 어서 가까이 오라고 끌어들이는 것 같다. 마치 심해나 높은 산이 사람들을 좀 더 깊고 깊은 곳으로, 좀 더 높고 높은 곳으로 유인해 마침내 인간이 맛보기 힘든 황홀경 속으로 들어가게 만드는 것처럼 말이다.

젭이 예전에 가르쳐 줬다. 약탈자의 눈으로 너 자신을 봐라. 토비는 나무 뒤에 자리 잡은 다음 섬세한 나뭇잎과 나뭇가지들을 통해 바깥을 살펴본다. 황량하기 짝이 없는 거대한 사바나가 펼쳐져 있고 한가운데에는 태아 혹은 외계인처럼 보이는 자그맣고 부드러운 분홍빛 형체가 있는데 눈이 아주 커다랗고

까맣다. 그는 보호자도 없이 연약한 모습으로 홀로 서 있다. 그 형체 뒤쪽으로 주거지가 있는데 어처구니없게도 벽돌처럼 보이지만 사실은 짚으로 만든 상자였으므로 쓰러뜨리기가 너무도 쉬워 보인다.

공포의 냄새가 그녀에게로, 그녀에게서 난다.

토비는 쌍안경을 들어 올린다. 잎사귀가 살짝 움직이고 있지만 미풍일 뿐이다. 천천히 앞으로 걸어가. 토비는 자신에게 명령한다. 뭘 하러 왔는지 기억하라니까.

*

토비가 죽은 멧돼지 옆에 이르렀을 때에는 시간이 한참 흐른 것 같다. 그 위에서 반짝거리는 한 떼의 녹색, 청동색 파리들이 어쩔 줄 모르고 갈팡질팡한다. 토비가 다가가자 독수리들이 깃털 없는 빨간 머리와 늘어져 보이는 목을 쳐든다. 토비가 그들을 향해 대걸레 자루를 흔들어 대자 그들은 분개하며 쉬쉬거리면서도 휘적휘적 물러난다. 몇 마리는 그녀를 감시하며 위쪽으로 나선 비행을 하고 다른 놈들은 퍼덕대며 나무 쪽으로 가서 먼지가 잔뜩 묻은 넝마 조각 같은 깃털을 가다듬고 기다린다.

멧돼지 시체의 위쪽과 옆쪽 여기저기에 이끼가 생기기 시작했다. 양치류였다. 들판에는 그런 풀들이 자라지 않는다. 어떤 건 오래돼 말라붙었고 갈색으로 변했지만 어떤 건 아주 생기롭다. 꽃들도 피었다. 저것들은 진입로 옆에 피어 있던 장미와 똑같은 장미꽃잎인가? 토비는 이런 이야기를 들었던 적이 있다. 아니, 어렸을 때 코끼리에 관한 동화책에서 읽었다. 코끼리들은 마치 친구의 불행한 죽음에 대해 곰곰이 생각하는 것처럼 엄숙한 모습으로 죽은 코끼리 옆에 둘러서 있었다. 그런 다음 나뭇가지와 흙을 뿌린다.

그렇다면 돼지들은? 통상적으로 그들은 다른 걸 먹을 때와 똑같이 그저 죽은 돼지를 먹는다. 하지만 그들은 이 돼지는 먹지 않았다.

돼지들이 장례식을 치를 수 있었을까? 죽음을 애도하기 위한 꽃다발이라도 가져왔을까? 이런 생각을 하고 있자니 정말 무서웠다.

하지만 그렇게 하지 못할 까닭이 어디 있는가? 아담1의 친절한 목소리가 말한다. 동물들에게도 혼이 있다고 우리는 믿는다. 그렇다면 그들이 장례식을 치르지 못할 이유가 어디 있겠는가?

"너 미쳤구나." 토비는 큰 소리로 외친다.

살이 썩는 냄새가 아주 고약하다. 구역질이 나오는 걸 참기가 무척이나 힘들다. 그녀는 옷깃을 들어 올려 코를 틀어막는다. 다른 손으로는 막대기로 죽은 멧돼지를 찔러 본다. 게거품을 뿜어내고 있는 구더기들이 마치 거대한 잿빛 쌀처럼 보인다.

그냥 육지 새우라고 생각해. 젭의 목소리가 들린다. 신체 구조가 똑같잖아. "넌 할 수 있어." 그녀는 자신을 타이른다. 다음

홍수의 해

단계로 넘어 가려면 총과 대걸레 자루를 내려놓아야 한다. 그녀는 숟가락으로 빙빙 돌고 있는 하얀 구더기를 퍼내 플라스틱 통에 옮긴다. 그녀는 몇 방울을 떨어뜨린다. 두 손이 부들부들 떨리고 있다. 조그만 송곳이 작동하는 것처럼 머릿속에서 낮은 진동음이 들린다. 그냥 파리들인가? 토비는 침착해지려고 노력한다.

멀리서 천둥소리가 들린다.

토비는 숲 쪽으로 등을 돌리고 머리를 다시 들판으로 향한다. 그녀는 더 이상 뛰지 않는다.

분명 나무들이 더 가까워졌다.

60

렌

25년

어느 날 함께 샴페인을 마시던 중 내가 불쑥 말했다. "우리 손톱 손질할까? 엉망이잖아." 그걸 하면 기분이 좋아질지도 모른다는 생각이 들었다. 아만다는 깔깔대고 웃더니 말했다. "전 세계적으로 유행하고 있는 이 치명적인 전염병만큼 네 손톱을 망가뜨릴 수 있는 건 하나도 없어." 그렇지만 우리는 손톱 손질을 했다. 아만다는 사쓰마 파르페라는 이름이 붙어 있는 오렌지 빛 감도는 분홍색을 발랐고, 나는 윤기 나는 짙은 자줏빛 매니큐어를 발랐다. 우리는 핑거페인팅을 하면서 재미있게 노는 두 아이들 같았다. 난 매니큐어 냄새가 좋다. 독성이 있다는 건 알지만 냄새는 아주 산뜻하다. 풀을 빳빳하게 먹인 리넨처럼 상쾌하다. 그걸 하고 나니까 기분이 많이 좋아졌다.

매니큐어를 바른 다음에는 샴페인을 조금 더 마셨다. 그러던 중 내게 좋은 아이디어가 하나 더 떠올라 위층으로 올라갔다. 한 사람, 즉 스타리트가 들어 있는 방이 있었는데, 우리가 쓰던 침실이었다. 스타리트를 생각하면 끔찍한 일이지만, 나는 문틈을 모두 시트로 틀어막아 냄새가 더 이상 밖으로 나오지 못하게 했다. 이런 작업을 통해 미생물의 활동이 빨리빨리 이뤄져 그녀가 신속하게 어떤 다른 형태로 변형되기를 바랐다. 나는 사보나와 크림슨 페탈의 빈 방에서 바이오필름 보디슈트와 가장복들을 꺼내 한 아름 안고 아래층으로 내려왔고 우리는 그것들을 입기 시작했다.

바이오필름 복장은 완전히 말라붙어서 물과 스킨 크림을 뿌려 매끄럽게 만들어 줘야 했다. 그렇게 해 주자 평상시처럼 몸이 쑥 들어갔고, 살아 있는 세포층이 피부에 달라붙어 기분 좋게 흡인됐다는 느낌이 들었으며 마침내 옷이 숨을 쉬기 시작했을 땐 따뜻하면서 간지럽다는 느낌이 들었다. 라벨에는 산소 외에 아무것도 들어오지 않고, 자연발생적인 배설물 외에는 아무것도 밖으로 나가지 않는다고 적혀 있었다. 심지어 얼굴 장치는 사람 대신 콧구멍 역할까지 했다. 비늘꼬리 클럽을 드나드는 수많은 손님들은 완전한 안전이 보장된다면 세포막이나 털을 곤두세운 채 몸이 직접 닿는 작업들을 선호했을 것이다. 하지만 적어도 바이오필름을 입고 있으면 성병에 옮지 않는다는 것을 알기에 긴장을 풀고 느긋할 수가 있었다.

"이거 정말 착용감 최곤데." 아만다가 말했다. "마사지받는 느낌이야."

"혈색이 좋아진대." 나는 대꾸했고 우리 둘은 낄낄대고 웃었다. 그런 다음 아만다는 분홍색 깃털이 달린 홍학 옷을 입었다. 공작백로 복장을 한 나는 노래를 틀고 색깔 있는 조명을 켠 뒤에 무대로 올라가 춤을 췄다. 아만다는 여전히 대단한 춤꾼이었다. 그녀는 그 깃털들을 정말로 신나게 흔들 수 있었다. 하지만 이젠 그동안 그 모든 훈련을 받은 데다 곡예용 그네도 탔던 내가 아만다보다 훨씬 잘 췄다. 아만다도 인정했으므로 난 아주 흐뭇했다.

그런 짓을 하다니 우리는 어리석었다. 그 모든 춤 사건 말이다. 음악을 얼마나 크게 틀어 댔던지 소리가 열린 문을 통해 밖으로 전부 새어 나가고 있었다. 근처에 누군가가 있었다면 분명 그 소리를 들었을 것이다. 하지만 난 그런 생각은 하지 못했다. "렌, 이 세상은 너 혼자만 사는 게 아니란다." 어렸을 때 토비한테 늘 듣던 말인데, 다른 사람도 배려할 줄 알아야 한다는 뜻이었다. 하지만 나는 정말이지 이 세상에 나 혼자 남았다고 생각했다. 아니, 나와 아만다. 그래서 우리는 분홍색 홍학과 푸른색 공작백로 복장을 하고 매니큐어를 새로 바르고 근심 걱정 하나 없는 사람처럼 비늘클럽 무대 위에 올라가 음악을 쾅쾅 쿵작쿵작 빵빵 큰 소리로 틀어 놓고 노래를 따라 부르며 춤을 췄던 것이다.

우리의 공연이 끝났을 때 손뼉 치는 소리가 났다. 우리는 얼어붙은 것처럼 그 자리에 서 있었다. 냉기가 몸을 뚫고 지나가는 것 같았다. 병에 찔린 채 곡예용 밧줄에 대롱대롱 매달려 있는 크림슨 페탈의 모습이 섬광처럼 나타나서 숨도 쉴 수 없었다.

세 남자가 들어와 있었다. 살금살금 아주 조심스럽게 들어온 게 분명했다. 거기에 그들이 있었다. "뛰지 마." 아만다가 조그만 목소리로 내게 말했다. 그런 다음 아만다가 다시 말했다. "당신들 살았어, 죽었어?" 그녀는 미소 지었다. "만약 당신들이 살아 있다면 아마 술이 마시고 싶을 텐데, 안 그래?"

"춤을 아주 잘 추는걸." 키가 가장 큰 남자가 말했다. "당신들은 어떻게 전염병에 걸리지 않은 거지?"

"아마 우리도 걸렸을 거예요." 아만다가 말했다. "전염됐는데도 아직 모르고 있는 걸 수도 있겠지. 그럼 이제 무대 불은 끄고 당신들 얼굴이나 좀 봅시다."

"여기 다른 사람은 없소?" 키가 가장 큰 사람이 말했다. "그러니까 남자들은?"

"내가 알기론 하나도 없는데." 아만다가 말했다. 그녀는 조명을 낮췄다. "얼굴에 쓴 걸 벗어." 아만다가 내게 말했다. 바이오필름인 녹색 장식용 금속판을 말하는 거였다. 아만다는 무대와 연결된 계단을 내려갔다. "스카치위스키가 조금 남았는데. 커피를 타 줄 수도 있고." 아만다는 자기 머리에서 바이오필름을 떼어 내고 있었다. 난 아만다가 무슨 생각을 하고 있는지 알았다. 젭이 우리에게 가르쳐 준 대로, 시선을 직접 마주쳐 보겠다는 심산임에 틀림없었다. 얼굴을 돌리지 말 것. 적은 십중팔구 뒤에서 달려들 가능성이 더 크다. 그리고 우리가 활기찬 새보다 사람에 가까워 보일수록 난도질을 당할 가능성은 줄어든다.

이제 세 남자의 얼굴을 더 잘 볼 수 있었다. 키가 큰 사람, 키가 약간 작은 사람, 키가 큰 또 한 사람. 그들은 아주 더러운 위장복을 입고 있었는데, 바깥에서 햇볕을 많이 쬔 것 같았다. 태양, 비, 바람을 맞으면서 말이다.

그 순간 내가 갑자기 그들의 얼굴을 알아봤다. "섀키?" 내가 말했다. "섀키! 아만다, 섀키와 크로제야!"

키 큰 사람이 얼굴을 내 쪽으로 돌렸다. "빌어먹을, 넌 누구야?" 그가 말했다. 화가 난 건 아니고 그저 너무 놀란 것 같았다.

"나 렌이야." 내가 말했다. "저 아이가 꼬맹이 오츠니?" 나는 엉엉 울기 시작했다.

텔레비전에서 미식축구 선수들이 작전회의를 위해 슬로모션으로 모여드는 것처럼 우리 다섯은 서로를 향해 움직였다. 그러고는 서로서로 끌어안았다. 그저 끌어안고 또 끌어안고 계속 서로를 붙잡고 있었다.

냉장고에 오렌지색 주스가 조금 남아 있었다. 그래서 아만다는 남은 샴페인에다 미모사를 섞었다. 소금을 뿌린 콩너트를 꺼내고 가짜 물고기 통조림을 전자레인지에 익힌 다음 우리 다섯 명은 바에 앉았다. 세 남자애들, 난 아직도 그들이 아이들 같았다. 세 남자는 실제로 음식을 씹지도 않고 게걸스럽게 먹었다. 아만다는 먹는 걸 중단시키고 그들이 물을 마시도록 했지만 신속하게 대처하진 못했다. 그들은 굶주린 건 아니었다. 슈퍼마켓이나 심지어는 남의 집에도 마구 들어가 그곳에서 찾아낸 것을 먹으며 살았다고 했다. 심지어 그들은 덫을 놓아 토끼 두 마리를 잡은 다음 통째로 끓이기도 했다. 정원사들과 함께 지낼 때 성 유얼 주간에 했던 것처럼 말이다. 그들은 여전히 삐쩍 말라 있었다.

그러고 나서 우리는 물 없는 홍수가 엄습했을 때 어디에 있었는지를 서로에게 들려줬다. 난 격리 구역에 대해 말했고 아만다는 위스콘신 주의 소뼈에 대해 말했다. 그 일이 벌어졌을 때 우리가 다른 사람들과 함께 있지 않았던 건 정말이지 우리 둘한테는 생각지도 못했던 멍청한 행운이었다고 난 말했다. 행운이란 기적의 또 다른 이름이기 때문에 절대로 멍청한 행운이란 건 없다고 아담1은 말했지만 말이다.

섀키와 크로제와 오츠는 거의 죽었다가 살아났다고 했다. 그들은 고통공 감옥에 갇혀 있었는데, 오츠가 엄지손가락 문신을 보여 주며 자기들은 레드 팀이었다고 말했다. 오츠는 그걸 자랑스럽게 여기는 것 같았다. "그동안 우리가 미친 아담과 함께했던 일 때문에 그들이 우리를 그곳에 가뒀어." 섀키가 말했다.

"미친 아담?" 내가 물었다. "정원사 젭 같은 사람?"

"젭 이상이지. 우리들이 모여 한 무리를 이룬 거였거든. 젭, 우리들, 그리고 몇몇 다른 사람들" 섀키가 말했다. "최고의 과학자들, 그러니까 조합이 하는 일을 증오해서 조합 일에는 손을 떼고 지하로 숨어 버린 유전자 접합 전문가들 말이야. 레베카와 카투로도 협조했어. 그들은 상품 배달 일을 도왔지."

"우리도 웹 사이트가 있었어." 크로제가 말했다. "그런 식으로 우리는 우리가 아는 정보를 나눠 줄 수 있었어. 비밀의 대화방에서."

"상품이라고?" 아만다가 물었다. "너희들이 슈퍼위드 마약을 판촉했다고? 대단들 하시군!" 그녀는 깔깔대고 웃었다.

"천만에. 우리는 바이오 생명체 저항 운동을 했던 거야." 크로제가 거들먹거리며 말했다. "유전자 전문가들이 바이오 생명체를 합성해 놓았고 섀키와 오츠와 나, 그리고 레베카와 카투로는 보험, 부동산, 여행 장비 등을 갖춘 최고의 신분을 유지했지. 우리는 그 바이오 생명체들을 여러 구역으로 가져가서 풀어놓는 일을 했어."

"우리는 그것들을 몰래 설치했어. 마치 시한폭탄처럼 말이야." 오츠가 말했다.

"그것들 중 몇몇은 정말로 대단했어. 아스팔트를 먹어 치우는 미생물, 자동차를 공격하는 생쥐들……."

"젭은 사회 기반 시설을 파괴할 수만 있다면 지구가 저절로 회복할 수 있을 거라고 생각했거든. 너무 늦어서 모든 게 사라지기 전에 말이야." 크로제가 말했다.

"그러면 이 전염병, 이게 미친 아담이 저지른 짓이야?" 아만다가 말했다.

"천만의 말씀. 젭은 사람들을 죽이는 건 믿지 않았어. 이런 식은 아니었던 거지. 젭은 그냥 사람들이 모든 걸 낭비하고 지랄 떠는 게 싫었던 거야."

"그는 사람들이 생각을 좀 하길 원했어. 몇몇 생쥐 새끼들이 통제 불능 상태가 되긴 했지만 말이야. 그놈들은 당황해서 신발을 공격했고 발에 난 상처도 그래서 생긴 거야." 오츠가 말했다.

"그는 지금 어디에 있어?" 내가 물었다. 만약에 젭이 함께 있다면 얼마나 안심이 될까. 우리가 다음에 해야 할 게 뭔지 젭은 알 것이다.

새키가 말했다. "우리는 젭과 온라인으로만 대화했어. 그는 혼자서 도망쳤거든."

"하지만 시체보안회사가 우리 미친 아담의 전문가들을 잡아갔어. 우리를 철저하게 추적했던 거지. 우리 대화방에 몰래 들어온 놈 중에 첩자가 있었던 거야." 크로제가 말했다.

"그들을 총으로 쐈어? 과학자들을?" 아만다가 물었다.

"우린 모르지. 하지만 우리와 함께 고통공 감옥에는 들어가지 않았어." 새키가 말했다.

"거기 있던 날은 단지 이틀 정도였어. 고통공 감옥에." 오츠가 말했다.

"우리 셋, 그쪽 셋. 골드 팀은 포악하기가 이루 말할 수 없을 정도였어. 그중 한 명은, 기억하지, 블랑코? 오물늪에 살던 사람. 네 머리통을 박살 내서 먹으려고 했던 놈 말이야. 체중은 좀 줄었지만 그놈이 틀림없었어." 크로제가 말했다.

"농담하지 마." 아만다가 말했다. 그녀의 표정은, 정확하게 말해서 겁이 난 건 아니었지만 걱정하고 있었다.

"비늘클럽을 닥치는 대로 부순 바람에 들어오게 됐다더군. 사람들 몇 명 죽인 걸 얼마나 자랑스러워하던지. 자기한테는 고통공이 마치 고향 같다나 뭐라나. 여러 차례 들락날락했다더군."

"그 사람이 너희를 알아봤어?" 아만다가 물었다.

"물론이지." 섀키가 말했다. "우릴 보더니 마구 악을 쓰던걸. 그때 에덴절벽 옥상에서 있었던 대소동에 대한 보복의 시간이라나. 그는 우리가 무슨 물고기인 양 칼로 찢었어."

"에덴절벽 옥상에서 무슨 소동이 있었어?" 내가 물었다.

"그때는 넌 떠나고 없었어." 아만다가 말했다. "그런데 어떻게 나왔어?"

"걸어 나왔지." 섀키가 말했다. "다른 팀이 우리를 죽이기 전에 우리가 먼저 그들을 죽일 수 있는 방법을 궁리했어. 경기 시작종이 울리기까지 궁리할 시간을 사흘 줬어. 하지만 갑자기 주변에 경호원들이 하나도 없는 거야. 모두 떠나 버린 거지."

"이제 정말 피곤하다." 오츠가 말했다. "난 잠이 필요해." 그는 머리를 바에 기댔다.

"사실 경호원들은 여전히 그곳에 있었어. 나중에 보니까 말이지. 수위실에 있더군. 단지 그들은, 그러니까 녹아 버렸던 거야." 섀키가 말했다.

"그래서 우리는 온라인을 이용했어." 크로제가 말했다. "뉴스는 아직 작동하고 있었어. 엄청난 재해를 다루고 있더군. 그래서 우리는 밖으로 나가 다른 사람들과 어울리면 안 된다고 생각했지. 유치장으로 들어가 문을 잠가 버렸어. 그곳에 음식이 조금 있었거든."

"문제는 골드 팀이 정문에 있는 다른 쪽 유치장에 있었다는 거야. 우리가 자고 있을 때 들이닥칠 것만 같았어."

"우리는 번갈아 가며 불침번을 섰지만 가만히 기다리고 있으려니 스트레스가 엄청나더군. 그래서 그들을 강제로 내쫓아 버렸어." 크로제가 말했다. "섀키가 밤중에 창문으로 기어들어 송수관을 잘라 버렸지."

"정말로? 젠장!" 아만다가 감탄하며 말했다.

"그래서 그들은 그곳을 떠나야만 했어. 물이 없으니까." 오츠가 거들었다.

"그렇지만 음식이 떨어지는 바람에 우리도 떠나야만 했지." 섀키가 말했다. "그들이 우리를 기다리고 있을지도 모른다고 생각했는데 없더군." 그는 어깨를 으쓱하며 말했다. "이야기 끝."

"그런데 뭐 때문에 이리로 온 거야?" 내가 물었다. "비늘클럽으로?"

새키가 히죽히죽 웃으며 말했다. "여기는 아주 유명했잖아."

"전설이었지. 아직도 아가씨들이 남아 있으리라고는 생각하지 않았지만 적어도 어떤 곳인지 볼 수는 있을 테니까." 크로제가 말했다.

"죽기 전에 해야 할 일이지." 오츠가 말했다. 그러고는 하품을 했다.

"이리 와, 오츠. 널 침대에 눕혀 주지." 아만다가 말했다.

우리는 그들을 위층으로 데리고 가서 한 명씩 격리 구역에서 샤워를 하게 했다. 그들은 들어갈 때보다 훨씬 깨끗해져서 나왔고 우리는 그들에게 수건을 나눠 주고 방 하나에 한 사람씩 들여보냈다.

오츠를 보살펴 준 사람은 나였다. 그에게 수건과 비누를 주고 그가 누울 침대로 데려다 줬다. 정말로 오랜만에 그를 만났다. 내가 정원사들을 떠나올 때 그는 어린아이에 불과했다. 장난꾸러기 꼬마 녀석이라 항상 말썽을 피웠는데. 난 오츠를 그런 식으로 기억하고 있었다. 하기야 그때는 귀엽기도 했지.

"너 아주 많이 자랐다." 내가 말했다. 키가 거의 새키만큼 커져 있었다. 금발 머리가 온통 축축하게 젖어 있어서 마치 수영하던 강아지 같았다.

"난 항상 누나가 최고라고 생각했어." 오츠가 말했다. "여덟 살 때 누나한테 얼마나 홀딱 반했었는지 알아?"

"전혀 몰랐는걸."

"누나한테 키스해도 돼? 섹시한 키스는 아니고."

"그래, 좋아." 내가 말했다. 그리고 그는 내 코 옆에다 아주 달콤한 키스를 했다.

"누난 정말로 예쁘다. 제발 새 옷 계속 입고 있어라." 오츠가 말했다. 그는 내 엉덩이에 있는 깃털을 만져 봤다. 그러더니 수줍은 듯 아주 살짝 웃었다. 그 모습이 마치 내가 처음 봤을 때의 지미 같아 심장이 뒤틀리는 듯했다. 하지만 나는 방에서 살금살금 걸어 나왔다.

"쟤들이 자는 방은 밖에서 잠글 수 있어." 복도로 나온 나는 아만다에게 속삭였다.

"도대체 뭐 때문에 그렇게 해?" 아만다가 물었다.

"고통공 감옥에 있었던 애들이야."

"그래서?"

"고통공에 들어간 사람들은 모두 다 마음의 안정을 잃게 되거든. 무슨 짓을 할지 모른다고. 제정신이 아니라니까. 게다가 병원균에 옮았을지도 몰라. 전염병 말이야."

"우리는 벌써 그들을 껴안았잖아." 아만다가 말했다. "저 아이들에게 있는 병균이 우리한테도 이미 옮았을 거야. 여하튼 저 아이들은 예전의 정원사잖아."

"그게 무슨 뜻이야?" 내가 물었다.

"저 아이들이 우리 친구란 말이지."

"정확하게 말해서 그때 당시 쟤들은 우리 친구가 아니었어. 항상은 아니었잖아."

"마음 놔! 난 저 아이들하고 많은 걸 함께했어. 무슨 이유로 쟤들이 우릴 해치겠니?"

"난 저 아이들의 성적 상대가 되긴 싫단 말이야." 내가 말했다.

"정말 유치하다." 아만다가 말했다. "네가 두려워할 대상은 쟤들이 아니고 쟤들하고 함께 있었던 고통공 감옥 죄수 셋이야. 블랑코는 정말이지 장난이 아니라고. 그들이 분명 저 바깥 어딘가에 있을 거야. 난 어서 내 옷으로 갈아입어야겠어." 아만다는 이미 홍학 옷을 벗어 버리고 카키색 옷을 입고 있었다.

"정문은 잠가야겠다." 내가 말했다.

"자물쇠 고장 났더라." 아만다가 말했다.

그때 거리에서 사람들 목소리가 들려왔다. 그들은 예전 비늘 클럽에서 술에 잔뜩 취한 남자들이 그랬던 것처럼 노래를 부르며 악을 써 대고 있었다. 혐오감을 일으킬 정도로 술에 만취한 상태로 물건들을 때려 부수고 있었다. 쨍그랑 유리 깨지는 소리가 들렸다.

우리는 침실로 뛰어 들어가 새키 형제들을 깨웠다. 그들은 신속하게 옷을 입었고 우리는 거리가 내려다보이는 2층 창문으로 그들을 데려갔다. 새키는 귀 기울여 듣더니 조심스럽게 바깥을 내다봤다. "아, 빌어먹을!" 그가 말했다.

"여기에 또 다른 문이 있어?" 크로제가 소곤거렸다. 그의 얼굴이 햇볕에 탔는데도 창백해 보였다. "어서 여기를 빠져나가야 해. 지금 당장."

우리는 뒤쪽 계단으로 내려가 쓰레기 버리는 문으로 빠져나왔다. 마당으로 나오니 커다란 석유 찌꺼기 쓰레기통과 빈 병을 담는 쓰레기통이 있었다. 골드 팀원들이 비늘클럽 건물 안 여기저기를 돌아다니며 아직 파괴되지 않은 것을 모조리 때려 부수는 소리가 들렸다. 밖에서도 와장창 부서지는 소리가 들릴 정도로 아주 대단했다. 계산대 뒤에 있는 선반들을 몽땅 때려 부순 게 분명했다.

우리는 울타리에 난 조그만 틈새를 통해 간신히 빠져나온 다음 공터를 가로질러 달려가 끝에 있는 골목길 모퉁이로 접어들었다. 아마도 그들은 우리를 볼 수 없을 것이다. 하지만 그들에겐 왠지 텔레비전에서 본 돌연변이들처럼 벽돌을 뚫고 볼 수 있는 눈이 있을 것만 같았다.

몇 구역을 달려간 다음에는 달리는 대신 속도를 줄여 걷기 시작했다. "아마 그들은 생각지도 못할 거야. 우리가 그곳에 있었다는 걸." 내가 말했다.

"알게 될 거야." 아만다가 말했다. "더러운 접시들. 축축한 수건들. 침대들. 그 속에 사람이 들어가 잤는지 안 잤는지는 침대를 보면 금방 알 수 있으니까."

"우리를 쫓아올 거야. 틀림없어." 크로제가 말했다.

61

우리 발자국을 알아보기 힘들게 하려고 모퉁이를 돈 다음에 우리는 오솔길로 올라갔다. 발자국이 문제였다. 잿빛 진흙층이 있었다. 하지만 섀키는 비가 오면 우리 흔적이 씻겨 없어질 거라고 했다. 여하튼 제아무리 골드 팀이라 해도 개는 아니니까 우리 냄새까지 맡을 수는 없을 것이다.

그 사람들이 분명했다. 홍수가 발생한 첫날 밤 비늘클럽을 때려 부순 고통공 감옥 죄수들 셋 말이다. 모디스를 죽인 사람들. 그들은 인터컴을 통해 나를 봤다. 그래서 비늘클럽으로 다시 돌아온 것이다. 나를 자기들 수중에 넣으려고, 굴처럼 꽉 닫힌 격리 구역을 열겠다고 말이다. 그들은 도구를 찾아냈을 것이다. 시간이 어느 정도 걸리기는 했겠지만 결국에는 해냈을 것이다.

그런 생각을 하고 있으니 온몸에 소름이 돋았다. 하지만 다른 사람들에게는 아무 말도 하지 않았다. 그들도 그들 나름대로 걱정거리가 충분했다.

거리에는 수많은 쓰레기들이 나뒹굴고 있었다. 불에 탄 것들, 부서진 것들. 자동차와 트럭뿐이 아니었다. 유리 조각도 아주 많았다. 새키는 우리가 어느 건물로 들어갈지 신중하게 선택해야 한다고 말했다. 그들은 붕괴되는 건물 바로 옆에 있었던 적이 있었다. 화재는 높은 건물을 삼켜 버릴 가능성이 크기 때문에 높은 건물 근처에는 가지도 말아야 한다. 괜히 옆에 있다 떨어지는 유리 창문에 얻어맞기라도 하면 머리통과는 안녕을 고해야 한다. 이젠 도시보다 숲속이 더 안전할 것이다. 사람들이 예전에 생각하던 것과는 정반대였다.

가장 성가신 건 아주 작고 일상적인 물건들이었다. 글씨가 흔적도 없이 사라지고 있는 누군가의 오래된 일기장. 모자. 신발. 신발이 모자보다 더 나빴다. 똑같은 신발이 두 켤레 있으면 괴로움은 더 커졌다. 아이들의 장난감. 아기 없는 유모차.

온 지역이 뒤집어지고 짓밟힌 인형 집 같았다. 인도를 따라 상점에서 팔던 밝은색 티셔츠들이 늘어져 있는 것이 마치 옷감으로 만들어 놓은 거대한 발자국처럼 보였다. 누군가가 가게 창문을 때려 부수고 그 안으로 들어가 몽땅 턴 것 같았다. 티셔츠 한 보따리가 그들에게 무슨 큰 이익이 될 거라고 이런 짓을 했는지는 알 수 없지만 말이다. 가구점에서는 의자의 팔다리와 가죽 쿠션이 인도로 튀어나와 있었고 최신 유행의 금빛 은빛 안경테들이 안경점에 잔뜩 있었는데 그것들을 가져갈 생각은 아무도 하지 않은 것 같았다. 약국은 파티용 흥분제라도 찾았는지 완전히 파괴돼 있다. 텅 빈 환희이상 용기들이 많았다. 내가 알기로 그 약은 아직 시험 단계에 있었는데 이 약국에서는 그 약을 암거래해 팔고 있었던 모양이다.

뼈만 남은 사람들도 무더기로 있었다. "사람이 저렇게 되다니." 크로제가 말했다. 살은 하나도 남아 있지 않은 채 바짝 말라붙어 있었는데 난 특히 그 눈 구멍이 보기 싫었다. 그리고 치아, 입술 없는 입은 차마 볼 수조차 없었다. 실오라기 같은 머리칼은 한 가닥씩 떼어 낼 수 있을 것 같았다. 머리칼은 썩는 데 오래 걸린다. 퇴비 만들기 시간에 정원사들에게 배운 적이 있다.

비늘클럽에서 나올 때는 음식을 챙길 시간이 전혀 없었다. 그래서 우리는 슈퍼마켓으로 들어갔다. 마룻바닥에 잡동사니들이 잔뜩 널려 있었지만 지지 푸루트 두 개와 에너지 바를 몇 개 찾았다. 또 다른 곳에 태양광 냉장고가 있었는데 아직도 작동 중이었으며 콩 제품과 과일 제품이 들어 있었다. 우리는 그 자리에서 그것들을 먹어 치웠다. 또 다른 한 상자에는 냉동된 시크릿버거 패티가 여섯 개 들어 있었다.

"이걸 어떻게 익히지?" 오츠가 물었다.

"라이터. 자 봐." 섀키가 대답했다. 계산대에 개구리 모양 라이터가 선반 가득 있었다. 섀키가 하나를 켜 봤다. 주둥아리에서 개골개골 소리가 나면서 불꽃이 튀었다.

"한 움큼 집어." 아만다가 말했다.

싱크홀에 거의 다 도착한 우리는 예전에 우리가 잘 알던 건강 클리닉을 향해 발걸음을 옮겼다. 나는 정원사들이 몇 명이라도 남아 있기를 바랐지만 그곳은 텅 비어 있었다. 우리는 예전에 우리가 공부하던 교실로 들어가 부서진 책상으로 불을 피웠다. 물론 골드 팀 고통공 감옥 죄수들에게 신호를 보내면 안 되기 때문에 큰 불은 피우지 않았다. 기침이 하도 나와 창문은 열어야 했다. 시크릿버거는 구워서 먹었지만 콩 제품은 익히지도 않은 채 반 정도 먹었고 지지 푸르트는 마셔 버렸다. 오츠는 계속해서 개골거리는 개구리 라이터를 가지고 장난쳤고 참다 못한 아만다가 라이터 기름이 떨어지니 그만하라고 말했다.

도망쳐야 한다는 두려움 때문인지 마냥 분출되던 아드레날린마저 다 소멸된 것 같았다. 어린 시절을 보내던 곳으로 다시 돌아온다는 건 슬픈 일이었다. 그 시절이 항상 좋았던 건 아니었지만 그래도 몹시 그리웠다.

남은 인생길도 계속 이럴 것만 같다는 생각이 들었다. 도망 다니고, 남은 음식이나 슬쩍하고, 마룻바닥에 웅크려 앉아 있고, 몸은 점점 더 더러워지고 말이다. 난 아직도 공작백로 옷을 입고 있었으므로 진짜 옷이 있었으면 하고 바랐다. 티셔츠 가게로 돌아가 축축하지 않고 곰팡이가 슬지 않은 옷이 남아 있는지 살펴보고 싶었다. 하지만 섀키가 그건 너무 위험한 짓이라고 했다.

어쩌면 우리는 섹스를 하는 게 좋을지도 몰랐다. 그걸 하는 게 친절하고 관대한 태도일 수도 있기 때문이다. 하지만 모두들 너무나 지쳐 있었고 또 우리는 서로를 보면서 부끄럼을 탔다. 환경 때문이었다. 정원사들이 직접 그 자리에 와 있는 건 아니었지만 그들의 정신이 그곳을 지배하고 있었기 때문이다. 우리가 열 살 때 그런 짓을 했더라면 절대로 인정하지 않았을 텐데. 여기서 섹스를 한다는 건 아무래도 쉽지 않았다.

우리는 강아지 새끼들처럼 옹기종기 달라붙은 채로 잠이 들었다.

다음 날 아침, 잠에서 깨니 커다란 돼지 한 마리가 문간에 서서 우리를 빤히 쳐다보며 민달팽이처럼 생긴 축축한 코를 킁킁거리며 냄새를 맡고 있었다. 문으로 들어와 복도로 걸어온 게 분명했다. 그놈은 자기를 쳐다보는 우리를 보더니 돌아서서 가 버렸다. 아마도 시크릿버거 패티가 익어 가는 냄새를 맡았기 때문일 거라고 섀키가 말했다. 그놈은 향상된 돼지 접합체로 미친 아담은 그 존재에 대해 벌써 알았다. 게다가 그놈은 인간의 두뇌 조직도 지니고 있었다.

"아, 그래. 그럼 고등 물리학도 하겠네. 너 우리한테 허튼소리 지껄이지 마." 아만다가 말했다.

"진실이야." 섀키가 약간 부루퉁한 얼굴로 말했다.

"분무 총이 없는 게 유감인걸. 베이컨 먹어 본 지도 오래됐는데." 크로제가 말했다.

홍수의 해

"제발 그런 말은 집어치워." 내가 토비 목소리로 말하자 모두들 깔깔대고 웃었다.

우리는 건강 클리닉을 나서기 전에 식초 방으로 가서 마지막으로 그곳을 둘러봤다. 누군가가 커다란 통들에 도끼질을 하긴 했지만 아직 그곳에 있었다. 식초 냄새와 함께 화장실 냄새도 났다. 사람들이 얼마 전까지 방 한쪽 구석에서 그 일을 했던 것 같았다. 식초병을 보관해 두던 자그마한 벽장문이 열려 있었다. 병은 하나도 남아 있지 않았지만 선반이 여러 개 있었고 각도도 이상했다. 아만다가 그쪽으로 다가가 한쪽 모서리를 붙잡고 잡아당기자 선반이 활짝 돌아가며 열렸다.

"이것 좀 봐." 아만다가 말했다. "이 속에 완전히 다른 방이 있어!"

우리는 안으로 들어갔다. 방 한가득 테이블이 있었고 의자도 몇 개 있었다. 하지만 가장 흥미로운 건 매트리스였는데 예전에 정원사들이 사용하던 것과 비슷했다. 그리고 콩정어리, 닭고기 옹이, 말린 구기자 열매 들이 들어 있던 텅 빈 음식 용기도 잔뜩 있었다. 한쪽 모퉁이에 고장 난 휴대용 컴퓨터가 있었다.

"누군가 외부 사람이 접속했었는걸." 섀키가 말했다.

"정원사는 아닐 거야. 컴퓨터가 없었잖아." 내가 말했다.

"젭한테 휴대용 컴퓨터가 있었어. 하지만 그는 더 이상 정원사가 아니었어." 크로제가 말했다.

우리는 뚜렷한 계획도 없이 건강 클리닉을 나섰다. 새론당신 스파로 가야 한다고 말한 사람은 나였다. 토비가 창고에 마련해 둔 아라랏에 식량이 있을지도 몰랐다. 그녀는 내게 비밀번호를 말해 줬다. 게다가 아직 정원에서 뭔가가 자라고 있을지도 모르는 일이었다. 심지어 나는 토비가 그곳에 숨어 있지는 않을까 하는 생각마저 들었다. 하지만 쓸데없이 기대치를 높여 놓고 싶지는 않았으므로 그 말은 하지 않았다.

　　우리는 우리가 정말로 조심하고 있다고 생각했다. 사방을 둘러봐도 사람 하나 보이지 않았다. 헤리티지 공원으로 들어간 우리는 사람들 눈에 띄지 않으려고 나무 밑으로 나 있는 숲길을 따라서 스파의 서쪽 수위실 쪽으로 발걸음을 옮겼다.

　　우리는 한 줄로 서서 걸었다. 섀키가 맨 앞에 섰고 그다음은 크로제, 아만다, 나, 그리고 맨 뒤에 오츠가 섰다. 온몸에 냉기가 흐르는 것 같아 뒤돌아다보니 오츠가 보이지 않았다. 나는 "섀키!" 하고 불렀다.

　　그러자 아만다가 길에서 벗어나 옆으로 기우뚱 비틀거렸다.

　　곧 가시 많은 관목을 통과하는 것처럼 어두컴컴한 지역이 나타났다. 모든 게 고통스럽게 뒤엉켜 있었다. 땅에는 사체들이 있었고 한순간 나도 그것들 중 하나였다. 뭔가에 부딪쳤던 것 같다.

　　다시 눈을 떴을 때 섀키와 크로제와 오츠는 그곳에 없었고 아만다만 있었다.

　　　　　　　　　　　　　　　　　　　　　　　　홍수의 해

그다음에 어떤 일이 일어났는지는 생각하고 싶지 않다.

나보다 아만다의 상태가 더 나빴다.

육식동물의 날

25년

육식동물의 우두머리로서의 신에 대하여

연사: 아담1

친애하는 친구들, 피조물 동지들, 죽을 운명에 처한 우리 동지들,

오래전 우리들은 아름다운 에덴절벽 옥상정원에서 육식동물의 날을 기념했습니다. 우리 아이들은 인조 모피로 만든 육식동물의 귀와 꼬리를 달았고 해 질 녘이면 깡통에 구멍을 뚫어 만든 사자, 호랑이, 곰 속에 촛불을 켜 놓았지요. 그러면 이 동물상의 타는 듯이 밝은 눈들이 육식동물의 날에 벌이는 우리의 잔치를 위해 빛을 내곤 했습니다.

하지만 오늘은 우리 마음속 정원에서 축제를 열어야만 할 것

같습니다. 이렇게나마 잔치를 벌일 수 있다는 것만으로도 다행입니다. 왜냐하면 물 없는 홍수가 우리의 도시를, 그리고 정말로 지구 전체를 뒤집어 놓았으니까요. 대부분의 사람들이 기습 공격을 당했지만 우리는 영적인 인도에 의지했습니다. 아니, 유물론적으로 표현한다면 우리는 하나의 현상을 봤을 때 전 지구적으로 유행병이 퍼져 갈 것임을 단번에 알아차렸습니다.

지난 몇 달 동안 우리의 피난처가 되어 준 이 아라랏에 감사합시다. 아라랏이 좋은풍경 콘도 건물 지하실에 위치하고 있기에 아마도 우리는 이곳을 피난처로 선택하지 않았을 겁니다. 콘도는 필라의 버섯 양식장일 때에도 구중중했지만 지금은 한층 더 축축하니까요. 하지만 그토록 많은 우리의 시궁쥐 친척들이 단백질을 제공해 준 덕분에 우리 모두 이 지구 표면에 살아남을 수 있게 됐으니 우리는 축복받은 사람들입니다. 또한 필라가 자그마한 벌 상징물로 표시해 놓은 콘크리트 블록 뒤 바로 이 지하실에 남몰래 아라랏을 만들어 놓았다는 것도 천만다행인 일입니다. 그녀가 저장해 놓은 그토록 많은 물품들이 신선함을 유지하고 있다니 얼마나 존귀한 신의 섭리입니까! 불행하게도 모두 다 그런 것은 아니지만 말입니다.

하지만 이제 이 자원도 다 고갈됐으므로 우리는 다른 곳으로 이동하지 않으면 굶주림에 시달려야 합니다. 다 함께 바깥세상이 더 이상 바깥지옥세상이 아니기를 기도합시다. 물 없는 홍수가 그런 세상을 파멸시켰을 뿐만 아니라 청결하게 정화해 놓아

이제는 온 세상이 새로운 에덴이기를 기도합시다. 아니, 아직 새로운 에덴은 아닐지 모르지만 얼마 지나지 않아 그렇게 되기를 말입니다. 또는 그렇게 되리라고 우리가 믿을 수 있기를 말입니다.

*

육식동물의 날에 우리는 사랑과 자애가 풍성한 아버지 어머니 신이 아니라 호랑이 신을 찬양합니다. 또는 사자 신, 또는 곰 신, 또는 멧돼지 신, 또는 늑대 신, 심지어 상어 신까지 말입니다. 어떤 동물로 나타나든 육식동물의 날은 무서운 겉모습과 압도적인 힘의 특성을 기념합니다. 그런 특성들은 우리가 때때로 소망하는 것이므로 다른 모든 좋은 속성들과 함께 분명 신의 특성이기도 할 겁니다.

창조주 신은 자신의 일부를 그가 만든 각각의 동물에 집어넣었습니다. 어떻게 그렇지 않을 수 있겠습니까? 그러므로 호랑이, 사자, 늑대, 곰, 멧돼지, 상어, 또는 물 뾰족뒤쥐와 사마귀와 같이 몸집 작은 모든 동물들까지도 그들 나름대로 신을 반영하고 있습니다. 대대로 인간 사회는 이런 사실을 알았습니다. 인간은 깃발이나 문장에 토끼나 생쥐 같은 먹잇감이 아니라 남을 죽일 수 있는 힘 있는 동물들을 그려 넣었습니다. 옹호자인 신을 부를 때 그들이 요청하는 것은 바로 이런 속성 아니겠습니까?

그래서 육식동물의 날에 우리는 육식동물의 우두머리로서의 신을 묵상해 봅니다. 신에 대한 두려움이 갑작스럽고 엄청나게 우리를 사로잡을지도 모릅니다. 엄청난 힘 앞에서 두려움에 벌벌 떠는 자그마한 존재, 그러니까 생쥐와도 같은 우리의 모습. 그 찬란하게 밝은 빛 앞에서 소멸될 것만 같은 우리의 개인적인 감정들. 신은 조용한 새벽에 마음의 정원을 거닐기도 하지만 한밤중에 숲을 서성이기도 합니다. 나의 친구들이여, 신은 유순한 존재가 아닌 사나운 존재이므로 개처럼 이리 오라고 부를 수도 통제할 수도 없습니다.

인간이 마지막 호랑이나 마지막 사자를 죽였을는지도 모르지만 그들의 이름은 우리 마음속에 간직되어 있습니다. 우리는 그 이름을 말하면서 그것들이 창조되던 순간에 뒤편에서 명령하던 무시무시한 신의 목소리를 듣습니다. 신은 분명 그들에게 이렇게 말했을 것입니다. 나의 육식동물들이여, 너희들의 먹잇감이 지나칠 정도로 번식하여 자신들의 양식을 고갈시키거나 병으로 죽어 종족이 끊어지지 않도록 그 먹잇감을 가려내 죽이는 일을 맡기니 반드시 수행하기를 명하노라. 그러니 어서 출발하라! 도약하라! 달려라! 고함쳐라! 숨어서 기다려라! 덤벼들라! 너의 무서운 심장을, 황금색과 녹색 보석과도 같은 너의 눈을, 탄탄하게 만들어진 너의 근육을, 가위와도 같은 너의 치아와 초승달 모양의 갈고리발톱을 보면 나는 기쁨이 샘솟는다. 그 모든 것을 내가 너에게 주었노라! 게다가 나는 너를 축복하고 네가 선하다고 선포하노라.

「시편」 104편에서 그토록 즐겁게 표현한 것처럼, 그들은 정말로 그들의 먹이를 신에게 구하고 있습니다.

우리를 보호해 준 아라랏을 떠나려고 준비하면서 우리 자신에게 물어봅시다. 먹는 것과 먹히는 것 중 어느 쪽이 더 큰 축복입니까? 도망가는 것과 추격하는 것? 주는 것과 받는 것? 사실 이것들은 똑같은 질문입니다. 그런 질문은 머지않아 이론으로만 끝나지 않을 수도 있습니다. 어떤 우두머리 육식동물들이 저 밖에 잠복하고 있을지 우리는 모릅니다.

우리의 단백질이 우리 동료종들 사이에 나눠질 수 있기 위해 우리의 희생이 필요하다면 그런 희생의 성스러운 속성을 우리 스스로 인정할 수 있도록 다 함께 기도합시다. 만약 먹히는 자보다 먹는 자가 되기를 원하지 않는다면 우리는 인간이 아닐 것입니다. 하지만 어느 편이든 간에 축복입니다. 만약 여러분의 생명이 요구된다면 그것은 신이 필요로 하는 것이니 안심하시길 바랍니다.

우리 다 함께 노래합시다.

먹잇감 찢는 물 뾰족뒤쥐

먹잇감 찢는 물 뾰족뒤쥐
자연의 필요에 따라서만 행동하네.
진로 구상하려고 가던 걸음 멈추지 않고
오직 해야 할 일만 실행하네.

한밤중 별안간 덤벼드는 표범
부드러운 집 고양이의 친척이네.
사냥을 좋아하고 사랑을 사냥하는 그들
신이 그렇게 만들었다네.

누가 말할 수 있을까? 기쁨이나 두려움이
서로가 서로에게 영원한 은혜를 입는다고.
모든 먹잇감이 호흡 하나하나를 즐길까?
끊임없는 위협 때문에?

하지만 우리는 동물과 달라
다른 동물의 생명을 소중히 여기네.
그래서 우리는 그들의 살을 먹지 않네.
끔찍한 기근이 휘몰아치지 않는 한.

만약 끔찍한 기근이 우리를 계속 몰아대면
만약 유혹적인 고기에 우리가 굴복하면
신이시여, 맹세를 깨트린 우리들을 용서하소서.
그리고 우리가 먹는 생명체를 축복하소서.

— 『신의 정원사들이 즐겨 부르는 찬양집』에서

홍수의 해

62

토비. 마누카우의 성 응가네코 미니니크

25년

시뻘건 아침놀, 얼마 후에 비가 온다는 뜻이다. 하지만 언제나 얼마 후에는 비가 내린다.

아지랑이가 피어 오른다.

짹짹, 짹짹, 찍찍, 찌르르, 또르르, 에이 에이 에이. 구구 구구 구구, 깍깍, 까아악, 개굴개굴.

산비둘기, 지빠귀, 까마귀, 큰어치, 황소개구리. 토비가 그 이름을 불러 보지만 그들에게 이런 이름은 아무런 의미도 없다. 머지않아 토비 자신의 언어도 잊히고 나면 이런 새소리만 남아 있을 것이다. 짹짹. 개굴개굴. 시작도 없고 끝도 없이 끊임없이 반복되는 이 노랫소리. 질문도 없고 대답도 없고 많은 단어도 필요 없다. 아니, 단어가 하나도 없는 소리. 어쩌면 이게 하나의 커다란 단어는 아닐까?

도대체 이런 개념은 어디에서 갑자기 튀어나와 그녀의 머릿속으로 들어온 걸까?

토비이이!

누군가가 그녀를 부르는 소리와 너무나도 비슷하다. 하지만 그건 단지 새 울음소리일 뿐이다.

토비는 지붕에 올라가 서늘한 아침을 맞으며 육지 새우를 하루 먹을 분량만큼 요리한다. 보잘것없는 성 유얼의 식탁을 조롱하지 마라는 아담1의 목소리가 들린다. 주님이 공급해 주신다. 그리고 어떤 때는 주님이 공급해 주는 게 육지 새우라고 말하는 젭의 목소리가 들린다. 지방질이 풍부할 뿐 아니라 좋은 단백질 공급원이다. 곰들이 어째서 그토록 뚱뚱해질 수 있었다고 생각하는가?

연기와 열기 때문에 요리는 바깥에서 하는 게 최고다. 토비는 성 유얼에게 영감을 받아 만든 깡통 화덕을 사용하고 있다. 그 화덕은 대용량 사이즈의 보디 버터 깡통으로 만들었는데 마른 나뭇가지를 넣고 통풍을 시키기 위해 아래쪽에 구멍을 뚫고 연기를 내보내기 위해 옆에도 구멍을 뚫었다. 최소한의 연료로 최대한의 열기를. 꼭 필요한 만큼. 육지 새우가 지글지글 익는다.

갑자기 까마귀들이 소란스럽게 울어 댄다. 뭔가 들뜬 것 같다. 비상 신호는 전혀 없고 올빼미는 한 마리도 없다. 다소 놀란 것 같다. 아악 까아악! 어이! 어이! 저걸 좀 보라니까!

토비는 깡통 화덕에서 아삭아삭하게 익은 육지 새우를 박박 긁어 접시에 담는다. 음식을 낭비하는 건 인생을 낭비하는 거라고 아담1이 말한다. 그런 다음 그녀는 빗물 통의 물로 불을 끈 다음 배를 깔고 옥상에 엎드린다. 쌍안경을 들어 올린다. 한 무리의 까마귀들이 떼를 지어 나무 꼭대기 위에서 빙글빙글 날고 있다. 여섯 아니면 일곱 마리. 아악! 아악! 어이! 어이! 어이!

나무 사이에서 두 사람이 나온다. 그들은 노래를 부르고 있지 않다. 벌거벗지도 않았고 피부가 푸르지도 않다. 그들은 옷을 입고 있다.

아직도 살아 있는 사람들이 있구나 하고 토비는 생각한다. 어쩌면 그중 한 명은 토비를 찾아 나선 젭이 아닐까. 젭은 토비가 아직도 여기에 있을 거라고, 몸을 숨기고 있을 거라고, 어떻게든 버텨 내고 있을 거라고 추측한 게 틀림없다. 토비는 눈을 깜빡인다. 눈물인가? 그녀는 아래층으로 뛰어 내려가 들판으로 나가서 환영의 의미로 두 팔을 활짝 펼치고 행복에 겨워 깔깔대고 웃고 싶다. 하지만 토비는 조심스럽게 자제한다. 그녀는 에어컨 실외기 뒤에 몸을 웅크리고 앉아 옥상 난간 틈으로 아래를 내다본다.

감각기관이 착각을 일으켰을 수도 있다. 그녀는 또다시 환영을 보고 있는 것인가?

남자들이 위장복을 입고 있다. 앞선 사람의 손에 어떤 무기가 들려 있다. 아마도 분무 총일 것이다. 분명 젭은 아니다. 체격이 다르다. 둘 다 아니다. 그들과 함께 또 다른 사람이 있는데, 남자일까 여자일까? 키가 크고 카키색 옷을 입고 있다. 머리를 아래로 늘어뜨리고 있어서 남자인지 여자인지도 알아보기가 힘들다. 기도라도 하듯 두 손을 앞으로 모으고 있다. 한 남자가 그 사람의 팔이나 팔꿈치를 잡은 것 같다. 미는 것 같기도 하고 끄는 것 같기도 하다.

또 다른 한 사람이 그늘에서 나온다. 그가 커다란 새를 가죽끈, 아니 밧줄에 매어 끌고 오는데, 새의 깃털은 공작백로처럼 빛나는 청록색이다. 하지만 머리는 여자다.

또다시 환각에 빠진 게 분명하다고 토비는 생각한다. 무슨 짓이라도 할 수 있는 유전자 조작자들이라 해도 그것만은 할 수 없을 것이기 때문이다. 남자들과 새-여자는 정말이지 진짜처럼 확실해 보인다. 하지만 환각 상태라도 그런 증상이 나타날 수 있다.

그들 중 한 명이 어깨에 짐을 하나 걸치고 있다. 토비는 처음에 그게 자루라고 생각했는데 아니다, 뭔가의 엉덩이다. 거기에 털도 있다. 황금색 털. 사자양인가? 공포로 오싹해져 온몸에 전율이 흐른다. 신성모독이다! 저들은 평화로운 왕국 목록에 있는 동물을 살해했어!

명료하게 생각해, 토비는 스스로에게 명령한다. 첫째, 네가 언제부터 평화의 왕국을 주장하는 광적인 이사야파의 일원이지? 둘째, 만약에 이들이 단순히 머리가 어떻게 돼서 도망쳐 나온 게 아니라 진짜 사람이라면 동물들을 살해했을 것이다. 커다란 동물을 도살했다면 그들에게는 치명적인 무기가 있을 테고 먹이사슬 맨 꼭대기부터 죽이기 시작했을 것이다. 골칫거리인 그들을 그 어느 것도 막을 수 없을 것이다. 그들이 나한테 오기 전에 내가 먼저 그들을 총으로 쏴야 한다. 그렇게 된다면 뭔지는 모르지만 저 커다란 새를 저들이 죽이기 전에 구할 수 있을 것이다.

어쨌든 저들이 진짜 사람이 아니라면 내가 총을 쏘더라도 문제가 되지 않을 것이다. 그저 연기처럼 사라질 것이다.

그런데 새-여자를 끌고 오는 사람이 위를 쳐다본다. 토비를 본 것이 틀림없다. 다른 한 손을 흔들며 소리치기 시작하는 걸 보면 말이다. 칼에서 빛이 번득인다. 다른 두 사람도 위를 쳐다보더니 모두들 스파를 향해 빠른 걸음으로 달려오기 시작한다. 새-여자도 밧줄 때문에 그들과 보조를 맞춰야 한다. 그제서야 토비는 깃털이 어떤 가면 의상이라는 걸 알 수 있다. 여자다. 날개는 하나도 없다. 목에 올가미가 매어 있다.

그렇다면 환각이 아니다. 진짜다. 진짜로 사악한 것들이다.

토비는 칼을 들고 있는 사람을 조준해 총을 쏜다. 그가 뒤쪽으로 휘청하더니 비명을 지르며 비틀거린다. 하지만 신속하지 못한 토비는 두 발 정도를 더 발사했는데도 다른 두 사람은 맞히지 못한다.

이제 부상당한 사람이 다시 절룩거리며 일어서고 그들 모두가 다시 나무 있는 곳을 향해 달려간다. 새-여자도 그들과 함께 달려가고 있다. 밧줄 때문에 그녀에게 선택의 여지가 있는 건 아니지만 말이다. 그러다가 넘어진 그녀가 잡초 속으로 사라진다.

다른 사람들 뒤쪽으로 초록색 나뭇잎이 팔을 활짝 벌리고 그들을 삼킨다. 이제 모두들 사라지고 없다. 모두가 다. 토비는 여자가 넘어진 곳이 어딘지 찾을 수가 없다. 잡초들이 너무나 크게 자랐다. 밖에 나가 찾아봐야 하나? 아니다. 그건 미끼일 수도 있다. 토비 대 그들. 일 대 삼일 것이다.

토비는 오랫동안 지켜본다. 까마귀들이 그들 뒤를 따라간 게 분명하다. 남자들과 카키색 옷을 입은 사람을. 아악, 아악, 아악, 아악. 까마귀 소리의 여운이 저 멀리 사라지고 있다.

그들이 다시 올까? 다시 올 거라고 토비는 생각한다. 내가 여기 있는 걸 그들은 안다. 이토록 오랫동안 살아남아 있는 걸 봤으니 나한테 음식이 남아 있을 거라고 추측할 것이다. 또 나는 한 사람을 총으로 쐈다. 그들은 복수를 원할 것이다. 그게 인간적인 것이다. 그들은 돼지처럼 앙심을 품을 것이다. 하지만 곧바로 오지는 않을 것이다. 나한테 총이 있다는 걸 알기 때문이다. 아마 계획부터 세워야 할 것이다.

63

토비. 성 웬 보의 날

25년

사람은 한 명도 없다. 돼지도 전혀 없다. 사자양도 전혀 없다. 새-여자도 없다.

아마도 내가 제정신이 아닌가 보다 하고 토비는 생각한다. 미친 건 아닌데. 일시적으로 제자리를 벗어난 건가.

목욕 시간이다. 토비는 지붕으로 올라간다. 자그마한 그릇들과 냄비에 모아 놓은 빗물을 가장 큰 그릇에 붓고 손과 얼굴에만 비누칠을 한다. 누군가가 몰래 보고 있을지도 모르므로 온몸을 씻다 공격받을 수도 있는 위험은 무릅쓰지 말아야 한다. 스펀지로 신나게 비누 거품을 닦아 내고 있는데 까마귀들이 한바탕 소란을 피워 대는 소리가 가까이에서 들려온다. 아악 아악 아악! 이번에는 깔깔대고 웃는 소리처럼 들린다.

토비! 토비! 도와줘요!

내 이름을 불렀나? 토비는 생각한다. 난간 너머로 내려다봐도 아무것도 없다. 하지만 자기 이름을 부르는 목소리가 건물 가까이에서 또다시 들린다.

함정인가? 어떤 남자의 팔이 그녀의 목을 조이고 있고 칼끝이 급소에 닿아 있는 상황에서 한 여자가 토비를 향해 소리치고 있기라도 하는 걸까?

토비! 나예요! 제발요!

토비는 수건으로 얼굴을 닦은 다음 머리끝부터 발끝까지 오는 옷을 입고는 어깨에 총을 메고 아래층으로 내려간다. 문을 연다. 아무도 없다. 하지만 또다시 아주 가까이에서 목소리가 들려온다. 아, 제발요!

왼쪽 모퉁이, 아무도 없다. 오른쪽 모퉁이, 역시 아무도 없다. 토비가 정원 문밖으로 막 나오는 순간 한 여자가 건물을 돌아오고 있다. 그녀는 절름거리고 있다. 바싹 말랐고 완전히 녹초 상태다. 기다란 머리가 먼지와 말라붙은 피로 범벅이 된 얼굴을 가로지르며 흘러내려 누군지 알아볼 수가 없다. 그녀는 축축하고 너덜너덜한 푸른색 깃털에 반짝이 장식이 잔뜩 달린 보디슈트를 입고 있다.

새-여자다. 섹스 서커스에서 도망쳐 나온 괴물인가. 저 여자는 감염된 게 분명하다. 걸어 다니는 전염병. 저 여자가 나를 건드리기라도 하면 나는 죽은 목숨일 거라고 토비는 생각한다.

"나한테 가까이 오지 마!" 토비가 소리친다. 토비는 정원 울타리 쪽으로 뒷걸음친다. "제기랄, 여기서 썩 나가지 못해!"

두 발로 버티고 있는 그 여자의 몸이 흔들거린다. 다리에 깊은 상처가 있고 맨 팔은 긁혀서 피가 나고 있다. 그녀는 가시덤불 사이를 달려온 게 분명했다. 토비의 머리로 생각할 수 있는 건 단지 흘러내리는 피다. 병원균과 바이러스로 들끓고 있을 것이다.

"꺼지지 못해! 어서 가라니까!"

"난 병에 걸리지 않았어요." 그 여자가 말한다. 얼굴에 눈물이 흘러내리고 있다. 절망으로 가득한 눈물이 그 모든 것을 말하고 있었다. 도와 달라고 위로해 달라고 두 손을 부여잡고 눈물을 흘리며 간청하고 있었다. 그러더니 눈물이 이내 핏물로 변했다. 토비는 지붕에서 이미 이런 모습들을 지켜본 터였다.

눈물에 떠내려 가겠군. 거기에 붙잡히면 안 되지. 내 친구들이여, 당신들은 그런 최후의 희망이 되어서는 안 됩니다. 아담1이 말한다.

소총. 토비는 끈을 만지작거린다. 끈은 그녀가 입고 있는 그 기다란 옷 속에 휘감겨 있었다. 이토록 곤란한 상황에서 빠져나가려면 어떻게 해야 하지? 고함 소리도 무기가 없으면 아무런 소용이 없다. 어쩌면 돌멩이로 저 머리통을 맞힐 수도 있을 것 같다고 토비는 생각한다. 하지만 지금 그녀에게는 돌멩이가 없다. 명치를 한 차례 확실하게 차 줄까, 그런 다음 두 발을 씻으면 되지 않을까.

당신은 정말이지 인정사정없는 사람이로군요. 누알라의 목소리가 들린다. 신의 피조물을 깔보는 모양인데, 인간도 신의 피조물이 아닙니까?

헝클어진 머리칼 아래에서 그 여자가 간청한다. "토비! 나예요!" 그녀는 몸이 허물어지는 것처럼 두 무릎을 꿇는다. 순간 토비는 그게 렌이라는 것을 알아차린다. 그 모든 먼지를 뒤집어쓰고 엉망진창이 된 현란함 속에 들어 있던 여자는 단지 어린 렌에 불과했다.

64

토비는 렌을 스파 건물 안으로 끌고 들어가 마룻바닥에 털썩 내려놓고는 문을 잠근다. 렌은 여전히 히스테리에 걸린 것처럼 큰 소리로 꺽꺽거리며 흐느껴 울고 있다.

"걱정 마." 토비가 말한다. 그녀는 렌의 겨드랑이를 붙잡고 똑바로 끌어올린다. 두 사람은 넘어질 듯 비틀거리며 복도를 따라 한 치료실로 들어간다. 렌은 몸무게가 많이 나가지도 않는데 아주 무거운 짐 같다. 토비는 렌을 마사지 테이블에 간신히 끌어올린다. 렌은 땀 냄새, 흙냄새로 고약했고 어디에선가 피가 흐르고 있었으며 뭔가가 썩어 들어가는 것 같은 악취가 났다.

"여기 가만히 누워 있어." 토비가 불필요하게 말한다. 렌은 어디에도 가지 않을 것이다. 그녀는 두 눈을 감은 채 분홍색 베개를 베고 누워 있다. 멍 든 한쪽 눈이 검푸르다. 토비는 통증을 완화해 주는 새론당신 알로에 눈가리개를 떠올린다. 여분으로 아르니카 팅크 진통제도 발라 줘야겠다. 토비는 포장지를 뜯어 눈가리개를 씌워 준 다음 분홍색 시트를 하나 더 덮어 주고 렌이 테이블에서 떨어지지 않도록 양옆으로 시트를 끼워 넣는다. 렌의 이마는 찢어졌고 뺨도 한 군데 찢어졌다. 심각한 상처는 아니니까 그 부분은 나중에 치료해야겠다.

토비는 부엌으로 들어가 켈리 케틀*에다 물을 조금 끓인다. 렌이 탈수증에 걸렸을 가능성이 크다. 그녀는 컵에 뜨거운 물을 붓고 몹시 아끼는 꿀과 소금을 조금씩 넣는다. 점차 줄어들고 있는 저장고에서 말린 파를 조금 꺼낸다. 그러고는 컵을 들고 렌이 있는 방으로 가서 눈가리개를 떼어 낸 후 그녀를 똑바로 앉힌다.

살은 별로 없고 상처투성이인 얼굴에 두 눈만 커다랗다. "난 아프지 않아요." 렌은 그렇게 말하지만 사실이 아니다. 열이 펄펄 끓고 있다. 하지만 한 가지 종류의 병만 있는 건 아니다. 토비는 렌의 증상을 살펴본다. 털구멍에서 피가 새어 나오지 않고 거품도 전혀 없다. 그래도 전염병 보균자일 수 있었다. 그렇다면 토비는 벌써 전염이 됐을 것이다.

"어서 마셔 봐." 토비가 말한다.

"못 하겠어요." 렌이 말한다. 하지만 그녀는 조금씩 물을 삼킨다. "아만다는 어디에 있어요? 어서 옷을 입어야 해요."

---

* 물도 끓이고 난로 역할도 하는 보일러형 주전자.

홍수의 해

"괜찮아." 토비가 말한다. "아만다는 근처에 있어. 어서 잠을 청해 봐." 토비는 렌을 자리에 다시 눕힌다. 이렇게 말하는 걸 보니 아만다가 어딘가에 있군. 토비는 생각한다. 항상 그 아이가 말썽이다.

"앞이 안 보여요." 렌이 말한다. 렌은 온몸을 부들부들 떨고 있다.

부엌으로 돌아간 토비는 끓인 물 나머지를 그릇에 쏟는다. 지저분해진 깃털과 반짝이 들을 깨끗하게 닦을 필요가 있다. 그녀는 물그릇, 가위, 비누, 다량의 분홍색 목욕용 수건을 들고 렌이 있는 방으로 가서 시트를 벗겨 내 다시 접어 놓은 다음 지저분한 의상을 잘라 낸다. 깃털 밑에 헝겊 아닌 다른 물질이 들어 있다. 신축성이 있다. 마치 피부 같다. 토비는 좀 더 쉽게 렌의 옷을 벗겨 낼 수 있도록 딱 달라붙어 있는 부분을 물로 적신다. 다리 가랑이 부분은 벌써 찢어져 있었다. 젠장, 토비는 생각한다. 이토록 엉망진창이라니! 나중에 찜질할 때 사용해야겠다.

목덜미에 찰과상이 몇 군데 있다. 말할 것도 없이 밧줄로 인한 상처다. 왼쪽 다리에 난 깊은 상처가 곪아 가고 있었다. 토비는 가능한 한 부드럽게 하려고 애썼지만 렌은 얼굴을 찡그리고 비명을 지른다. "이놈의 빌어먹을 상처!" 렌이 말한다. 그러더니 소금과 설탕이 섞인 물을 토해 낸다.

토비는 렌이 토한 걸 다 닦아 낸 다음 다리에 난 상처를 물로 씻기 시작한다. "어쩌다가 이런 상처가 난 거지?" 토비가 묻는다.

"몰라요." 렌이 속삭이는 목소리로 말한다. "넘어졌어요."

토비는 상처를 깨끗이 닦은 다음 그 위에 꿀을 조금 바른다. 꿀에는 항생물질이 들어 있다고 필라가 말했다. 스파 어딘가에 분명 구급상자가 있을 텐데. "움직이지 말고 가만히 있어. 괴저가 생기는 걸 원하는 건 아니겠지." 토비가 렌에게 말한다.

렌이 낄낄거린다. "똑똑." 렌이 말한다. "갱그린."

상처를 덮고 있는 더러운 걸 모두 제거했다. 스펀지로 닦아 낸 렌은 아주 깨끗해 보였다. "버드나무와 카밀러 차를 조금 타줄게." 토비가 말한다. 그녀는 양귀비도 넣어야겠다고 생각한다. "넌 좀 자야 해." 테이블보다는 마룻바닥에 눕는 게 더 안전할 것이다. 토비는 분홍색 수건으로 잠자리를 만들고 렌을 달래서 그곳으로 내려오게 한 다음 화장실에 갈 수 없는 그녀에게 더 많은 기저귀를 채워 준다. 렌은 힘이 너무 없고, 타다 남은 장작만큼이나 몸이 뜨겁다.

토비는 작은 유리잔에 버드나무 혼합물을 담아 가져온다. 그걸 삼키는 렌의 목이 새처럼 팔딱거린다. 아무것도 올라오지 않는다.

아직은 구더기를 이용해 봤자 아무 소용도 없다. 그걸 쓰려면 렌이 말을 조리 있게 하고 지시에도 따를 수 있어야 한다. 예를 들면 몸을 긁으면 절대로 안 된다. 지금 제일 먼저 해야 할 일은 체온을 떨어뜨리는 것이다.

렌이 자는 동안 토비는 비축해 놓은 말린 버섯을 정리한다. 그녀는 면역체계 촉진제를 골라낸다. 영지버섯, 잎새버섯, 표고 버섯, 차가버섯, 저령버섯, 노루궁뎅이버섯, 동충하초, 자작나무 버섯, 말굽버섯. 토비는 그것들을 끓는 물에 담가 놓는다. 그런 다음 오후가 됐을 때 버섯 특효약을 만들기 시작했다. 그것들을 모두 넣고 부글부글 끓인 후 꼭 짜서 건더기를 걸러 내고 식힌 다. 렌에게 그 물을 서른 방울 정도 마시도록 하면 된다.

렌이 있는 방에서 고약한 냄새가 난다. 토비는 렌을 들어 올려 옆으로 옮겨 놓고 더러워진 수건을 끄집어 내 깨끗이 닦아 준다. 그렇게 하기 위해 토비는 고무장갑을 꼈다. 혹시 이질이라 도 퍼진다면, 그녀는 감염되고 싶은 마음이 조금도 없기 때문이 다. 토비는 깨끗한 수건으로 부드럽게 닦아 준 다음 렌을 다시 굴려서 눕힌다. 두 팔이 툭 떨어지고 고개가 푹 꺾이면서 렌이 뭐라고 중얼거린다.

앞으로 일이 많아지겠다고 토비는 생각한다. 그리고 렌이 회 복하면, 혹시라도 회복한다면, 이제는 한 사람이 아니라 두 사 람이 먹어야 한다. 그러면 남아 있는 음식이 두 배나 빠르게 없 어질 것이다. 남아 있는 음식. 별로 많지도 않은데.

어쩌면 렌은 열을 이겨 낼 수 없을지도 모른다. 잠을 자다가 죽을 수도 있다.

토비는 분말로 된 죽음의 천사를 생각해 본다. 조금만 있어도 충분할 것이다. 렌의 연약한 상태를 고려하면 아주 소량만 있어도 될 것이다. 그녀를 고통에서 건져내 주자. 하얗고 하얀 날개를 타고 멀리 날아가도록 도와주자. 어쩌면 그게 더 친절한 행동인지도 모른다. 은총.

난 참으로 비열하다고 토비는 생각한다. 겨우 생각해 낸 게 그런 거라니. 넌 렌을 아주 어렸을 때부터 알고 지냈잖아. 그 아이는 너한테 도움을 청하러 왔고, 또 너를 믿는 것도 당연하잖아. 아담1이라면 렌을 귀한 선물이라고 할 것이다. 정원사들이 토비에게서 열심히 끌어내려고 했던 그 고귀한 속성들과 토비가 이기적인 사람이 아니라 다른 사람에게 베풀 줄 아는 사람이라는 것을 증명할 수 있도록 말이다. 하지만 토비는 당장은 그런 식으로 생각할 수가 없다. 토비는 계속 노력해야 할 것이다.

렌은 한숨을 쉬고 끙끙대고 신음 소리를 내며 두 손을 도리깨처럼 휘두른다. 나쁜 꿈을 꾸고 있는 모양이다.

날이 어두워지자 토비는 촛불을 켜고 렌 옆에 앉아 그녀의 숨소리를 듣고 있다. 숨을 들이마셨다 내보내고 들이마셨다 내보낸다. 잠깐의 중단. 그리고 다시 들이마셨다 내쉰다. 숨이 고르지 못하다. 이따금 토비는 렌의 이마를 짚어 본다. 열이 떨어졌나? 분명 건물 어딘가에 체온계가 있을 것이다. 아침이 되면 찾아봐야겠다. 맥박을 짚어 본다. 빠르고 불규칙하다.

그런 다음 토비는 의자에 앉은 채 꾸벅꾸벅 존다. 정신을 차리고 보니 주변은 컴컴해졌고 뭔가 타는 것 같은 냄새가 난다.

홍수의 해

손전등을 켜 보니 촛불이 쓰러져 있고 렌의 분홍색 시트 자락에서 연기가 나고 있었다. 다행히도 침대 시트는 축축하다.

구제하기 어려울 정도로 멍청한 짓을 하는구먼. 토비는 자신에게 말한다. 완전히 깨어 있기 전에는 더 이상 촛불은 켜지 말아야겠다.

65

토비. 성 마하트마 간디의 날

25년

아침이 되자 열이 내린 것 같다. 맥박도 훨씬 강해졌고 아직 떨리긴 했지만 따뜻한 물 컵을 두 손으로 직접 잡을 수도 있게 됐다. 토비는 오늘 아침 물에다 꿀과 소금뿐만 아니라 민트도 넣는다.

렌이 또다시 잠이 들자 토비는 더러운 시트와 수건을 잡아당겨 지붕으로 가지고 올라가 빨래를 한다. 그녀는 쌍안경도 들고 가서 시트와 수건을 물에 담가 놓은 동안 스파 터를 두루 살핀다.

돼지들은 저 멀리 초원의 서남쪽 모퉁이에 있다. 푸른색, 은색의 두 마리 모헤어 양은 조용히 풀을 뜯고 있다. 사자양은 한 마리도 없다. 어디선가 개들이 짖어 대고 있다. 독수리들이 돼지가 묻힌 곳에서 날개를 퍼덕거리며 날고 있다.

"너희들 이 고고학자 같은 놈들아, 거기서 썩 물러나지 못해." 토비가 말한다. 현기증이 나고 어찔어찔해서 혼자서라도 농담을 해야 할 것 같다. 커다란 분홍색 나비 세 마리가 그녀의 머리를 빙빙 돌다 축축한 시트 위에 내려앉는다. 어쩌면 녀석들은 가장 커다란 분홍색 나비를 발견했다고 생각하는지도 모른다. 그래서 연애라도 하겠다는 건가. 그들은 가느다란 혀를 내밀고 빨아 먹는다. 사랑이 아니라 소금이었군.

나의 친구들이여, 사랑은 단지 화학반응이라고 누군가는 말할 겁니다. 아담1은 말했다. 물론 사랑은 화학작용이다. 화학작용이 없다면 우리 중 어느 누가 어느 곳에든 존재할 수 있겠는가? 하지만 과학은 이 세상을 설명하는 한 가지 방법에 지나지 않는다. 또 다른 설명 방법은, 사랑이 없다면 우리 중 어느 누가 어느 곳에든 존재할 수 있겠는가? 하고 말하는 것이리라.

그리운 아담1, 토비는 생각한다. 그는 죽은 게 분명하다. 젭역시 죽었을 것이다. 부질없는 기대를 해 보지만 말이다. 어쩌면 죽지 않았을지도 모른다. 내가 살아 있다면, 그리고 좀 더 적절하게 표현해 렌이 살아 있다면, 다른 누군가도 살아 있을 수 있기 때문이다.

침묵은 너무나도 큰 낙심을 안겨 줬기 때문에 토비는 여러 달 전부터 태엽 라디오를 듣지 않는다. 하지만 다른 사람 목소리를 듣지 못한다고 해서 한 사람도 존재하지 않는 건 아니다. 그건 신이 존재한다는 아담1의 가설에 대한 증거 중 하나였다.

토비는 감염된 렌의 다리를 씻겨 주고 꿀을 더 많이 발라 준다. 렌은 조금 먹고 조금 마신다. 버섯 특효약을 조금 더 마시고 버드나무 혼합물도 조금 더 마신다. 여기저기 샅샅이 뒤져서 스파의 구급상자를 찾아냈다. 항생제가 들어 있는 튜브가 있지만 유효기간이 지났다. 체온계는 없다. 이런 쓰레기 같은 걸 주문한 사람이 도대체 누구지? 토비는 생각해 본다. 아, 그래. 내가 주문했지.

어쨌든 구더기가 더 낫다.

오후에 토비는 플라스틱 통에서 구더기를 꺼내 미지근한 물에 헹군다. 그런 다음 그것들을 구급상자에 있는 거즈 한 조각에 옮겨 놓고 그 위에 또 다른 거즈 조각을 덮은 다음 상처 난 자리에 구더기가 가득 들어 있는 그 거즈 조각을 테이프로 붙여 놓는다. 구더기들이 거즈를 뚫고 나와 고름을 먹는 데는 오랜 시간이 걸리지 않을 것이다. 그들은 자기들이 좋아하는 게 뭔지 잘 안다.

"조금 간지러울 거야." 토비가 렌에게 말한다.

"그래도 조금만 지나면 나아질 거야. 다리를 움직이지 말고 가만히 있어."

"그게 뭐예요?" 렌이 묻는다.

홍수의 해

"네 친구. 하지만 들여다볼 필요는 없어." 토비가 말한다.

전날 밤 토비의 마음속에서 일어나던 살해 충동은 이제 사라지고 없다. 그녀는 돼지와 독수리들을 위해 죽은 렌을 초원으로 끌고 나가지는 않을 것이다. 그녀를 치료해 주고 싶고 따뜻하게 돌봐 주고 싶다. 렌이 이곳에 있다는 것만으로도 기적이 아닌가? 자그마한 상처만 입은 채 물 없는 홍수를 이겨 내다니 얼마나 신기한 일인가? 아니, 경미한 상처. 이곳에 또 한 사람이 같이 있다는 사실, 심지어 아무리 연약하다고 해도, 심지어 대부분의 시간을 잠만 자는 아픈 사람이라고 해도 그녀가 함께 있다는 사실만으로도 스파는 유령이 나오는 집이 아니라 아늑한 집처럼 여겨지지 않는가.

그동안 내가 이 집의 유령이었어. 토비는 생각한다.

66

토비. 성 앙리 파브르, 성 안나 아트킨스, 성 팀 플래너리, 성 이치다 상, 성 데이비드 스즈키, 성 피터 매티슨

25년

구더기가 상처를 깨끗이 낮게 하는 데는 사흘이 걸린다. 토비는 조심스럽게 지켜본다. 그들은 죽은 조직이 떨어지면 살아 있는 조직을 먹기 시작할 것이다.

두 번째 날 아침이 되자 렌은 열이 다 내렸다. 물론 토비는 확실하게 하기 위해 버섯 특효약을 계속해서 먹인다. 렌은 이제 좀 더 많이 먹고 있다. 이른 아침 햇살이 비칠 때 토비는 렌을 부축해 지붕으로 올라가 모조 목재로 만든 의자에 앉힌다. 구더기들에겐 빛 공포증이 있다. 빛은 구더기가 상처의 가장 깊숙한 모서리를 파고들게 만든다. 그래야만 상처가 깨끗이 나을 수 있다.

저 바깥의 초원에는 움직임이 전혀 없다. 숲에서는 아무런 소리도 들리지 않는다.

토비는 렌에게 이것저것 물어보려고 애쓴다. 홍수가 일어났을 때부터 지금까지 어디에서 지냈는지, 어떻게 홍수를 피할 수 있었는지, 어떻게 여기까지 올 수 있었는지, 무엇 때문에 그런 푸른색 깃털 옷을 입고 있었는지 궁금한 걸 물어본다. 하지만 렌이 울음을 터뜨리는 바람에 한 번밖에 시도하지 못했다. 렌이 하는 말은 단지 "아만다가 사라졌어요!"뿐이다.

"걱정하지 마. 우리가 찾을 거니까." 토비가 말한다.

넷째 날 아침에 토비는 구더기 거즈를 떼어 낸다. 상처가 깨끗하게 아물어 가고 있다. "자, 이젠 근육을 다시 키워 예쁜 몸매를 유지해야지." 토비가 렌에게 말한다.

렌은 계단을 위아래로 오르내리고 복도를 따라 걷기 시작한다. 몸무게도 조금 늘었다. 토비는 몇 개 남지 않은 새론당신 레몬 머랭 얼굴 크림을 렌에게 먹인다. 여기에는 설탕이 많이 들어 있고 토비가 아는 한 독성은 전혀 없다. 토비는 렌을 데리고 예전에 젭이 도시의 유혈 사태 대응 시간에 가르쳐 준 몇 가지 동작을 해 본다. 사쓰마, 우나기. 과일처럼 가운데로 집중하고, 뱀장어처럼 꾸불꾸불하게. 연습 부족인 토비 역시 보충 학습이 필요하다.

　며칠이 지나자 렌은 자신이 어떻게 지냈는지 이야기하기 시작한다. 아니, 그중 일부를 이야기한다. 텅 빈 공간을 한참 동안 뚫어져라 지켜보다가 몇 마디씩 짤막하게 토해 놓는 식으로 말이다. 비늘클럽에 갇혔던 이야기, 아만다가 위스콘신 주의 사막에서 그 먼 길을 달려온 이야기, 문 비밀번호를 찾아낸 이야기를 들려준다. 섀키와 크로제와 오츠가 마술처럼 불쑥 나타나서 얼마나 기뻤는지 몰랐다는 이야기도 했다. 그 남자애들은 전염병이 돌 때 고통공 감옥에 들어가 있다가 살아남았다고 했다. 하지만 고통공 골드 팀의 무시무시한 세 남자들이 비늘클럽으로 왔고 렌은 아만다와 그 남자아이들과 함께 도망쳤다. 혹시 토비가 있을지도 모를 것 같아 새론당신으로 오게 됐고 거의 다 왔을 무렵 나무들 사이를 걷다 의식을 잃었다고 했다. 그 이상은 말하지 못했다.

　토비가 묻는다. "그들의 모습이 어땠어? 혹시 그들에게……." 그녀는 "독특한 특징이 있느냐."라고 묻고 싶은데 렌이 고개를 가로젓는다. 그 이야기를 더 이상 하고 싶지 않다는 뜻이다. "아만다를 찾아야 해요." 렌은 눈물을 닦으며 말한다. "정말로 그래야 해요. 그들이 그녀를 죽일 거예요."

　"자, 코부터 풀어." 토비가 렌에게 분홍색 수건을 건네주며 말한다. "아만다는 매우 영리해." 아만다가 여전히 살아 있는 것처럼 이야기하는 게 가장 좋다. "아만다는 누구보다 똑똑하고 예쁘니까 괜찮을 거야." 여자들의 수가 아주 적어서 아만다를 죽이지 않고 남겨 뒀다가 할당할 거라고 말할 생각이었지만, 토비는 마음을 고쳐먹고 말하지 않는다.

"당신은 이해하지 못할 거예요." 렌이 한층 더 심하게 울면서 말한다. "세 명이에요. 고통공 감옥 사람들요. 그들은 사실 사람이 아니에요. 어서 아만다를 찾아야 해요."

"방법을 찾아보자." 렌을 달래 주려고 그렇게 말한다. "하지만 그들은, 그녀가 어디로 갔는지 모르잖아."

"당신이라면 어디로 가겠어요? 당신이 만약에 그들이라면요?" 렌이 묻는다.

"아마도 동쪽일 거야. 바다를 향해서. 낚시할 수 있을 테니까." 토비가 말한다.

"우리도 그곳에 갈 수 있잖아요."

"네가 충분히 건강해지면." 토비가 말한다. 어쨌든 그들은 어딘가로 떠나야만 한다. 식량이 빠르게 줄어들고 있다.

"난 이제 충분히 건강해요." 렌이 말한다.

*

토비는 정원 구석구석을 뒤지다 하나 남아 있던 양파를 파낸다. 초원 끄트머리에서 우엉 세 개와 원래는 가늘고 기다란 당근 뿌리인 야생 당근 몇 개도 파낸다. "토끼를 먹을 수 있을 것 같니?" 토비가 렌에게 묻는다. "내가 아주 작게 잘라서 수프로 만들면 말이야."

"그럴 것 같아요. 먹어 볼게요." 렌이 말한다.

토비 자신은 본격적인 육식주의자가 될 준비가 거의 다 되어 있다. 이제 걱정할 문제는 총소리다. 하지만 고통공 감옥의 죄수들이 아직까지 숲속에 숨어 있다면 그들은 벌써 그녀에게 총이 있다는 사실을 알 것이다. 그들에게 그런 사실을 상기시켜 줘도 손해는 없을 것 같다.

종종 녹색 토끼들이 수영장 근처에 온다. 토비는 옥상에서 그들 중 한 마리를 향해 총을 쏘지만 맞히지 못한 것 같다. 양심의 가책 때문에 빗나갔나? 어쩌면 사슴이나 개처럼 좀 더 커다란 목표물이 필요한지도 모르겠다. 최근에는 돼지나 양 같은 짐승들을 보지 못했다. 토비가 마음의 준비를 하니까 정작 그들은 모두 사라지고 없다.

토비는 세탁실 선반에서 배낭을 찾아낸다. 펌프가 고장 난 이후로 그녀는 한 번도 그곳에 내려가지 않았다. 곰팡이 때문에 공기가 탁하다. 다행히도 배낭은 면직물이 아니라 냄새 같은 것이 침투할 수 없는 합성 물질이다. 토비는 그것들을 가지고 지붕으로 올라가 스펀지로 깨끗이 닦아 내고 바싹 마르도록 뜨거운 햇볕에 놓아 둔다.

토비는 쓸모 있을 것 같은 물품들을 부엌 조리대에 가지런히 늘어놓는다. 음식으로 나올 수 있는 칼로리보다 더 많은 에너지를 소모시킬 만한 짐은 들고 가지 마라는 젭의 목소리가 들린다. 식량보다 도구가 더 중요하다. 너의 최고의 도구는 너의 두뇌다.

물론 총은 필수다. 탄약. 뿌리를 파내기 위한 흙손. 성냥개비. 바비큐용 라이터는 오래가진 못하겠지만 쓰면 없어질 물건이다. 가위와 족집게가 달린 주머니칼. 밧줄. 비 올 때 편리한 비닐 시트 두 장. 태엽 손전등. 거즈. 강력 접착테이프. 플라스틱 용기. 야생 식품을 넣을 헝겊 가방. 냄비. 야영 주전자. 휴지는 사치품이지만 그래도 가져가야 한다. 스파 미니바에서 꺼낸 중간 크기 라즈베리 맛 지지 푸루트 두 개. 즉석식품은 칼로리가 있으니까 어쨌든 음식이다. 병들은 나중에 물을 넣을 수가 있다.

금속 숟가락 두 개, 플라스틱 컵 두 개. 남은 선크림. 벌레 물린 곳에 뿌리는 마지막 남은 수퍼디. 무겁지만 꼭 필요한 쌍안경. 대자루 손잡이. 설탕. 소금. 여분의 꿀. 몇 개밖에 안 남은 에너지 바. 남아 있는 마지막 콩튀김.

양귀비 시럽. 말린 버섯. 그리고 죽음의 천사.

*

떠나기 전날 토비는 머리를 짧게 자른다. 머리털이 잘려 나간 뒤의 모습이 좋지 않던 상황에서의 잔다르크를 연상시킨다. 하지만 토비는 손아귀에 붙잡힐 정도로 긴 머리를 원하지 않았고, 더군다나 머리칼을 붙잡고 목을 칼로 베는 건 상상도 하기 싫었다. 토비는 렌의 머리도 자른다. 그렇게 하면 더 시원할 거라고 말한다.

"머리칼을 묻어야 해요." 렌이 말한다. 그녀는 토비가 이해할 수 없는 어떤 이유로 머리칼이 눈에 띄지 않기를 원한다.

"어째서 지붕에 놓고 가면 안 되는 거야?" 토비가 묻는다. "그러면 새들이 둥지로 삼을 수 있을 텐데." 토비는 몸에 남아 있는 칼로리를 머리 파묻을 장소에 소모할 마음이 전혀 없다.

"아, 좋아요." 렌이 말한다. 이 생각이 렌의 마음에 쏙 드는 모양이다.

67

토비. 순교자 성 치코 멘데스

25년

동이 트기 전 스파 건물을 나온 토비와 렌은 분홍색 면 운동복을 입고 있다. 헐렁한 바지 차림에 티셔츠 앞면에는 키스하는 입과 윙크하는 눈이 그려져 있다. 여자들이 줄넘기와 웨이트 트레이닝을 할 때 신는 분홍색 캔버스 천 운동화를 신고 있다. 널따란 분홍색 모자. 모자에서는 수퍼디 냄새와 고약한 솔라닉스 냄새가 난다. 배낭에 들어 있는 머리끝부터 발끝까지 뒤집어쓰는 분홍색 옷은 태양이 너무 강렬할 때 뒤집어쓸 것이다. 이렇게 모든 게 분홍색이 아니면 얼마나 좋을까 하고 토비는 생각한다. 아기 옷이나 여자애들의 생일 파티에서나 입는 옷 같다. 모험적인 색깔은 아니다. 위장을 위해서는 끔찍한 선택이다.

뉴스에서 말했던 것처럼 상황이 상당히 심각하다는 걸 토비도 안다. 물론 상황은 무척 심각하다. 그럼에도 토비는 기분이 좋아서 킬킬거리며 웃고 싶다. 술에 조금 취한 사람처럼 말이다. 마치 소풍이라도 떠나는 것처럼. 아드레날린이 급증했음에 틀림없다.

동쪽 지평선이 환하게 밝아 오고 있다. 나무에서 아지랑이가 피어오른다. 루미로즈 관목에 맺힌 이슬방울이 아른아른 반짝이며 꽃에서 희미하게 나오는 기괴한 빛을 반사한다. 축축한 초원의 달콤한 숨결이 그들을 휘감는다. 잠에서 깨어난 새들이 짹짹거린다. 잎이 하나도 없는 나뭇가지에 독수리들이 날개를 활짝 펼치고 앉아 습기를 말린다. 공작백로가 남쪽에서부터 그들을 향해 날갯짓하며 초원 위로 미끄러지듯 날아와 초록색 찌꺼기가 붙어 있는 수영장 가장자리에 급하게 착륙한다.

이런 광경을 두 번 다시 볼 수 없을지도 모른다는 생각이 토비의 마음을 엄습한다. 마음으로는 낯익은 장면을 움켜쥘 수 있다는 게 얼마나 놀라운가! 훌쩍거리며 내 건데! 내 건데! 하고 말하고 싶다. 토비는 어쩔 수 없이 새론당신 스파에 머물렀던 시간들을 즐겁게 보냈던가? 아니다. 하지만 이제 그곳은 그녀의 고향 집이다. 그녀의 피부 조각이 사방에 떨어져 있을 것이다. 생쥐는 그곳이 토비의 보금자리라는 걸 알 것이다. 안녕이라는 작별 인사는 시간이 부르는 노래라고 아담1은 말했다.

어디선가 개들이 짖고 있다. 지난 몇 달 동안 이따금씩 개들이 짖는 소리를 들었지만 오늘은 더 가까이서 들린다. 이런 사실이 토비의 마음에 부담을 준다. 밥을 주는 사람이 한 명도 없는데 지금까지 살아남은 개가 있다면 상당히 사나울 게 분명하다.

토비는 떠나기 전에 마지막으로 옥상에 올라가 들판을 자세히 살펴봤다. 돼지도 없고 모헤어 양도 없고 사자양도 없다. 눈앞에 탁 트인 경치에 아무것도 없다. 그동안 나는 얼마나 조금밖에 보지 못했던가! 토비는 생각한다. 초원, 진입로, 수영장, 정원. 숲의 가장자리. 토비는 숲에 있는 나무들 속으로 들어가는 것만은 피하고 싶었다. 자연은 한 자루의 쇠망치처럼 굳게 입을 다물고 있지만 너희들보다 더 똑똑하다고 젭은 말했다.

토비는 숲을 바라보며 생각에 잠긴다. 이봐, 돼지도 사자양도 숨어 있고, 고통공 감옥의 죄수들도 있잖아. 날 몰아세우지 마. 내가 분홍색이긴 하지만 나한테는 총이 있어. 총알도 있고. 분무 총보다 사정거리도 길다고. 그러니까 물러서는 게 좋을 거야, 염병할.

스파 터와 그 주변의 삼림지는 굵은 철사를 다이아몬드형 고리로 엮고 맨 위쪽에 감전 장치를 설치해 놓은 철조망 울타리가 둘러쳐져 있어 근처에 있는 헤리티지 공원과 분리돼 있었다. 하지만 이제는 전기도 그 기능을 발휘하지 않을 것이다. 대문은 동서남북에 각각 하나씩 모두 네 개가 있고 그것들을 서로 이어 주는 꾸불꾸불한 자동차 도로가 있다. 첫날밤은 동쪽 경비실에서 보내는 게 토비의 계획이다. 렌이 걸어가기에 너무 멀지 않은 거리다. 렌은 아직도 모험적인 도보 여행을 할 만큼 강하지 못하다. 다음 날 아침 두 사람은 조금씩 바다를 향해 나아갈 수 있을 것이다.

렌은 아직도 아만다를 찾을 수 있다고 믿고 있다. 그들은 그녀를 찾을 것이고 토비는 고통공 감옥의 골드 팀 죄수들을 총으로 쏠 것이다. 그러면 섀키와 크로제와 오츠는 몸을 숨기고 있는 곳에서 다시 나타날 것이다. 렌은 아직 후유증에서 완전히 자유롭지 못하다. 렌은 어린아이라도 되는 것처럼 토비가 모든 걸 처리하고 고쳐 주길 원한다. 토비가 아직도 마술과도 같은 힘이 있는 성인 이브6이라고 생각하는 것 같다.

두 사람이 찌부러진 분홍색 미니밴을 지나 커브길을 돌아가니 다른 자동차 두 대가 나타난다. 태양광 자동차 한 대와 지프만 하고 연료 소비가 많은 자동차 한 대다. 시커멓게 그을린 잔해를 보건대 자동차 두 대 모두 불에 탄 게 분명했다. 녹슨 자리에서 나는 달짝지근한 냄새가 탄 냄새와 섞여 있다.

"안은 들여다보지 마." 옆으로 지나가면서 토비가 렌에게 말한다.

"괜찮아요. 비늘클럽에서 여기로 오는 동안 평민촌에서 저런 모습 많이 본걸요." 렌이 말한다.

한참을 걸어가는데 개가 한 마리 누워 있다. 스패니얼 종자로 최근에 죽은 것 같다. 뭔가가 그 위로 지나갔는지 살이 찢어져서 내장이 다 보인다. 창자가 아무렇게나 흩어져 있고 파리들이 윙윙대며 떼로 날아다니는데 아직 독수리는 보이지 않는다. 그렇게 만든 게 어떤 건지는 모르지만 반드시 적수가 있는 법이다. 육식동물은 기회를 놓치지 않는다. 토비는 길가의 덤불을 본다. 사람들의 시야를 완전히 가로막으면서 자라나는 덩굴에서 소리가 들릴 것만 같다. 칡이 얼마나 많은지 놀랍다. "좀 더 빨리 걸어야겠어." 토비가 말한다.

하지만 렌은 더 빨리 걸을 수가 없다. 그녀는 지쳤고 배낭은 너무 무겁다. "발에 물집이 생긴 것 같아요." 렌이 말한다. 두 사람은 나무 밑에 서서 지지 푸루트를 한 모금씩 마신다. 토비는 뭔가가 그들을 덮칠 기회를 노리며 나무들 속에 웅크리고 있는 것만 같은 느낌을 떨쳐 낼 수가 없다. 사자양이 나무에 기어오를 수 있나? 토비는 걷는 속도를 늦추고 호흡을 깊게 들이마시며 늑장을 부려 본다.

"어디 물집 좀 보자." 토비가 렌에게 말한다. 아직은 물집이 잡히지 않았다. 토비는 머리끝부터 발끝까지 내려오는 치마에서 한 조각을 찢어 렌의 발을 칭칭 감는다. 태양이 10시에 가 있다. 두 사람은 머리끝부터 발끝까지 오는 옷을 뒤집어쓴다. 토비는 얼굴에 더 많은 솔라닉스를 문지른 다음 또다시 수퍼디를 뿌린다.

다음번 커브길에 도달하기도 전에 렌이 절름거리기 시작

한다.

"초원을 가로질러서 가야겠다." 토비가 말한다. "그렇게 하면
거리가 조금은 줄어들 거야."

[12]

성 레이철과 모든 새들

25년

성 레이철의 선물, 그리고 자유로운 영혼에 대하여

연사: 아담1

    친애하는 친구들, 친애하는 피조물 동지들, 죽을 운명에 처한 우리 동지들이여,

    새롭게 정비된 이 세상을 다시 보게 되다니 이 얼마나 기쁜 일입니까! 맞아요, 어느 정도 사실이라도, 우리 실망이라는 말은 하지 맙시다. 홍수로 밀려든 물이 빠져나가면서 남겨 놓은 잔해와 똑같이 이 물 없는 홍수가 남겨 놓은 잔해들은 아름답지 않습니다. 나의 친구들이여, 우리가 고대하던 에덴 땅이 나타나려면 많은 시간이 소요될 겁니다.

    하지만 귀한 이 재생의 첫 순간을 목격하다니 우리로서는 얼

마나 큰 영광입니까! 인간이 만들어 낸 오염이 치워지니 공기가 얼마나 더 맑습니까! 저 높은 구름 속 공기가 새들의 허파에 필요하듯이, 눈에 띌 정도로 말끔해진 이 공기는 우리의 허파에 꼭 필요합니다. 새들이 저 나무 위로 솟아오를 때 얼마나 부드럽고 얼마나 가볍다고 느끼겠습니까! 수많은 세월 동안 새들은 무거운 짐과도 같은 물질과 대조되는 자유로운 정신과 연결돼 있었습니다. 비둘기는 모든 것을 용서하고 모든 것을 용인하는 자비로운 은총을 상징하지 않습니까?

우리의 여행길에 멜린다, 대런, 퀼, 이 세 동반자를 기쁘게 환영하는 것은 바로 이런 은총, 즉 신의 정신을 발휘하는 겁니다. 그들은 신의 섭리로 인해 격리될 수 있었기에 기적적으로 물 없는 홍수를 모면했습니다. 멜린다는 산꼭대기에 있던 체중 조절을 위한 요가 시설에, 대런은 병원의 격리 병동에, 퀼은 고립된 유폐 시설에 있었습니다. 우리는 이 세 사람이 바이러스 오염에 노출되지 않았던 것 같아 정말로 기쁩니다. 비록 우리와 같은 믿음의 자녀는 아니지만, 그러니까 퀼과 멜린다의 경우 아직은 우리와 같은 믿음의 자녀는 아니라 해도 그들은 우리의 피조물 동지입니다. 우리 모두가 당하고 있는 이 시련의 시기에 그들을 도와줄 수 있어 행복합니다.

우리는 또한 이 임시 거처에 대해서도 고맙게 생각합니다. 한때 행복한컵 대리점이었던 이곳은 타는 듯한 태양과 가혹한 폭풍우로부터 우리를 보호해 줬습니다. 스튜어트의 빼어난 솜씨,

특히 끌을 잘 다루는 기술 덕분에 우리는 창고로 통하는 입구를 확보해 수많은 행복한컵 제품을 이용할 수 있었습니다. 건조시킨 우유 대용품, 바닐라향 시럽, 모카치노 믹스, 일회용 흑설탕, 백설탕 다발들. 여러분들 모두가 정제된 설탕 제품에 대한 나의 견해를 잘 압니다만, 규칙을 바꿔야 할 때가 있습니다. 꿋꿋한 우리의 이브9 누알라에게 감사드립니다. 우리의 원기 회복을 위해 그녀는 모든 솜씨를 발휘해 체력을 북돋아 주는 음료수를 만들어 줬습니다.

오늘 우리는 행복한컵 조합이 성 레이철의 정신과 정반대였다는 사실을 기억합니다. 마치 디디티 살충제가 성 레이철 카슨 시대에 신이 창조한 조류 동물에게 가장 큰 위협이었던 것처럼, 우리 시대에는 태양을 받고 자라나는 식물들에 농약을 뿌려 열대우림 환경을 파괴한 행복한컵의 커피 작물이 가장 큰 위협이었습니다. 과격했던 우리의 예전 멤버들은 성 레이철의 정신에 따라 행복한컵을 반대하는 호전적인 캠페인에 합세했습니다. 다른 무리들은 본래의 커피 노동자들에 대한 행복한컵 조합의 대우에 대해 항의했던 것이지만, 우리의 정원사들은 그 조합의 반-조류 정책에 항의한 겁니다. 우리는 비록 과격한 방법을 용인하지는 않았지만, 그 의도만큼은 지지했습니다.

성 레이철은 그녀의 삶을 조류 동물을 위해 헌신했으므로 전 지구의 복지에 기여한 것입니다. 새들이 병에 걸려 완전히 몰살당한다면 그 자체가 이미 생명체의 질병이 증가하고 있다는 표시 아니겠습니까? 가장 섬세한 깃털이 달려 있고 아름다운 소리를 내는 자신의 창조물이 고통을 겪고 있는 모습을 내려다보면서 신이 느낄 슬픔을 상상해 보십시오!

성 레이철은 그녀가 살던 시기에 가장 강력했던 화학약품 제조 회사의 공격을 받아 조롱당하는가 하면 웃음거리가 되기도 했습니다. 하지만 그녀의 캠페인은 마침내 승리했습니다. 슬프게도 반-행복한컵 캠페인은 그와 동일한 성공을 거두지는 못했지만 더 커다란 힘에 의해 해결됐습니다. 행복한컵은 물 없는 홍수를 견뎌 내지 못했습니다. 성경 말씀 「이사야서」 34장에 "세세에 황무하여…… 당아새와 고슴도치가 그 땅을 차지하며…… 부엉이가 거기에 깃들이고 알을 낳아 까서 그 그늘에 모으며 솔개들도 각각 제 짝과 함께 거기에 모이리라."라고 쓰여 있습니다.

그리하여 그런 일이 일어난 겁니다. 나의 친구들이여, 심지어 이 순간에도 열대우림은 분명 되살아나고 있을 겁니다!

우리 다 함께 노래합시다.

신이 그 밝은 날개를 펼치고

신이 그 밝은 날개를 펼치고
창공을 가르고 날아오면
제일 먼저 비둘기 형상으로 나타나리라.
순수하고 반짝반짝 생기 넘치는 모습으로.

다음은 새까만 까마귀 형상을 취하리라.
그 속에 있는 아름다움도 보여 주고자
처음으로, 마지막으로 창조하신
그 모든 새들의 아름다움을.

백조와 함께 수면을 달리고 매와 함께 활주하리라.
앵무새와 올빼미와 함께
새벽의 합창곡을 노래하고
물새와 함께 물속으로 뛰어들리라.

다음은 독수리로 나타나리라.
옛날 옛적 성스러운 새의 모습으로.
죽음도 먹어 치우고 부패도 없애
생명이 되살아나리라.

우리들, 그의 날개 아래 편안히 눕게 되리라.
들새 사냥꾼의 그물에서 구해 주고
떨어지는 참새를 주목한 하느님의 눈,
독수리의 무덤에 표시하리라.

성 레이철과 모든 새들

한가한 놀이와 장난으로
새들을 피 흘리게 하는 자
일곱째 날을 축복한
신의 성스러운 평화를 깨트리는 자.

— 『신의 정원사들이 즐겨 부르는 찬양집』에서

홍수의 해

68

렌. 순교자 성 치코 멘데스

25년

우리는 아른아른 빛나는 초원을 가로지르며 걸어간다. 수천 개의 자그마한 진동기가 있는 것처럼 윙윙거리는 소리가 난다. 커다란 분홍색 나비들이 사방팔방 떠다닌다. 토끼풀 냄새가 무척이나 강렬하다. 토비는 대걸레 자루를 들고 자기 앞을 철저하게 살핀다. 나는 발걸음을 내딛는 곳마다 세심한 주의를 기울이지만 땅이 울퉁불퉁해서 자꾸 넘어진다. 아래를 내려다보니 장화가 한 짝 있는데 그 속에서 풍뎅이들이 허둥지둥 나온다.

저 앞쪽에 동물 몇 마리가 보인다. 일 분 전만 해도 없던 놈들이다. 풀 속에 누워 있다 일어선 건지 궁금하다. 망설이는 내게 토비가 말한다. "괜찮아. 그냥 모헤어 양이야."

난 지금까지 화면에서 본 적은 있어도 살아 있는 모헤어 양을 눈앞에서 본 적은 한 번도 없었다. 그들은 턱을 옆으로 움직이며 그 자리에 가만히 서서 우리를 빤히 쳐다보고 있다. "내가 만져도 가만히 있을까요?" 푸른색, 분홍색, 은백색, 자주색 모헤어 양들은 마치 사탕, 아니 화창한 날의 구름 같다. 아주 상쾌하고 평화로워 보인다.

"글쎄다. 더 빨리 걸어야겠다."

"저놈들은 우리가 무섭지 않나 봐요."

"무서워해야 하는데. 자, 어서 가자."

모헤어 양들이 우리를 지켜본다. 우리가 그들에게 더 가까이 다가가자 그들은 떼로 돌아서더니 천천히 가 버린다.

토비는 맨 처음 동쪽 경비실로 갈 거라고 말한다. 그러나 포장도로를 따라 한참을 걸어간 후 토비는 자신이 생각했던 것보다 거리가 더 멀다고 말한다. 태양이 너무나 뜨거워 현기증이 나기 시작한다. 더군다나 머리끝에서부터 발끝까지 내려오는 옷을 입고 걷자니 특히 심했다. 토비는 초원 저쪽 편 나무들이 있는 곳에 가면 서늘할 거라며 그쪽으로 가야겠다고 말한다. 난 나무가 싫다. 거기는 너무 어둡다. 하지만 나는 초원에 계속 머무를 수 없다는 걸 잘 안다.

나무 밑이 그늘은 더 많지만 더 서늘하지는 않다. 그곳은 축축하고 미풍 하나도 없으며 공기마저 탁하다. 마치 다른 곳보다 더 많은 공기를 밀어 넣은 것처럼 말이다. 하지만 적어도 태양으로부터는 벗어났으므로 머리끝부터 발끝까지 내려오는 옷을 홀홀 벗어 버린 채 좁은 길을 따라 걸을 수 있게 됐다. 썩어 가는 목재에서 나는 짙고 깊은 나무 냄새, 정원사들과 함께 지낼 때 성 유얼의 날에 공원 가는 길에 맡던 버섯 냄새가 기억난다. 덩굴식물이 자갈 위로 손을 뻗쳤지만 수많은 가지들이 안쪽으로 부서져 짓밟힌다. 토비는 누군가가 이 길을 지나갔다고 말한다. 잎사귀가 시든 걸 보니 오늘은 아닌 것 같다고 했다.

저 위에서는 까마귀들이 한바탕 소동을 벌이고 있다.

우리는 조그만 다리가 놓여 있는 시냇가에 도착했다. 물이 돌멩이 위로 잔물결을 일으키며 흘러가고 물속에서 뛰노는 반둥이들이 보인다. 저 멀리 있는 둑 위로 흙을 파헤친 흔적들이 보인다. 토비는 가만히 서서 고개를 돌리고 귀를 기울인다. 그녀는 다리를 건너가 파헤쳐진 구멍을 들여다본다. "정원사들이거나 상당히 똑똑한 사람들이야." 토비가 말한다.

정원사들은 절대로 시냇물을 직접 마시면 안 된다고 가르쳤다. 특히 도시 근처에서는 더욱 그렇다. 시냇물 옆에 구멍을 뚫으면 적어도 조금은 물이 걸러진다. 토비에게는 빈 병이 하나 있는데, 지금까지 우리는 그 병에 든 물을 마셨다. 그녀는 웅덩이에서 맨 윗부분 층의 물만 떠서 병을 채운다. 물에 빠져 있는 벌레는 원하지 않기 때문이다.

저 앞쪽 조그맣게 일군 땅에서 조금 떨어진 곳에 버섯밭이 있다. 토비는 저게 턱수염버섯이라며, 우리에게 가을이 있던 시절 가을에 수확하던 품종이라고 말한다. 버섯을 딴 다음 토비는 그것들을 들고 있던 헝겊 가방 속에 집어넣은 후 버섯이 으깨지지 않도록 꾸러미 바깥쪽으로 가방을 멘다. 그러고 나서 우리는 계속해서 갈 길을 재촉했다.

우리는 눈으로 보기 전에 냄새부터 맡는다. "비명 지르지 마." 토비가 말한다.

이것 때문에 까마귀들이 까악 까악 울어 댔던 것이다. "아, 끔찍해." 내가 속삭인다.

오츠다. 오츠가 나무에 매달린 채 천천히 돌아가고 있다. 밧줄이 두 팔 아래를 지나 뒤쪽에서 매듭지어져 있다. 양말과 신발 외에 아무것도 입고 있지 않다. 설상가상으로 오츠의 그런 모습은 조각상처럼 보이지도 않는다. 목을 칼로 잘랐기 때문에 머리가 뒤로 너무 많이 젖혀져 있다. 까마귀들이 발판을 찾겠다고 그의 머리 주변에서 날개를 펄럭거리고 있다. 오츠의 금발 머리가 온통 헝클어졌다. 신장을 빼낸 다음 공터에 버려졌던 사체들처럼 오츠의 등에도 떡 벌어진 상처가 있다. 하지만 이식을 위해 그의 신장들을 훔쳐 가지는 않았을 것이다.

"누군지 모르겠지만 아주 날카로운 칼을 갖고 있어." 토비가 말한다.

난 엉엉 울면서 말한다. "그들이 어린 오츠를 죽였어요. 토할 것 같아요." 난 땅바닥에 축 늘어진다. 지금 당장 여기서 죽어도 상관없다. 오츠에게 이런 짓을 하는 세상에서 더 이상 살고 싶지 않다. 너무나 부당하다. 나는 숨이 막혀 헐떡거리며 공기를 들이마신다. 어찌나 큰 소리로 울어 댔는지 앞도 보이지 않는다.

토비는 내 양쪽 어깨를 붙잡고 나를 일으키더니 마구 흔들어 대며 야단을 친다. "그만하지 못해. 지금 이럴 시간이 어디 있다고 그러는 거야. 자, 어서 가자." 토비는 길을 따라 가면서 나를 그녀 앞에 밀어 세운다.

"적어도 밧줄은 끊어 줄 수 있잖아요? 그런 다음 땅에 묻어 주면 안 돼요?" 나는 간신히 말한다.

"그건 나중에 할 일이야." 토비가 말한다. "하지만 오츠는 더 이상 몸속에 있지 않아. 오츠는 지금 혼령으로 바뀌었어. 쉬, 이제 그만해." 토비는 그 자리에서 발걸음을 멈추고 두 팔로 나를 끌어안더니 앞뒤로 흔들며 달래 준다. 그런 다음 그녀는 다시 앞으로 가라며 나를 부드럽게 민다. 오후에 폭우가 쏟아지기 전까지 경비실에 가야 한다고 그녀는 말한다. 구름이 남쪽과 서쪽에서 빠르게 몰려들고 있다.

69

토비. 순교자 성 치코 멘데스

25년

토비는 몽둥이에 얻어맞은 것만 같다. 정말로 잔혹하고 소름
끼친다. 하지만 토비는 자신의 감정을 렌에게 드러낼 수가 없다.
정원사들이라면 치유 과정의 일부로, 그러니까 지나치지 않게
적당한 선에서 슬픔을 표현하라고 위로했을 것이다. 하지만 지
금은 그럴 여유가 없다. 폭풍우를 실은 구름 색깔이 누런빛을
띤 녹색이 됐고 번개도 사납다. 회오리바람이 일 것만 같다. "바
람에 날려 가고 싶지 않으면 어서 서둘러야 해." 그녀는 렌에게
말한다. 두 사람은 마지막 오십 미터 정도를 손을 맞잡고 머리를
숙인 채 바람을 뚫고 달린다.

경비실은 텍사스-멕시코 복고풍 건물로 둥근 선과 분홍색 어

도비 벽돌에 태양광 막이 덧입혀 있었다. 그곳에 부족한 게 있다면 교회당 종탑뿐이다. 이미 그곳 벽에도 칡넝쿨이 기어오르고 있다. 철 대문이 활짝 열려 있다. 회반죽을 칠한 돌들로 둥글게 둘러싸인 장식용 정원에는 "새론당신에 오신 것을 환영합니다."라고 피튜니아 꽃으로 적혀 있다. 하지만 이제는 쇠비름과 방가지똥이 침투했고 뭔가가 열심히 땅바닥을 헤집고 있는 것 같았다. 아마도 돼지일 가능성이 가장 높다.

"저기 다리들이 보여요." 렌이 말한다. "저기 대문 옆에요." 그녀의 치아가 맞부딪쳐 딱딱 소리를 낸다. 그녀는 아직도 충격 상태에 빠져 있다.

"다리라니?" 토비가 말한다. 그녀는 모욕이라도 당한 것 같은 심정이다. 도대체 하루에 분해된 사체를 몇 구나 직면해야 한단 말인가? 그녀는 살펴보기 위해 대문으로 다가간다. 다리는 인간이 아니라 모헤어 양의 것이다. 다리 네 개, 그러니까 뼈만 있는 아래쪽 다리 네 개가 온전하다. 아직 털도 조금 붙어 있고 색깔은 라벤더색이다. 그리고 모헤어 양의 머리통은 아니지만 머리통도 하나 있는데 그건 사자양의 것이었다. 지저분한 황금색 털이 붙어 있고 텅 빈 눈구멍은 딱딱하게 굳었다. 혀도 잘려 나가고 없다. 사자양의 혀는 한때 레어리티 음식점에서 미식가들이 즐겨 찾던 값비싼 요리였다.

토비는 렌이 두 손으로 입을 막고 벌벌 떨며 서 있는 곳으로 다시 걸어간다.

"저것들은 모헤어 양이야. 저걸 넣고 수프를 끓여야겠다. 우리가 가져온 버섯도 넣고." 토비가 말한다.

"아, 난 아무것도 못 먹겠어요." 렌이 구슬픈 목소리로 말한다. "그 애는 단지, 그러니까 어린애였어요. 그 애를 데리고 여기저기 다녔단 말이에요. 왜 어린애한테 그런 짓을 한 거죠?" 눈물이 렌의 두 뺨을 타고 흘러내린다.

"그래도 넌 먹어야 해. 그게 네 의무야." 토비가 말한다. 무엇에 대한 의무지? 토비는 생각해 본다. 몸은 신이 너한테 준 선물이니까 너는 그 선물을 귀하게 여겨야 한다고 아담1은 말했다. 하지만 지금 당장 그녀는 그런 확신이 들지 않는다.

경비실 문이 열려 있다. 창문을 통해 접수처를 들여다보니 아무도 없어서 토비는 렌을 안으로 밀어 넣는다. 폭풍이 빠르게 다가오고 있다. 토비는 전등 스위치를 찰칵 켜 보지만 불은 들어오지 않는다. 평소 때와 같이 조사 확인을 위한 방탄유리, 아무것도 없는 문서 스캐너, 지문 채취기와 홍채 촬영기가 있다. 그곳에 서 있으면 벽에 설치된 다섯 개의 분무 총이 등을 겨누고 있고 구부정하게 앉아 있는 경호원들이 안쪽 방에서 총을 조종한다는 걸 알게 된다.

토비는 계산대 창문을 통해 캄캄한 안쪽 공간에 손전등을 비춘다. 책상, 서류 보관함, 잡동사니. 저쪽 모서리에 어렴풋한 형체가 있는데 사람이라고 할 만큼 크다. 죽은 사람, 잠이 든 사람, 또는 최악의 경우 그들이 다가오는 소리를 듣고 쓰레기통인 척 가장하고 있는 사람일 수도 있다. 그렇다면 일단 그들이 안심하고 있을 때 살금살금 다가와 송곳니를 드러내고 공격해 찢어 놓을 것이다.

안쪽 방으로 통하는 문이 살짝 열려 있다. 토비는 킁킁거리며 그쪽 공기의 냄새를 맡는다. 말할 것도 없이 곰팡이 냄새다. 또 무슨 냄새지? 배설물 냄새. 썩어 가는 고기 냄새. 다른 해로운 냄새들이 깔려 있다. 개코라면 이 냄새 저 냄새를 구분할 수 있으니 얼마나 좋을까 하고 토비는 생각한다.

토비는 문을 잡아당겨 닫는다. 그런 다음 비바람이 부는데도 바깥으로 나가 화단 가장자리에서 제일 커다란 돌을 끌어온다. 힘센 사람을 막기에 충분치는 않지만 힘이 약하거나 아픈 사람이라면 기력을 약화시킬 정도는 돼 보인다. 별 볼 일 없어 보이는 육식성 덩어리가 뒤에서 그녀를 향해 달려드는 건 정말이지 싫다.

"어째서 그런 일을 하는 거예요?" 렌이 묻는다.

"만일의 경우에 대비해서." 토비가 말한다. 그녀는 상세하게 설명하지 않는다. 렌은 지금도 병약하다. 한 번만 더 충격을 받으면 졸도할 수도 있다.

폭풍이 기세 좋게 돌진해 온다. 칠흑 같은 어둠이 한층 더 빽빽하게 그들을 둘러싸고 우레 소리는 하늘의 공기를 후벼 판다. 번갯불에 렌의 얼굴이 나타났다 사라지는데 겁에 잔뜩 질려 두 눈을 꼭 감고 있고 입은 헤 벌어져 있다. 절벽에서 떨어지기라도 할 것처럼 토비의 팔을 꽉 움켜쥐고 있다.

상당히 오랜 시간이 흐른 것 같은데 천둥소리가 서둘러 굴러간다. 토비는 밖으로 나가 모헤어 양의 다리들을 살핀다. 그녀의 피부에 소름이 돋는다. 그 다리들은 혼자서는 어디로도 걸어갈 수 없으므로 여전히 생생하다. 불을 지핀 흔적이 전혀 없다. 이들을 죽인 사람이 누군지는 모르지만 나머지 부분을 이곳에서 요리하진 않았다. 그녀는 잘린 부분을 살펴본다. 날카로운 칼잡이 씨가 분명 이 길로 지나갔다. 얼마나 가까운 곳에 있는 걸까?

토비는 이제 뜯긴 나뭇잎들이 흩어져 있는 길 양쪽을 모두 살펴본다. 아무런 움직임도 없다. 이제 태양이 다시 나오고 김이 올라온다. 멀리 까마귀들이 날고 있다.

토비는 칼을 꺼내 모헤어 다리 하나에서 털이 붙어 있는 살가죽을 박박 긁어낸다. 커다란 식칼이 있으면 냄비에 들어갈 수 있을 정도로 작게 토막 낼 수 있을 텐데. 마침내 토비는 경비실로 가는 층계에 다리의 한쪽 끝을 기대 놓고 다른 쪽 끝을 인도에 놓은 다음 돌로 친다. 이제 불 문제가 있다. 마른 나뭇가지를 찾아 오랜 시간 나무들 사이를 돌아다녀도 결국엔 빈손으로 나타날 가능성이 높았다. "저 문으로 들어가 봐야겠어." 그녀가 렌에게 말한다.

"왜요?" 렌이 힘없이 말한다. 그녀는 텅 빈 앞쪽 방에 몸을 웅크리고 있다.

"태울 게 있을 거야." 토비가 말한다. "불을 피우려고. 렌, 잘 들어. 저 안에 누군가가 있을지도 몰라."

"죽은 사람요?"

"그건 나도 모르지."

"더 이상 죽은 사람을 보고 싶지 않아요." 렌이 초조한 목소리로 말한다. 어디 우리한테 선택의 여지가 있겠니? 하고 토비는 마음속으로 생각한다.

"자 여기 총이 있고, 이게 방아쇠야. 난 네가 바로 이 자리에서 있길 바라. 만약 내가 아닌 다른 사람이 저 문으로 나오면 넌 이 총을 쏴야만 해. 실수로 날 쏘면 안 된다. 알았지?" 만약 토비가 들어갔다 죽게 된다 해도 렌에게 무기는 남을 것이다.

"알았어요." 렌이 말한다. 그녀는 총을 어설프게 붙잡는다. "난 총이 싫은데."

이런 미칠 노릇이 있나. 토비는 생각한다. 내가 재채기만 해도 뒤에서 날 쏠 정도로 렌은 흥분 상태다. 하지만 저 방을 살펴보지 않으면 오늘 밤은 한숨도 못 잘 것이고 어쩌면 아침에 목이 잘린 채로 발견될지도 모른다. 불도 피워 보지 못하고 말이다.

토비는 손전등과 대걸레 손잡이를 들고 안으로 들어간다. 마룻바닥에 종이들이 흩어져 있고 전등은 박살 나 있다. 깨진 유리잔이 있어서 발밑에서는 자박자박 소리가 난다. 이제 냄새는 더 강렬하고 파리들이 윙윙대고 있다. 팔에 난 솜털이 모두 다 쭈뼛쭈뼛 일어서고 머리에서는 피가 세차게 흐른다.

마룻바닥에 으스스한 담요 같은 것으로 덮여 있는 꾸러미는 분명 사람일 것이다. 이번에는 머리털이 몇 움큼 붙어 있는 돔처럼 생긴 대머리가 눈에 들어온다. 그녀는 계속해서 전등 불빛을 그 덩어리에 비추면서 대걸레 손잡이로 담요를 쿡쿡 찔러 본다. 신음 소리가 들린다. 그녀는 또다시 더 세게 찌른다. 천이 살짝 떨린다. 이제 가느다란 눈, 입, 물집 잡히고 딱지가 앉은 입술이 보인다.

"제기랄, 빌어먹을, 넌 누구야?" 그 입이 말한다.

"아파?" 토비가 묻는다.

"어떤 멍청한 게 날 총으로 쐈어." 그 남자가 말한다. 빛 때문에 두 눈을 깜빡거린다. "젠장, 그것 좀 끄지 못해." 코나 입이나 눈에서 피가 흐르는 것 같지는 않다. 다행스럽게도 전염병은 걸리지 않은 것이다.

"어디를 맞았는데?" 토비가 묻는다. 총알은 분명 그녀의 것이 틀림없었다. 그때 초원을 향해 그녀가 쏜 총알 말이다. 손이 앞을 휘젓는다. 붉은색 푸른색 혈관이 보이는 손. 쪼그라들고 더럽긴 해도, 열 때문에 두 눈이 퀭하니 들어가 있긴 해도, 이놈은 의심할 여지없이 블랑코다. 토비는 알아야만 했고, 가까이 다가가 자세히 봐야만 했다.

"다리." 그가 말한다. "다리가 썩어 들어가니까 염병할 놈들이 날 여기 내버리고 갔어."

"두 명? 여자도 한 명 데려갔지?" 토비가 차분한 목소리로 묻는다.

"물 좀 줘." 블랑코가 말한다. 그의 머리 근처 모서리에 빈 병이 있다. 두 병, 세 병. 뜯어먹은 갈비뼈, 라벤더색 모헤어 양의 것인가? "바깥에 또 누가 있지?" 귀에 거슬리는 목소리로 그가 묻는다. 그의 숨결이 거칠어진다. "계집애들이 더 있어. 여러 사람 목소리가 들렸다고."

"다리 좀 볼까? 내가 도와줄 수 있을지도 모르니까." 토비가 말한다. 앞으로도 가짜 상처가 있는 사람들을 많이 만날 것이다.

"빌어먹을 난 죽어 가고 있단 말이야. 그 불 좀 끄지 못해!" 블랑코가 말한다. 언짢게 찌부러진 블랑코의 얼굴에서 앞이마를 가로지르며 번져 나가는 여러 가지 행동 방침이 엿보인다. 저놈은 자기 앞에 있는 여자가 누군지 알고는 있나? 만약 안다면 달려들려고 할까?

"담요 좀 치워 봐. 그럼 내가 물을 갖다줄 테니까." 토비가 말한다.

"네가 치우면 되잖아." 블랑코가 쉰 목소리로 말한다.

"싫어. 도움 받고 싶지 않다면 널 그냥 여기다 두고 문을 잠글 거야."

"자물쇠도 다 망가졌는걸. 염병할 말라깽이 계집! 물 좀 달라니까!" 블랑코가 말한다.

토비는 다른 냄새를 정확히 집어낸다. 어디 다른 데가 잘못되었는지는 모르겠지만 그는 분명 썩어 가고 있다. "나한테 지지 푸루트가 있는데 그게 더 맛있지 않겠어?" 토비는 그렇게 말하고 뒷걸음질 쳐서 방 밖으로 나온 다음 문을 닫는다. 하지만 렌이 벌써 보고 말았다.

"그놈이에요. 세 번째 남자. 제일 못된 놈요!" 렌이 속삭인다.

"숨을 깊이 들이마셔." 토비가 말한다. "틀림없이 넌 안전하니까. 너한테는 총이 있지만 저놈한텐 아무런 무기도 없어. 그냥 계속해서 저 문을 겨냥하고 있으면 돼."

토비는 배낭을 뒤져 남아 있는 지지 푸루트를 찾아내 미적지근하고 달콤한 탄산음료를 사분의 일 정도 마신다. 한 방울도 허비하지 말자. 그런 다음 토비는 그 병에다 양귀비를 넣고 가루로 된 독버섯을 넉넉하게 넣는다. 사악한 소원을 들어 주는 이 새하얀 죽음의 천사. 두 재앙 중 하나를 골라야 한다면 가벼운 쪽을 고르라고 젭은 말할 것이다.

토비는 문을 대걸레 손잡이로 밀어서 연 다음 손전등을 켜 들고 들어간다. 아나나 다를까 블랑코는 온 힘을 다해 몸으로 밀어 마룻바닥을 기어 오며 자기 노력이 대단하다고 생각되는지 히죽 웃는다. 한 손에는 칼이 들려 있다. 아마도 그는 방문 앞에 가까이 다가와 있다 토비가 들어올 때 그녀의 발목을 움켜쥘 수 있길 바랐던 모양이다. 토비를 쓰러뜨리거나 아니면 렌을 손에 넣기 위해 토비를 협상 카드로 이용할 꿍꿍이였을 것이다.

미친개들은 무는 법이다. 또 알아야 할 게 뭐가 있지?

"여기 있어." 토비가 말한다. 그녀는 그에게 병을 굴려 준다. 그가 병을 움켜쥘 때 그의 손에 들려 있던 칼이 쨍강 소리를 내며 떨어진다. 그는 흔들리는 손으로 병마개를 따서 벌컥벌컥 들이켠다. 토비는 그가 음료를 다 마실 때까지 기다린다. "이제 조금 편해질 거야." 토비가 상냥하게 말한다. 그녀는 문을 닫는다.

"저놈, 밖으로 나올 거예요!" 창백해진 렌이 말한다.

"그가 나오면 우린 쏠 거야. 좀 진정하라고 진통제를 약간 줬어." 토비가 말한다. 토비는 말없이 사과와 해방의 말을 한다. 풍뎅이를 위해서 그랬던 것처럼.

토비는 양귀비가 약효를 발휘할 때까지 기다렸다 그 방으로 다시 들어간다. 블랑코는 코를 심하게 골고 있다. 만일 양귀비가 하지 못한다면 죽음의 천사가 그의 목숨을 끊을 것이다. 그녀는 담요를 들춘다. 왼쪽 넓적다리가 엉망이다. 썩어 가는 옷감과 썩어 가는 살이 똑같이 부글부글 끓고 있다. 토비는 토하고 싶은 걸 참느라 무척이나 애쓴다.

그런 다음 토비는 불에 타기 쉬운 걸 찾기 위해 방 안을 샅샅이 뒤져 눈에 띄는 건 모두 모은다. 종이, 부서진 의자 자투리, 시디 꽂이. 2층도 있지만 분명 계단으로 이어질 법한 문을 블랑코가 막고 있다. 토비는 아직 블랑코 옆에 그토록 가까이 다가갈 준비는 돼 있지 않다. 그녀는 죽은 가지를 찾기 위해 나무 아래쪽을 살펴본다. 결국 바비큐 라이터, 종이, 시디로 불을 붙인다. 그녀는 모헤어 양의 다리로 수프를 끓인 다음 버섯과 화단에서 딴 쇠비름을 조금 집어넣는다. 렌과 토비 두 사람은 모기들 때문에 연기가 나는 불 옆에 앉아 수프를 먹는다.

그들은 나무를 타고 올라가 평평한 옥상에서 잠을 잔다. 밤중에 도둑맞는 일이 없도록 배낭도 모헤어 양 다리 세 쪽도 함께 끌고 올라간다. 옥상은 자갈투성이고 축축하다. 그들은 비닐 시트를 두 장 깔고 그 위에 눕는다. 달은 보이지 않는다. 별들이 이토록 밝을 수가 없다. 잠들기 전에 렌이 속삭인다. "저 사람이 깨어나면 어쩌죠?"

"절대로 깨어나지 않을 거야." 토비가 말한다.

"아." 렌이 나지막하게 탄식한다. 그건 토비에 대한 감탄일까 아니면 단순히 죽음 앞에서 나오는 경외감일까? 다리 하나가 저토록 상했는데 어떻게 살아날 수 있겠느냐고 토비는 자신에게 말한다. 저걸 치료해 보려고 시도해 봤자 구더기만 허비할 것이다. 그렇긴 해도 그녀는 분명 방금 살인을 저질렀다. 아니면 자비 행위였을까? 적어도 그는 목마른 채 죽진 않았다.

아가씨, 제발 착각하지 마시게. 젭의 목소리가 머릿속에서 쟁쟁거린다. 아가씨 마음속에도 복수심이 있잖아.

"그의 혼령이 평화롭게 떠나가게 하소서." 토비는 큰 소리로 말한다. 변변치는 않지만 이 정도면 충분하지. 이 빌어먹을 돼지 새끼야.

홍수의 해

70

토비. 성 레이철과 모든 새들

25년

　토비는 동이 트기 직전에 잠에서 깬다. 멀리서 사자양이 이상하게도 애처롭게 포효한다. 개들이 짖고 있다. 토비는 두 팔을 움직인 다음 두 다리도 움직여 본다. 시멘트 판처럼 뻣뻣하다. 축축한 아지랑이가 뼛속까지 들어온다.

　이제 복숭아 빛깔 구름에서 들어 올린 갓 피어난 장미꽃 같은 태양이 나온다. 드리운 나무의 잎사귀들은 점점 짙어지는 분홍색 빛을 받아 반짝이는 자그마한 이슬방울로 뒤덮여 있다. 마치 새롭게 창조된 것처럼 모든 것이 얼마나 신선해 보이는지! 옥상의 돌멩이들, 나무들, 이 나뭇가지와 저 나뭇가지 사이에 매달린 거미줄. 곤히 잠들어 있는 렌의 온몸이 은을 입힌 것처럼 빛난다. 머리부터 발끝까지 내려오는 분홍색 옷으로 달걀 모양의 얼굴을 감싼 렌의 기다란 속눈썹에 아지랑이가 구슬처럼 매달려 있다. 렌은 눈으로 만든 사람처럼 연약하고 초자연적이다.

햇살이 그녀의 온몸을 똑바로 비추자 렌은 두 눈을 뜬다. "이런 제기랄, 이런 빌어먹을." 렌이 말한다. "아, 늦었네요! 지금 몇 시예요?"

"넌 하나도 늦지 않았어." 토비가 말한다. 무슨 이유에서인지는 모르지만 두 사람 모두 깔깔대고 웃는다.

토비는 쌍안경으로 사방을 정탐한다. 동쪽으로 가려고 하는데 움직임이 하나도 없다. 하지만 서쪽으로 가기에는 그녀가 지금까지 본 것 중에서 가장 많은 수의 돼지들이 떼로 모여 있다. 다 큰 돼지 여섯 마리와 새끼 돼지 두 마리다. 그들은 목걸이에 달려 있는 둥그런 살색 진주알처럼 길가에 일렬로 늘어서서 마치 누군가를 추적이라도 하는 것처럼 땅에 코를 대고 킁킁거리며 냄새를 맡고 있다.

우리를 추적하는가 보다고 토비는 생각한다. 아마도 그들은 똑같은 돼지일지도 모른다. 원한을 품고 있는 돼지, 장례식을 거행하고 있는 돼지. 토비는 벌떡 일어나 공중을 향해 총을 흔들어 대며 소리친다. "저리 가! 어서 꺼지지 못해!" 돼지들은 처음에는 그저 가만히 바라보기만 하더니 토비가 총을 겨누자 느릿느릿 나무들 속으로 들어간다.

"저놈들, 총이 뭔지 아는 것 같은데요." 렌이 말한다. 오늘 아침은 훨씬 더 건강해진 것 같다. 더 강해지고.

"아, 알고말고." 토비가 말한다.

그들은 나무를 기어 내려갔다. 토비가 켈리 케틀에 불을 지핀다. 주위에 누군가가 있는 것 같은 징후는 없지만 조심스러운 토비는 불을 크게 지피려 들지 않는다. 그녀는 연기를 걱정한다. 누군가가 그 냄새를 맡지 않을까? 젭의 규칙에 의하면, 동물은 불을 멀리하지만 인간은 불에 끌린다고 했다.

일단 물이 끓자 토비는 차를 만든 다음 약간의 쇠비름 식물을 데쳐 낸다. 그걸로 그들은 이른 아침에 걸어갈 수 있는 활기를 충분히 얻을 수 있을 것이다. 나중에 남아 있는 모헤어 양 다리 세 개로는 수프를 만들 수 있을 것이다.

길을 다시 떠나기 전에 토비는 경비실의 방을 살펴본다. 블랑코의 몸은 차가웠고 가능한 일인지는 모르겠지만 그에게서 나는 냄새가 한층 더 고약하다. 토비는 블랑코를 굴려 담요 위에 올린 다음 질질 끌고 나가 뿌리가 뽑힌 화단 흙 속에다 밀어 넣는다. 그런 다음 마룻바닥에서 블랑코가 떨어뜨린 칼을 찾아낸다. 칼이 면도날만큼이나 날카롭다. 그걸로 토비는 더러운 그의 셔츠 앞자락을 찢는다. 털이 잔뜩 난 올챙이배. 토비가 좀 더 냉정하게 행동한다면 그의 배를 갈라 독수리들이 그녀에게 감사 인사를 하게 만들 수도 있겠지만, 죽은 멧돼지 내장에서 나던 진절머리 나던 악취가 생각난다. 돼지들이 알아서 해결할 것이다. 어쩌면 돼지들은 블랑코를 그들에게 주는 속죄의 선물로 생각하고 토비가 자신들의 동료 돼지를 총으로 쏴 죽인 행위를 용서할지도 모른다. 토비는 칼을 꽃 사이에 버린다. 좋은 도구지만 좋지 않은 기운이 들어 있다.

토비는 밖으로 나와 쇠로 만든 대문을 끌어올려 닫는다. 전자 자물쇠가 기능을 발휘하지 못하므로 문이 열리지 않도록 밧줄로 묶어 놓는다. 돼지들이 쫓아오기로 마음먹으면 대문은 오래 버티기 힘들 것이다. 돼지들은 대문 아래의 땅을 파헤칠 수 있을 것이다. 그래도 그만큼의 시간은 벌 수 있는 셈이다.

이제 토비는 렌과 함께 새론당신 터에서 나와 헤리티지 공원을 통과해 양 옆으로 잡초가 높이 자란 길을 따라 걷는다. 그들은 피크닉 테이블이 놓여 있는 공터에 이른다. 칡덩굴이 쓰레기통과 바비큐 그릴, 테이블과 벤치 위로 기어오르고 있다. 매 순간 점점 더 뜨거워지고 있는 햇볕을 받으며 나비들이 이리저리 떠돌다가 소용돌이 모양으로 상승한다.

토비는 형세를 살핀다. 동쪽으로는 내리막길이다. 분명 해안이 나온 다음 바다로 이어질 것이다. 서남쪽으로는 수목원이 있고 정원사 아이들이 모형 방주를 띄우며 놀던 샛강이 있다. 태양촌 입구로 가는 길이 거기 어디쯤에서 나타난다. 그 근처에 필라를 묻었다. 분명 그녀의 딱총나무가 있을 것이고 지금쯤 많이 자라 꽃을 피웠을 것이다. 벌들이 그 주위에서 윙윙거리고 있다.

사랑하는 필라, 토비는 그녀를 생각한다. 당신이 오늘 이 자리에 있다면 우리에게 해 주고 싶은 어떤 지혜의 말씀이 있을 텐데요. 그게 뭘까요?

저 앞에서 매애 하고 우는 소리가 들린다. 다섯, 아니 아홉, 아니 열네 마리의 모헤어 양들이 강둑을 기어 올라오더니 길로 들어선다. 은색, 푸른색, 자주색, 검은색, 머리를 여러 갈래로 땋은 빨간색 모헤어 양이 나타나더니, 이제는 사람이 한 명 보인다. 몸에 흰색 침대 시트를 휘감고 벨트로 허리를 묶은 것이, 성경에서나 볼 수 있는 괴상한 옷차림이다. 심지어 그는 기다란 막대기도 들고 있다. 분명 양들을 재촉하기 위한 것이다. 그 사람은 토비와 렌을 보자 발걸음을 멈추고 돌아서서는 조용히 그들을 지켜본다. 그는 선글라스를 쓰고 있고 분무 총도 갖고 있다. 태평스럽게 총을 겨드랑이에 끼고 있는 모습이 남들 눈에 띄는 것도 개의치 않는 것 같다. 태양이 그 사람 뒤에 있다.

토비는 움직이지 않고 가만히 서 있다. 두 팔이 떨리고 모골이 송연하다. 고통공 감옥 죄수 중 한 명일까? 토비가 총을 꺼내 그를 조준하기도 전에 그녀의 몸이 퐁퐁 뚫릴 것이다. 태양도 그에게 유리하다.

"크로제예요!" 렌이 말한다. 그녀는 두 팔을 활짝 벌리고 그 남자에게 달려간다. 토비는 렌의 말이 맞기만 바랄 뿐이다. 하지만 렌의 말이 맞는 게 확실하다. 그 남자가 렌이 두 팔로 끌어안도록 허용하고 있는 걸 보면 말이다. 그 남자는 분무 총과 막대기를 땅에 떨어뜨리고 렌을 꼭 껴안는다. 그러는 동안 모헤어들은 어슬렁거리며 꽃을 우적우적 씹어 먹는다.

71

렌. 성 레이철과 모든 새들

25년

"크로제!" 내가 부른다. "믿을 수가 없어! 네가 죽은 줄만 알았단 말이야!" 우리가 얼마나 꼭 달라붙어 있었는지 몸이 다 으깨지는 것만 같았다. 나는 그가 입고 있는 침대 시트에 대고 말하고 있었다. 크로제는 아무 말도 하지 않는다. 울고 있는지도 모른다. 그래서 내가 말한다. "너도 내가 죽은 줄로만 알았을 거야." 크로제가 고개를 끄덕이는 것 같다.

크로제를 끌어안은 손을 풀고 우리는 서로를 바라본다. 크로제가 억지웃음을 지어 보인다. "이 시트는 어디서 구했어?"

"사방에 침대가 잔뜩 있어." 그가 말한다. "이게 바지보다 더 낫거든. 이렇게 하니까 아주 덥지는 않아. 오츠 봤어?" 그의 목소리에서 걱정이 한가득 묻어난다.

무슨 말을 해야 할지 모르겠다. 지금 그런 슬픈 말을 해서 분위기를 엉망으로 만들고 싶지는 않다. 불쌍한 오츠, 목이 잘리고 콩팥이 사라진 채 나무에 매달리다니. 하지만 그 순간 나는 그의 얼굴을 바라보며 내가 오해했다는 걸 깨달았다. 크로제가 걱정한 건 나였다. 그는 오츠의 일을 벌써 알았던 것이다. 그와 새키는 우리보다 앞서서 그 길을 걸어왔다. 그들은 내가 울부짖는 소리를 듣고 몸을 숨겼던 것이다. 그런 다음 그들은 비명을, 온갖 종류의 아우성치는 소리를 들었을 것이다. 나중에는 까마귀 떼가 울어 대는 소리도 들었을 것이다. 그들은 당연히 되돌아와서 무슨 일인지 알아봤을 것이다.

내가 아니라고 말하면 크로제는 나를 심란하게 만들지 않으려고 오츠가 아직도 살아 있는 것처럼 가장할 가능성이 높다. "응." 내가 말한다. "우리도 그를 봤어. 오츠가 가여워."

그는 땅을 내려다본다. 어떻게 하면 대화 내용을 바꿀 수 있을까. 우리 주위에서 모헤어 양들이 계속 풀을 뜯어먹고 있다. 그들은 크로제 가까이에 머물고 싶은가 보다. 그래서 내가 묻는다. "저것들이 다 네 양이야?"

"우리가 저놈들을 돌보기 시작했어." 크로제가 말한다. "조금은 유순하게 만들었지. 그런데 자꾸만 집 밖으로 나가려고 해." 우리? 우리가 누구지? 그에게 묻고 싶었지만 토비가 다가오는 바람에 화제를 바꾼다. "이분이 토비야. 기억나지?" 그러자 크로제가 말한다. "이런 세상에! 정원사들과 함께 지내던 토비?"

토비가 크로제를 향해 딱딱하게 고개를 살짝 끄덕이더니 말한다. "크로제. 너 참 많이 컸구나." 마치 동창회에 나온 것 같다. 토비가 당황해하는 모습을 본다는 건 하늘의 별따기 같은 일이다. 토비가 손을 쑥 내밀자 크로제는 그 손을 마주 잡고 흔든다. 너무 이상하다. 크로제는 예수처럼 수염을 풍성하게 늘어뜨리지는 않았지만 마치 예수처럼 침대 시트를 두르고 있고 토비와 나는 윙크하는 눈과 립스틱을 바른 입술이 그려진 분홍색 옷을 입고 있다. 그리고 토비의 배낭에서는 자주색 모헤어 양 다리 세 개가 삐쭉 튀어나와 있다.

"아만다는 어디 있어?" 그가 묻는다.

"아만다는 죽지 않았어." 내가 재빨리 말한다. "난 그냥 그렇다는 것만 알아." 크로제와 토비는 마치 내 애완동물 토끼가 차에 치었다는 사실을 말해 주고 싶지 않은 사람들처럼 내 머리 위로 시선을 주고받는다. "새키는?" 내가 묻자 크로제가 말한다. "그는 잘 있어. 그곳으로 돌아가자."

"어디로?" 토비가 묻자 크로제가 대답한다. "흙집. 예전 생명나무 거래처. 기억나지?" 그가 나에게 말한다. "그다지 멀지 않아."

양들이 그쪽을 향해 가고 있다. 그들은 어디로 가고 있는지 알고 있는 것 같다. 우리는 그들 뒤를 따른다.

태양이 어찌나 강렬한지 머리끝에서 발끝까지 오는 옷을 걸치고 있으려니 푹푹 찌는 것만 같다. 크로제는 시트의 일부를 머리 위에 걸치고 있다. 그가 나보다 훨씬 더 시원해 보인다.

예전의 생명나무 놀이터에 도착하자 벌써 한낮이 되어 있다. 플라스틱 그네는 사라지고 없지만 흙집은 그대로다. 심지어 페인트를 뿌려서 써 놓은 평민촌 낙서들도 그대로 있다. 다만 이제는 흙집의 일부가 되어 버렸을 뿐이다. 울타리도 기둥과 널빤지와 철사와 수많은 강력 접착테이프로 만들어 놓았다. 크로제가 대문을 열자 양들이 마당에 있는 우리를 향해 한 줄로 걸어간다.

"양들을 데려왔어." 크로제가 소리치자 분무 총을 든 한 남자가 문밖으로 나오고 뒤이어 남자 셋이 더 나온다. 그런 다음 네 명의 여자들이 나오는데 두 명은 젊고 한 명은 약간 더 나이가 들어 보인다. 그리고 토비만큼 나이를 먹은 듯한 여자 한 명이 나온다. 그들이 입고 있는 옷은 정원사 복장은 아니지만 새것도 아니고 예쁘지도 않다. 남자 두 명은 시트를 입고 있고 세 번째 남자는 청 반바지와 셔츠를 입고 있다. 여자들은 머리끝부터 발끝까지 오는 옷과 비슷한 기다란 겉옷을 걸치고 있다.

그들은 우리를 빤히 쳐다본다. 호의적이지 않고 걱정스러운 표정이다. 크로제가 우리 이름을 소개한다. "저 사람들 감염되지 않은 게 확실해?" 분무 총을 들고 있는 첫 번째 남자가 묻는다.

"절대로. 그동안 내내 고립 생활을 했는걸." 크로제가 말한다. 그 남자는 확인이라도 하겠다는 듯이 우리를 쳐다본다. 토비가 고개를 끄덕인다. "젭의 친구들인 토비와 렌이야." 크로제가 덧붙인다. 그러고 나서 우리를 쳐다보며 "이 사람들이 미친 아담이에요."

"살아남은 사람들이죠." 키가 가장 작은 남자가 말한다. 그는 그들의 이름을 말한다. 그는 벨루가, 다른 세 남자는 아이보리 빌, 매너티, 준준시토다. 여자들의 이름은 로티스 블루, 스위프트 폭스, 화이트 세지, 타마로다. 우리는 악수하지 않는다. 그들은 아직도 우리에게 병원균이 있지 않을까 불안해한다.

"미친 아담, 만나서 반가워요. 당신들이 하는 일을 온라인으로 조금 봤어요." 토비가 말한다.

"어떻게 들어온 거예요?" 아이보리 빌이 토비에게 묻는다. "놀이방으로요?" 그는 금으로 만들어지기라도 한 것처럼 토비가 들고 있는 오래된 소총을 눈여겨보고 있다.

"제가 흰눈썹뜸부기였어요." 토비가 말한다.

그들은 서로를 쳐다본다. "당신이, 당신이 흰눈썹뜸부기! 그 비밀의 부인!" 로티스 블루가 말하면서 깔깔대고 웃는다. "젭은 당신이 누군지 절대로 말해 주지 않았어요. 우리는 당신이 그가 사귀는 섹시한 술집 여자라고 생각했어요." 토비가 형식적으로 그녀를 향해 살짝 미소 짓는다.

"하지만 젭은 당신이 믿을 수 있는 사람이라고 했어요. 그걸 얼마나 강조하던지요." 타마로가 말한다.

"젭요?" 토비는 자기 자신에게 이야기하는 것처럼 말한다. 토비는 그가 아직도 살아 있는지 묻고 싶으면서도 두려워하고 있다는 걸 나는 안다.

"미친 아담의 활약이 대단했어요. 낚이기 전까지는." 벨루가가 말한다.

"한마디로 빌어먹을 되젊음한테 차출당한 거죠." 가장 어린 화이트 세지가 말한다. "크레이크, 그 못된 노옴 때문이에요." 피부는 갈색이지만 영국식 말투가 약간 들어가서 놈이라고 하지 않고 노옴이라고 말한다. 토비가 자신이 실제로 누구였는지 말해 주자 그들의 태도가 훨씬 호의적으로 바뀌었다.

내가 뭐가 뭔지 몰라 당혹스러워하며 크로제를 올려다보자 그가 말한다. "우리가 하고 있던 일이 바로 그런 거였어. 바이오 저항운동 같은 거. 그래서 그들이 우리를 고통공 감옥에 집어넣었지. 이 사람들이 바로 그들이 차출한 과학자들이야. 내가 한 말 기억나? 비늘클럽에서."

"아." 내가 말한다. 하지만 난 아직도 잘 모르겠다. 무엇 때문에 되젊음이 그들을 차출했단 말인가? 우리 아버지처럼 두뇌 납치였나?

"손님들이 왔어." 아이보리 빌이 크로제에게 말한다. "네가 양을 돌보러 간 후에 말이야. 여자 한 명이랑 죽은 너구컹크를 데리고 있었고 분무 총도 갖고 있었어."

"대단하군." 크로제가 말한다.

"고통공 감옥에 있었다고 하던걸. 마치 우리가 그걸 대단하게 생각해야 하는 것처럼 말이야." 벨루가가 말한다. "그 여자를 줄 테니 분무 총 전지와 모헤어 고기를 달라더군. 그 여자하고 너구컹크 대신에 말이야."

"분명 그놈들이 우리 자주색 모헤어 양을 죽였을 거야." 크로제가 말한다. "토비가 다리를 발견했거든."

"너구컹크! 뭐 때문에 그거랑 바아꿔?" 화이트 세지가 화가 나서 말한다. "우리가 구움고 있는 것도 아닌데!"

"그놈들을 쏴 죽였어야 했는데!" 매너티가 말한다. "하지만 그놈들은 여자를 방패막이로 앞에 세워 놓고 있었어."

"그 여자는 뭘 입고 있었죠?" 내가 묻지만 그들은 내 말을 무시해 버린다.

"우리는 교환해 줄 수 없다고 했지. 여자한테는 비정한 일이 겠지만 그들은 절박하게 분무 총 전지를 원했어. 그건 전지가 다 떨어졌다는 거잖아. 그러니까 그들은 나중에 또다시 올 거야." 아이보리 빌이 말한다.

"아만다예요." 내가 말한다. 그들은 아만다를 구해 낼 수 있었다. 그들이 교환해 주지 않았다 해서 비난하려는 마음은 없다. 사람을 죽이기 위해 분무 총 전지를 사용할 놈들에게 그걸 마구 내줄 수는 없으니까 말이다. "아만다는 어떻게 해? 어서 가서 구해 와야 하지 않겠어?" 내가 말한다.

"맞아. 이제 홍수가 끝났으니까 사람들을 모두 모아야 할 필요가 있어." 크로제가 말한다. "그렇게 하기로 했었잖아." 크로제는 내 말을 지지하고 있다.

"그래, 그렇게 해야 인류를 재건할 수 있어." 내가 말한다. 그 말이 우스꽝스럽게 들린다는 걸 잘 알지만 내 머리에 떠오른 말은 오직 그것뿐이다. "아만다는 정말 우리를 도울 수 있을 거야. 그녀는 무슨 일이든지 잘하잖아." 하지만 그들은 그것이 가망 없는 일이라는 걸 잘 알고 있다는 듯 슬픈 얼굴로 나를 쳐다보며 미소만 짓고 있다.

크로제는 내 손을 잡고 나를 다른 데로 데려간다. "정말로 그런 뜻이야? 인류라고 했어? 그럼 넌 아기를 낳아야만 하는데." 크로제가 미소를 머금고 말한다.

"어쩌면 아직은 아닐 거야." 내가 말한다.

"이리로 와 봐." 크로제가 말한다. "내가 정원을 보여 줄게."

그곳에는 취사장이 있고 한쪽 모퉁이에는 이동식 보라색 생태변기도 몇 개 있다. 그리고 그들은 지금 태양광을 정비하는 중이다. 붕괴되는 건물들을 조심해야 했지만 평민촌에서 거의 모든 걸 구할 수 있기 때문에 부품은 부족하지 않다.

뒤쪽으로는 채소밭이 있다. 아직 많은 걸 심지는 않았다. "돼지들이 공격을 해 와." 그가 말한다. "울타리 아래를 파기에 그 중 한 마리를 총으로 쐈어. 그러니까 나머지들도 알아서 하지 않겠어? 젭이 그러는데 저놈들은 슈퍼 돼지래. 인간의 두뇌 조직과 접합돼 있다는군."

"젭?" 내가 말한다. "젭이 살아 있어?" 갑자기 현기증이 난다. 이 모든 죽은 사람들이 살아서 다시 나타나다니. 너무 놀라워 제정신을 차릴 수가 없다.

"그렇고말고." 크로제가 말한다. "너 괜찮니?" 내가 넘어질까 봐 그는 나를 팔로 감싸 안는다.

72

토비. 성 레이철과 모든 새들

25년

렌과 크로제가 흙집 뒤에서 이리저리 거닐고 있다. 크게 염려할 일은 아니라고 토비는 생각한다. 청춘 남녀의 사랑임에 틀림없어. 토비는 아이보리 빌에게 세 번째 남자, 죽은 블랑코에 대해 이야기하고 있다. 그는 귀 기울여 조심스레 듣더니 "전염병 때문인가요?" 하고 묻는다. 총상에 감염됐기 때문이라고 토비는 말한다. 토비는 양귀비나 죽음의 천사에 대해서는 언급하지 않는다.

두 사람이 이야기를 나누고 있는데 집 뒤에서 또 다른 여자가 나타나더니 소리친다. "헤이, 토비." 레베카다. 예전보다 나이가 들어 보이고 살도 빠졌지만 그래도 레베카다. 단단하고 의지할 수 있는 레베카, 그녀가 토비의 어깨를 붙잡으며 말한다. "토비, 너무 말랐구나. 그래도 걱정 마. 여기 베이컨이 있으니까 그걸 먹으면 분명 살이 붙을 거야."

토비는 지금 베이컨에 대해 생각할 겨를이 없다. 그녀는 "레베카." 하고 불러 본다. 그녀는 "어떻게 살아남았어요?"라고 물어보고 싶지만 이건 시간이 가면 갈수록 더더욱 무의미한 질문이다. 모든 사람들에게 해당되는 질문이기 때문이다. 저들은 어떻게 살아남았단 말인가? 그래서 토비는 그냥 "잘됐네요."라고만 말한다.

"네가 꼭 살아서 나타날 거라고 젭이 말했어. 그 사람이 늘 그렇게 말했다니까. 토비! 어서 웃어 봐!"

토비는 과거 시제를 좋아하지 않는다. 임종 자리 같은 냄새가 나기 때문이다. "언제 그런 말을 했어요?" 토비가 묻는다.

"글쎄, 거의 날마다 그런 것 같아. 이제 부엌으로 와서 뭘 좀 먹어 봐. 그동안 어디서 뭘 했는지 이야기도 해 주고 말야."

그렇다면 젭도 아직 살아 있는 모양이로군 하고 토비는 생각한다. 젭이 죽지 않았다는 것이 사실로 확인되자 토비는 그걸 항상 알았던 것 같다. 하지만 의심스럽기도 하다. 그를 직접 보기 전에는, 그를 직접 만져 보기 전에는 사실이 아닐 것만 같다.

그들은 커피를 마신다. 민들레 뿌리를 볶아서 만든 거라고 레베카가 자랑스럽게 이야기한다. 그리고 허브로 조리한 우엉 뿌리 구이, 그런데 이건 뭐지? 돼지고기 편육이란 말인가? "그 돼지들 때문에 아주 골치를 썩었지." 레베카가 말한다. "아주 헛똑똑이들이었어." 레베카가 도전적으로 토비를 쳐다본다. "악마가 몰아세우면 어쩔 수 없잖아. 적어도 이건 시크릿버거와는 달라. 뭘로 만들었는지는 아니까."

"정말 맛있는걸요." 토비가 솔직하게 말한다.

스낵을 즐긴 후, 토비는 남은 모헤어 양 다리 세 개를 레베카에게 건넨다. 그것을 살펴본 레베카는 신선하진 않지만 가축이 먹기엔 괜찮을 거라고 말한다. 그런 다음 두 사람은 그동안 있었던 일에 대해 이야기하기 시작한다. 토비는 새론당신 스파에서 지내게 된 일부터 시작해 렌이 도착한 것까지 모두 다 말한다. 레베카는 서부에서 지내는 동안 미친 아담이 만들어 낸 바이오 생명체들을 설치하기 위해 신분을 가장하고 외부인 출입 제한 주택지에서 생명보험을 팔던 이야기며 어떻게 동부로 향하는 마지막 총알 기차를 타게 되었는지에 대해 설명해 준다. 기침하는 승객들이 많이 탑승했기 때문에 기차 여행은 대단히 위험했지만 장갑과 원뿔형 여과기를 코에 착용하고 있었고 도착하자마자 젭과 카투로와 함께 건강 클리닉에 한동안 칩거해 있었다고 했다. "옛날 회의실 기억나?" 레베카가 물었다. "아라랏 저장품이 여전히 있더군."

"카투로는요?" 토비가 묻는다.

"잘 지내고 있어. 어떤 세균에 감염됐었는데 지독한 건 아니었나 봐. 이제 다 나았어. 젭과 섀키, 그리고 검은 코뿔소와 함께 나갔어. 그들은 지금 아담1을 비롯한 나머지 사람들을 찾고 있어. 젭이 그러는데 그들이 생존했다고 보기에 가장 유력한 사람들이래."

"그래요? 정말 그럴 가능성이 있대요?" 토비가 묻는다. 그는 나를 찾으려 했을까? 토비는 묻고 싶지만 아마도 아닐 거라고 생각하고 그만둔다. 혼자서도 잘 지낼 거라고 생각했을 것이다. 그리고 실제로도 그렇게 하지 않았던가.

"우리는 매일같이 하루 종일 태엽 단파 라디오를 들었어. 그리고 신호도 계속 보내고. 며칠 전에 드디어 답신을 받았지." 레베카가 말한다.

"그분이었어요? 아담1?" 토비는 이제 누가 무슨 말을 해도 믿을 태세다.

"우리는 한 사람 목소리만 들었는데 '내가 여기 있어, 내가 여기 있어.'라는 말뿐이었어."

"우리 희망을 걸어 봐요." 토비가 말한다. 토비는 정말로 바란다. 아니, 그렇게 하려고 노력한다.

바깥에서 개들이 짖는 소리와 여러 사람이 혼란스럽게 외치는 소리가 들린다. "제기랄, 개들이 공격했나 보군. 총을 가지고 나와." 레베카가 말한다.

분무 총을 든 미친 아담들이 이미 울타리에 자리 잡고 앉아 있다. 열다섯 마리 정도 되는 개들 중에는 큰 녀석도 있고 작은 녀석도 있는데 꼬리를 흔들어 대며 그들을 향해 돌진한다. 분무 총을 든 사람들이 총을 쏘기 시작한다. 토비가 총을 쏘기도 전에 이미 일곱 마리가 죽었고 나머지는 도망쳤다.

"왓슨크릭 접합체들이에요. 진짜 개는 아니고 단지 그렇게 보일 뿐이지요. 경정맥*부터 공격할 아주 사나운 녀석들이에요. 비상경보 시스템과는 달리 해킹할 수가 없어서 교도소 주변 연못 같은 곳에서 사용되곤 했어요. 그런데 홍수가 나면서 탈출하고 만 거예요." 아이보리 빌이 설명해 준다.

"번식하고 있나요?" 토비가 묻는다. 파도처럼 몰려오는 이 가짜 개 떼와 계속해서 싸워야 하는 것인지 이제는 그 수가 적어졌는지 궁금한 것이다.

"그걸 누가 알겠어요?" 아이보리 빌이 말한다.

로티스 블루와 화이트 세지는 개들이 죽었는지 확인하기 위해 밖으로 나간다. 타마로와 스위프트 폭스와 레베카와 토비도 합류한다. 다른 개들이 또다시 오는 경우에 대비해 분무 총을 가진 사람들이 보초를 서고 있다. 그들은 껍질을 벗기고 살점을 토막 낸다. 토비의 두 손이 과거의 기억을 더듬어 자동적으로 이 일을 해낸다. 냄새도 똑같다. 어린 시절의 냄새다.

죽은 개들의 껍질은 옆에 놔두고 고기는 잘라서 큰 솥에 넣는다. 토비는 구토할 것 같으면서도 다른 한편으로 시장기도 느낀다.

---

* 목에 있는 정맥.

73

렌. 성 레이철과 모든 새들

25년

야생 개 가죽을 벗기는데 나도 가서 도와야 하는지 크로제에게 묻자 그는 이미 많은 사람들이 그 일을 하고 있고 나는 피곤해 보이니 흙집에 있는 자기 침대에 가서 누워 있지 그러느냐고 대답한다. 방 안은 서늘하고 흙집 실내에서 나는 향취도 내가 기억하던 것과 같아서 그런지 이곳에 있으면 안전할 것 같다는 생각이 든다. 크로제의 침대는 널빤지로 만든 단에 불과하지만 시트와 함께 은색 모헤어 양털 이불이 있다. 크로제는 푹 자라고 말하고는 나가 버린다. 너무 더운 나머지 나는 새론당신 상의와 바지를 벗는다. 모헤어 양털 이불이 비단처럼 부드러워 나는 금세 잠이 든다.

오후의 폭풍우 소리 때문에 잠에서 깨어 나니 크로제가 내 뒤에 웅크리고 누워 있다. 그가 지금 근심과 슬픔에 사로잡혀 있다는 걸 나는 직감적으로 알 수 있다. 그래서 나는 몸을 돌려 그를 마주 보고 눕는다. 그런 다음 우리는 서로를 끌어안는다. 크로제는 섹스를 원한다. 하지만 갑자기 나는 사랑하지 않는 사람과 섹스하고 싶지 않다는 생각이 든다. 지미 이후 그런 감정을 어느 누구에게서도 느낀 적이 없다. 더군다나 다른 사람들의 특이한 성적 취향에 맞춰 연기를 하는 것이나 마찬가지인 비늘 클럽에서는 더더욱 그랬다.

더욱이 머릿속에 잉크가 쏟아진 것처럼 내 안에 어둠이 도사리고 있다. 그러니까 여기서는 섹스에 대해 생각할 수가 없다. 검은 딸기나무와 아만다에 대한 뭔가가 있기도 해서 나는 더 이상 이곳에 머물고 싶지 않다. 그래서 나는 "아직은 싫어."라고 말한다. 크로제에게는 상스러운 면도 있었지만 그는 내 심정을 이해하는 것 같았다. 우리는 그저 서로를 안고서 대화를 나눈다.

그는 계획을 잔뜩 세워 두고 있다. 이것도 만들고 저것도 짓고 돼지들을 없애든지 아니면 길들이든지 할 것이다. 그 두 고통공 감옥의 죄수들을 죽인 다음 그가 직접 문제를 해결할 것이다. 그런 다음 그는 나와 아만다, 그리고 섀키까지 데리고 모두 함께 해변으로 가서 낚시를 할 것이다. 미친 아담 무리, 빌과 세지와 타마로와 코뿔소, 그들은 모두 똑똑하기 때문에 아마도 빠른 시일 내에 통신망을 복구할 것이다.

"우리가 도대체 누구랑 통신하는 건데?" 내가 묻자 크로제는 분명 다른 사람들도 어딘가에 살아 있을 거라고 말한다. 그러고 나서 그는 나에게 미친 아담들에 대해 들려준다. 그들이 젭과 함께 일하고 있을 때 암호명이 크레이크인 미친 아담을 통해 시체보안회사의 추적을 당했고 그 결과 파라디스 프로젝트 돔이라는 곳에서 지능 노예로 전락하게 된 것이다. 분무 총으로 사형을 당하든지 지능 노예가 되든지 둘 중 하나를 선택해야 하는 상황에서 그들은 후자를 택했다. 홍수가 발생해 경비대가 사라졌을 때는 그들 모두 두뇌광들이었기 때문에 그다지 까다롭지 않은 보안 장치를 해제하고 그곳에서 유유자적 걸어 나올 수 있었다.

크로제가 전에도 이런 이야기를 어느 정도 해 준 적이 있었지만 파라디스 프로젝트나 크레이크라는 이름까지 언급했던 적은 없었다. "잠깐만." 내가 크로제의 말을 중단하고 묻는다. "그들이 돔 안에서 일하고 있었던 게 바로 그것이었단 말이야? 불멸?"

크로제가 그렇다고 답한다. 그들 모두가 크레이크의 책임 아래 이뤄진 그 큰 프로젝트, 즉 영원히 살 수 있는 완벽하게 아름다운 인간 유전자 접합 실험을 돕고 있었던 것이다. 그들이 바로 환희이상 알약을 개발할 때에도 크게 공헌한 사람들이었다. 하지만 그들은 먹는 게 허용되지 않았기 때문에 자기네들이 개발해 놓고도 그 약을 복용할 수가 없었다. 사실, 그들 역시 복용하고 싶다는 유혹을 느낀 건 아니었다. 그 알약은 최고의 섹스를 경험하게는 해 주지만 죽음처럼 아주 심각하고도 위험한 부작용을 감수해야 했다.

"바로 그게 세계적인 전염병이 진행된 경로라고 할 수 있어." 크로제가 설명한다. "미친 아담들에 의하면 크레이크가 그 바이러스를 슈퍼 섹스 알약 속에 넣으라고 지시했다는 거야." 내가 격리 구역에 있었던 게 얼마나 다행스러운 일이었는지 다시 한 번 깨달았다. 모디스가 비늘 아가씨들에게 마약 복용을 금지하긴 했지만, 나도 모르는 사이 환희이상 알약을 삼켰을지도 모를 일이었다. 마치 완전히 다른 새로운 세상이라도 열릴 것처럼 그 약의 효능은 실제로 대단한 것처럼 여겨지던 시절이었다.

"도대체 누가 그런 걸 만들 생각을 했을까? 독이 든 섹스 알약을." 내가 묻는다. 글렌이었다. 틀림없이 글렌밖에 없다. 비늘 클럽에서 그가 되젊음 조합의 미스터 빅에게 그런 비슷한 이야기를 하고 있었다. 물론 그때 그는 독을 넣는다는 이야기는 쏙 빼놓고 하지 않았다. 그들의 애칭도 기억난다. 오릭스와 크레이크. 당시에 난 글렌이 그의 섹스 상대였던 여자와 단순한 음담패설을 나누는 것으로만 생각했다. 많은 사람들이 그런 이야기를 할 때 동물 이름을 사용했기 때문이다. 표범, 호랑이, 울버린, 야옹이, 멍멍이 등등. 알고 보니 음담패설이 아니라 암호명이었던 것이다. 아니, 어쩌면 둘 다였을 수도 있다.

아주 잠깐이지만 나는 이런 이야기를 크로제에게 모두 해 줄까 생각한다. 예전의 삶에서 이 크레이크라는 작자에 대해 내가 꽤 많은 걸 안다는 사실을 말이다. 하지만 그렇게 되면 나는 비늘클럽에서 내가 한 것들을 모두 이야기해야만 한다. 단순히 공중 곡예 무용이나 심지어 글렌이 우리에게 새처럼 노래하거나 고양이처럼 가르랑거리는 소리를 내도록 시킨 것뿐만 아니라 다른 것들, 그러니까 천장이 깃털로 장식된 방에서 있었던 일들까지도 말해야 한다. 크로제는 그런 이야기를 듣고 싶어 하지 않을 것이다. 남자들은 자기들이 하고 싶은 섹스 행위를 상대가 다른 남자와 했다는 사실은 상상조차 하기 싫어한다.

그래서 다른 걸 묻는다. "접합돼서 만들어진 그 사람들은 어떻게 됐는데? 무결점의 완벽한 인간들 말이야. 실제로 그런 사람들이 만들어졌어?" 글렌은 항상 모든 것이 더 완벽해지기를 바랐다.

"그럼, 만들었지." 마치 사람을 만드는 게 일상적이고 대수롭지 않은 일이라는 듯 크로제가 말한다.

"그들도 나머지 사람들과 같이 죽었겠네?"

"아니, 그들은 해변에서 살아가고 있대. 옷도 안 입고 나뭇잎을 뜯어 먹으며 고양이처럼 가르랑거리는 소리를 낸다는군. 내가 생각하는 완벽과는 아주 달라." 크로제가 웃으면서 말한다. "오히려 네가 더 완벽에 가깝지."

그 말에는 아무런 반응도 보이지 않은 채 나는 말한다. "지금 말한 거 네가 꾸며 낸 이야기지?"

"맹세코 아니야. 그들은 그게 아주 커진대. 시퍼렇게 변하면서 말이야. 그러곤 엉덩이가 시퍼런 여자들과 집단 난교를 한다는군. 정말이지 징그러워!" 크로제가 말한다.

"장난으로 그렇게 말하는 거지?" 내가 다시 추궁한다.

"이 두 눈으로 직접 봤다니까. 혹시라도 실수를 저질러 그들을 혼란스럽게 만들 수도 있기 때문에 우린 그들 근처에도 얼씬하면 안 돼. 하지만 젭이 그러는데 동물원에 가는 심정으로 멀리서 볼 수는 있다는 거야. 젭은 그들이 위험한 건 아니라고 했어. 오히려 우리가 그들에게 위험한 존재라면서." 크로제가 말한다.

"난 언제쯤 그들을 볼 수 있을까?"

"우선 저 고통공 감옥 죄수들부터 처치해야지. 하지만 내가 같이 가야 할 거야. 뱀들한텐 미안한 말이지만, 거기에 가면 나무 위에서 자면서 혼잣말하는 뱀 한 자루만큼이나 미친놈 하나가 있대. 감염됐는지 아닌지 몰라서 그냥 내버려 두고 있다는군. 그가 널 괴롭히면 안 되니까 나랑 같이 가야해."

"고마워. 그런데 그 크레이크란 사람 말이야, 파라디스 프로젝트 돔에 있었다는 사람. 어떻게 생겼어?"

"난 본 적이 없어. 그의 생김새에 대해서 말한 사람은 없었어."

"그 사람에게 친구가 있었대? 돔 안에서." 글렌이 지미를 비늘클럽으로 데려왔을 때에, 분명 두 사람은 무슨 일을 함께 꾸미고 있었던 게 분명했다.

"코뿔소한테 듣기로 그는 친구 같은 것에 큰 흥미를 보이지는 않았지만 그래도 친구 한 명과 여자 친구가 있었대. 그 둘은 아마 마케팅을 담당했다지. 코뿔소가 그러는데 그 친구라는 녀석은 쓸데없는 농담 따먹기나 하고 술을 지나칠 정도로 많이 마시는 형편없는 놈이었대."

그렇다면 지미가 맞을 거라고 나는 생각했다. "그는 살아남았대? 돔에서 나왔대? 그 파란 사람들과 함께?"

"그걸 내가 어떻게 알아? 그리고 그게 무슨 상관이야?"

나한테는 상관 있는 일이었다. 난 지미가 죽는 걸 원하지 않는다. "너무 심하게 말하는 거 아니야?" 내가 말한다.

"헤이, 화내지 마." 크로제가 달래듯 말한다. 그는 내 어깨에 팔을 두르고 마치 실수로 그러는 것처럼 내 가슴에 손을 얹는다. 나는 그의 손을 치운다. "알았어." 그는 실망한 목소리로 말한다. 그리고 나서 내 귀에 키스한다.

정신을 차리고 보니 크로제가 날 흔들어 깨우고 있다. "그들이 돌아왔어." 그렇게만 말하고 그는 서둘러 나간다. 얼른 옷을 입고 밖으로 나가 보니 젭이 마당에 있고 토비가 그를 껴안고 있다. 카투로도 있다. 검은 코뿔소라는 사람도 있는데 실제로도 약간 까맸다. 섀키도 있는데 나를 보며 활짝 웃고 있다. 그는 아직 아만다와 두 고통공 감옥 죄수에 대한 이야기를 듣지 못한 것 같다. 크로제가 그에게 말해 줘야 하겠지. 내가 얘기하면 분명 이것저것 물어볼 텐데 나는 제대로 답변하지 못할 게 뻔하다.

약간 수줍다는 생각이 들어 나는 젭에게 천천히 걸어간다. 토비가 그를 놓아준다. 그녀는 미소 짓고 있는데 보통 때처럼 희미한 미소가 아니라 진심이 담긴 미소다. 토비가 아직도 때로는 아름다워 보이는구나 하는 생각이 든다. "꼬마 렌, 많이 컸구나." 젭이 내게 말한다. 젭은 내가 마지막으로 봤을 때보다 더 늙은 것 같다. 그는 미소를 지으며 잠깐 동안 내 어깨를 꼭 껴안는다. 예전에 정원사들과 함께 지낼 때 젭이 샤워실 안에서 노래 부르던 게 생각난다. 그가 내게 친절하게 대해 주던 때도 기억난다. 사실 행운이 많이 따른 결과이긴 했지만, 내가 살아남았다는 것을 젭이 자랑스러워했으면 좋겠다는 생각이 든다. 내가 살아 있다는 것에 대해 그가 더 놀라고 행복해했으면 좋겠다. 하지만 그는 지금 마음속이 무척이나 복잡할 것이다.

젭과 섀키, 그리고 검은 코뿔소는 각각 분무 총과 배낭을 들고 있었는데 배낭을 열더니 이것저것 꺼내기 시작한다. 콩정어리 통조림, 술처럼 보이는 병 두 개, 그리고 에너지 바 한 움큼, 분무 총에 장전할 수 있는 전지 세 묶음이 나왔다.

"단지에서 가져왔어. 대체로 문들이 열려 있던걸. 약탈자들이 이미 휩쓸고 간 거지."

"동결 유전자 단지는 꼭 잠겨 있었어." 젭이 말한다. "아마도 어떻게든 안에서 버틸 수 있을 거라고 생각한 것 같아."

"그 사람들은 그 안에 냉동된 머리를 잔뜩 보관하고 있었잖아요." 섀키가 말한다.

"아마 아무도 탈출하지 못했을 거야." 검은 코뿔소가 말한다. 그 말을 들으니 정말이지 안타까웠다. 루선이 분명 그 단지 안에 있었을 것이고 마지막에 그녀가 나한테 어떻게 행동했든 간에 그녀는 한때 내 엄마였고 나도 그녀를 사랑했기 때문이다. 어쩌면 젭도 나와 같은 생각을 할지 모른다는 생각에 나는 젭을 올려다봤다.

"아담1은 찾았어요?" 아이보리 빌이 묻는다.

젭은 고개를 절레절레 흔든다. "좋은풍경을 샅샅이 뒤져 봤어. 그들인지 다른 사람인지는 확실하지 않지만 어쨌든 그들이 그곳에 상당 기간 머물렀던 게 분명해. 여기저기서 흔적을 발견했거든. 다른 아라랏도 몇 군데 살펴봤지만 아무것도 찾지 못했어. 이미 다른 곳으로 이동한 것 같아."

"누군가가 건강 클리닉에 살고 있었다는 걸 젭한테 말했어? 식초 통 뒤에 있는 작은 방 말이야. 노트북 컴퓨터가 있었던 곳 있잖아." 내가 크로제에게 묻는다.

"그럼, 말했지. 젭이 있었대. 레베카와 카투로도 있었고."

"다리를 절뚝이며 혼잣말하는 그 미치광이를 우리도 봤어요." 섀키가 말한다. "저 아래 해변에 있는 나무 위에서 자는 그 남자요. 근데 그는 우리를 못 봤을 거예요."

"그를 총으로 쏘지 않았어? 혹시라도 그가 전염병 보균자면 어떻게 하려고?" 아이보리 빌이 말한다.

"무엇 때문에 탄환을 낭비해? 어차피 길게 버티지도 못할 텐데." 검은 코뿔소가 말한다.

해 질 무렵, 마당에 불을 지피고 쐐기풀과 우엉, 모헤어 양의 우유로 만든 치즈, 그리고 정체 모를 고깃덩이가 들어간 스프를 먹는다. 정원사들이 으레 그랬던 것처럼 "친애하는 친구들이여, 이 지구상에 남은 사람들이라곤 우리밖에 없으니 우선 감사합시다."와 비슷한 기도로 식사를 시작할 줄 알았는데 예상과는 달리 그저 식사만 한다.

식사를 마친 후, 그들은 다음에 무슨 일을 해야 할지 의논한다. 누군가가 혹은 무엇인가가 그들을 발견하기 전에 그들이 먼저 아담1과 정원사들을 찾는 게 급선무라고 젭이 재차 강조한다. 그는 내일 에덴절벽 옥상과 송로버섯 은신처 몇 군데, 그 외 그들이 갔을 만한 다른 곳을 수색하기 위해 싱크홀에 갈 것이다. 섀키가 따라가겠다고 동행 의사를 밝히자 검은 코뿔소와 카투로도 같이 가겠다고 한다. 다른 사람들은 이곳에 남아서 야생 개와 멧돼지 떼로부터 흙집을 보호하고 또 행여나 고통공감옥 죄수들이 다시 나타날 것에 대비해야 할 필요가 있다.

그런 다음 아이보리 빌이 젭에게 토비가 겪은 일에 대해 말하며 이제 블랑코가 죽었을 거라고 하자 젭은 토비를 바라보며 "자기야, 정말로 잘했어."라고 말한다. 토비가 자기라고 불리는 게 왠지 어색하게 느껴진다. 누군가가 신에게 성적으로 매력 있다고 말하는 것과 비슷했다.

나는 용기를 내어 아만다를 찾아 고통공 감옥 죄수들로부터 구출해야 한다고 말한다. 새키도 동의한다고 하는데 진심인 것 같다. 젭은 자기도 안타깝지만 사실 이것이 양자택일의 문제라는 걸 우리 모두가 이해해야 한다고 말한다. 아만다는 한 사람일 뿐이지만 아담1과 정원사들은 다수이기 때문이다. 아만다였더라도 마찬가지 결정을 내렸을 것이다. 그래서 내가 "좋아요, 그럼 나 혼자 가겠어요."라고 말하자 내가 마치 아직도 열한 살짜리 어린아이인 것처럼 젭이 "바보같이 굴지 마."라고 꾸짖는다.

가만히 듣고 있던 크로제가 나와 함께 가겠다고 말한다. 나는 고맙다는 표시로 그의 손을 꼭 쥔다. 하지만 젭이 크로제는 흙집에 남아 있어야 한다고 말한다. 여기에 크로제가 없으면 안 된다면서 말이다. 만약에 내가 젭, 새키, 코뿔소, 카투로가 돌아올 때까지 기다린다면, 분무 총으로 무장한 남자 셋을 나와 같이 보내 주겠다고 젭이 말한다. 그렇게 되면 우리가 아만다를 구출할 수 있는 가능성이 훨씬 높아질 것이다.

하지만 나는 시간이 많지 않다고 반박한다. 고통공 감옥 죄수들이 아만다를 맞바꾸길 원한다는 건 결국 그들이 그녀에게 싫증이 났다는 말이고 그렇다면 그들은 언제라도 그녀를 죽일 수 있을 것이기 때문이다. 그런 상황이 어떻게 돌아가는지 안단 말이에요 하고 나는 덧붙인다. 비늘클럽에서 일하던 임시 성노예들처럼 아만다를 한 번 쓰고 쉽게 버리는 일회용으로 취급하는 거잖아요. 그러니까 지금 당장 아만다를 찾아야 해요. 위험하다는 건 나도 알지만 그런 건 상관없어요. 이런 말들을 한바탕 쏟아 놓은 다음 나는 울기 시작한다.

다들 아무 말도 하지 않는다. 토비가 나와 함께 가겠다고 말한다. 그녀는 자신의 소총을 가져갈 것이고 자기가 제법 총을 잘 쏜다고 말한다. 어쩌면 고통공 감옥 죄수들이 분무 총 전지를 다 써 버렸을지도 모르며 그렇다면 아만다를 구출해 올 가능성이 더 높아질 거라면서 말이다.

젭이 "그건 좋은 생각이 아닌 것 같다."라고 반박하지만 토비는 곰곰이 생각하더니 그녀가 생각해 낼 수 있는 최상의 방법이라고 대꾸한다. 그녀는 나 혼자 숲속으로 들어가도록 내버려 둘 수가 없다고 말한다. 그건 살인과도 같다면서. 그녀의 말을 들은 젭은 고개를 끄덕이며 말한다. "조심해야 해." 마침내 이야기는 끝났다.

미친 아담들은 토비와 나를 위해 큰 방에다 강력 접착테이프로 만든 그물 침대를 걸어 준다. 토비는 여전히 젭과 그밖의 다른 사람들과 이야기를 나누고 있어서 나는 먼저 침대로 들어간다. 모헤어 깔개를 펼쳐 놓은 그물 침대는 꽤 편안하다. 아만다를 어떻게 찾을 것이며 찾은 후에는 어떤 일이 벌어질까 걱정이 태산 같지만 얼마 후 나는 깊은 잠에 빠져든다.

*

다음 날 아침 일어나 보니 젭과 섀키와 카투로와 검은 코뿔소는 이미 떠나고 없다. 하지만 젭이 나이 든 아이들이 가지고 놀던 모래 통에 그들이 길을 잘 찾을 수 있도록 흙집과 해변을 표시한 지도를 그려 놓고 갔다고 레베카가 토비에게 말해 준다. 토비는 이상한 표정으로 한참 동안 지도를 들여다본다. 어쩐지 슬퍼 보이는 미소다. 하지만 그녀는 지도를 외우는 듯하더니 획 지워 버린다.

아침 식사 후 레베카는 우리에게 육포를 챙겨 준다. 맨땅에서 자는 게 안전하지 않으므로 아이보리 빌은 우리에게 가벼운 그물 침대 두 개를 챙겨 준다. 우리는 그들이 파 놓은 우물에서 물을 떠 물통을 채운다. 토비는 양귀비 병, 버섯, 구더기 통을 비롯한 의료품은 모두 두고 가면서 요리할 냄비와 칼, 성냥 그리고 밧줄은 챙긴다. 얼마나 오래 걸릴지 모를 일이기 때문이다. 레베카는 토비를 꼭 껴안고 "토비, 뒤를 조심해."라고 말해 준다. 우리는 길을 떠난다.

우리는 걷고 또 걷는다. 정오에 요기를 위해 잠깐 멈춘다. 토비는 계속해서 귀를 쫑긋 세우고 있다. 까마귀 소리처럼 이상한 새소리가 너무 많이 나는 것도, 그리고 아무런 새소리도 들리지 않는 것도 모두 조심하라는 신호라고 토비는 말한다. 하지만 우리에게 들리는 소리는 짹짹거리고 재잘거리는 소리뿐이다. "새로 된 벽지 같지?" 하고 토비가 말한다.

우리는 계속 걷다가 또다시 먹고 또다시 걷는다. 나뭇잎이 너무나도 빽빽하게 우거져서 공기가 탁하다. 되려 산소를 빼앗기는 것만 같다. 마지막으로 숲속에 들어왔을 때 나무에 매달려 있던 오츠의 끔찍한 모습을 봤기 때문에 나는 더더욱 긴장이 됐다.

날이 어두워지자 우리는 적당한 크기의 나무를 찾아 그물 침대를 걸고 그 안에 눕는다. 하지만 잠이 잘 오지 않는다. 그때 노랫소리가 들려온다. 너무나도 아름답지만 정상적인 노랫소리 같지는 않다. 유리처럼 투명하지만 마치 여러 층의 유리인 것 같다. 종소리처럼.

노랫소리가 희미해지자 내가 혹시 상상한 게 아닌가 하는 생각과 함께 문득 파란 사람들일지도 모르겠다는 생각이 든다. 그 사람들의 노랫소리가 저렇지 않을까 하는 생각이 든다. 그들 사이에 있는 아만다를 상상해 본다. 그들은 아만다에게 음식을 먹여 주고 그녀를 보살펴 주며 그녀를 치료해 주기 위해 주변에서 가르랑거리면서 심신이 지친 그녀를 위로해 준다.

다 환상에 불과하다. 희망 사항일 뿐이다. 그런 헛된 생각을 하면 안 된다는 것도 안다. 현실을 직시해야 한다. 하지만 현실에는 너무나도 무서운 암흑이 도사리고 있다. 까마귀 떼와 맞닥뜨린 것 같다.

아담과 이브 들은 말했다. 우리가 먹는 것이 우리가 된다고. 하지만 난 우리가 바라는 것이 우리가 된다고 믿고 싶다. 희망조차 할 수 없다면, 살 이유가 있을까?

성 테리와 모든 여행자

25년

방랑 상태에 관하여

연사: 아담1

친애하는 친구들, 피조물 동지들, 우리 삶의 경로인 이 험난한 여정을 함께 걸어가는 동반자들이여,

그리운 에덴절벽 옥상정원에서 마지막으로 다 함께 성 테리의 날을 기념했던 그날로부터 참 많은 시간이 흘렀습니다. 감내하기 어려운 현재의 어두운 나날에 비하면 그 시절이 얼마나 좋았는지 당시의 우리는 깨닫지 못했습니다. 그때 우리는 평화로운 정원에서 고무적인 미래를 꿈꿨지요. 우리를 기다리고 있던 것이 빈곤과 범죄였을지언정, 우리는 악의 없는 초목과 근면한 꿀벌들로 번창한 회복과 갱신의 공간에서 미래를 봤습니다.

우리는 가치 있는 목표를 향해 정진하고 있었고, 그것을 이루기 위해 우리가 택한 방법에는 악의가 전혀 없었기에, 결국엔 우리가 승리하리라 확신하며 다 함께 소리 높여 희망의 노래를 합창했습니다. 순진하게도 우리는 우리가 희망한 대로 이루어지리라 믿었습니다. 그 후로 통탄할 일들이 많이 벌어졌지만 그때 우리를 움직였던 영혼은 지금도 우리 안에 있습니다.

성 테리의 날은 모든 여행자들을 기리기 위한 날입니다. 그중에도 특히 한쪽 의족을 해야만 하는 크나큰 역경에도 여태껏 달리기를 멈추지 않음으로써 용맹의 훌륭한 본보기가 되어 준 성 테리 폭스를 기념하는 날이기도 합니다. 성 테리 폭스는 마치 화석연료 없이 이동한 기관차처럼 인체의 무한한 가능성을 증명해 보였고 마침내 죽음과의 경주에서도 승리한 위인으로 우리의 기억 속에 길이길이 남을 것입니다.

이날 우리는 또한 이백 년 전, 순전히 별자리에 의존해 수천 킬로미터를 걸어 탈출한 노예들을 인도한 성 소저너 트루스를 기억합니다. 뿐만 아니라 각각 북극과 남극 탐험으로 명성을 세운 성 새키와 크로제도 기념합니다. 스캇 원정대의 성 로렌스 "타이투스" 오츠 또한 잊을 수 없는 영웅이지요. 그는 앞서 어느 누구도 여행하지 않은 곳을 탐험했고 결국 눈보라 도중 동료들의 안전을 위해 스스로를 희생했습니다. 그가 최후에 남긴 불멸의 발언은 고난의 길을 걷고 있는 우리에게도 영감을 줍니다.

"잠깐 밖에 다녀올게요. 시간이 좀 걸릴지도 모르겠어요."

이날의 성인들은 모두 여행자들입니다. 그들이 공통적으로 알았던 지혜는, 확고한 믿음과 이타적인 목적을 위해 여행하는 한, 여행하는 것이 도착하는 것보다 더 좋다는 사실입니다. 나의 친구들이자 여행의 동반자들이여, 우리 모두 마음속에 이런 지혜를 간직하도록 합시다.

아울러, 여행길에서 우리는 우리 곁을 떠난 사람들을 기억해야 합니다. 대런과 퀼은 질병에 굴복했는데 그들이 보인 초기 증상에 대해 우리는 크게 우려했습니다. 그들의 부탁 아래 우리는 그들을 남겨 두고 떠났습니다. 우리가 건강을 유지할 수 있도록 그들이 보여 준 배려는 칭찬할 만한 것이었고 우리는 그들의 희생정신에 감사드립니다.

필로는 요양 상태로 접어들었고 주차 건물 옥상에서 조용히 최후를 맞았습니다. 아마도 그곳은 그에게 우리의 그리운 옥상 정원을 상기시켜 줬을 겁니다.

멜리사가 그토록 뒤처지도록 내버려 둔 것은 어쩌면 착오였을지도 모릅니다. 하지만 야생 개 떼를 통해 그녀는 동료 동물들에게 최고의 선물을 선사했고 신의 위대한 섭리를 따라 단백질 대순환의 일부가 됐습니다.

여러분 마음속에 있는 그녀의 주변에 빛을 비춰 주시기 바랍니다.

다 함께 찬양합시다.

길고도 긴 거리

마지막 1.6킬로미터, 가장 길고도 긴 거리
우리의 마음이 약해지고
달려갈 힘도 잃고
희망의 등대를 의심하는 그 순간.

이 어두운 길 뒤돌아서 버릴까?
발은 아프고 몸은 지쳤는데
깊은 절망으로 우리의 믿음은 서서히 고갈되고
모든 것이 황량하게 느껴지는 그 순간.

좁다란 이 길을 포기해 버릴까?
터벅터벅 걸어야 하는 이 샛길을.
빨리 달리는 것을 타고 거짓된 기쁨을 맛보며
파멸의 고속도로로 달려 볼까?

적들이 우리의 삶을 지우도록
땅속에다 우리의 메시지를 묻어 버릴까?
전쟁과 반목으로 그들은 꺼 버릴까?
우리가 나르는 횃불을?

아, 먼지투성이 여행자여, 기운 차리게나.
그대 지금은 비틀거릴지라도
길을 가다 넘어질지라도
그대의 제단에 다다르리라.

홍수의 해

달리고 또 달리게. 두 눈이 침침하더라도
합창대의 소리가 희미하더라도
자연의 녹색 박수갈채, 주님이 주시네.
우리가 다시 일어설 수 있도록.

노력 속에 목표가 있기에
우리를 귀하게 여기시는 주님.
우리의 순교자 마음을 보시고
우리의 마음을 측량하시는 주님.

— 『신의 정원사들이 즐겨 부르는 찬양집』에서

74

렌. 성 테리와 모든 여행자

25년

눈을 뜨자 이미 그물 침대에 앉아 팔 스트레칭을 하는 토비가 보인다. 그녀가 나를 향해 미소 짓는다. 토비가 미소 짓는 일이 최근 잦아졌다. 어쩌면 나를 격려하기 위해 그러는 것인지도 모른다. 그녀가 묻는다. "오늘이 무슨 날이지?"

잠깐 생각해 본 후 나는 대답한다. "성 테리, 성 소저너. 모든 여행자."

토비는 고개를 끄덕이더니 "짧게라도 명상을 하면 어떨까?" 하고 제안한다. "우리는 오늘 위험한 여정을 떠나야 하니 심적 평안이 필요할 거야."

아담과 이브 들 중 누군가가 명상을 제안하면 실로 거절할 수가 없다. 토비가 그물 침대에서 내려와 연꽃 자세를 취하는 동안 나는 기습 공격에 대비해 그녀의 곁에 서서 그녀 모습을 지켜본다. 토비는 또래에 비해 참으로 유연하다. 하지만 내 차례가 됐을 때 고무처럼 몸을 이리저리 구부려 자세를 잡아 보지만 제대로 명상할 수가 없다. 처음 세 부분, 사과, 감사, 용서를 해낼 수가 없다. 특히 용서 부분이 어려운데 그건 누구를 용서해야 하는지 모르기 때문이다. 아담1은 아마도 내가 지나치게 두려움이 많고 분개하고 있다고 말할 것이다.

그래서 나는 아만다에 대해 생각한다. 그녀가 내게 해 줬던 모든 것들과 내가 그녀에게 아무것도 해 주지 못했던 것에 대해 생각한다. 그녀에게 질투심을 느낀 건 지미 때문에 나도 어쩔 수 없었던 일이었다. 물론 지미와의 일은 결코 아만다의 잘못이 아니었는데 말이다. 그렇기 때문에 내 감정은 불공평했다. 나는 아만다를 찾아야만 한다. 그리고 지금 고난으로부터 아만다를 구출해야만 한다. 어쩌면 아만다도 오츠처럼 이미 신체의 일부가 제거된 채로 나무에 매달려 있을지도 모른다.

하지만 나는 그런 모습을 상상하고 싶지 않아 대신 그녀를 향해 걸어가는 내 모습을 머릿속에 그려 본다. 그것이 바로 내가 해야 할 일이기 때문이다.

우리의 신체만 이동하는 것이 아니라 영혼 또한 함께 움직이는 거라고 아담1은 종종 말했다. 그리고 하나의 여정이 끝나는 순간 새로운 여정이 시작되는 것이다.

"이제 준비됐어요." 나는 토비에게 말한다.

우리는 말린 모헤어 고기와 물로 배를 채우고 그물 침대는 들고 가는 대신 덤불 밑에 숨겨 둔다. 그래도 배낭에 음식물과 몇 가지 필수품은 넣어서 가져가야 한다고 토비는 말한다. 그런 다음 우리 흔적을 뚜렷하게 남기지는 않았는지 주변을 정리하며 살펴본다. 토비는 소총을 점검하면서 말한다. "총알은 두 개면 충분할 거야."

"제대로 맞히시면 그렇겠죠." 고통공 감옥 죄수 한 명당 한 발씩. 나는 총알이 공기를 가르며 날아가는 모습을 상상해 본다. 곧장 날아가면 어디에 박힐까? 눈? 심장? 상상만으로도 끔찍해 몸이 움찔한다.

"못 맞히면 안 돼. 그들에게 분무 총이 있단 말이야." 토비가 말한다.

우리는 다시 길을 나선다. 바다 쪽을 향해, 한밤중에 들려오던 목소리를 향해 계속해서 나아간다.

시간이 조금 흐른 뒤 사람들의 목소리가 들린다. 하지만 노래하고 있는 게 아니라 이야기를 나누고 있다. 연기 냄새와 나무 타는 냄새가 나고 아이들의 웃음소리도 들린다. 글렌이 의도적으로 생산한 사람들이다. 틀림없다.

"천천히 걸어." 토비가 낮은 목소리로 주의를 준다. "동물과 마주쳤을 때랑 마찬가지야. 침착함을 잃어선 안 돼. 자리를 떠야 할 땐 뒤로 서서히 물러서. 급히 등을 돌리고 뛰면 안 돼."

어떤 걸 기대했는지는 잘 모르겠지만 내 눈앞에 나타난 그들의 모습은 전혀 내가 기대했던 게 아니다. 공터가 보이고 그 안에 모닥불이 피워져 있다. 그리고 불 주변에 서른 명 남짓 되는 사람들이 모여 있다. 피부색이 다양한 사람들이었다. 검은색, 갈색, 황색, 그리고 백색. 그중 어느 누구도 나이 든 사람이 없고 옷을 걸친 사람 역시 한 명도 없다.

나체촌인가 하는 생각이 잠깐 들지만 그건 단지 나 혼자 우스갯소리를 해 본 것이다. 그렇게 보기에 그들은 너무나 잘생겼고 지나칠 정도로 완벽하다. 그들이 모여 있는 모습은 마치 새론당신 스파의 광고와도 같다. 유방 확대 수술에다 제모도 완벽하게 해서 몸에는 잔털 하나 없다. 광내고 때 빼고 포토샵 처리한 사진처럼 아주 완벽해 보인다.

때로 눈으로 보기 전까진 믿기 어려운 것들이 있는데 이 사람들이 그에 속한다고 할 수 있다. 글렌이 실제로 그런 일을 해냈으리라고는 믿지 않았다. 이 사람들을 봤다던 크로제의 말도 믿지 않았다. 하지만 바로 앞에 서 있는 이 사람들을 나는 보고 있다. 흡사 유니콘을 보는 것만 같다. 그들이 가르랑거리는 소리를 듣고 싶다.

처음엔 한 아이가, 그다음에는 한 여자가, 그리고 마침내 그들 모두가 우리를 발견한다. 그들은 하던 일을 멈추고 모두 돌아서서 우리를 유심히 쳐다본다. 우리의 갑작스러운 출현에 놀라지도 두려워하지도 않는 모습이다. 그렇다고 우리를 위협하려 들지도 않는다. 흥미로워하면서도 커다란 동요 없이 차분히 쳐다볼 뿐이다. 마치 모헤어 양들과 마주친 것 같다. 그들도 모헤어 양들처럼 뭔가를 씹고 있다. 그들이 먹는 건 뭔지 몰라도 아무튼 녹색이다. 아이들 중 몇몇은 우리를 보고 너무 놀란 나머지 입을 다물지 못한다.

"안녕." 토비가 먼저 말한다. 내게는 "여기 있어." 하고 지시한 뒤 그들을 향해 한걸음 다가선다. 모닥불 옆에 쪼그리고 앉아 있던 한 남자가 일어서서 무리 앞으로 나온다.

"안녕하세요." 그가 대답한다. "당신은 눈사람의 친구인가요?"

토비가 어떻게 대답해야 할지 몰라 머리 굴리는 소리가 들리는 듯하다. 눈사람이 누구지? 그렇다고 대답하면 우리를 적으로 볼까? 아니라고 대답하면 어떻게 될까?

"눈사람은 선한가요?" 토비가 묻는다.

"네, 눈사람은 아주 선해요. 우리의 친구죠." 남자가 대답한다. 다른 사람들보다 키가 큰 그는 사람들의 대변인처럼 보인다. 그가 대답하자 나머지 사람들은 계속 뭔가를 씹으면서 고개를 끄덕인다.

"그렇다면 우리도 그의 친구랍니다. 그리고 우리는 당신의 친구이기도 해요." 토비가 말한다.

"당신은 그를 닮았어요. 눈사람처럼 피부가 한 꺼풀 더 있어요. 하지만 깃털은 없네요. 나무 위에서 사시나요?" 남자가 묻는다.

"깃털요? 한 꺼풀 더 있는 그의 피부에 깃털이 달려 있나요?" 토비가 질문한다.

"아니요, 얼굴에 있어요. 눈사람과 같은 사람이 또 한 사람 왔었어요. 깃털이 난 사람요. 그와 함께 온 사람은 깃털이 짧았어요. 파란 냄새가 났지만 파랗게 행동하지는 않았던 여자였지요. 당신과 함께 온 여자도 그런가요?"

토비는 마치 그의 말을 다 알아들었다는 듯이 고개를 끄덕인다. 어쩌면 토비는 다 알아들었을지도 모른다. 사실 그녀가 어디까지 이해했는지 나는 정확하게 알지 못한다.

"파란 냄새가 나요. 당신과 함께 온 저 여자한테서요." 또 다른 남자가 말한다.

내가 마치 꽃이나 치즈라도 되는 것처럼 모든 남자들이 내가 있는 쪽을 향해 킁킁거리며 냄새를 맡는다. 그중 몇몇은 커다랗고 파랗게 발기했다. 크로제가 조심하라고 주의 준 상황이지만 몇몇 고객이 보디 페인트를 칠하거나 확장제를 복용하던 비늘 클럽에서조차 이런 광경은 한 번도 본 적이 없었다. 그곳에 모여 있던 남자 중 몇몇은 크리스털 잔 가장자리를 손가락으로 문지를 때 날 것 같은 이상한 콧소리를 웅웅거리며 낸다.

대변인이 다시 말문을 연다. "하지만 예전에 왔던 그 여자는 우리가 노래 부르고 꽃을 헌사하고 페니스로 신호를 보냈더니 잔뜩 겁을 집어먹었어요."

"그래요. 그녀와 함께 왔던 두 남자들도 두려워했어요. 그들은 결국 도망쳤죠."

"그녀의 키가 얼마나 되던가요? 그 여자 말이에요. 여기 이 여자보다 더 컸어요?" 토비가 나를 가리키며 묻는다.

"네, 더 컸어요. 하지만 건강 상태가 좋지 않았어요. 그리고 슬퍼 보였어요. 우린 그녀 주변에서 가르랑거리며 그녀의 기분을 좋게 해 주려고 했어요. 그러면 그녀와 짝짓기를 할 수 있을지도 모를 테니까요."

아만다였던 게 분명하다. 나는 생각한다. 아만다가 아직 살아 있구나. 아직 그녀를 죽이지 않았어. 서둘러야 해! 나는 외치고 싶다. 하지만 토비는 아직 떠나려는 기미를 보이지 않는다.

"우리 넷 중 누구랑 짝짓기하고 싶은지 고를 수 있게 그녀에게 선택권을 줬어요." 대변인이 말한다. "이번에 당신과 함께 온 여자는 어쩌면 선택할지도 모르겠네요. 그녀에게서 파란 냄새가 아주 강하게 나요!" 이 말을 듣고 그곳에 모인 남자들이 다 같이 미소를 짓는다. 그들 모두 흰 치아가 아주 강렬하게 반짝였고 그들의 페니스는 행복한 강아지의 꼬리마냥 좌우로 흔들리며 나를 가리키고 있다.

네 명이나? 한꺼번에? 토비가 이 남자들을 총으로 쏘는 건 원하지 않는다. 그들 모두 순해 보이고 매우 잘생겼다. 하지만 나는 저토록 파랗게 반짝이는 페니스들이 내 근처에 오는 걸 원하지 않는다.

"제 친구는 사실 파란 게 아니에요. 단지 그녀 몸에 있는 또 하나의 껍질 때문에 그런 거예요. 파란 사람이 그녀에게 줬어요. 그들은 어디로 갔죠? 그 두 남자와 여자 말이에요?" 토비가 묻는다.

"해변을 따라 갔어요. 그리고 오늘 아침에 눈사람이 그들을 찾으러 갔고요." 대변인이 답한다.

"그녀 몸에 있는 또 하나의 껍질을 벗겨서 그녀가 얼마나 파란지 우리가 직접 봐도 될 텐데요."

"눈사람은 발을 다쳤어요. 발 위에서 우리가 가르랑거렸지만 아직 완쾌되지 않았기 때문에 가르랑거리기를 더 해야 해요."

"눈사람이 여기 있으면 파랑에 대해 알아봐 줄 텐데. 그런 다음 우리가 어떻게 행동해야 할지도 알려 줬을 테고요."

"파랑을 낭비하면 안 돼요. 그건 크레이크가 주신 선물이에요."

"우리는 그와 함께 가고 싶었지만 그가 우리에게 여기서 기다리라고 했어요."

"눈사람은 알아요." 마침내 한 여자가 입을 연다. 그때까지 그곳에 있던 여자들은 대화에 참여하지 않고 있었지만 이제 모두들 고개를 끄덕이며 미소 짓고 있다.

"우리는 이제 눈사람을 도우러 가야 해요." 토비가 말한다. "그는 우리의 친구니까요."

"우리도 같이 갈게요." 또 다른 남자가 말한다. 다른 사람들보다 키가 작고 피부는 황색이며 눈은 초록색이다. "우리도 눈사람을 돕겠어요." 처음으로 나는 그들 모두 초록색 눈임을 알아차린다. 그들에게서는 감귤 향이 난다.

"눈사람은 종종 우리 도움을 필요로 해요." 키 큰 남자가 말한다. "눈사람의 냄새는 약하고 힘이 없어요. 게다가 이번에는 아프기까지 하고요. 발이 아파요. 그는 절뚝거려요."

"눈사람이 여기서 기다리라고 했으면 여러분은 이곳에서 기다려야 해요." 토비가 말한다. 그들이 서로를 바라보는데 뭔가를 걱정하는 눈치다.

"우리는 여기 남겠어요." 키 큰 남자가 말한다. "하지만 곧 돌아와야 해요."

"눈사람도 함께 데리고 오세요." 한 여자가 말한다. "그래야 우리가 그를 돕지요. 그럼 그는 다시 나무 위에서 살 수 있을 거예요."

"그에게 물고기를 주세요. 물고기는 그를 기쁘게 한답니다."

"그는 물고기를 먹어요." 한 아이가 얼굴을 찡그리며 말한다. "그걸 씹어서 삼켜요. 크레이크가 그렇게 해야 한다고 그랬어요."

"크레이크는 하늘에서 살아요. 그는 우리를 사랑해요." 키 작은 여자가 말한다. 그들은 크레이크가 신이라고 믿는 것 같다. 글렌을 검은색 티셔츠를 입은 신이라고 생각하다니, 실제로 그가 어떤 사람인지 생각해 보면 정말 우스꽝스럽다. 하지만 나는 웃지 않는다.

"당신들에게도 물고기를 드릴 수 있어요." 여자가 말한다. "물고기 한 마리 드릴까요?"

"네, 눈사람을 꼭 데려오세요. 그러면 우리가 물고기 두 마리를 잡아드릴게요. 아니 세 마리. 하나는 당신에게, 하나는 눈사람에게, 그리고 남은 하나는 파란 냄새가 나는 저 여자한테 줄게요." 키 큰 남자가 말한다.

"최선을 다할게요." 토비가 답한다.

그녀의 말에 그들은 혼란스럽다는 표정을 짓는다. "'최선'이 뭐예요?" 남자가 묻는다.

우리는 나무 밑에서 나와 햇볕이 쨍쨍 비치고 파도 소리가 나는 곳으로 왔다. 곱게 마른 모래 위를 걸어가다가 바닷물 언저리 딱딱하고 축축한 모래 더미가 있는 곳으로 내려간다. 바닷물은 부드럽게 쉿쉿 소리를 내며 위로 올라왔다가 다시 아래로 쏠려 내려간다. 마치 커다란 뱀이 쌕쌕 숨 쉬는 소리와도 같다. 반짝거리는 쓰레기, 플라스틱 조각, 빈 깡통, 유리 파편이 해변에 널려 있다.

"그 사람들이 나한테 덤벼드는 줄 알았어요." 나는 말한다.

"그들이 너한테서 냄새를 맡았어. 에스트로겐 냄새 말이야. 네가 지금 한창 때라고 생각한 거지. 그들은 파랗게 변할 때만 짝짓기를 하는 거야. 개코 원숭이와 다를 게 없지."

"그걸 어떻게 다 아세요?" 나는 토비에게 묻는다. 크로제가 파란 페니스에 대해 말해 준 적은 있지만 에스트로겐에 대해서 말해 준 적은 없다.

"아이보리 빌한테 들었어. 미친 아담들이 그런 특징을 고안하는 데 일조했다는군. 본래 의도는 삶을 더 단순하게 만드는 거였어. 짝짓기할 때 짝 선택하는 일을 수월하게 만드는 거지. 낭만의 고통을 제거하려고 말이야. 이제는 입을 다물어야 할 것 같다."

낭만의 고통이라고? 토비가 과연 그게 어떤 건지 알까?

앞바다 쪽으로 텅 비어 있는 고층 건물들이 길게 늘어서 있다. 헤리티지 공원 근처 해변으로 정원사들의 소풍을 갔을 때 봤던 건물들이 생각난다. 그 모든 태풍으로 인해 해수면이 저토록 높아지기 전에 저 앞은 다 육지였다. 공부 시간에 그렇게 배웠다. 갈매기들이 비상하다 미끄러지듯 내려오더니 판판한 지붕 위에 내려앉는다.

저기서 갈매기 알을 모을 수 있을 거라는 생각을 한다. 물고기도 잡고. 절박할 때 횃불로 낚시하는 방법을 젭에게 배운 적이 있다. 횃불을 만들면 물고기들이 불을 향해 모여든다. 아주 작긴 하지만 모래에 게 구멍 몇 개가 보인다. 바닷가 저편에 쐐기풀이 자라고 있다. 해초도 먹을 수 있는 거야. 성 유얼의 것들은 전부 다 먹을 수 있다.

나는 또다시 소망한다. 머리 뒤쪽으로는 그저 공포심이 가득한데 점심 식사 계획을 짜고 있구나. 우리는 결코 할 수 없을 거야. 결코 아만다를 찾아오지 못할 거야. 우리는 살해당할 거야.

토비는 젖은 모래 위에 찍힌 발자국을 발견했다. 신발이나 부츠를 신은 여러 사람들이 남긴 흔적과 그들이 발을 씻기 위해 어디에서 신발을 벗었고 어디에서 다시 신발을 신고 나무 쪽으로 갔는지가 드러나 있다.

어쩌면 그들은 지금 나무 사이에 숨어서 우리를 내다보고 있을지도 모른다. 우리를 훔쳐보고 있을지도 모른다. 총을 조준하고 있을지도 모른다.

그 발자국 위로 또 다른 자국이 보인다. 맨발이다. "발을 절뚝이는 사람이야." 토비가 속삭인다. 눈사람인가 보다고 나는 생각한다. 나무 위에 산다는 광인 말이다.

우리는 배낭을 내려 놓고 모래와 풀이 경계를 이루는 곳에 있는 첫 번째 나무 밑에다 그것을 둔다. 배낭은 거치적거리는 짐만 될 뿐이라고 토비는 말한다. 우리는 팔을 자유자재로 움직일 필요가 있다.

75

토비. 성 테리와 모든 여행자

25년

신이시여, 당신의 생각을 들어 봅시다. 당신이 존재한다면 말입니다. 토비는 마음속으로 신을 향해 따지고 있다. 제발 지금 당장 말해 주세요. 어쩌면 이게 마지막이 될지도 모르니까요. 내가 보기에 고통공 감옥 죄수들과 맞닥뜨렸을 때 우리가 이겨서 살아남을 확률은 거의 제로에 가깝답니다.

당신이 생각하시기에 새로 창조된 사람들이 향상된 모델인가요? 첫 번째 아담이 그런 의도로 만들어진 건가요? 그들이 우리를 대체할 건가요? 아니면 당신은 그저 어깨를 한번 으쓱하고는 현재의 인간들을 계속 유지시킬 생각인가요? 만약 그렇다면, 당신은 참으로 이상한 놈들만 남겨 둔 거예요. 한때 과학자였던 일군의 무리들, 몇 명의 정원사 외인 구단, 그리고 죽기 일보 직전인 여자를 데리고 탈출한 정신병자 두 명이라니. 젭을 제외하고는 적자생존이라고 말하기가 어려운 사람들이잖아요. 심지어 젭도 이제는 지친 상태라고요.

그리고 렌도 있군요. 저토록 허약한 사람을 선택했어야만 하나요? 그녀보다 덜 순진하고 좀 더 강인한 사람을 고를 수는 없었나요? 렌이 동물이었다면 무엇이었을까요? 생쥐? 개똥지빠귀? 자동차 전조등 때문에 겁먹은 사슴? 결정적인 순간에 렌은 분명 무너지고 말 거예요. 해변에 그냥 두고 왔어야 하는 건데. 하지만 그래 봤자 불가피한 결과를 지연하는 것 이상은 아니겠지요. 어차피 내가 죽으면 렌도 살아남지 못할 거예요. 그녀가 혹시 도망치더라도 흙집까진 너무 멀어서 못 갈 거고요. 그들을 피해 달아나더라도 길을 잃겠지요. 야생 숲에서 들개나 멧돼지를 만나면 누가 그녀를 보호해 주겠어요? 그 파란 사람들요? 그럴 리가 만무하잖아요. 특히 고통공 감옥 죄수들에게 작동하는 분무 총이 있으면 더더욱 어려워지겠지요. 차라리 즉사하는 게 렌한테는 더 나을 거예요.

아담1이 자주 언급하던 이야기 중에 인간의 도덕 키보드가 생각나네요. 아담1에 의하면 이 키보드는 매우 제한적이어서 이전에 연주되지 않은 새로운 것을 연주하는 게 불가능하고, 애석하게도 저음으로 이뤄져 있다고 했어요.

그녀는 멈춰 서서 소총을 점검한다. 안전장치를 푼다.

왼발, 오른발, 조용히 한걸음씩 내딛는다. 낙엽을 밟을 때마다 발밑에서 나는 희미한 소리가 그녀의 귀에 커다란 고함 소리처럼 들린다. 내 모습이 눈에 너무 잘 띄고, 내 소리는 너무나 잘 들린다고 그녀는 생각한다. 숲속에 있는 모든 것들이 감시하고 있다. 그것들은 유혈을 고대한다. 그것들은 피 냄새를 맡을 수 있고 내 혈관을 따라 쉭쉭 흐르는 핏줄기 소리를 들을 수 있다. 머리 위 나무 꼭대기에 모여 있는 까마귀들은 커다란 울음소리를 내 그녀를 배신한다. 까-악, 까-악! 저 까마귀 녀석들은 그녀의 눈을 파먹으려고 기다리고 있다.

하지만 꽃 한 송이, 각각의 나뭇가지, 조약돌 하나하나가 내부에서 빛을 발하듯 반짝거리고 있다. 그 옛날 정원에서 맞았던 첫날과도 같다. 스트레스 때문일 거야, 아드레날린 때문일 거야. 화학적인 반응이 틀림없어. 토비는 이걸 잘 안다. 하지만 도대체 우리 안에 어째서 이런 게 있는 걸까? 어째서 죽으려는 순간에야 비로소 세상의 지극한 아름다움을 볼 수 있는 거지? 여우가 목을 물어뜯는 순간 토끼들도 같은 생각을 할까? 그건 자비일까?

토비는 잠시 쉬며 고개를 돌려 렌에게 미소 지어 보인다. 내 모습을 보면 렌은 안심이 될까? 그녀는 자문해 본다. 내가 렌에게 평온해 보이고 상황을 잘 통제하고 있다는 인상을 주고 있는 걸까? 내가 지금 모든 일을 다 파악하고 계획적으로 일을 처리하는 것처럼 보일까? 난 이 일을 제대로 해낼 자신이 없다. 날렵하지도 못하고, 너무 늙었고, 실력도 너무 녹슬었고, 반사작용도 느려졌고, 망설임이 이토록 무겁게 짓누르고 있는데 말이다. 렌, 날 용서해 줄 수 있겠니? 난 널 파멸로 이끌고 있단다. 내가 행여나 명중하지 못하면 우리 둘 다 즉사할 수 있기를 기도드린다. 이번에는 우릴 구출해 줄 꿀벌 떼도 없을 거야.

이럴 때에는 어떤 성인에게 구원을 청해야 하는 걸까? 누구에게 결단력과 실력이 있을까? 누가 가차 없이 결정 내릴 수 있을까? 판단력. 정확성.

표범, 늑대, 사자양, 지금 이 순간 너희들의 영을 내게 빌려다오.

76

렌. 성 테리와 모든 여행자

25년

목소리가 들리자마자 우리는 아주 조용히 앞으로 나아간다. 우선 발뒤꿈치를 땅바닥에 댄 다음에 발을 둥그렇게 굴리며 앞으로 나아가고 동시에 다른 발 뒤꿈치를 땅바닥에 대도록 해. 토비가 조언해 줬다. 그렇게 하면 바닥에 건조한 것이 있어도 아사삭 소리를 내며 부러지지 않아.

남자들의 목소리다. 그들이 피운 모닥불에서 나는 연기 냄새가 풍겨 온다. 또 다른 냄새도 섞여 있다. 탄 고기 냄새다. 내가 얼마나 허기졌는지 그제야 깨닫는다. 나도 모르게 침이 흐른다. 두려움 대신 배고픔에 생각을 집중해 보기로 한다.

우리는 나뭇잎 사이로 유심히 내다본다. 그들이 맞다. 짙은 턱수염을 길게 기른 놈과 수염을 살짝 기르고 빡빡 밀어 버린 머리에서 머리털이 나기 시작한 녀석이 있다. 그들에 대해 모든 게 기억나서 토하고 싶은 마음뿐이다. 증오심과 두려움이 내 배를 움켜쥐고 있고 긴장감이 덩굴줄기 모양으로 내 온몸을 휩싼다.

그 순간, 나는 아만다를 보고 갑자기 몸이 가벼워지는 기분을 느낀다. 마치 날 수 있을 것만 같다.

아만다의 손을 묶어 놓진 않았지만 그녀의 목에 밧줄이 둘러져 있고 그 줄은 수염이 짙은 남자의 발목에 매여 있었다. 아만다는 여전히 카키색 사막 소녀 복장이었지만 아주 더러워져 있었다. 얼굴은 때와 먼지로 얼룩졌고 윤기가 사라진 머리카락은 지저분해 보인다. 한쪽 눈 밑이 시퍼렇게 멍들었고 팔 곳곳에 다른 멍 자국이 보인다. 비늘클럽에서 바른 오렌지색 매니큐어가 그녀의 손가락에 아직도 조금 남아 있다. 그걸 보자 눈물이 날 것만 같다.

아만다는 뼈와 가죽밖에 남지 않았다. 하지만 나머지 두 녀석도 그다지 통통해 보이지는 않는다.

갑자기 숨이 가빠진다. 토비는 내 팔을 잡고는 꾹 누른다. 침착하라는 신호다. 토비의 구릿빛 얼굴이 나를 향하더니 잔뜩 찌그러진 미소를 짓는다. 그녀의 입술 사이로 악문 이들이 반짝인다. 잔뜩 긴장해 있는 턱 근육을 보니 갑자기 저 두 녀석이 불쌍해진다. 그 순간 토비는 잡았던 내 팔을 놓고 소총을 집어 든다. 아주 천천히.

책상다리를 하고 앉은 두 녀석은 고기 조각을 꼬챙이에 매달아 석탄 조각 위에 굽는다. 너구컹크 고기다. 흑백 얼룩무늬를 한 꼬리는 땅에 떨어져 한쪽 옆으로 치워져 있다. 분무 총도 땅바닥에 놓여 있다. 토비도 그걸 본 게 틀림없다. "내가 한 명을 처치하면 나머지 한 명이 나를 쏘기 전에 그 녀석마저 쏠 수 있을까?" 토비가 머리 굴리는 소리가 들리는 것 같다.

"빌어먹을, 그건 야만인 풍속일지도 몰라." 검은 수염이 말한다. "청색 물감 말이야."

"아니야. 문신이야." 빡빡머리가 답한다.

"어떤 얼간이가 거기다 문신을 하겠어?" 검은 수염이 반문한다.

"야만인들이 뭔들 못하겠어? 무슨 식인종 풍속일 거야." 또 한 놈이 말한다.

"넌 쓰레기 같은 영화를 너무 많이 본 게 탈이야."

"저년을 인간 제물로 삼는 데 이 분도 안 걸릴 거야. 그들과 집단 성교를 한 다음에 말이지." 검은 수염이 말하자 두 녀석 다 아만다를 쳐다본다. 하지만 그녀는 땅을 응시하고 있다. 검은 수염이 밧줄을 잡아당긴다. "이년아, 지금 너한테 말하고 있잖아." 아만다가 고개를 든다.

"잡아먹을 수 있는 섹스 인형이라, 재밌는걸!" 빡빡머리가 말하자 둘은 킬킬거리며 웃는다. "그런데 거기 있던 그년들한테

달려 있던 이식한 유방 봤어?"

"이식한 유방이 아니야, 그건 진짜였어. 확인할 수 있는 유일한 방법은 칼로 쪼개 보는 것밖에 없어. 가짜면 그 안에 젤 같은 게 들어 있을 거야. 다시 돌아가서 맞교환하자고 해 볼까?" 검은 수염이 말한다. "그 야만인 자식들과 말이야. 이년을 그쪽으로 넘기면 되잖아. 그놈들이 이년을 수중에 넣어 파란 거시기를 꽂으려고 안달이 났던데. 그 대신 우린 화끈한 야만인 년들을 몇 명 갖게 되는 거지. 빌어먹을, 정말 좋은 거래 아니겠어?"

나는 그들의 시선으로 아만다를 보게 된다. 소모되고 소진되어 무가치해져 버린 그녀.

"교환할 게 뭐가 있어?" 빡빡머리가 받아친다. "그냥 가서 그것들을 다 총으로 쏴 버리면 되는데."

"그놈들을 다 쏠 만큼 탄약이 충분치 않아. 쓸 수 있는 전지 수준이 아주 낮단 말이야. 그놈들이 그걸 눈치채면 우릴 향해 돌진해 와서 갈기갈기 찢어 먹을지도 몰라."

"더 멀리 도망쳐야 해." 갑자기 불안해졌는지 빡빡머리가 제안한다. "그쪽은 서른 명이나 되는데 우린 둘밖에 없잖아. 암흑을 틈타 뒤에서 우릴 덮치면 어떻게 하려고?"

습격의 가능성을 고려하는 동안 두 사람 사이에 침묵이 흐른다. 그들에 대한 증오심이 피부 위로 스물스물 기어가는 것 같다. 토비는 어째서 가만히 기다리고만 있는 거지? 어째서 지금 죽여 버리지 않을까? 그제야 생각 난다. 토비는 예전에 정원사였으니까 그냥 냉혹하게 죽이지 못하는 거야. 살인은 그녀의 신앙에 반하는 행동이니까.

"맛이 나쁘지 않은데? 내일도 맛있는 이놈을 또 한 마리 잡아먹어도 되겠는걸." 검은 수염이 고기 조각 달린 꼬챙이를 불에서 집어 들며 말한다.

"저년한테도 먹을 것 좀 줄 거야?" 빡빡머리가 손가락을 핥으며 묻는다.

"네 것 좀 떼서 먹여. 죽으면 우리한테 아무런 쓸모가 없어지잖아." 검은 수염이 답한다.

"분명 나한텐 아무 쓸모도 없겠지. 네놈은 빌어먹을 시체하고도 그 짓을 할 변태잖아." 빡빡머리가 비아냥거린다.

"말 나온 김에, 네가 먼저 해. 펌프에 기름 좀 발라 놔. 다 말라버린 것과 그 짓을 하는 건 질색이라고."

"어제도 내가 먼저 했잖아."

"그럼 팔씨름이라도 해서 결정하자는 거야 뭐야?"

바로 그때, 숲속 빈터에서 또 한 사람이 나타난다. 옷가지를 걸치진 않았지만 초록색 눈의 아름다운 족속도 아니었다. 극도로 야위었고 온몸에는 딱지투성이다. 듬성듬성 길게 자란 수염이 있고 미친 사람처럼 보인다. 내가 아는 사람이다. 아니, 내가 아는 사람인 것 같다. 지미인가?

그는 분무 총을 들고 두 남자를 겨누고 있다. 그들을 쏘려는 것이다. 그에게서 광적인 집중력이 보인다.

홍수의 해

하지만 잘못하다가는 아만다를 쏠지도 모른다. 검은 수염이 그를 보더니 잽싸게 무릎을 딛고 일어나 아만다의 목을 한 팔로 획 잡아채 그녀의 몸으로 방패를 삼았기 때문이다. 빡빡머리는 그들 뒤로 숨는다. 지미는 일순간 멈칫하지만 분무 총을 내려놓지는 않는다.

"지미!" 나는 수풀 속에서 소리친다. "안 돼! 아만다란 말이야!"

지미는 관목이 말한 거라고 착각하는 것 같다. 고개를 돌린다. 숨어 있던 수풀 속에서 내가 나간다.

"잘됐군! 나머지 년도 찾았으니." 검은 수염이 비열하게 웃으며 외친다. "이제 우리 하나씩 가지면 되겠다!" 빡빡머리는 몸을 앞으로 구부리더니 분무 총을 집으려고 팔을 뻗는다.

토비가 빈터로 들어선다. 두 녀석을 향해 소총을 조준하고 있다. "총 잡을 생각은 꿈도 꾸지 마." 토비가 빡빡머리를 향해 명령한다. 토비의 목소리는 강하고 분명하다. 심지어 죽은 듯이 차갑게 들린다. 빡빡머리에게는 토비의 목소리뿐만 아니라 그녀의 모습까지도 무섭게 느껴진 것 같다. 비쩍 마른 몸에 누더기 옷을 걸치고 이를 드러내고 있는 토비의 모습이 말이다. 텔레비전에 나오는 유령, 아니 걸어 다니는 해골처럼 말이다. 아무 것도 잃을 게 없는 사람처럼 보일 것이다.

토비의 갑작스러운 등장에 놀랐는지 빡빡머리가 그 자리에 얼어붙는다. 아만다를 방패 삼아 붙잡고 있는 녀석은 어느 쪽으로 총을 겨눠야 할지 몰라 한다. 지미는 바로 앞에 있고 토비는 옆으로 비스듬히 서 있기 때문이다. "물러나지 못해! 안 그러면 이년 목을 부러뜨릴 거야!" 검은 수염은 우리 모두를 향해 소리 지른다. 목소리가 아주 큰 게 겁을 먹었다는 표시다.

"그따위 위협이 나한테는 통할지 모르지만 저 사람한테는 안 통할 것 같군." 지미를 가리키며 토비가 말한다. 그러고는 나에게 말한다. "저 분무 총 집어 들어. 저놈한테 잡히지 않게 조심하고." 이어 빡빡머리에게 명령한다. "땅바닥에 누워." 또 나에게 지시한다. "발목 조심해." 다시 검은 수염에게 말한다. "그녀를 풀어 줘."

이 모든 일이 매우 빨리 벌어졌지만 동시에 모든 동작이 아주 느려 터진 것만 같다. 목소리가 아주 먼 곳에서 들리는 것 같다. 햇볕이 너무 강렬해서 따갑게 느껴진다. 뜨거운 햇볕이 우리의 얼굴 위로 내리쬔다. 마치 전기가 물처럼 우리의 온몸을 흐르기라도 하듯 우리도 번득이며 빛을 발한다. 몸 안도 볼 수 있을 것 같다. 모든 사람들의 몸을. 혈관과 힘줄, 그리고 흐르는 피가 보이는 것 같다. 심장이 고동치는 소리가 들린다. 마치 점점 더 가까이 다가오는 천둥소리 같다.

기절할 것만 같다. 하지만 토비를 도와야 하기 때문에 그렇게 할 수도 없다. 어떻게 해야 하는지도 모르게 나는 뛰어간다. 그들의 체취를 맡을 수 있을 정도로 아주 가까이 간다. 산패한 땀 냄새와 씻지 않은 머리 냄새가 고약하다. 분무 총을 낚아챈다.

"돌아서서 저놈 뒤에 가서 서." 토비가 내게 말한다. 그러고 나서 고통공 감옥 죄수에게 말한다. "머리 뒤로 손 올려." 또다시 내게 말한다. "손이 보이지 않으면 그놈을 재빨리 뒤에서 쏴 버려." 토비는 마치 내가 이 총을 어떻게 작동시키는지 아는 것처럼 말하고 있다. 이번에는 지미에게 말한다. 마치 그가 겁먹은 커다란 동물인 것처럼. "진정하세요."

이런 일들이 벌어지는 내내 아만다는 가만히 있었지만 검은 수염이 그녀를 놓아주자 아만다는 뱀처럼 잽싸게 움직인다. 목에 묶여 있던 밧줄 올가미를 머리 위로 벗어던지더니 밧줄로 남자의 얼굴을 채찍질한다. 그런 다음 그 녀석의 사타구니를 발로 찬다. 내가 보기에 아만다는 힘이 많이 남아 있지 않지만 젖 먹던 힘까지 동원해 발길질을 해 댄다. 그러자 그놈이 고통스러워하며 나가떨어진다. 곧 이어 그녀는 다른 한 놈한테 다가가 그놈 역시 발로 차 버린다. 마지막으로 큰 돌멩이를 집어 들더니 한 놈씩 머리 위로 내리친다. 피가 흐른다. 그녀는 돌을 떨어뜨리고 절뚝거리며 내게로 다가온다. 꺼이꺼이 소리를 내며 울고 있다. 내가 없는 동안 얼마나 무섭고 힘들었을지 알 것 같다. 아만다는 쉽게 우는 아이가 아니기 때문이다.

"아만다, 정말 미안해." 나는 사과한다.

지미는 몸을 좌우로 흔들며 토비에게 묻는다. "당신 진짜인가요?" 그는 어리둥절한 것 같다. 못 믿겠다는 듯이 손으로 두 눈을 비벼 댄다.

"당신만큼이나 진짜지요." 토비가 대답하더니 "저놈들을 빨리 묶어 두는 게 좋을 거야." 하고 내게 지시한다. "잘 묶어야 해. 그걸 풀고 탈출할 때쯤 되면 화가 많이 나 있을 테니까."

아만다는 소매로 얼굴을 닦는다. 그런 다음 우리는 함께 두 녀석을 밧줄로 묶는다. 손을 뒤로 하게 하고 목에다 올가미를 걸었다. 밧줄이 더 있으면 좋겠지만 일단은 이렇게 해 놓는 것만으로도 충분하다.

"정말로 너니? 예전에 널 본 적이 있는 것 같아." 지미가 말한다.

나는 지미를 향해 천천히 조심스럽게 걸어간다. 그가 아직도 총을 들고 있기 때문이다. "지미, 나야, 렌. 나 기억나? 그거 이제 내려놔도 돼. 이젠 괜찮아." 마치 어린아이를 달래듯 말한다.

지미는 분무 총을 내려놓는다. 나는 두 팔로 그를 감싸 안고 한참 동안 꼭 안아 준다. 그는 추운 듯 몸을 부들부들 떨고 있지만 그의 살갗은 뜨겁게 타오르고 있다.

"렌, 너 죽었어?" 지미가 묻는다.

"아니, 지미. 나 살아 있어. 너도 그렇고." 나는 그의 머리를 쓰다듬어 뒤로 넘겨 준다.

"난 아주 엉망이야." 그가 말한다. "때론 사람들이 다 죽었다고 착각하게 돼."

성 줄리안과 모든 영혼들

25년

우주의 연약함에 대하여

연사: 아담1

이제 몇 명 남지 않은 나의 친애하는 친구들이여,

우리에게 남은 시간이 많지 않습니다. 여기까지 올라오기 위해 그 시간의 일부를 사용했군요. 과거 희망으로 가득했던 시기에 우리가 함께 행복했던 나날을 보내던 이곳, 한때 번창했던 에덴절벽 옥상정원으로 말입니다.

이 기회를 이용해 마지막으로 빛에 대해 잠깐 동안 묵념을 하도록 합시다.

밤하늘에 떠오르는 초승달이 성 줄리안과 모든 영혼들의 시작을 알려 주는군요. 모든 영혼들은 순전히 인간의 영혼만을 가리키는 게 아닙니다. 우리 가운데 삶을 거치고, 거대한 변화를 경험했으며, 때로는 죽음이라고 불리지만 갱생이라고 하는 게 더 적합한 그 단계로 들어선 모든 살아 있는 피조물의 영혼을 포함하지요. 왜냐하면 우리가 살아가는 이 세상에서 신의 눈 안에 존재했던 모든 것, 그것이 비록 하나의 미물일지라도 실제로 상실되거나 버려지는 것은 하나도 없으니까요.

친애하는 디플로도쿠스, 익룡, 삼엽충, 마스토돈, 도도새, 큰바다쇠오리, 나그네비둘기, 판다곰, 미국흰두루미, 그리고 우리 정원에서 함께 뛰놀던 셀 수 없이 많은 이름 모를 이들이여, 우리에게 닥친 이 고난의 시기에 우리와 함께하여 우리의 결의를 강하게 해 주소서. 그대들처럼, 우리 또한 햇빛과 수면 위에 비친 달빛 그리고 공기를 향유했습니다. 그대들처럼, 우리도 계절의 부름을 듣고 이에 응답했었지요. 그대들처럼, 우리 또한 이 땅을 다시 보충했으며, 그대들처럼, 이제 우리도 우리 종의 멸종을 직접 목격하면서 이 지구로부터 떠나야 합니다.

이날이면 항상 그랬듯이, 14세기 온정의 성인, 노리치의 성 줄리안이 했던 말로 인해 우리는 우주의 연약함에 대해 떠올리게 됩니다. 20세기 물리학자들의 주도로 과학이 원자뿐만 아니라 항성 간에 놓여 있는 거대하고 공허한 빈터를 발견했을 때, 이 연약함이 다시 한 번 확인됐습니다. 우리의 우주는 하나의 눈송이에 불과하지 않습니까? 하나의 섬세한 레이스 조각에 불과하지 않습니까? 우리가 사모하는 성 줄리안의 아름다운 표현으로 수세기 동안 부드럽게 전해 내려오는 말을 들어 봅시다.

……신은 내 손바닥에 놓여 있는 개암 크기만큼 아주 작고 공처럼 둥근 것을 보여 주었습니다. 나는 그것을 바라보며 생각했지요. 이것이 과연 무엇일까? 나는 다음과 같은 답을 얻었습니다. 이게 창조된 모든 것이로다. 과연 그 경이로운 것이 얼마나 지속될 수 있을지 자문해 보았습니다. 갑자기 아무 이유도 없이 사그라질까 염려되었습니다. 다시 한 번 다음과 같은 답을 듣게 되었습니다. 그것은 신이 사랑하는 것이기에 영원토록 계속될 것이다. 결국은 신의 사랑으로, 이 모든 것 또한 영원토록 계속될 겁니다.

우주를 유지하는 원동력인 신의 사랑을 우리도 과연 받을 자격이 있을까요? 하나의 종으로서 우리가 이것을 받을 자격이 있을까요? 우리에게 주어진 세상을 우리는 경솔하게도 파괴했고 그 안에 사는 만물을 멸종시켰습니다. 다른 종교는 이 세상을 두루마리처럼 돌돌 말아 태워서 재로 만들어도 마땅하다고 가르칩니다. 그러면 새로운 하늘과 새로운 땅이 나타날 거라고 합니다. 하지만 우리에게 준 이 세상을 학대하고 파괴했는데 신이 무엇 때문에 우리에게 또 다른 세상을 허락하시겠습니까?

나의 친구들이여, 그렇지 않습니다. 이 세상이 파괴되는 것이 아니라 인류가 멸종되는 겁니다. 어쩌면 신은 우리를 대신할 수 있는 더 헌신적이고 인정 많은 다른 생물종을 창조할지도 모를 일이지요.

물 없는 홍수가 우리를 휩쓸고 지나갔습니다. 위력이 어마어마한 허리케인도 아니고, 혜성의 세례도 아니고, 유독가스 먹구름도 아니었습니다. 우리가 아주 오랜 시간 의심했던 대로, 그것은 전염병입니다. 인류 외 다른 어느 생물종에게도 해를 끼치지 않고 전염되지도 않으며 나머지 모든 동물들에게는 전혀 피해를 입히지 않을 병 말입니다. 인간의 도시에 어두운 그림자가 드리웠고 의사소통은 차단되었습니다. 우리 정원의 몰락과 붕괴는 저 아래 텅 빈 거리에서도 마찬가지로 발견할 수 있습니다. 더 이상 발견을 두려워할 필요가 없습니다. 과거의 원수들은 이미 죽었거나 그렇지 않으면 자기 몸의 파괴와 소멸이라는 끔찍한 고통을 감당하고 있기 때문에 더 이상 우리를 추적할 수 없습니다.

우리는 원수들의 고통에 기뻐할 수도 없고 또 그래서도 안 됩니다. 어제 그 전염병으로 우리 중 세 명의 생명을 빼앗겼기 때문입니다. 나 또한 이미 여러분들의 눈에 비친 그 변화들을 나 자신에게서도 느끼고 있습니다. 우리를 기다리는 것이 무엇인지 우리는 너무나도 잘 압니다.

하지만 죽음으로 향하는 우리의 여정이 용기와 환희로 가득하기를 기대해 봅시다! 모든 영혼들을 위한 기도로 우리 이곳에서의 삶을 마감하도록 합시다. 그중에는 우리를 박해한 이들의 영혼도 몇몇 있고 신의 동물들을 살해한 이들의 영혼, 신의 생물종을 멸종시킨 이들의 영혼, 법의 이름으로 고문을 자행했던 이들의 영혼, 재물만 숭배했던 이들의 영혼, 부귀영화를 위해 고통과 죽음을 불러온 이들의 영혼도 포함되어 있습니다.

코끼리를 죽인 사냥꾼들을 용서합시다. 호랑이를 멸종시키고, 담낭을 취하기 위해 곰을, 연골을 얻기 위해 상어를, 뿔을 구하기 위해 코뿔소를 도살한 이들을 용서합시다. 우리의 연약한 우주를 손에 쥐고 끝없는 사랑으로 이를 보호하고 지켜 주시는 신이 우리를 용서해 주기를 바라는 마음으로 우리도 그들을 용서합시다.

그들에 대한 용서가 신이 우리에게 수행하라고 명령한 것 중 가장 어려운 과제일 것입니다. 그것을 행동으로 옮길 수 있는 힘을 주옵소서.

이제 우리 모두 손에 손을 잡고 다 함께 찬양합시다.

지구는 용서하네

지구는 용서하네, 광부의 발파를
지각을 발기발기 찢고 표면을 불태우는 광부를
수세기에 걸쳐 나무는 소생하고
물도, 그리고 그 안의 물고기도 소생하네.

사슴은 마침내 늑대를 용서하네.
목덜미를 찢고 그의 피를 마신 늑대를
그의 뼈는 흙으로 돌아가 먹여 살리네.
꽃을 피우고 열매를 맺고 씨를 뿌리는 나무를.

그늘을 이루는 나무 밑에서
평온한 나날을 보내다가
자기 차례가 되면 일생을 마치게 될 늑대
그때는 사슴이 뜯어먹을 풀로 변하네.

누군가 죽어야 한다는 걸 모든 동물은 아네.
나머지 동물들이 먹고 살아갈 수 있도록
조만간 모든 동물 그 몸 바꾸어
피는 포도주로 살은 고기로 바뀌네.

인간만이 앙심을 품고 복수를 꿈꾸며
돌에다 심오한 법률을 적어 놓네.
자신이 만들어 놓은 이 그릇된 정의를 위해
사지를 고문하고 뼈마디를 밟아 으깨는 인간.

이게 신의 이미지란 말인가?
네 이에는 내 이로, 내 눈에는 네 눈으로 복수하는 것이?
아, 보복 행위가 사랑 대신에 별들을 움직였다면
그것들은 반짝이지 않으리라.

끊어지기 쉬운 실에 매달려 있는 우리 인간들
모래알에 불과한 우리의 보잘것없는 삶
이 세상은 자그마한 영역
완전히 신에게 예속되어 있네.

인간이여, 분노와 원한을 모두 포기하고
사슴을, 나무를 본받으라.
달콤한 용서를 통해 기쁨을 발견하리라.
오로지 그것만이 그대를 해방해 줄 수 있으리라.

— 『신의 정원사들이 즐겨 부르는 찬양집』에서

77

렌, 성 줄리안과 모든 영혼들

25년

초승달이 바다 위로 뜨고 있다. 성 줄리안과 모든 영혼들의
날이 시작됐다.

어릴 때 나는 성 줄리안의 날을 무척이나 좋아했다. 그날을
기념하기 위해 아이들은 여기저기서 수집한 잡동사니로 각자의
우주 모형을 만들었다. 완성품에 반짝이를 잔뜩 붙여 실에 매
달아 걸어 놓곤 했다. 그날 밤에 먹는 만찬은 무나 호박처럼 둥
그런 음식들로 준비됐고 정원 전체가 아이들이 만든 반짝이는
세상들로 장식됐다. 어느 한 해에는 철사를 돌돌 말아 우주 모
형을 만든 다음 그 안에 초를 넣었는데 정말 예뻤다. 다른 해에
우리는 우주를 손에 쥐고 있는 신의 손을 만들려고 했는데 노

란 고무장갑으로 만들었던 그 손은 좀비의 손처럼 너무나도 괴이해 보였다. 누구도 신의 모습을 상상할 때 장갑을 끼고 있으리라고는 생각하지 않는다.

토비와 아만다, 그리고 나는 모닥불 주변에 앉아 있다. 지미도 있다. 또 빼놓을 수 없는 사람, 고통공 감옥 골드 팀의 죄수도 있다. 모닥불이 반짝이며 타오르고 있고 그 빛에 비춰진 우리 모습이 실제보다 더 부드럽고 더 아름다워 보인다. 하지만 얼굴이 그림자에 가려 눈이 보이지 않고 눈구멍의 윤곽만 보일 땐 더 어둡고 무서워 보이기도 한다. 머리에서 암흑의 웅덩이가 깊게 팬 것처럼 말이다.

온몸 여기저기가 욱신거리고 쑤시지만 한편으로는 뛸 듯이 기쁘다. 우리는 운이 참 좋은 것 같다. 이곳에 오게 됐으니 말이다. 우리 모두, 심지어 고통공 감옥 죄수들까지.

한낮의 열기와 폭풍우가 지나간 후, 나는 배낭을 챙기러 해변으로 갔다가 오는 길에 야생 겨자 잎을 발견하고는 뜯어서 숲속 빈터로 가지고 갔다. 토비는 냄비, 컵, 칼, 큰 숟가락 등 요리 기구를 꺼내 너구컹크와 레베카가 요리하고 남은 고기, 그리고 마른 채소로 수프를 만들었다. 토비는 너구컹크 뼈를 물속에 넣기 전에 사과의 말을 하고 용서를 빌었다.

"당신이 죽인 건 아니잖아요." 내가 말했다.

"알아. 하지만 누구라도 사과하지 않으면 내 맘이 편치 않을 것 같아." 토비가 말했다.

고통공 감옥 죄수들은 한때 토비가 입었던 머리부터 발끝까지 오는 분홍색 겉옷을 갈기갈기 찢은 다음 엮어서 만든 줄과 밧줄로 근처 나무에다 묶어 놓았다. 땋는 건 내가 했다. 재활용 수공예품을 만드는 것도 정원사들이 가르친 것 중 하나였다.

고통공 감옥 죄수들은 별 말이 없다. 아만다에게 그렇게 얻어 터졌으니 기분이 좋을 리 없다. 뿐만 아니라 바보 같은 기분이 들 게 뻔했다. 나라면 분명 그랬을 것이다. 우리가 뒤에서 몰래 기습하는 걸 허용했다는 건 젭이 즐겨 쓰는 표현을 빌리면 머리카락 뭉치나 들어 있는 상자마냥 아둔한 짓이었다.

아만다는 아직도 충격에서 벗어나지 못한 것 같다. 잔뜩 갈라진 머리끝을 비비 꼬면서 계속해서 조용히 울다 말다를 반복할 뿐이다. 고통공 감옥 죄수들을 나무에 묶어 둔 후 토비가 가장 먼저 한 일은 아만다가 탈수되지 않도록 꿀과 양고기 가루를 넣고 따뜻한 차 한잔을 만들어 준 것이었다.

"한꺼번에 마시지 말고 한 모금 한 모금 천천히 마시렴." 일단 전해질 수치가 올라가야 다른 부분도 고치기 시작할 수 있다고 토비는 말했다. 상처와 멍으로 만신창이가 된 몸을 돌보는 것부터 말이다.

지미의 상태는 아주 안 좋았다. 고열 때문에 온몸은 불덩어리 같고 발에는 곪아 터진 종기가 있었다. 흙집까지 갈 수 있으면 구더기를 이용해 지미의 상처를 치료할 수 있을지도 모른다고 토비는 말했다. 장기적으로 보면 그게 최선의 방법이었다. 하지만 지미에게 남은 시간은 많지 않을지도 모른다.

조금 전 토비는 지미의 발에 꿀을 잔뜩 바르고 한 숟가락 정도 떠먹이기도 했다. 버드나무나 양귀비 진액은 흙집에 두고 왔기 때문에 그에게 줄 만한 게 없었다. 토비 옷으로 지미의 몸을 꽁꽁 감싸 줬지만 지미는 자꾸자꾸 풀어 내려 했다. "침대 시트 같은 걸 찾아야 할 것 같아. 내일을 위해서 말이야." 토비가 제안했다. "그리고 그걸 끄르지 못하게 하는 방법도 강구해야 해. 안 그러면 저 아인 햇볕에 타 죽을지도 몰라."

지미는 아만다도 나도 전혀 알아보지 못한다. 자꾸 모닥불 옆에 서 있는 것처럼 보이는 어떤 다른 여인에게 말을 건다. "올빼미 음악. 날아가지 마." 지미가 그녀에게 말한다. 그의 목소리는 갈망으로 가득하다. 잠깐 질투가 나기도 하지만 존재하지 않는 여인을 질투할 수는 없을 것 같다.

"누구에게 얘기하는 거니?"

"저기 올빼미가 있어. 날 부르고 있어. 바로 저 위에서." 하지만 올빼미 소리는 전혀 들리지 않는다.

"지미, 날 쳐다봐."

"노랫소리가 내장돼 있어. 어쨌든 말이야." 그는 나무 위를 계속 올려다보고 있다.

아 지미, 도대체 넌 어디서 방황하고 있는 거니?

밤하늘의 달이 서쪽으로 이동한다. 토비가 뼛국이 다 끓었다고 말한다. 내가 뜯어 온 야생 겨자 잎을 넣고 일 분 정도 기다리더니 국자로 수프를 떠 준다. 컵이 두 개뿐이라 교대로 먹어야 한다고 토비는 말한다.

"설마 저 인간들도 먹일 건가요?" 아만다는 이렇게 말하면서도 고통공 감옥 죄수들을 쳐다보려 들지는 않는다.

"그래, 저들도 줘야지. 오늘은 성 줄리안과 모든 영혼들의 날이잖아."

"저 사람들을 어떻게 할 거예요? 내일 말예요." 드디어 아만다가 뭔가에 관심을 보여서 다행이다.

"그냥 풀어 줄 수는 없잖아요. 우릴 죽일 거예요. 저놈들은 오츠도 죽였어요. 게다가 저 인간들이 아만다한테 한 짓 좀 보세요!" 내가 말한다.

"그 문제는 좀 더 생각해 보자." 토비가 말한다. "나중에. 오늘은 축제의 밤이잖아." 그녀는 수프를 컵에 떠서 모닥불 주위에 원형으로 앉아 있는 우리를 둘러본다. "대단한 만찬은 아니지만 말이야." 무미건조한 마녀 같은 목소리로 토비가 말하며 살짝 웃는다. "하지만 우린 아직 끝나지 않았어, 안 그래?" 이 마지막 말을 토비는 아만다를 쳐다보며 한다.

"이미 결딴났어요." 아만다가 아주 작은 목소리로 말한다.

"그건 생각하지 마." 내가 얘기하지만 아만다는 또다시 조용히 울기 시작한다. 그녀는 요양 상태에 접어든 것 같다. 나는 아만다를 꼭 안아 주며 속삭인다. "내가 여기 있잖아, 너도 그렇고, 괜찮을 거야."

"그게 무슨 의미가 있어?" 아만다는 내가 아니라 토비에게 묻는다.

"지금은 궁극적인 목적을 곱씹을 때가 아니야." 토비가 예전의 이브 목소리로 말한다. "우리 모두 과거를 잊었으면 좋겠어. 특히 나빴던 순간들을. 아만다, 렌, 지미, 우리에게 주어진 음식에 대해 감사하도록 하자. 당신들도 가능하면 그런 마음가짐으로 이 음식을 먹었으면 좋겠군요." 이 마지막 말은 두 고통공 감옥 죄수에게 한 말이다.

한 명이 제기랄, 입 닥쳐처럼 들리는 욕설을 중얼거릴 뿐, 크게 말하지는 않는다. 수프가 탐나는가 보다.

토비는 못 들은 것처럼 말을 이어 간다. "또한 이 세상을 살다 간 사람들을 기억하는 시간을 가집시다. 특히 이 자리에 없는 우리의 사랑하는 친구들을. 이제는 혼령이 되어 버린 아담들, 이브들, 포유동물을 비롯한 다른 모든 동물들. 우리를 지켜 주고 우리에게 힘을 주기 바랍니다. 우리는 분명 그것이 필요할 테니까."

그러고 나서 토비는 수프를 한 모금 마시더니 컵을 아만다에게 건네준다. 나머지 컵은 지미에게 주지만 그는 제대로 잡지 못해 이내 반 정도를 모래 위로 흘린다. 나는 그의 옆에 쭈그리고 앉아 수프를 마실 수 있도록 도와준다. 지미는 죽어 가고 있는지도 몰라. 나 혼자 생각한다. 내일 아침이면 죽어 있을지도 몰라.

"네가 돌아올 줄 알았어." 이번에는 나한테 하는 말이다. "난 알고 있었어. 제발 올빼미로 변하지 마."

"난 올빼미가 아니야. 너 정신을 어디에다 두고 있는 거니? 난 렌이야, 기억 안 나? 네가 내 마음에 큰 상처를 줬다는 걸 말해주고 싶어. 하지만 그래도, 난 네가 아직 살아 있어서 정말로 기뻐." 그 말을 하고 나자 나를 짓누르고 있던 무거운 뭔가가 사라진 기분이 들고 진정한 행복감이 찾아든다.

그가 나를 향해, 나인지 나를 다른 누구라고 생각하는지 모르겠지만, 어쨌든 미소를 짓는다. 상처투성이지만 이를 드러내며 웃는다. "또 시작이다." 지미가 상처 난 발을 향해 말한다. "음악 소리를 들어 봐." 고개를 한쪽으로 기울이는데 황홀하다는 표정을 짓고 있다. "음악 소리를 없애면 안 돼! 그래선 안 된다고!" 지미가 소리친다.

"무슨 음악 소리?" 나는 아무 소리도 들리지 않기에 그에게 묻는다.

"조용히 해 봐." 지미가 말한다.

우리는 귀를 기울인다. 지미 말이 맞다. 음악 소리가 들린다. 아주 희미하게 멀리서 들려오지만 점점 더 가까워지는 것 같다. 수많은 사람들의 합창 소리다. 이제 깜박거리는 그들의 횃불이 컴컴한 나무 사이로 우리를 향해 굽이지게 다가오고 있다.

홍수의 해

작가의 말

    『홍수』는 분명 허구이지만 이 소설의 전반적인 경향이나 대다수의 세부적인 사항들은 놀랄 정도로 사실에 가깝다. 아만다 페인, 브렌다(렌), 버니스, 눈사람 지미, 글렌(속칭 크레이크), 미친 아담 무리와 마찬가지로 사교도 집단인 신의 정원사도 소설『오릭스와 크레이크』에 등장한다. 정원사 자체는 현존하는 종교를 본보기로 삼은 것이 아니지만 그들의 일부 신학 이론이나 실천 사항의 전례가 아주 없는 것은 아니다. 정원사들이 숭배하는 성인들은 정원사들이 매우 소중하게 여기는 삶의 영역에 기여했기에 선택된 자들이며, 이 소설에 미처 언급되지 않은 성인들도 많다. 정원사 찬양시에 가장 분명하게 영향을 끼친 시인은 윌리엄 블레이크이며, 존 버니언과『캐나다의 성공회 교회 및 캐나다 연합 교회의 찬송가』에서도 도움을 받았다. 다른 모든 찬송가들과 마찬가지로 정원사들의 찬송가에도 불신자들로서는 완전히 이해하지 못할 요소들이 있다.

찬양시를 위한 음악은 다행히도 우연의 일치로 탄생했다. 캘리포니아에 있는 베니스 시에 거주하는 가수이자 음악가인 오빌 스테버가 우연히 찬양시 몇 곡을 작곡하던 중 그 일에 몰두하게 되었는데, 그 놀라운 결과물이 시디로 나온 『신의 정원사들의 찬양시』다. 아마추어 종교 행사나 환경 행사에 이 곡들을 활용하고 싶은 분이 있다면 누구라도 대환영이다. www.yearoftheflood.com, www.yearoftheflood.co.uk, www.yearoftheflood.ca를 방문하면 들을 수 있다.

아만다 페인은 본래 『오릭스와 크레이크』의 등장인물로, 고문 피해자 보호를 위한 의학 재단(영국)을 후원하는 경매 행사에서 알게 되었다. 깨끗한 공기를 위한 성 앨런 스패로는 CAIR(CommunityAIR, 토론토)가 주관하는 경매의 후원을 받았다. 레베카 에클러라는 이름은 잡지 《Walrus》(바다코끼리, 캐나다)를 위한 자선 경매 덕분에 이 소설 작품에서 사용하게 되었다. 이름을 기부해 주신 모든 분들께 감사한다.

언제나 열정적으로 성실하게 일하지만 항상 시간에 쫓기는 나의 편집자들, 맥클렌랜드 앤드 스튜어트(캐나다)의 엘런 셀리그먼, 더블데이(미국)의 낸 테일즈, 블룸즈버리(영국)의 리즈 칼더와 알렉산더 프링글에게 감사한다. 그뿐만 아니라 빈티지/크노프 캐나다의 루이스 데니스, 앵커(미국)의 루안 월터, 비라고(영국)의 레니 구딩스, 더블데이 캐나다의 마야 마브지에게도 감사한다. 또한 나의 대리인 피비 라모어(북미), 비비엔 슈스터와 커티스 브라운의 벳시 로빈스(영국), 론 번스타인, 그리고 전 세계에 걸쳐 나를 위해 애써 주는 다른 모든 대리인들과 출판사에 고마움을 전하고 싶다. 원고 정리라는 힘든 작업을 훌륭하게 해낸 헤더 생스터, 탁월하게 사무 지원을 해 준 사라 웹스터, 앤 졸더스마, 로라 스텐버그, 페니 캐배노, 섀넌 쉴즈에게 감사한다. 조엘 루비노비치와 셸던 쇼아입, 그리고 마이클 브래들리와 사라 쿠퍼에게도 감사한다. 글을 쓰는 팔이 계속해서 움직일 수 있도록 도움을 준 콜린 퀸과 샤오렌 장에게도 감사한다.

용감하게도 초고를 읽어준 제스 애트우드 깁슨, 엘러너와 램지 쿡 부부, 로잘리 아벨라, 발레리 마틴, 존 컬른, 산드라 빙리에게 특히 감사한다. 여러분은 나에게 정말로 소중한 분들이다.

마지막으로 특별히 그레임 깁슨에게 감사한다. 그와 함께 기나긴 여정을 걸어오면서 수없이 많은 만우절, 뱀의 지혜의 날, 모든 여행자의 축제를 기쁘게 보냈다.

종말론적 위기에서 생존의 희망을 노래하라
— 지구를 살려 내는 여성생태학적 상상력을 향하여

문제는 희망을 배우는 일이다. 희망의 행위는 체념과 단념을 모르며, 실패보다는 성공을 더욱 사랑한다. 두려움보다 우위에 위치하는 희망은 두려움과 같이 수동적이 아니며 어떤 무(無)에 갇혀 있는 법이 없다. 희망의 정서는 희망 자체에 비롯하는 것은 아니다. 그것은 인간의 마음을 편협하게 만든다기보다는 그 마음을 넓혀 준다……. 이러한 희망을 찾아내려는 작업은 다음과 같은 인간형을 필요로 한다. 즉 고유의 자신을 되찾으려고 스스로 변모시키며 고유의 자신을 투영하려는 인간형 말이다……. 삶의 두려움에 대항하여 공포를 뿌리치는 행위는 근본적으로 (겉으로 모습을 드러내고 있는) 두려움과 공포의 근원에 대항하는 행위이다. 그것은 이 세상에 도움을 주는 무엇을 세상 속에서 발견해 낸다.

에른스트 블로흐, 『희망의 원리』(박설호 옮김, 솔출판사, 1995,

21세기 초반, 작은 행성 지구에 발을 붙이고 살아가는 인간은 이윤만을 추구하는 나쁜 신자유주의 자본주의와 결과를 책임지지 못하는 과학기술주의의 소용돌이 속에서 조화와 균형을 잃고 허우적대고 있다. 게다가 이산화탄소의 과도한 배출 등으로 인한 지구온난화와 기후변화로 지금까지 겪지 못했던 각종 자연재해까지 당하고 있다. 캐나다의 한 소설가는 이런 불길한 파국의 시대 앞에서도 무신경하게 잠에 취해 있는 사람들을 깨우고자 펜을 들어 소리치고 있다. 새로운 패러다임 구축을 통해 치유할 수 없는 오만과 탐욕으로 물들어 있는 이 문명의 가을을 향해 희망의 봄을 노래하고자 감동적인 디스토피아 소설을 내놓은 것이다.

소설가 마거릿 애트우드는 인간종의 미래와 시들어 가는 지구 자체의 운명을 진단해 내고자 온갖 노력을 기울인다. 인간이 만들어 낸 문명이라는 질병에 대한 진단 결과는 무엇일까? 애트우드의 문학적 상상력은 이야기 형식으로 가까운 미래에 대한 예리한 진단을 내놓았지만 그 처방은 독자의 몫으로 남겨 놓았다. 그동안 우리 독자들은 상황이 이 지경에 이르기까지 팔짱 끼고 방관한 채 그 책임을 남들에게만 돌렸던 건 아닐까? 그래서 19세기 후반 프랑스의 시인 보들레르도 시집 『악의 꽃』의 서시에서 "사기꾼 독자여, 나의 짝이여, 나의 형제여"라고 독자를 불러내지 않았던가?

1

우리는 이 방대하고 복잡한 소설을 어떻게 읽어 내야 할까? 우선 이 소설은 성경에 대한 인유가 많아 성경 지식이 많은 독자는 소설을 이해하는 데 큰 도움을 얻을 것이다. 무엇보다 제목의 "홍수"란 말은 구약에 나오는 노아 시대의 홍수를 가리킨다. 그때의 홍수는 지구에 존재하는 인간과 동물들을 모두 사라지게 만드는데, 노아가 만든 방주 속에 들어간 노아의 가족들과 온갖 동물의 암수 한 쌍씩이 살아남는다. 이 홍수 이야기는 분명히 지구의 종말론적 의미를 포함하고 있으나 소설에서는 홍수에서 대재앙이라는 뜻만 따왔다. 이 소설에서 홍수란 물로 인한 홍수가 아니라 물 없는 홍수, 즉 인간의 생명공학 실험들이 만들어 낸 슈퍼 바이러스의 확산으로 인류를 멸절하는 대역병을 가리킨다. 애트우드는 인류 문명의 붕괴와 인간 종말을 가져올 수 있는 다양한 재앙들 중에서 특히 전 지구적으로 급속히 창궐하는 전염병, 다시 말해 각종 생약학 분야의 실험으로 발생한 세균의 공격으로 말미암은 대역병을 자신의 계시문학의 도구로 사용한다.

작품 구조는 세심하고도 의도적이다. "정원"이라는 제목의 서시로 시작하여 열네 개의 큰 제목 아래에 일흔일곱 개의 짧은 장들로 구성된 이 소설에서 작가는 과학이 만들어 낸 역병, 즉 물 없는 홍수 사건 이후에 살아남은 두 여자 주인공 토비와 렌을 중심으로 이야기를 전개한다. 여기에 온갖 수모와 고난을 기쁘게 자발적으로 실천하는 "신의 정원사들"의 정신적 지도자 아담1은 그들이 신봉하는 평화주의와 채식주의 강령을 온 세상에 널리 전하고자 열세 차례에 걸쳐 설교 형식의 연설을 한다. 맨 처음 정원사들이 "정원"이란 찬송시를 함께 찬양한 다음 이어지는 서론 부분의 1부에서는 25년, 대재앙이 휩쓸고 지나간 후의 이야기가 토비와 렌을 중심으로 그려진다.

소설은 사십 대 여자 토비의 이야기로 시작하여 이십 대 초반인 렌의 이야기로 끝난다. 이 지구는 인간이란 동물만이 아니라 삼천만 종의 다양한 생명체들이 함께 모여 사는 생명의 터전이다. 경쟁, 발전, 착취, 전쟁과 같은 남성적 원리에 의해 구축된 오만하고 척박한 인간 중심 문명이 파멸로 치달아 동물뿐만 아니라 모든 인간도 멸종될 위기에 처한 상황에서 과연 이 두 여자 주인공은 하나의 대안과 치유를 제시할 수 있을까? 모든 산 자의 어미로 명명된 여자들이 인간, 동식물, 더 나아가 이 지구를 보듬어 안고 살려 내 결국 평화의 꽃을 피워 내는 살림과 돌봄을 맡아야 하지 않을까? 이런 여성 생태학적 비전이 이 소설 전체를 관통한다.

매 부 시작 부분에서 아담1이 연설한 다음 "찬양합시다."라고 말하면 "찬양시"가 등장한다. 열네 편의 찬양시만으로도 하나의 독립된 시집으로 충분하리라. 천지 만물의 창조 신화인 「창세기」에 의하면 인간은 신에게서 지구 경영을 위임받는다. "생육하고 번성하여 땅에 충만하라, 땅을 정복하라, 바다의 물고기와 하늘의 새와 땅에 움직이는 모든 생물을 다스리라."라는 하느님의 명령을 받은 인간은 관리자로서 정원을 경작하며 지켜야 하건만 탐욕과 무절제에 취한 인간들은 자기중심적으로 "정복하라……. 다스리라."라는 말을 지나치게 자의적으로 해석하여 지구를 사유화, 사물화하고 "번성"이라는 미명 아래 지구를 무절제하게 개발하고 다른 피조물을 무자비하게 억압, 착취하여 궁극적으로 아이러니하게도 인간 자신의 종이 멸절되는 상황에까지 이르렀다. 아담1의 연설과 열네 편의 찬양시는 바로 이런 인간의 지구 위임설을 강조하는 신의 정원사들을 위한 강령이다.

이 소설은 재미있게도 두 주인공 토비와 렌의 이야기가 번갈아 전개된다. 전체 일흔일곱 장 중 마흔한 장을 차지하는 토비의 이야기는 모두 외부의 객관적인 시점인 3인칭 시점으로 진행되고 서른여섯 장에 걸친 렌의 이야기에서는 그녀의 주관적인 내면세계가 1인칭 시점으로 전개된다. 소설의 시간 구성은 "신의 정원사"가 결성된 원년으로부터 대재앙인 홍수가 터진 25년까지의 이야기로, 25년을 중심에 놓고 그 전후로 발생한 일들이 앞뒤로 교차되며 전개된다. 애트우드는 홍수 이전에 그들, 아니 우리 인간이 한 일들을 기억하고 회상하며 역사의식을 환기하고자 한다. 그렇다면 작가가 이렇게 다양하고 복잡하게 이야기를 이끌어나가는 이유는 뭘까? 그것은 종말에 이른 우리 문명의 문제점들에 대한 다원적 시각들을 제시하고 단편적인 이야기의 지루함을 피하기 위함이리라. 대화 구조를 지닌 서사 구조 즉 다양한 등장인물과 복수 시점 제시, 그리고 과거와 현재를 넘나드는 교차적 시간 배치는 이야기의 역동성과 박진감을 위한 수단이자 전략이며, 이 소설이 제시하는 경고성 메시지에 대한 긴급성을 환기하기 위한 소설적 장치다.

2

이제 작가가 등장인물들에게 부여한 배치와 기능을 살펴보자. 무엇보다 아만다나 섀키 형제들, 지미나 글렌도 그렇지만 토비와 렌은 부모의 부재로 인하여 제대로 된 사랑을 받지 못한 결손 환경에서 자란 고아들이다. 작가는 그런 고아 의식을 인간 문명의 현 단계에서 인간의 얼굴을 잃은 "나쁜" 자본의 논리와 맹목적이고 "무책임한" 과학기술의 결과와 관련시키는 듯하다. 복잡하게 얽혀 있는 등장인물 지도를 그려 보도록 하자.

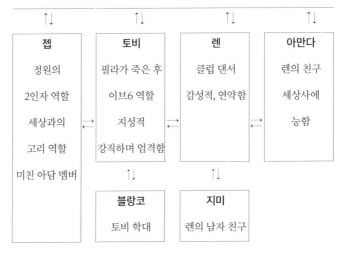

아담 1

[평화주의자, 채식주의자, 신의 정원사들의 정신적 지도자]

젭	토비	렌	아만다
정원의 2인자 역할 세상과의 고리 역할 미친 아담 멤버	필라가 죽은 후 이브6 역할 지성적 강직하며 엄격함	클럽 댄서 감성적, 연약함	렌의 친구 세상사에 능함

블랑코	지미
토비 학대	렌의 남자 친구

고아이면서도 강인하고 절제력이 뛰어난 토비와 달리 렌은 인간의 정을 갈구하는 순수한 영혼이다. 렌이 고등학교에서 만난 지미 역시 고아 의식에 사로잡혀 어느 한 사람을 진정으로 사랑하지 못한 채 어둡고 차가운 세상에서 방황한다. 이곳에 등장하는 거의 모든 아이들이 밝고 따스한 사랑과 돌봄의 노랫가락이 흐르지 않는 어두운 사막의 골짜기를 헤매는 걸 볼 때, 이 소설은 돌봄과 사랑을 베푸는 어른이 존재하지 않는 황량한 인간 문명사회를 보여 주는 풍자문학이자 고발문학 즉 디스토피아 소설이라고 말할 수 있다.

그러나 모든 제도와 조직이 완전히 파괴된 사회에 살아남은 토비와 렌은 "신의 정원사" 시절에 학습한 대로 살아남은 자로서의 의무인 새로운 삶을 구축하기 위해 힘을 낸다. 사랑, 인내, 충성, 용기를 통해 미세한 "희망"의 빛줄기를 흘려보내는 것이다. 일찌감치 인간 생존을 위한 생태학적 가치를 깨닫고 생명정치학적 비전을 선포하는 아담1은 노아와 마찬가지로 정원사들이 이 세계의 지배자가 아니라 단지 관리자임을 누누이 역설한다. 토비는 정원사 생활에서 양귀비와 죽음의 천사인 독버섯에 대한 지식을 지니고 생명과 죽음을 책임지는 막중한 치유자의 역할을 떠맡는다. 반면에 육체를 상징하는 렌은 섹스마트 소속의 비늘꼬리 클럽에서 댄서로 일하던 중 겪은 우연한 사건을 통해 대재앙에서 살아남는다.

이 소설에서 흥미를 끄는 또 다른 특징은 애트우드가 수많은 합성어를 만들어 사용한 점이다. 예를 들어 새론당신 스파(AnooYoo Spa), 성관계에서 환희를 맛보게 해 주는 환각제 환희이상(BlyssPlus), 내용물을 알 수 없는 시크릿 버거(SecretBurger), 일종의 정부기구인 조합의 치안을 위해 조직한 사설 경찰 단체였는데 사회의 안전보다 공권력을 남용하는 기구로 변한 시체보안회사(CorpSeCorp) 등은 애트우드의 천재적인 언어유희를 맛보게 하는 동시에 번역을 어렵게 하는 요소다. 그 외에도 너구컹크(라쿤과 스컹크의 접합), 사자양(사자와 양의 접합), 늑개, 돼지구리, 뱀쥐, 공작백로 등 유전공학이 만들어 낸 기이한 잡종 동물들을 만날 수 있다.

신의 정원사들이 숭배하는 수많은 성인(saint)들의 등장 역시 색다르다. 종교에서 성인은 신앙을 지키기 위해 죽음을 선택한 사람들인데 이 소설에서 성인은 대부분 역사와 현실에 실제로 각 분야에서 지구를 살리기 위해 생태학적으로 두각을 나타냈던 환경론자들이다. 예를 들면 레이철 카슨처럼 자신의 삶에서 생태학적 비전을 구체적으로 실천했던 사람들이다.

3

소설의 주제에 대해 조금 더 이야기해 본다면, 애트우드는 이 작품을 "공상과학 소설"(science fiction 또는 cyberpunk fiction)이라고 부르기를 거부하고 "사색소설"(speculative fiction)이라고 불렀다. 왜 그랬을까? 그것은 이 작품이 공상과학 소설처럼 막연하게 앞으로 다가올지도 모르는 과학이 만들어 낼 세계를 상징하는 것이 아니라 현재 구체적으로 진행되고 있는 생태 환경의 대재앙에 대한 독자들의 깊은 성찰과 사유를 요구하고 싶었기 때문일 것이다. 동시에 이 소설은 우리 시대의 대표적인 재앙 담론 중 하나다. 21세기 초엽부터 우리가 엄청난 재난과 재앙에 시달리고 있다는 사실을 부정할 사람은 없을 것이다. 사스, 구제역, 쓰나미, 홍수, 오존층 파괴, 대지진, 지구온난화, 방사선 누출, 지나친 육식 문화, 인종과 부족 간의 끊임없는 전쟁과 종교 갈등,

난개발로 인한 자연환경 파괴, 나아가 금융자본주의의 무한 경쟁과 승자 독식 사회에서 발생하는 빈부 격차로 인한 양극화 현상, 청년 실업, 극심한 소통 부재, 타락과 폭력이 난무하는 섹스의 세계, 즉각적인 쾌락 추구와 성형 기술에 대한 열광 등 인간의 정신과 영혼과 육체의 분열이 정점을 향하며 인간의 문명 역시 종말을 향해 달려가고 있다. 그러나 오늘날의 재앙은 이것뿐만이 아니다. 전 지구적인 물 부족 현상, 제한된 에너지와 자원 고갈 문제, 농토 감소로 인한 식량 부족 사태, 기아와 질병의 창궐, 공기와 물의 심각한 오염, 유전자 변형 식품의 증가, 대량살상 무기, 전 세계적 금융 체제의 붕괴 위기, 지구 온난화로 인한 해수면 상승과 전면적인 생태계 교란 등 인간 중심 문명이 붕괴할 징조는 곳곳에서 피부로 느낄 수 있다.

지금이 인류 문명사에서 가장 위험한 순간이고 우리는 현재 인간 문명 존망의 기로에 서 있는 게 아닐까? 이런 불길한 상황에서 우리는 지금까지 우리 자신이 깊이 의식하지 못한 채 저지른 생태학적 대죄에 깜짝 놀라며 불안과 공포에 빠질 수밖에 없다. 그러나 이런 한계상황에서도 우리는 불안이나 혐오, 냉소에서 벗어나 그 거대한 고통과 절망의 틈바구니에서 희망의 작은 빛줄기나마 잡아야 하지 않겠는가? 희망만이 우리를 지탱해 줄 수 있을 것이다. 수수께끼 같은 인간은 엄청난 죄악을 저지를 수도 있지만 무한한 사랑을 실천할 수도 있는 모순적인 존재다. 절망의 디스토피아를 희망의 유토피아로 바꿀 수 있는 디

홍수의 해

엔에이가 이 소설의 두 주인공인 토비와 렌처럼 우리 안에도 분명 있으리라. 우리는 당장이라도 "살림"과 "돌봄"과 "평화"라는 여성 생태학적 상상력을 작동시켜 생태학적 인간(호모 에콜로지쿠스)과 공생하는 인간(호모 심바이오스)이 되기로 결단해야 하리라! 이럴 때만이 재앙 담론 속에서도 희망의 갑옷을 입고 사랑 이야기를 써 나갈 수 있을 것이다. 작가가 그려 내고 있는 이 삭막하고 황량한 세계를 눈앞에 놓고도 우리 독자가 아무런 책임도 없는 것처럼 나태하고 무관심하게 눈을 감고 회피하기를 일삼는다면 언젠가 도적같이 다가올 문명의 붕괴와 인간 멸절을 맞을 수밖에. 이 소설이 21세기 우리 시대와 사회 미래에 대한 하나의 생존 전략을 짤 수 있는 지혜의 책으로 기쁘게 받아들여지기를 기대해 본다.

2012년 2월

이소영

옮긴이 **이소영**

서울대학교 영어영문학과를 졸업하고 영국 리즈 대학교 대학원 영문학과에서 수학했다. 미국 위스컨신(밀워키) 대학교에서 영문학 석사 학위를, 중앙대학교 사회개발대학원에서 석사 학위를 받았으며 호주 그리피스 대학교에서 여성학을 연구했다. 고려대, 경희대, 한양대 강사를 역임했고 현재 전문 번역가, 자유 기고가로 활동 중이다. 옮긴 책으로 『사바나의 개미 언덕』, 『신의 화살』, 『더 이상 평안은 없다』, 『브루스터플레이스의 여자들』, 『이브가 깨어날 때』, 『내 인생, 단 하나뿐인 이야기』, 『행동하는 페미니즘』 등이 있다.

홍수의 해

1판 1쇄 찍음	2012년 2월 3일
1판 1쇄 펴냄	2012년 2월 10일
2판 1쇄 펴냄	2019년 10월 10일
2판 2쇄 펴냄	2021년 7월 27일

지은이	마거릿 애트우드
옮긴이	이소영
발행인	박근섭, 박상준
펴낸곳	(주)민음사

출판등록	1966. 5. 19. (제16-490호)
주소	서울특별시 강남구 도산대로1길 62(신사동)
	강남출판문화센터 5층 (우편번호 06027)
대표전화	02-515-2000 / 팩시밀리 02-515-2007

www.minumsa.com

ISBN 978-89-374-5455-4 04840
ISBN 978-89-374-5453-0 (세트)

* 잘못 만들어진 책은 구입처에서 교환해 드립니다.